KB035958

원
효
대
사

원효대사

이광수 장편소설

애플북스

춘원 닮은 나

고 정 욱

오늘은 오전에 부산, 오후 늦게는 창원에서 강연이 있는 바쁜 날이다. 부산과 창원은 멀지 않지만 기차로 가려면 시간을 맞추기가 쉽지 않다. 결국 나는 부산에서 밀양까지 살짝 올라온 뒤에 밀양에서 창원 가는 KTX를 타고 다시 내려가는 방법을 택했다. 결국 하루에 KTX를 네 번 타는 셈이다.

밀양역에서 잠시 기다렸다 서울에서 내려오던 KTX에 올랐다. 경부선 기차는 도중에 부산으로 가거나 창원으로 갈라진다. 그 갈라지는 요충지가 삼랑진이었다. 삼랑진이라는 말을 듣자 나는 문득 과거의 어린 시절로 돌아갔다. 삼랑진이 왜 나에게 익숙할까? 아무리 생각해보아도 기억이 나지 않았다.

한참 뒤에야 삼랑진에서 수해가 났다는 문장 하나가 떠올랐다. 그것은 바로 어렸을 때 읽었던 작품 춘원 이광수의 《무정》마지막에 나오는 대목이었다. 어려서부터 책벌레였던 나의 독서욕을 충족시키기 위해 아버지는 부단히 노력했다. 책을 사다 주기만 하면 금세 읽어대는 통에 직업군인이던 아버지는 육군본부 도서관에서 책을 대출해다 주셨다. 그때 처음으로 접한 작품이 이광수의 《무정》이었다. 정이 없다는 제목의 뜻부터가 아리송했다. 그런데 한번 붙잡으니 도저히 놓을 수가 없었다. 춘원 이광수의 독자들을 끌어들이는 필력은 이제 갓 사춘기에 들어선 나에게는 마력이나 마찬가지였다. 정신없이 스토리 안으로 빠져들어 갔다.

주인공들은 작품 전개 과정에서 온갖 사건을 일으키며 뒤엉키다가 결국 모든 갈등과 아픔을 뒤로하고 기차를 탄다. 일본과 미국으로 유학을 가기 위해 경부선 열차에 몸을 싣는다. 그 열차 안에서 운명의 주인공들인 형식과 선형, 그리고 영채, 병욱은 만난다. 해피엔딩을 향한 종착점에 춘원 이광수는 삼랑진의 수해를 설정해놓았다.

수해를 입고 모든 것을 잃어버린 이재민들을 보면서 이들 유학생은 다시 태어난다. 그리고 음악회를 열어 그들을 위로한다. 이들을 구해주기 위해 자신들이 외국에서 선진 문물을 익히고 돌아와 우리 땅을 위해 봉사하겠다는 결심을 한다.

외국 학생들에게 왜 공부를 하느냐고 물으면 다 돈을 많이 벌거나 좋은 직장에 가서 행복하게 살기 위해서라고 답을 한다. 하지만 우리나라 학생들은 부모를 위해 가정을 위해 국가와 민족을 위해 공부한단다. 나 역시 그러한 생각에서 자유롭지 못하다. 전국으로 강연을 다니는 이유도 바로 이 땅의 어린이들과 청소년들에게 장애의 고통과 아픔을 널리 알리고, 그들의 삶에서 장애인을 배려하고 사랑하는 마음을 싹 틔우기 위해서다. 한마디로 나는 계몽주의 시대를 벗어나지 못하는 구닥다리 인간인 셈이다. 나 같은 게 뭔데 감히 세상을 바꾸겠다고 나서며 전국을 돌아다니느냐 말이다. 어디서 나의 이러한 생각과 소명의식이 왔을까 곰곰이 생각해보니 청소년기에 읽었던 일련의 작품들 가운데서도《무정》때문이다.

주인공 형식은 우유부단한 인간이었다. 떠돌다가 애국자 박진사의 신세를 지며 그의 딸인 영채와 약혼을 하고는 그 뒤에 경성학교의 영어선생이 된다. 이 대목도 어린 시절 공교롭다고 생각했다. 내가 졸업한 학교와 이름이 같았기 때문이다. 나는 우리 학교의 어느 영어선생님을 상상하면서 이 작품을 읽었다. 이형식은 그 옛날 영어를 가르칠 정도의 실력을 갖췄으니 대단한 인텔리였음은 분명하다.

그 후 영채는 아버지 옥바라지를 위해 기생이 된다. 기구한 운명이지만 약혼자인 형식만을 애오라지 바라본다. 이때 형식은 미국으로 유학 갈 김장훈의 딸 선영을 가르치기 위해 영어선생으로 들어간다. 그러면서 이들의 삼각관계가 시작된다. 사랑 가운데 가장 재미있는 게 삼각관계 아니던가.

까까머리 고등학생이었던 나는 그때 여자라면 치마만 둘러도 다 예쁘고, 보기만 해도 가슴 설레지 않을 수 없었다. 전교생이 수천 명인 나의 모교 학생들이 하교 시간에 시커먼 교복을 입고 쏟아져 나오면 거리가 온통 검게 물들었다. 그때 이 검은 물결을 거스르며 자기 집으로 가는 여고생이 하나 있었다. 화사한 미모에 단발머리, 훤칠한 키의 그 여학생은 바로 학교 앞에 있는 커다란 프랑스식 주택에 살고 있었다. 남학생들은 모두 힐끔힐끔 그녀를 쳐다보았다. 하지만 그녀는 이미 남고 앞에 사는 여고생의 바람직한 태도를 알고 있는 듯했다. 도도하게 시선 하나 곁에 주지 않고 자기 집을 향해 걸어갔던 것이다.

우연한 기회에 나는 그 여학생 성이 구씨라는 사실을 알게 되었다. 내 여동생이 그 여학생 동생과 같은 중학교에 다녔기 때문이다. 나는 가슴속에 구씨 성을 가진 그 여학생을 살포시 품고 있었다. 지금 생각하면 짝사랑도 되지 못하는 웃기지도 않은 일이었지만 먼발치에서 그 여학생이 자기 집으로 들어갈 때면 가슴 설레며 쳐다보았다. 가까운 친구에게 참지 못하고 이 작은 정보를 흘렸다. 그 여학생 성이 구씨라는 것만 안다고.

짓궂은 친구 녀석은 어느 날 그 여학생이 하굣길에 자기 집으로 자주색 가방을 들고 가는 것을 보자 큰 소리로 외쳤다.

"어이, 구 씨!"

그 여학생이 그 소리를 들었는지 안 들었는지 모르지만 정작 얼굴이 빨개지고 화들짝 놀란 것은 나였다.

"야야! 그만해."

"어이 구 씨! 나를 봐!"

녀석은 더더욱 소리를 질렀다. 그 여학생이 구씨인지 아닌지 확인할 길은 없었다. 하지만 그때 여학생만 보면 가슴 설레던 이 팔청춘은 밤새 춘원 이광수의 《무정》을 읽으며 다시 설레었다. 사랑하는 남자를 쫓아가는, 그러나 그에게 인정받지 못하는 비운의 여주인공 영채. 남자는 자신의 출세를 위해 돈 많은 집의 딸을 바라보고 신분 상승을 꾀하는 이 극적이면서도 통속적인 상황 설정. 거기에 배 학감에게 겁탈을 당하는 여주인공 영채를 보고는 주먹이 불끈 쥐어졌다. 그러한 영채를 선영과의 사이에 놓고 갈등을 벌이는 주인공 형식의 비겁한 모습에서는 분개하지 않을 수 없었다. 같은 남자로서 부끄럽기 짝이 없는 형식이었다.

밤을 새워 춘원의 《무정》을 읽고 난 뒤 나는 가슴이 설레어 잠도 잘 수 없었다. 사랑이 무엇이길래 이렇게 가슴 아프게 하는 것일까. 갈등과 배신, 그리고 안타까움으로 점철되던 《무정》은 마지막 대목에서 삼랑진의 홍수라는 대화합의 장을 만난다. 모두 공부를 마치고 오면 민족을 위해 노력하자는 대목에서 나는 고개를 끄덕였다. 그 결과 나도 크면 뭔가 이 사회에 도움이 되는 사람이 되어야겠다는 결심을 은연중에 하게 되었다. 처음으로 접한 한국문학 작품의 감동이 내 삶을 결정짓고 말았다. 운명인지 필연인지 나는 국문학을 전공하게 되었고 지금은 글밭을 일구어 먹고사는 작가까지 되었다.

지금 나의 삶은 《무정》을 만난 뒤 하게 된 그 결심대로 펼쳐지고 있다. 전국을 다니며 강연을 하고 어린이들에게 장애인에 대한 인식을 개선시키고 책을 많이 읽으라고 권하며 그들을 독려하고 있지 않은가. 나도 모르게 춘원의 메시지를 그대로 받아들이며 살아가고 있다. 세상을 바꾸고 선한 영향력을 미치겠다는 말도 안 되는 당돌한 목표가 결국 평생 나의 삶을 좌우하고 있다. 나의 소명이 그것이기 때문이다. 청소년기에 읽은 작품 하나하나가 사람들의 삶에 영향을 끼치고 변화를 준다지만 춘원의 작품은 분명 내 삶을 지금까지 규정하고 있다.

지금도 나는 대동강 변에서 빠져 죽으려고 했던 가련한 영채를 생각하면 가슴이 아릿하다. 우리 어머니도 소아마비에 걸린 아들인 나를 업은 채 한강 다리에서 뛰어내리려 하시지 않았던가. 남의 일 같지 않았다.

《무정》을 포함한 수많은 문학작품을 통해 나는 삶을 미리 예습한 게 아닌가 싶다. 그리고 그들 주인공의 삶을 함께 고민하고, 번민하며 간접경험을 키웠다. 내가 조금이라도 남들에게 기여하는 바가 있다면 젊은 시절, 춘원의 작품을 만났기 때문인 듯싶다.

이 겨울 찬바람 부는 어느 날 나를 실은 KTX 고속열차는 작품 속의 삼랑진을 지나 내가 강연할 창원으로 빠르게 달렸다. 차창에 비친 내 모습은 춘원 이광수의 그 동그란 안경 쓴 얼굴과도 제법 비슷했다.

고정욱 | 1992년 〈문화일보〉 신춘문예에 단편소설 〈선험〉 당선. 대표작으로는《아주 특별한 우리 형》《안내견 탄실이》《가방 들어주는 아이》《까칠한 재석이가 사라졌다》《까칠한 재석이가 돌아왔다》 등이 있다.

차례

일러두기

1. 이 책에 수록된 작품은 1942년 3월 1일부터 10월 31일까지 《매일신보》에 연재된 것을 저본으로 삼았으며 일신서적출판사(1995) 본을 참조하였다.
2. 맞춤법, 띄어쓰기는 현대어 표기로 고쳤으나 작가가 의도적으로 표현한 것은 잘못되었더라도 그대로 두었다. 띄어쓰기와 맞춤법은 국립국어원의 《표준국어대사전》을 기준으로 삼았다.
3. 한글로 표기된 외래어는 외래어맞춤법에 맞게 고쳤으나 시대 상황을 드러내주는 용어는 원문을 그대로 살렸다.
4. 한자는 한글로 표기하고 의미상 필요한 경우에만 한글 옆에 병기하였다.
5. 생소한 어휘는 독자들의 이해를 돕기 위하여 각주로 설명을 달아두었다.
6. 대화에서의 속어, 방언 등은 최대한 살렸으나 지문은 현대어로 고쳤다.
7. 대화 표시는 " "로 바꾸었고, 대화가 아닌 혼잣말이나 강조의 경우에는 ' '로 바꾸었다. 또한 말줄임표는 모두 '……'로 통일하였다.

내가 왜 이 소설을 썼나

　원효대사는 우리 민족이 낳은 세계적 위인 중에도 머리로 가
는 한 사람이다. 그는 처음으로 《화엄경소》《대승기신론소》《금
강삼매경소》를 지어서 인류 문화에 불교와 더불어 멸할 수 없는
업적을 남긴 학자일 뿐 아니라, 그가 몸으로 보인 무애행無碍行은
우리나라의 불교도에게 산 모범을 주었다. 그러나 나는 이러한
위인이라 하여서 그로 내 소설의 제목을 삼은 것은 아니다. 위인
으로서의 그는 소설보다도 전기나 다른 글로 더 잘 설명도 하고
찬양도 할 수 있을 것이다.

　내가 원효대사를 내 소설의 주인공으로 택한 까닭은 그가 내
마음을 끄는 사람이기 때문이다. 그의 장처[1] 속에서도 나를 발견

---

1 '장처'와 '단처'는 장점과 단점을 이름.

하고 그의 단처 속에서도 나를 발견한다. 이것으로 보아서 그는 가장 우리 민족적 특징을 구비한 것 같다.

나는 언제나 원효대사를 생각할 때에는 키가 후리후리하고 눈이 어글어글하고 옷고름을 느슨히 매고 갓을 앞으로 수굿하게 쓰고 휘청휘청, 느릿느릿 걸어가는 모습을 본다. 이것은 신라의 화랑의 모습이요, 최근까지도 우리 선인들의 대표적인 모습이었다. 나는 그 모습이 무척 그립다. 그것은 모든 욕심과 남을 해하려는 마음을 떠난 속이 하늘과 같이 넓은 모습이다. 막힘이 없고 거리낌이 없는 모습이다. 원효대사는 우리 민족의 전통적인 이러한 성격인데다가 《화엄경》으로 더욱 그것을 닦아서 빛낸 것이었다. 나는 솜씨가 부족하나마 이러한 원효대사를 그려보려 하였다.

중국 사람이 쓴 《원효전》에 나타난 것을 보면 '生而穎異 學不從師 元跡無恒 化人不定 住意隨機 都無定檢'[2]이라 하고, 심지어는 '或數處現形 六方告滅'[3]이라 하여 그의 신통 자재함을 찬탄하였다. 그는 글 잘하고, 말 잘하고, 칼 잘 쓰고, 기운 좋고, 날래고, 거문고 잘 타고, 노래 잘하고, 잘 놀고 이 모양으로 화랑에도 으뜸 화랑이었다. 그가 삼십 세 안팎에 벌써 화엄학자로 당나라에 이름이 날렸다. 그가 태종무열왕의 따님 요석공주와 관계하여서 설총을 낳아놓고는 파계승으로 자처하여 거사로 차리고 뒤웅박을 두들기면서 거랑방이가 되어 '나무아미타불'을 부르고 덩실덩실 춤을 추며 아니 간 데가 없기 때문에 '嘗持此 千村萬落 且歌且舞 化詠而歸

---

2 삶이 이삭과 달라 배우는 게 스승을 따르지 않고 발자취가 정해진 바가 없었으며 사람 됨도 정해지지 않아 뜻에 따라, 기회에 따라 도무지 정해진 형식이 없었다.
3 혹 여러 곳에 나타나기도 하고 동서남북상하에서 보이지 않기도 했다.

使桑樞瓷牖獲之輩 皆識佛陀之號 咸作南無之程 曉之化大矣哉[4]라고 쓰여 있다.

물론 원효의 진면목이 이러한 곳에 있는 것은 아니다. 그는 국민으로는 애국자요, 승려로는 높은 보살이다. 중생을 건진다는 보살의 대원은 나는 때, 죽는 때에도 잊거나 잃는 것이 아니어니, 하물며 어느 때에랴. 보살의 하는 일은 모두 자비행이다. 중생을 위한 행이다. 혹은 국왕이 되고 혹은 거지가 되고 혹은 지옥에 나고 혹은 짐승으로 태이더라도 모두 중생을 건지자는 원에서다. 그러므로 원효대사의 진면목은 그의 보살원과 보살행에 있는 것이다. 내가 이 소설에 그릴 수 있는 것은 그의 겉에 나타내인 행이다. 만일 독자가 이 소설을 읽고 원효대사의 내심의 대원과 대자비심에 접촉한다 하면, 그것은 내 붓의 힘이 아니요, 오직 독자 자신의 마음의 힘이다.

나는 이 소설에서 원효를 그릴 때에 그의 환경인 신라를 그렸다. 왜 그런고 하면 신라라는 나라가 곧 원효이기 때문이다. 크게 말하면 한 개인이 곧 인류 전체이지마는 적어도 그 나라를 떠나서는 한 개인을 생각할 수 없기 때문이다. 원효는 사람이어니와 신라 나라 사람이었고, 중이어니와 신라 나라 중이었다. 신라의 역사에서 완전히 떼어내인 원효란 한 공상에 불과하다. 원효뿐이 아니라 이 이야기에 나오는 요석공주도 대안법사도 다 신라사람이다. 그들은 신라의 신앙과 신라의 문화 속에서 나고 자란 것이

---

4 늘 이(뒤웅박)를 갖고 천 군데 만 군데 마을을 다니며 노래하고 춤을 추고 읊다가 돌아왔는데 가난한 사람이나 몽매한 사람 모두 부처님의 이름을 알게 하고 부르게 하고 나무아미타불의 길에 다다르게 해 결국 부처님께 귀의하게 했다.

다. 여기 민족의 공동 운명성이 있는 것이다.

나는 원효와 불가분의 것으로 당시의 신라 문화를 그려보려 하였다. 그 고신도古神道와 거기서 나온 화랑과 역사에 남아 있는 기록으로, 또는 우리말에 풍겨 있는 뜻으로 당시의 사상과 풍속을 상상하려 하였다. 특별히 나는 '말은 역사다' 하는 것을 믿음으로 우리말에서 문헌에 부족한 것을 찾아서 보충하려 하였다. 그중에는 나의 억측도, 견강부회⁵도 있을 것이다. 그러나 나는 그중에 버릴 수 없는 진리가 있음을 믿어서 장담한다. 나는 독자가 이것을 웃어버리지 말고 연구의 대상을 삼아서 우리의 역사의 성격을 천명하기를 바란다.

원효가 난 것이 진평왕 삼십구년이어서 지금으로부터 약 일천삼백 년 전이어니와 이때는 신라가 전성시대로 향하는 시대여서 큰 인물이 많이 쏟아졌다. 정치가로는 김춘추, 김유신 같은 이가 나고 큰 중으로는 자장, 원광, 안홍 등 저 수당隋唐에까지 이름이 높아서 그곳 제왕의 숭앙을 받던 사람들도 이 무렵에 있었고 원효, 의상 등 거인과 귀산, 비목, 관창, 거진, 원술 같은 화랑에도 꽃이 되는 사람들도 다 이 무렵에 났다. 한 나라가 잘되려면 먼저 좋은 사람들이 나거니와, 좋은 사람이 나게 하는 인연이 되는 것이 정신운동이다. 신라로 말하면, 이차돈의 피가 인연이 된 법흥왕의 불교 숭상과 진흥왕의 화랑 장려가 인물이 쏟아져 나오는 정신적 원천을 지은 것이었다. 사람들이 제 몸을 가장 소중한 것으로 알아서 제가 먹고 입을 것을 버는 것으로 생활의 목표를 삼

---

5 이치에 맞지 않는 말을 억지로 끌어 붙임.

는 동안 문화가 생길 리가 없고 큰 인물이 날 수가 없는 것이다. 제 목숨보다도 높고 소중한 것을 보고 따라서 제 목숨을 유지하기에 급급한 생각을 버릴 때에 비로소 애국자도 종교가도 학자도 나는 것이다. 불교는 우리의 몸과 몸에 속한 모든 쾌락과 영광이 다 허수아비요, 꿈인 것을 가르치고, 오직 중생을 사랑하고 어여삐 여겨 그들을 돕고 편안하게 하고 건지는 것만이 가치 있는 생활이라고 본다. 충효를 기초 원리로 삼는 우리 민족 고유의 풍류교風流敎가 이 불교 정신을 받아서 내용이 충실하여지고 광활하여진 것이 화랑도의 정신이요, 인생철학이었다. 이러한 정신에서 신라 전성시대를 일으킨 인물들을 배출하였으니, 원효대사도 그러한 사람 중에 하나였다. 내가 이 소설에서 애써 고신도와 국선, 화랑의 생활을 그린 것이 이 때문이다.

나는 원효를 그림으로 불교에 있어서는 한 중생이 불도를 받아서 대승 보살행으로 들어가는 경로를 보이는 동시에 신라 사람을 보이고, 동시에 우리 민족의 근본정신과 그들의 생활 이상과 태도를 보이려 하였다. 이러한 것은 다 내게는 감당치 못할 과중한 과제다. 그런 줄 알면서도 한번 하여본 것은 내 눈에 어렴풋이 띈 우리 민족의 모습이 아니 그려보고서는 못 배기도록 그리웠기 때문이다.

나는 우리 민족을 무척 그립게 아름답게 본다. 그의 아무렇게나 차린 허술한 속에는 왕의 자리에 오를 고귀한 것이 품어 있다고 본다. 그의 재주나 마음씨나 또 그의 말이나 다 심상치 아니한 것이어서 장차 엄청나게 큰소리를 치고 큰 빛을 발할 약속을 가진 것으로 믿는다. 그는 과거 수천 년에 고통도 수모도 당하였다. 그러나 그는 결코 저를 잃음이 없이 민족의 단일성을 지켜 내려왔다. 그러할뿐더러 그는 그의 고난의 역사 중에서 중국, 인도, 유럽, 아메리카 등 거의 모든 문화를 흡수하여서 제 것을 만들었다. 그는 한 수행자였다. 그는 아직 설산 고행 중에 있는 석가세존이요, 광야의 금식기도 중에 있는 그리스도다. 그러므로 그의 외양은 초라하고 아무도 그를 알지 못한다. 그러나 그는 수행자이기 때문에 장차 환하게 큰 빛을 발하여 세계를 비추고 큰소리를 울려서 중생을 가르칠 날이 올 것이다. 지금은 비록 간 데마다 수모를 당하더라도 오늘날에는 가장 높은 영광이 그를 위하여 준비되어 있는 것이다. 거랑방이 행세로 뒤웅박을 두들기고 돌아다니는 원효대사는 우리 민족의 한 심벌이다. 그가 일찍, '서까래 백 개를 고를 적에는 내가 빠졌으나 용마름보 한 개를 구할 때에는 오직 내가 뽑혔노라' 한 말이 또한 우리 민족의 사명을 가리킨 것이라고 본다.

1942년
춘원

제행무상

때는 일천이백여 년 전. 신라 서울 서라벌. 꽃구경하는 삼월
보름도 지났다.

아리냇[閼州]가의 버들과 느릅나무에 연한 잎이 나불나불 봄볕
을 받을 때다. 십칠만 호라는 서라벌 후원의 뜰 가의 담 밑의 살
구, 복숭아, 이스랏꽃도 졌다.

달잣[月城] 대궐 숲속에서 이른 꾀꼬리소리도 울려나올 때인데
서른한 살 되시는 여왕 승만勝曼마마의 병환으로 서라벌의 봄은
수심에 잠겨 있었다. 스물네 살의 처녀의 몸으로 신라의 임금이
되신 승만마마는 백성들의 사모함을 받으셨다.

키가 훨쩍 크시고, 얼굴이 달 같으시고, 팔이 길어 무릎에 내
려오고, 어려서부터 불도를 존숭하시와 혼인도 아니하신 것이며,
즉위하시는 길로 전 임금이시자 사촌 형님이신 선덕여왕善德女王

을 폐하려고 모반하였던 상대등 비담毗曇, 염종廉宗 이하 삼십 인에게 단연히 사형의 처분을 내리신 것이며, 즉위하신 첫해 겨울에 무산, 감물, 동잠 싸움에 유신庾信을 보내시와 백제군을 대파하고 삼천여 급을 벤 것이며, 또 이듬해 봄에는 백제 명장 의직義直의 군사를 요거에서 참멸한 것이며, 이러한 일들이 젊은 여왕은 선덕여왕보다도 더 힘차고 나라를 빛내일 임금이 되시리라고 백성들이 촉망한 것이었다.

더구나 즉위 오 년에 조원전에 높이 앉으시와 백관의 정조 하례를 받으실 때에는, 누구나 그를 스물여덟 살 되시는 부녀라고 생각할 수 없으리만큼 위엄이 있으셨다.

비담이 선덕여왕을 폐하려 한 것은 왕이 여자이기 때문에 이웃 나라에서도 만만히 보고, 또 국내에서도 위령이 행하지 못한다는 까닭이었으나 승만마마의 정사하심을 보고는 아무도 그가 여왕이시라 하여서 만만히 볼 수가 없었다.

왕도 그의 이름이 승만인 것과 같이 승만부인을 본받으려 하셨다.

승만이란 《승만경》에 나오는 주인공이다. 석가세존 시대에 파사닉波斯匿 왕의 따님으로서 아유사국 왕에게 시집을 간 이다. 파사닉 왕이 마리부인으로 더불어 세존의 가르침을 받아 불법에 귀의하매, 그 따님 승만부인에게 편지를 보내어 불법을 믿기로 권하고, 승만부인은 아버님 어머님의 편지를 받자 곧 불법에 귀의할 마음을 발하여서 세존을 아유사국으로 모셔다가 불법을 들었으니, 그 설법을 적은 것이 《승만경》이다.

승만부인은 세존의 설법을 듣잡고는 환희심을 발하여서 삼대원십대수三大願十大守를 발하였다.

삼대원이란,

첫째, 내 몸이 바른 법의 지혜를 얻고,

둘째, 남에게 이 바른 법을 설하고,

셋째, 바른 법을 호지護持(쇠하지 않도록 지킨다는 뜻)하리라
함이오.

십대수라는 것은,

일, 부처님 계戒를 범치 아니하리라

이, 높은 이에게 대하여 교만한 생각을 일으키지 아니하리라

삼, 중생에 대하여 성내지 아니하리라

사, 남을 미워하지 아니하리라

오, 탐내지 아니하리라

육, 나를 위하여 재물을 쌓지 아니하리라

칠, 일체중생을 건지리라

팔, 외롭거나 갇히거나 병나거나 하여 고난 받는 중생을 안온
하게 하리라

구, 옳은 일에 반항하는 중생을랑 절복折伏하고, 순종하는 자는
섭수攝受하리라

십, 바른 법을 받아 잊지 아니하리라
하는 것이다.

왕은 승만부인의 이 삼대원십대수의 정신으로 나라를 다스려
보리라고 젊은 여자의 생각으로 굳게 결심하였던 것이다. 그러나
왕은 병환이 심중하셨다. 아직 마음에 먹으신 뜻을 펴기를 시작
도 하시기 전에 병이 드신 것이었다.

서라벌 어느 절에서는 여왕 승만마마의 어평복을 기원하지 아니하였으랴. 더욱이 왕의 스승이요, 지도자인 자장율사慈藏律師는 대궐에서 물러 나오지도 아니하고 있는 비밀법을 다하여서 왕의 병마를 쫓으려 하였다.

원효元曉가 팔 년째나 《화엄경소華嚴經疏》를 쓰고 있는 분황사에도 이 아낌 받는 여왕의 어평복 기원이 날마다 있었다. 지난밤에도 밀본대사密本大師가 도사가 되어서 호마護摩를 수修하였다. 진언비밀법眞言秘密法이다.

원효는 이것을 즐겨 하지 아니하였으나, 임금을 위한 기원의 자리라 정성스럽게 참예[1]하였다.

일찍 선덕여왕이 병환으로 계실 때의 밀본이라는 중이 《약사경藥師經》을 읽어서 귀신을 쫓아버려서 여왕의 병환이 나으신 일이 있다고 하여서 당시에는 진언비밀의 법이 성행하였던 것이다.

밀본법사의 호마가 끝나매 원효는 잠자코 처소인 무애당無碍堂으로 돌아왔다. 무애당은 분황사 법당 동북쪽으로 따로 떨어져 있는 한 채로서 일찍 지명대사智明大師가 거처하던 곳이다. 원효가 처음 화엄을 배우기를 지명대사에게서 하였다. 그러한 인연도 있고 또 종용한 품이 저술하기에 합당도 하여서 원효는 주실籌室도 마다하고 이 외따른 곳에 거처하는 것이었다.

무애당은 방 셋으로 된 작은 채였다. 한 방에는 문수보살상과 《화엄경》을 모시고, 한 방에는 원효가 거처하고, 또 한 방에는 원효를 시봉하는 상좌 심상審詳이 거처하였다.

---

1 신이나 부처에게 나아가 뵘. 또는 어디에 참석하다.

무애당이라는 당호는 원효 자신이 지어서 자필로 써서 문미 위에 붙인 것으로《화엄경》의 一切無碍人 一道出生死라는 데서 따서 쓴 것이니 무엇에나 거칠 것이 없어야 나고 죽는 데서 벗어난다는 뜻이다. 원효는 이 '무애'라는 말을 즐겨 하였고 자기도 '무애'를 수행의 목표로 삼았다.

방 안에는 가무스름한 감나무 경상 하나와 차를 끓이는 질그릇 화로가 놓여 있었다. 그리고 경상 위에는 지필묵뿐, 그리고 등경.

심상은 원효의 가사와 장삼을 받아서 걸고 자리를 깔고는,

"시님, 안녕히 주무시겨오."

하고 합장례를 하고 물러 나갔다.

원효는 자리에 누웠다. 원효는 마지막으로 왕께 뵈온 때를 생각하였다.

그것은 지난 삼월 삼짇날. 왕은 칙사를 분황사에 보내시와 원효를 청하셨다.《화엄경》〈십지품十地品〉의 법회를 연 것이었다.

그날은 비가 부슬부슬 내렸다. 원효는 위로서 보내신 흰 소를 메운 수레를 타고 사도대궐[沙梁宮]로 들어갔다.

왕은 침전에 계셨다. 법회라 하여도 모인 사람은 사오 인뿐이었다. 왕의 생모 되시는 월명부인月明夫人, 춘추공의 부인인 문명부인文明夫人, 춘추공의 며느님이요, 장차 문무왕文武王의 왕후가 되실 자의부인慈儀夫人, 유신의 부인, 문명부인의 따님이요, 장차 요석공주瑤石公主라고 일컬어질 아유다부인 등이었다.

춘추공은 장차 태종무열왕이 되실 이로, 유신공과 함께 당시 신라의 두 기둥이었다. 춘추공의 부인인 문명부인은 유신의 누이

로서 그 어머니 만명萬明과 함께 미인으로 이름이 높은 이였고, 그의 따님인 아유다도 그 어머님의 아름다움을 닮아서 전국에 이름이 높은 미인이었다.

춘추공의 아름다운 따님 아유다가 당시 화랑들의 사모의 표적이 된 것은 말할 것도 없다. 그중에 충, 효, 신, 용, 인 화랑 오교五教를 겸전하였다는 거진랑擧眞郞과 관창랑官昌郞이 아유다의 배필로 경쟁자가 되었다가, 마침내 거진랑이 이기어서 아름다운 아유다를 아내로 삼게 된 것이 팔 년 전이었다. 그러나 거진은 무산 싸움에 백제군과 싸워서 그 아버지 비녕자丕寧子와 함께 장렬하게 전사하여서 신라군의 사기를 격발하여 마침내 백제군을 깨뜨린 기운을 지은 것이다. 그때의 공을 왕께 여쭈어서 왕은 이 부자를 위하여 우시고, 그 때문에 더욱이 아유다를 어여삐 여기시와 친 따님같이 사랑하시와서 언제나 곁에 두신 것이었다.

이러한 모임은 실로 흔히 볼 수 없는 아름다운 모임이었다. 당시 신라의 미인이 한자리에 모인 셈이었다.

원효가 심상을 뒤에 세우고 들어서매 왕도 옥좌에서 일어나 합장하시와 법사에게 대한 경의를 표하셨다. 문명부인 이하는 모두 합장하고 법사를 향하여 배례하였다. 임금님과 부모와 스승을 높이는 것이다.

원효는 미리 준비하여놓은 법사의 자리에 앉았다. 그때에는 왕은 조금도 병색이 없으셨다. 보름달과 같이 둥그스름한 얼굴, 훨씬 크신 키, 드리우면 무릎까지 내려오는 팔, 어글어글하고도 가느스름한 눈, 불그레한 입술, 부드럽고도 힘 있는 음성, 왕은 그중에도 가장 아름다우셨다.

그러나 한 송아리 금방 핀 아침 연꽃 같은 이는 아유다였다. 나이도 그중 젊거니와, 그 눈썹과 눈은 같은 여성으로도 마음을 아니 움직일 수 없었다. 게다가 그 어머니 문명과 외조모 만명의 열정을 받은 사람이다. 그 외할머니 만명은 갈문왕葛文王[2] 입종立宗의 손녀로서 조부를 뵈오러 온 화랑 서현舒玄을 길에서 한 번 보고 사랑이 생겼다. 이 서현이라는 이가 유신의 아버지다. 그때에 서현이 만노군 태수가 되어 서라벌을 떠나게 된 때에 비로소 만명이 서현과 연애하는 일이 발각이 되어서 만명은 그 아버지 숙흘마로[肅訖宗]의 노염을 받아서 별제別第[3]에 가둠이 되고 사람의 지킴을 받았으나 만명은 수챗구멍으로 빠져 도망하여 애인 서현을 따라갔다. 이리하여 유신과 문명의 어머니가 된 것이었다.

또 문명부인이 춘추와 혼인한 것은 이러하였다.

같이 문노文弩의 문인으로 춘추와 유신이 화랑의 수행을 할 때에 하루는 둘이서 무예를 익히다가 유신이 춘추의 옷을 밟아 터지게 되매 유신은 춘추를 자기 집으로 데리고 가서 누이 문명을 불러서 그 터진 옷을 깁게 한 것이었다. 이때에 서로 보고 사랑하여서 문명은 춘추에게 시집을 가게 된 것이요, 이 사랑하는 부부의 사이에서 난 이가 장차 신라의 가장 전성시대의 왕이 되실 법민法敏과 요석공주의 아유다였다.

이러한 피를 받은 아유다다. 아유다의 형 고조다古炤陀는 남편 품석品釋을 따라 동잠성을 지키다가 백제군과 싸워 죽을 때에 함께 죽었다.

---

2 신라 때 왕의 아버지, 장인, 외조부, 형제 또는 여왕의 남편 등에 내리던 칭호.
3 별장.

이러한 피를 받은 아유다다.

게다가 아유다가 전몰한 용사의 과부라는 것이 더욱 아름다움을 더하는 것 같았다.

원효는 심상이 받들어드리는 《화엄경》 제이십이 권, 〈십지품〉을 펴놓았다.

'그때에 세존이 타화자재천왕궁他化自在天王宮 마니보전摩尼寶殿에 계시와 대보살 중과 함께하시더니.'

하는 〈십지품〉 첫 구절이 눈에 띄었다. 원효는 이 자리가 마니보전인가 하였다. 신라 왕궁에서, 왕의 앞에서 〈십지품〉을 설하는 것이 큰 인연이라고 원효는 생각하였다.

원효는 합장 명목하고 세존과 금강장보살金剛藏菩薩을 염하였다.

경상 앞의 향로에서는 향연이 올랐다. 방 안에는 향기가 가득 찼다.

"無上甚深微妙法

百十萬劫難遭遇

我今見聞得受持

願解如來眞實意."

(높고 깊은 이 법을 만 겁 간들 만나리 보고 듣고 받으니 참뜻 알게 하소서.)

원효의 입을 따라서 왕 이하로 모두 정성스럽게 개경게開經偈를 외웠다.

"십주十住, 십행十行, 십회향十廻向의 삼현위三賢位를 설하여 가행방편加行方便을 끝내었으니 본회에서는 입증성과立證成果의 뜻을 밝히는 것이오."

하고 원효의 설법이 시작되었다.

초발심으로 이기적 개인적 좁은 욕심을 버리고 동포를 사랑하는 대비심을 발하는 데서 중생은 법부지凡夫地, 즉 보통사람의 경계를 떠나서 보살위—즉 중생을 위하여서 사는 깨달은 자의 자리에 오르는 것이다.

"대비심이 머리가 되고 직심直心과 심심深心, 즉 곧은 마음과 깊은 마음으로만 살아갈 때에 우리 힘은 부처님의 힘과 같은 것이오. 곧은 마음이란 거짓 없고 속임 없는 마음이오. 깊은 마음이란 언제까지나 변함도 없고 다함도 없는 마음이란 말이오. 이 세 가지 마음으로 하여서 우리는 여래종如來種, 즉 부처의 씨가 되는 것이오. 이리하여서 한번 여래종에 들면, 육도만행六度萬行을 닦아서 필경에 아뇩다라삼먁삼보리阿耨多羅三藐三菩提—無上正覺를 얻어서 성불, 즉 내 몸이 부처가 되는 것이니, 이렇게 마음을 발할 때에 우리는 환희지歡喜地라는 자리에 올라서 보살이 되는 것이오. 어찌하여 환희지인가. 보살이 환희지에 거하면 기쁨이 많고, 믿음이 많고, 깨끗함이 많고, 즐거움이 많고, 유함이 많고, 참고 견딤이 많고, 다투기를 즐겨 하지 아니하고 늘 생각하는 것이 부처님네들이오. 부처님네의 가르치신 법이오. 부처님네의 높은 제자들이니 기쁘고, 범부의 지저분한 경계를 벗어나서 지혜지에 가까우니 기쁘고, 모든 악도를 끊고 일체중생의 의지依支가 되니 기쁘고, 항상 부처님네를 뵈오니 기쁘고, 제 마음에 부처님네의 경계가 나타나니 기쁘고, 모든 보살의 수에 드니 기쁘고, 살아가기 어렵다는 무서움[不活畏], 천대 받는 무서움[惡名畏], 죽는 무서움[死畏], 악도에 떨어지는 무서움[墮惡道畏], 대중을 두려워하는 무서움[大衆威德畏]을 모두 멀리 떠날 수가 있는 것이오."

하고 원효는 일단 소리를 높여서,

"보살이 이미 내라, 내 것이라 하는 생각을 떠났거니 세상에 탐내일 것이 무엇이며 무서워할 것이 무엇이랴. 내라는 생각을 멀리 떠났으면 죽음은 다 무엇일꼬. 설사 이 몸이 죽는다 하더라도 내 이미 아상我相을 끊었으니 태어나는 곳마다 제불보살과 함께할 것이니 죽는 것이 무슨 걱정이랴. 또 보살의 대원이 고작 높은 원이거니 세상에 누구를 무서워하랴. 천하에 내어놓아도 내 원같이 높고 바른 원은 없을 것이라, 그러한 말씀이오."

하고 〈환희지〉의 경문을 읽어가며 해석한 뒤에, 원효는 경을 덮어놓고 왕과 대중을 바라보며,

"그러므로 우리 중생을 얽매는 것이 오직 아상이란 말요. 내라 내 것이라 하는 생각이 우리를 얽어매어서 날마다, 시각마다 생로병사의 모든 괴로움을 되풀이한단 말씀이오. 한 번 우리가 아상을 떠나서 중생을, 동포를 사랑하는 마음을 발할 때에 우리는 벌써 삼계三界에 거칠 것이 없는 보살이 되는 것이오. 이런 경계를 일러서 환희지라 하고 여래종이라 하는 것이오. 이때부터는 내가 하는 모든 일이 육도만행의 보살행이라, 나를 위하여서 하는 일이 아니라 중생을 위하여서 하는 일이기 때문에 거기는 벌써 걱정, 근심, 두려움, 무서움이 없고 사는 것도 없고 죽는 것도 없는 것이란 말이오. 이런 것을 일러서 일체무애인一切無碍仁이 일도출생사一道出生死라 하는 것이오. 제행무상諸行無常이라 시생멸법是生滅法이니 생멸멸이生滅滅已하면 적멸위락寂滅爲樂이란 것도 이를 두고 이른 말씀이오. 적멸이란 저를 위한 모든 욕심이 스러져서 다시

아니 일어나는 것을 이른 것이오. 이렇게 되고사 비로소 충도 하고 효도 하고 부부도 되고 붕우도 되고 용사도 되는 것이라, 저라는 생각이 있는 충효가 어디 있으며, 신의는 어디 있으리. 그러매로 불법이 흥하면 나라이 흥하고, 불법이 쇠하면 나라이 망한다한 것이오. 가령 거진랑의 충의로 보더라도 그러한 것이오."
할 때에 아유다는 꿈에서 깬 것같이 죽은 남편을 생각하였다. 남편이라야 진실로 짧은 인연이었다. 혼인한 지 사흘 만에 거진은유신의 휘하로 그 아버지 비녕자를 따라서 출정한 것이었다.

왕과 문명부인의 눈도 아유다에게로 쏠렸다. 원효도 아유다를보았다. 거진랑이나 관창랑이나 다 화랑시대에는 원효와 함께 문노의 문인이었다. 더구나 동잠성 싸움에는 원효도 거진과 함께출정하였다. 원효도 거진 부자의 장렬한 광경을 목격한 사람 중에 하나이었다. 거진 부자와 그 종 합절合節이 전사한 곡절은 이러하였다.

왕의 즉위하신 첫해 정미년 시월에 백제병이 무산, 감물, 동잠세 성을 포위하였다. 왕은 유신을 보내어서 보병, 기병 합하여 일만 명으로 이것을 막게 하셨다. 그런데 백제병의 세력이 강하였다. 의직, 계백階伯 같은 명장이 있었던 것이다.

신라군은 많은 손해를 당하고 패퇴하지 아니하면 아니 될 경우를 당하였다.

신라병은 싸울 뜻을 잃었다.

유신은 원효에게 이 국면을 타개할 만한 인물을 물었다. 원효는 비녕자를 천하였다.

유신은 비녕자를 여러 막료 있는 자리에 불러서,

"지금 일이 급하오. 그대가 아니고야 뉘 있어 좋은 재교를 내어서 군사의 마음을 격려하겠소."

하고 술을 권하였다.

비녕자는 유신의 말을 듣고 일어나 두 번 절하고, 이렇게 말하였다.

"다른 사람이 많이 있건마는 홀로 내게 이 일을 부탁하시니 나를 알아주신 것이라 죽음으로써 이 지기의 은을 갚사오리다."

이렇게 유신에게 말하고 장영에서 물러나와 종 합절을 불러,

"내가 오늘 위로는 나라를 위하고, 아래로는 지기를 위하여 죽을 터이다. 막위軍尉 거진이 비록 나이 어리나 충효의 뜻이 장하니 필시 아비를 따라서 죽으려 할 것이니, 만일 부자가 다 죽으면 가족이 누구를 의지하겠느냐. 그러니 너는 거진으로 더불어 내 해골을 거두어 가지고 집으로 돌아가서 늙으신 부인마마의 마음이나 위로하게 하여라."

하고 말이 끝나매 창을 비끼 들고 적진으로 달려들어가 적병 수인을 죽이고 전사하였다.

이것을 보던 거진은 곧 말에 올라 적진을 향하여 달려가려 하였다.

합절이 거진의 말고삐를 붙들고 말렸다.

"화랑님, 안 되십니다. 선장군마마께서 소인께 분부하시기를 화랑님을 모시고 돌아가 노부인마마를 위로하시게 하여드리라 하셨습니다. 아들로서 엄명을 어기고 노부인의 사랑을 저바리심이 효도라 하오리까."

하고 말고삐를 놓지 아니하였다.

거진은,

"아비 죽음을 보고도 구구히 살면 효도라 하겠느냐."

하고 칼을 빼어 합절의 팔을 끊고 적군 중으로 달려 들어가 싸워 죽었다.

이것을 보고 합절은,

"두 상전이 돌아가셨으니 내 살아 무엇하랴."

하고 또한 적진으로 달려 나가서 한 팔로 싸워 죽었다.

신라 군사는 이 세 사람이 죽는 것을 보고 감격하여서 서로 앞을 다투어 적진 중으로 달려 들어가서 마침내 크게 백제군을 깨뜨리고 적병 삼천여 급을 베었다.

유신은 크게 애통하여 세 사람의 시체를 거두어 후히 장사하고 여왕 승만마마는 이 말을 들으시매 눈물을 흘리시고 세 시체를 반지산에 합장케 하시고 비녕자의 처자와 구족九族에게 큰 상을 내리시었다.

이것이 거진의 사적이다. 그러므로 원효가 거진의 말을 할 때와 왕이나 문명부인이나, 또 아유다나 다 팔 년 전 일을 회상한 것이었다.

원효는 한참이나 잠자코 있다가,

"원래 불도의 진면목은 아상, 즉 저라고 하는 것을 버리는 데 있는 것이오. 저란 무엇인가. 이 늙을 몸이요, 병들 몸이요, 죽을 몸이요, 썩어버릴 몸이오. 이것을 아무리 비단으로 싸고 고량진미로 기르더라도 이 몸은 조만간 스러질 몸이오. 그러나 그뿐인가, 이 몸의 오욕으로 하여서 저를 괴롭게 하고 중생을 괴롭게 하는 온갖 죄를 지어서는 무량겁에 지옥, 아귀, 축생의 보報를 받는 것이오. 그러면 이 몸을 무엇에나 쓸 것인가. 임금께 충성하기에, 보모께 효도하기에, 불쌍한 중생을 돕기에 쓸 것이란 말씀이오. 마치 기름으로 불을 켜서 어두운 세상을 밝히기에 쓰는 것과 같은 것이오. 이것이 불도요, 이것이 보살행이란 것이오. 저 한 몸의 복을 얻기 위하여서 불도를 하느냐, 그러한 불도가 있을 리가 없는 것이오. 서방정토 극락세계에 왕생하기를 바라는 것이 만일 저 한 몸의 안락을 위하는 것이라 하면 그것은 사도邪道요, 불도가 아니오. 저 한 몸의 안락을 바라는 자가 돌아갈 곳이 있으니 그것은 곧 삼악도[4]요."

여기 이르러 왕의 눈이 빛났다. 원효는 법설을 그치고,

"衆生無邊誓願度(중생이 많더라도 건지오리다)
煩惱無盡誓願斷(번뇌가 많더라도 끊으오리다)
法門無量誓願學(법문이 많더라도 배우오리다)
佛道無上誓願成(불도가 높더라도 이루오리다)."

하는 사홍서원四弘誓願을 외웠다. 왕과 일동도 따라 외웠다.

"대사의 법설을 듣잡고 참으로 미증유한 환희를 얻었소."

하고 왕은 합장하시고 다른 이들은 이마를 방바닥에 붙이도록 원효에게 감사하는 절을 하였다.

팔 년 전 승만마마가 처음 왕이 되신 때에, 원효가 《승만경》을 설할 때보다 원효도 노성하였거니와 왕도 노성하셨다.

왕은 아직 나이로 말하면 서른을 얼마 아니 넘으셨건마는 원체 숙성하신데다가 오래 국왕의 자리에 계신 것이 더욱 그를 노

---

4 살아서 지은 죄과로 인하여 죽은 뒤에 간다는 지옥도와 축생도와 아귀도의 세 악도.

성하시게 한 것이었다. 왕은 차를 나외어 당나라에서 온 밀전당과 같은 것을 원효에게 권하셨다.

"다들 자시오. 아유다도 먹어라."

이렇게 왕은 당신이 왕이신 것을 잠시 잊으신 듯이 일일이 권하셨다.

"이 차는 한다漢茶요."

왕은 이런 말씀도 하셨다. 이때에 당나라와 사이에 해마다 사신이 내왕하고 유학생과 상고들의 왕반이 빈번하여서 당나라에 있는 것이면 없는 것이 없었다. 더구나 당나라 조정에서도 해마다 여러 가지 진품의 선물이 있었던 것이다.

차를 마시고 사람들의 기분이 적이 풀렸다. 법설을 듣기에 지극히 엄숙하였던 것이 풀려서 다시 남자는 남자로 여자는 여자로, 사람으로 돌아오게 되었다.

"자주 대사의 가르치심을 받을 마음은 간절하나 만기萬機⁵ 매양 바쁘고 또 비록 대사는 스승이시요, 나는 임금이라 하더라도 남녀의 별이 있어서 꺼리는 바가 없지 아니하였소. 그러하던 차에 오늘은 웬일인지 꼭 대사를 뵈워야만 될 것 같아서 이렇게 오시기를 청하였더니, 대사의 법설을 듣고 나니 사대육진이 모두 청정하여지는 것 같소. 모두 불보살님의 위신력이요, 대사의 도력이시오."

이런 말씀을 하시는 왕의 얼굴에는 여성다운 수줍음조차 있었다.

---

5 임금이 보살피는 여러 가지 정무.

"상감마마 은덕으로 이 몸들도."

하고 문명부인이 엎드려 절하고, 상감을 우러러보았다. 부인의 머리에는 희끗희끗 백발이 보였다.

원효는 눈을 내리깔고 듣기만 하고 있었다.

또 한 순차가 돌았다. 비는 더욱 내리고 바람도 불어 풍경소리가 어지러웠다.

"어, 비바람이 대단하군."

왕이 고개를 남창 쪽으로 돌리실 때에 당나라 복색을 입은 궁녀가 상감의 뜻을 알아서 창을 열었다.

일동의 눈은 내려들이는 빗발과 그로 하여서 뽀얗게 희미하게 보이는 남산으로 향하였다.

왕은 이윽히나 바람에 비끼는 비를 바라보고 어지러운 비바람 소리에 귀를 기울이시더니 빙그레 웃으시며,

"가지 끝에 지다 남은 꽃송이들도 이날 하루 비바람에 다 지고 말겠구나."

하고 한탄하셨다. 왕은 다정다감하신 시인이기도 하셨다. 왕이 당태종에게 보낸 시는 당나라에서도 유명하였다.

"그러매로 제행무상이지요."

왕의 말씀에 문명부인이 화하였다. 문명부인도 노래를 짓고 부르고 풍류를 아는 이였다. 그 남편 춘추공이나 오라버니 유신공이나 다 한다하는 화랑이었다. 화랑의 수양과목 중에 노래, 음악, 춤 같은 풍류도 주요한 것이었다. 오라비나 남편이 흥에 겨워서 춤을 추려 할 때에 거문고로 장단을 맞추어주는 것쯤은 누이나 아내의 으레히 하는 일이었다. 원효도 물론 본래는 화랑으로

서 그만한 풍류는 알았다.

"선선하다. 창을 닫아라."

왕은 이렇게 명하셨다.

왕은 이상하게 몸이 오싹하고 마음이 설렘을 느꼈다.

왕은 더운 차를 한 잔 더 따르라 하여 마셨다. 그래도 속이 떨리는 것이 가라앉지를 아니하였다.

"신기가 불편하시오니까."

문명부인이 왕께 이렇게 여쭐 만큼 안색이 변하였다.

원효가 보기에도 왕은 무슨 고통을 당하는 것 같았다. 몸의 고통보다도 마음의 고통을 당하는 것 같았다. 그 괴로워하는 얼굴에는 더욱 여성다움이 보였다.

그 고통의 원인은 무엇인가. 끊임없이 엄습하여 오는 백제군인가. 백제왕은 근년에 주색에 침면하여 놀기만 한다고 하건마는 그래도 그는 범상한 사람은 아니었다. 그 밑에는 성충成忠, 흥수興首 같은 문무에 빼어난 좌평佐平이 있었고 의직, 계백과 같은 명장이 있었다. 더구나 계백은 신라 군사들의 두려움이었다.

춘추와 유신 같은 큰 기둥이 신라에 있으나 백제는 신라에 있어서는 무서운 존재였다. 한 해에도 몇 차례씩 백제군은 신라에 쳐들어왔다.

백제에 염탐하러 갔던 중 도옥道玉의 보고에 의하면 백제에서는 성충과 흥수가 합작하여서 굉장히 군사를 모아서 훈련하고 또 병기를 만들고 있다고 하였다. 성충과 흥수는 춘추와 유신이 비범한 인물인 것을 알았다. 그러므로 그들이 세력을 크게 이루기 전에 신라를 쳐 멸하여서 영원히 화근을 끊으려 하였다.

도옥의 보고에 의하면, 신라가 당나라와 맺어서 당병을 청하여다가 백제를 침범하려 한 것과, 신라가 제 연호를 폐하고 당나라 연호를 쓴 것과 왕 이하로 당나라 관복을 입게 된 것 등을 대단히 불쾌하게 생각한다는 것이었다.

승만마마가 임금이 되시매 안으로는 자장율사가 모든 것을 당을 본받고 당에 의지할 것을 주장하였고, 춘추도 백제를 누르려면 당의 힘을 빌지 아니할 수 없다고 주장하였다.

왕 이년 삼월에, 즉 거진 부자가 용장하게 싸워 죽은 이듬해에 백제군이 또 쳐들어왔다. 유신은 이것을 쳐 물렸으나 백제가 반드시 더욱 큰 힘을 가지고 습격하여 올 것을 기다리게 되었다. 그래서 춘추와 그 작은아들 문왕文王이 당나라에 청병하러 갔다.

당태종은 고구려를 치다가 안시성 싸움에 양만춘楊萬春에게 대패하여 살을 맞아 한편 눈이 애꾸가 되었으나 그 야심은 줄지 아니하였다. 마침 신라의 종실이요, 중심인물인 춘추가 오는 기회를 타서 먼저 신라를 제 손에 넣으려 하였다. 그래서 춘추 부자를 우대하였다. 광록경 유형柳亨을 십 리 밖에 마주 보내어서 춘추 일행을 영접케 하고 태종이 자기가 손수 지은 온탕溫湯을 대접하고, 또 금과 비단을 선사하였다.

춘추의 청병은 성공하였다. 그 대신에 춘추에 태화太和라는 신라의 연호를 폐하고 당나라 연호를 쓸 것, 궁중 관복을 당제로 고칠 것을 약속하였다. 그뿐더러 춘추는 그 아들 칠 형제를 모두 당나라에 보내어 국자감에서 공부를 시킬 것까지 약속하였다.

이리하여 당나라 서울 장안을 떠날 때에, 당태종은 조서를 내려서 삼품 이상 관이 총 출석으로 대연회를 배설하여 춘추를 전

송케 하였다. 당나라 역사에도 우례심비優禮甚備라고 적을 지경이었다.

이 소문을 들은 고구려는 수군으로 하여금 춘추가 타고 돌아오는 배를 습격하여 춘추를 잡아 죽이게 하였다. 춘추의 수원隨員6인 온군溫君이 춘추의 의관을 입고 배 위에 앉았다가 대신 잡혀 죽고 춘추는 살아 돌아왔다.

그러나 춘추의 이번 길의 성공(?)은 다만 고구려를 격분케 할 뿐 아니라, 백제도 크게 자극하였다. 백제는 일본에 가 있는 왕자 풍豊에게 은솔 벼슬 가진 복신福信을 보내어 천황께 신라와 당이 연합하여서 백제를 범하려 한다는 연유를 상주하여 구원을 청하게 하였다.

이런 소문 저런 소문이 모두 다 왕의 근심이 아니 될 수 없었다. 왕은 잠시 원효의 법설을 들어 모든 것을 잊으셨다가 불현듯 나라의 위태함을 생각하셨는지 모른다.

그러나 그보다도 더욱 왕의 마음을 불편케 하는 것이 있었으니 그것은 춘추의 일이다.

춘추의 세력이 점점 커질수록 왕의 위신이 떨어졌다. 춘추는 신라의 명맥이 제 손에 달린 것으로 생각하고 근년에 와서는 차차 왕을 누르는 기색을 보였다.

더구나 법흥왕法興王 때부터 써 내려오던 신라의 연호를 폐하고 당나라의 정삭正朔을 받는 일은 신라를 당나라의 속국을 만드는 일이어늘 춘추가 자의로 당태종과 약속을 하였고, 또 그와 함

6 벼슬이 높은 사람을 따라 다니며 돕고 보살피는 사람.

께 당태종이 내민 면복冕服을 왕더러 입으라고 강청하였다.

그때에 왕은 제신이 있는 앞에서 춘추를 향하여,

"경은 이번에 당나라에 특진이 되었다더니 이제는 내 신하가 아니고 당나라 신하냐."

하고 어성을 높이셨다 하는 말이 항간에까지 들렸다.

그러나 춘추의 세력은 움직일 수가 없었다.

"여왕으로는 안 된다."

"춘추공이 왕이 된다."

이러한 소리가 동요 모양으로 돌아다녔다.

오늘도 낮이 넘도록 왕에게 정사를 품하는 대신도 없었다.

'신라가 기울어진다.'

왕의 가슴에는 이러한 아픔이 있었다.

원효는 일어나 물러나오려 하였으나 왕은,

"대사를 다시 청해 뵈옵기도 어려우니, 좀 더 나를 가르치고 가오."

하고 만류하였다.

원효도 왕에게 대하여 차마 떠날 수 없는 듯한 무엇을 느꼈다.

왕은 술을 나외라 하였다.

"대사, 허물 마시오. 이 몸이 오늘은 술이 먹고 싶으오. 술을 먹으면 계를 깨뜨리는 것이지마는 허물만 안 지으면 상관없겠지. 마침 오늘은 자장대사도 안 계시니 한잔 먹읍시다."

술이 나왔다. 물론 고기 안주는 아니 나왔다. 대추와 밤뿐이었다.

원효도 술을 마셨다. 서너 순배 돌아가매, 사람들의 마음이 더욱 풀렸다. 왕의 낯에도 발갛게 화색이 돌았다.

"아유다, 거문고를 한 가락 타라."

왕은 이러한 분부를 내리셨다.

"가얏고가 어떠하올지."

아유다가 아뢰었다.

"가얏고? 가얏고도 좋지."

하시고 노랫조로,

"열두 줄은 열두 달

셋째 줄이 삼월인가

꽃 날리는 비바람."

하시더니 가볍게 무릎을 치시며,

"그래 가얏고를 타라. 〈사다함斯多含〉이 어떨고?"

하시고 희고 가는 손가락으로 줄을 고르는 아유다를 보셨다.

"〈사다함〉을 타오리다."

가얏고 줄 고르는 소리에 사람들의 마음은 지금까지 눌렸던 무거운 감정에서 해방된 것 같았다.

〈사다함〉이란 가락은 화랑 사다함을 읊은 것이다.

사다함은 내물왕奈勿王의 칠세손이요, 급손 구리치[仇梨知]의 아들이다. 귀한 집 아들로 어려서부터 불도를 배우고 또 화랑이 되어서 그 나이 열일곱에 벌써 천여 명 문도가 있었다. 그 문도들은 다 사다함에 심복하였다. 진흥왕이 이손 이사부異斯夫를 명하여 가라국을 치게 할 때에 사다함은 종군을 청하였으나 왕은 사다함이 아직 나이 어리다 하여 허락지 아니하였다. 그러나 사다함의 청함이 더욱 간절함을 보신 왕은 마지못하여 사다함으로 귀당비장貴幢神將[7]을 삼으셨다. 이에 사다함은 문도 천여 명을 거느리고 가라 국경에 다다라, 먼저 가 있던 원수 이사부에게 청하여 그 군사를 얻어 선봉이 되어가지고 전단도라는 문으로 쳐들어가서 가라국을 점령하고 말았다.

개선하여 돌아오매 왕은 사다함의 공을 크게 여겨 가라인 포로 삼백 명을 주셨으나 사다함은 이를 다 놓아주고 말았고 땅을 주셨으나 받지 아니하다가 굳이 받으라 하시매 아리내 냇가 불모지를 자청하여서 받았다. 그리고는 죽기로써 서로 사귀인 벗 무관랑武官郎이 병으로 죽으매, 곡지통[8]하여 칠 일 만에 따라 죽었다.

〈사다함〉이라 하는 금곡은 사다함이 제 벗이 죽은 것을 슬퍼하여서 가얏고를 울리며 울었다 하는 것이었다.

아유다는 줄 고르기를 마치고 〈사다함〉 곡을 타기 시작하였다. 첫 줄, 둘째 줄, 셋째 줄의 웅장한 소리를 기조로 하여서 열한째 열두째의 창자를 끊는 소리를 섞였다.

'충의 용사의 참된 우정.'

그 소리는 듣는 자의 눈에 눈물이 고이게 하였다.

아유다는 그 가락을 끝내고 가얏고를 무릎에서 내려놓았다. 그리고 소매로 그 상기한 낯을 가리웠다. 눈물이 흐르는 것이었다.

'사다함은 벗을 위하여서도 죽었거든 이 몸은 남편의 뒤를 못 따르고.'

아유다는 느꼈다.

---

7 신라 군단의 하나인 귀당 소속의 비장.
8 목을 놓아 매우 슬프게 욺.

"아유다."

하고 왕이 부르셨다.

"네."

"울지 마라."

"황송하옵니다."

"대사, 아유다는 돌아간 남편 거진랑을 생각하고 낙루하오. 거진랑은 사다함에 비길 사람이 아니오?"

하고 원효를 바라보았다.

"그러하오. 거진랑과 소승과는 문노 문하에서 같이 병법을 배웠소. 거진은 창을 잘 썼소. 거진랑이 감물에서 싸운 양은 참으로 용장하여서 귀신을 울릴 만하였소."

원효는 아유다를 위로하는 모양으로 거진을 찬송하는 말을 하였다.

"들으니 대사께서도 그때에 용맹스럽게 싸우셨다 하오."

이것은 문명부인의 말이었다.

"무얼, 소승은 다만 친구 거진랑 부자의 시체를 안아 왔을 뿐이오. 무슨 공이 있겠소."

원효는 이렇게 말하였다.

이 말에 왕은 원효를 보시며,

"창검이 별 같고 시석矢石이 빗발 같은 전장에 단신으로 세 번이나 달려들어가 친구의 시체를 안아 오는 것은 적병을 죽이기보다도 더욱 어려운 일이오."

하고 여러 사람의 동의를 구하는 듯이 자리를 돌다보았다.

"그러하오. 적병을 죽이는 것은 공명이나 되지마는."

문명부인이 말하였다.

원효는 거진을 안고 올 때에 거진의 몸이 아직도 부드럽고 그 눈이 아직도 빛나던 것을 생각하였다. 그리고 창을 맞은 앞가슴에 빨갛게 피가 솟아서 군복이 젖었던 것을 생각하였다. 원효나 거진이나 피차에 열여덟 살의 소년이었다.

여러 사람의 마음에는 반지산의 세 무덤이 생각혔다. 비녕자와 거진과 합절의 무덤이다. 충신과 효자와 충복의 무덤이었다.

비는 그치지 아니하고 바람도 불었다. 석양이 되매 방 안은 어두워졌다. 문명부인과 다른 이들은 물러 나가고, 왕은 아유다와 원효만을 머물렸다. 심상이 원효의 뒤에 모시고 있을 뿐이었다.

"이 몸이 대사께 물을 말씀이 있어서."

하고 왕이 원효를 만류한 까닭이었다.

"벼르고 벼른 오늘이오."

다른 사람들이 다 물러 나간 뒤에 왕은 이렇게 말씀하셨다.

"아유다는 이 몸의 유일한 벗이오. 이 몸이 아유다의 뜻을 알고 아유다가 이 몸의 뜻을 아오. 아유다 안 그런가?"

왕은 아유다를 향하여 빙그레 웃으셨다.

"상감마마 황송하옵니다."

아유다는 합장하였다.

"대사, 이 몸이 외로운 사람이 아니오?"

왕의 음성에는 애조가 있었다.

"무슨 뜻이온지?"

원효는 이렇게 대답하였다.

"외롭소. 이 몸은 외롭소."

왕은 당신이 왕인 것도 잊은 듯이 이렇게 한탄하셨다.

"사람은 자리가 높을수록 외로운 줄로 아오. 부처님의 자리는 가장 외로운 자리가 아니오니까. 그러므로 고고孤高라 하오. 상감마마도 이 나라에 지존이시니 외로우심이 당연하신가 하오."

원효는 이렇게 아뢰었다.

"지당한 말씀이오. 그러나 대사."

하고 왕은 잠깐 주저하다가,

"이 몸이 이 자리에 있을 만한 사람이 못 되는가. 외로워, 외로워."

왕은 한 번 더 한숨을 지으셨다.

왕은 원효의 대답을 기다리는 듯이 원효를 바라보셨다. 그 눈에 여성의 애원하는 빛이 보였다.

원효는 왕의 뜻을 똑바로 알 수는 없었다. 왕은 왕으로서의 외로움, 즉 나라 일을 위하여서의 외로움을 말씀하심인지, 또 한낱 사람으로서의 외로움, 여자로서의 외로움을 말씀하심인지 원효에게는 분명치 아니하였다.

왕으로서의 외로움도 있을 법하였다. 또 사람으로서의 외로움도 있을 법하였다.

그러나 원효는 더 물을 수는 없었다. 그러면서 대답하지 아니할 수도 없었다.

원효는 자기의 대답이 이 괴로워하는 여왕에게 기쁨을 드리고 새로운 신념을 드리기를 바라서 잠시 명목하고 부처님을 염하였다. 옛날 세존께서 파사닉 왕 부인께 경을 설하시던 것을 생각하였다.

'그러나 내게 그러한 법력이 있을까.'

이렇게 생각하니 원효는 적막하였다. 지금 어떤 번뇌에 끓고 있는 젊으신 여왕을 제도할 만한 힘이 원효 자신에게는 없는 것 같았다.

원효는 불보살의 위신력威信力의 가지加持⁹를 바라면서 입을 열었다.

"상감마마. 그러한 말씀은 아니하실 말씀인가 하오. 십선十善이 구족하시와 임금으로 나시는 것은 이 나라 백성을 다스리시라 하시는 비원력悲願力이시라, 이 나라 백성이 먹고 마시고 사는 것이 모두 다 상감마마 복력이시니, 예서 더 큰 보살행이 어디 있사오리이까."

"이 몸도, 이 몸도 이 나라에 임금 될 연이 있어 임금 된 줄은 아오마는 국보國步는 날로 간난艱難하고, 백성도 편안할 날 없으니 모두 이 몸의 악업인 듯 생각사록 가슴이 아프오. 이 몸이 한 목숨을 버려서 나라이 편안하리라 할진대 그것을 아낄 이 몸도 아니언마는 번뇌로 뭉쳐진 이 몸을 버리기로 무슨 공덕이 되겠소. 약왕보살藥王菩薩 모양으로 이 몸을 태워 빛이 되고 향이 될 수가 있기만 하면야."

왕은 잠시 눈을 감으시고 침음하시다가 한숨을 쉬이시며,

"그러나 이 몸에 가득 찬 것이 번뇌, 업장. 만일 이 몸을 태운다면 악취만 날 것이오. 그러한 몸이 임금의 자리에 있으니 나라이 편안할 리도 없을 것 같아서."

9 부처의 대자대비한 힘의 가호를 받아 중생이 불범일체佛凡一體의 경지로 들어가는 일.

왕은 또 말을 끊으셨다가,

"이 몸이 임금다운 임금이 되리라고 퍽 애도 썼소마는 그리
아니 되오. 업장이지요."

"그렇게 매양 몸소 부족하심을 깨달으심이 거룩하신 어른의
본색이시오."

"아니, 아니. 대사는 이 몸에게 똑바로 말씀하시오. 이 몸을 한
여자로 보시고 똑바로 말씀하시오."

"똑바로 아뢰온 말씀이오."

"아니, 아니. 대사의 밝으신 법안法眼으로 이 몸의 마음속을 아
니 보실 리가 없소? 이 몸의 가슴속에 무슨 번뇌가 불타고 있는
가를 모르실 리가 없소. 대사는 그것을 다 아시면서 이 몸의 업장
이 미진함을 보시고 이 몸을 제도하시려 아니하시는 것이오. 반
드시 그렇소."

원효는 왕의 참뜻을 안 것 같았다.

"번뇌로 말씀하오면 사람의 몸을 쓰고 있는 동안 그 몸에 붙
은 번뇌가 없지 아니할 것이오. 생로병사를 면할 수 없으니."

"덕이 높은 보살도 번뇌가 있소?"

"이 육신을 벗기까지는."

"대사도 번뇌가 있소?"

"소승 같은 젊은 무리는 말씀할 것도 없사옵고."

"겸사지요."

하고 웃으시면서,

"그러나 대사께서 아직 중생의 번뇌가 남아 있다 하면 도리어
반가운 일이오. 이 몸과 가까운 듯해서. 대사는 이미 모든 번뇌를

벗으셨으리라 하면 너무 높아서 무시무시하오. 대사도 아직 번뇌
가 남았다면 한끝 실망도 되나, 한끝 반갑기도 하오. 그런데 대사
께서는."

왕은 주저주저하더니,

"그런데 대사는 무슨 번뇌가 아직 남았소?"

하고 원효를 본다. 아유다도 원효를 본다.

원효는 눈을 감았으나 왕과 아유다의 시선이 제게 쏠렸음을
느꼈다. 그리고 원효는 지금 당한 처지가 심히 중대한 것을 느꼈
다. 원효는 제 마음을 들여다보았다. 아까 《화엄경》을 설할 때에
는 법사 원효였으나 지금은 그렇게 청정한 마음이 아닌 것을 깨
달았다.

제 몸이 젊고 아름다운 두 여자의 곁에 있다는 것을 느끼고 있
음을 깨달았다. 원효의 마음의 하늘은 결코 가을 새벽 하늘과 같
이 새말간 하늘이 아니요, 봄꽃 필 때 하늘처럼 아지랑이 낀 하늘
임을 깨달았다. 그 아지랑이는 서른세 살 된 남자 원효의 번뇌
였다.

"번뇌무진서원단이라 하였으니 번뇌가 다할 날이 없으나 다
만 끊기를 서원할 뿐이오."

원효는 이렇게 대답하였다.

"그러나 이 몸이 뵈옵기에는 대사의 얼굴이나 눈에나 음성
에나 번뇌가 남아 있을 곳이 없는 것만 같소. 오직 맑고, 깨끗하
고—대사의 몸에는 때 하나 먼지 하나 붙을 자리가 없는 것만 같
건마는 그래도 대사에게도 번뇌가 남아 있다 하니 겸사신가. 우
리와 같은 범부지에 있는 중생을 제도하시려고 일부러 중생의

번뇌를 나누심인가."

왕은 혼잣말씀 모양으로 하며 원효의 눈을 보신다. 그 눈에는
젊은 여자다운 수줍음을 보이시면서,

"대사는 어느 때가 되면 그 번뇌를 마저 버리시려오?"

하고 엄숙한 표정을 보이신다.

"무변중생을 다 제도할 때까지는 이 번뇌도 아니 버려지리라
하오."

"그럼 성불은?"

"중생을 다 건진 뒤에."

"그러면 영겁에 생사해生死海에 출몰하시려 하오?"

"그러하오."

"대사, 그것이 보살의 대원이시오?"

"한 사람 원효의 원이오."

"그러면 삼악도三惡道에도 들어가시려오? 지옥에도, 아귀도에
도?"

"그럴 일만 있으면 축생도에라도."

"축생보畜生報를 받으셔도 뉘우치지 아니하시려오?"

"비록 한 중생을 위해서라도."

"고마우셔라."

왕은 힘을 주어서 합장하신다.

자리에는 이상한 기운이 돈다.

아유다도 그 아름다운 눈으로 수줍음도 없이 원효를 정면으로
바라보고 눈을 돌리려고도 아니하였다.

이때에 원효의 눈앞에는, 위로는 불보살의 경계로부터 삼계육

도三界六道가 보였다. 뱀과 여우와 개와 벌레와 유황불 일고 기름 가마 끓는 지옥과 한없는 쾌락이 있는 천상과 아미타여래의 극락정토와 피 흘리는 모든 귀신들과 인간과.

그러나 이 모든 세계는 다 마음이 일러놓은 것이었다.

'心如工畵師.'

마음은 재주 있는 환쟁이와 같다. 그의 업은 난사의難思議[10]다. 못하는 일이 없다. 천당을 지어놓고 그 위에서 즐기기도 하고, 지옥을 만들어놓고 그 속에 들어가서 울기도 한다. 이 인간 세상도 제가 지어놓고는 제가 못 벗어나서 애를 쓰고 있다.

원효는 제 마음이 또 한 세계를 짓고 있구나 하고 놀랐다.

이때에 왕은 지금까지도 합장하고 있던 손을 내리시며,

"대사, 이 몸의 청을 들어주시겠소?"

하는 소리는 떨렸다.

"소승에게 무슨 청이오니까."

"앞으로 어느 세상에 가서 나시든지, 이 몸도 따라가서 나게 하시겠소? 이 몸이 등조왕 궁의 청의靑衣가 되게 하시겠소? 이 자리에서 무슨 말씀을 못하리. 이 몸은 칠 년 전 대사께 《승만경》을 들은 이래로 대사를 사모하였소. 대사의 곁에 모시고 싶었소. 그러나 이 몸은 여자요, 또 이 나라의 임금이매 참고 참고 있었거니와, 대사는 보살의 화신이라 다시는 중생의 몸을 쓰실까 싶지도 아니하여 차생 내생에 내 원은 못 달할 것으로 알고 있었소. 그러나 만일 대사가 다시 인간에 생을 받으시면 선혜선인善惠善人

---

10 깊은 이치나 높은 업적 등에 대하여 찬탄해 마지않을 때 하는 말.

이 청의녀를 이끌어 세세생생에 부부가 되듯이 이 몸도 세세생생에 대사를 따르게 하여주시오."

왕의 눈에는 불이 이는 듯하였다.

원효는 놀랐다. 왕의 말씀은 실로 대담하고도 간절한 말씀이었다.

그러나 원효는 이 말씀을 무엇으로 대답할 바를 몰랐다. 선혜 선인은 보광불께 공양할 청련화 다섯 송이를 얻기 위하여서 등조왕 궁의 청의녀에게 세세생생에 부부 될 것을 허락하였다. 그러나 원효는 그러하오리다 하는 대답을 할 용기가 없었다. 용기가 없었다는 것보다는 마음이 혼란하여짐을 어찌할 수 없었다.

"상감마마, 마음을 진정하시겨오."

원효는 겨우 이런 대답을 하였다.

"진정하라고? 이 몸더러 이 몸의 마음을 진정하라고 하시오? 이 몸의 맺힌 한 마음이 천 겁을 간들 풀릴 줄 아시오? 이 몸의 이 원을 풀기 전에 이 몸이 성불할 줄 아시오. 이 몸이 스스로 최후신最後身[11]인 줄만 알고, 다시는 생사해에 들지 아니할 줄 알았으나 두고두고 생각할사록 이 몸에는 미진한 인연이 많고 닿지 못한 원이 수미산과 같소. 선혜와 청의는 삼십육반三十六返으로 석가세존과 아수다라부인이 되었거니와, 이 몸은 대사의 법력이 아니면 억천만반을 하여도 생사를 벗어날 길이 없소. 이 몸이 수없이 아내가 되고 어미가 되고 하기 전에는 이 미진한 인연을 끊을 수가 없는가 하오. 대사 이 몸을 불쌍히 여겨서 거두어주시오."

---

11 윤회의 생사가 끊기는 마지막 몸. 수행이 완성되어 불과에 이르려고 하는 몸.

왕의 눈에서는 눈물이 흘렀다. 왕은 다시 말을 이어서,

"이 몸과 저 아유다와는 지나간 칠 년 동안 대사를 바라고 살았소. 아유다가 대사를 사모함을 볼 때에 이 몸은 때로 질투를 느낀 일도 있었으나 그도 다 인연이오. 사랑도 인연, 미워함도 인연."

하고 아유다를 보았다.

아유다는 고개를 더욱 깊이 숙이고 들지 못하면서,

"이 몸이야말로 세세생생에 상감마마의 몸종[侍婢]이 되어서 마마를 받드오리이다. 상감마마옵께옵서 대사님 곁에 계시오면 이 몸은 마마 뒷그늘에 숨어 뫼시오리이다."

"상감마마."

원효는 소리를 가다듬었다.

"대사, 말씀하시오. 그리하여 주마는 허락을 하시오."

왕은 이렇게 보채셨다.

"상감마마. 모두 마음의 장난이오. 이미 날이 저물었으니 이 이야기를 끊어야 할 것같이 영겁의 윤회에 지치셨으니 고만 인연의 줄을 끊으시오. 업보수생業報受生의 줄을 끊어 이번 생을 최후생으로 하시고 대비심으로 수원수생隨願受生하는 보살의 길을 닦으시오."

이렇게 말하고 원효는 대궐에서 물러 나왔다.

궐문 밖에는 수레가 기다리고 있었으나 원효는 그것을 타기를 사양하고 비를 맞으며 걸었다.

"시님, 비가 오는데."

심상은 원효에게 수레에 오르기를 권하였으나 원효는,

"걸어가자. 비가 오면 비를 맞고, 바람이 불면 바람에 불리면서 걸어가자. 번뇌에 달은 몸을 식히자."

하고 뚜벅뚜벅 걸음을 옮겼다.

"시님의 마음에도 번뇌가 일어났습니까."

심상은 한 걸음 원효의 곁으로 오면서 물었다.

"네 마음에도 번뇌가 일어났느냐."

"소동은 대궐에 있는 동안이 꿈 같아서 무엇을 보았는지 무엇을 들었는지 정신이 없소."

"비를 맞으면서 그 정신이 간 곳을 찾아라."

이렇게 문답하면서 분황사로 돌아왔다.

그런데 그 후 며칠이 못하여서 왕이 승하하셨다.

원효가 왕이 빈천賓天[12]하셨다는 말을 조보朝報로 들을 때에 원효의 마음에는 이 모든 기억이 살아 나온 것이었다.

왕은 어떠한 마음으로 세상을 떠나셨을까. 모든 것이 공空인 줄을 깨닫고 공중에 떴던 구름장이 슬듯이, 불이 다 타고 재만 남듯이 돌아가셨을까. 그렇지 아니하면 왕이 그날 말씀하신 모양으로 세세생생에 원효의 곁을 떠나지 아니할 것을 맹세하고 돌아가셨을까.

원효는 멀거니 생각하고 있다.

원효를 보내신 왕은 한참이나 두 손으로 낯을 가리우고 울으셨다.

"상감마마, 상감마마."

_____
12 천자가 세상을 떠남.

아유다는 감히 왕의 몸에 손을 대이지는 못하고 부르기만 하였다. 그러하는 아유다의 눈에서도 눈물이 흘렀다.

아유다는 왕을 동정하였다. 왕은 호랑이와 같은 춘추공이나 유신공을 대하실 때에는 왕의 위엄을 잃지 아니하셨다.

"경은 이 나라의 신하냐, 당나라의 신하냐."

하고 소리를 높이실 때에는 춘추도 고개를 들지 못하였다.

그러나 왕은 역시 여자이셨다. 아유다와 단둘이 있을 때에는, 왕은 아내 될 사람이요, 어머니 될 사람이었다.

"아유다, 부부의 정이 어떠하더냐."

"사흘 동안에 무슨 부부의 정을 압니까."

"그래도 남편이 세상에 제일 가깝고 소중하고 그립지 아니하더냐."

"사흘 만에 남편을 전장에 내보낼 때에는 서럽디다. 그리고 잠이 아니 오고 바람결에 나뭇잎이 굴러도 남편이 돌아오는가 하고 귀가 솔깃하옵디다."

"그럴 게다. 이 몸은 부부의 정을 몰라."

"만나는 기쁨이 없으니 떠나는 슬픔도 없지 아니하옵니까."

"떠날 때에 가슴이 터져도 좋으니 만나는 기쁨을 가지고 싶다."

왕은 이러한 말씀을 하신 뒤에,

"아유다, 너도 어미 정은 모르는구나."

하고 아유다의 손을 잡으시며,

"너는 남편이 있고 싶으냐."

하고 물으시기도 하였다. 그날 밤에 상감은 아유다가 그 숙소로 돌아가기를 허치 아니하시고,

"오늘은 내 곁에서 자거라."

하여서 자리를 가지런히 펴게 하셨다.

"황송하오."

하고 아유다는 왕명을 거역하지 아니하였다.

왕은 잠이 아니 드시는 모양이라고 아유다는 생각하였다. 왕은 수없이 돌아누우셨다. 그러할 때마다 이불소리와 함께 왕의 한숨이 들렸다.

아유다도 잠이 들지 아니하였다. 상감 곁에서 잔다는 것만도 어려운 일이었으나 여러 가지 마음이 설레었다. 더구나 원효에게 대한 사모하는 마음은 영원히 이루어지지 못할 원이었다. 왕께서 그처럼 간절히 청하시는 말씀에도 대답을 아니한 원효가 제 것이 될 리는 없다고 아유다는 생각하였다.

왕은 내생에 원효의 곁에 있게 하여달라고 청하셨건마는 원효는 허락지 아니하였다. 그렇다면 금생에는 더욱 가망도 없을 것이라고 생각하였다.

아유다는 의상대사와 선묘善妙의 이야기를 생각하였다.

의상이 당나라에 가는 길에(원효도 함께 떠났으나 원효는 해골에 고인 물을 마시고는 모든 것이 마음의 조작이라는 것을 깨닫고 장안에 갈 필요가 없다 하여 중도에서 본국으로 돌아왔다) 선묘라는 여자에게 사랑을 청함을 받았으나 거절하였다. 그러나 선묘는 그 후에도 의상을 생각하고 십 년이 넘도록 의상이 돌아오기를 기다리면서 의상을 위하여서 빌고 있었다는 말이다. 그 선묘는 당나라 양가 여자로 지극히 미인이라고 한다.

아유다는 자기도 선묘와 같다고 생각하였다. 그러나 자기는 선묘보다는 행복되다고 생각하였다. 선묘는 사랑하는 의상과 수천리를 떠나 있건마는 아유다는 같은 서라벌에 있어서 만나려면 만날 수도 있기 때문이라고 생각하였다.

그러나 또 한편 생각하면 아유다가 선묘보다도 불행하였다. 그것은 사랑하는 이를 지척에 두고도 만나지 못하기 때문이다.

아유다는 죽은 남편 거진을 생각해야 될 몸인 줄 잘 안다. 그러나 아유다는 제 마음이 원효에게로 쏠리는 것을 어찌할 수 없었다. 처음에는 다만 원효의 법력에 대한 사모인 줄 알았으나 칠년이나 그 생각을 계속하는 동안에 아유다는 원효 없이는 살 수 없는 몸이 되고 말았다.

아유다는 오늘 본 원효를 마음에 그릴 때에 피가 끓어오름을 느끼면서 이불소리가 아니 나도록 돌아누웠다. 제 높은 숨소리가 상감의 귀에 들리기를 두려워함이었다.

아유다는 더욱 숨이 치고 머리가 떵함을 깨달았다. 이때에,

"아유다. 자느냐."

하고 상감이 아유다 쪽으로 돌아누우셨다.

"네. 아직 안 잡니다."

"왜? 너 원효대사를 생각하고 잠을 못 이루냐."

"황송하옵니다."

"역시 그렇구나."

하시고 왕은 팔을 내어밀어서 아유다의 손을 잡으신다. 아유다는 왕의 뜻을 알고 제 손을 들어서 왕의 손에 놓아드렸다. 왕의 손길을 불 같았다.

"상감마마. 손이 더우시오."

"몸이 아프다."

"전의典醫를 부르오리까."

"아니, 밝는 날에."

"아까 바람을 쏘이시고 춥다 하시더니."

아유다는 몸을 자리에서 일으킨다.

"별일 없겠지."

"눈이 붉으십니다."

"눈이 붉으냐."

"네."

"내가 울었다."

왕은 빙그레 웃으신다.

"왜 우셨습니까."

"아유다. 내 손을 한 번 꼭 쥐어다오."

"황송하여라."

"더 힘껏."

아유다는 꿇어앉아서 두 손으로 공손하게 왕의 손을 꼭 쥐었다. 왕의 손은 보드라와 뼈가 없는 것 같았다. 가늘고 길고 흰 손가락. 평생에 더러운 것을 만져본 일 없는 손이라고 아유다는 생각하였다.

"고맙다. 그렇게 손을 꼭 쥐어주니 외로움이 풀리는 것 같다."

"상감마마. 오늘은 왜 그리 비감하신 말씀을 하십니까."

"악하던 사람이 마음이 깨끗해지면 눈물이 흘러. 여자의 눈물이 원망할 때에 많이 흐른다 하거니와 지금 내 눈물은 원망의 눈물은 아니다. 참회의 눈물이다. 이 참회의 눈물이 마르기 전에 내가 죽으면 악도에는 아니 빠질 것이다. 임금의 눈물은 나라와 백성을 위하여서만 흘릴 것이지마는 지금은 우리나라와 내 눈물과는 아무 상관이 없어. 설사 지금 내가 죽는다 하더라도 나를 위하여 울어줄 사람이 누구냐."

"신라 백성이 모두 울지 아니하겠습니까."

"신라 백성 중에 울어줄 사람도 있겠지. 그러나 내가 임금이 된 지 팔 년에 잘한 일이 하나도 없어. 백제와 싸워서 두 번 이겼으나 백제의 후환을 끊지 못하고 고구려의 낭비성도 아직 빼앗지 못하고, 조상 적부터 내려오던 법을 폐하고 당나라 앞에 무릎을 꿇고. 생각하면 모두 잘못한 것뿐이다. 더구나 당나라 개국 축하로 보낸 내 태평송太平頌은 후세에 두고두고 웃음거리가 될 것이다. 그것도 다 자장 때문이지. 너의 아버지 때문이고. 아차 내가 또 남을 원망하는 생각을 하는구나. 이것이 계집의 마음이야. 내가 임금이니 모두가 내 일이지. 왜 남을 원망하느냐. 아무리 자장이기로 또 너의 아버지기로 임금인 내가 못한다면 고만이었겠지. 그렇지 아니하냐. 내 말은 다만 이게다. 그 태평송 첫머리는 내가 지은 것이야. 그게야 당연하지 아니하냐. 그 나라가 새로 생겼으니까, 그만한 덕담은 해도 괜찮은 게지. 그렇지만 '外夷違命者 剪覆被天殃'[13]이라든지, '五三成一德 昭我皇家唐'[14]이라든지 그런 소리야 내가 했을 리가 있느냐. '四時和玉燭 七曜巡萬方'[15]까지는 모르겠다마는 '外夷違命者'니 '昭我皇家唐'이니 이게야 할 소리

---

13 황제의 영을 어기는 오랑캐는 칼 앞에 자빠져 천벌을 받으리.
14 오제 삼황의 덕이 하나 되어 우리 임금을 밝게 하네.
15 네 계절이 조화되고 해와 달과 다섯 개 별이 널리 만방에 돌아다닌다.

냐. 그때에도 내가 아직 나이가 어리고, 그래서 웃음을 천추에 남겼지. 그런데 너의 아버지는 이제는 신라사람인지 당나라사람인지 모르게 되었으니 나만 죽으면 어떻게 될지 모른다. 너의 아버지는 필시 내가 어서 죽기를 기다릴 것이다마는."

"상감마마."

아유다는 무엇이라고 아뢰올 바를 몰랐다.

왕은 병환이 날로 침중하셨다. 왕은 돌아가실 것을 결심하신 듯이 전의가 드리는 약도 안 잡수시고 거의 식음을 전폐하셨다.

왕의 곁에는 궁녀 이외에는 아유다가 모셨다. 왕은 자장에 대하여서는 분명히 불쾌한 빛을 보이셨다. 자장은 벌써 칠십이 넘은 노승이었다.

자장은 그러나 매일 예궐하였다. 불행히 승하하시는 경우에는 대통을 이을 이가 누구냐 하는 것이 궁중, 부중府中은 물론이요, 일반 민간에서도 의문이었다.

왕은 아무러한 의사표시도 없으셨다. 알천장군閼川將軍일까 춘추공일까, 또는 춘추의 아들 법민일까, 이 세 사람이 가장 유력한 후보자였다. 관창랑의 아버지 품일品日 이손을 말하는 자도 없지 아니하였으나 그는 인망으로나 세력으로나 도저히 춘추와 비길 수는 없었다.

알천은 아리내라고 불렀다. 그는 훈공으로나 연배로나 당시에 가장 높은 지위에 있었다. 그는 유신의 아버지 용수장군으로 더불어 진평왕의 유신으로 선덕왕 오년에 독산성 싸움에 백제군을 크게 파하고, 동 칠년 칠중성 싸움에 고구려군을 깨뜨려서 일국의 신임을 받았다. 더구나 알천은 사욕이 없고 품격이 높아서 백성들이 그의 덕을 사모함이 컸다. 승만왕도 알천을 신임하셔서 즉위 초에 그로 상대등을 삼아서 정사를 총리하게 하였다.

그러나 알천은 다만 덕망이 있는 명장일 뿐이요, 정치가는 아니었다. 그래서 춘추가 하는 대로 방임하였다.

왕은 상대등 알천을 침전으로 부르셨다. 알천은 백발 동안이었다. 알천은 왕의 옆에 부복하여서 고개를 들지 못하였다. 그처럼 그는 임금께 대한 충성이 지극하였다.

"이 몸이 일지 못할 듯하오. 이 몸이 이 세상을 떠날 날이 멀지 아니한 듯하오."

왕은 이렇게 말씀하셨다.

알천은 눈물이 좔좔좔 소리를 내어서 자리에 떨어지고 그의 머리에 쓴 관이 떨렸다. 느껴우는 것이었다.

평생을 충의 일념으로 살아온 알천은 임금의 병환이 중하시다는 말을 들은 때로부터 아침마다 목욕하고 산에 올라 선왕仙王님께 임금의 병환이 평복[16]하시기를 기원하였다.

"이 늙은 목숨으로 상감마마의 수명을 대신하여지이다."

하고 빌었고, 밤에도 옷을 끄르지 아니하였다.

이제 눈앞에 왕의 병환이 침중하심을 뵙고 또 돌아가실 날이 멀지 아니하다 하시는 말씀을 듣자오매, 알천은 가슴이 미어지는 듯하여 눈물을 걷잡을 수 없는 것이었다.

"상감마마, 마음을 든든히 하시겨오."

알천은 떨리는 소리로 이렇게 아뢰었다.

---

16 병이 나아 건강이 회복됨.

"아니. 이 몸의 갈 날이 이르렀소. 이 몸이 철없는 어린 여자의 몸으로 임금이 된 지 팔 년 동안 큰 허물이 없이 지낸 것은 다 알천 상대등의 충의의 힘이요. 이 몸이 죽은 뒤에 일은 다 알아서 하시오."

왕은 이렇게 말씀하셨다. 알천은 무엇이라고 아뢰일 바를 몰라서 다만 머리를 조아릴 뿐이었다.

왕은 다시 말을 이으시와,

"고구려와 백제가 다 우리나라를 엿보고 있으니 앞으로 나라에 어려운 일이 많을 것 같소. 춘추는 당나라의 힘을 빌어 백제와 고구려를 멸하려 하나, 이것은 외인을 불러서 형제를 치려 함과 같으므로 이 몸이 허락지 아니하였으니, 차라리 백제와 고구려에 사신을 보내어 서로 화친할 것을 말하고 세 나라이 한곳에 모여서 서로 맹약함이 좋을까 하오. 행여 당병을 이 땅에 끌어들이지 마오."

하시는 유칙이 계시었다.

"지당하신 분부시오. 그러하오나 상감마마 만세의 후에는 대통은 어찌하올지?"

알천은 가장 중심문제인 왕위계승에 대하여서 여쭈었다. 알천의 물음에 대하여서 왕은,

"이 몸이 아들이 없으니, 딸도 없으니, 진골 중에서 가장 덕이 높은 이를 골라 나라를 잇게 하시오. 다 알천 이손이 좋도록 알아서 하시오."

왕은 이렇게 말씀하셨다. 왕의 희망으로는 알천에게 왕위를 전하고 싶었다. 그러나 왕은 알천이 듣지 아니할 것을 알았다. 그

것은 알천이 겸손하기 때문이었다. 또 한편으로는 춘추가 아무리 하여서라도 제가 왕위에 오르려 할 것이었다. 만일 왕이 알천에게 위를 전하신다 하면 필시 피 흐르는 일이 일어날 것을 왕은 짐작하셨다. 춘추는 무력을 써서라도 왕이 되고야 말 것이었다.

왕은 이렇게 생각하시므로 알천에게 선위하실 생각은 끊으셨다. 그 대신에 알천 이하 여러 대신을 부르시와,

"이 몸의 병이 언제 나을지 모르니, 그동안은 이손 알천으로 섭정케 하오."

하는 분부를 내리셨다. 이것은 춘추로 하여금 알천의 말을 듣게 하려 하심이었다. 이 모양으로 왕은 정사에 대한 책임을 벗어버리시니, 몸이 가벼워지신 것 같았다. 그리고는 아유다와 단둘이 계실 때가 많았다.

하루는 왕은 아유다와 이러한 담화를 하셨다.

"아유다."

"네."

"너의 아버지 언제 뵈었느냐."

"어저께도 만났습니다."

"어떠시든?"

"상감마마 어떠하시온지 늘 근심하고 있습니다. 어저께도 목욕재계하고 신궁에 들어가 상감마마 어서 병환이 나으시게 하소서 하고 빌었다 하옵니다. 이 몸의 어미는 분황사에 가서 불공을 잡수었습니다."

"분황사에?"

"네."

"너도 갔던가."

"네."

"고마워라. 원효대사도 뵈왔는가."

"네, 법당에서. 축원문을 원효대사가 읽었습니다."

"고마워라. 대사와 무슨 말씀은 없었는가."

"아무 말씀도 없었습니다. 이 몸의 어미와 이 몸을 보고 다만 합장할 뿐이었습니다."

"대사는 어떤 옷을 하오셨던가."

"검은 장삼에 자주 가사를 메고─."

"손에는?"

"손은 차수叉手[17]하고 있었습니다."

왕은 원효의 모양을 보시는 듯이 눈을 가느스름하게 하시고 두 손을 가슴 위에 들어 합장하셨다.

아유다는 설움이 북받침을 깨달았다.

왕은 이윽히 가만히 계시더니,

"아유다."

하시고 고개를 숙이고 앉았는 아유다를 부르셨다.

"네."

하고 아유다는 옷소매로 눈물을 씻었다.

"내가 죽은 뒤에는 네가 대사의 뒤를 돌보아드려라."

"이 몸이 무슨 힘으로."

"옷과 양식과 기름과 차와 종이와 먹과 붓과 과일과, 그것이지."

---

17 두 손을 어긋매껴 마주 잡음.

"그리하오리다."

"선지식善知識의 얼굴을 한 번 대하는 것만 해도 큰 인연, 큰 복이라고 하지 않느냐. 하물며 큰 선지식을 공양하는 것은 여간 큰 복이 아니다. 가난해서 공양할 물건이 없으면 선지식이 가는 길을 쓸어만 드려도 큰 공덕이라는 거야. 어디 그러한 인연이 저마다 있나? 옛날 선혜비구는 보광불이 지나시는 길에 부처님 발에 진흙이 묻을까 저어하여 제 머리카락을 길에 깔아드렸다 아니하느냐. 이 선혜비구가 그 공덕으로 석가모니불이 되셨다고 아니하느냐. 세상 은혜 중에 정법正法을 가르쳐주시는 스승의 은혜가 가장 크지 아니하냐."

"네. 《인과경因果經》에 그렇게 씌어 있습니다."

"그런데 너는 앞으로 오래 대사를 공양할 수 있으니 그런 복이 어디 있느냐."

"황송하옵니다. 만일 이 몸이 무슨 공덕을 짓사오면 모두 상감마마께 회향[18]하겠습니다."

"불도에 회향하지, 중생에 회향할까. '願以此功德 普及於一切 我等與衆生 皆共成佛道'[19]라고 하지 않았느냐."

---

18 공덕을 다른 중생이나 자기 자신에게 돌림.
19 원하옵건대 이 공덕이 온누리에 널리 퍼져 나와 뭇 중생이 모두 성불하여지이다.

번뇌무진

왕이 승하하신 것이 원효에게 큰 충동을 주었다.

원효는 《화엄경》 해설에 열중하여서 별로 세상일에 주의하지 아니하였고, 또 그러할 마음의 여유도 없었다. 원효는 오직 원만한 불성佛性만을 응시하는 생활을 하고 있었다. 고구려, 백제, 당나라들과의 외교관계가 매우 중대하였으나 원효는 그런 것을 참견하려고도 아니하였다. 또 설사 무슨 기회에 그러한 중대한 소식을 들을 때에 일시 흥미를 느끼는 일이 있더라도 경상을 대하면 그런 것은 다 잊어버렸다.

원효의 목표는 다만 《화엄경》을 주석하는 데만 있지 아니하였다. 《대승기신론》과 《화엄경》 주석이 끝나면 《법화》, 《금강》 할 것 없이 중요한 대승경전을 다 주석을 내리고 싶었다.

원효는 자기가 처음 불경을 읽었을 때에 어떻게나 알기 어려웠던 것을 생각하고 이것을 알기 쉽게 적더라도 이러한 경들이 어떻게 우리에게 소중하고 중요한 것임만이라도 사람들에게 알리고 싶었다. 그래서 원효는 인생의 향락을 온통 단념하고 불경 주석의 뜻을 세운 것이었다.

"원효가 이 세상에 다녀간 뒤에 불도를 모르는 사람이 없게 하리라."

이것이 원효의 뜻이었다.

원효는 문수보살을 원불願佛로 모시고, 용수로 사모하는 선배를 삼았다. 문수보살이 짐짓 부처의 지위를 버리고 영원한 보살로 불도를 전하여서 모든 부처의 스승이 되신 것이 원효의 뜻에 맞았다. 자기도 문수보살의 본을 받아서 불도를 펴는 자가 되리라고 생각하였다.

원효가 《아미타경》을 애독하고 또 그 주석을 쓴 것은 '諸上善人俱會一處', 즉 착한 사람뿐이요, 악한 사람은 하나도 없는 극락 정토의 최고 이상(그것은 진실로 인생의 최고 이상이다)에 공명한 까닭도 있거니와 아미타불의 전신인 법장비구가 '누구든지 내 이름을 듣거나 부르거나, 악도에서 벗어나지 아니할진댄 나는 성불하지 아니하겠다' 하신 그 대원大願이 원효의 마음에 든 까닭이었다.

그러므로 원효는 해탈도 바라지 아니하고 왕생극락이나, 성불도 바라지 아니하였다. 그는 오직 불도를 모르는 중생이 하나도 없게 하기를 바란 것이다.

원효도 제행무상을 모름은 아니었다. 《열반경涅槃經》은 그가 《화엄경》에 못지 아니하게 애독하는 경이었다. 그러나 승만왕—

승하하시매 이 왕을 진덕여왕眞德女王이라고 시호를 받들었다—
이 승하하심을 들은 때처럼 제행무상으로 절실히 느낀 일은 없
었다.

바로 칠팔 일 전이 아니냐. 비 오는 삼월 삼짇날 원효가 어전
에서《화엄경》〈십지품〉을 강한 것이 바로 칠팔 일 전이 아니냐.
그날에 왕은 그 풍후하고 건강하신 몸으로 설법을 들으시지 아
니하였느냐. 그런데 그 어른은 돌아가셨다.

왕의 한 많은 몸은 그가 평거에 즐겨 하셨고, 또 마지막으로
원효의 설법을 들으시던 모랫도 궁 옆에 묻히셨다.

원효는 왕이 승하하신 뒤에 궁중에 불렸다. 왕이 생전에 존경
하시던 인연 있는 중들이 다 불렸거니와 특별히 원효는 왕의 유
언으로 불린 것이었다. 그것은 왕의 유해를 관에 넣기 전에 원효
법사로 하여금 송경 설법을 하게 하여달라신 유언이었다.

자장율사는 이 유언에 대하여 심히 불만하여서 원효를 부르
는 것을 반대하였다. 자장은 왕에게 우바이優婆夷[1]의 계를 주었고
왕으로 계신 팔 년 동안에 마치 섭정 모양으로 모든 것을 지도하
여왔다. 진덕여왕뿐 아니라 전왕 선덕여왕 때부터도 그러하였다.
신라 궁중에 당나라 복색을 쓰게 한 것도 그러하거니와 신라의
연호를 폐하고 당나라 연호를 쓰게 한 것도 춘추보다도 자장이
었다. 그뿐 아니라 춘추로 하여금 당나라를 친하게 한 것부터가
실로 자장이었다. 자장은 당나라 조정의 존경을 받는 것을 기화
로 신라를 당나라와 친하게 하는 데 전력을 다하였다.

---

1 불교를 믿는 여자를 통틀어 이르는 말.

그러하거늘 진덕여왕에게 대한 마지막 불사를 자장이 아니하고 젊은 중 원효에게 맡긴다는 것은 자장에게는 견디기 어려운 일이었다.

그러나 이손 알천은 상대등의 직권으로 자장의 반대를 눌렀다. 자장은 분연히 소매를 떨치고 대궐에서 물러 나와서 황룡사에 돌아와 병이라 일컫고 자리에 누웠다.

이러한 사정도 모르고 원효는 왕의 빈전에서 《아미타경》을 설하였다. 원효는 왕의 몸이 타서 재가 되기 전에 그 몸 곁에서 한 번 더 경을 설하게 된 것을 다행으로 여겼다.

원효가 《아미타경》을 설한다는 것은 의외였다. 여기 모인 중들은 말할 것도 없거니와 알천, 춘추, 유신 등도 의외로 여겼다. 왜 그런고 하면 그때에 신라에서는 자장이나, 혜통惠通이나, 명랑明朗이나, 고승이란 고승은 대개가 밀교파였고 그렇지 아니한 자는 원효와 같은 지식승으로서 《화엄》, 《법화》, 《반야경》을 존숭하였다. 정토淨土를 바라는 것은 무지무식한 하급 사람들의 일이라고 생각하였다. 그러므로 염불보다도 진언眞言이 숭상되었고 오직 유식한 일부에서 경론을 좋아하였다.

그러나 원효는 이날에 왕을 위하여 《아미타경》을 설하기로 결심하였다. 왕이 승하시니 극락정토에 왕생할 것밖에 들려드리고 빌어드릴 것이 없는 것 같았다.

원효는 첫머리에 소리를 높여서,

"나무아미타불."

하고 고성염불을 하였다. 원체 우렁찬 원효의 음성이지마는 시체 앞의 고요한 속이라, 그 소리는 사람들을 놀라게 하리만큼 컸다.

원효는 이 소리가 왕의 귀에 들리기를 바랐다. 왕의 혼이 어떻게 먼 곳에 계시더라도 지금 원효가 부른 염불소리가 그곳에까지 울리기를 바랐다.

신라사람의 국선도國仙道의 생각으로 보면 왕의 혼령은 하늘로 올라가셨거나, 그렇지 아니하면 검[神]이 되어 산이나 바다에 계실 것이다. 그러하더라도 원효는 자기의 염불소리에 왕의 혼령이 극락에 왕생하기를 바랐다.

"나라에 지극히 높으신 몸으로서도 마침내 죽음을 면치 못하셨소. 모든 약을 써드렸고 여러 높은 법사들이 모든 비밀법을 다 수修하여서 상감마마의 목숨이 늘으시기를 빌었으나 상감마마는 승하하셨소."

원효는 허두에 이러한 말로 무상無常을 설한 뒤에《아미타》경 문을 읽고, 극락세계의 아름다움과 아미타불의 대원을 설하였다. 최후에 원효는 경을 덮고,

"십만억 불토를 지나서 서편에 있는 극락정토가 어디냐. 여기가 곧 거기다. 아비지옥이 어디냐. 여기가 곧 거기다. 십 겁 이래 상설법[常住說法]하시는 아미타여래의 법회에서 주야 조석으로 법을 듣는 이가 누구냐. 곧 이 회상會上에 모인 선남선녀. 승하하옵신 대행대왕마마의 승연勝緣으로 우리 무리가 모두 이 나라에 태어나서 아미타불의 법을 듣고 있는 것이다. 그러나 우리가 아직 이 나라를 극락정토라고 생각하지 아니하고, 저 수풀에 우는 새를 가릉빈가伽陵頻迦[2]라고 알지 아니하고 까막까치[3]로 아는 것은

---

2 불경에 나오는 사람의 머리를 한 상상의 새.
3 까마귀와 까치를 아울러 이르는 말.

우리 마음이 지옥에 사는 까닭이니, 무릇 극락을 이룩하는 것도 우리 마음이요, 지옥을 짓는 것도 우리 마음이라, 삼계유심三界唯心이요, 만법유식萬法唯識이란 이를 두고 이른 말이오. 이제 새 임금이 높은 자리에 오르셨으니 백관과 만인이 지옥의 마음을 버리고 극락정토의 마음을 가져서 이 신라로 극락정토를 이루는 것이 대행대왕의 뜻을 잇는 일이요, 아울러 대행대왕의 명복을 비는 일이 될 것이니, 이제 산승山僧의 《아미타경》 설법쯤이 무슨 신통할 것이 있으리. 설법으로 말하면 일월성신과 산천초목과 비금주수⁴가 상주설법을 하고 있는 것을."

하고 말을 끊고는 다시 소리를 높여서 나무아미타불을 불렀다.

원효는 진정으로 돌아가신 여왕이 극락에 왕생하시기를 바랐다. 왕은 대승불교를 즐겨 하셨으나 결코 번뇌를 떼어버리신 것은 아니었다.

왕은 역시 아름답고 젊은 여성이셨다. 왕은 아내도 되고 싶으셨고 어머니도 되고 싶으셨다. 그러나 임금의 자리에 계신 몸으로서는 그것이 다 뜻같이 되지 아니하였다.

원효는 승만왕이 자기를 생각하심을 느꼈다. 특별히 삼월 삼짇날 법회에서 그것을 깊이 느꼈다. 원효는 분명히 왕의 눈에서 번뇌의 빛을 보았다. 그 음성에서 열정을 들었고, 그 몸에서 번뇌의 향기가 발하는 것을 맡았다.

그러나 그 당시보다도 왕이 돌아가시고, 능이 이뤄지고, 녹음이 우거질수록 원효가 왕을 생각하는 마음은 더욱 간절하였다.

4 날짐승과 길짐승을 통틀어 이르는 말.

그것은 다만 신자臣子로서 임금을 사모하는 마음뿐이 아니었다. 원효에게는 승만왕이 끝없이 가여우신 것 같았다. 원효는 가끔 혼자 책상을 대하여서 눈물을 떨구었다.

'어, 내가 웬일인가.'

원효는 이렇게 반성하였다.

춘추가 새로 왕위에 오르셨다. 백관은 이손 알천을 왕으로 모시려 하였으나 알천은,

"이 늙고 아무 덕행도 없는 것이."

하고 굳이 사양하고,

"춘추공이야말로 가위 제세 영걸이시오."

하고 힘써 주장하여서 춘추가 왕위에 오르신 것이다. 이 임금이 장차 백제를 멸하실 태종무열왕이시다.

새 왕이 즉위하여서 전왕의 자취가 차차 스러질수록 원효는 승만왕을 위하여서 슬퍼함이 더욱 간절하였다.

"노시님[老師主]은 평생에 슬퍼하시는 일을 못 뵈었는데 근래에는 매양 슬픈 빛을 보이시니 어찌하신 일이신지."

하고 상좌 심상도 마침내 물었다.

"내 법력이 부족함이 설어서."

원효는 이렇게 솔직하게 대답하였다.

"무엇이 법력이 부족하시다 하심인지."

"대행대왕께서 그날 그처럼 간절히 물으시는 것을 내가 만족할 만한 대답을 못하여 드렸구나."

"대행마마께옵서 그처럼 간절히 청하시는 것을 왜 그리하오리다, 하고 대답을 아니하셨습니까. 옆에서 등골에 땀이 흘렀습

니다."

"허, 그러니까 내가 법력이 부족하단 말이다. 내게 선혜비구만한 자신이 있으면야 세세생생에 같이하오리다 하는 허락도 하겠지마는, 내가 내 속을 들여다보아도 번뇌가 가득하여서 장차 무엇이 될지 모르거든 어떻게 남더러 나를 따르라 하겠느냐. 하물며 내가 세세생생에 임금으로 모시던 어른을 만일 악도惡道로 인도한다 하면, 그런 궁흉극악한 죄가 어디 있겠느냐. 그러니까 대답을 못 아뢰인 게다."

"그러나 그때에 대행마마께서 얼마나 슬퍼하셨을는지."

"슬퍼하셨겠지. 그렇지마는 대행마마께서 나를 따르실 일이 아니라 나를 부르실 것이다."

"어디로?"

"어디서나, 가시는 곳마다. 나를 이 생生으로 부르신 것도 대행마마시니."

"아니, 시님은 수원 수생하시는 보살화신이 아니십니까."

"보살화신으로 말하면 금수초목이 다 보살화신이 아니냐."

원효는 이렇게 말하였다.

그러고는 《화엄경소》를 짓던 것도 거의 전폐하다시피 하였다.

"《화엄경소》는 아니 지으십니까."

하고 심상이 물으면,

"내가 무엇을 안다고 《화엄경소》를 지으랴. 우선 내가 나부터 알아야 할까 보다."

이러한 대답을 하였다.

한번은 또 심상을 대하여서 이런 말을 하였다.

"너는 무엇을 얻으려고 나를 위해서 물을 긷고 밥을 짓고 이 고생을 하느냐. 내게서 배울 것이 아무것도 없으니 다른 데 가서 스승을 찾아라."

이런 말도 하였다.

왕이 돌아가신 지 사십구 일이 되었다.

국내 각 절에서 돌아가신 왕을 위하여서 사십구일재를 올렸다.

새 임금이신 춘추는 왕의 옛 뜻을 생각하여서 지금은 왕후이신 문명부인과 공주가 된 아유다를 분황사로 보내어서 왕의 명복을 빌게 하셨다.

왕후 문명부인은 요석공주(아유다)를 데리시고 분황사에 듭셨다.

"노시님. 중전마마 요석공주 행차시오."

하고 아뢰었다. 원효는 방에만 들어박혀서 근래에는 절 마당에도 나오는 일이 없었던 것이다.

"응."

원효는 간단히 대답하고는 가만히 있었다.

"지영祇迎[5] 안 납시오?"

심상은 재촉하였다.

원효는 마지못하는 듯이 가사를 걸치고 단주[6]를 들고 나섰다.

왕후가 편전에 듭시는 것을 먼발치서 바라뵈옵고 원효는 슬며시 제 처소로 돌아왔다.

원효는 문명부인이 왕후의 장복을 입으신 것을 처음 뵈었다.

5 백관이 임금의 환행을 공경하여 맞음.
6 염주.

요석공주가 공주로 차린 것도 물론 처음 보았다. 요석공주는 그럴듯하였다. 원효는 대행왕을 생각함이 더욱 간절하였다. 그 어른이 남기시고 돌아가신 영화를 모두들 좋아라고 노나 가지고 즐기는 것 같아서 마음이 괴로웠다.

사중寺中에서는 원효에게 도사導師 되기를 청하였으나 원효는 거절하였다. 그래서 명랑이 도사가 되기로 하였다.

명랑도 원효와 같이 제 집을 내놓아서 절을 만든 사람이다. 그 절을 금광사라고도 하고 금우사라고도 한다. 그의 어머니는 자장의 누이요, 아버지는 소판 무림茂林이라고도 하고 사간 재량才良이라고도 전하나 다 한 사람일 것이다. 그는 당나라에서 공부하고 유가瑜伽를 배워가지고 신라에 돌아와서 해동에 신인종神印宗의 초조初祖가 된 사람으로서 후에 당나라를 물리기 위하여 사천왕사를 지어서 양법禳法[7]을 처음 쓴 고승이다.

명랑법사는 사람을 보내어 원효에게 경을 설하기를 청하였으나 그것도 거절하였다.

명랑법사는 원효보다 훨씬 선배언마는 몸소 원효를 그 방으로 찾았다. 금색이 찬란한 가사를 메인 명랑법사와 쪽 모은 베 가사를 걸친 원효와는 이상한 대조였다. 두 사람은 종파가 다른 관계로 평거에는 서로 내왕이 적었던 것이다.

"시님은 왜 설법을 거절하시오?"

명랑법사는 수인사 끝에 이렇게 원효를 향하여 말하였다.

"소승이 어디 설할 법이 있소."

---

7 신에게 기도하여 재앙과 질병을 물리치는 법.

원효는 이렇게 대답하였다.

"대행대왕께서 재세시에 시님을 대단히 믿으셨고, 또 들으니 삼월 삼짇날에 어전에서 〈십지경〉을 설하셨다 하니 이번 칠칠재에도 시님이 법을 설하시는 것이 영가靈駕[8]에 공덕이 될 것 같소."

이렇게 명랑법사는 간청하였으나 원효는 두어 번 고개를 흔들면서,

"대행대왕께서 생존하실 때에 법을 설하여서도 아무 이익도 못 드린 소승이 이제 다시 무슨 설법을 하겠습니까."

이렇게 대답하여서 거절한 것이었다.

이번에 필시 원효법사의 설법이 있으리라 하던 일반은 의외로 생각하였다.

원효는 대중 중에 섞여 있었다.

법사 끝에 대중이 불탑을 싸고돌며 창명염불을 할 때에도 원효는 대중 중에 섞여 있었다. 이것은 원효로서는 흔히 아니하던 일이었다. 그래서 심상은 물론이어니와 다른 사람들도 수상하게 생각하였다.

그나 그뿐인가. 원효는 소리를 높여서,

"나무아미타불."

을 불렀다. 심상은 더욱 수상하게 생각하였다.

요석공주도 원효의 뒤를 따르며 염불을 하였다.

원효는 거의 정신없는 사람 모양으로 소리 높여 염불을 하였다. 원체 우렁찬 소리라, 원효의 염불소리는 누구나 다 알아들을

8 영혼.

수가 있었다.

요석공주는 행렬이 모퉁이를 돌 때마다 한 사람씩 지나 앞서서 원효의 바로 뒤에 왔다. 공주는 남들이 이상하게 생각할 것도 잊어버렸다. 공주의 마음에는 열정이 솟아올랐다.

승만왕이 돌아가시고, 이제 사십구일재까지도 거의 끝이 가까워서 닭 울 때가 되었다. 승만마마의 중음신中陰身[9]은 벌써 가실 데로 가셨을 것이다. 극락으로 가셨거나 천상이나 인간에 몸을 바꾸어 태어나시기로 되어 어느 어머니의 배에 드셨거나, 어찌하였으나 벌써 승만마마이시던 기억은 버리셨을 것이다. 이제는 요석공주는 승만마마를 모시는 아유다는 아니었다. 이제는 혼자서 원효를 마음대로 생각할 수 있는 것이다. 팔 년 동안이나 눌러온 정열을 아무 꺼림 없이 쏟아놓을 수가 있는 것이었다.

요석공주는 원효의 뒤에 바싹 다가서서 그가 밟고 지나간 발자국을 밟았다. 하나도 아니 남기고 밟았다. 원효의 큰 발자국 속에 자기의 작은 발이 폭폭 파묻히는 것 같았다.

공주는 어디까지나 원효를 따라가리라 하였다. 원효가 뿌리친다면 그 장삼자락에 매어달려서라도 따라가리라 하였다.

공주의 귀에는 원효의 염불소리뿐이었다. 그 우렁찬 소리뿐이었다. 다른 소리는 아무것도 아니 들렸다.

언제 따라왔는지 공주의 동생 되는 지조공주智照公主가 요석공주의 뒤에 와서 살짝 요석공주의 소매를 끌었다. 지조공주는 아직도 열다섯 살밖에 아니 된 처녀였다.

---

9 사람이 죽은 뒤 다음 생을 받을 때까지의 상태.

요석공주는 갑자기 정신이 들어서 일시 얼굴이 화끈함을 깨달아 한 걸음 멈칫하였으나 다시 걸음을 크게 옮겨놓아서 한 걸음 더 멀리 앞선 원효를 따라잡았다.

이동안이 얼마나 되는지 모르나 쇠가 울어서 대중은 염불과 돌기를 그치고 차례차례 제자리에 돌아왔다. 요석공주는 지조공주와 함께 어머니 문명부인 곁에 돌아왔다.

왕후 문명부인은 요석을 한번 노려보셨다.

원효는 파재 후에 무애당으로 돌아왔다.

"시님 염불하시는 것을 오늘 처음 뵈었습니다."

심상이 원효의 가사 장삼을 받아 걸며 이렇게 말하였다.

"대행마마 위하여 공양할 것이 그것밖에 없었구나."

원효는 이렇게 대답하였다.

"시님 뒤에 요석공주가 따르신 것을 아셨습니까."

"알았다."

원효는 한숨을 쉬었다.

"소동은 지조공주를 오늘 처음 뵈었습니다."

심상은 또 이런 말을 하였다. 심상은 지조의 꽃같이 이름다운 양을 눈앞에 그려보았다.

"모두 번뇌무진이다."

원효는 이런 말을 하였다.

"시님 마음에도 번뇌가 일어납니까."

심상은 걱정 들을 것을 두려워하는 사람 모양으로 원효의 눈을 우러러보았다. 큼직한 원효의 눈에는 불길이 있는 것 같아서 심상은 고개를 숙였다. 그것이 원효의 눈에는 자기가 상상하던 것과는 다른 빛이 있었기 때문이었다. 그 눈은 여전히 중마衆魔를 항복 받고야 만다는 보살의 눈이었다.

요석의 아름다운 용모에 마음이 흔들리는 그러한 눈은 아니라고 심상은 생각하고 한끝 제가 부끄러운 동시에 한끝 마음이 놓이기도 하였다.

역시 원효는 의지할 만한 스승이라고 믿어진 것이었다.

그러나 원효의 마음은 심상이 생각하는 것과 같이 반드시 평정하지는 아니하였다.

그 후부터 승만마마의 유언대로 원효의 치다꺼리는 요석궁께서 하였다. 요석궁 시녀가 맨 처음으로 가지고 온 것은 원효의 여름옷이었다. 스무새 베라면 그때에는 가장 알아주는 귀물이었다.

이 베는 공주의 옷감으로 위로서 하사하신 것이었다. 왕은 이 따님이 소년에 과부가 된 것을 불쌍히 여기셔서 좋은 옷감이나 멋진 음식이 있으면 반드시 공주를 생각하셨다.

공주는 이 가는 베를 받을 때에 곧 그것으로 원효의 옷을 지을 것을 생각하였다.

이제는 공주의 몸이라 손에 침선(바늘과 실)을 잡을 일도 없었으나 요석공주는 손수 마르고 손수 지었다. 거룩한 이의 옷이라 하여 공주는 요석궁에도 후원에 있는 별당을 바느질 방으로 정하고 목욕재계하고 방에는 향불을 피우고 가위나 바늘이나 실이나 일체를 새것으로 장만하여서 한 땀 한 땀에 지극한 정성을 넣어서 한 솔기 한 솔기 호고 박고 감쳤다.

때는 오월. 아리냇가의 느릅나무와 버드나무는 녹음이 우거지고 끊임없이 꾀꼬리가 울었다. 요석궁은 아리내의 느릅나무 다리를 건너서 서쪽 천변에 있었다.

이 요석궁은 대대로 공주가 거처하던 데다. 시집가기 전 공주거나 과부 된 공주거나 이 요석궁에 거처하였다. 순교자 이차돈異次頓을 사모하여서 평생을 홀로 염불로 늙은 평양공주도 여기 있었다.

이사부가 우삿나라[于山國](지금 울릉도)를 멸하매 그 왕의 딸 별님[星主]이 이사부에게 잡혀 와서도 잠시 요석궁에서 공주를 모셨고 사다함이 가야국을 멸하고 그 왕의 일족을 포로로 잡아 왔을 때에 금관국 공주도 이 궁에 종으로 있었고 선덕여왕이 진평대왕眞平大王의 공주로 계실 때에도 이 궁에 계셨다.

이러하기 때문에 요석궁은 외간 남자의 출입이 없는 곳이었다. 공주와 수인의 궁녀와 그리고는 지키는 군사 몇 사람과 하인들뿐이었다.

깨끗하고 조용한 곳이었다.

뜰과 후원에는 화단이 있고 정원이 있었다. 백제 서울과 같이 아름다운 경치를 가지지 못한 신라의 수도 서라벌에서는 인공으로 아름다운 경치를 만들지 아니할 수 없었다. 안압지도 그것이 어니와 월성에서 달내[月川]에 일월교를 놓고 남산의 기슭을 빌어서 수목과 화초를 심고 석가산을 만들고 물을 끌어서 실개천과 못을 만들었다.

민가에서도 그것을 만들게 되었다.

요석궁은 덕만(뒤에 선덕여왕이 되신)공주가 당나라 학문과 문화를 잘 아시고 또 불경도 잘 아시기 때문에 요석궁 앞뒤뜰에 힘써서 정원을 만드셨다. 아버님 되시는 진평대왕도 이 외따님이

하시는 일이면 무엇이나 뜻대로 하게 하셨고, 오십사 년이나 임금의 자리에 계신 진평왕은 가끔 따님이 계신 요석궁에 납시어서 공주의 정성들여 만들어놓은 화원을 보시기를 즐겨 하셨다.

첫째는 아리내 물을 끌어들여서 뜰에다가 팔공덕수八功德水라는 못을 만든 것이다. 팔공덕수는《아미타경》에 있는 극락정토의 못으로서 차지도 않고 덥지도 않고 지극히 맑아서 금모래 금자갈 위에 흐른다는 것이다.

그러고는 못가에 꽃피는 여러 가지 나무와 풀을 심고 남산의 옥돌이며 동해의 바닷모래와 돌로 모양을 내었다.

둘째는 모란화다.

당나라에서 모란씨와 모란 그림이 왔을 때에 공주는 그 그림에 꽃에 봉접이 없는 것을 보시고 이 꽃에는 필시 향기가 없으리라 하여서 부왕과 여러 신하들을 놀라게 한 것은 유명한 이야기다.

공주는 요석궁에 모란을 가꾸어서 화단을 만드셨다.

덕만공주는 왕이 되셔서 요석궁을 떠나셨다. 이 어른이 십육 년 왕으로 계시다가 돌아가시고, 승만마마가 왕이 되셔서 또 팔 년 만에 돌아가셨다. 그래서 이십삼 년 동안이나 요석궁이 비어 있다가 이제 새 주인 아유다공주를 만난 것이었다.

주인 없는 요석궁은 퇴락도 하고 거칠기도 하였다. 그러나 그 대신 나무는 자라고 바윗돌에는 이끼가 앉고 팔공덕수나 석가산이나 사람이 만들어놓은 흔적이 스러지고 천연스럽게 되었다.

모란도 이제는 삼십여 년이나 넘어서 나무가 늘어 더욱 운치를 보였다. 이상한 것은 당나라에서 향기 없던 모란이 신라에 와서는 향기를 발하는 일이었다. 요석공주가 홀로 원효대사의 베옷을 짓고 있노라면 모란 향기가 바람결에 불려서 들어왔다. 요석공주가 이 집에 주인이 된 지도 벌써 일 년이 넘었다. 공주는 이 뜰에서 피는 모란을 두 번째 보았다.

정원도 깨끗이 정리되고 팔공덕수도 새로 자갈과 모래를 깔았다. 그러나 언덕에 나는 풀은 건드리지 말라 하였고 거기서 노는 개구리도 건드리지 말라고 하였다.

'더는 못해도.'

하고 요석공주는 생각하였다.

'이 요석궁 안에서나 짐승이 제 마음대로 살게 하자.'

이러한 속에 요석공주가 손수 지은 여름옷을 마야라는 시녀를 시켜서 분황사의 원효에게 보낸 것이었다.

시녀는 몸종을 데리고 왔다.

"시님. 요석궁에서 사람이 왔습니다."

원효가 책상에 대하여 앉아서 남산을 바라보고 있을 때에 심상이 이렇게 아뢰었다.

"요석궁에서?"

원효는 명상의 줄을 끊고 심상에게로 고개를 돌렸다.

"예. 요석공주의 글월과 물건을 가지고 시녀가 왔습니다."

하고 심상은 일봉서간을 원효의 앞에 놓았다.

원효는 서간을 보고 잠시 말이 없다가 마침내 그것을 들어서 떼었다.

백제 종이에,

'牧丹一朶 布衣一襲.'[10]

이라 쓰고 그 옆에 좀 더 작은 글자로,

'五月端陽日弟子瑤石公主合掌謹呈.'[11]

이라 하였을 뿐이다. 그 밖에는 아무 말도 없다.

"음."

하고 원효는 고개를 끄덕였다.

심상은 시녀를 안내하였다. 시녀는 모란을 수놓은 보를 들고 몸종은 고구려 화병에 꽂은 모란을 들고 원효의 방으로 들어왔다.

시녀는 원효의 앞에 오른편 무릎을 꿇고 앉아 먼저 옷보를 원효의 앞에 놓고 다음에 종이 받든 화병을 받아 그것도 원효의 앞에 놓고 그러고는 다시 일어나서 오체투지의 예를 하였다. 불전에서 하는 예와 꼭같으니 스승에게 대한 예다. 종도 상전의 뒤에서 그와 같은 예를 하였다. 시녀는 붉은 옷을 입고 종은 푸른 옷을 입었다.

원효는 앉아서 까딱없이 절을 받았다. 답례를 아니하는 깃은 절하는 자의 공덕을 감손하지 말자는 뜻이다.

"이 꽃은 요석궁 화단에 핀 꽃 중에 가장 아름다운 꽃이옵고, 이 옷은 공주마마 손수 말라 손수 지으신 옷이오. 날이 차차 더워오니 노시님 여름옷으로 올립니다, 여쭈라 하옵신 공주마마 분부 받자와 왔소."

시녀는 이렇게 궁성말로 원효에게 전갈하였다.

원효는 먼저 모란꽃을 머리보다 높이 들어 책상 위에 놓고 다음에 옷보를 들었다가 다시 놓으며,

---

10 모란 한 가지 베옷 한 벌.
11 오월 단양절에 제자 요석공주가 두 손 모아 삼가 바칩니다.

"근념하여 주심 황송하오."

하였다.

시녀는 원효가 무슨 묻는 말이 있을까 하였으나 아무 말도 없고, 또 답장이 있을까 하였으나 아무 처분도 없었다. 원효는 모든 것을 잊어버린 듯이 다시 지붕 위로 보이는 남산을 바라보고만 있었다.

시녀는 기다리다 못하여,

"이 몸 물러가오."

하고 일어나 절하였다.

원효는 시녀의 절을 못 본 체하였다. 역시 시녀가 삼보三寶[12]에 절하는 공덕을 아니 깨뜨리려 함이었다.

요석궁 시녀가 물러간 뒤에도 원효는 날이 맞도록 남산을 바라보고 앉아 있었다. 모란꽃과 옷보는 그냥 그 자리에 있었다.

"시님. 이 옷을 어찌하시럽니까."

심상은 마침내 원효에게 물었다.

"무얼?"

원효는 남산을 바라보는 대로 대답하였다.

"이 옷 말씀이오. 모처럼 요석공주께서 지어 보내신 것이니 갈 아입으시지요."

"네나 입어라."

"그래도 공주마마께서 시님 위해 손수 지으신 것인데."

하며 심상은 진덕여왕 칠칠재날 밤에 요석공주가 원효의 뒤를

---

12 불교도의 세 가지 근본 귀의처인 불보, 법보, 승보.

따르던 양을 생각하였다.

"내 옷은 아직 성해. 네 옷이 떨어지고 더러웠으니 네나 입어라."

"그러면 공주마마 섭섭하게 생각하시지요. 시님께 드리려고 지으신 옷을."

하고 심상은 보를 끌렀다. 가사 한 벌, 장삼 한 벌, 고의 한 벌, 적삼 한 벌, 버선 한 켤레, 띠 하나, 고깔 하나가 들어 있었다. 스무새 베는 비단보다도 고왔다.

"시님. 이 한 땀 한 땀에 가득 찬 정성을 모른 체하십니까. 시님, 이것을 좀 보십시오."

하고 심상은 옷을 들어서 원효의 앞으로 내어밀었다.

코를 받치는 베 냄새, 향내, 원효는 그 누르스름한 빛과 희끗희끗한 실밥을 보았다. 그것을 보면 더욱 베 냄새, 모란 냄새, 무슨 향내가 코를 찔렀다. 그것은 원효에게 무슨 큰 불길한 것을 예고하는 것 같았다. 그리고 그 불길한 것이 도저히 원효의 힘으로 저하할 수 없는 것 같았다.

그 옷의 실밥마다에 요석공주의 손이 보였다. 몸이 보였다.

'이것은 분명히 마경魔境이다!'

원효는 속으로 이렇게 외쳤다.

'번뇌다, 번뇌다. 나는 이것을 이겨야 한다. 그런데 내게는 이것을 이길 힘이 없는 것 같다.'

원효는 아랫배에 힘을 주었다.

"어서 네가 갈아입으라니까."

원효는 어성을 높이며 심상을 노려보았다.

"이것을 정말 소동이 입습니까."

심상은 눈을 크게 떴다.

"글쎄 입으라니까 그러네. 금방 갈아입어라."

원효는 더욱 엄격한 소리로 호령하였다.

심상은 황송하여서 절하고 옷보를 들고 다음 방으로 물러 나왔다.

심상은 원효의 말대로 요석공주가 원효에게 지어 보낸 옷을 갈아입었다. 장삼까지, 가사까지 걸치고 다시 원효의 앞으로 왔다.

"시님. 소동이 이렇게 입었습니다."

심상은 남산을 바라보는 원효의 등 뒤에 와 서서 이렇게 말하였다.

"응, 맞는구나."

원효는 이렇게 말하고 빙그레 웃었다.

"이 옷을 갈아입었으니 어찌하오리까."

심상이 걱정인 듯이 물었다.

"그 옷이 누가 지은 옷이냐."

원효는 이렇게 물었다.

"요석공주마마가 시님을 위해서 손수 지으신 옷이오."

심상은 이렇게 대답했다.

"어떤 중생이 어떤 중생을 위하여서 지은 옷으로 알고 입어라."

"소동은 그렇게 알고 입을 수가 없습니다."

"어찌해서?"

"높으시고 젊으신, 아름다우신 공주마마께서 손수 지으신 옷이라는 것을 잊을 수가 없습니다. 이 옷을 입고 나니 어째 황송한 것도 같고 꿈속 같기도 하옵니다. 이것이 만일 소동을 위하여서 지으신 것이라 하오면 소동은 천 겁에 지옥고를 받더라도 한이 없을 것 같습니다."

심상은 심히 흥분된 어조였다. 소리가 떨렸다.

심상이 흥분하는 양을 보고 원효는 빙그레 웃었다.

"너 중 고만두고 요석궁 부마가 되라면 어찌할 테냐."

원효는 이렇게 물었다.

"소동은 나라님의 스승이 될지언정, 요석궁 부마는 아니 될까 합니다."

심상은 이렇게 대답하였다.

"그래, 너는 나라님의 스승이 될 것이다."

원효는 이렇게 말하였거니와 심상은 이 말대로 나중에 나라에 가서 천황 앞에서 《화엄경》을 설하여서 일본 화엄종의 초조가 되었다.

"너 새옷도 입었으니 문수사에 다녀오너라."

원효는 돌연히 이런 분부를 하였다.

"문수사에를 댕겨옵니까."

심상은 이상한 듯이 물었다.

"그래, 문수사에 내가 있을 처소를 하나 정하고 오너라."

"노시님 문수사에 가시렵니까."

"그렇다."

"여기는 어찌하시고?"

"여기는 누구나 다른 사람이 와서 있겠지."

심상은 몇 시간 아니하여서 문수사에 다녀왔다. 문수사는 남산에 있는 작은 암자였다.

　원효는 보던 책과 지필묵도 다 두고 입던 옷 한 벌과 바리때를 바랑에 넣어 지고, 그날 즉시에 분황사를 떠났다.

　"시님. 십 년이나 계시던 분황사를 떠나시니, 섭섭하지 아니하십니까."

　"십 년 살던 절을 떠나는 것이 섭섭하면, 평생 살던 몸을 떠날 때에는 어찌하게."

　"하하하."

　심상은 가슴이 툭 트이는 듯이 웃었다. 자기가 보던 것, 만지던 것, 가꾸던 나무와 꽃들, 심상은 이것을 다 애착하는 마음 없이 떠날 수가 있었다.

　심상은 꾀꼬리 빛깔 같은 베옷을 입고 원효는 여러 물 빤 굵은 베옷을 입은 것이 눈에 띄어서 심상은 또 웃었다.

　"왜 웃느냐."

　원효가 물었다.

　"소동이 좋은 옷을 입고 노시님이 낡은 옷을 입으시니 거꾸로 되었습니다."

　심상은 또 웃었다.

　두 사람이 남으로 남으로 걸어서 계림을 지날 때에,

　"핫핫핫핫 흐앗, 흐앗, 흐앗핫."

하고 웃는 소리가 점점 가까워진다.

　"대안법사大安法師십니다."

하는 심상의 말이 끝나기도 전에 누더기를 입고 껍질 있는 지팡이―지팡이라기보다는 작대기를 짚고 한 손에는 커다란 방울을 든 노인이 활개를 훨훨 치며 걸어왔다. 떨어진 누더기 소매가 너 덜너덜 흔들렸다. 나뭇단을 묶었던 듯한 새끼로 띠를 하였다. 머리는 대머리가 되어서 가장자리에만 허연 머리카락이 두어 치나 자라서 너풀너풀하였다. 수염은 자박수염[13]이었다. 이는 빠졌다.

노승은 원효 일행에 가까이 오자 이편에서 인사를 하기 전에 먼저 딸랑딸랑 방울을 흔들면서,

"대안 대안, 어허 대안 대안."

하고 합장하여서 흔들었다. 그 손은 크고 손가락은 굵었다. 발은 벗었다. 눈썹이 뿔과 같이 기다랗게 뻗치고 커다란 귀에는 허연 귀털이 쭉쭉 뻗었다. 움쑥 들어간 눈이 유난히 빛났다.

"시님. 안녕하십니까. 오래간만입니다."

원효는 공손하게 합장하였다.

심상도 합장하고 허리를 굽혔다.

"어, 원효시님. 대안 대안. 모두 대안 대안."

대안대사는 대단히 기쁜 듯이 얼굴 전체가 웃음이 된다.

"당나라 군사가 고구려를 쳐들어왔다니 천하가 대안은 못 됩니다."

원효는 이런 말을 하였다. 당태종이 영주도독 정명진程名振, 좌우위중랑장 소정방蘇定方을 보내어서 고구려를 침범한 것이 금년 삼월부터였다.

"허, 싸움이야 언제나 없나? 대안 대안. 핫핫핫핫."

대안대사는 콧물이 나오도록 웃었다.

---

13 끝이 비틀리면서 아래로 잦혀진 콧수염.

"그런데 시님은 어디를 가시오."

대안이 웃음을 그치고 원효에게 물었다. 웃음을 그친 때에는 엄연한 노대사였다.

"소승은 문수사로 갑니다."

"문수사?"

"네."

"문수사에는 귀신 쫓는 중들이 있는걸."

대안은 이런 말을 한다.

귀신 쫓는 중이란 밀본법사였다. 밀본법사는 선덕왕의 오랜 병을 《약사경》을 읽어서 고쳤다는 이다. 그때에 법사의 육환철 장이 왕의 침전으로 날아 들어가서 늙은 여우 한 마리와 흥륜사 중 법창法暢을 꿰어 뜰로 내리쳤다는 것이다. 이렇게 도술이 높다는 소문이 나기 때문에 그러한 도술을 배우려는 중과 거사들이 많이 그를 따르는 것이었다.

"귀신 쫓는 중이 있기로 어떠합니까."

원효는 웃었다.

"에이, 하늘 귀신 인간 귀신이 들끓어서 종용치를 못하지, 하하하하."

대안은 이런 말을 하였다.

"시님, 오늘은 술을 안 잡수셨습니까."

심상이 이렇게 대안에게 물었다.

"응, 지금 일어나 나오는 길이야. 너 새옷 입었구나. 그 옷 나허구 바꾸자."

대안은 방울을 지팡이 든 손으로 옮겨 들고 심상의 옷을 손으로 만졌다.

"시님도 이런 새옷을 보시면 탐심이 나십니까."

심상은 이렇게 묻고 웃었다.

"그래. 이 옷을 갖다가 잡히면 열흘은 술을 먹겠다."

대안은 시치미를 떼고 이런 소리를 하였다.

"그럼 바꾸어드리오리까."

심상은 바랑을 벗었다.

"어, 대안 대안. 나무아미타불. 그러기로 백주 대로상에서야 옷을 벗을 수가 있나. 우리 집으로 가자. 원효시님 우리 집으로 갑시다. 가서 차나 한잔 자시고 이야기나 하다가 가시오."

대안은 앞을 서서 터덜거리고 아까 오던 길을 도로 걸었다.

원효와 심상은 뒤를 따랐다. 계림 늙은 나무에서 석양의 새들이 울었다. 까치가 짖고 까마귀가 울었다. 대안이 지팡이를 옮길 때마다 큰 방울이 떨렁떨렁 울렸다. 대안은 바라를 들고 다니며 해가 낮이 되면 이 집 저 집 문전에서,

"에에, 대안 대안이오. 대안."

하며 바라를 울렸다. 그러면 서라벌 백성들은 대안대사가 온 줄을 알고 밥을 내다주었다. 대안은 한 끼 먹을 밥만 얻으면 다른 집에는 아니 갔고, 일곱 집을 돌아다녀도 밥이 아니 생기면 비인 바리때를 들고 그냥 돌아왔다.

대안이라는 중을 모르는 사람은 없었다. 궁중에까지도 대안의 이름은 들렸다. 그러나 대안이 어떠한 사람인지를 아는 사람은 없었다. 아이들은 아이들대로 대안대사를 한 우스꽝스러운 늙은 거지로 알았고, 젊은이들은 좋은 놀림감으로 알았고, 늙은이들은

똑 알맞은 심심파적거리로 알아서 어디를 가나 대안대사는 대접은 못 받아도 환영은 받았다. 그러나 대안대사가 경론에도 깊은 학자요, 도와 행이 높은 도승인 것을 아는 이는 적었다.

그렇지마는 대안을 대하는 사람은 누구나 마음이 기뻐지고 부드러워졌다. 아무리 근심 걱정이 있는 사람이라도 대안을 보면 그것을 다 잊고 웃었다. 대안은 가끔 동냥하여 얻은 것을 가지고 술집에를 들르거니와 주막에 술 취한 사람들이 왁자지껄하고 싸우다가도 대안의 바라소리나 방울소리가 들리면 벌써 싸움을 그치고 대안이 쑥 들어서며,

"다들 평안하시오. 대안이야 대안."

하면 모두 경사나 난 듯이 웃었다. 그리고 싸움하던 것은 다 잊어버리고 대안에게 술을 권하였다. 대안이 거나하게 술을 취하여서 바라를 울리고 나가면 사람들은 또 한 번 유쾌하게 웃었다. 그러면 마음속에 있던 성난 것 미운 것 불평한 것이 모두 스러지는 것 같았다.

대안은 원효와 심상을 끌고 길도 없는 수풀 속으로 남산 서쪽 기슭을 올랐다.

"시님 계신 데가 대관절 어딥니까."

원효는 물었다.

"하하하. 내 여기 있지 않소?"

원효는 한 방망이 맞은 듯함을 느꼈다.

"아니, 유숙하시는 데 말씀이오."

대안은 방울 든 손으로 제 가슴을 두어 번 두들겼다.

"밤에 그 몸을 누이는 곳."

원효는 이렇게 응하였다.

"하하하하. 홍륜사 곁에 내가 겨울을 난 움이 있는데, 하루는 돌아오니까 다른 거지가 와 있단 말야. 하하하하. 그래 그것은 그 사람을 주고, 알영우물(闕英井) 위에 있는 굴에서 얼마를 지냈는데 굴이 썩 좋단 말야. 낮에는 볕이 잘 들고, 밤에는 달이 잘 들고. 이만하면 평생 살 만도 하다 했더니, 어젯저녁에 가보니까 새끼 달린 너구리가 와 있더군. 그래서 그 굴을 너구리를 주고, 갑자기 먼 데도 갈 수가 없어서 바로 이 위에 조그만 굴이 있길래 거기서 어제 밤새도록, 오늘도 낮이 기울도록 잤소. 하핫하핫."

대안은 제 집 길을 잊은 모양이어서, 이리로 두어 걸음 저리로 두어 걸음 헤매는 모양이었다. 그러다가 어떤 바위 앞에 우뚝 서며,

"아, 여기 좋은 집이 있지 아니한가. 자아 여기 앉읍시다."

하고 무슨 좋은 것이나 찾은 듯이 싱글벙글하였다. 바위가 앞으로 푹 숙어서 그 밑에서 두어 사람은 비를 피할 만하였다.

"자, 여기 앉으시오."

대안이 먼저 앉았다. 원효도 그 곁에 앉았다.

심상은 새옷이 더럽혀질 것이 염려되어서 옆에 서 있었다.

"허, 사람은 어디 가고 베옷 한 벌이 거기 있군. 하핫하핫."

대안은 심상을 보고 웃었다. 심상은 대단히 무색하여서 앉을 자리를 찾아 엉거주춤하였다.

"허, 새옷에 흙이 묻지 않나, 이 사람아."

대안은 성내는 모양을 보였다.

심상은 앉지도 서지도 못하고 어찌할 바를 몰랐다.

"에잉."

원효는 심상을 노려보았다.

심상은 이 옷을 지어 보낸 요석공주를 원망하고 싶었다.

"시님이면 이런 경우에 어찌하시겠습니까."

심상은 대안에게 대어들었다.

"대안 대안."

하고 대안은 웃었다. 원효도 심상도 웃었다.

이야기하기에 날이 저물었다. 대안대사는 끊임없이 두 사람을 웃길 이야기를 하였다. 그것은 모두 실없는 이야기 같으나, 실없으면서 모두 실이 있었다. 대안은 여항閭巷[14]으로 시정市井으로 아니 다니는 데가 없기 때문에, 인정세태에 관한 이야기가 수없이 있었다. 가령 내외싸움이라든지, 욕심꾸러기의 실패담이라든지 아이들의 장난과 싸움이라든지 그러한 이야기였다. 더구나 서라벌에 장난꾼 아이치고 대안이 모르는 아이는 없었다. 대안은 아이들이 모여서 노는 곳을 당하면 그대로 지나가지는 못하였다. 그는 반드시 한몫 들었다. 바라를 치거나, 방울을 흔들면서 누더기 소매를 펄렁거리고 덩실덩실 춤을 추면 아이들은 더할 나위 없이 좋아하였고 어른들까지도 갈 길을 잊고 서서 구경을 하였다.

이러다가 해가 저물어서 아이들이 다 부모에게 불려서 밥 먹으러 집으로 돌아간 뒤에야 대안은 어슬렁어슬렁 남산굴로 돌아오는 것이었다. 이러기를 수십 년 하였으니, 그와 같이 놀던 아이들이 어른이 되고 그들의 아들들하고 또 놀게 된 것이었다.

14 백성의 살림집이 많이 모여 있는 곳.

대안대사는 중이면서도 좀체로 절에는 안 들어갔다. 대안대사는 젊은 시절에 벌써 이름이 높았다. 그는 원광圓光의 문인으로 당나라에도 다녀왔고 선덕여왕 초년에는 궁중에서도 설법을 하여서 여왕의 존숭하심을 받았다.

대안이 원광법사에게 가르침을 받은 것은 수隋시대에 오吳의 호구산에서였다. 그때에 원광법사는 신라 중으로서 중국에서 이름이 높았다. 원광은 호구산(지금 소주蘇州에 있다)에서《반야경》을 설함으로 천하의 신망을 얻은 때였다. 거기서 대안은 원광에게서《반야경》을 배웠고, 지공誌公 혜가慧可도 만나서 달마達磨의 설법도 들었다.

대안은 또 안홍법사安弘法師에게 진언밀교도 배웠다. 안홍법사는 당나라 임금의 존경을 받은 이로서 북천축오장국北天竺烏萇國 중 비마라진체毘摩羅眞諦 농가타農家陀와 마두라摩豆羅(지금 자바의 수라비야 앞에 있는 섬) 나라 볼티승 가야伽耶를 데리고 신라로 돌아와서 황룡사에 있어서《전단향화성광묘녀경栴檀香火星光妙女經》을 번역한 사람이다. 안홍법사는 물결 위에 자리를 깔고 서방으로 향하여서 갔다는 말을 남기리만큼 도술이 높아서 공중과 물을 평지와 같이 다녔다고도 전한다.

대안도 이러한 대법사들의 가르침을 받고 또 촉망함을 받았으나 그는 일조에 종적을 감추었다. 세상에서는 그의 본명이 무엇인지를 모르고 오직 동냥중 대안이라고 아는 것이었다.

원효도 대안이 비범한 인물인 줄은 짐작하나 그가 원광법사의 고제 원공圓空인 줄은 모른다. 그래서 원광의 법사로 원안圓安은 전하나 원공은 전하는 것이 없다. 원공은 세상에서 잊혀져서 대안이 된 것이었다.

해가 뉘엿뉘엿 넘어가게 되매 원효는,

"소승은 물러가겠습니다."

하고 대안에게 절하고 자리에서 일어났다.

"가만있으오. 화엄종주 원효대사가 내 집에 오셨다가 저녁도 안 자시고 가실 법이 있소."

하고 대안이 원효를 붙들었다.

원효는 화엄종주라고 대안이 처음 부른 것이다. 이것이 예언이었다.

"돌아보아야 아무것도 먹을 것이 없는데 무얼 주시렵니까."

원효는 뿌시시 일어나는 대안을 보았다.

"원효시님이랑 잠깐 여기서 기다리시오. 그리고 심상시님은 나하고 저녁 가지러 갑시다."

대안은 심상을 데리고 골짜기로 내려갔다.

원효는 혼자 앉아 있었다. 벌써 오월 초승달이 서쪽에 얼굴을 보이기 시작하였다. 낙조의 불그스레한 빛이 하늘과 산에 있고 골짜기에는 자줏빛 어스름이 들기 시작하였다.

다람쥐 두 마리가 달려오다가 원효를 보고 멈칫 서더니 약간 방향을 바꾸어서 바윗등으로 기어 올라갔다. 풀냄새가 새삼스럽게 코에 들어왔다.

서라벌의 수없는 절에서 저녁 쇠북이 은은히 울렸다.

원효는 이 깊숙하고 고요한 속에서 자기의 하잘것없음을 느꼈다. 모든 자존심이 다 깨어지는 듯함을 느꼈다.

'一切無碍人 一道出生死.'

원효는 자기가 아직 생사에서 떠나지 못함을 느꼈다. 대안이 야말로 무애가 아닌가 생각하였다.

'아는 것과 되는 것.'

원효는 이 두 가지에 큰 차별이 있고 큰 계급이 있음을 깨달았다. 원효는 《화엄경》을 잘 안다. 그러나 《화엄경》이 되어버리지 못하였음을 느꼈다. 이렇게 생각하면 원효는 일종의 슬픔을 느꼈다.

'아직 멀었다. 덜 되었다.'

이렇게 원효는 한숨을 쉬었다. 하백河伯이 해약海若[15]을 대한 듯하였다.

원효는 승만왕과 요석공주에 대하여 무심치 못한 저를 분명히 보았다. 더구나 요석공주가 지어 보낸 옷을 무심히 받아 입지 못하고 심상에게 준 저를 부끄럽게 생각하였다.

'아직 멀었다. 덜 되었다.'

원효는 또 한 번 한숨을 쉬었다. 스스로 제불보살의 호념護念하심을 받고 인천人天(사람과 하늘에 사는 신들)의 공양을 받을 만하다고 믿던 원효의 믿음이 흔들림을 느꼈다.

만일 대안법사가 원효에게 분황사를 떠나는 이유를 물으면 무엇이라고 대답할까, 하고 원효는 아까부터 마음을 졸였다.

'요석공주가 무서워서 피난 가오.'

이렇게 대답하지 아니하면 아니 될 지경이었다. 그러나 땅을 바꿈으로 요석공주에 대한 애착을 뗄 수가 있을까.

---

15 북해의 신. 황하의 신인 하백과의 대화에서 바다의 넓기는 측량하기 어렵다고 말했다.

'觀身如實相 一切皆寂滅 離我非我着 是彼淨妙業.'[16]

원효는 《화엄경》의 여래광명각품如來光明覺品 문수사리게文殊師利偈를 생각하였다. 있다고 보는 이 몸이 기실은 허깨비요, 그 본성은 새로 생기는 것도 아니요, 없어지는 것도 아니라 함은 이치로는 알면서도 그 헛것을 참으로 있는 것으로 보아서 거기 착着하는 범부심凡夫心을 아직 못 떠난 듯한 것이 원효를 괴롭게 하였다.

원효는 생각을 계속한다.

'一向信如來 其心不退轉 莫捨念諸佛 是彼淨妙業.'[17]

여래를 믿는 마음을 변하지 말고 항상 부처님네를 염하라— 원효는 이것이라고 생각하였다. 자기는 아직도 되어가는 사람이요, 되기 시작한 사람이다. 된 사람은 아니다. 이따금 다 된 사람이라고 생각하는 것은 마魔다.

'離諸人天樂 常行大慈心 救護諸群生 是彼淨妙業.'[18]

그렇다. 나 한 몸의 고락을 떠나서 한 걸음 한 걸음, 하루하루 자비심을 가지고 자비행을 하면서 삼아승지겁三阿僧祇劫에 오십삼위五十三位를 오르는 것이, 부처님의 경계는 말할 수 없고 보일 수 없고 분별로 깨달아 알 수 없는 것이다. 《팔만대장경八萬大藏經》을 다 따로 횅하게 왼다 하더라도 그것으로 부처님의 경계를 아는 것이 아니다. 금강장보살의 말씀과 같이 우리 지식으로 부처님의 경계를 해석하려 하는 것은 허공에 그림을 그리기와 바람을 잡

---

16 몸의 실상 바로 보니 모든 것이 사라져 나에 대한 집착이 없으시니 이런 업을 응당 지어야 하네.
17 항상 부처님을 믿어 그 마음 물러나지 않고 모든 부처님을 생각하니 이런 업을 응당 지어야 하네.
18 큰 자비심을 일으키사 모든 중생을 구하여 인간과 천락에서 벗어나게 하시니 이런 업을 응당 지어야 하네.

는 것과 같은 것이다.

'發願行慈悲 漸次具諸地.'

내가 부처가 되리라, 중생을 건지리라 하는 대원을 발하고 한 가지 한 가지 자비를 행하는 동안에 조금씩 조금씩 부처님의 경계에 들어가는 것이다. 그리하여서 마침내,

'無量佛土塵 一塵爲一弗 悉態知其數 是彼淨妙業.'[19]

의 경계에 들어갈 것이다.

이렇게 생각하매 원효는 위로가 되고 또 새로운 자신이 생겼다. 아직도 자라가는 어린 몸이라고 생각할 때에 현재의 불완전이 슬픔이 되지 아니하고 도리어 영원한 장래의 희망이 되는 것이었다. 동시에 삼아승지겁이 곧 일찰나요, 일찰나가 곧 삼아승지겁이라는 것도 원효는 잊지 아니하였고, 적멸한 본성에 있어서는 불이니 보살이니 중생이니 하는 것이 본래 없다는 것도 잊지 아니하였다. 그러나 이러한 무차별, 평등 중에 또 불, 보살, 중생이 분명히 있어서 엄연한 차별세계를 이루는 것도 잊지 아니하였다.

원효는 이러한 생각을 하고 있을 때에 대안이 손에 무엇을 들고 돌아오고 심상도 뒤를 따랐다.

"시님 시장하시겠소."

대안은 바리때를 원효의 앞에 놓았다. 그 속에 물에 깨끗이 씻은 칡[葛] 몇 뿌리가 있었다.

심상은 물을 떠 가지고 돌아왔다.

---

19 끝없는 부처님의 땅 티끌 중 한 티끌을 부처님 삼아 그 수를 능히 깨달으시니 이런 업을 응당 지어야 하네.

"자, 잡수시오. 요새에 남산에 산도야지가 몇 마리 들어와서 칡뿌리도 흔치가 않아. 하핫하핫."

대안은 이렇게 말하고 원효에게 칡뿌리를 권하였다.

"시님은 안 잡수십니까."

원효는 대안에게 권하였다.

"나는 늙은이라 하루 한 때만 무엇을 먹으면 족하오마는 손님만 잡수시라기가 무엇하니, 나도 먹으리다. 자 이것을 드시오. 이것이 굵직한 게 연할 것 같소. 자 심상시님도 드오."

대안은 이렇게 원효와 심상에게 권하고 자기도 하나를 들어서 입에 물었다.

"이가 없어서, 잇몸으로만 씹으려니 잘 안 씹히지요."

대안은 이렇게 말하면서 칡뿌리를 물고 입을 우물거렸다.

원효는 칡뿌리를 씹었다. 달큼한 물이 나왔다. 원효도 화랑으로 산으로 다닐 때에 칡뿌리도 캐어 먹고 도토리와 잣도 주워 먹고 송기[20]도 벗겨 먹고 며칠씩 지낸 일이 있었다. 화랑도들은 십오륙 세가 되면 어깨에 활과 전통, 허리에 칼 하나를 차고 집을 떠났다. 적어도 일 년 사철을 산에 들어 수행을 아니하고는 화랑은 못 되는 것이었다. 원효는 태백산, 개골산을 두루 돌아 고구려의 삼각산, 낭림산까지 돌아왔다. 그러는 동안에 담력을 기르고 산신께 기원하여서 큰 뜻을 맹세하는 것이었다. 춘추며 유신이 백제와 고구려를 쳐서 삼국을 통일할 것을 맹세하고 기원한 것도 함박[太白山]에서 백일기도를 할 때였다. 그들의 나이도 다 십오

20 소나무의 속껍질.

류 세였다. 산에 드는 화랑도들은 곰을 만나면 곰과 싸우고 범을 만나면 범을 잡고야 말았다. 바위 밑에서 자고 시냇물에 몸을 씻고 산신당에서 기도하였다. 그때에는 산에는 아직 절이 많지 아니하였다. 오직 삼신三神을 위하는 당이 있을 뿐이었다.

칡뿌리를 먹고 냉수를 마시고 별을 바라보고 밤새 소리를 들으며 이야기를 하다가 세 사람은 바위 밑에 누웠다. 원효는 심상이 구해주는 돌로 베개를 삼았으나 대안은 제 팔굽이를 베고 오른편 옆구리를 땅에 붙이고 누워서 곧 잠이 들었다. 지팡이와 바랑이 머리맡에 있었다.

오월 일기가 낮에는 땀이 날 만해도 밤에는 선선하였다. 맨 땅바닥이 더욱 찼다.

원효는 얼른 잠이 들지 아니하였다.

하늘에는 별이 총총하였다. 쑥덕새, 부엉새가 울었다.

원효는 십여 년 동안 너무 호강을 하였다고 생각하였다.

의상과 같이 당나라에 갈 무렵에는 원효도 두타행頭陀行[21]을 하였다. 무덤 새에서 자기도 하였다. 사람들이 버리는 헝겊을 주워다가 개흙에 묻어서 물을 들여서 손수 옷을 지어 입기도 하였고 절에서 중들의 개수통 찌끼를 끓여서 먹기도 하였다. 그러나 최근 십여 년래로는 분황사 무애당에서 위로서 내리시는 양식과 의복으로 편안한 생활을 하였다. 그것이 버릇이 되어서 한뎃잠이 잘 들지 아니하는 것이 원효는 부끄러웠다.

원효는 지금부터 십 년 전 의상과 함께 당나라에 가던 일을 생

---

21 탁발 수행함.

각하였다. 그때에 원효는 스물세 살, 의상은 스무 살이었다.

두 사람은 양주까지 배를 타고 가서 낙양을 향하여 걸었다.

낮에는 민가에서 밥을 얻어먹고, 밤이면 무덤 속에서 잤다. 그쪽 무덤은 박석으로 방을 만들고 그 속에 시체를 관에 넣어놓는다. 그래서 그 속에 사람이 들어가 누울 수가 있었다. 길을 가다가 날이 저물면 백양목 둘러선 묘지를 찾아 들어가는 것이었다.

밤에 무덤 속에서 자노라면 귀신의 소리가 들리는 것도 같고 꿈자리도 사나웠다. 고총이면 자기가 편안하나 새 무덤이면 더욱 무서웠다.

양자강 벌판에는 산 없는 곳이 많아서 어떤 도읍에는 외딴 곳에 집을 지어놓고 그 속에 관을 수없이 갖다놓는다. 이것이 공동묘지다.

하루는 원효와 의상은 밤에 비를 피하여서 이 속에 들어가 잤다. 거기는 새로 들여놓은 관이 있고 새로운 지전紙錢이 널려 있고, 새로운 모란등에 불이 켜 있고 관 앞에는 음식도 차려놓은 대로 있었다. 지방紙榜을 보니 여자의 주검이었다.

원효와 의상은 관 앞에 차려놓은 음식을 먹었다. 시장하였던 것이다. 관에서는 바람결 모양으로 송장 썩는 냄새가 풍겼다.

음식을 먹고 나니 물이 먹고 싶으나 물이 없었다. 원효는 공기를 들고 밖으로 나섰다. 부실부실 여름비는 내리는데 캄캄한 밤이라 지척을 분별할 수가 없었다. 그리고 발에 거치는 것은 고총들뿐이었다.

원효는 가까스로 물 고인 웅덩이를 찾아서 물 한 그릇을 떠먹고, 또 한 그릇을 떠들고 시체들 있는 방으로 돌아왔다.

의상도 물을 먹었다.

그리고는 관을 침대를 삼아서 드러누웠다. 가물가물하던 모란 등에 초도 꺼지고 캄캄하게 되었다.

원효는 꿈에 그 새로운 관 속에 든 여자가 나와서,

"나 먹을 음식은 왜 먹었어. 먹었거든 나하고 같이 우리 집으로 가."

하고 원효의 소매를 잡아끌었다.

원효는 무서워하는 동안에 꿈을 깼다.

아침에 그 여자의 관 앞에서 《반야심경》을 읽어주고 그 혼이 삼악도를 벗어나서 무상보리無上菩提[22]를 이루기를 빌고 그 죽은 사람들의 처소에서 나왔다.

원효는 어젯밤에 달게 먹은 물맛을 생각하고 소세도 하고 한 번 더 물을 먹고 길을 떠날 양으로 물웅덩이를 찾았다.

원효는 깜짝 놀랐다. 그 웅덩이에는 사람의 해골이 있었나. 기다란 이빨이 그냥 남아 있는 두골이며 손발이며 정강이며 이것을 보매 원효는 구역이 났다. 이 물을 마셨거니 하면 오장이 다 뒤집히는 듯하였다.

원효는 이것을 보고 두어 걸음 물러섰다가, 다시 엎드려 그 웅덩이 물을 벌꺽벌꺽 마시었다.

'모든 것이 다 마음으로 되는 것이다.'

하고 원효는 낙양에 갈 필요가 없다 하여 그길로 신라로 돌아오고 의상만 혼자 낙양으로 갔다. 원효는 더 배울 것이 없다고 생각

---

22 더할 나위 없이 훌륭한 부처의 깨달음.

한 것이었다.

원효는 이런 옛 기억을 생각하였다.

원효는 이러한 생각을 하다가 하늘에 빛나는 별들을 보며 잠이 들었다.

얼마나 잤는지 모르거니와 무슨 대단히 우렁찬 소리에 잠이 깨었다. 그것은 염불하는 소리였다.

하늘에는 아직도 성두가 찬란하여서 밤중인 것 같았다. 그런데 사람은 보이지 아니하고,

"나무아미타불, 나무아미타불."

하는 염불소리만 울려왔다. 그 소리는 매우 맑고도 힘이 있었다.

원효도 일어났다. 옆에는 대안이 없었다. 염불하는 것은 필시 대안이다.

대안은 자던 곳에서 좀 더 높이 올라가서 염불을 부르는 모양이었다.

원효는 귀를 기울여서 대안의 염불소리를 들었다. 언제까지나 듣고 싶은 소리였다. 원효는 세상에서 이러한 맑은 소리를 처음 듣는 것 같았다. 모든 번뇌를 다 여읜 소리였다. 경건하고 자비스럽고도 한가스럽고도 웅장하였다. 정말 대안대사의 음성일까. 원효는 의심하지 아니할 수 없었다. 왜 그런고 하면 평소에 말하던 음성과는 다르기 때문이었다. 그 우습고 익살스럽고, 어찌 보면 능글능글조차 해보이는 대안의 속에서 저러한 소리가 나올 수가 있을까, 원효는 이렇게 생각하였다.

원효는 그 염불소리의 주인을 찾고 싶었다. 원효가 장삼을 입고 가사를 걸치는 것을 보고 심상도 벌떡 일어났다.

"노시님, 어디 가십니까."

심상도 분주히 장삼을 입었다.

"너 저 소리 듣느냐."

"네. 아까부터 그 소리를 들었습니다."

"저 소리 나는 지가 얼마나 되었느냐."

"얼마나 되었는지 모릅니다. 소동도 저 염불소리에 깨었습니다."

"저게 뉘 소릴까. 대안시님의 음성일까."

"글쎄요. 소동도 뉘 소린가 하고 있습니다."

원효는 염불소리 나는 데를 향하고 걷기 시작하였다. 심상도 뒤를 따랐다. 인기척을 내이는 것이 염불하는 이에 장애가 될 것을 두려워하여서 원효는 발자국소리를 삼갔다. 심상도 그 뜻을 알았다.

꽤 높이 올라갔다. 염불소리는 차차 가까워졌다. 가까워질수록 그 소리는 더욱 힘이 있고 더욱 엄숙하였다.

"저기다."

원효는 우뚝 섰다.

조그마한 봉우리─봉우리라기보다는 약간 두드러진 코에 움직이는 사람의 모양이 푸른 하늘을 배경으로 하여서 검은 그림자 모양으로 보였다. 방울소리도 들렸다.

그 그림자는 수없이 절하는 그림자였다. 염불 한 마디에 한 번씩 절을 하는 것이었다.

원효는 더 가까이 갈 수가 없었다. 마치 발이 땅에 붙은 것 같았다. 언제 하였는지 모르게 원효는 불전에 선 모양으로 합장하고 서 있었다.

"나무아미타불."

"나무무량수불."

"나무무량광불."

"나무무애광불."

"나무무변광불."

"나무무진광불."

"나무무량원불."

이 모양으로 아미타불의 별호를 불러서 무량원에 이르러서는 더욱 소리를 높여서 세 번이나 반복하고 네 번째는,

"나무대자대비서방극락세무량원불."

하고 불렀다.

염불을 듣고 있는 동안에 원효는 대안의 염불을 모시는 본의를 알 수 있는 것 같았다. 그것은 삼계육도에 끊임없는 생사고 속에 헤매고 있는 중생의 정경을 차마 보지 못하여서 사십팔원을 세우고 조재영겁兆載永劫에 무궁무진한 난행고행을 하신 아미타불의 대자비원을 대안이 자기의 원으로 삼는 것이라 함이었다.

지옥 속에 있는 무리도 아미타불의 명호만 들으면 이고득락離苦得樂을 한다는 것이다. 명종시命終時에 아미타불을 단 열 번만 염하여도 극락왕생을 한다는 것이다. 평생에 한 번만 정성으로 아미타불을 불렀어도 반드시 악도에 떨어지지 아니하고 극락왕생의 기연을 짓는다는 것이다. 그것이 아미타불의 대원력이시다.

그러하건마는 악업을 많이 쌓아서 업장이 두터운 중생의 귀에는 이 고마우신 불명호가 들리지 아니하는 것이다. 옆에서 날마

다 시시각각으로 아미타불을 부르는 소리가 나더라도, 업장이 귀를 막은 사람에게는 아니 들리는 것이다. 음란하고 허망한 소리에는 귀가 밝아도, 진리의 소리는 못 듣는 것이다.

지금 저렇게 부르는 대안의 염불소리를 어느 중생이, 몇 중생이나 듣고 있는가.

원효는 대안이 수없이 절하며 수없이 부르는 염불소리를 들을 때에, 마음속에 새로운 따뜻함과 새로운 밝음이 비추임을 깨달았다. 이것이 아미타불의 빛이로구나 하였다.

원효는 승만여왕의 빈전[23]에서 《아미타경》을 설하였다. 정성도 들였고, 또 말도 잘하였다고 믿었다. 설하는 원효만 그런 것이 아니라, 듣는 대중 중에도 그 설법에 감격한 이도 있었다. 그러나 원효는 생각하였다. 천만언의 설법보다도 지금 듣는 대안의 염불 한 마디가 얼마나 더 이익利益(종교적 감동이라는 불교의 말)이 컸을까.

그러나 저러한 염불소리는 저마다 낼 수 있는 것이 아니다. 마치 같은 가얏고라도 우륵于勒(금관국 사람으로서 가장 가얏고를 잘 탄 사람)이 내는 소리를 다른 사람은 내지 못하는 것이다. 같은 줄이언마는 타는 손가락이 다른 것이다. 높은 천품과 수십 년의 정성 된 공부를 겪지 아니하고는 우륵의 가얏고 소리는 내지 못하는 것이다.

지금 대안의 염불소리는 곧 대안 전체다. 칠십 평생에 닦고 닦은 그의 도가 온통으로 발하여서 소리가 된 것이었다.

---

23 국상 때 상여가 나갈 때까지 왕이나 왕비의 관을 모시던 전각.

'나도 저런 소리를 발해보았으면.'

원효는 이러한 생각을 하였다. 그러나 자기의 목에서는 그러한 소리가 나올까 싶지 아니하였다.

원효는 대안 있는 쪽을 향하여서 합장하고 고개를 숙였다. 지명도, 자장도, 안홍도 다 스승으로 알지 아니한 원효는 이때에 대안을 스승으로 생각하였다. 대안이 어젯밤에 여러 가지 우스운 이야기로 자기를 만류하여서 여기서 하룻밤을 자게 한 것이 다 자기를 제도하려는 자비심의 방편인 것 같았다.

아무러한 웅변으로도, 천언만어의 설명으로도 원효가 지금 대안의 염불에서 받은 감동을 전할 수는 없었다. 그것은 이 자리에 있는 사람만이 받을 수 있는 감동이었다. 대안만한 도력이 없이는 아니될 것이었다. 다른 사람이 여기서 염불을 하기로 사람에게 그러한 환희심을 줄 수는 없는 일이었다.

'도력, 법력, 그렇다. 도력이요, 법력이다.'

원효는 이렇게 자탄하였다.

공중을 날고 물 위로 걷기를 평지같이 하였다는 안홍법사나, 수나라 군사에게 결박을 지임이 되었을 때에 환하게 방광放光(빛을 발함)하였다는 원광법사나, 귀신을 부리고 귀신을 쫓는다는 밀본법사나, 탄지일성彈指一聲에 앞에 선 인혜법사因惠法師를 공중으로 날려 거꾸로 땅에 내려와서 머리가 땅에 붙고 발이 공중에 뻗은 채, 밤을 지내게 하였다는 모 거사나 다 법력이 있다고 하기로니 그것은 다 소소한 외도요 요술이다. 진실로 사람의 마음속에 닦고 닦은 무량겁의 업장을 깨뜨려서 부처의 빛을 받게 하는 그 도력이야말로 정말 도력이다.

원효는 이렇게 생각하였다.

대안의 염불 일성에 원효는 지금까지 가지고 오던 모든 자존심을 잃어버린 것 같았다.

'지나간 십 년에 내가 한 것이 무엇이냐.'

원효는 반성하였다.

과연 원효의 《대승기신론소》라든지, 《화엄경소》라든지, 오시사교五時四敎의 설이라든지는 신라, 백제, 고구려에서보다도 멀리 당나라에서 추존을 받아서 불교 해석의 새 길을 연 것은 사실이다.

'그러나 나는 그것으로 누구를 건졌는가. 대관절 나 스스로를 건졌는가. 내가 쓴 글을 읽고 과연 어느 중생이 지금 내가 대안대사의 염불소리에서 받은 환희를 받았는가. 내가 십 년 동안에 쓴 글이 종이에 먹을 묻혀놓은 것뿐이 아닌가.'

원효는 학문이나 지식이라는 것이 사람의 혼을 움직이기에 얼마나 가치가 적은가를 깨달았다. 약왕보살이 제 몸에 불을 붙여서 불전에 공양하는 촛불을 삼은 것이나, 상불경보살이 사람들의 치소를 받으면서도 평생에 만나는 사람마다,

"나는 너를 가볍게 안 본다, 너는 부처가 될 사람이다."

하는 한마디를 외치고 돌아다닌 것이나 다 알아지는 것 같았다.

"행行이다. 행이다. 오직 행만이 값이 있는 것이다."

원효는 새삼스럽게, 새삼스럽게 깊이 느꼈다.

훤하게 동이 텄다. 하늘에 잔별들이 숨어버렸다. 굵은 별만이 더욱 빛났다.

"하핫하핫. 대안 대안, 대안이야 대안."

염불을 끝내고 내려오는 대안은 원효를 보고 예전 대안이 되었다.

원효는 땅바닥에 오체투지로 대안의 앞에 절을 하였다.

심상은 영문을 몰랐다. 일찍 아무의 앞에도 무릎을 굽혀본 일이 없는 원효대사이기 때문이다. 원효가 받은 감동을 심상은 받지 아니한 것이었다. 경境은 같건마는 근根과 기機가 다른 것이었다.

"하핫하핫. 대안 대안."

대안은 원효가 절하는 것을 보고 유쾌하게 웃었다. 대안은 원효의 마음속에 일어나는 큰 변동을 고맙게 생각한 것이었다. 부처님의 위신력의 움직임을 본 것이었다.

대안은 원효의 절에 답례하지 아니하였다. 그것은 원효의 공덕을 깎지 아니하려는 자비심에서였다. 원효의 절은 부처님께로 돌릴 절이었다. 대안이 그 절을 받을 것이라고 대안은 생각지 아니하였다.

그것을 모르는 심상은 원효의 오체투지의 예에 놀라는 이상으로 그 절을 서서 받는 대안의 교만 무례함을 더욱 놀라지 아니할 수 없었다.

더구나 심상은 《화엄경》을 배우는 사람이어서 서방정토니 극락세계니 하는 것을 우습게 생각하였다. 그러한 타력他力이니 아미타불의 본원이니 하는 것을 우습게 생각하고 그런 것은 무식한 무리를 위한 법문法門이라고 생각하고 있었다. 심상은 경을 많이 읽어서 지식을 많이 얻는 것으로 보살이 되고 불이 될 것이라고 생각하고 있었다. 이른바 학승學僧이었다. 그가 원효를 사모하는 것도 원효가 그중 높은 학승이기 때문이었다.

두 사람은 대안을 작별하고 문수사로 갔다.

원효는 문수사에 와서 그 종용함이 마음에 들었다. 물소리는 없으나 새소리는 들을 수가 있었다. 여름에 비만 오면 물소리도 앉아서 들을 수 있는 방이었다. 밀본법사는 원효를 위하여서 자기가 거처하던 방을 내어준 것이었다. 창밖에는 그리 넓지 아니한 뜰이 있고 뜰에 모란과 작약이 있었다. 분백의 단장에 일각문이 있어 그것을 나서면, 시내가 흐르는 골짜기였다. 경상 앞에 앉으면 산과 법당의 박궁 옆이 보였다.

뜰을 깨끗이 쓸어서 빗자국이 있었고 아침저녁이면 다람쥐가 와 다녔다.

방에는 감실 속에 문수보살상이 있었다. 백제 승 혜총惠聰이 조성하였다는 유명한 불상이다. 혜총은 고구려의 혜자惠慈와 함께 성덕태자聖德太子를 도와서 불법을 일으켜 법륭사, 사천왕사 등 크고 아름다운 절을 지은 사람이었다. 이때에는 신라에서도 절이나 불상은 많이 백제나 고구려 중의 손을 빌었다. 미술 공예가 더 발달되었기 때문이었다. 문수사의 법당에 모신 석가모니불과 벽화는 고구려 승 담징曇徵의 손으로 된 것이었다. 담징도 후에 성덕태자를 도와서 불법을 폈다. 법륭사의 벽화를 그린 것도 담징이었다.

원효는 이 뜰에 대를 심으리라―이런 생각도 하였다.

원효가 문수사에 온 지 사흘 후에 위로서 원효가 쓸 물건 일습을 보내셨다. 경상, 금침, 의복, 지필묵, 기름, 향, 향로, 차, 화로 등이었다. 이것은 모두 궁중에 있던 것이었다.

요석궁 시녀가 분황사에 모란꽃을 가지고 갔다가 원효가 떠난 것을 보고 요석공주에게 아뢰었다. 요석공주는 얼른 그것이 제가 지어 보낸 옷 때문이라고 생각하고 심히 부끄러웠다. 솔기솔기 땀땀이 박혔을 여자의 정열이 원효에게 통하지 아니하였을 리가 없다고 공주는 생각하였다.

'그렇지만 어디까지나 따라가볼걸.'

하고 공주는 입술을 꼭 물었다.

'승만마마의 원이 계시니.'

공주는 이렇게 저를 변호하여보았으나 역시 그것은 핑계에 지나지 아니하였다.

공주는 어머니신 왕후께 여쭈어서 요석궁 모란을 보시기를 청하였고 문명황후는 또 왕께 여쭈어서 두 분이 요석궁에 첫 거동을 납셨다. 임금이 되시고 왕후가 되시면 비록 친자녀의 집에라도 가시기가 어려웠다.

왕은 왕후와 유신과 또 태자 법민은 말고 문왕, 기타 왕자 몇 분과 막내 공주 지조를 데리시고 월성의 대궁[月城大宮]을 납시어 아리내의 요석궁에 듭셨다.

왕은 즉위하신 후에, 양암諒闇[24]으로 신궁 제의도 아직 못 지내셨으므로 아무 데도 거동이 없으셨다. 그러나 대행왕의 칠칠재도 지났으므로 길복으로 요석궁에를 납신 것이었다.

연도 백성은 새 왕의 거동을 우러러 뵈옵느라고 길 좌우에 자리를 펴고 꿇어 있었다. 비록 미행이라 하더라도 왕의 위의는 갖

---

24 임금이 부모의 상중에 있을 때 거처하는 방 또는 그 기간.

추지 아니할 수 없었다.

왕이 타신 수레는 자단과 침향으로 만들고 난간은 대모와 금, 은, 옥으로 꾸미고 누른 비단으로 앙장을 삼고 붉은 비단으로 휘장을 삼고 말 네 필을 메웠다.

왕은 이날에 당나라 옷을 입지 아니하시고 예로부터 내려오시는 신라 옷을 입으시고 왕후와 왕자도 그러하였다.

수레에는 왕과 왕후가 가지런히 방석 위에 앉으시고 둘째 수레에는 왕의 아드님으로 오래 당나라에서 태종의 사랑을 받고 국자감에서 공부하던 문왕이 이손의 금관을 쓰고 앉았고 또 그 뒤에는 왕의 가장 어린 아드님인 지경智鏡과 개원愷元이 역시 금관을 쓰고 앉았다. 그들도 왕자로서 이손의 작을 받은 것이었다.

다음 수레에는 지조공주가 분홍 옷에 자주 활옷을 걸치고 시녀 하나를 데리고 타고 있었다.

다음 수레에 대각손 유신이 예부령 이손 한기韓岐와 같이 탔고, 맨 뒤에는 병부령 이손 나미奈彌가 타고 행차의 앞뒤에는 대감 일인, 대당, 귀당 각 이 인이 말 탄 군사, 걷는 군사, 백오십 인을 거느리고 호위하였다.

군사들은 지위를 따라서, 혹 머리에 붉은 수건을 동이고 붉은 깃 단 전복을 입고, 혹은 누른, 혹은 푸른, 이 모양으로 색이 달랐다.

왕의 행차가 요석궁에 다다르매, 궁에서는 일시에 풍악이 일어났다. 처음 일어난 풍악은 주라춤[笳舞監]이었다. 주라 두 쌍이 앞으로 갈라서서 불면서 춤치[舞尺](춤추는 사람) 한 쌍이 춤을 추어서 왕의 행차를 안으로 인도하는 것이었다.

요석궁도 선덕여왕이 공주로 계오실 때에, 그 아바마마 진평왕의 거동을 맞은 뒤로는 이것이 처음이었다.

왕과 왕후는 문전에서 수레를 내려, 새로 깔아놓은 황토를 밟으시며 문을 들어서셨다. 모란의 빛과 향기가 오월의 요석궁에 차 있었다.

공주는 서른새 베옷에 누른 비단 활옷을 걸치고 검은 머리를 목을 잘라 등 뒤에 풀어 늘이고 부모님이신 왕과 왕후를 지영하였다.

"어, 모란이 만발이로군."

왕은 뜰의 모란을 보시며 기뻐하셨다. 요석공주는 왕이 사랑하시고 불쌍히 여기시는 따님이었다.

왕이 앉으신 자리는 평소에는 쓰시지 아니하는 전각으로서, 혹시 왕이 오실 때에 편전으로 쓰기 위하여서 지어놓은 것이었다. 진평왕이 가끔 오신 곳도 여기였다.

전내에 모란 무늬 놓은 돗자리에 역시 모란 무늬 있는 비단 보료를 깔았다. 왕후와 왕자와 유신과 대신들은 이 자리에 오르고 벼슬 낮은 무리들은 중문 밖 행가에서 주식을 먹게 하였다.

왕이 좌정하신 뒤에 요석공주는 다시 부모의 앞에 나아와 공손히 절하고 오른편 무릎을 꿇고 왼편 무릎을 세우고 한편에 비켜 앉았다. 바른 듯 만 듯 분을 바른 공주의 얼굴은 누가 보아도 서른 살이 넘은 과부라고 생각할 수는 없었다. 달과 같이 둥그스름한 얼굴, 가는 눈썹 밑에 한일자로 보이는 가느스름한 눈, 빼어난 코, 불그레한 입술, 옥으로 깎은 듯한 목, 왼편 무릎에 얹은 희고 가는 손가락, 아무리 보아도 새로 핀 연꽃송이와 같았다. 다만 그 의젓한 품이 나이 먹음을 보인다면 보인다 할 것이다. 더구나 삼십승 구름결 같은 베옷을 입은 모양이 수수하고도 아담하고도 고결한 맛이 있었다.

왕은 이러한 따님을 보시는 것이 괴로우셨다. 저렇게 젊고 아름다운 사람으로서 홀로 요석궁에 늙게 하는 것이 슬프셨다. 공주가 어머님께 올린 글월에,

'牡凡已老綠蔭濃.'

이라고 한 공주의 글귀를 볼 때에 왕은 요석궁에 납실 결심을 하신 것이었다.

모란이 늙었다. 며칠 안 보면 다시 못 보게 될는지도 모른다. 만일 이날 밤에 한 풍우가 지난다면 내일 아침에는 벌써 없을 것이다. 왕은 이렇게 느끼신 것이었다.

왕은 이날에 실컷 놀아서 공주를 기쁘게 하려 하셨다. 그리고 될 수 있으면 공주의 뜻을 알아서 새로 남편을 구하여주시려고 하였다.

해가 낮이 되었다.

배반이 들어왔다. 왕이 미리 육전사지六典舍知에게 명하여서 준비케 하신 것이었다. 왕은 백제와 고구려를 멸한다는 맹세가 계시므로 모든 사치를 금하시는 동시에 당신의 생활도 극히 검소하게 하셨다. 몸에 베옷을 입으시고 짚신을 신으셨다.

그러나 아무리 검소하다 하더라도 왕의 상이었다. 동해의 어별과 토함의 산도야지와 태백의 삼과 꿀과 이런 것은 상에 오르지 아니할 리가 없었다. 요석공주가 먼저 술을 따라 왕과 왕후에게 받들어 올렸다. 그리고는 푸른 옷 입은 시녀들이 술을 따랐다.

"자, 한불손. 술 자시오. 오늘은 취합시다."

왕은 큰 옥잔에 공주가 따른 술을 마시고 나서 그 잔을 유신에게 주었다.

"상감마마 황송하오."

유신은 이마를 방바닥에 대었다.

"한불손. 우리 오늘은 군신지분을 잊고 옛날 문노선생 문하에서 한솥밥을 먹고 한자리 잠을 자던 춘추와 유신으로 돌아갑시다."

왕은 손수 고구려 자기 술병을 들어서 유신의 잔에 술이 넘도록 부었다.

"황송하오. 그러하오나 군신지분은 군신지분이라 한 시각인들 잊을 수 있사오리까. 과람하옵신 분부시오."

유신은 무릎을 꿇고 잔을 받아서 마셨다.

"한불손. 잔을 내게 돌리오."

왕은 쾌활하게 팔을 내어밀으셨다.

유신은 엎드려서 술잔을 들어 왕께 올렸다. 그리고 손수 병을 들어 왕의 잔에 술을 부었다. 백설 같은 옥잔에 황금물 같은 술이었다.

왕은 단숨에 그 잔을 들이마시셨다. 왕은 요석공주에게 잔을 주시며,

"악아, 한불손께 술을 부어라."

하셨다. 왕은 요석공주를 유신에게 시집보낼 뜻을 품으신 것이었다. 유신은 그때에 마야부인이 죽고 홀아비였다.

요석공주는 잠깐 주저하다가 부명이요, 왕명이라 마지못하여

서 잔을 유신에게 보내었다.

"외숙께 드리는 술잔이오."

요석공주는 분명히 이런 말을 하였다.

유신은 그 술잔을 받았으나 요석의 말을 의심하였다.

왕도 그 말에는 놀랐다. 왜 그런고 하면 왕은 이날 늦도록 술을 먹고 놀다가 유신이 취하면 요석궁에게 공주와 함께 자게 하려 하였기 때문이다.

왕에게는 유신은 지극히 소중한 사람이었다. 왕은 이손 용춘 장군의 아들이다. 내물왕의 혈통을 끈 것은 사실이지마는 반드시 왕위에 오를 혈통은 아니었다. 왕이 즉위하매 그 아버지 용춘을 문흥대왕文興大王으로 추봉하였지마는 그 아버지 용춘은 갈문왕도 못 되는 것이다. 당나라에 대하여서는 진덕여왕의 몇 촌 아우라고 말하였으나 기실은 성골은 못 되는 것이었다. 지나간 진덕(승만)여왕까지는 성골이었으나 춘추부터는 성골이라고 일컬을 수가 없었다. 겨우 진골이었다. 그러므로 혈통을 심히 소중하게 보는 신라에서는 왕은 안심하기 어려운 지위에 계셨다. 오직 믿는 것이 무공으로 일국의 병권을 잡고 신뢰를 받는 유신과, 당나라 조정에서의 신임이었다.

그런데 당나라 조정에서 춘추가 신임을 받게 된 것은 진덕여왕과 자장율사 때문이었다. 자장율사는 용춘장군과 가까웠다. 그리고 중이면서도 무척 정치적인 인물이었고 또 친당주의자였다. 이 점에서 용춘과 일맥상통하는 바가 있어서 춘추와 그 아들 법민을 극력 당나라 조정에 추천한 것이요, 또 선덕여왕의 유훈으로, 진덕여왕은 내심으로는 원효를 사모하면서도 정치에 있어서 자장의 말을 아니 들을 수 없었다. 이러하여서 춘추는 국내에서나 당나라에서나 이름을 낸 것이었다.

이러한 사정인데, 왕은 장차 백제와 고구려를 멸하여서 삼국을 통일하려는 대야심을 가지고 있었고 이 일은 오직 유신을 가지고서만 될 수 있는 것이라고 생각하였다. 왕위를 보존하는 데나 삼국을 통일하는 데나 유신에게 딸을 주고 싶었다.

요석공주나 지조공주나 유신에게는 생질이다. 그러나 옛날에 있어서는 그것이 혼인에 거리끼는 것은 아니었다. 이러한 뜻으로 왕은 요석공주를 시켜서 유신에게 술을 권케 하는 것이었다. 그런데 요석공주의 태도는 분명히 거절하는 표시였다.

왕은 '아뿔사' 하였으나 곧 그것은 잊어버린 듯이 음악을 아뢰이라 명하셨다.

처음에는 삼죽삼현三竹三絃, 백판대고栢板大鼓의 음률에 맞추어서 두 사람이 춤을 추는 것이었다. 삼현이란 것은 거문고, 가얏고, 비파요, 삼죽이란 것은 대금, 중금, 소금이었다.

첫 곡조는 옥보고玉寶高의 작곡 중에 〈봄아침[春朝曲]〉이었다. 그것은 느리고 부드러운 춤이었다. 춤추는 사람(춤치라고 부른다)은 머리에 뿔난 박두²⁵를 쓰고 소매 넓은 자주옷을 입고 난홍정, 도금과 요대, 오피혜의 차림이었다.

신열춤[辛熱舞], 한기춤[韓岐舞], 이 모양으로 곡조가 갈림을 따라서 혹은 세 사람, 혹은 여섯 사람 악공과 춤추는 사람 수효가 달랐다. 또 춤추는 이의 옷도 붉은 옷, 푸른 옷, 이 모양으로 달랐다.

25 상제의 두건과 비슷한 검은색 모자.

금환金丸춤이란 것은 금으로 만든 공을 놀리는 것이다. 그 공이 혹은 높이, 혹은 낮추 오를 때에 달도 같고 별도 같았다.

금 도금한 탈을 쓴 대면大面춤에는 손에 산호 채찍을 들고 귀신을 쫓는 형용이요, 소두[束毒]춤은 봉두난발하고 남빛 탈을 쓰고 북을 둥둥 두드리며 추는 것이요, 사자춤은 털 빠진 늙은 사자가 머리를 흔들고 꼬리를 두르는 웅장한 춤이었다.

"그 어디 고구려 춤을 추어보아라."

왕은 술이 거나하게 취하셨다.

고구려 악대가 나왔다.

붉은 깁모자에 새 깃을 꽂아쓰고 소매 넓은 누른 옷에 통 넓은 바지, 붉은 갓신을 신었다. 네 사람이 오색치승무를 추는데 상투는 붉은 끈으로 졸라 뒤로 젖히고 이마에는 금당金鐺을 붙였다. 그중에 두 사람은 누른 저고리, 붉누른 바지, 다른 두 사람은 붉누른 저고리에 붉누른 바지를 입었는데 소매가 대단히 길다. 검은 갓신을 신었다. 이 네 사람이 쌍쌍이 늘어서서 춤을 추는 것이다. 악기는 탄쟁 하나, 국쟁 하나, 와공후, 수공후, 각각 하나씩, 비파 하나, 오현 하나, 의취적 하나, 생笙 하나, 횡적 하나, 소피리[小觱篥] 하나, 대피리[大觱篥] 하나, 도피피리[桃皮觱篥] 하나, 요고腰鼓 하나, 재고齋鼓 하나, 담고擔鼓 하나, 구唄 하나, 이렇게 타고 뜯고 불고 치고 하였다. 그 가락에 맞추어서 네 사람이 춤을 추는 것이었다.

"참 좋다. 장하다."

왕은 무릎을 치시며 이렇게 찬탄하셨다. 비록 적국의 음악이언마는 대단히 장하다고 생각하셨다. 한나라 때부터 당나라에 이르기까지 고구려 음악은 중국 조정에서도 딴 방을 두었고 신라 조정에서는 우방악右房樂을 삼으셨다.

"여보 한불손."

왕은 유신을 불렀다.

"네에."

유신도 고구려악에 감흥이 많은 중이었다.

"평양에서 고구려악을 볼 날이 있겠지?"

왕은 이렇게 말씀하셨다.

"네. 반드시 그날이 있으리라고 믿습니다. 고구려왕을 결박하여서 계하에 꿇리고 반드시 그날에 오색치승무를 보시게 하오리다."

유신은 몸을 한 번 흔들고 어깨를 한 번 떨었다. 그 눈에서는 불이 이는 것 같았다.

유신이 이리하는 양을 보시고 왕도 입을 다물고 크게 한 번 숨을 내어쉬이셨다.

좌석에는 살기가 등등하였다.

"지조야. 너 유신장군께 술 한 잔을 부어라."

왕은 호령하였다.

"네."

지조공주는 금잔 가득 술을 부어서 유신에게 받들어 드렸다.

유신은 부복하여 사은하고 두 손을 들어 공주의 손에서 잔을 받았다.

유신이 잔을 받아든 때에 악공은 웅장한 〈강천성곡降天聲曲〉을 울렸다.

모두 다 머리가 쭈뼛하도록 비장함을 느꼈다.

유신은 〈강천성곡〉이 끝날 때까지 술잔을 들고 있었다. 그러다가 곡이 끝나매 잔을 입에 대어서 고개를 뒤로 젖히며 들이마셨다. 그의 반백이나 된 수염이 주인의 비장한 뜻을 아는 듯이 흔들렸다.

"한 잔 더."

왕은 유신에게 다시 술을 권하였다. 지조공주는 연하여 석 잔을 따랐다. 유신의 손에 잔이 들리는 대로 〈노인곡老人曲〉, 〈오사식곡吾沙息曲〉이 울렸다.

유신은 연하여 석 잔을 받아 마시고, 다시 부복하여서 잔을 왕께 올리며,

"신이 비록 늙었사오나 백제나 고구려를 격멸하여 의자, 보장을 폐하께 묶어 바치기까지는 결코 죽지 아니하겠소."

하고 아뢰었다.

"좋다. 장하다."

왕은 공주의 손에서 술을 받아 마시셨다.

"또 부어라."

왕도 석 잔을 들이마시셨다. 그동안에 왕은 악공에게 〈가라도加羅都〉 곡을 아뢰이라 하셨다. 〈가라도〉 곡은 우륵이 지은 가야금 곡으로서 〈상가라도上加羅都〉, 〈하가라도下加羅都〉 둘이 있어서 진평왕 때에 장군 이사부가 가라를 평정한 것을 찬송한 곡이다. 화랑 사다함이 열일곱 살에 대공을 세운 전쟁이다.

"이 몸이 검무를 아뢰오리다. 어떠하올지."

유신이 왕의 뜻을 물었다.

"그러오."

왕은 희색이 만면하셨다. 금시에 의자왕, 보장왕이 결박을 받아서 계하로 끌려드는 것같이 장쾌하였다.

유신은 일어나 칼을 뺐었다. 오동자루에 금으로 장식한 고구려 칼이었다. 칼은 고구려 칼이 좋았던 것이다.

삼죽이 울었다. 유신은 칼을 들고 처음에는 무엇을 생각하는 듯하였다. 차차 칼은 유신의 머리 위에 높이 올랐다. 유신의 몸이 한 번 꿈틀하며 칼이 허공을 한 번 돌았다. 한 줄기 번개가 일었다. 젓소리는 평조로부터 황종조黃鍾調로 옮았다.

유신의 발은 점점 힘 있게 소리를 내고, 칼은 점점 빠르게 움직였다.

음악은 이아조二雅調, 월조越調, 반섭조般涉調로 차차 자아쳐 출조出調를 거쳐 준조俊調에 오르매 소리는 더욱 높고 격하였다. 이것을 따라서 유신의 칼은 마치 질풍과 같이 번개와 같이 유신의 몸을 싸서 유신이 온통 칼빛이 되어버렸다.

음악은 격한 데서 점점 떨어져 다시 순탄한 평조로 돌아가는 듯 끊기고 말았다. 유신도 처음과 같이 종용한 자세로 돌아왔다. 고요하기 폭풍우 지나간 뒤의 수풀과 같았다. 아무 일도 없는 듯하였다.

전각은 고요하였다. 풍경소리가 딸랑딸랑 울렸다. 모란꽃 향기가 풍겨 들어왔다. 유신을 칼을 집에 꽂고 왕의 앞에 한 번 절하였다.

왕 이하로 다 눈물이 터질 듯한 슬픔에 찼다.

그중에도 더욱 감동한 것은 지조공주였다. 유신은 사람이 아니요, 천신인 것 같았다.

　유신은 본래는 신라사람이 아니다. 그는 가야국(가라, 금관) 사람이다. 가야가 장군 이사부의 정복을 받아 신라와 합한 것은 진흥왕 때였다.

　때는 진흥왕 이십삼년 구월, 가야왕 구해仇亥가 신라에 대하여 반기를 들었다. 진흥왕은 병부령 이사부를 보내어서 가야를 쳤다. 이때에 화랑 사다함이 낭도 오천을 거느리고 종군하여서, 자원하여 선봉이 되어서 가야의 전단문에 돌입하여서 문 위에 백기白旗를 달았다. 성중에 있는 가야국 장병들은 이 백기를 보고 어찌할 줄 모르는 동안에 이사부가 대군을 끌고 무혈입성을 한 것이었다.

　이 공로로 왕은 가야국왕 이하 포로 전부를 사다함에게 주었으나 사다함은 그들을 다 놓아 신라에 충성하게 하였다. 그러한 지 약 백 년이다.

　구해는 유신에게 증조였다. 구해의 아들 무력은 신주도행군 총관이 되어 백제왕을 잡고 장수 넷과 군사 만 명을 베어서 큰 공을 세웠고, 그 아버지 서현은 소판까지 올라서 대량주도독이 되었다. 서현이 아직 젊었을 때에 갈문왕 선마로[立宗]의 아들 숙흘마로의 딸 만명과 서로 사랑하여서, 대문에 벼락이 떨어져서 소란한 틈을 타서 만명이 집에서 도망하여 만노군 태수인 남편을 따라가서 유신을 낳은 것은 이전에도 말한 것이다.

　유신은 열다섯 살에 문노의 문인으로 화랑이 되어서 용화향도龍華香徒라고 일컬었다. 용화라 함은 다음에 오실 미륵불의 세계를 가리킨 것인데, 이것은 유신이 미륵불을 원불로 삼는 까닭이지마는 또한 삼국을 통일하여서 용화회상과 같은 좋은 나라를 이루리라는 뜻도 있는 것이었다.

때는 마침 고구려와 백제와 말갈이 끊임없이 신라를 침노할 때라, 유신은 백제와 고구려와 말갈을 평정하여서 신라를 빛내리라는 큰 뜻을 품고, 열일곱 살에 중악석굴에 들어서 맹세하였다.

"적국이 무도하여 우리나라를 침노하여 편안할 날이 없사오매 이 몸은 한낱 작은 신하오나 힘을 헤아리지 아니하고 이 화란을 맑히려 하오니, 하늘이 내려보시와 이 몸에게 힘을 빌리소서."

이렇게 빌었다.

유신은 쌀과 새옹[26]만을 가지고 가서 제 손으로 메(밥)를 지어서 새옹쨰로 바위 위에 놓고 산신과 제불보살께 바쳤다.

유신은 밤이 깊어도 잠을 안 잤다.

수풀 속에서는 호랑이소리도 들리고 곰의 소리도 들렸다. 그러나 유신은 몇 번이고 몇 번이고 폭포에 목욕하고는 잡념을 제하고 검님의 계시를 기다렸다.

굴에는 왼새끼를 느리고 서리화(종이를 오려서 막대기에 감아 너슬너슬하게 한 것)를 달았다. 그리고 정한 황토를 파다가 굴속에 깔고 솔가지를 문에 세웠다.

유신이 촛불을 켜고 가만히 앉았노라니, 천장에서 선뜩선뜩 물방울도 떨어지고 촛불 그늘에 여러 가지 모양으로 생긴 귀신이 보였다. 이틀이 지나고 사흘이 지났다.

"검님. 백제와 고구려를 멸할 힘을 얻기까지는 이 자리에서 아

26 놋쇠로 만든 작은 솥.

니 일어나리다."

하고 유신은 힘을 얻거나 그렇지 아니하면 이대로 죽기로 결심하였다.

나흘째다. 나흘째, 해도 다 져갈 때에 난데없이 노인이 굴 앞에 나타났다. 칡베 옷을 입고 칡베 건을 썼다.

"여기 독한 벌레도 있고 무서운 짐승도 있는 곳에 어떤 도령이온데 이렇게 혼자 있는고."

하였다. 노인은 수염과 눈썹이 눈과 같이 희었다.

"어른님은 어디로서 오시며 존함은 누구시오니까."

하고 유신은 공손히 노인에게 물었다.

"나는 집이 없는 사람이야. 인연 따라서 가기도 하고 머물기도 하지. 내 이름은 난승難勝이고."

노인은 이렇게 대답하였다. 난승이란 보살십지 중에 제오지다. 초발심환희지初發心歡喜地에 때를 벗는 이구지離垢地, 명지明地, 염지焰地를 지나서 업장은 다 벗고 알 것은 다 알고 나서, 이로부터 법사가 되어서 법을 설하여 중생을 이익하는 경계다. 항상 행하는 일은 보시布施, 애어愛語, 이익利益, 동사同事요, 항상 염하는 것은 불과 법이요, 항상 뜻하는 것은,

'我當於一切衆生爲首爲勝, 乃至於一切衆生爲依止者.'

라는 것이다. 이것이 난승지보살의 경계다.

유신은 이 노인이 난승지의 보살인 것을 알매, 곧 두 번 절하고 이렇게 말하였다.

"이 몸은 신라사람이옵거니와 나라의 원수를 보오매 마음이 아파서 여기 와서 천우신조를 기다리고 있사오니 복걸 장자長者

는 이 몸의 정성을 어여삐 여기시와 무슨 방술을 주시옵소서."

하고 간청하였다.

그래도 노인은 잠자코 있었다.

유신은 눈물을 흘리며 또 두 번 절하고, 또 한 번 같은 말을 하였다.

그래도 노인은 말이 없었다.

유신은 또 절하고 또 빌기를 일곱 번 하매, 그제야 노인이 입을 열어,

"오, 나이 어린 사람이 삼국을 병합할 뜻을 품으니 장하다."

하고 비법을 전한 뒤에,

"삼가 함부로 이 비법을 전하지 말렷다. 만일 불의한 일에 이 비법을 쓰면 도리어 앙화가 제 몸에 돌아올걸."

하고 말을 마치고는 가버렸다.

유신은 노인의 뒤를 따라 이 리쯤이나 갔으나, 노인은 간 데 없고 오직 산상에 환한 빛이 있을 뿐이었다.

유신은 그다음 해에 백제가 자주 침노하는 것을 보고 더욱 격분하여서, 보검을 가지고 연박산에 들어가 깊은 골짜기 속에 제단을 차려놓고 오순향을 피우고 지난해 중악에서 빌던 말과 같이 빈 뒤에, 보검을 빼어 제단에 놓고,

"이 칼에 하늘빛과 영靈을 내리시옵소서."

하고 빌기를 사흘 동안이나 하였다.

사흘이 끝나는 밤이 거의 다한 때에 허성虛星과 각성角星 두 별 빛이 칼 위에 내려 칼이 스스로 움직이고 스스릉하고 울었다.

이 칼을 가지고 하루도 쉬임 없이 병사와 전술을 익히기 십칠

년 만에 용춘장군의 군에 그 아버지 소판 서현과 같이 종군하여
서 중당 당주로 싸웠다. 이것이 유명한 낭비성 싸움으로서 유신
에게는 첫번 전공을 세운 싸움이었다.

때는 팔월. 오랫동안 신라와 고구려와 양군이 일승일패로 낭
비성 쟁탈전을 하던 끝에 신라가 일단 우세였으나 어스름한 달
밤에 고구려군이 대거하여 역습하여 와서 신라병이 수없이 전사
하고 마침내 총퇴각을 아니하면 아니 될 형세였다.

이때에 유신은 아버지 앞에 나아가 투구를 벗고 이렇게 아뢰
었다.

"이제 우리 군사가 패배하였으니 소자가 평생을 충효로써 스
스로 기약하였사오니 싸움에 임하여 용기를 내이지 아니치 못할
것이라, 듣건대 깃을 떨면 옷이 바로 서고 벼리[27]를 들면 그물이
펴진다 하오니 이 몸이 깃이 되고 벼리가 되려 하나이다."

하고 말에 올라 칼을 들고 적진 중으로 짓쳐 들어가 적장의 목을
베어 들고 돌아오매 신라 군사들이 모두 감격하여서 분격하여
적병 오천을 베이고 천 명을 사로잡았다.

유신은 이 공으로 압량주 군주가 되니, 압량주는 원효의 고향
이었다. 인재를 구하기 간절한 유신은 소년 화랑 원효를 장래 있
는 사람으로 알아서 선덕여왕께 천한 것이었다. 유신은 원효가
정치나 군인이 되기를 바랐으나 원효는 중이 된 것이었다.

그다음 선덕왕 일 년에 백제군이 대량주에 쳐들어와 춘추의
딸 고조다의 남편 품석이 전사하고 고조다는 백제에 잡혀가서

27 그물의 위쪽 코를 꿰어놓은 줄, 그물을 오므렸다 폈다 한다.

옥중에 자살한 일이 있었다. 이에 춘추는 고구려에 청병하여 백제의 원수를 갚자 하여 왕께 자청하여서 고구려로 가게 되었다. 길 떠나기 전에 춘추는 유신을 보고 이렇게 말하였다.

"공과 나와 한 몸으로 나라에 고굉[28]이 되었으니, 내 이제 고구려에 들어가 만일 죽고 돌아오지 못한다면 공인들 어찌 무심하겠소."

이 말에 유신은,

"공이 만일 고구려에 갔다가 돌아오지 아니하면, 내 발굽이 반드시 고구려와 백제 왕정을 밟을 것이오. 그렇지 못하면 내가 무슨 면목으로 국인國人을 대하겠소."

하고 대답하였다.

춘추는 이 말에 감격하여서 유신으로 더불어 손가락을 씹어서 피를 내어서 서로 노나 마시고 이렇게 맹약하였다.

"내 육십 일 만에 꼭 돌아올 테니 만일 육십 일이 넘어도 내가 아니 돌아오거든 다시 못 만날 줄 아시오."

그러나 고구려 왕은 춘추의 기상이 비범한 것을 보고 죽이려 하여,

"삼나무고개[麻木峴], 대재[竹嶺] 이북은 본래 고구려 땅이니 그것을 돌려준다면 너를 놓아 보내려니와 그렇지 아니하면 돌아가지 못하리라."

하고 춘추를 감금하였다.

유신은 춘추가 육십 일이 되어도, 아니 돌아오는 것을 보고 전

28 다리와 팔.

국에서 결사의 용사 삼천 명을 뽑았다. 유신은 용사들을 나을신
궁奈乙神宮 앞에 모아놓고 이렇게 말하였다.

"위태한 것을 보면 목숨을 바치고 어려운 일에 임하여 몸을
잊는 것은 우리네 화랑도의 뜻이오. 대대 한 사람이 죽으면 백 사
람을 당하고, 백 사람이 죽으면 만 사람을 당하는 것이니, 이제
우리 삼천 명이 죽기를 기약하면 횡행천하를 할 것이오. 이제 우
리나라 어진 재상이 타국에 잡혔으니, 우리가 죽기로써 구하지
않을 수 없소. 다들 뜻이 어떻소?"

유신의 이 말에 삼천 용사는 일제히,

"죽더라도 장군의 명을 들으리이다."

하고 무릎을 꿇고 손을 들어 맹세하였다.

유신이 삼천 명 용사를 끌고 고구려로 쳐들어온다는 소식을
고구려 왕정에 보고한 것은 고구려 간첩 덕창德昌이라는 중이었
다. 고구려 보장왕은 이 첩보를 듣고 놀래어 춘추를 예로써 후대
하여서 돌려보내었다.

춘추가 유신의 삼천 명 결사대를 만난 것은 바로 한산주(지금
서울)에서였다. 춘추는 유신의 신의를 뼈에 새겨서 고맙게 생각
하였다. 이에 춘추는 더욱 유신을 믿었다. 춘추의 부인 문명이 유
신의 누이인 것은 벌써 말하였다.

이러한 유신은 그동안에도 백제군의 침입을 여러 번 막아서
대공을 세웠다. 지금은 유신이 선대에 가야국 사람이라 하여서
그 충성을 의심하는 사람은 하나도 없었다.

춘추가 왕이 되신 뒤에 믿는 곳이 둘이 있었다. 하나는 당태종
이요, 하나는 유신이었다.

이러한 유신이다. 유신의 검무를 다 보고 난 왕은,

"장군이 아직 안 늙었소."

하고 칭찬하셨다.

석양이 되었다. 술도 취하고 흥도 겨웠다.

주연을 파하고 왕은 유신과 가지런히 요석궁 정원을 거닐었다. 요석공주의 말과 같이 모란은 늙고 녹음은 무르녹았다. 연당 가의 늙은 실버들이 석양 바람에 가지 그림자로 물을 저었다. 풀 속의 개구리가 왕의 발자국에 놀라서 못 속으로 뛰어들었다. 떰벙하는 소리가 왕과 유신의 눈을 못 위로 끌었다. 실물결이 둥글게 수없이 일어났다.

"당병이 또 안시성에서 패하였다니 이를 어찌하오?"

왕은 이런 걱정을 하셨다.

"상감마마. 차라리 고구려와 백제와 합하여서 당을 쳐버리면 어떠하올지."

유신은 이런 말을 하였다.

왕은 놀라는 모양으로 걸음을 멈추고 유신을 돌아보셨다. 왕과 유신의 눈이 마주쳤다. 이윽히 마주볼 뿐이요, 말이 없었다.

이때에 요석공주는 왕후와 지조를 공주의 일상에 거처하는 승만당으로 인도하였다. 반년 동안이나 그리던 어머니와 동생과 오래 막힌 정담을 하려는 것이다. 왕후도 오래간만에 가족적인 회합을 하게 됨을 기뻐하셨다. 왕후가 되면 예전 모양으로 자식을 자식으로 사랑하기도 어려우셨다.

"예전, 너희가 어려서 서형산 밑 집에 있을 때 모양으로 어미와 딸로 한 시각을 보내자."

문명황후는 두 따님을 보고 이렇게 말씀하셨다. 한 나라의 어머니로 계시면 내 자식만을 자식으로 사랑하기가 어려우셨다.

"아바마마도 이리로 모시리까."

요석은 이렇게 모후께 아뢰었다.

"그러자. 상감마마께오서도 너희들을 몽매에 못 잊으시건마는 군국만기軍國萬機를 친재하시는 몸이 되시니, 어디 처자와 정담인들 하실 사이가 있느냐. 그러면 아유다, 술을 한잔 따뜻하게 마련하고 차나 달이고 상감마마께 여쭈어라. 상감께서 아마 네가 여쭙기를 기다리실 것이다."

이러한 모후의 분부를 듣잡고 요석은 심히 기뻐서 곧 청의靑衣(궁의 시녀)를 불러서 주안을 마련할 것을 분부하고 손수 차를 달이기 시작하였다.

"당차로 하오리까, 지리산 향차로 하오리까."

요석은 찻장을 열고 이렇게 모후께 아뢰었다.

"향차를 달여라. 당차는 언제나 잡수시지 아니하시느냐. 지리산 작설을 좀 진하게 달여라."

"네. 지리산 작설."

하고 요석공주는 고구려 자기로 된 다합을 내어서 뚜껑을 열어보았다. 다합은 포류운학문蒲柳雲鶴紋을 아로새긴 청자였다. 이름은 합이라 하나 항아리였다.

철화로에 태백산 백탄숯이 빨갛게 피었다. 백제 차 가마가 그 위에 놓여서 뽀뽀뽀뽀 김을 내고 물이 끓었다.

요석은 다연에 파르스름한 작설을 넣고 사기 공이로 갈았다. 차는 바스락바스락 소리를 내면서 갈렸다.

"언니, 내가 갈까."

지조가 옆에서 말하였다.

"아냐 내 갈게. 너는 술 데는 것을 보아. 네나 내나 딸이 되어서는 부모님께 효도할 기회가 적다. 이런 때에나 우리 정성껏 해보자."

요석은 이렇게 지조에게 말하였다.

왕은 유신과 함께 승만당으로 오셨다. 따님 요석이 어떠한 생활을 하고 있나 하고 왕이 궁금하게 생각하신 것은 물론이다.

역시 뜰은 정하게 쓸리고 섬돌에는 물을 뿌렸다. 마루에는 분합이 걷어 올리우고 버들 무늬가 놓인 주렴이 달려 있었다. 계하의 모란은 벌써 반이나 이울어 있었다.

시녀가 주렴을 들어서 왕은 마루에 오르셨다. 정면에 커다란 동경銅鏡이 화류대 위에 서고 청자 향로에는 지리산 백단향이 피어올랐다.

왕은 잠시 거울을 바라보시고 나을신궁을 염하셨다. 나을신궁은 시조 박혁거세朴赫居世가 탄강하신 닭의 숲[鷄林]에 모신 신궁이다. 유신도 왕의 뒤를 따랐다.

왕은 요석공주의 인도로 서쪽 방에 듭서서 아랫목에 좌정하시고 유신은 목을 꺾어 동향하여 앉았다.

은병, 금잔에 술이 나왔다. 이번에는 요석이 손수 술을 부었다. 안주는 밤과 감과 대추였다.

왕은 나라 일도 일시 다 잊어버리시고 따님 요석을 생각하셨다.

왕은 먼저 방을 돌아보셨다. 북쪽 벽에 걸린 솔거率居의 〈노송고작도老松孤鵲圖〉가 눈에 띄었다. 솔거의 황룡사 벽화의 소나무에는 새들이 산 소나무로 알고 와서 앉으려다가 미끌어진다 하거니와 이 〈노송고작도〉도 참으로 핍진하였다.[29] 우무저리진 늙은 소나무에 까치 하나가 금방 날아가려 하는 듯이 앉은 그림이었다.

왕은 솔가지에 앉은 외로운 까치가 요석공주인 듯싶어서 슬프셨다. 그래서 눈을 돌리셨다.

다음에 왕의 눈에 띄인 것은 벽에 걸린 가얏고였다. 가얏고를 보면 가야국을 생각하지 아니할 수 없고, 가야국을 생각하면 유신을 아니 돌아볼 수 없었다.

서쪽에는 관음상을 모셨다. 그리고는 방에는 침향목 책상이 있고 자개 반짇고리가 있었다.

그런 것이 왕의 눈에는 모두 청승스럽고 가엾게 보이셨다. 왕도 불교의 수련이 없으심이 아니나 역시 중생은 쌍쌍으로 즐겨서 생생生生할 것이라고 생각하셨다.

"악아."

하고 왕은 요석이 받들어 올리는 찻잔을 받으시와 한 모금 마시고 손에 드신 채로 요석을 부르셨다.

"무슨 처분이시온지."

요석은 두 손으로 왼편 무릎을 안고 고개를 들어서 부왕의 반백 된 수염을 쳐다보았다.

"너 지금 소원이 무엇이냐."

왕은 이런 말씀을 하셨다.

"별 소원이 없사옵고, 오직 하나 소원은 상감마마께오서 만세

---

29 실물과 아주 비슷하다, 사정이나 표현이 진실하며 거짓이 없다.

만세하심이옵니다."

요석은 이렇게 아뢰었다.

"아니다. 네 효성은 이 몸이 안다마는 네 몸의 소원이 또 있을 것인즉 그임없이 말해라. 아비가 임금이 되었으니 네 소원 하나를 못 들어주랴. 무엇이나 네가 원하는 바를 말하여보아라."

"이뤄질 소원도 아니옵니다."

요석은 고개를 수그렸다.

"이 세상에 이 아비를 두고 이뤄지지 못할 소원이 어디 있단 말이냐. 하늘에 올라가서 별을 따오라 하면 그것은 못 이룰지 모르거니와."

"이 몸의 소원은 하늘에 올라가 별을 따기보다도 더 어려운 소원이옵니다."

왕은 차를 마시고 찻종을 요석에게 내어주시며,

"어디 네 소원 들어보자. 이 아비가 못 이루어줄 소원이 어디 있겠느냐."

하시고 왕후와 유신을 돌아보셨다. 왕은 당신의 힘으로 될 수 없는 일이 있다는 것이 견딜 수 없는 욕인 것 같았다. 일종의 분노까지도 느끼셨다.

요석은 말이 없이 차를 만들고 있었다.

"바로 아뢰어라."

왕후도 옆에서 재촉하셨다. 요석은 차를 만들던 손을 쉬고,

"이 몸의 소원은 천하에 으뜸가는 남자와 배필을 지어서 상감마마 다음에 으뜸가는 아들을 낳아서 나라에 바치고 싶습니다."

이렇게 아뢰었다. 왕은 처음에는 귀를 의심하는 듯이 눈을 크

게 뜨시더니, 곧 얼굴 가득 웃음을 띠우시며,

"좋다. 네 뜻 좋다. 그러면 네 의중엣 사람이 있느냐. 네 소원대로 이뤄줄 터이니 말해보아라."

하시고 왕후와 유신을 돌아보셨다.

왕후도 웃으시고 유신도 웃었다.

요석공주는 잠깐 낯을 붉히더니,

"의중엣 사람이 있기는 하오나 하늘에 별과 같아서 손이 닿지 않는 사람입니다."

이렇게 아뢰었다. 왕은 웃음을 거두시며,

"웬 말이냐. 이 나라 안에 있는 사람으로서 네 배필이 되라면 마다할 사람이 어디 있단 말이냐. 부끄러워 말고 바로 말해보아라."

하시고 위엄을 보이셨다. 요석은 새로 만든 차를 왕께 올리며,

"그 사람은 하늘에 별이오니 혼자 생각만 하고, 일생을 보낼까 하옵니다."

하고 저도 모르게 한숨을 쉰다.

"그 사람이 누구완데 그렇게 도저하단 말이냐."

하시고 왕은 눈에 빛을 내이시며,

"이 나라에서 내 말을 거역할 사람이 어디 있단 말이냐. 설사 백제나 고구려나 하더라도 네가 원이면 군사를 보내어 싸워서라도 네 원을 달하게 할 것이니 네 바로 말하여라."

하시는 왕의 기색에는 분노하신 빛까지 있었다.

요석은 차를 다 올리고 제자리에 물러와 앉으며 아뢰었다.

"이 몸이 일념에 먹은 사람은 원효대사입니다."

"원효대사?"

왕도 아니 놀랄 수 없으셨다.

왕은 원효와 친교는 없었다. 유신에게서 원효의 말을 들었고, 또 비녕자와 요석의 남편 거진의 시체와 그 종 합절의 시체까지도 적진 중에 들어가서 가져왔단 말을 듣고 한 번 치사한 일이 있었다. 그러나 왕도 원효대사가 비범한 인물인 줄은 알고 있으셨다.

"그래. 원효대사가 네가 원하는 사람이란 말이지?"

왕은 그것이 될 일일까, 하고 약간 불안을 품으면서 물으셨다.

"네."

요석은 옷깃을 여미며 대답하였다.

"어떻겠소? 원효대사가 말을 들을 것 같소?"

왕은 유신에게 물으셨다. 유신은 잠깐 생각하는 모양으로 고개를 숙이더니, 번쩍 들며 아뢰었다.

"그러하올세, 원효대사는 계율을 고집하는 사람이 아니라 술을 주면 술도 마시고 고기를 주면 고기를 먹는 것은 보았소마는, 혼인에 이르러서는 어떠하올지."

"그, 어디 말해보시오. 한불손은 예로부터 원효대사와 친교가 있지 않소? 요석이 다시 혼인을 한다는 것이 경사가 아니오? 평생에 내 가슴에 못이 되었으니."

왕은 이렇게 말씀하시고 요석을 보신다.

왕후도 간청하는 눈으로 유신을 본다.

"분부대로 원효대사를 만나서 말씀은 하오리다마는 되고 안 되는 것은 장담할 수 없소. 원효란 제 마음이 나면 무슨 일이라도 하겠지마는 제 마음에 없는 일은 하늘이 명하셔도 안 들을 위인이오."

"그렇게 도저하오?"

왕은 찬탄하신다.

"아직 젊은 중이지마는 아마 천추에 이름을 전할 명승이리다."

"그런 사람이 우리나라에도 좀 많이 났으면 좋겠소. 그저 사람이야, 사람의 힘이야."

하시고 잠깐 말을 끊으시고 일을 경영하시는 왕은 하늘이 이 나라에 큰사람을 많이 내리시기를 염하신 뒤에,

"아무려나 한불손이 한번 원효대사를 만나보시오. 그래서 안 되면 다른 수를 쓸 테니."

왕은 이렇게 말씀하셨다.

이러한 일이 있어서 왕은 문수사에 원효가 쓸 물건을 보내신 것이었다.

왕은 따님 요석공주의 원도 풀 겸, 원효를 시험도 할 겸 이 일에 대하여서 많은 흥미를 가지시게 되었다. 왕은 원효와 당신과 일종의 씨름을 하시는 것같이 생각하셨다. 원효대사는 왕이 보내신 물건을 받고는 혼자 빙그레 웃었다. 자기 몸에 장차 큰 시험이 올 것을 예기하였던 것이다.

파계

　원효는 왕이 보내신 물건이 너무 많고 화려함을 첫째로 두려워하였다. 사중 대중이 부러워하고 또 심상이 기뻐하는 것을 보고 원효는 붓을 들어서,

　'道人貪 是行者羞恥 出家富 是君子所笑.'[1]

라고 써서 보였다.

　원효는 위로서 보내신 물건을 사중에 골고루 나누고 나서 가는 베옷 한 벌과, 증과, 다식 등 먹을 것을 싸 가지고 나섰다.

　"시님, 어디 가십니까."

　심상이 물었다.

　"대안시님헌테 간다."

1　도인의 탐은 수행자의 수치요 출가자의 부는 군자의 웃음 바니라.

원효는 이렇게 대답하였다.

"그걸 다 대안시님을 갖다드립니까."

심상은 아까워하는 모양이었다.

"간심慳心[2]을 버려라."

원효는 심상을 노려보았다.

"간심이 아닙니다. 대안시님이 그것을 받으시면 대안시님이 간심을 발하신 것이 되겠습니다."

심상은 이렇게 변명하면서 장삼을 떼어 입었다.

"너는 어디로 가느냐."

"노시님 모시고 갑니다."

"너는 올 것 없다. 내 혼자 다녀오마."

하고 원효는 심상이 따라오는 것을 원치 아니하였다.

"왜 그러십니까. 평생에 어디를 가시나 데리고 가셨는데, 오늘따라 소농을 떼고 가십니까."

심상의 말에는 슬픈 빛이 있었다. 심상은 스승을 사모하는 정이 간절하였다. 십 년을 하루같이 스승으로 모신 정도 깊었다.

"가자. 너도 가자."

하고 원효는 마침내 심상을 데리고 나섰다.

날은 더웠다. 지난 이삼 일 비에 불은 시냇물 소리가 골짜기에 찼다. 나뭇잎들은 오월 볕에 빛났다. 새소리가 끊일 새가 없었다.

나을신궁이 한창 푸른 녹음 속에 바라보였다. 나을신궁의 정전은 칠백여 년이 된 건물이었다. 제2대 남해차차웅南海次次雄 왕이

---

2 인색한 마음.

건국 시조인 박혁거세를 제사하기 위하여서 짓고 그 누이 아로阿
老를 두어 주제主祭를 삼았다. 그러므로 이 건물은 옛날 그대로 초
가집이어서 해마다 봄이면 영을 갈았다.

제22대 지증마립간智證麻立干이 이 자리에 신궁을 조영하고 역
대 왕과 검님과 천신지기天神地祇를 제사하였다.

신궁에는 공주 한 분이 주제가 되고 육부에서 각각 한 사람씩
인물 좋은 처녀를 골라서 신관을 삼고 그 밖에 거문고치 한 쌍,
가얏고치 한 쌍, 주라치 한 쌍, 춤치 네 쌍, 노래치 네 쌍이 있었다.

봄 이월, 가을 팔월에 큰 제사가 있고 그 밖에 나라에 무슨 일
이 있을 때면 임시로 제사를 드리고 또 제주를 통하여서 신탁을
받았다. 이월의 대제는 남자의 경기가 있고 팔월의 대제에는 여
자의 길쌈내기가 있다. 남자 경기에는 활쏘기, 말 타기, 칼 쓰기,
노래 부르기 같은 것이 있었고 또 그림이나 음악이나 잘하는 것
은 모두 신궁에 바쳤다. 솔거의 마지(말 그림)도 있었고, 옥보고
며 우륵의 금곡 중에도 신께 바치는 것이 많았다.

불교가 성하게 됨으로부터 신궁에 대한 정성이 약간 쇠하였으
나 그대로 늙은 사람들과 또 특별히 신궁을 존중하는 사람들의
정성은 여전하였다.

원효도 열여섯 살에 신궁 대제의 무술경기에 참여하여서 상을
받았다.

원효는 나을신궁을 바라볼 때에 오늘따라 옛 생각이 났다.

원효는 불현듯 어릴 적 생각이 나서 발을 신궁 쪽으로 향하였
다. 여러 백 년 묵은 늙은 느티나무와 소나무와 잣나무와 느릅나
무들은 그 썩고 우므러진 모양이 대단히 늙은 사람과 같아서 신

기로움이 있었다. 그늘진 길에는 파란 이끼가 앉았다. 더할 수 없이 고요한 경계다. 아무 소리도 없다.

원효가 처음 이 신궁에 오기는 열두 살에 그 조부 적대공赤大公을 따라서였다. 문노 문하에서 국선도를 배우려고 서라벌에 처음 왔을 때였다.

원효의 조부 적대공은 원효를 위하여서 마지를 신궁에 올렸다. 고향인 압량군에서 원효가 처음으로 활 쏘아 잡은 사슴의 포와, 꿀을 넣은 시루떡과 술과 밤과 대추와 감과 이러한 제물을 바치고 신녀들이 음악을 아뢰이고 춤을 추고 빌어주었다. 대단히 큰 북을 울리던 것과 신녀들이 오색옷을 입고 춤추던 아름다움을 지금도 원효는 기억한다.

신궁 경내에는 문이나 벽에 수없이 마지가 붙어 있었다. 신께 말을 바친다는 뜻이다.

원효가 바친 마지는 아마 신전 안에 아직도 걸려 있을는지도 모른다.

삼신전이 맨 뒤에 있고 다음에 시조묘始祖廟, 그다음에 역대 왕의 영을 모신 종묘가 있고 그 밖에도 산신, 수신 등 각색 귀신을 제사하는 신당이 여러 채가 있었다. 모두 고요하였다.

남산 꼭대기에는 선왕당이 있었다. 화랑들은 신궁에 참배하고는 선왕당에 참배하였다. 기도는 선왕당에서 하였다. 선왕당에는 수염 허연 노인이 학, 범을 옆에 놓은 탱을 모셨다. 고구려와 백제도 마찬가지였다.

원효는,

"마하반야바라미."

하고 신전을 향하여서 합장하였다.

　늙은 신녀가 누른 옷에 붉은 띠를 띠고 신전에서 나왔다. 얼굴에 주름이 많이 잡히고 하얀 머리에는 검은 다루를 들여서 뒤에 늘였다. 빙그레 웃은 화평한 얼굴이었다. 그는 열댓 살부터 이 신궁에서 늙은 사람이었다. 아침마다 목욕재계하고 신을 모시는 일로 일생을 바친 이였다.

　이 늙은이 뒤에 젊은 신녀 둘이 방울 달린 큰 부채로 반쯤 차면하고 따랐다. 그들은 잠깐 눈을 들어서 원효를 보았으나 눈을 폭 내리깔고 하얀 버선 신은 발을 소리 없이 옮겨서 저쪽 복도로 스러지고 말았다. 그러고는 다시 종용하였다.

　원효는 돌아가신 조부와 아버지 담나[談捺] 나마와 어머니 사라부인을 생각하였다.

　조부는 키가 훨쩍 크고 머리털이 붉었다. 그래서 적대공이라고 불렸고 잉피공仍皮公이라고 불렸다. 아버지 담나는 나마 벼슬에 올랐으나 인물로는 적대공이 더욱 유명하였다.

　원효의 어머니는 원효를 낳고는 돌아갔다. 그래서 원효는 그 어머니의 얼굴은 모른다.

　원효의 어머니는 별이 날아 품에 들어오는 꿈을 꾸고 원효를 배었다고 한다. 원효의 어머니가 만삭이 되어서 그 남편과 함께 선왕께 기도를 드리고 돌아오다가 불들[佛等乙村] 왕밤나무 밑에 이르러 배가 아프매 창황히 남편의 옷을 나뭇가지에 걸어서 장막을 삼고 그 속에서 원효를 낳으니 아직 해뜨기 전이었다. 좋은 아기를 순산하여지라, 그 아이가 오래 살고 큰사람 되어지라, 산 위에 있는 선왕당에 새벽기도를 한 것이었다. 그러고는 어머니는 죽었다. 때는 진평왕 삼십구년 정축이었다. 원효는 어려서 쇠털[誓幢, 新幢]이라고 불렀다. 그 머리카락과 솜털이 조부를 반쯤 닮아서 누르스름한 까닭이었다. 자란 뒤에 원효라고 한 것도 첫새벽에 낳았다는 뜻이었다. 원효가 난 지 얼마 아니하여서 그 아버지 담나 나마는 낭비성 싸움에 전몰하였다. 그리고 그 조부 적대공의 손에 길린 것이었다.

평생에 대면도 못한 어머니를, 어린 원효는 무척 그리워하고 슬퍼하였다. 그래서,

'어머니가 어디로 가셨나? 지금 어디 계신가.'

하고 이것이 알고 싶었다. 전생 인연도 인연이지마는 원효가 불교에 들어간 동기가 여기서 시작된 것이었다. 그러다가 아버지가 전몰하고, 또 원효가 십칠 세 되던 해에 조부도 병몰하매 원효는 곧 출가하기를 결심하고 그 집을 절을 만들어 초개사라 하고, 또 그 어머니가 원효를 낳고 돌아가고 무덤도 있는 왕밤나무 곁에 절을 지어서 사라사라 하니 다 그 부모의 명복을 빌고자 함이었다. 특히 첫아들을 낳고 젖도 못 물려보고 돌아간 어머니의 명복을 빎이 간절하였다.

원효의 눈앞에는 삼십삼 년의 지나간 일생이 떠나왔다. 고요하고 옛빛이 농후한 신궁 경내는 이러한 추억을 자아내는 것 같았다.

원효의 지금까지는 세상에서 이르는 바 고적한 일생이었다. 조상부모하고 혈혈단신인 원효였다.

'夫諸佛諸佛 莊嚴寂滅宮 於多劫海 捨慾苦行 衆生衆生 輪廻火宅門 於無量世 貪慾不捨.'[3]

라 하여 원효는 불도를 닦는 것으로 큰 원을 삼은 것이었다. 《화엄경》을 읽으매 원효는 환희심을 얻었다. 더구나 〈십지품〉의 십대원은 곧 원효 자신의 원이었다. 이 십대원이야말로 그리운 어머니를 만나는 길이었다.

일, 모든 부처님네를 다 모시고 공양하리라는 대원,

이, 모든 부처님네가 설하신 법을 다 받아 순종하고 지키리라 하는 대원,

삼, 모든 부처님네가 성도成道하시와 대법륜을 전하실 때에 으뜸으로 그 법을 받는 자가 되리라 하는 대원,

사, 모든 보살들이 행하여 얻은 법을 다 행하여 얻어서 모든 중생을 교화하리라 하는 대원,

오, 삼계육도의 일체중생을 불도에 들게 하리라 하는 대원,

육, 시방에 있는 무소무량한 일체 세계의 생김생김을 눈앞에 보아 알리라 하는 대원,

칠, 모든 불토佛土는 한 불토에 들고 한 불토는 모든 불토에 청정 구족하게 하리라 하는 대원,

팔, 일체 보살이 동심 동학하여서 보살행을 구족케 하리라 하는 대원,

구, 나를 보는 자는 반드시 불법을 열게 하리라 하는 대원,

십, 일체 세계에서 성불하여 일체 중생을 제도하리라 하는 대원,이라 하는 데 이르러서 원효는 소리를 치고 춤을 추었다.

---

3 모든 부처님이 번뇌망상의 한 티끌도 없는 해탈 경지를 장엄하심은 억겁고해에 욕심 버리고 고행하심이요 많은 중생이 불타는 집을 헤어나지 못하고 윤회하는 것은 끝없는 세월 동안 탐욕을 버리지 못한 탓이다.

'發如是大願 廣大如法界 究竟如虛空 盡未來際 盡一切劫 得佛道事
求大智慧 大神通等 無有休息.'[4]

을 노래로 부르고,

'중생이 다함 없네
중생이 다할진대
내 원도 다하리라.
중생이 다함 없네
중생이 안 다하매
내 원도 안 다하리라.'

(衆生不可盡 若衆生盡 我願乃盡 衆生不可盡 中生不盡 我願不可盡).

원효는 이 대원을 원으로 하고 오늘까지 살아왔고, 이 법을 가
르치는《화엄경》을 세상 사람에게 널리 알리려고《화엄경소》를
써왔다.

그러나《화엄경》을 끝내는 때에 승만왕이 승하하시고는 이제
야말로 원효가 가장 많이 감동을 받은 〈십지품〉에 들어갈 것이언
마는 승만왕의 사십구일재가 가까워오도록 아직 붓을 들 생각이
없이 오늘까지 왔다. 심상이, 원효가 웬일인가 하고 근심하는 것
도 이 때문이다.

'뜻이 변한 것이 아니나 힘이 없다.'

원효는 이러한 한탄을 수없이 하였다.

'승만왕을 건지지 못하였다.'

하는 자책이 가슴에 못이 된 것이었다.

---

4 이렇게 큰 원을 발하노니 광대하기가 법계와 같고 오는 세월이 다하도록 모든 겁이 다하도록
부처님 도를 얻는 일과 큰 지혜를 구하는 일, 큰 신통을 얻는 일에 쉬지 않으리라.

'신력의 가피[神力加被].'[5]

원효는 아직 그러한 신비한 것에 대하여서 신심이 부족하였다.

'諸佛智慧 甚深無量 其智慧門 雖解難入.'[6]

'唯佛與佛 乃能究盡諸法實相.'[7]

'非思量分別之所能解.'[8]

— 이상《법화경》〈방편품〉

이러한 구절을 생각하면서도 원효는 결국 사량분별을 가지고 불법을 알고 불법을 설하려 하는 것이었다.《화엄경소》라는 것도 결국 사량분별, 즉 이치를 따지는 것이 아니냐. 큰 바다의 물을 됫박으로 되려는 것이 아니냐.

'是法不可示 言詞相寂滅.'[9]

'諸法寂滅相 不可以言宣.'[10]

— 이상《법화경》

그러할진대《화엄경》 자신도 결국은 말이 아니냐. 말로 설명 못할 법을 또 말로 해석하려는 것이 부질없는 것 같았다.

---

5 부처나 보살이 사람들에게 힘을 줌.
6 모든 부처님의 지혜는 매우 깊고 한이 없느니라. 그 지혜의 문은 이해하기도 들어가기도 어려우니라.
7 오직 깨달은 자와 부처님만이 능히 모든 법의 실상을 전부 궁구하여 성취하기 때문이니라.
8 이 법은 생각이나 분별로는 능히 풀이할 수 없느니라.
9 이 법은 보일 수도 없고 말로 형용할 수도 없나니.
10 모든 법의 적멸한 모양 말로 다할 수 없나니.

'信爲道佛功德母.'[11]

'除諸菩薩衆 信力堅固者.'[12]

오직 신력으로만 들어갈 수 있는 것이다.

'그런데 신력이란 무엇인가.'

'諸佛子 若衆生 厚集善根 修諸善行 善集助道法 供養諸佛 集諸淸白
法 爲善知識所護 入深廣心 信樂大法 心多向慈悲 好求佛智慧 如是衆生
乃能發阿耨多羅三藐三菩提心.'[13]

—《화엄경》〈십지품〉

원효는 문득 이 대문을 생각하였다.

'심광심深廣心, 심광심!'

하고 원효는 눈을 번쩍 떴다.

'깊고 넓은 마음. 이 마음을 얻어야 불도를 아는 깃이다. 그런
데 이 마음은 책을 보아서 얻을 것이 아니요, 생각해서 얻을 것이
아니다. 선근, 선행, 공양제불, 선지식.'

'행行이다, 행!'

원효는 대안을 생각하였다.

행이라는 생각에 새로운 광명을 얻은 듯하였으나 또한 지금까
지 걸어온 길이 헛길인 듯도 싶어 앞이 막막하기도 하였다.

11 부처님의 도를 위하는 믿음이 공덕의 근본이니.
12 믿는 힘이 견고하여 흔들림 없는 보살들은 제외하나니.
13 불자여, 어떤 중생이 선의 뿌리를 두터이 하고, 모든 선행을 잘 닦고, 도를 돕는 법을 잘하고,
여러 부처님께 잘 공양하고, 청정한 법을 쌓고, 선한 지식을 보호하고, 넓고 깊은 마음으로
들어가고 큰 법을 즐거이 믿고, 마음을 자비로 향하고, 부처님의 지혜를 구하기 좋아하는
그런 중생이 있다면 곧 능히 무상보리심이 발하게 되리라.

"가자."

하고 원효는 심상을 재촉하여가지고 신궁에서 나왔다.

원효는 신궁문을 나섰다가 이만한 깨달음을 얻은 것이 삼신의 가피인 듯도 싶어 다시 돌아 들어가 감사하는 절을 하였다.

전에 대안대사를 만났던 굴에 가보았으나 거기는 아무 형적도 없었다.

"아마 밥 얻으러 나가셨나 보오."

심상은 이렇게 말하였으나 원효가 보매 굴 언저리에는 어제 오늘 사람이 다닌 자취가 없었다.

"윗굴에 가보자."

"윗굴이 어디오?"

"너구리가 와서 들었다는 그 굴 말이다."

"그 굴이 어디인지 아십니까."

"모르지마는 이 근처에 있겠지. 어디 찾아보자."

원효와 심상은 풀을 헤치고 굴을 찾아다녔다.

풀에는 아직도 이슬이 있고 향기를 발하였다. 지나간 비에 땅이 무르고 여기저기 샘이 솟았다.

"어딘가."

이 모양으로 산속으로 헤맬 적에 어디선지 사람의 소리가 들렸다.

"대안대사 음성 아닙니까."

심상도 귀를 기울였다.

"오, 울지 마라, 울지 마라, 악아 울지 마라."

이렇게 아기를 달래는 소리가 들렸다.

"웬일일까."

하고 원효는 소리 나는 곳을 찾아갔다

과연 대안대사였다. 그러나 두 사람은 놀랐다.

대안대사는 굴 앞 풀 위에 너구리 새끼 아홉 마리를 놓고 아기 달래는 소리를 하면서 칡뿌리를 먹이느라고 애를 쓰고 있었다. 아직 눈도 아니 뜬 너구리 새끼들은 주둥이를 내어두르며 깽깽하고 울었다. 얼른 보아도 젖을 찾는 모양이었다.

원효는 합장하고 허리를 굽혀 인사한 뒤에,

"시님, 이게 웬일이십니까."

하고 물었다.

대안은 '대안, 대안' 하고 웃을 경황도 없었다.

"이것들이 어미를 잃고 이 모양야. 배가 고파 이 모양이오. 칡 뿌리를 먹이려니 아직도 먹을 줄을 모르고 이렇게 울기만 하오."

대안은 이렇게 말하면서 칡뿌리를 씹어서는 새끼의 입에 넣어주나 입을 오물오물할 뿐이요, 받아먹는 것 같지 아니하였다.

"어미 아비도 어디 갔습니까."

원효는 굴을 들여다보면서 이렇게 말하였다.

"새끼 먹일 것을 찾느라고 나갔다가 무엇헌테 잡혀서 죽은 모양이오. 그저께 밤에 하도 비가 많이 쏟아지길래 여기를 왔더니 이렇게 새끼들만 있단 말요. 아무리 기다려도 어미 아비는 아니 돌아온단 말야. 필시 여우헌테 먹혔거나 사람헌테 잡힌 모양야. 그러니 먹일 것이 있소. 칡뿌리를 씹어주건만 잘 안 먹어. 젖을 먹을 때가 아니오? 아직 이렇게 눈도 안 떴어."

새끼들은 주둥이로 서로서로의 가슴 밑을 찾았다.

"시님, 마침 잘 오셨소. 이 애들을 좀 지켜주시오. 소승이 가서 젖을 좀 얻어오리다. 저희끼리만 두고 가면 또 무엇헌테 먹힐는지 몰라서."

대안은 이렇게 말하고는 방울과 지팡이를 들고 나섰다.

"소승도 가서 젖을 얻어오리까."

심상이 원효에게 물었다.

"그래라. 남는 젖을 얻어오너라."

원효는 혼자서 너구리 새끼 아홉 마리를 지키고 있었다.

어미를 잃고 이틀이나 굶주린 어린 너구리들은 기운이 없었다. 그중에도 한두 놈은 갱신을 못하고 있었다. 졸리는 것 모양으로 고개가 자꾸 숙어졌다. 그러면 애써서 그 고개를 들려고 하였다. 다른 새끼가 제 몸을 타고 넘어도 아무 저항이 없었다.

원효는 그 두 마리를 손에 들었다. 몸은 따뜻하나 전신이 파르르 떨렸다.

"죽으려나 보다."

원효는 중얼거렸다.

"세상에 나는 듯 마는 듯 굶어죽는구나."

원효는 그중에도 심한 너구리 새끼를 안고 물을 찾아서 손에 물을 떠서 입에 대어주었다. 두어 번 니얌니얌 입을 움직이고는 고만 죽고 말았다.

원효는 작은 시체를 가지고 굴로 돌아왔다. 다른 새끼들은 아직도 주둥이를 서로서로의 몸에 대고 비비고 있었다.

원효는 나뭇잎을 따서 깔고 그 위에 작은 시체를 놓고 그러고는 또 나뭇잎으로 그것을 덮었다. 대안대사가 돌아오기를 기다리

자는 것이었다.

원효는 시체의 앞에 합장하고 아미타불을 염하였다. 업보인 육체를 떠난 생명은 다 같은 마음 하나다. 그러나 이 불쌍한 너구리 새끼는 벌써 또 한 내생의 윤회에 든 것이다.

"나무아미타불."

원효는 이 염불 공덕을 죽은 너구리에게 회향하였다. 만일 원효가 지금까지에 쌓은 모든 선근과 공덕을 다 회향하여서 건져 내일 수만 있다고 하면 원효는 승만여왕 때에 벌써 제가 어떻게 나 공덕이 없음을 느꼈다.

그러나 한 중생의 업보를 다른 중생이 가로맡을 수는 없는 것이었다. '심은 자야 거두어라' 하는 것이 법계의 인과다. 오직 불보살의 대원력만이 능히 중생의 업보의 줄을 끊는 것이다.

그러나 중생이 마음문을 열고 불보살의 대원력을 받아들이지 아니하면 불보살도 어찌하지 못하는 것이다.

'鈍根樂小法 貪着於生死 於諸無量佛 不行深妙道.'

(둔한 무리 작은 것을 좋아하여 나고 죽는 일을 좋아라 하여 무량하신 부처님네 만나도 깊고 묘한 도를 행치 아니하여.)

이 때문에 중생이 끝없이 생사에 윤회하는 것이다. 이제 여기 죽은 너구리 새끼도 나고 죽는 작은 법을 탐하여서 이렇게 나고 죽는 것이다. 누가 그렇게 시키는 것이 아니다.

원효는 죽은 너구리에게 들리느라고 《법화경》〈방편품〉 게를 소리 높이 읽었다.

"我知此衆生 未曾修善本 堅着於五慾 癡愛故生惱 輪廻六趣中 備受諸苦毒 受胎之微形 世世常增長 薄德少福人 衆苦所逼迫 …… 深着虛妄法

堅受不可捨 我慢自矜高 詔曲心不實 於千萬億劫 不聞佛名字 亦不聞正法

如是人難度 …… 諸法從本來 常自寂滅相 佛子行道己 來世得作佛 ……

一稱南無佛 皆已成佛道."[14]

이렇게 큰 소리로 외우고 있을 때에,

"시님 경 읽으시오?"

하고 대안이 병에 젖을 얻어가지고 왔다.

"새끼 너구리 한 마리가 그동안에 죽었습니다."

"너구리가 《법화경》을 알아듣소?"

하고 대안은 빙그레 웃었다.

"너구리는 무슨 경을 알아듣습니까."

원효가 이렇게 대안하게 말하였다.

"내 너구리 새끼가 알아들을 경을 읽을게 시님 들어보시오."

하고 대안은 바리에 젖을 따르더니 너구리 하나를 들어 안고,

"오 그렇지, 악아 젖 먹어라. 자, 자, 머. 네 어미젖만 못하겠지만, 자 머."

너구리 새끼는 짭짭짭짭 젖을 빨아들였다. 젖꼭지가 아니기 때문에 먹기가 힘이 들었으나 그래도 먹었다.

"오, 너는 인제 그만 먹고, 네 동생들도 먹어야지."

하고 대안은 젖 먹은 새끼를 풀 위에 따로 놓고 다음에는 또 한 마리를 들어 젖을 먹였다.

너구리 새끼가 젖을 먹는 것을 보며 대안은 벙글벙글 얼굴이 온통 웃음이 되었다. '악아, 머, 더 먹지.' 이 모양으로 중얼거리면

---

14 〈방편품〉의 '방편'은 바른 수단이라는 뜻인데 모든 중생이 성불할 수 있는 방법을 알려주는 내용을 담았다. 여기서도 나무불 한 번만 불러도 모두 성불하리라고 말한다.

서 차례차례 젖을 먹여서는 차례차례 풀 위에 내려놓았다. 젖을
먹은 새끼들은 더 먹고 싶은 입을 냠냠하다가 만족한 듯이 잠이
들었다.

이 모양으로 일곱 마리는 젖을 먹었으나 한 마리는 젖을 입에
대어주어도 먹지 못하였다. 배고파서 너무 쇠약한 것이었다. 먹
을 기운도 없어진 것이었다.

대안의 얼굴에서는 웃음이 스러지고 슬픈 빛이 돌았다. 그러
고는 젖 한 모금을 제 입에 머금어서 새끼 너구리의 입을 벌리고
흘려 넣어주었다. 그래도 그 젖은 수르르 입에서 흘러나올 뿐이
었다.

"어. 나무아미타불."

대안은 그 새끼를 먼저 죽은 제 동생의 곁에 놓았다. 그러고는
병에 남았던 젖을 다른 그릇에 조금 따라서 두 시체 앞에 놓았다.
그러고는 두 시체를 한 번 만저보았다.

일곱은 잠이 들고 둘은 죽었다.

대안은 두 시체의 앞에 젖을 따라놓고 굵은 눈물을 떨어뜨렸다.

원효는 놀랐다. 대안의 눈에도 눈물이 남았는가. 그러나 대안
의 눈물은 무연無緣의 눈물이었다. 제게 인연 있는 이만을 위하여
서 흘리는 중생의 눈물과는 달랐다. 원효는 '대비'라는 말뜻을 비
로소 안 것 같았다. 대비의 눈으로 세간을 바라볼 때에 눈물이 비
오듯 아니할 수가 있으랴.

"시님."

하고 대안은 눈물을 거두고 풀 위에 앉으며,

"시님. 내 송경誦經은 이러하오."

하고 하핫하핫 웃었다.

"시님의 송경은 너구리 새끼가 알아들었겠습니까."

원효는 이렇게 물었다.

"배고플 때에 먹여주는 걸 몰라?"

대안은 버럭 소리를 질렀다.

"배고플 때에 먹여주는 것으로 무슨 법을 설하셨습니까."

"자비."

대안은 이렇게 말하고 원효를 노려보았다. 대안에게는 위엄이 있었다. 익살스러운 중이 아니었다.

"시체 앞에 저렇게 젖을 따라놓으면 무슨 소용이 있습니까."

"먹이고 싶은 마음."

대안의 얼굴은 다소 부드럽게 변하였다.

"그렇습니다. 시님은 지금 자비법문을 설하셨습니다."

원효는 이렇게 말하였다.

"여시여시如是如是. 그러나 동냥중 대안이 설하였다 하지 마오. 비로자나불이 설하신 것이오."

대안은 이렇게 대답하였다.

"대일여래大日如來는 무엇을 지금 설하시오?"

원효는 이런 말을 물었다.

대안은 푸른 하늘에 높이 솟은 해를 바라보고 합장한 뒤에,

"제불세존이 설하시는 무량법문이 모두 자비일문이어니와 대일여래는 평등보시 법문을 설하시나 보오. 시님도 빛을 받고 소승도 빛을 받고 이 너구리 새끼들도 빛을 받고 저 풀과 나무들도 같은 빛을 받지 아니하오. 이것을 일러서 평등보시 법문이라고

하오. 법계가 온통 대일여래의 한 자비심인慈悲心印이란 말요."

이 말에 원효가,

"여시여시."

하였다. 이윽고 원효는 다시,

"그러나 제불보살의 자비도 다 부질없는 것이 아닙니까."

하고 대안을 바라보았다.

"우리가 너구리 새끼 젖 얻어 먹이는 것과 같지요. 하핫하핫."

대안은 오늘 처음으로 소리를 내어서 웃었다.

큰 솔개미 두 마리가 둥둥 떠돌았다.

풀 위에 자고 있는 너구리 새끼들을 본 모양이었다.

대안은 깜짝 놀라는 듯이 새끼 일곱 마리를 굴속에 집어넣고 시체 둘만을 남겨놓았다.

"시님. 상두꾼이 왔으니 우리는 비킵시다."

대안은 원효의 소매를 끌었다. 원효는 대안이 끄는 대로 수십 보나 걸어가서 나무 그늘에 몸을 감추고 섰다.

솔개미 두 마리는 오르락내리락 한동안 떠돌았다. 그러다가 그중에 한 마리가 공중에서 돌 떨어지듯이 내려와서 날갯죽지로 땅을 딱 때리는 소리가 나더니 시체 하나를 물고 올라 떴다.

다른 한 마리는 거기 놀란 것처럼 잠깐 날개를 눌러 높이 뜨더니 아깟놈보다 더한 속도로 내려와서 다른 시체를 물고 올라갔다. 실로 질풍 신뢰였다.

두 솔개미가 날아간 뒤에는 다시 천지가 고요하였다.

대안은 원효를 바라보고 빙그레 웃었다.

원효도 같은 웃음으로 대답하였다.

문득 대안은 소리를 높여,

"나무아미타불."

하고 염불을 하였다.

원효도 따라서 염불을 하고 싶었으나 입에서 소리가 나오지 아니하였다. 도리어 전에 못 보던 일을 너무 많이 본 것과 같아서 머리가 떵하고 졸리는 것 같았다.

오월이 다 가고 유월이 되었다.

대안이 기르던 너구리들도 저희끼리 나가 돌아다니게 되었다. 처음 얼마 동안은 저녁이면 반드시 돌아와서 대안의 무릎에도 기어오르고 누워 있으면 가슴에도 기어오르더니 차차 차차 하나씩 둘씩 나가서는 아니 돌아오는 놈이 생겼다. 그때에는 너구리는 벌써 어른이었다.

그중에 두 놈만이 오래도록 밤이면 대안의 굴을 찾아와서 잤다.

"어, 너희들은 왜 안 가느냐."

대안은 이렇게 말하며 너구리와 가댁질[15]을 하였다.

"오, 날더러 나가라는 말이로구나. 너희가 이 집을 차지하겠단 말야. 그래라."

하고 대안은 깔던 거적도 너구리에게 주어버리고 그 굴을 떠났다.

"잘들 살아라. 악한 일 하지 말고, 착한 일 하고 제 뜻을 밝혀라."

"諸惡莫作 衆善奉行 自淨其意 是諸佛敎."

이렇게 부르고는 대안은 굴을 떠났다.

---

15 아이들이 서로 잡으려고 쫓고 이리저리 피해 달아나며 뛰노는 장난.

대안이 나을신궁 앞에 다다랐을 때에 원효가 문수사로서 내려오는 것과 서로 만났다.

"원효시님. 대안 대안."

"시님, 다 저문 때에 어디를 가시오."

원효가 물었다.

"집은 애들 주고 떠났소. 늙은 것이 있으면 무엇이 다 비편할 게야. 그래서 저희들끼리 잘 살라고 나왔소이다. 하핫하핫."

대안은 유쾌하게 웃었다.

"그러면 시님은 어디로 가시오."

하고 묻는 말에 대안은,

"으하하핫. 무변법계가 다 내 집이 아니오? 시님이야말로 저물어서 어디로 가시는 길요?"

"소승은 시님을 찾아오는 길입니다."

"그러시오? 그럼 우리 놀러갑시다."

대안은 좋은 동무를 만난 장난꾼이 모양으로 벙글벙글하였다.

"어디로 갑니까."

"오늘 저녁은 나만 따라오시오. 좋은 것을 보여드리오리다. 시님께서 화장세계華藏世界에만 계셨으니 삼악도 구경도 좀 해보시오."

"삼악도라니 어딥니까."

원효는 우습기보다도 놀래었다. 대안의 태도가 하도 엄숙하기 때문이었다.

"삼악도는 시님이 모르시리다. 밤낮에 미워하고 성내고 슬퍼하고 원망하니 가슴에 기름 가마 끓는 데가 지옥이라는 데요. 모가지는 바늘만 하고 배는 독만 하여서 먹어도 먹어도 배가 고프고 마셔도 목이 마르니 이것을 일러 아귀의 세계라고 하지 않습니까. 그리고 정신은 몽롱하여 인과를 보지 못하고 식색재명일食色財名逸의 오욕만 따라 서로 으르고 물고 할퀴니 축생세계라 하는 데가 아니오? 우리네 인간이 육도의 중간에 있으니 선도와 악도의 갈랫길에 서서 천상계 축생계 간으로 오르락내리락하는 것이 육도윤회가 아니오?"

대안은 걸어가면서 이렇게 지껄였다.

"글쎄, 육도가 그런 것인 줄은 압니다마는 지금 삼악도로 가신다니 어디냐 말입니다."

원효는 너푼거리는 대안의 뒷덜미 백발을 보면서 말하였다.

"그야 당처즉시當處卽是라, 우리 있는 곳이 곧 거기겠지요마는, 아따 나만 따라오시오. 하핫하핫."

절에서 저녁 쇠북소리가 울렸다.

대안과 원효는 쇠북소리를 듣고 잠깐 걸음을 멈추고 합장하였다. 쇠북소리가 위로는 아가니타천阿迦貳吒天, 아래로는 아비지옥[無間地獄]에까지 울려서 중생의 수고와 번뇌가 끊어지기를 염하는 것이었다.

이십팔 점 저녁 쇠북소리에 유월 초생 실눈썹만한 달이 서형산 위에 걸렸다.

"원컨댄 중생의 마음속에 보리심도 저 새달과 같이 자라서 고해를 벗어나게 하소서."

대안은 이렇게 중얼거리고 나서,

"그런데 원효시님, 저 쇠북소리가 번뇌를 끊으라는 소린데 도

리어 저 쇠북소리 나기를 기다려서 번뇌를 발하는 중생도 많단
말요. 우리도 오늘밤은 그러한 중생이 된단 말요. 언제는 안 그랬
으랴마는 하핫하핫.”

대안은 원효를 끌고 흥륜사 모퉁이를 돌아 느릅다리를 건너
서로 서로 갔다.

아리냇가에는 서늘한 저녁 바람을 쏘이는 사람들이 왕래하고
그중에는 술 취해 활개를 치는 사람들도 있었다.

술 취한 사람들은 큰길이 좁아라 하고 활개를 내어두르고 비
틀거렸다. ‘이놈, 이놈’ 하고 누구를 불러서 호령도 하고 엉엉 우
는 소리로 원망도 하였다.

요석궁 앞을 지나서 서쪽으로 가다가 다시 서남쪽으로 꺾으면
거기는 저자가 있었다. 백제, 고구려는 말할 것도 없고 일본, 당
나라의 물건을 파는 주비전이 늘어 있었다. 이 저자에서 좀 더 서
남으로 가면 두버들이라는 골목으로서 술집과 계집집과 노름판
이 있는 데다. 시골서 올라온 장사아치이며 다른 나라 장사아치
이며 이곳 활량들도 와서 노는 곳이다.

‘징동당동 닐니리.’

풍악소리와 노랫소리가 길에 가득 찼다. 술집에는 높다란 장
대에 기다란 파란 등을 달고 계집집에는 붉은 등을 달았다. 어두
움 속에서 푸른 등 붉은 등이 흔들리고 ‘니누나누’ 소리가 흘러
나오는 것이 사람의 마음을 풀어지게 하였다.

어깨를 비기고 오고 가는 사람들은 다 취하여서 관을 비뚜름
히 쓰고 옷자락을 풀어 헤친 사람들이었다.

대안은 으쓱으쓱 우쭐우쭐 어깨춤을 추면서,

"오, 시님도 좀 어울리시오."

하고 원효의 소매를 잡아끈다.

그러나 지금까지 근엄한 생활을 하여온 원효는 이러한 곳에 발을 들여놓은 것만 해도 마음이 놓이지 아니하였다.

길로 지나가면서 대안은 기웃기웃 이 집 저 집 들여다보았다. 등불을 단 대문을 쓰윽 들어서면 뜰이 있고 뜰을 들어서면 조그마한 연못과 석가산과 화초가 있고, 하얗게 회를 바른 담에는 그림을 그린 것이 촛불에 어른어른하였다. 방들에는 발을 늘였으나 그 속에서 먹고 마시고 노는 양이 보였다.

"저게 다 어떤 사람들인지 아시오?"

이렇게 대안이 원효를 보고 물었다.

"모릅니다."

원효는 정직하게 대답하였다.

"다 우리 같은 사람들이오. 시님도 저것을 보면 놀아보고 싶지 않소?"

대안은 싱긋 웃었다.

"소승은 절로 돌아가고 싶습니다."

원효는 못마땅한 뜻을 보였다.

"허. 원효시님이 아직 터지지를 못하였군. 관세음보살님이 어떻다고 하셨소. 종종제악취種種諸惡趣 지옥귀축생地獄鬼畜生에 무찰불현신無刹不現身이라고 아니하셨소? 시님은 보살만을 제도하시려오? 지금 우리가 보는 바가 아까 말한 삼악도요. 지옥, 아귀, 축생, 우리도 잠시 아귀 축생이 되어봅시다. 이리 오시오."

하고 대안은 또 다른 집으로 간다. 거기는 푸른 등과 붉은 등을

대문 좌우에 달았다. 술과 계집이 다 있다는 뜻이다. 대안은,

"자 들어갑시다."

하고 원효의 소매를 끌었다.

"소승은 아직 그만한 도력이 없습니다."

하고 원효는 소매를 뿌리쳤다.

"무슨 도력이 없으시오?"

"육취六趣 중으로 자유자재로 다닐 만한 신통력을 못 얻었습니다. 물에 들어가도 물이 아니 묻고, 불에 들어가도 불이 아니 붙는 그러한 도력이 없습니다."

"아난존자阿難尊者와 마찬가지로군, 하핫하핫."

대안은 하늘을 우러러서 크게 웃는다. 대안이 웃는 소리에 발이 들리면서 분홍 옷을 입은 젊은 계집 하나가 내다본다.

"누구시오? 거기 손님 오셨소?"

은방울을 굴리는 듯한 소리다.

"지나가던 중일러니 하룻밤 놀고 가려고 들어왔소."

대안이 문 앞으로 가까이 가며 이렇게 말하였다.

"아따, 누구시라고. 대안시님 아니시오?"

계집은 반가운 듯이 발을 높이 들었다.

"대안시님은 대안시님이오마는 젊으신 시님을 한 분 모시고 왔소."

하고 대안이 돌아서서 원효를 가리키니 계집이 한 손을 들어서 불빛을 가리우고 뜰을 바라본다. 검은 머리, 흰 얼굴, 날씬한 몸매, 분홍 옷, 자주 깃, 주홍 띠, 그리고 고개를 기울이고 불을 등지고 선 모양이 퍽 사람을 고혹하였다.

"아이, 들어오십시오."

이것은 계집이 원효를 향하여서 하는 소리다.

"왜 거기 그렇게 장승처럼 서 계시오? 좀 들어오십시오. 창녀의 집이라고 꺼리시는 듯싶습니다마는 자비는 평등이 아닙니까. 이런 계집도 제도를 하셔야 아니합니까."

계집은 신발을 신고 내려와서 원효의 소매를 붙들었다.

"아이, 왜 자꾸만 외면을 하십니까. 서라벌 장안에 원효시님 모르는 사람이 어디 있습니까. 승만여왕마마께서 그처럼 사모하셔도 까딱없으셨다는 원효시님이시오. 천하에 미인이시라는 요석공주마마께서 일편단심 정성을 들이셔서 지어 보내신 스무새 베옷을 보신 체 못 보신 체 상좌에게 내어주셨다는 소문을 안 들은 사람이 어디 있어요? 아이, 시님도 왜 자꾸만 외면을 하십니까. 보살변화菩薩變化 시현세간示現世間 비애위본非愛爲本 단이자비但以慈悲 영피사애令彼捨愛 가제탐욕假諸貪慾 이입생사而入生死라고 아니하셨습니까. 이 몸 같은 죄 많은 중생을 건져주시는 것이 보살행이 아닙니까. 애어동사愛語同事라고 아니합니까. 자 이리 들어오셔요. 원효시님이 내 문전에를 오시다니. 얘, 차 달여라. 우리 집에 귀한 손님이 오셨다. 상감마마께오서 금옥으로 꾸민 자단수레로 모시려도 아니 오실 원효시님이 오셨구나. 어서 차 달이고 다담상 차려라. 시님 자 들어오셔요. 그렇게 외면만 마셔요. 물에 드셔도 젖지 아니하시고 불에 드셔도 타지 아니하시는 보살님이 아니십니까. 이 몸이 설사 마등가摩登伽[16]라 하더라도 아난존자께서 이미

---

16 고대 인도에서 최하위 천민.

한 번 치르신 일이시니 시님이 다시 빠지실 리야 있습니까. 아이이를 어찌하나. 원효대사께서 내 문전에를 왕림하시다니."

하고 계집은 원효의 허리를 안아서 방으로 끌어들인다.

원효는 평생에 처음 당하는 일이라 어찌할 바를 몰랐다. 대안이란 것이 무슨 악마의 변화여서 자기를 마굴로 끌어들이는 것이 아닌가 하였다. 원효는 계집에게 밀려 방을 들어가면서 대안을 돌아보았다. 대안은 싱글벙글하고 따라 들어오고 있었다.

계집의 머리와 몸에서는 향내가 났다. 촛불 빛에 보니 계집은 더욱 아름다웠다.

원효는 계집이 앉히는 자리에 앉았다. 백제 화문석에 당나라 모란 무늬 보료를 깔았다.

왕희지王羲之의 난정蘭亭 족자가 걸린 것도 놀랍거니와 흑단 서안 위에 남화경南華經과 도연명陶淵明의 시집이 놓인 것이 더욱 놀라왔다.

원효는 의상과 함께 당나라에 갈 때에 호구에서 선묘라는 여자의 방에 들어갔던 것을 생각하였다. 선묘는 그곳 청신사 서문경徐文卿의 딸로 글을 잘 알고 불교를 잘 믿는 처녀였다. 그 아버지는 일찍 죽고 어머니를 모시고 종용하게 수도하는 생활을 하고 있었다. 원효와 의상은 그 집에 삼사 일 관대를 받았다.

그 선묘의 방에 비길 만하게 이 계집의 방은 화려한 중에 높은 취미를 보였다. 어디를 보아도 창녀의 음탕한 빛은 보이지 아니하였다.

계집이 고구려 청자 향로에 백단향을 피워 향연이 오를 때에 계집은 마치 모든 번뇌를 다 해탈한 처녀와 같이 맑게 보였다.

원효는 다소 안심이 되었다.

다담상이 나왔다. 상을 들고 나온 계집종도 상전과 다름없는 깨끗한 차림을 하였고 그 몸가짐이 모두 법도에 맞았다. 종은 상을 놓고는 대안과 원효의 앞에 오체투지의 예를 하고 나갔다.

계집은 차를 따라서 대안과 원효에게 권하고 나서야 새삼스럽게 원효에게 절을 하면서,

"높으신 법사께서 이렇게 왕림하시오니, 봉필蓬篳[17]에 생광이옵니다. 일석 상대도 다생多生의 연이라 하였사오니 이 몸 같은 계집도 전생 어느 생에는 두 분 법사님을 모신 적이 있는가 하옵니다."

계집은 이렇게 얌전하게 인사 말씀을 아뢰인다.

"시님은 모르시리다."

하고 대안이 차를 마시고 나서 원효에게 설명하였다.

"주인은 삼모三毛라고 당대 해동에 으뜸이오. 유신공이 불러도 아니 듣고 지금은 상감이시지마는 금상께서 춘추공이라고 일컬으실 시절에 여러 번 불러도 아니 움직인 삼모요. 옛날 진흥대왕 시절에 남모南毛 준정俊貞이라는 두 미인이 있지 아니하였소? 당대 풍류랑 호걸 남자가 모두 이 두 미인에 반해서 하핫하핫. (그때에 준정이 남모를 질투해서 죽였다) 그런데 이 주인은 삼모라고 이약 춘추공, 유신공으로도 범접을 못한단 말요. 이제 화엄종주 원효와 동냥중 대안이 삼모랑을 사모해서 이번에는 우리 둘이 질투로 피를 흘린다면 한번 볼만한 일야, 하핫하핫."

---

17 쑥대나 잡목의 가시로 엮어 만든 문이라는 뜻으로, 가난한 사람이 사는 집을 이르는 말.

대안은 집이 떠나가라 하고 웃는다.

대안의 말에 원효도 실소하였다.

"술을 나외리까."

삼모가 대안을 보았다.

"술을 나외어야 하지. 오늘은 원효시님을 삼악도 구경을 시켜 드리는 날이니 삼악도에는 술을 타고야 들어가는 거야. 안 그런가, 삼모. 술이 취해야만 불보살의 가피력이 몸에서 떨어져서 몸이 저절로 지옥으로 데굴데굴 굴러들어가는 것이어든. 말짱한 정신으로는 아무도 삼악도에 못 들어가는 것이야. 그러매 세존께서 부질없이 '술 먹지 말아라' 하는 계를 내리신 것이어든, 하핫하핫."

술이 나왔다. 고기 안주도 나왔다. 원효는 고기를 안 먹었다. 삼모는 고기 한 점을 집어서 원효에게 권하며,

"고기도 한 점 잡수시오."

하였다.

"아직도 고기가 고기로 보이니 안 먹겠소."

원효는 이렇게 대답하였다.

"그러면 고기가 나무껍질로 보일 때까지 술을 잡수시오."

삼모는 이렇게 원효에게 술을 권하였다.

"도인이 술이 취하신 양이 보고 싶소."

삼모는 이런 소리도 하였다.

"삼모."

대안은 싱글싱글 웃으며 이렇게 불렀다.

"왜 부르십니까."

"어디, 오늘 원효시님을 파계를 시켜보라."

"파계는 벌써 하신 것을."

"무슨 파계."

"술을 잡수셨으니."

"아니, 비구 이백오십 계를 몽땅 깨뜨리시게 해보겠느냐 말야."

"들으니 계란 가락지와 같다 하오니, 둥근 것이 한 끝이 깨어지면 다 깨어진 것인가 하오."

삼모는 이렇게 말하였다. 대안은 눈을 크게 뜨며,

"원효시님. 자, 어떻소?"

하고 원효를 바라본다.

원효도 술잔을 든 채로 놀란 표정을 하였다.

"시님, 어서 그 술 잡숫고 이 몸에게도 손수 한 잔 따라주시오."

삼모는 원효의 소매를 당기었다. 원효는 잔을 들어 마시고 삼모의 말대로 한 잔을 삼모에게 주었다.

삼모는 원효의 손에서 술잔을 받아들면서,

"시님. 어찌하시려오? 손을 들어서 술집만 가리켜주어도 오백생에 손 없는 중생이 된다거든, 하물며 법사의 몸으로 젊은 계집에게 술을 따라주시면 그 업보를 어찌하시려오?"

하고 원효를 노려보았다.

원효는 비로소 껄껄 웃으면서,

"미인에게 술을 권하였으면 그만한 업보는 당연하지."

하고 대안을 보았다.

삼모는 원효의 말에 술잔을 놓고 고개를 숙였다.

이윽고 삼모가 고개를 들어 원효가 준 잔을 마시고 나서 원효

에게 그 잔을 올리며,

"만일 이 몸이 시님을 못 잊어하면 스님은 어찌하시렵니까."

하고 원효의 몸에 제 몸을 기대었다.

"달아나지."

원효는 또 웃었다.

"어디로?"

"남산으로."

"그래도 따라가면?"

"돌아오지."

"어디로?"

"삼모의 집으로."

"정말이오?"

"사문[18]이 거짓말 있나."

"그러면 달아나시지도 말고 돌아오시지도 말고 오늘밤 여기서 주무셔요."

삼모는 간절한 정을 보였다.

"그러지."

원효는 선선히 대답하였다.

삼모는 대안을 바라보며,

"노시님도 들으셨습니다. 지금 원효시님이 이 몸에게 주신 약속을."

하고 다졌다.

---

18 불문에 들어가서 도를 닦는 사람.

"듣고말고. 제불보살이 모두 증명이 되실걸."

대안은 유쾌한 듯이 이렇게 말하였다.

다시 술이 나오고 삼모의 노래와 춤이 나왔다. 대안도 춤을 추고 원효도 춤을 추었다.

"제석천궁에 우리가 너무 오래 머물렀소. 시님, 이제 술도 어지간히 취했으니 삼악도로 갑시다."

문득 대안이 이렇게 말을 내었다. 원효도 일어나려 하였다.

삼모는 취한 눈 위에 원망하는 뜻을 품고 원효를 보며 원효의 장삼 소매를 부여잡았다.

"사문도 거짓말을 하시오. 오늘밤을 여기서 지내신다고 아니하셨소? 못 가시오. 대안시님 혼자 가시오. 원효시님은 오늘밤은 내 것이오. 대안시님도 아기 어머니한테로 가시면서, 누가 모르는 줄 아시오. 아기를 낳으시고는 젖이 없어서 젖을 얻으러 다니신단 말을 누가 모르는 사람이 있는 줄 아시오. 나도 아기를 낳으면 원효시님이 돌아다니면서 젖을 빌어다가 먹여주시려든 어디를 가시오. 못 가시리다."

삼모는 화끈화끈하는 얼굴을 원효의 가슴에 대고 부볐다.

"하핫하핫. 원효시님 큰일 났소."

대안은 앞서서 뜰에 내려서서 이렇게 웃었다.

"삼모. 우리가 벌써 몇 아승기겁을 같이 살지 않았소."

원효는 이렇게 삼모에게 말하였다.

"언제, 언제?"

삼모는 대들었다.

"지금까지. 이 찰나까지. 인제는 서로 떠날 때야. 만난 자는 떠나오."

원효의 이 말에 삼모는 부여잡았던 원효의 소매를 놓고 물러섰다.

삼모의 집을 나서서 밤거리를 걸으며 대안은 원효에게 하는 말이,

"어떠시오? 삼모를 보고 마음이 좀 동하셨소?"

원효의 대답,

"별로 동하는 줄 몰랐습니다."

"그러면 시님은 아직 삼악도에 들어가기에 멀었소, 하핫하핫. 그렇지마는 곁에 내가 없고 젊으신네 단둘이만 있으면 또 좀 다르지. 아난존자도 누구 하나 데리고 둘이 갔다면 마등가에게 그 봉변은 아니하였을 것이오. 그러매로 밥동냥을 다녀도 혼자는 다니지 말라는 거야, 하핫하핫."

대안은 혼자 떠들고 혼자 웃었다.

길에는 취태와 추태도 많았다. 원효와 대안에게 덤비어들어서 시비를 거는 주정꾼도 있었다. 그러나 대안이,

"앗핫핫하, 앗핫핫하."

하고 웃으면 시비를 걸던 자도 멀거니 바라보다가는 같이 소리를 내어서 웃고 지나가 버렸다.

끄대기를 마주 바꾸어 잡고 씨근씨근 싸우는 양도 보고, 술 취한 여편네가,

"이놈아 죽여라 죽여, 동네방네 다 듣소. 이놈이, 이놈이."

하고 매무새가 흘러내리는 줄도 모르고 사내에게 머리를 꺼들려서 얻어맞는 꼴도 보았다.

대안이,

"아, 큰일 났군. 이 부인네 오늘밤을 못 넘기겠군."

하는 말에 때리던 사내가 깜짝 놀라서 머리채를 놓았다.

"아핫핫하. 잘살지, 잘살아. 있다가 죽을 것을 아핫하."

하고 대안이 웃으니 싸우던 사람들도 잠잠해버렸다.

'떠잉 떠잉 떠잉……'

자정의 열두 소리가 울렸다.

대안은 멈칫 서서 합장한 뒤에,

"시님, 어디로 가시려오? 인제는 나와 놀던 귀신들도 제 굴로
돌아갈 때가 되었는데."

하며 하늘을 쳐다보았다. 하늘에는 별이 총총하였다.

"시님은 어디로 가시려오?"

원효는 문수사가 먼 것을 생각하였다.

"이 몸이야 아무 데서나 눈만 감으면 자지요마는 시님은 그러
실 수 없지 않소? 오늘은 비도 올 것 같지 아니하니, 이 몸은 뒷
산에라도 올라가서 잘라오."

하고 대안은 어두운 골목으로 스러지고 말았다.

원효는 대안이 스러진 방향을 이윽히 바라보았으나 아무 소식
도 없었다. 오직 서형산의 민틋한 산 모양이 밤빛에 어렴풋이 바
라보일 뿐이었다.

원효는 대안이 터덜거리고 인가 없는 곳으로 가서 아마 무덤
틈바구니에서 누워 잘 모양을 상상하고 원효 자신에게는 그러한
자유가 없음을 느꼈다.

원효는 혼자서 느릅다리를 향하고 걸었다.

밤중 거리를 혼자 걸으니 불현듯 적적함을 느꼈다. 삼모의 집 광경이 눈앞에 나올 때에 문득 삼모의 아나한 모습이 그리운 듯도 하였다.

"어, 술이 취했군."

원효는 스스로 변명하는 모양으로 이렇게 중얼거렸다.

대안의 말과 같이 둘이 있을 때와 혼자 있을 때와 달랐다.

"아마 대안대사의 법력인가 보다."

하고 원효는 픽 웃었다. 대안과 같이 있을 때에는 삼모가 몸에 기대어도 까딱없더니, 어두운 길에 혼자 되니 삼모의 모양이 이상한 힘을 가지고 원효의 마음을 설레게 하는 것이었다.

'응, 내가 취했어, 취했는걸.'

하면서 원효는 정신을 바짝 차리노라고 눈을 크게 뜨고 하늘을 바라보았다. 큰 별, 잔별들이 대단히 빛을 발하였다.

'다리가 허둥허둥하는걸.'

원효는 아리내에 다다랐다. 냇가에 버드나무들이 거뭇거뭇한 모양을 보였다. 소리 없이 흐르는 물에 별 그림자가 비치어 흔들렸다.

원효는 다리를 반이나 건너서 난간에 기대어서 섰다. 서늘한 바람이 불어 왔다.

원효는 대안이 잠들고 있으리라고 생각하는 서형산 쪽을 바라보았다. 대안이 덩실덩실 춤을 추던 양을 생각하였다. 그는 전혀 아무 거리낌이 없는 듯이 춤을 추었다. 삼모의 거문고에 맞추어서 아주 익숙하고 수월하게 추었다. 삼모의 거문고소리가 귀에 쟁쟁하였다. 그 소리는 다리 밑에 부딪치는 물소리와 하나가 되고 말았다.

　문득 불빛 하나가 원효의 눈에 띄었다.

　'요석궁이다.'

　원효는 불빛 새는 데로 눈을 달렸다.

　원효의 눈에는 요석궁에 혼자 잠 못 이루고 앉았는 요석공주
가 보이는 듯하였다. 또 승만여왕을 모시고 있는 아유다로도 보
였다.

　'어, 내가 취했군.'

하고 원효는 또 한 번 고개를 흔들고는 난간에서 떠나서 걸었다.
걸음을 걸으나 몸은 허공에 뜬 것 같아서 정신이 진정되지를 아
니하였다. 마치 어디로 갈 바를 모르는 혼과 같았다.

　이때에 뒤로서 누가,

　"거 누구?"

하고 외치는 소리가 들렸다.

　"사문 원효."

　원효는 돌아서며 힘 있게 대답하였다.

　"원효사마시오?"

하고 합장하고 고개를 숙이는 것은 어떤 관인이었다.

　원효는 의아하면서,

　"누구시오?"

하고 관인을 향하여 물었다. 관인은 공손히 이렇게 말하였다.

　"이 몸은 요석궁 대사옵거니와 칙명 받자와 여기 대령하였소.
초저녁에 대사사마 느릅다리 건너셨다는 말씀 들으시옵고 상감
마마 분부하시기를 이 몸네 이곳에 대령하였다가 대사사마 회로

에 요석궁으로 모시라 하시옵시오. 이 몸네 이경부터 다릿목에서 넌지시 기다리옵더니 대사사마 이리 오심 뵈옵고도 누구신지 확적히 몰라서 대사사마 하시는 양 뵈옵고 있었소. 여기 타실 것 등대하였으니 오르시오."

말이 떨어지자 거시(두 사람이 마주 들게 된 타는 것)가 원효의 앞에 놓였다.

"어 부질없는 말이오."

하고 원효는 짐짓 더욱 취태를 보이며,

"말이 안 되는 것이, 상감마마께오서 군국만기를 살피시기에도 바쁘셔서 소의 한식을 하시거든 이 몸 같은 주정뱅이 사문을 무슨 일이 있어서 부르신단 말요. 또 설사 부르실 일이 있기로니 아닌 밤중에 길목을 지켜서 부르실 리가 있소. 괜히시리 술 취한 사람을 기롱 마오."

하고 돌아서서 하늘을 바라보고 걸음을 옮기며,

"어, 금년에 또 병란이 있을 모양이로군. 심성心星이 유난히 붉은데다가 또 화성이 심성에 가까움다. 어 취하는군."

하고 헛트림을 하며 비틀비틀 걸었다.

관인은 빨리 걸어와서 원효의 앞을 가로막으며,

"대사사마, 못 가십니다."

하고 합장하였다.

"어이하니 못 간단 말요. 우리 임금님의 길을 내 발로 걸어가는데 막기는 누가 막는단 말요?"

원효는 이렇게 뽐내었다.

"어서 이리 오르시오."

하고 관인은 또 거시를 원효의 앞에 옮겨놓았다.

"어, 아니 탄 달밖에. 성한 내 발로 마음대로 걷지 아니하고 타기는 왜 탄단 말요. 어서 이녁네는 이녁네 갈 길을 가시오. 산승은 산승이 갈 길을 가겠소."

"못 가시오. 위로서 분부 지엄하시와 아무리 하여서라도 원효사마를 오늘밤 요석궁으로 모시라 하셨소. 사정을 말씀하오면 오늘 아침 한불손 유신공께서 대사사마를 찾아 문수사에 가셨다가 대사사마께서 대안대사사마를 찾아 행차하셨다 하므로 남산을 두루 찾았으나 못 찾사옵고 해진 뒤에야 대사사마께오서 대안사마와 두 분이 이 다리 건너셨다는 줄 아시고 이 몸 무리 여기서 지키고 있었으니 아무리 하여서라도 모셔가겠소. 만일 대사사마 놓쳐 보내오면 이 몸네 목이 내일 이맘때까지 붙어 있을까 싶지 아니하오."

"아무리 하여서라도 나를 데려간다?"

"그러하오, 아무리 하여서라도."

"목이 붙어 있기가 어렵다?"

"그러하오, 이 목이."

하고 관인은 손으로 목을 가리키며 웃는 양하여 이가 허끗 드러났다.

원효는 크게 소리를 내어서 웃으며,

"하핫하핫. 그 목이 떨어지는 양이 우스울 거야. 내일 어느 시각에 떨어지는지 시각을 좀 알려주오. 나 구경 좀 하게."

"큰일 날 말씀 마시오. 이 모가지가 이래 보여도 어떻게나 소중한 모가진데 그러시오. 소중하신 요석공주를 모시고 요석궁을 지키는 모가지요."

관인은 또 한 번 목덜미를 만졌다.

원효는 손을 내밀어,

"어디 그 소중한 모가지 좀 만져봅시다. 잘 떨어지겠나, 아니 떨어지겠나."

하고 목을 꼭 누른다.

대사는 '아이고' 하고 펄썩 주저앉는다.

원효는 장사였다.

"그 어디 모가지 떨어질 새 있소?"

하고 원효는 관인을 다시 목을 들어 일으키면서,

"그 기운 가지고 어디 나를 붙들어 가겠소? 어디 나하고 기운 내기 해보아서 내가 지면 붙들려 가고 내가 이기면 안 붙들려 간다고. 자 다들 덤비어."

하고 원효는 빈주먹으로 버티고 섰다. 원효대사가 화랑시절에 나을신궁에게 칼재주를 겨루어 장원을 하였다는 것은 아는 이는 안다.

관인과 부하 육칠 인은 무론 칼과 창을 가지고 있었다.

"빈주먹으로 말씀요? 장기로 말씀요?"

그중에 건장한 군사 하나가 나섰다. 그도 원효의 행사가 괘씸도 하거니와 또 심심풀이도 되리라고 생각한 까닭이었다.

"무엇으로나. 하나씩 하나씩도 좋고 여럿이 한목 덤비어도 좋고, 출가한 사람이라 살생은 아니할 터이니 그걸랑 염려 말고."

원효는 선선하게 이렇게 말하였다. 실상 원효는 웬일인지 모르게 유쾌하였다.

건장한 군사가 썩 나서며,

"대사사마는 칼이 없으시니 우리가 피를 흘릴 염려는 없소마는 대사사마를 상하여서 피가 나게 하면 이 몸네 목 달아나고 또 법사 피 내인 죄로 혼까지 지옥에 가게 되니 그것이 걱정이오."

하였다.

"웅. 그도 그럴듯한 걱정이오마는."

하고 원효는 가사 장삼을 벗어 난간에 걸고 나서,

"자 이만하면 염려 없소. 청루에 가서 계집 끼고 술 고기 막 먹고 취해서 오는 파계승 하나 죽였다고 지옥 갈 리 없고, 도리어 파계승 죽인 공덕으로 왕생극락할는지 모르지, 하하핫하."

하고 웃었다.

"그렇거든 어디."

하고 육칠 명이 일제히 칼과 창을 가지고 원효에게 덤비어들었다.

군사들은 처음에 농담삼아서 재주를 아꼈으나, 원효가 슬쩍슬쩍 걸음을 걷는 듯이 춤을 추는 듯이 칼과 창을 피하는 것을 보고는 차차 있는 힘을 다하여서 원효를 엄습하였다. 그러나 다들 허공만 찔렀다.

"어, 이 재주 가지고야 어디 백제 고구려를 치겠나. 요석궁에서 거미줄이나 치기 알맞군."

하고 원효는 슬쩍슬쩍 몸을 비키면서 군사들을 기롱하였다.

군사들의 두목인 관인 대사는 일이 어떻게 되나 하고 옆에서 보고만 있었다. 그러면서도 어찌 하면 원효를 요석궁으로 끌어갈까 하고 그 계교만 생각하고 있었다.

군사들은 여러 합 싸움에 숨이 차고 땀이 비 오듯 하였다. 원효는 그중에 한 군사의 목덜미를 집어서 홱 냇물로 던졌다. 연해서 셋을 던졌다.

"땀들이 흘렀으니 시원하게 목욕이나 하오."

하고 어느 틈에 또 하나를 던졌다.

나머지 셋은 칼을 던지고 땅에 엎드렸다.

원효는 개천에 빠져서 절벅거리는 사람들을 내려다보고 웃었다.

이 기회를 타서 대사는 원효의 몸에 올가미를 씌웠다.

"원효사마, 용서하시오. 아무리 하여서라도 대사사마를 모셔가지 못하면 이 몸들의 목이 달아나오."

하고 애원하였다.

땅에 엎드렸던 군사들도 일제히 원효에게 대어들어서 원효를 묶어서 거시에 태우려 하였다.

세 사람이 몸에 붙은 기회를 기다려서 원효는 '응' 하고 한 마디 힘을 쓰니 결박된 줄이 끊어졌다. 그러니 관인들이 '아차' 하는 동안에 원효는 대사 하나만을 남겨놓고 다른 군사를 다 물에 집어넣고 나중에 자신도 물에 뛰어들었다.

"어 시원해. 어 시원해."

원효는 이렇게 소리를 하면서 먼저 빠진 사람들을 따라다니며 물을 끼얹었다. 군사들도 유쾌해져서 물싸움을 시작하였다. 혼자 애가 타는 것은 대사였다. 도저히 힘으로 원효를 요석궁으로 끌어들일 수는 없었다.

그래서 한 꾀를 생각하여 내었다. 관인은 원효의 뒤를 따라서 물에 뛰어들어 원효와 물싸움을 하는 척 원효의 옷을 잡아 찢었다. 원효는 홍에 겨워서 옷이 찢기는 줄도 모르는 모양이었다. 두 번, 세 번 대사는 원효의 옷을 잡아 찢었다. 원효는 등과 볼기짝이 다 나오도록 옷이 가리가리 찢겼다.

이리하여서 원효를 요석궁으로 끌어들이기에 성공하였다.

"옷이나 갈아입고 가셔야지."

대사는 이렇게 말하고 웃었다.

요석궁에 끌려 들어간 원효는 목욕하는 방으로 안내를 받았다. 백제 푸른 돌 욕분欲盆[19]에는 더운 물이 철철 넘고 있었다. 그리고 바닥은 남산 흰 옥돌로 깔았다.

원효는 욕분에 몸을 담그고 기분이 상쾌하여 졸고 있을 때에 새벽 종소리가 들렸다.

한 소리, 두 소리. 원효는 스물네 소리를 세었다. 네 소리는 조느라고 못 들은 것이었다.

원효는 정신이 번쩍 들었다. 술도 다 깨었다. 지난밤 한 밤 일이 수천 겁이나 오랜 동안 같았다. 삼모의 집 일, 느릅다리에서 일어난 일, 모두 다 한바탕 장난이었다. 그러나 앞으로 올 일을 생각하면 그 역시 한바탕 장난일 것이었다.

'환몽幻夢이다, 환몽이다.'

원효는 이렇게 중얼거렸다.

계집종 둘이 들어와서 원효의 등을 밀고 팔다리를 씻는다. 원효는 죽은 사람 모양으로 종들이 하는 대로 내버려두었다.

"또한 장난이다."

---

19 목욕통.

하고 원효는 빙그레 웃었다. 목욕을 마치고 새 옷을 갈아입었다. 신라의 자랑인 삼십승 포였다. 이것은 왕족이 아니면 못 입는 것이었다.

이 옷이 오늘을 위하여서 요석공주가 손수 지은 것임은 말할 것도 없었다.

원효는 시비가 이끄는 대로 여러 복도를 지나서 한 방으로 들어갔다. 거기는 쌍학을 수놓은 이불과 쌍봉, 쌍란, 쌍원앙을 수놓은 긴 베개가 있고 요석공주가 혼자 촛불 밑에 앉아 있었다.

원효는 방에 들어가 우두커니 서 있었다. 공주는 원효를 보고 일어나서 읍하고 선다. 백작약 일곱 송이를 꽃병에 꽂아놓은 것으로 보아서 원효는 이 뜻이 무엇인지를 알았다.

공주는 자기를 구리선녀로 자처하고 원효를 선혜선인으로 비겨서 세세생생에 부부 되기를 청하는 것이었다.

두 사람은 한참 동안 말없이 서 있었다.

촛불이 춤을 추고 창밖으로서는 벌레소리가 울려왔다.

이윽고 공주가 고개를 들어,

"앉으시오. 오늘은 법사로 여쭌 것이 아니오. 백의로 오시게 한 것입니다. 이 몸의 십 년 소원을 이뤄주시오."

하고 눈물을 떨어뜨렸다. 아무리 십 년 동안 먹은 마음이라 하더라도 입을 열어 말하기가 힘들기도 하려니와 또 무섭기도 하였다.

원효는 제 몸에 입은 옷이 중의 옷이 아니요, 속인의 옷인 것을 다시금 보고 공주가 권하는 자리에 앉았다.

공주도 목 꺾어 한 무릎을 세우고 앉았다.

공주는 다로에 끓는 다부에서 대국으로 물을 떠서 차를 만들어 원효에게 권하고 다시 입을 열었다.

"새벽 쇠북 스무여덟 소리가 다 끝나도록 원효사마께서 아니 오시면 이 칼로 이 몸의 목숨을 끊기로 마음먹고 있었소."

공주는 금장식한 몸칼을 몸에서 꺼낸다. 고구려 도장刀匠이 만든 칼이다. (이때에는 상류계급에서는 남녀 간에 몸칼을 지니고 있었다. 공주의 형 고조다가 남편 품석의 뒤를 따라 죽은 것도 이 몸칼로였다.)

원효는 말이 없었다.

"승만마마께오서 살아 계오실 때에 이 몸을 보시고 원효사마 못 잊어 사모하시는 말씀을 하실 때에는 이 몸은 질투로 몸이 떨렸소. 만일 원효사마가 승만마마의 뜻을 들으시기만 하면 이 몸은 칼이나 독약으로 두 분의 목숨을 끊으리라 하였소. 그러다가 승만마마 승하심을 보고 이 몸은 겉으로는 울고 속으로는 기뻐하였소."

원효는 눈을 가느스름하게 하고 말없이 공주의 말을 들을 뿐이었다.

공주는 띄엄띄엄 말을 계속하였다.

"이 몸은 《옥야경玉野經》을 읽어서 이 마음을 죽이려 하였으나 원효사마 생각하는 원 이루지 못하고는 아무리 하여도 성불할 것 같지 아니하였소."

공주의 눈은 번쩍번쩍 빛을 발하였다. 공주는 또 말한다.

"이 몸이 지난 오월에 모란꽃과 베옷을 분황사로 보낼 때에야 얼마나 마음이 간절하였겠소. 만일 이 뜻 못 이루면, 늙어가는 모란꽃이 지기 전에 이 원을 못 이루면 마지막 모란꽃을 원효사마께 보내고 죽어버리려 하였소. 여기 이 꽃병에 일곱 송이 꽃을 꽂기가 몇 번이던가."

공주는 소매를 들어서 눈물을 씻는다.

"그러나 아바마마께오서 아무리 하여서라도 이 몸의 소원을 이루어주신다 하시오매 백작약이 피도록 살아 있었소. 저 이불과 베개에 저렇게 수를 놓으면서—한 실밥 한 실밥에 원효사마를 생각하면서."

공주의 숨소리가 높아간다.

"이 몸도 원효사마 평생 한 베개 위에 모시리라고는 생각하지 아니하오. 원효사마는 천하의 대법사, 이 몸 혼자 차지할 어른이 아닌 줄 아오. 그러나 아마 여러 백천만생의 인연인 양하여 잊을 수도 참을 수도 없는 이 원이오. 이것도 탐욕이오? 이것도 우치요? 이것도 악업이오? 악업이라도 그만이요, 무간지옥업이라도 좋으니 이 원을 이루어주시오.—단 하루만이라도. 뜰에 저 벌레 소리 그치는 동안 저 촛불이 다 닳을 동안이라도."

공주는 제 두 손을 비틀었다.

그래도 원효는 말이 없었다.

"원효사마는 이 몸을 음탕한 계집이라고 생각하시오? 나라를 위하여서 그 명복을 빌고 정절을 지킬 몸이 다른 남자에게 뜻을 두는 것을 음탕하다고 생각하십니까. 그렇게 책망하신다면 그 책망도 달게 받사오리다. 그러나 거진 부자가 동시에 전몰하고 그 집을 이어서 분묘를 지킬 자손이 없고, 이 몸도 죽으면 무주고혼이 되오. 다행히 갸륵하신 이의 씨를 받는다면, 거진의 집 분묘에도 향화가 아니 끊어지고 나라에도 큰사람 한 분을 길러 바칠 것 같소. 원효사마 이 가슴이."

하고 공주는 손을 들어 제 가슴에 대며,

"이 가슴의 젖이 반드시 우리나라에 큰일 할 사람을 먹일 것
같소."

하고 말을 끊고 잠깐 고개를 숙였다가 다시 고개를 들고 맑은 눈
으로 엄연하게 원효를 바라보며,

"원효사마. 이 몸이 비록 불민하나 사마를 따라 세세생생에 닦
느라면 사마께서 성불하실 최후생에 이 몸도 야수다라耶輪陀羅[20]가
되어 사마의 입으로서 일체중생 희견여래喜見如來의 기기를 받자오
리다."

하고 공주는 말을 끊었다.

이로부터 사흘 후였다.

새벽에 원효가 잠을 깨었을 때에는 벌써 옆에 요석공주는 없
었다. 베개 위에 공주의 머리 자국에서 그윽한 향기가 날 뿐이
었다.

원효가 가만히 귀를 기울이니 공주가 《관음경》을 외우는 소리
가 들렸다.

"若有人 設慾求男 禮拜供養 觀世音菩薩 便生福德 智慧之男 設慾求
女 便生端正 有相之女 宿植德本 衆人愛敬 無盡意 觀世音菩薩 有如是力
若有衆生 恭敬禮拜 觀世音菩薩 福不唐損 是故衆生 皆應受持 觀世音菩
薩各號."[21]

---

20 석가모니가 출가하기 전의 왕비.
21 관음보살께 공양하면 훌륭한 아들딸을 낳을 것이니 관세음보살의 명호를 받아 지니라는
  의미.

여기까지 들리고는 소리가 끊어졌다. 필시 공주가 내불당에 관음공양을 하는 모양이었다.

원효가 공주와 자리를 같이한 것은 사흘이었다. 그러나 그동안에 원효는 공주의 위인을 잘 알 수가 있었다.

공주는 새벽이면 원효보다 먼저 일어나서 관음공양을 잡숫고는 원효가 먹을 것을 손수 만들었다. 일체 육붙이를 쓰지 아니하고 정갈한 소찬을 만들었다. 비록 잠자리는 같이하더라도 공주가 원효를 대하는 것은 법사에 대한 예였다. 원효가 농담을 하더라도 공주는 엄숙하게 대답하였다.

첫날 아침에 원효가 늦잠을 잘 때에는 공주는 뜰에서 서서 나뭇가지에 와서 우는 새를 쫓고 있었다. 새소리에 원효가 잠을 깨기를 두려워함이었다.

그가 특히 《관음경》을 외우는 까닭이 아들을 구하는 것임을 원효는 묻지 아니하여도 알았다. 원효도 공주가 덕 있는 아들을 낳기를 바랐다.

공주는 원효에게 대하여서 소중히 여기고도 두려워하는 태도였다. 원효에게 무슨 말을 할 때에는 반드시 앉음앉음을 고쳐 왼편 무릎을 세우고 그 위에 손을 얹었다.

원효가 청하면 가얏고도 타고 노래도 불렀다. 그러나 그것이 끝나면 원효의 앞에서 물러나가서 원효가 찾기를 기다렸다.

공주는 자기 말과 같이 《옥야경》, 《승만경》, 《금광명경金光明經》으로 몸과 마음을 닦았다. 원효를 남편으로 모시더라도 책잡힘이 없고자, 부족함이 없고자, 법도에 어그러짐이 없고자 십 년 수행을 한 것이다.

원효가 이것을 몰라볼 리가 없었다.

"나는 여자의 사랑이란 것이 무엇인 줄을 처음 알았소."

원효는 공주를 보고 이렇게 말하였다. 그처럼 원효는 공주를
경복하였다.

"이 몸으로 해서 파계를 하신 것을 후회하시지 아니하시오?"

첫날 공주는 원효에게 이렇게 물었다. 원효는 웃으며,

"한 권 경을 읽겠소."

하였다.

원효가 후회 아니하는 것이 너무도 기뻐서 공주는 눈물을 흘
렸다.

둘째 날 아침에 공주는,

"이틀 동안 지내신 것이 어떠하시오?"

하고 또 물었다. 원효는 또 웃으며,

"이만하면 이대로 일 겁은 살고 싶소."

하였다. 옛날 세존께서 아난을 데리시고 고개를 넘으시다가, 고
개 위에 아난이 깔아드리는 옷을 깔고 앉으시와 베나레스의 경
치를 바라보시고,

"이만하면 일 겁은 여기서 살고 싶다."

하신 것을 비긴 것이었다.

"일 겁만 사시고 싶다 하시니 설어라. 이 몸은 원효사마 모시
고 이대로 무량아승지겁이라도 살고 싶소."

공주는 이렇게 대답하였다.

"그러나 이것이 다 실상 없는 몽환인 것을."

원효는 이렇게 말하였다.

"몽환이라도 아름다운 몽환, 즐거운 몽환이 아니오."

"우레와 같고 번개와 같고 물거품과 같이 금방 있다 스러질 몽환인 것을."

"번개같이 스러질 몽환이면 스러지기 전에 즐깁시다. 몽환이나마 즐거운 것을 이끼 쓴 기왓장에서도 빛이 나고 벌레소리도 개구리소리도 즐거운 것을. 저 보아요, 보기 숭한 두꺼비도 배암도 다 아름답게 귀엽게 보이는 것을. 제행무상이란 말도 다 거짓말인 것 같소. 원효사마 모신 이 기쁨이 스러질 리 있으리. 임 사모하는, 이 금빛 나는 사랑이 가실 리가 있으리. 원효사마 그렇다 하시오. 무상이 아니요, 상이라 하시오."

"인연이 다하면 흩어지는 일을 무슨 힘으로 막소. 깰 꿈을 아니 깰 수는 있나."

"안 되오, 안 되오. 이 몸이 원효사마를 포로로 잡아오듯이 인연의 흐름을, 생사의 바다를 이 몸의 사랑으로 막아서 못 흐르게 하리라."

하고 공주는 느껴 울었다.

공주는 원효와의 인연이 길지 못한 인연인 줄을 잘 안다. 원효는 자기의 품에서 늙을 사람이 아닌 줄도 안다. 공주는 잠이 들었다가도 소스라쳐 놀라서 잠을 깨어서는 옆에 누운 원효를 찾아본다. 그렇게 미덥고 힘 있는 의지인 원효, 옆에 원효의 몸이 있는 것을 알고는 비로소 안심한다.

'아직 내 곁에 계시다.'

공주는 이렇게 한숨을 쉰다. 공주가 잠들어 있는 동안에 원효가 스러질 것만 같았다.

'이 밤이 새기까지만, 이 초가 닳기까지만.'
이라고 한 것을 공주는 후회한다.

그런데 조만간 보내어야 할 원효였다. 가는 원효를 붙잡을 수 없는 공주였다.

'아들 하나만 점지 받았으면.'
이래서 공주는 더욱 아들을 원하였다.

배 속에 아기를 배고 있는 동안 낳아서 기르는 동안, 원효를 닮은 아들 하나만 있으면 원효를 떠나서도 살 것 같았다. 그리고 그 아들을 썩 잘 길러서 큰사람이 되거든 원효의 기쁨을 받을 것도 같았다.

이래서 공주는 새벽이면 일어나서 찬물에 목욕하고 내불당에 들어 지성으로 관음공양을 하는 것이었다. 이러한 공주의 정경을 생각하매 원효의 닦은 마음에도 은애의 실뿌리가 내리기 시작하는 것 같았다.

'이만하면 일 겁은 살고 싶다.'
한 제 말을 생각할 때에 원효는 눈에 보이지 아니하는 은애의 실이 시시각각으로 겹겹이 몸에 감기고 있음을 느꼈다. 이것이 하루 이틀 덧감기고, 덧감기면 이 몸이 움직일 수 없이 그 은애의 줄이 끄는 대로 끌려갈 수밖에 없을 것 같았다.

"물도 안 묻고 불도 안 붙는 법사의 몸이 아니시오?"
하던 삼모의 말을 원효는 기억한다. 그러나 원효는 제 몸이 은애의 물에 젖고 불에 붙는 것 같았다. 제 몸은 아직 육도를 두루 돌아도 먼지 하나 묻지 않는 그러한 보살의 몸은 아니었다. 공주의 몸의 부드러움과 향기를 무심히 볼 힘이 없었다. 고기를 씹되 나무껍질과 다름이 없고 미인을 안되 시체와 다름이 없을 평등의 경계에 도달치 못한 것 같았다.

공주의 《관음경》 외우는 소리는 솔밭에 부는 바람소리가 아니다. 정열로 끓는 가슴에서 북받쳐오르는 소리다.

"念念勿生疑 觀世音淨聖 於苦惱死厄 能爲作依怙.

具一切功德 慈眼視衆生 福聚海無量 是故應頂禮."[22]

공주의 소리는 낭랑하였다. 낭랑하면서도 애원성이었다. 해탈한 소리는 아니요, 생사에 집착한 소리였다. '시고응정례'가 수없이 반복되는 것은 공주가 수없이 절을 함이었다. 아마 원효가 병없이 오래 살기를 빌면서, 좋은 아들이 점지되기를 빌면서.

원효는 이날은 요석궁을 떠날 것을 생각하기 때문에 공주의 음성이 더욱 가여웠다.

아침을 먹고 나서 원효는 공주가 달여 주는 차를 마시고 있었다. 화병에 꽂힌 작약이 두어 이파리 떨어졌다.

원효는 빙그레 웃었다.

공주는 떨어진 작약잎을 들어서 아까운 듯이 붙었던 자리에 붙여보았다. 그러나 그것은 한 번 떨어진 자리에 도로 붙으려 하지 아니하고 다시 떨어졌다.

공주는 눈을 들어서 원효를 보았다.

"나는 오늘 떠나겠소."

원효는 이렇게 입을 열었다.

---

22 늘 생각하고 의심치 마라. 관세음 거룩한 성자가 고뇌의 죽을 액 가운데서 능히 의지처가 되리라. 모든 공덕 갖추어 자비의 눈으로 중생을 보면 복덕이 한량없으시니 마땅히 예경하고 존중하여라.

"일 겁은 계시마더니."

공주는 한숨을 쉬었다.

"벌써 몇 겁이나 지났소."

"일 겁만 더 늘일 수는 없으시오?"

공주는 약간 낯을 붉혔다.

"떨어진 꽃잎과 같지."

원효도 고개를 숙였다. 원효는 사랑하는 이 떠나는 괴로움[愛別離苦]이란 것을 처음으로 맛보는 것 같았다.

"이제 가시면 언제 오시오?"

공주의 눈은 젖었다. 공주도 제가 이러하리라고는 생각지 아니하였다.

"운수종적雲水蹤跡을 기약할 수가 있소? 그러나 세세생생의 맹약은 잊지 아니하리다."

원효는 이렇게 말하였다.

"금생에는 이것이 마지막이오리까. 이 몸 가지고는 다시 뵈옵지 못하오리이까."

공주의 눈에서는 눈물이 흘렀다.

"그럴 것도 없으나 생사지연을 구태여 더 늘릴 것도 없다고 생각하오. 공주는 잘 오관五觀을 닦으시오. 어머니로 아기를 기르는 것이 오관을 닦는 길이오."

원효는 이렇게 말할 때에 문득 자기가 번뇌를 벗고 다시 법사에 자리에 오름을 느꼈다.

공주는 원효의 말에 눈물을 씻고 앉음앉음을 고치고서,

"이 몸이 어미는 되오리까."

하고 물었다.

원효는 지필을 당기어,

'念念勿生疑.'

라는《관음경》(〈法華普門品〉) 게의 구를 썼다.

"고마우셔라."

공주는 원효가 쓴 종이를 머리 위에 받들었다.

"이 몸이 관세음보살님 은혜로 어미만 되오면 지극한 정성을 다하와서 아기를 기르오리다. 심중에 원효사마를 항상 그리옵고 그 아기가 원효사마와 같이 되도록 정성을 다하오리이다. 그러나 이 몸의 정성이 그만하올지……."

하고 공주는 눈앞에 관세음보살의 대자대비하신 상호相好를 그리며 허공을 바라보았다. 공주가 그린 관세음보살의 모양이 원효와 하나가 되었다.

원효는 이미 자기를 품에 안던 육신 가진 남자가 아니요, 청정 법신인 듯하였다.

공주는 이러한 어른을 남편이라고 부를 수 있는 것이 무한히 고마웠다. 모두 관세음보살님의 덕이라고 생각하였다.

이렇게 감사와 사랑으로 빛나는 공주의 눈에는 인간에서 보기 어려운 빛이 있었다. 원효는 그 눈에서 또 새로운 경 한 권을 읽었다.

원효는 이렇게 공주에게 말하였다.

"정성으로 보면 자녀를 구하는 어머니 정성보다 더 큰 정성이 어디 있겠소. 아까 새벽에《관음경》외우시던 정성을 그냥 가지고 계시면 반드시 소원대로 되오리다."

"고마우셔라. 이 가슴에 그 아기를 안고 이 젖을 먹이는 날이면 얼마나 기쁠까. 이 소원을 성취하면 더 원할 것은 없을 것 같소. 정말 그런 날이 올까. 아니, 이 몸은 믿사오리다. 염념불생의—의심을 아니하오리다. 황송해라, 부처님 말씀을 의심하다니."

공주의 얼굴에는 감하는 빛에 환희의 빛이 보였다.

"공주는 이 몸보다 덕이 높으시니 반드시 이 몸보다 나은 아들을 낳으시리다."

"황송하여라."

"공주가 아기를 안고 젖을 먹이시는 모양은 지금보다 더욱 아름답고 거룩하시리라고 생각하오. 어머니가 아기에게 젖을 먹일 때에는 짐승도 자비의 빛을 발하는 것이어든, 관세음보살의 자비행을 닦으신 공주가 아기에게 젖을 먹이시는 양은 사바세계에서 볼 수 없는 자비상일 것을 믿소. 관음상에도 아기 안으신 관음상이 있거니와 중생계의 자비상은 어머니에게 나타나는 것이오. 어머니의 자비심, 이 몸을 낳으신 어머니는 산길에서 이 몸을 낳으시고 이 몸을 싸시느라고 당신의 옷을 벗어서 그 빌미로 돌아가셨다 하오. 이 몸을 살리시느라고 당신 몸을 버린 것이오. 저를 버리는 마음—이것이 어머니의 마음이니 마음이 자慈, 괴로워하는 자식을 보는 어머니 마음이 비悲, 외아들을 생각하는 마음이 그중에 가장 간절하므로 최애일자지最愛一者地라고 하거니와 삼계 중생을 모두 최애일자지로 골고루 자하고 비하는 것을 부처님네의 대자대비라 일컬었소. 공주는 지금 복중에 최애일자지를 닦으시오. 터럭 끝만 한 잡념, 악심이 들어올 틈이 없도록 끊임없는 염불로 마음을 막으시오. 이것이 공주의 보살행인가 하오."

원효가 말을 그치매 공주는 일어나서 오체투지로 원효에게 절을 하였다. 원효는 앉은 대로 공주의 절을 받았다. 공주가 법사에게 드린 절의 공덕을 감손하지 말자는 것이었다.

공주는 세 번 절하고 앉으며 품에는 몸칼서 내어 서릿발 같은 칼날을 빼어 들고,

"이 칼로 이 몸의 심중에 일어나는 모든 잡념과 악심을 베이오리다. 복중에 든 아기를 보리菩提와 함께 오매에 지키오리다."

하고 맹세하였다.

이렇게 하고 나니 공주는 이별의 단장하는 슬픔이 스러지고 비길 데 없는 환희심을 발하였다.

원효는 길 떠날 준비를 하였다. 그것은 삼 일 동안 입었던 화려한 옷을 벗고 아리내에 빠져서 적신 옷을 다시 갈아입는 것이다. 그 옷은 공주가 손수 깨끗이 빨아서 정하게 말려서 손질한 것이었다.

원효가 가사, 장삼을 다 입은 뒤에 공주는 새로 차와 다식을 원효에게 받들었다. 송화다식, 깨다식, 인삼정과, 귤병 등이었다.

다로에 물 끓는 소리가 방의 고요함을 깨뜨렸다.

화병의 작약이 또 흩어졌다. 만나자 떠나는 시각이 가까움을 말하는 것 같았다.

동산에서 꾀꼬리소리가 들렸다. 바람이 풀향기를 실어 왔다.

공주는 원효를 바라보고 있었다. 지어먹은 마음이 흔들릴 듯 금시에 눈물이 쏟아질 것 같았다.

그러나 이것이 정성을 깨뜨리는 잡념, 악심인 것 같아서 공주는 몸칼을 생각하고 마음을 가다듬었다.

공주는 원효에게 무엇을 주고 싶었으나 원효는 아무것도 받을 것 같지 아니하였다. 재물을 받을 리도 없고 옷을 받을 리도 없을 것 같았다.

"차나 한 잔 더. 이 다식 하나 더."

이렇게나 권할 수밖에 없었다. 주고는 싶으면서 주지 못하는 마음도 괴로웠다.

원효도 차리기는 다 차리고도 곧 일어서기가 어려웠다. 원효는 공주가 권하는 대로 몇 잔이고 차를 받아먹고, 몇 점이고 다식을 받아먹었다.

그러나 떠날 길은 언제나 떠나야만 한다. 원효는 자리에서 일어났다.

공주도 따라서 일어났다. 원효가 신을 신고 디딤돌을 내려설 때에 공주는 울음이 터지려 하였으나, 십 년 전 남편 거진을 전쟁에 보낼 때를 생각하여서 힘써 억제하였다. 원효도 전쟁에 나가는 것이 아니냐. 법계 중생계를 통한 대전쟁의 길을 떠나는 것이다. 요마한 은애의 줄로 대장부를 속박하여서는 아니 되는 것이라 하였다.

공주는 중문까지 나와서 합장하여 원효를 보내었다.

원효는 좌우도 돌아보지 아니하고 대문을 향하고 뚜벅뚜벅 걸었다.

이때에 원효를 붙들어 왔던 대사가 내달아, 원효의 길을 막았다.

"원효사마, 어디를 가시오?"

"산으로 가오."

"왜 그 좋은 연분에 백년해로를 아니하시고 이렇게 총총히 떠나시오?"

"공주께서 그만 가라고 하여서 가오."

"이 몸을 기롱하시오? 공주마마 정경을 이 앞으로 어떻게나 뵈오라고 가시오. 이제 가시면 언제나 원효사마를 뵈올지."

"요석궁 대사 지옥 가는 날 만납시다."

"무서운 말씀도 하시오. 이 몸이 왜 지옥에를 가오?"

"도 닦는 중 유인하여 파계시켰으니, 이녁이 지옥에 아니 가면 누가 가겠소. 파계한 중과 파계시킨 대사와 지옥길에 만나서 삼도천에서 또 한 번 물싸움이나 합시다. 그때까지 잘 있으오."
하고 원효는 다시 걷기를 시작한다.

대사는 뒷걸음을 쳐서 원효를 막으면서 정색하고,

"지금까지 한 말씀은 다 실없음이나, 이 몸이 원효사마께 간청할 일이 있소."
하고 애원하는 듯이 합장하였다.

"무슨 간청이오? 벼슬자리 오르기가 원이어든 나라에 여쭐 것이요, 술이나 고기가 원이어든 공주마마께 아뢰일 것이지 이 몸에게 무슨 간청이오?"

원효는 껄껄 웃었다.

"이 몸을 그런 사람으로만 아시오? 그러한 청 같으면야 하필 원효사마께 하오리까. 이 몸의 청은 그러한 청이 아니라 원효사마의 제자가 되고 싶다는 청이오."

"원효의 제자? 파계승에게서 무엇을 배운단 말이오. 주색의 길에는 아마 이녁이 스승이 되려든, 하핫하핫."

"그런 것이 아니오. 지난날 밤에 뵈오니 원효사마 검술이 비범하시오. 그때에 혼자서 빈손으로 칼 든 사람 일곱을 당하시되 그 일곱을 마치 어린애 다루듯 하시니, 이 몸도 칼을 배우기 수십 년이 되오나 아직 그런 재주를 못 보았소. 상감마마께오서 공주를 소중히 여기시와서 요석궁을 지키는 사인과 군사들은 다 무예에 능한 사람을 골라두셨소. 이 몸도 백인 지상은 된다고 남들이 허하는 터에, 그날 밤 이 몸의 부하 일곱 명이 원효사마께 그 꼴을 당하니 면목 없어 이 자리에 있을 수가 없소. 나라 녹을 먹고 제 구실을 못하면 그것이 죄가 아니오리까. 그러하오니 이 몸에게 한번 무예를 가르쳐주시오."

대사의 말은 심히 간절하였다. 원효는 물끄러미 대사를 바라보고 섰더니,

"어디 칼을 한 번 써보시오."

하고 대사의 허리에 찬 칼을 본다. 대사가 칼을 빼어 든다.

이동안 접때에 느릅다리에 있던 군사들도 모여든다.

원효는 대사의 앞에 선 채로,

"어디 그 칼로 이 몸을 엄습해보시오."

하고 대사를 본다. 노려보는 것이 아니라 여전히 유화한 눈이나 대사는 그 눈을 보매 칼 든 손이 한 번 떨린다.

'이상한 눈이다.'

대사는 이렇게 생각하면서 그러나 제 재주에 큰 자신을 가지면서, 칼로 원효의 정면을 범한다.

원효는 두 손을 옆구리에 늘인 채로 걸음 걷듯, 춤추듯 슬쩍슬쩍 대사의 칼을 피한다. 이러하기를 서너 합 하더니,

"어지간히 칼 쓰는 법을 아시오."

하고 원효가 우뚝 선다. 대사도 선다.

"칼 쓰는 법을 안다고 하시나 맨손으로 막으시는 원효사마를 못 당하니 이 재주를 가지고 무엇하겠소?"

"이녁만 못한 사람과 싸우면 이기지 않소?"

원효의 이 말에 대사를 제하고 다른 사람들이 모두 웃는다.

대사는 땅바닥에 꿇어엎디었다. 대사가 느릅다리에서 원효에게 덤비지 아니한 것은 부하들 소시에 혹시나 창피를 당할까 두려워 그러한 것이었으나 두고두고 원효와 한번 겨루어보기를 벼른 것이었다. 설마 빈손을 든 원효야, 하였던 것이 지금 시험한 결과로 보아 제 재주가 어림없음을 느낀 것이었다. 제일 못 당할 것이 원효의 눈이었다. 그 눈을 보면 대사의 칼이 힘을 잃는 것 같았다.

"살려줍소사."

대사는 이마를 땅바닥에 대고 이렇게 말하였다.

"염려 마오. 그것은 예사요. 이녁이 이 몸을 시기하여서 한번 이 몸에 피를 내어보리라 하는 것도 인정에 예사지마는 이후엘랑 그런 마음 버리고 충의의 사람이 되시오."

원효는 대사의 눈에서 대사의 마음을 읽은 것이었다. 대사는 원효가 공주와 운우의 낙을 맺은 것을 미워한 것이었다. 마치 제 것을 원효에게 빼앗긴 듯한 분노를 느낀 것이었다.

"그러면 살려주십니까."

대사는 엎드린 채, 고개만을 들어서 원효를 우러러보았다.

"출가한 사람은 살생을 싫어하니까."

원효는 이렇게 대답하였다.

"이미 자비심을 발하시와서 이 몸을 살려주시거든 검술의 비결을 일러주시오. 비록 일시 불측한 생각을 내었지마는 본심은 충의를 숭상하오. 반드시 옳은 곳에 쓰기를 맹세하오니 칼의 비결을 가르쳐주시오."

대사는 간절히 말하였다. 그 얼굴에는 정성이 보였다.

이 말에 대사의 부하들도 상관보다 한 줄 떨어져서 차례차례 꿇어앉았다.

원효는 잠시 합장하고 섰더니 입을 열어서 이렇게 말하였다.

"칼은 마음이라 마음 쓰는 법으로 칼을 쓰면 틀림없소. 사람이 마음을 쓰는 법이 무엇무엇이오?"

"임금께 충성하고."

대사는 이렇게 대답한다.

"또."

"어버이께 효도하고."

"또."

"벗에게 미쁘고."

"또."

"싸울 때에 물러가지 말고."

"또."

"죽이되 죽일 자를 죽이는 것이오!"

"옳소. 칼 쓰는 비결도 그것이오. 충의를 위하여서 싸우는 자리에 서거든, 죽일 자를 대하거든 물러남이 없어. 이것이 비결이오. 충의, 필살必殺, 필사必死. 임금님 위하여 이놈을 꼭 죽여야 한다, 내 목숨을 안 돌아본다, 이것이오. 적만 죽이고 나는 살겠다

하여서는 적도 못 죽이고 나도 못 살기가 십상팔구요. 내가 죽을 것을 결정할 때에 적은 반드시 죽는 것이오. 이것이 필살 필사라는 것이야. 또 필사즉생이라는 비결이야."

일동은 말이 없었다.

"마지막으로 한 가지, 선인의 곁에는 선신이 호위하고 악인의 곁에는 원혼들이 따르는 것이오. 그러므로 충의의 칼에는 선신의 가지가 있어서 공을 도우매 재주 없는 칼이 능히 재주 많은 칼을 이기는 것이야. 이 비결을 알면 천하무적의 검객이 될 것이오. 어디 이제 한 번 칼을 시험해보시오."

원효는 이렇게 말을 마치었다.

원효의 말에 대사가 벌떡 일어나서 칼을 빼어 들었다. 그러나 한 번 원효를 바라보고는 도로 칼을 집에 꽂았다.

원효는 고개를 끄덕하였다. 대사는 오체투지로 원효에게 절하였다.

"제자의 예로 보이오."

"오."

원효는 이렇게 대답하고 미소하였다.

원효가 나간 뒤에 사인이 대사에게 물었다.

"아까 대사께서 칼을 빼어 들었다가 도로 집에 꽂은 것은 무슨 뜻이며, 또 원효사마가 그것을 보시고 끄덕끄덕하신 것은 무슨 뜻이오?"

대사는 이렇게 대답하였다.

"이 몸이 칼을 빼어 들고 보니 칼을 쓸 자리가 아니라, 그러므로 칼을 도로 집에 꽂은 것이오. 칼을 쓰지 아니할 자리를 아는 것이 칼의 비결을 아는 표라 하여 원효사마께서 고개를 끄덕끄덕하시니 이것이 인가^{忍可}니라."

요석궁 문을 나선 원효는 어디로 갈 바를 몰랐다.

'서로 갈까, 동으로 갈까.'

원효는 길바닥에 서서 망설였다. 사흘 전과는 천지가 온통 변한 것 같았다.

원효는 '나는 청정한 사문이다' 하는 자신을 잃어버린 것이다. 길로 다니는 남녀들과 다름이 없는 중생의 몸이 되어버린 것이었다. 마치 자유자재로 훨훨 날아다니던 몸이 날개를 잘리워서 땅에 떨어진 것 같았다. 몸에는 천근 무게가 달린 것 같았다.

'破戒爲他福田 如折翼鳥 負龜翔空'[23]이라고 후일에 원효가 후생에게 경계한 것이 이때에 느낀 바였다.

원효는 대안대사나 찾아보리라 하고 동으로 향하여서 걸음을 옮겼다.

느릅다리에 다다랐다. 난간에 지혀서 아리내의 물을 굽어보았다. 제 그림자가 물속에 있는 것을 보고 원효는 고개를 돌렸다. 그것은 사문 원효가 아니요, 수염 난 한 사내였다. 계집을 보면 탐심을 내는 한 수컷이었다.

'파계승, 파계승.'

하는 소리가 수없이 귀에 들리는 것 같았다. '파계승'이란 어떻게나 부끄러운 소린가. 세상에 파계승처럼 천한 것이 또 어디 있으랴. 지금 원효의 귀에 들리는,

---

23 타인의 복을 위해 파계하였으니 날개 꺾인 새가 거북을 지고 날으려는 것 같네.

'파계승, 파계승.'

하는 소리는 어디서 누가 부르는 소리일까.

그러나 법계에 찬 모든 중생이 함께 부르는 소리다. 사문 원효가 파계하였다는 소문은 무량세계에 널리 알려진 것이다. 위로는 유정有頂[24]으로부터 아래로는 무간지옥에 이르기까지 사문 원효가 파계하였다는 소문이 들린 것이다. 그래서 제불보살은 슬퍼하시고 무변중생의 고를 벗을 날이 멀어진 것을 운 것이다.

다리로는 남녀노소가 끊임없이 지나갔다. 그들은 모두 파계한 중의 몸에서 나는 비린내를 피하여서 외면하는 것 같았다. 사람들이 다 지나가기 전에는 원효는 고개를 들고 걸음을 걸을 뜻이 없었다.

원효는 사람들의 얼굴을 피하여서 고개를 산 쪽으로 돌렸다.

'요석궁이다.'

원효의 눈에는 요석궁의 회칠한 담과 우렁찬 지붕이 보였다. 정원의 나무들도 보였다.

원효는 자기가 요석공주와 한자리에 누운 양을 본다. 원효는 파계하던 순간을 본다. 원효는 이 원치 아니하는 광경의 기억을 떨어버리려고 고개를 숙이고 걷기를 시작한다. 그러나 요석공주의 부드러운 살, 향기로운 입김. 그러한 것이 한사코 원효를 따랐다.

영원히 뗄 수 없는 기억이다. 세세생생에 만나고, 만나서는 같은 일을 반복하지 아니하면 아니 될 맹세가 아니냐.

---

24 구천 중 가장 높은 하늘.

원효는 어디를 걸었는지 모르게 걸었다. 그러나 원효는 장차 어디로 도망하려 하는가. 도망할 곳 없는 원효였다.

"효시님, 효시님."

하고 부르는 소리에 원효는 비로소 고개를 들었다. 그것은 대안이었다.

대안은 여전히 누더기를 걸치고 새끼 띠를 두르고 걸망을 지고 지팡이와 요령을 들고 원효를 따라왔다. 아이들이,

"대안, 대안."

하고 대안대사의 흉내를 내며 대안의 뒤를 따랐다.

대안은 원효를 보고 싱글벙글 웃으며,

"잘 만났소. 그동안 어디를 가셨었소. 심상이 날마다 나한테를 와서 스님을 찾습디다. 자 갑시다. 저기 좋은 구경이 났어."

하고 손을 뒤로 흔들어 원효를 부르면서 앞을 선다.

"대안사마, 무슨 구경요? 우리도 가오?"

하고 아이들도 대어선다.

"암, 가지. 좋은 구경이야. 무슨 구경인고 하니 재주꾼 셋이서 바가지탈을 쓰고 뒤웅박 조리박을 놀리는데 아주 우스꽝스럽게 썩 잘 놀린단 말야, 하핫하핫."

하고 대안은 어서 보고 싶어서 성큼성큼 뛴다. 대안이 뛰는 대로 요령은 딸랑딸랑하고 누더기는 너풀너풀한다.

황룡사 골목 어귀 세 길 어우름에 사람이 많이 둘러섰다. 아이들, 늙은이들, 아이를 업은 늙은이들, 또 젊은 사람들, 중들, 군사들, 장꾼들.

대안은 원효와 아이들을 끌고 사람들 틈을 뚫고 잘 보이는 자

리에 들어섰다.

과연 세 사람이 흉물스러운 바가지탈을 쓰고 허리에 조롱박을 일여덟 개씩이나 주렁주렁 둘러 달고 손에는 커다란 뒤웅박 하나씩을 들고 그것을 서로 저편을 맞힐 듯이 겨냥하고 던지면 저편에서도 마주 던져서 그 뒤웅박들이 공중에서 마주쳐서 따드락 딱 소리를 내고는 서로 튀어나는 것이다. 그러면 재주꾼은 얼른 몸을 놀려서 저마다 제 뒤웅박이 땅에 떨어지기 전에 받아서는 번개같이 다른 사람을 향하고 던지는 것이다.

뒤웅박에는 채색으로 어룽어룽하게 사람의 얼굴을 사면에 그려서 웃는 놈 성난 놈 열두 놈이 공중에서 넘노는 것 같았다.

재주꾼들이 흥이 높을수록 뒤웅박들은 더욱 높이 더욱 재우뚜 드락딱 하고 마주쳤다.

"잘한다!"

"얼씨구나."

하고 능청스럽게 어릿광대 노릇을 하는 이도 있고, 또 피리와 날라리로 군악 장단을 부는 이도 있었다.

구경꾼 중으로부터 베 자투리들이 날아 들어왔다. 그러면 재주꾼들은 그 베 자투리로 머리도 감고 북두도 조르고 한 끝을 입에 물기도 하고 갖은 재주와 갖은 익살을 다 부렸다.

"하핫하핫."

하고 대안이 크게 웃는 소리도 들렸다.

원효도 가슴에 뭉클하던 모든 것을 다 잊어버리고 실컷 웃었다. 아이들은 두 손으로 턱을 고이고 정신없이 쭈그리고 앉아 있었다.

재주꾼들은 우쭐우쭐, 덩실덩실, 어깨춤 엉덩춤을 추어가면서 뒤웅박을 놀렸다.

해는 중천에 높이 올랐다. 그것도 뒤웅박인 것 같았다. 구경꾼의 머리들도 뒤웅박인 것 같았다. 수없는 눈망울들이 공중에 넘노는 뒤웅박을 따라서 굴렀다.

재주꾼의 모가지에서 땀이 흘렀다. 구경꾼들의 이마에서도 땀이 흘렀다.

"휘유."

하고 재주꾼들은 뒤웅박을 거두었다. 뒤웅박에 그려진 흉물스러운 얼굴들도 땀을 흘리는 듯하였다.

재주꾼들은 탈을 벗고 낯의 땀을 씻고 냉수를 마셨다.

구경꾼들은 그제야 제정신을 찾아서 제제금 저 갈 데로 흩어져버렸다.

대안은 원효를 보고,

"시님 어떠시오?"

하고 유심하게 물었다.

"대단히 재미있습니다."

원효는 이렇게 대답하면서도 눈은 그 재주꾼들을 보고 있었다. 탈을 벗고 울긋불긋한 옷을 벗어버린 그들은 예사 사람이었다. 그들의 얼굴에는 흉물스러움도 익살도 없고 그들의 어깨와 엉덩이에는 으쓱으쓱 덩실덩실 하는 춤도 없었다. 오늘 놀음에 번 것이 얼마, 여기를 마치고는 어디로 갈까, 하는 궁리와 배고픔과 더위와 목마름이 있었다.

원효는 무엇을 깨달은 것도 같고, 또 무엇을 잃은 것도 같아서 한숨을 쉬었다.

'心如工畵師.'

라 하는 《화엄경》 구절을 생각하였다. 원효 자신도 탈춤을 추고 뒤웅박을 놀리고 있고, 대안도 다른 모든 사람들도 그러함을 보았다. 신라, 백제, 고구려, 당나라가 모두 탈을 쓰고 뒤웅박을 놀리고 있는 것같이 생각하였다. 원효의 몸에 걸친 장삼이나 대안의 몸에 너풀거리는 누더기나 모두 재주꾼의 익살만 같이 보여서 원효는 빙그레 웃었다.

요석궁

원효를 보내고 나서 요석공주는 방에 돌아와 원효가 사흘 동안 입고 있던 옷을 안고 울었다. 그것은 너무도 짧은 인연이었다.

요석공주는 전 남편 거진에 대하여서는 아직 깊은 정이 들 사이도 없었거니와 또 그러할 나이도 아니었다. 아무리 숙성한 공주라 하더라도 열다섯 살인 소녀로 부부의 깊은 정을 알 리가 없었다. 그러나 요석공주가 원효에게 대하여는 십 년을 그리워왔다. 그뿐 아니라 승만여왕에게 원효를 빼앗길 것을 두려워하면서 십 년을 그리워온 것이었다.

공주는 원효에게 대한 이 사랑의 소원은 금생에는 달할 수 없는 것으로 단념하고 있었다. 원효는 도저히 여자의 정의 원을 들을 사람은 아닌 줄로 생각하고 있었다.

그러면서 공주는 아무리 하여서라도 원효에 대한 원을 달하리라고 밤낮에 생각하고 마음을 졸이고 있었던 것이다.

그런데 공주의 이 원은 달하였다. 사흘 동안 공주는 원효를 남편으로 모실 수가 있었다. 그 기쁨, 그 고마움은 무엇에 비길 데가 없었다. 그렇지마는 너무나 짧은 인연이었다.

'다만 하루만이라도.'

이렇게 빌던 공주이지만, 도저히 오랫동안 부부생활을 계속할 수 없는 줄은 첫날부터 작정된 일이지마는, 그래도 이렇게 짧게 인연이 다하리라고 생각지는 아니하였다.

공주는 잠이 들었다가는 소스라쳐 놀라서 잠이 깨어 원효를 찾았다. 필시 잠든 자기를 버리고 어느덧 일어나서 산으로 갔으리라고 생각되었던 까닭이다. 그러다가 옆에 원효의 몸이 있으면 기쁘고 마음 놓이는 한숨을 쉬었다.

공주는 원효가 자기의 자색에 반한다든가, 공주라는 지위에 탐을 내인다든가 그러할 사람이 아니라고 생각한다. 원효가 자기와 생사의 연[生死緣]을 맺는 것은 오직 자기를 제도하려는 자비심—가여이 여기는 생각에서 나온 것이라고 믿는다. 파계를 하여서까지도 자기의 소원을 들어준 것이라고 믿는다. 그러하기 때문에 도리어 원효가 더욱 소중하고 그리웠다.

원효는 갔다. 사흘 동안 극진한 사랑을 주던 남편 원효는 갔다. 뒤도 아니 돌아보고 갔다. 이제 여기 남은 것은 그가 사흘 동안 궁중에서 입고 있던 옷이다. 공주는 이 옷을 안고 원효를 그리워하여서 우는 것이었다.

칠월 칠석이 되었다.

이 해에 삼이 풍년이 되어서 삼 농사짓는 백성들이 기뻐하였다. 다른 농사도 다 잘되었다. 여름 동안에는 전쟁도 없어서 백성들은 새 임금님 덕에 태평이 왔다고 칭송하였다.

왕은 왕후로 더불어 이날에 요석궁에 거동을 하셨다. 지조공주도 부모님을 모시고 왔고 육부六部 아손 이상의 딸들도 모였다.

칠월 칠석은 딸들의 명절이었다.

베틀어미[織女], 신틀아비[牽牛]가 일 년에 한 번 하늘 위 은하수에서 만난다는 날이다. 하늘 임금의 공주 베틀어미는 부명을 거역한 죄로 신틀아비와 따로 떨어져 있어서 베틀어미는 서른새 베 삼천육백 자를 짜놓고 신틀아비는 삼신 삼천육백 켤레를 삼아놓고야 칠월칠석 날 저녁에 한 번 내외가 만난다는 것이다.

이날에 남자가 신을 삼으면 신 재주가 늘고 여자가 신을 삼거나 베를 짜거나 바느질을 하면 그 재주가 는다는 것이다.

요석궁 큰 방에는 베틀이 여섯이 놓인다. 이날에 베틀을 들여놓으면 구월 그믐날에야 걷는 것이다. 육부 처녀들이 두 패로 나누이고 공주 둘이 한 패마다 좌상이 되어서 이날부터 삼삼기를 시작하여 팔월 가윗날 그 성적을 비교하여 왕후께서 친히 승부를 결하시면 진 편에서 술과 떡과 고기를 내고 〈회소곡會蘇曲〉을 부르며 풍악을 아뢰이고 춤을 추며 노는 것이다.

그리고 그 이튿날부터 뜰에 겨불을 피우고 풀을 쑤어 베를 맨다. 날에 푸지¹를 하여서 도투마리²에 감는 것이다.

이것이 끝나면 도투마리를 베틀에 걸고,

'쓸어둥둥 배가리오

---

1 푸새. 옷 따위에 풀을 먹이는 일.
2 베를 짜기 위해 날실을 감아놓은 틀.

구름 속에 응애 걸고
바디집은 박달이오
뱅대는 쑥이로다.'
하는 노래를 불러가며 베를 짜는 것이다.

모인 여자들은 모두 칠백 년래 귀족의 딸들이었다. 유신의 집은 본래 신라가 아니요 가야국 왕족이어니와 그 나머지는 다 신라 왕실의 피를 끌고 오는 집 딸들이었다.

자손 많고 자손 중에 인물 많이 나기로는 내물왕이어니와, 최근에 와서는 진흥왕도 아드님 따님이 많으셨다. 모두 그러한 왕의 피를 받아서 귀하게 길러낸 따님들이었다. 나이로 말하면 열네다섯에서 열일곱, 열여덟.

나라가 장차 흥왕할 때라 그러한지 이때에 신라에는 남녀 간에 좋은 인물이 많았다. 씩씩한 남자, 아름답고 덕 있는 여자.

국선 화랑에도 사다함, 문노, 비녕자, 유신 등 큰 인물이 많이 났거니와 여자로도 선덕, 진덕여왕 같으신 큰인물이 나셨고, 불도로 말하면 더욱 왕성하여서 원광, 자장, 원효, 의상 등 당나라에까지 이름이 높은 중들이 많이 났다.

국선도는 충효로서 본을 삼은 것이었다. 이것은 결코 중국학문에서 온 사상이 아니요, 신라의 고유한 사상이었다. 김대문金大門의 《화랑세기花郞世紀》라는 책에, '賢佐忠臣 從比而秀 良將勇卒 由是而生'[3]이라 한 것이나, 최치원崔致遠의 《난랑비서鸞郞碑序》에 '國有玄妙之道 曰風流 設敎之源 備詳神史 實乃包含三敎 接化群生 且如入則孝

---

3 어진 재상과 충성스런 신하가 이로부터 솟아났고 훌륭한 장수와 용맹한 병사가 이로부터 생겼다.

於家 出則忠於國 魯司寇之旨也 處無爲之事 行不言之敎 周柱史之宗也 諸惡莫作 衆善奉行 竺乾太子之化也'[4]라고 한 것이나, 다 이 신라 고신도古神道인 국선도를 말한 것이다. '設敎之源 備詳神史'라는 것으로 보아서 신라 건국 초부터의 사적을 적은 역사, 즉《신사》에 벌써 이 국선도(풍류도라고도 한다)가 생긴 연원이 자세히 기록되어 있던 것이다. 그러므로 이 교는 멀리 신대에서 발한 것이다.

진흥왕 삼십칠년 봄에 '始奉源花'라고 신라사에 적혀 있다. 인물을 알아 쓰기 위하여서 남모, 준정이라는 두 미인을 간택하여 원화를 삼고 젊은 선비 삼백여 명의 무리를 모았는데 두 여자가 서로 제 아름다움을 다투어서 서로 질투하여 준정이 남모를 제 집으로 데리고 가서 술을 강권하여 취케 한 뒤에 끌고 나가 강물에 던져 죽이매 준정은 사형을 당하고 삼백여 명 무리는 실화파산失和罷散하였다는 것이다.

이것이 '시봉원화'에 대한 기록인데, 원화라 함은 그 두 여자를 가리킴인지, 삼백 명 무리를 가리킴인지 알 수 없다.

다음에 '取美貌男子粧飾之 名花郎 以奉之'라 한 것을 보면 전조前條에 원화라 하는 것은 아름다운 두 여자를 가리킴인 듯하다.

아름다운 남자를 택하여 장식하여 화랑이라고 이름하여 받들었다 하니 이것도 모호한 말이다. 다만 얼굴의 아름다움만으로 화랑을 삼아서 받들었을 리는 없다. 잘생긴 사람, 잘난 사람을 골

4 우리나라에는 현묘한 도가 있으니 이를 풍류라 한다. 이 가르침의 근원은 이미 《신사》에 자세히 기록되어 있거니와 실로 유, 불, 선 삼교를 포함하고 있으며 이 도에 접하면 많은 사람이 새롭게 태어나게 한다. 이들은 집에서는 부모에게 효도하고 나가서는 나라에 충성하니, 노나라 공자의 근본 가르침이며 모든 일을 무리하게 하지 않으며 말없이 행함으로 가르치니 이는 주나라 노자의 가르침이다. 모든 악행을 저지르지 않고 중생을 받들어 행하니 이는 천축국 석가모니의 가르침이다.

랐다는 뜻일 것이다. 그러길래 '名花郎 以奉之 徒衆雲集 或相磨以道義 或相悅以歌樂 遊娛山水 無遠不之 因比知其人邪正 擇其善者 薦之於朝'[5]라 한 것이다.

즉 잘난 청소년들이 모여서 도의로 서로 닦고, 노래로 음악으로 서로 기쁘게 하고, 산수를 찾아 즐겨 아무리 먼 데라도 가고, 이 모양으로 수행한 것이다.

그러면 화랑들이 '서로 닦았다'는 도의의 내용이란 무엇인가. 이것은 귀산貴山과 원광법사와의 문답에서 알 수가 있다.

귀산은 사도[沙梁部] 사람 무은武殷 아간의 아들이었다. 젊어서 같은 사도 사람 비목[箒項]이와 서로 친하였다. 한번은 두 사람이 서로 말하기를 '우리가 사군자와 놀려면 먼저 정심수신을 아니 하고는 욕을 면치 못할 것이니 우리 어진 사람에게 가서 도를 묻세' 하고 원광법사를 찾아갔다. 법사는 수나라에 유학하고 돌아와서 가실사에 있어 그때 사람들의 존경을 빋고 있었다.

귀산과 비목은 옷을 걷어 들고 법사의 문에 나아가 고하여 가로되,

"속된 것이 어리석어 아무것도 모르오니 원컨대 한 말씀을 주시와 종신계終身戒를 삼게 하옵소서."

하였다.

귀산과 비목의 청하는 말에 원광은 이렇게 대답하였다.

"불교에는 보살계라 하는 계가 있어 열 가지나 되어. 너희들은

---

5 화랑이라 하고 받들게 하니 사람이 모여들기 시작하였다. 이들은 도의로서 연마했고 가락을 즐겼으며 산과 강에서 유람해 아무리 먼 곳이라도 안 가본 데가 없을 정도였다. 이러한 과정에서 사람 됨됨이를 파악할 수 있게 되었고 그중에서 선량한 젊은이를 뽑아 조정에 추천하였다.

남의 신하와 아들이 되었으니 아마 지키기 어려울 것이다. 세속
오계가 있으니,

　　일왈 事君以忠(임금을 충심으로 섬기라)

　　이왈 事親以孝(어버이를 효도로 섬기라)

　　삼왈 交友以信(벗을 믿음으로 사귀어라)

　　사왈 臨戰無退(싸움에 물러나지 마라)

　　오왈 殺生有擇(죽일 때에는 가리어 하라)

이니라. 너희들은 이 다섯 가지를 잘 행하되 소홀히 말렸다.”

　귀산과 비목은 가르침을 받잡고,

　“지금부터 가르치심을 받들어 행하여 잊어버리지 않겠나이다.”

하고 맹세하였다.

　그 후 진평왕 건복 십구년 팔월, 백제의 대병이 아모성을 포위
하매 왕이 장군 바돌손 건품乾品, 무리굴武梨屈, 이리벌伊梨伐과 급손
무은武殷, 비리야比梨耶 등을 보내어서 막게 하실 때 귀산과 비목은
소감少監으로 종군하였다. 무은은 귀산의 아버지다.

　백제군이 패퇴하는 것을 추격하다가 천산 못가에서 백제 복
병을 만나 이번에는 신라군이 패퇴하게 되었다. 그때에 신라군의
선봉으로 분전하던 무은이 뒤떨어져 물러오다가 복병의 갈고리
에 걸려 말에서 떨어져 붙들렸다.

　이에 귀산이 소리를 높여,

　“내 일찍 스승께 듣자오니 싸움에 물러가지 말라 하셨으니 달
아날 줄이 있으랴.”

하고 말을 돌려 백제군 중에 짓쳐들어가 적병 수십 인을 죽이고
아버지를 건져 제 말에 태워 보내고 비목으로 더불어 창을 두르

며 싸우니 신라 군사가 보고 모두 감격하여 백제군 중으로 돌격하여 백제 군사의 주검이 들에 가득하고 말 한 필, 수레 하나 돌아가지 못하게 하였다.

귀산과 비목은 전신에 수없이 칼과 창을 맞아 돌아오다가 중로에 죽으니 왕이 군신을 거느리시고 아나들[阿那之野]에 맞아 시체 앞에 통곡하시고 예를 갖추어 장례하시고 귀산은 나마, 비목은 대사로 벼슬을 올리셨다.

이것으로 보아서 풍류, 화랑, 국선, 원화가 무엇인지를 짐작할 것이다. 예로부터 내려오는 이 충효일본의 정신이야말로 신라의 국맥을 천 년이나 전하게 한 것이다.

이러한 정신으로 남자들이 닦고 살고 자랑하는—더구나 삼국 통일의 대업을 앞에 둔 이때의 신라에는 유신, 품석, 비녕자, 이 모양으로 화랑정신이 성하였다. 이러한 때의 신라의 여성의 정신도 이에 응하였다. 그들도 충효를 숭상하였다. 충으로 말하면, 여자로는 직접 벼슬을 하거나 전장에 나가는 일이 없는 대신에 어머니로는 아들을, 누이로서는 오라비를, 아내로서는 남편을 충신이 되도록 가르치고 권하고 격려하였다.

문명이 춘추에게 시집을 간 것이나, 또 그 어머니 만명이 서현에게 시집을 가서 유신을 낳은 것이나, 또 요석공주가 원효를 사모한 것이나 다 그때 여자들이 의중에 그리는 것이 남아다운 남아이었던 증거다.

이날 요석궁에 모인 여자들도 모두 품에 칼 하나를 품었다. 이것은 몸칼이라는 것이다. 언제나 제게 불의를 행하는 자와 싸우고, 또 제 몸이 욕 되기 전에 저를 죽여버리려는 차림차림을 가진 것이다.

둘째로 이 아름다운 처녀들이 가슴에 품은 것은 잘난 사내 하나였다. 잘난 사내라면 몸도 건장하고 얼굴도 잘나고, 활 잘 쏘고, 칼과 창 잘 쓰고, 말 잘 타고, 구변 좋고, 그러고도 억강부약하는 협기 있고, 그러고도 노래 잘하고, 춤 잘 추고, 씩씩하고 시원한 사내를 가리킴이었다. 화랑의 무리들은 이러한 사내 되기를 목표 삼는 사람들이었다. 나이는 십칠팔 세.

그다음에 당시 신라 처녀들의 사모를 받는 이는 명승이었다. 집도 부귀도 안락도 다 버리고 누더기 한 벌 지팡이 하나로 명산대천으로 방랑하는 명승이었다. 이이들도 대개 본래는 화랑도로서 궁마弓馬와 가무에 능하였다.

벼슬을 할 양이면 이손, 급손 지위에 오르고 무장이 될 양이면 장군이 될 만한 사람들이 원정치의圓頂緇衣[6]로 중이 되는 것이었다.

그때 신라의 명승으로 말할진대 원광법사는 궁중에 청함이 되면 임금께서 손수 찬수와 다약을 만들어 대접하셨고, 그가 수나라에 있을 때에는 수양제와 강남 백성들이 성자로 예우하였으며, 자장율사는 선덕, 진덕 두 임금의 어우御宇[7]를 통하여서 일국의 정사까지도 좌우하였다. 그 밖에도 도법 높기로는 안홍법사가 있었고 파탈하기로는 대안대사가 있었고 젊으면서도 신라와 당나라에 이름난 이로는 원효와 의상이 있었다.

의상은 아직도 당나라에 있어서 돌아오지 아니하였으나 그가 당고종의 숭앙을 받는 것이나 천하 전생 선묘녀의 사랑을 물리

6 둥근머리에 검은 옷, 중.
7 임금이 나라를 다스림.

치고 청정한 두타행을 계속한다는 소문은 신라 처녀들도 모르는
사람이 없었다.

원효로 말하면 승만여왕이 십 년을 두고 사모하여도 까딱도
없었다는 것이 처녀들 간에 돌아가는 말이었다.

"의상대사가 선묘를 뿌리친 것보다 원효대사가 승만마마에게
아니 넘어간 것이 더 어려워."

신라의 처녀들은 이렇게 말해왔다. 요석공주가 원효를 사모한
다 하는 소문은 승만여왕 승하하신 뒤로부터 들리기 시작하였다.

"원효대사를 한번 파계를 시켜보았으면."

이러한 말을 하는 처녀가 여럿이었다. 원효는 '잘난 사내'였
다.《송고승전宋高僧傳》이라 하는 중국사람 찬영贊寧이 만든 책에도
'新羅國皇龍寺元曉傳'이라 하고 거기 원효의 인물을 이렇게 평하
였다.

'遊處無恒 勇擊義圍 雄橫文陣 仡仡然恒恒然 進無前却 …… 或製疏
以講雜華 或撫琴以樂祠宇 或閭閻寅宿 或山水坐神 任意隨機 都無定檢.'

원효는 이러한 대장부다. 전장에 나가면 용장이요, 무예를 겨
루면 장원이요, 말 잘하고 글 잘하고 설법을 하면 '稱揚彈指 聲沸
干空'[8] 하는 사람이다. 그런데 이때에 나이는 서른세 살. 신라 여
자들의 마음을 끄는 것도 당연한 일이었다. 하물며 열정에 자유
분방한 그들이랴.

이날도 그들은 술을 마시고 노래를 부르고 춤을 추고 이슥하
도록 놀다가 육부 딸들을 두 편에 갈라서 요석공주와 지조공주

---

8 찬양하는 박수소리 공간을 가득 메웠다.

가 각각 머리가 되었다.

모임이 파한 뒤에 상감과 중궁은 요석공주를 부르셨다. 요석은 의례로 차를 올렸다.

왕은 차를 받아 잡수시고 요석에게 이렇게 물으셨다.

"그동안 원효대사의 소식을 들었느냐."

요석은 낯을 붉혔다.

잠깐 고개를 숙였다가 공주는 이렇게 아뢰었다.

"원효대사가 오월에 다녀간 뒤로는 소식이 없습니다."

"한참은 대안대사와 추축한다고 하더니 또 들으니 거사의 모양을 하고 뒤웅박을 들고 조롱박을 허리에 여남은 개나 둘러차고 염불을 하며 촌락으로 다니는 양을 보았다고도 하고."

왕이 이렇게 말씀하시는 것을 듣고 요석공주는 놀라는 표정을 하며,

"거사의 모양을 하고? 원효대사가 거사 모양을 하고?"

하고 부왕을 우러러본다. 그 눈에는 눈물이 고인다.

"그래, 거사의 모양을 하고 머리도 아니 깎고."

하시는 왕의 말씀을 받아 왕후가 이렇게 말씀하셨다.

"분명 거사의 모양을 하였더라고 하오. 원효대사가 이제는 이름도 고쳐서 복성거사卜性居士라고 하옵고."

하시고 한숨을 쉬신다.

"복성거사?"

왕도 놀라신다.

"그러하오."

하고 왕후는 이 말을 이 자리에서 아니하여서는 아니 된다 하는

듯이 정신을 가다듬어,

"기원사 묘신니妙信尼에게 들은 말씀이온데 원효대사가 파계를 하였노라고 말하고 가사 장삼을 벗고 거사가 되었다 하오. 십 년 동안 대사의 수종을 들던 심상사더러도 내가 이제 파계승이 되었으니 남의 공양을 받을 수 없다고 떠나가라고 하여도 심상사는 파계를 하셨거나 아니하셨거나 원효사마를 모신다고 굳이 따른다 하오. 거사가 중을 부릴 수가 있느냐, 전에는 내가 네 스승이었으나 계를 깨뜨린 바에는 네가 도리어 내 스승이라고 심상에게 절을 하였다 하오, 원효대사가."

왕후의 말씀에 왕은 고개를 끄덕끄덕하시며,

"그래, 파계는 어떻게 한 파계라 하오, 원효대사가?"

하시고 왕후를 보시고 물으신다.

"파계를 어떻게 무슨 일로 하였다 하는 말은 없사옵고 세상 소문은 원효대사가 삼모라는 노는계집의 집에 들어가는 것을 보았다 하오."

"삼모?"

왕은 또 놀라신다.

"삼모의 말에도 원효대사를 하룻밤 모셨노라고 자랑한다 하오."

"옳거니."

하고 왕이 웃으신다.

"상감마마. 삼모를 아시오?"

왕후의 마음에 잠깐 질투가 일어난다. 요석의 마음에도 질투가 일어난다.

"삼모를 모르는 사나이 어디 있나. 인물 잘나고 도고하고."

"노는계집이 도고하면 얼마나 도고하오?"

왕후의 낯에는 불쾌한 빛이 보인다. 요석은 고개를 숙인다.
지조만 재미있는 듯이 왕의 입을 바라본다.

"얼마나 도고한고 하면 춘추가 불러도 아니 오고 유신이 편지
를 보내어도 답장도 없으니 그만하면 도고하지 않소? 하하하하."

왕은 유쾌하게 웃으신다. 유신이 삼모에게 편지를 보냈다는
말에 지조의 낯빛이 흐린다.

"하하하하."

왕은 더욱 웃으시며,

"유신이 원효에게 진 줄 알면 분할 것이라."

하시고 몸을 흔들며 웃으신다.

삼모에게 반한 것이 왕이 아니라 오라버니 유신인 줄을 알고
왕후의 분이 풀려 얼굴에 웃음이 나뜬다.

"그러면 원효대사가 삼모의 손에 넘어갔을까. 삼모가 원효에
게 넘어갔을까."

왕은 농담에 가까운 흥미를 느끼신다.

"이 몸이 아뢰오리다."

하고 요석이 고개를 든다.

"삼모가 삼십이 붙어도 원효대사의 마음이 움직이지 아니하
오리다."

"네 어떻게 아느냐."

"원효대사가 삼모의 집에 갔던 날 밤에 요석궁에 왔소. 대사가
이 몸에게 삼모의 집에 갔던 말을 하였소."

"그러면 원효대사가 요석궁에서 파계를 하였느냐."

"그러하오."

왕은 기대이셨던 몸을 일으키시며,

"그게 정말이냐. 그래 네가 소원을 이루었느냐."

하시고 기뻐하셨다.

"황송하오. 벌써 상감마마께 아뢰올 것을 황송하고 부끄러워서 못 아뢰었소."

"그래, 원효대사가 어떻게 요석궁에를 왔느냐."

"느릅다리로 지나갔다는 말을 듣고 군사들을 시켜서 지키게 하였소."

"군사가 지키기로 원효대사를 당할 사람이 있을까."

"군사들이 모두 물속에 던짐을 당하였으나 요석궁 대사가 빌어서 원효대사를 맞아들였소."

"그래."

"이 몸이 원효대사께 소원을 말하였소. 어진 아들을 하나 달라고."

"그래."

"원효대사가 사흘을 묵고 떠났소."

"그래. 그러고는 소식이 없단 말이냐?"

"그러하오. 그러하오나 이 몸에 있을 것이 없사옵고 입맛이 없소."

이 말에 왕후가,

"오, 태기로구나, 아들을 낳았으면."

하고 유심히 요석공주를 바라보신다.

"오, 아들이 나면 어진 아들이 날 것이다. 어진 사람이 나는 것은 나라에 복이야. 악아, 부디 몸조심하여라."

왕은 고개를 끄덕끄덕하셨다. 희끗희끗한 수염이 흔들린다.

"그래서 파계했다는 게로군."

왕은 다시 이렇게 혼잣말을 하신다.

"그러면 그렇지, 원효대사만 한 이가 삼모 같은 계집의 유혹을 받을 리가 있사오리까."

왕후는 이렇게 만족한 뜻을 표하셨다.

"그러기로 복성거사라니 무슨 뜻일까."

왕은 모든 시름을 놓으신 듯이 이런 말을 궁금하게 생각하셨다.

"복ㅏ자는 아래하자 밑둥으로 하지하下之下라는 뜻이라 하오."

왕후는 이렇게 말씀하셨다.

"하지하라, 하하하하."

왕은 수염을 쓸으시며 웃으셨다, 눈앞에 원효의 모양이 보인 것이다. 허리에 뒤웅박을 주룽주룽 달고 큰 뒤웅박을 돌리며 이 마을 저 마을로 염불을 하고 돌아다니는 원효의 모양이 우습게 보인 것이었다. 그러나 공주에게는 가슴 아픈 일이었다. 저로 인하여 원효대사가 파계한 죄인 행색을 하는 것이 슬펐다.

공주는 제가 궁중에 이렇게 편안히 있는 것이 죄송하였다. 마음 같아서는 금시에 원효를 좇아가고 싶었다. 그렇지마는 배 속에 든 아기를 낳아야 한다. 아기 밴 어머니는 귀신도 범하지 못한다고 한다. 아기를 배고 딴생각을 하면 큰 벼락이 내린다고 한다.

'그래. 아기를 낳자. 아기를 낳아서 얼마쯤 길러서 그런 뒤에 원효를 따라가자.'

공주는 이렇게 생각하였다.

배 속에서 아기가 자라는 것이 하루가 십 년 같았다. 입맛이 떨어지고 몸이 점점 무거웠다. 그래도 공주는 이것을 괴롭게 생각하지 아니하였다. 배 속에 든 아기가 반드시 큰사람인 것을 공주는 믿었다.

공주는 관세음보살을 믿어 염주를 굴리며 염하였다. 탐貪, 진瞋, 치癡를 떼고, 전세의 죄업을 소멸하고, 맑은 물과 같이 닦은 거울과 같이 깨끗한 몸이 되기를 기원하였다.

어떤 날 공주는 배 속에 꿈틀하는 것을 느꼈다. 그리고 깜짝 놀랐다. 평생에 처음 느끼는 바였다.

"아기가 논다."

하고 공주는 늙은 시녀에게 그 말을 하였다.

늙은 시녀는,

"이어라, 이어라사, 고마우셔라."

하고 소리를 하며 희색이 만면하였다.

"아기가 처음 노신 날인데 당아사마를 바쳐야 하지요."

늙은 시녀 감낭이(간난이)는 이렇게 말하였다. 당아사마(점심)라는 것은 집안에 기쁜 일이나 슬픈 일이 있을 때에 당아에 삼이나 삼베나 그런 것을 바치는 것이다. 당아라는 것은 천년千年 천대千代라는 뜻으로 신을 '위어'하는 데다.

'참 그렇지, 나도 지조가 아기 적에 어마마마께서 점심 바치는 것을 보았소. 그렇지만 근래에는 세상이 모두 변하여서―나도 마을(대궐, 신 모신 데)에 가서 어라하마한 지도 오랬어.'

공주는 오래 잊었던 것을 생각하는 듯이 멍멍한 표정을 하였다. 부처님께 비는 것과 조상 적부터 내려오는 가미사마(신장님)께 비는 것과 어울리는지 아니 어울리는지 공주로서는 확실하지 아니하였다. 이런 때에 원효대사가 곁에 있었으면 물어보고 싶었다. 원효대사면 무엇을 물어보아도 다 알 것 같았다. 그러나 원효대사는 지금 어디로 돌아다니나. 벌써 가을이 되었는데, 생량[9]을 하였는데—이러한 걱정도 되었다. 아직 겹옷을 입을 때는 아니라 하더라도 아침저녁은 산산하였다. 공주는 집에 있지도 아니하는 남편을 위하여서 아침저녁에 상을 보아놓고 철을 찾아서 옷을 지어놓았다. 그러나 상은 그대로 물리고 옷은 그대로 쟁여두었다. 어디 간지 모르는 사람에게 어느 편에 부칠 길이 없었다.

늙은 시녀 감낭이의 말을 들으면 조상 적부터 위어오는 신을 섬기지 아니하는 것은 무섭기도 하였다. 홀몸으로 있을 때에는 그렇지도 아니하더니 소중한 사람이 둘이나 생기니 차차 겁나는 일이 많았다. 원효대사는 어찌 되셨나, 배 속에 든 아기는 어떠한가—이것이 모두 근심이었다. 원효대사는 깨달은 사람이라 하늘도, 귀신도, 사람도 어찌할 수 없는 보살인 줄은 믿으면서도 그래도 육신을 가진 사람이라 병도 날 것 같고 죽을 것도 같고 걱정 근심이 있을 것도 같았다. 제 집에 있어서도 매양 즐거운 일보다도 괴로운 일이 더 많은 이 세상에 원효대사는 집도 없이, 지닌 것도 없이 떠돌아다니는 신세가 오죽하랴. 배고픈 땐들 없으며 잠자리 불편한 땐들 없으랴. 지닌 것 없는 몸이라 도적은 무섭지 아니하더라도 중들 미워하는, 산에 숨은 사나운 무리들을 만

9 가을이 되어 서늘한 기운이 생김.

날 것도 염려되고 술 취한 왈패들에게 욕을 보지나 않나 하는 것도 마음 놓이지 아니하였다.

더욱 염려되는 것은 파계한 원효에게서는 벌써 불보살의 가피력이 떠나고 없을 것같이 생각됨이었다. 이런 생각을 하면 마음속에 끄름이 드는 것같이 어두웠다.

파계를 한 원효도 원효여니와 원효를 파계시킨 공주 자신도 자신이었다. 원효와 자리를 같이한 뒤에는 관세음보살이 멀어지는 것 같았다. 솔거의 손으로 조성된 관음상의 살아 계신 듯한 모습이 빛을 잃은 것도 같았다. 그 눈어염의 자비스러우심, 입가의 금시에 방긋 웃음이 필 듯한 인정다우심도 갑자기 사원 듯하여서 공주는 오싹 소름이 끼쳤다. 관음당 안에는 난데없는 찬바람이 드는 것 같아서 얼른 일어나 나온 일이 있었다.

이렇게 꺼림칙한 생각도 날이 갈수록 좀 스러졌던 것이 오늘 아기가 놀기를 시작하고 늙은 시녀가 신에 관한 말을 하는 것을 들으매 다시 옛 무서움이 돌아왔다.

도 닦는 승니의 계를 깨뜨리는 것이 다섯 가지 큰 죄 중에 하나인 것을 공주는 생각한다. 그러면 이 배 속에 든 아기는 어찌 될까.

신전에서나 불전에서나의 성례成禮도 아니하고 과부와 중의 야합으로 생긴 자식이라고 번개같이 생각이 났을 때에는 공주는 기가 막힐 듯하였다.

'아뿔싸.'

하는 신의 소리가 머리 위에서 오는 듯하였다.

공주는 아무쪼록 이런 생각을 아니하기로 하고, 또 혹시 생각이 나는 때면 공주는 좋게시리 해석하였다.

칠월칠석 날 부모께 공주가 잉태한 것을 여쭌 다음날에 왕은 요석공주가 원효와 혼인한 것을 선포하셨으니, 이제는 사람 부끄러울 일은 없지마는 신과 불에 대한 무서움은 벗을 길이 없었다.

"그럼 점심을 바칠까."

마침내 공주는 이렇게 말하였다.

이때는 신라에 불교가 행한 지 백오십 년이나 넘어서 예로부터 내려오는 신도神道가 많이 쇠하였지마는 그래도 아낙네와 일반 민간에서는 옛날 법을 지키는 이가 많았다.

독자에게는 좀 지리할는지 모르거니와 이 기회에 우리 고신도 신앙에 관하여 약간 설명할 필요가 있다. 이것은 원효와 요석공주의 이로부터의 일생을 이야기하는 데 필요한 까닭이다.

신라 시조를 박혁거세라고 하거니와 이것은 '방아'라고 읽을 것이다.

'바'는 불이다. 방아라는 것은 '불이 낳은', '불에서 온'이라는 뜻으로 화신火神이다. 동물에 있어서는 병아리, 즉 닭이다. 병아리라 함은 불의 자손이라는 뜻이다. 신라 시조가 탄생한 곳을 병아리[鷄林]라 하고 탄생하실 때에 닭이 울었다 함이 이 뜻이다. 금빛 나는 궤짝에 아기가 들었다 하는 것은 금은 '가나'라 하여 지금 말로 하나, 즉 하날이요, 하날이라 함은 곧 해와 날이어서 해는 해의 몸이요, 날은 해의 빛을 가리킨 것이다. 해에서 온 신을 강감 또는 김금이라 하고, 날에서 온 신을 낭감이나 닝금이라고 한다. 신라 임금이 김金이라는 성을 쓰게 된 것은 해의 자손, 즉 하늘의 자손임을 표하는 것이요, 신라의 시조가 금바가지에 담겼다는 것은 하날의 자손이면서 불의 자손이라는 뜻이니 불은 동물에 있어서는 병아리요, 식물에 있어서는 바가지요, 꽃이요, 기구에 있어서는 방아다. 방아는 병아리가 무엇을 쪼는 형상이다. 지금 조선에 남아 있는 홍타령이란 것은 항아(홍아)신, 즉 일신日神을 맞이할 때에 부르던 소리(소리란 원래 신께 사뢰는 말이란 뜻이다)요, 〈강강수월래〉의 강강은 강아강아로서 항아항아의 고어古語다. 일신의 동물에서의 대표는 강아지다. 일신의 당 앞에 개를 만들어놓은 것이 이 때문이다.

신라 시조가 방아이기 때문에 시조묘는 병아리에 짓고 닭을 만들어놓고 바가지를 심어 지붕과 담에 박꽃이 피게 하고 뒤웅박과 바가지로 제기를 만들고 장식을 만들고 또 악기도 만든 것이다. 바가지를 긁는다는 것은 화신께 마지를 올릴 때의 음악이다. 또 커다란 박을 두드리는 것이 곧 북이다. 북이란 박이라는 말이다. 박은 해와 같이 둥글어서 열매 중에 가장 해와 비슷한 것이다.

조그마한 바가지는 뒤웅박, 조롱박이라 하거니와 뒤웅박이라 함은 당아방이라는 것으로 달에서 온 것이라 하는 뜻이다. 당아라는 것은 달에서 온 것, 즉 월신月神이라는 뜻이다. 덩글덩글, 딩굴딩굴, 당그랑당그랑은 다 바가지에서 나는 소리요, 동시에 월신을 맞이하는 음악소리다.

조그마한 바가지를 속을 파내고, 입을 갸름하게 따고 그 속에 돌멩이를 넣어서 흔들면 이것이 방글방글이니 곧 방울이요, 방아신이 좋아하는 음악이다.

방울은 또 꽃의 정령도 된다. 방울 입은 방긋 벌리고 방울을 흔들면 방글방글하고 큰 방울이면 벙글벙글한다.

방글방글, 벙글벙글, 빙글빙글은 방울소리로서 방아신의 덕을 표시하는 것이다.

신라 시조 다음에 석탈해昔脫解라는 임금이 있다. 석가昔哥는 '상아'요, 탈해는 '당아'다. 상아라 함은 사라(술) 즉 물에서 온 이, 즉 수신水神이라는 말이요, 당아는 달에서 온 이, 즉 월신이란 말이다. 탈해는 동해 바다로서 떠들어왔다는 것이 이 때문이다.

해, 달, 불, 다음에 물이다. 농업국에서는 물이 소중하다. 물은 곧 생명이다.

'사'라는 것은 물이다. 사는 자로 변한다. 사사, 자자, 소소, 조조, 시시, 지지, 저저는 다 물에 관한 말이다.

사는 물이어니와 사가 움직이면 '사라'가 된다. 사라가 곧 생명이요, 생명의 특징은 지식이다. 사라는 술이요, 사람이요, 소리요, 살림이요, 상아요, 복이다. 그러나 죄 있는 이에게 살이 된다. 사라 즉 생명신生命神에서 오는 이가 사랑아다.

상아는 수신이요, 사랑아는 생명신이다. 상아는 생기게 하고 사랑아는 사랑되게, 즉 사랑하게 한다. 사라신은 여성이요, 사랑아는 남성이다. 슬슬, 설설, 술술, 살살, 졸졸, 줄줄, 질질, 이러한 말들은 모두 사라신을 맞이할 때에 하는 소리요, 내는 소리요, 비는 소리다.

상가는 끓어앉는 것이요, 싱거는 소금을 아니 치는 것과 무엇을 땅에 넣는 것이요, 숭글, 성글, 싱글은 다 상아신 앞에서 하는 짓으로 그 춤은 이러한 모양으로 하는 것이다.

상아신이 동물에 있어서는 송아지, 즉 소다. 상아당 즉 서낭당 앞에서 소를 만들어놓고 또 소를 잡아 제사한다.

사랑은 남신이기 때문에 남자를 사랑이라 하고 남자의 방을 사랑이라고 하거니와 사랑은 곧 사랑신을 위하는 당아를 모신다. 당아는 다나도 된다. 사랑아당을 시렁이라고 부른다. 사랑방이라 함은 사라신과 방아를 모셨다는 뜻이다.

사라는 생명신이요, 수신이어서 사라신을 모신 데를 사라라고 하니 신라를 사라라고 하는 것이 이 때문이다. 사라신은 신라 서울뿐 아니라 조선 각지에 있는 사라방아(시루봉)란 것은 다수 신과 화신을 모신 당아터라는 뜻이니 지금도 가물면 시루봉에서 물빌이(기우제)를 하고 비가 너무 많이 와도 물빌이를 한다.

'물 떠놓고 불을 빌고 불 켜놓고 물을 빌어'라는 것이다. 사랑신은 사라신에서 나고, 사라신은 망아신에서 난다. 망아신은 마신에서 나니, 마는 곧 산이요, 땅이다. 망아신은 모든 것을 만드는 것이 넉이다. 망글어라는 말은 망아라에서 온 것이다. 망아는 만물을 창조하는 신이다. 망가는 마나가, 마나가가 줄어든 말이다. 나가라는 것은 구멍이란 뜻으로 나가[生, 出]라는 말도 된다.

망아신이 동물에 있어서는 큰 구렁이다. 산명에라는 것이다. 소나 말의 목에 메우는 멍에도 휘었다는 뜻이다. 지형에 있어서는 구멍이요, 빛으로는 거멍이요, 짐승으로는 곰이다. 망아지도 그러하다.

구멍, 거멍, 멍어(구렁이), 곰, 까마귀, 매[鷹], 망아지, 이것은 우리 조상들이 열대지방으로부터 산악지대를 지나서 말 달리는 평원지대로 온 것을 설명하는 역사도 된다.

고구려의 시조가 주몽朱蒙이요, 동명왕東明王이라고 하거니와 주몽이란 사망이다. 무당들이 지금도 사망이라는 말을 쓴다. 사망이란 상아망이다. 수신水神, 지신地神의 자손이란 뜻이다. 동명왕의 어머니 어랑아[柳花]는 하백河伯, 즉 수신의 딸이요, 어랑아라는 것은 달빛의 자손이란 뜻이다. 물에 비친 달 그림자가 어렁이다.

동명왕이 앙당물[淹淹水]에 와서 배는 없고 적이 뒤를 따르는 것을 보고,

"나는 하늘의 아들이요, 하백의 손자로다[天帝之子 河伯之孫]."

한 하늘의 아들이란 무엇인가.

동명왕의 아버지는 동부여 왕 금와金蛙다. 금와는 금강아라요, 강아라는 개구리다. 옛날에는 개구리를 하늘신의 영신이라고 보고 머구리를 땅신의 영신으로 보았다. 고구려라는 말은 '가'(해)의 자손이라는 뜻이다.

망아신을 모신 데는 '망아라'라고 하니 이것이 후세에 마라, 마울로 변한 것이다. 마라는 사람의 몸에서는 머리요, 눈이요, 입이요, 말이요, 젖이었다. 눈이란 말은 고려 왕씨 적에 생긴 말이었다. 입을 마울이라 하고, 젖을 마마, 따라서 어머니를 마마라고 하고, 먹을 것도 마 또는 말이라고 하였다. 닭도 말이라고 하였다. 물은 말이다.

동네를 마라, 마알이라 하는 것은 망아라신을 모신 마울이 있기 때문이요, 임금이 계신 데나 관원이 있는 데도 마울이라 하였다. 마울은 미야라고 하여서 지금도 깨끗한 것을 말갛다고 한다. 미야와 같이 깨끗하단 말이다. 맑은이란 말도 여기서 온 것이니 좋은 것에는 모두 마가 붙고 높은 것에도 모두 마가 붙는다. 고구

려에서는 하늘과 해를 아마라 하고 솔나무를 말나무라 하고 무릇 사람에게 소중한 것에는 다 '마'자를 붙였다. 그러므로 망아신은 곧 하늘신이시요, 일신이시다.

신라에서는 하늘과 해를 아바라 하고 어머니를 바바, 젖도 바바라 하고 고구려의 모를 벼라 하고 맘(방)을 밤이라 하고 말머리를 발이라 하고 말가를 발가라 하고 모든 높고 소중한 것에 다 '바'자를 붙였다.

고구려의 망아신은 신라에서는 방아신이 되고 백제에서는 당아신이 되었다. 같은 호랑이도 고구려에서는 멍이라 하고 백제에서는 달이라 하고 신라에서는 병이라 하였다. 물은 고구려말로는 망가요, 백제말로는 달다요, 신라말로는 발다였다.

같은 하느님을 모시면서 세 나라는 그 건국 조신을 이렇게 망아, 방아, 당아로 달리하여서 서로 미워한 것이다. '가나다라마바사아(ㄱㄴㄷㄹㅁㅂㅅㅇ)는 모두가 신이요 하나, 둘 하는 셈이다. 마한과 고구려는 마신을, 변한과 신라는 바신을, 진한은 사신을, 백제는 다신을 주장으로 모셨으나 다만 주장이 다르다 뿐이지 열 분 신을 다 모시기는 마찬가지였다. 고구려는 가신 마신을 가장 높여서 '가라'라면 신이라는 총칭이 되고 신라는 '가바사' 세 분을 존숭하였고 백제는 '가나다라'를 존숭하였다.

또 같은 나라에서도 시대를 따라서 존숭하는 신이 달라졌다. 가신 한 분만은 어느 나라에서나 어느 때에나 머리로 존숭하였으나 이것은 아신과 혹선, 혹후, 혹상, 혹하로 대근원이신 까닭이었다.

신라의 문화와 또 원효, 요석공주가 살던 시대에 가장 큰 영향을 가진 신은 사신이었다.

사신은 원래 진한(상아강아)의 주신으로서 수신이다. 가신의 넷째 아드님으로서 가장 어린 아드님이시다. 물을 맡고 생명을 맡고 사랑을 맡는 신이시다. 생명의 물을 신라에서는 술이라고 하였다. 국물은 모두 술이었다. 오월 단오를 수리라고 하는 것은 사라신, 즉 술신의 명절인 때문이었다. 오월 단오에 높다랗게 다나(당아에서 온 말이다)를 매고 사당이라는 미남자 신관이 수리놀이를 올리는 것이다. 그러므로 오월을 사다기(삿닭)라고 부르고 그때에 쓰는 제구에 사닥다리라는 것이 있다.

이제 신라에서 존숭하던 중요한 신을 통틀어 말하면, 가나라사아다. 이것을 한꺼번에 읽으면 '거느리시와'가 된다. 거느리시와는 나라를 다스린단 말이요, 일본어의 '가나라수ヵナラス'와 같은 말이다. 백제가 가나다, 또는 가나다라ワダラ라고 하는 것과 같다.

'간다 간다'라는 것은 가나다 삼신의 명호를 부른 노래다. 부여에서는 가사바라였고, 고구려에서는 가마나사였고, 나중에는 가마사바였다.

그러므로 당에는 이때에는 네 분 신주를 모시었다. 그래서 손도 네 번 비비고 절도 네 번 하였다. 가신은 후세에는 모시지 아니하였던 모양이다. 더 옛날에는 가마아 삼신을 모신 모양이나 후세에는 사신을 모신 것이었다. '그미아, 기미아'다.

신라에서는 이 다섯 분 신 외에 아신, 즉 앙아도 모셨다. 아신은 허공신虛空神이요, 바람신이요, 활과 살의 신이요, 모든 것을 낳는지라 잉태와 해산의 신인 동시에, 모든 것을 먹는지라 파괴와 죽음의 신이기도 하였다. 만물이 생기기 전 신이다.

아신은 아라신이 되시니 아라는 암흑의 신이요, 질병의 신이요, 음부의 신이다.

아신은 앙아라고 하고 아라신은 아랑아라고 한다. 또 영금, 앙금, 엉큼이라고도 한다. 후세에 영산이라고 불러 무서운 신이 되었다. 〈영산도도리〉는 본래 이 앙아신에 바치는 음악이다.

이러한 신들은 곧 족보요, 역사요, 종교요, 철학이요, 문화요, 언어였다. 다만 나라에서만 이 신들을 받들고 제사할 뿐 아니라 고을에나 마을에나 개인의 집에나, 또 개인에나 모두 직신이 있었다.

원효의 어려서의 이름은 서당誓幢이요, 커서는 원효라고 하였으니 서당 원효가 곧 원효의 이름이다. 서당은 사당이니 수신당에 매인이라는 뜻이다. 이것은 수신에 빌어서 낳았다는 뜻이거니와 그 집이 사당에 매인 집이라는 뜻도 된다. 지금 쇠똥이란 것이 이와 같은 이름이다.

원효는 앙요다. 이것은 앙아로 허공신, 즉 풍신風神이다. 풍신은 풍신이 좋고 속이 넓고 말 잘하고 음악을 좋아한다. 마침 원효가 새벽에 났기 때문에 서曙, 효曉자를 택한 것이다. 원효의 어머니가 상아당, 즉 수신당에 새벽에 다녀오던 결에 원효를 낳으매 사당이라고 이름을 짓고 다음에 그 풍신으로 보아서 앙요라고 부른 것이다.

원효 자신도 불교를 배우면서부터 앙요라는 이름이 마음에 들어서 인해서 중의 이름을 삼은 것이다.

원효는 허공이란 뜻이다. 불경에 허공장보살虛空藏菩薩이란 것이 있다. 원효는 자기 이름을 여기 비긴 것이다. 사실 그러한 것이다.

앙요, 즉 원효는 아나가, 오나가, 엉야, 잉아, 오냐, 아냐 등 여러 가지로 발음되어서 여러 가지 말이 된다. 난다는 뜻도 되고, 간다는 뜻도 되고 화살이라는 뜻도 되고 베 짜는 잉아라는 뜻도 된다.

허공신은 잘생겼다. 어글어글하고 속이 엉큼하다. 엉큼이란 허공신을 크게 말하는 말이다. 그는 이렇게 어글어글하고 엉큼하지마는 또 앙큼하고 웅크리기도 한다. 어흥 하는 호랑이도 되지마는 야옹 하는 고양이도 된다. 웅장도 할 수 있고, 앙징도 할 수 있는 것이다. 앙알, 옹알, 흥얼흥얼이 다 같은 풍신의 소리다.

풍신은 이렇게 자유자재하다.

요석공주의 이름인 아유다는 공월空月이란 뜻이요, 풍석風石 풍월風月이라는 뜻도 된다. '아유'는 '앙요'와 같이 앙아란 말이요, 다는 달이요 돌이다. 요석도 같은 뜻이다. 돌은 옥玉이어니와 달의 아기다. 달빛이 땅이나 물에 비치어서 엉긴 것이 돌이라고 옛사람들이 생각한 것이다. 그래서 돌은 당망이라고 한다. 달의 아들, 땅의 아들이라는 뜻이다. 당망이 음변으로 돌멩이가 되고 다마가 된다. 다마는 발돕이란 말도 된다. 달을 숭배하고 산신을 숭배하는 선조들이 다마를 소중히 여긴 것이 이 때문이다.

한 가지 더 말하고 본 이야기로 돌아가자. 이것은 당시 신라를 설명하는 데 빼지 못할 것이기 때문이다.

그것은 화랑에 관하여서다.

화랑은 신라 시조신을 숭배하여서 뭉친 청년 단체다. 신라가 북에는 고구려, 서에는 백제라는 강적을 두고 이것을 막아 나가려면 큰일이었다. 하물며 고구려나 백제가 다 삼국을 통일할 야심을 품고 있어서 신라는 하루도 편안할 날이 없었다. 이에 신라의 영주 진흥대왕이 크게 나라의 힘을 떨치려고 앙아당을 짓고 거기 달아[南毛], 상아[俊貞]라는 두 미인으로 당아라, 즉 당굴을 삼아 천하의 젊은 남자를 모아 수련하게 한 것이다. '시봉원화'라는 것이 이것이다.

그러나 상아가 달아를 질투하여 밤에 달아를 집으로 불러 술을 취하게 먹이고 죽여서 물에 던진 사건으로 이 단체가 해산되고, 이번에는 신라 시조신인 방아신을 모시는 청소년 단체를 만들었다. 방아는 불이요, 바가지요, 병아리(닭)여니와 꽃도 방아라고 한다. 화랑이란 '방아랑아'다. 리을이 붙으면 움직임을 표하는 것이니 불이 움직이는 뜻이다. 이것을 빨리 불러 '방랑아'가 된다.

당시 신라의 소년들은 다투어서 바랑이 되었다. 그들의 차림차림과 수련하는 방법은 이러하였다.

첫째로 머리다. 머리를 뒤에서 갈라서 두 귀밑에 뭉쳐서 붉은 끈으로 졸라매어 호리병 모양으로 만들고 이것을 방자라고 부르고 봉진다 하였다. 그리고 이렇게 봉지는 머리를 방아라고 한다.

그러고는 정바기에 둥근 해 모양의 금속을 단 붉은 헝겊으로 머리를 동인다. 이것을 당이라고도 하고 방이라고도 한다.

아래는 퍼런 바디(바지)를 입고 위에는 색동저고리를 입는다. 이것을 방오리라고 한다. 방오리는 소매가 넓고 앞가슴이 벌어졌다. 색동은 방아, 즉 호랑이를 모방한 것이다. 허리에는 부납띠를 두르고 바가지 호로병 하나를 찬다. 이것도 방아라라고 하는데, 처음에는 속을 파내지 아니하고 말린 것을 찼으나 나중에는 속을 파내고 그 속에 옥돌을 넣어서 다섯 개를 차고 뛰면 옥돌이 굴고 또 방울끼리 서로 마주쳐 요란하게 소리가 났다.

열다섯 살이 되면 방고(배코)를 친다. 이것은 해를 상징한 것이다. 방아갓을 쓴다. 벙거지라는 것이다. 방갓은 박꽃 모양으로 생기고 커다랗게 대 '방아'로 결은 것이지마는 벙거지는 그보다 작게 경편하게 결은 것이다. 초립이라고 후세에 부르는 것이다. 차양이 위로 걷어 올라가 기운찬 모양을 보였다. 여기는 거멍칠을 하고 병아리(꿩) 깃을 비스듬히 꽂았고 이마로 오는 쪽에 붉은 상모를 달았다. 병아리의 볏을 모형한 것이다.

그들은 사마[彡魔]라고 하는 선생 문하에 모여서 글을 읽고 활쏘기, 달음박질, 뜀뛰기, 말달리기, 돌팔매, 뫼 타기(등산), 헤엄치기, 짐 지기, 숨바꼭질 같은 것을 익힌다. 이러한 재주를 모두 바람이라고 부른다. 적국을 멸하고 조국을 크게 하는 기원이란 뜻이다.

하루 종일 이렇게 바람을 익히다가 해 저물어 박꽃 필 때가 되면 맑은 물에 머리 감고 몸도 씻고 또 네 모금 마셔서 머시기(미역―목욕)하고 방알 신전에 나아가 두 손을 마주 대어 방울 모양을 짓고, 바른편 무릎을 꿇었다가 다시 일으켜 네 번 절하고 그러고는 '방여라 방여라'를 부른다. '바나가라 바나가라'라고도 한다.

여러 백 명, 여러 천 명이 '방여라 방여라'를 부르는 것은 장관이었다.

이들은 '방글방글, 벙글벙글, 둥글둥글, 덩글덩글, 덜렁덜렁, 설렁설렁'을 수련의 목표로 삼았다. 부귀안락 같은 것은 염두에도 두지 아니하고 사생 영욕을 초개같이 알아서 오직 충, 효, 신,

용, 인으로 일생을 마치자는 것이다.

나라에 바친 몸이라 언제라도 부르시면 간다는 것이요, 한번 전장에 나가면 살아서는 아니 돌아온다는 것이었다. 춘추도 유신도 다 화랑 출신이었다.

화랑정신은 신라 여성에게도 영향을 주었다. 화랑이 신라 여성의 사랑이 된 것은 말할 것도 없었다. 방글방글, 상글상글이 화랑의 배필이 될 것은 말할 것 없었다. 그들은 제 머리카락을 잘라서 화랑의 벙거지 감으로 바쳤다. 인모털 벙거지가 이리하여서 생긴 것이었다.

그러나 선덕, 진덕 두 여왕대에는 불교만 존숭하여서 화랑이 한참 쇠하였다.

춘추가 등극하여서 백제와 고구려를 기어코 정복할 결심을 가졌으니 그가 화랑을 다시 일으키려 한 것은 말할 것도 없거니와 민간에서도 우국지사들은 청년의 기운이 쇠하는 것을 염려하여서 화랑 부흥을 생각하는 이가 많았다.

원효가 대안대사와 함께 구경한 그 바가지 탈춤꾼들이 다 심상한 사람들이 아니었는지도 모른다.

서울에서 자취를 감춘 원효는 방랑의 길을 나섰다. 그는 커다란 방갓을 쓰고 허리에 방울을 달고 뒤웅박 하나를 들고 바랑을 짊어졌다.

원효는 정처 없는 길로 나섰으니 발은 상상주를 향하였다. 그곳은 원효의 고향이다. 상주는 태백산에 큰 당이 있어 거기는 방아신과 상아신을 모셨다. 신라 전국에서 태백산의 상아당이 제일 크기 때문에 고을 이름—신라말로는 이름을 부름이라고 한다.

부름이란 이렇게 되어지다, 하고 바란다는 뜻이요, 바란다는 것은 빈다는 말이다―을 상주라고 한 것이었다.

원효는 그 부모가 상아신에 빌어서 낳았다. 그 이름 서동은 상아신에 빌어서 낳았다는 뜻 외에 당아신, 즉 달의 신의 정기를 받다, 또는 달의 신의 지키심을 바란다는 뜻이 있다. 한문으로 쓰면 '水月'이다. 의상대사의 상자도 그와 같은 뜻이다.

원효는 바가지를 긁으며 동네에 들어서 밥을 빌어먹고는 아무러한 데서나 자고, 그리고 어디서나 사람이 모이면 염불을 하였다.

오랫동안, 십 년 동안이나 분황사에 숨어서 저술만 하고 있던 원효는 이번에야 비로소 민정을 시찰할 수가 있었다.

끊임없는 전란에 백성들은 대단히 피폐하여 있었다. 원효가 염불법을 가르치면 백성들은 혹은,

"염불을 하면 죽은 아들이 극락세계로 가오?"

이렇게 묻기도 하고 또는,

"이렇게 염불을 모시면 분명히 편안한 세상에 태어나오?"

이런 소리도 하였다.

원효는 힘 있게,

"그렇고말고."

하고 대답하였다.

백성들은 분명히 방아신과 상아신과 예로부터 믿어오는 신에 대하여서 신앙을 잃은 듯하였다. 동네마다 모신 당은 다 낡아서 기둥이 찌그러지고 비가 새었다. 오직 바가지 덩굴만이 지붕에 뻗어 올라가서 둥굴둥굴 바가지가 달렸을 뿐이었다.

원효는 아무리 하여서라도 고구려와 백제와 신라가 한 나라가되지 아니하고는 세 나라 백성이 다 살 수 없어서 다 망하고야말 것을 느꼈다. 그러하자면 신라가 강한 힘을 얻어서 두 번 큰전쟁을 하여야 할 것이라고 생각하였다. 일시에 사람이 많이 죽더라도 아주 화근을 끊어버리지 아니하면 세 나라 백성은 언제나 마음 놓고 살 날이 없으리라고 생각하였다.

원효는 가는 길가에서 보는 것을 하나도 허수하게 보지 아니하였다. 남자나 여자나 아이들 노는 짓까지도 모두 유심히 보았고 또 아이들의 얼굴 생김을 유심히 보았다. 거기서 신라의 장래를 점치자는 것이었다.

원효가 가마새미라는 곳에 다다른 것은 유월 보름께였다. 이해에 가물어서 백성들이 물 끓듯 하였다. 곡식은 모두 시들고 나무들도 마를 지경이었다. 개천에도 물이 마른 데가 많았다.

동네마다 시루봉에는 강아라불을 피우고 바위에 강아지(개)를 잡아 피를 바르고,

"강강 상아라, 강강 상아라."

를 불렀다. 강이란 가에서 온 신, 즉 천신이라는 말이요, 상아라는 하늘에서 내려오는 물 맡은 신이란 말이다.

"바라 바라 바라."

라고도 불렀다. 발이란 일광도 되는 동시에 비도 되었다. 비 뿌린단 말도 되었다.

"마나다라, 마나다라."

하고 '문드'라는 옛날 말로 물이라는 말로도 불러보았다.

"마나당아, 마나당아(문둥아)."

하고 옛날 물귀신의 이름도 불렀다.

무엇보다도 원하는 것이 물이었다. 며칠만 더 비가 아니 오면 금년 농사는 말이 아니었다. 흉년이 들면 굶어죽는다. 어떤 해에는 비가 너무 많이 와서 못 먹고, 어떤 해에는 비가 아니 와서 못 먹는다. 이것은 다 신의 노여심이라고 생각한다. 상아신이 알맞추 비를 주셔야 한다. 그러자면 강아신이 상아신께 명령을 내리셔야 한다. 그렇기 때문에,

"강강 상아라, 강강 상아라."

하고 백성들이 애원하는 것이다.

가장 하늘이 가까운 산마루터기 시루봉에 올라서 비빌이를 하는 것이다. 원효는 그러한 곳을 지날 때마다 백성들과 함께,

"강강 상아라."

하고 목청껏 불렀다. 그러할 때마다 아미타불의 극락세계를 생각하였다. 모든 것이 다 소원대로 되는 세계를 생각하였다.

원효는 가뭄에 우는 동포들의 정경을 보매 지금까지 분황사에서 살던 것이 너무나 황송한 것 같았다. 호강은 아니하였으나 밥 걱정 옷 걱정은 없이 살았다. 고량진미는 아니 먹었더라도 배고픈 줄은 모르고 살았다. 그러나 세상에는 얼마나 배곯는 사람이 많은가.

원효는 풀뿌리를 캐어 먹고 퉁퉁 부은 사람을 보았다. 배가 고파서 길가에 쓰러진 사람도 보았다.

원효는 한 바가지 두 바가지 굴 우물의 물을 길어다가 말라 죽으려는 곡식에 물을 주는 사람을 보았다. 그의 배는 등에 붙고 눈은 움쑥 들어가고 빛이 없었다.

원효는 그 사람을 대신하여서 물을 길었다. 곡식 포기들은 물을 받아먹고 당장에 생기가 나는 것 같았다.

"사랑아, 사랑아."

하고 원효의 입에서는 저절로 사랑신을 찬미하는 노래가 나왔다.

원효는 인생이 고해라는 것을 비로소 보고 안 것 같았다.

'화택[10]이다, 불붙는 집안이다.'

원효는 이렇게 새삼스럽게 생각하였다.

원효는 백성들이 이렇게 고생하는 것이 다 원효의 탓인 것같이 느꼈다. 원효가 만일 공덕이 큰 사람이면 원효가 살고 있는 사방 천리에는 기근과 질병이 없을 것이 아니냐. 천리가 못 되면 사방 백 리라도 백성에게 이러한 괴로움이 없을 것이라고 생각하였다.

원효는 지나간 삼십삼 년간에 먹은 밥이 알알이 소리를 지르는 것을 들었다.

"이놈, 네가 무엇을 했길래 밥을 먹었어?"

밥풀이 알알이 눈을 흘기고 덤비고 옷이 올올이 몸을 찌르는 것 같았다.

"원효야, 네가 무엇을 하였느냐."

이러한 외침에 귀가 막힐 듯하였다.

이러한 심경을 가지고 원효가 가마새미 산골 마을에 다다른 것은 초어스름이었다. 원효는 다리가 아프고 배가 고팠다. 마음은 그보다도 더 시달려 있었다.

---

10 '불타고 있는 집'이라는 뜻으로 번뇌와 고통이 가득한 이 세상을 이르는 말.

"보아라. 지나가는 거랑방일러니 하룻밤 드새어지이다, 하여라."

하고 원효는 어떤 집 문전에 섰다.

마을은 큰 산으로 들어가는 동구에 있어서 개천에는 이 가뭄에도 물이 마르지 아니하고 있었고 물가에는 잉아나무(버드나무)가 늘어서서 가지를 드리우고 있었다. 잉아나무는 앙아신, 앙알신의 나무요, 잉아 즉 화살나무다.

원효의 말에 응하여 나온 이는 방아머리를 방진 소년이었다.

"어디로서 오시는 손이시오?"

하고 소년은 공손하게 허리를 굽혔다. 화랑의 절이었다.

"지나가는 거랑방이오. 날새 저물었으니 하룻밤 드새고나 가자오."

원효는 이렇게 말하면서 소년의 상을 보았다. 소년은 옥같이 흰 얼굴에 어글어글하는 눈이요, 우뚝한 코였다.

"사랑으로 들어오시오."

하고 소년은 사랑문을 열었다.

원효는 섬돌을 디디고 봉당에 올라섰다. 여기는 방아신을 모신 데다. 여기 올라설 때마다 두 손을 마주 대고 가운데를 불룩하게 만들어 위아래로 흔들면서,

"방아라, 방아라, 방아라, 방아라."

하고 네 번 부르는 것이다. 이것을 고구려, 백제사람은 흉보아서 '벙어리'라고 일컫는다.

고구려에서는 여기를 마당이라 하여,

"망아라, 망아라, 망아라, 망아라."

하고 백제에서는 도당이라 하여,

"당여라, 당여라, 당여라, 당여라."

하는 것이다.

사랑방은 정결하였으나 오랫동안 사람이 거처하지 아니한 모양이었다. 소년이 원효를 위하여서 문을 열 때에는 방에서 선뜩선뜩한 바람이 나왔다.

방 아랫목에는 사냥아신의 더그마가 있어 세 분 신의 탱이 걸리고 윗목 시렁에는 사랑신, 사당신, 상아신을 모셨다. 신을 모신 데를 마울이라고도 하고 시로라고도 하고 당아라고도 하는 것이다. 그리고 신을 모신 데는 삼노 금줄을 늘이고 천장에 방울을 달고 방울에 당길 줄을 늘이는 것이다.

원효는 이 집이 순전한 신라식 고가인 것을 알았다. 더구나 시렁 밑에는 거문고, 가얏고와 바라, 북 같은 악기가 있는 것을 보아서 주인이 심상한 사람이 아닌 것을 알았다.

원효는 소년이 시중해주는 대로 세수하고 발을 씻고 새로이 소년과 인사를 하였다. 소년의 인사하는 법절이 깍듯하였다.

소년의 이름은 상아사사마[湘禀]였으나 사사나오[土猛]라고도 하였다. 샘이 솟아나온다는 뜻과 어울은 것이었다.

소년의 조부는 이 산속 가상아당에서 스승으로 있고 그 아버지는 백제와의 싸움에 전사하였다고 한다.

소년은 조부를 따라서 가상아당에서 공부하다가 어머니의 병으로 시탕하기 위하여서 잠시 집에 돌아와 있는 것이라고 한다. 또 소년의 손윗누이 아사가[阿慈介]도 가상아당에 가상아(가시나, 갓나위, 기생)로 있다는 말도 하였다.

소년은 지금 나이 열다섯이란 것도 알았다. 이 집에는 소년의 어머니와 소년 누이 하나가 하인들을 데리고 사는 것도 알았다. 원효는,

"보아라, 나는 중 노릇 하다가 파계하고 거랑방이로 돌아다니는 사람이오. 이런 누추한 사람을 서방(사방아)이 이렇게 우대하시니 두렵소. 부르기는 복성이라 하오. 어려서는 쇠똥이라 하였소."

이렇게 저를 소개하였다.

"복성이라시니 무슨 자를 쓰시며 무슨 뜻이온지?"

소년은 이렇게 물었다. 원효는 반가부좌로 앉았고 사사마는 한 무릎을 꿇고 앉았다.

"알아볼 복卜자, 받아나올 성性자요. 바상이(바사기)[兎]라는 뜻이오. 하하하."

"바상이라 하시니 밧달[卯月, 二月]에 보신(나신)게요?"

"허, 잘 아시오. 생일도 밧달이어니와 또 생기기를 못생겨서 바상이라고 스스로 부르는 것이오. 허나 바상이는 몸이 작아서 나뭇잎, 풀뿌리를 뜯어 먹고 바위틈에 자면 고만이지마는 이것은 몸은 크고 배도 커서 매양 다른 사람들의 폐만 끼치고 있으니 가여운 일이오."

원효는 이렇게 말하고 유쾌하게 웃었다.

소년도 빙그레 웃었다. 소년은 이 사람이 필경 도인일 듯하다, 하고 마음에 존경하였다.

용신당 수련

　　원효는 사사마 소년에게서 가상아당 말을 듣고 자기도 거기 들어가서 그 시련을 한번 겪어보리라고 생각하였다.

　　개천을 끼고 올라가는 동안의 경치가 대단히 좋았다. 올라갈수록 동구는 좁아지고 물소리는 더욱 커졌다. 바위도 좋았다. 그러나 원효는 알뜰하게 이 경치를 즐길 만한 마음의 여유가 없었다. 사람 없는 시골길에 들어와 물소리 바람소리만 들을수록 모든 사려가 일시에 일어났다.

　　요석공주는 어찌 되었을까. 원효는 요석궁에서 요석공주와 자리를 같이하는 동안에 마음이 그다지 어지러워졌다고는 생각지 아니하였다. 어떠한 순간에도 저를 잃어버린 일은 없었고 요석궁을 떠날 때에도 문밖에만 나서면 지었던 짐을 벗어버린 것같이 아무것도 마음에 남거나 묻은 것이 없다고 믿었다.

그러나 혼자 조용히 있을 때면 요석공주의 모양이 보였다. 당연한 일이라 하면서 그렇게 그립게는 생각하지 아니하였다. 다만 요석공주는 언제 보아도 누가 보아도 아름다운 여자라고 생각하였다. 원효가 여자를 못 잊어한대서야 되랴 하는 생각이 앞섰다.

그런데 가상아골에 들어서자 몹시 요석공주가 눈에 밟혔다.

'어떻게 되었나, 아기를 배었나?'

원효는 요석공주의 배 속에 들었을는지 모를 아기를 생각하였다. 구원겁래久遠劫來의 깊은 인연으로 원효를 따라오는 생명이다. 그 인연의 힘이 원효를 몰고 몰아서 요석공주에게로 가게 한 것이다. 원효는 마침내 그 인연의 힘에 진 것이다. 원효의 도력은 이 줄을 끊을 힘이 없었던 것이다.

원효는 이것을 생각할 때에 한껏,

"졌구나."

하는 한탄을 발하는 동시에 전생다생에 자기와 요석과 또 낳을 아기와의 수없이 만나고 헤어지고 또 만나고 또 헤어진 관계를 회상해보았다. 원효의 눈에는 한없는 허공에 한없이 긴 줄이 제 몸에 매어 있는 것이 보인다.

'이 줄을 끊어버려라, 하신 것이 석가여래의 가르치심이다.'

원효는 이렇게 생각한다. 그러나 원효의 몸에는 수없는 인연의 줄이 얽히어서 그것이 수없는 중생에게 연하고 또 그것이 무궁한 공간과 무궁한 시간에 닿은 것 같았다. 그중에, 이 순간에는 요석공주와 자기와의 몸에 매인 줄이 가장 팽팽하게 켕기어 있었다.

'내가 지금 가상아당에 올라가는 것도 또 다른 무슨 인연의 힘

에 끌리는 것이 아닌가.'

하고 원효는 우뚝 섰다. 갑자기 물소리가 더욱 커졌다.

'가자, 가자, 가는 대로 가서 되는 대로 되어보자.'

원효는 이렇게 생각하고 다시 걷기를 시작하였다. 길에서 원효는 몇 사람 수도하는 사람을 만났다. 바랑이도 있고, 사당이도 무당이도 있고, 젊고 어여쁜 가상이도 있었다. 그들은 모두 노란 베옷을 입고 고깔을 썼다. 모두 마음에 무슨 소원을 품고 각각 신을 섬기며 도를 닦는 것이다. '보아라' '보아' 하고 서로 인사하였다.

그들의 눈은 날카롭고 행동은 여물었다. 어디서 머리카락 하나만 움직여도 그 소리를 놓치지 아니할 것 같았다. 백일성공(백일기도)에 강아밥(죽)을 먹은 몸이라 푸른빛이 나도록 수척하였으나 어느 한구석도 비인 곳이 없었다. 불교의 중과 다른 점은 눈에 자비로운 빛 대신에 살기가 있는 것이었다. 그들의 눈에서는 날카로운 찬 빛이 흘렀다. 불교의 수련이 모든 욕심을 다 끊어버리는 데 있는 대신에, 방아의 수련은 모든 욕심을 한 욕심만으로 모으는 때문이라고 원효는 생각하였다. 만일 저 눈으로 한 번 미운 사람을 노려본다면 그 사람은 당장에 죽어버릴 것 같았다. 그들이 지나는 길에 잠시 힐끗 보아도 몸에 오싹 소름이 끼칠 만큼 매서웠다.

원효는 이런 사람들을 보내면서 깊이깊이 골짜기를 추어 올랐다.

원효가 강아당에 다다른 것은 해가 낮이 되어서였다. 가무는 유월 볕이 불을 담아 붓는 듯하였다. 비록 물소리 나는 산골이라

하여도 전신에서 구슬땀이 흘렀다.

원효는 사오 명 남자가 벌거벗고 개천가 바위에 앉았는 것을 보았다. 이 사람들은 바(해)신의 힘인 방아라(바가라라고도 발음하게 된다. 빛이라는 말이다)에 몸을 쬐어서 몸을 깡마르게 하는 것이다. 이것을 강아비라고 하고 궁이, 궁나라고도 한다. 일광 속에 몸을 잠그고 나서 가만히 지난 일과 만난 일과 오는 일을 생각하여서 일변 옛 허물을 살라버리고 일변 우주의 진리를 궁리하는 것이다. '강아바'라는 것은 '가', 즉 해의 아들 강아를 본다는 뜻이다. 우리가 머리로 생각하는 것은 우리의 머릿속에 강아, 즉 해가 있는 때문이라는 것이다.

세상 잡념을 버리고 몸을 가리운 옷을 벗고 발가숭이로 일광, 즉 강아 속에 단정히 앉아서 마음을 일광과 같이 맑게 밝게 하는 것이 이 강아, 또는 거시기 수련의 목적이다.

원효는 개천물에 몸을 깨끗이 씻어 머시기하고 강아당에 들어가서 강아라 불을 피웠다. 관솔에 불을 피우는 것이다.

강아당에는 정면에 강아마(강아바라고도 한다)를 두 발 달린 상 위에 놓았다. 이것이 신주였다. 강아마는 여덟 모 난 구리판을 번쩍하게 갈아놓은 것이었다.

강아라불이 강아마에 비치어서 불길이 이럭이럭하였다.

원효는 네 번 절하고 네 번 '가사바'를 불러서 박장하고 손을 비볐다. 가나라사(그늘) 네 분 일신日神이 깨시와서 내 '바라과라'(발괄)[白活, 祈願]를 들으소서 하는 뜻이다.

'가'는 해요, 나라사는 해의 세 분 아드님이시니, 나는 빛이요 더위다. 나에서 오신 신을 낭아신이라 하고 니기신이라고도 부른다. 모든 곡식을 익히고 모든 생물을 익히시는 신이시다. 밝음의 나라의 주재시다.

'라', 즉 '아라'는 어두움이요, 구름이요, 용이시다. 어두움의 나라의 주재시다. 이 신을 아랑아라고 부른다.

'사'는 물이요, 생명이다. 상아신은 물을 주시고 생명을 주시는 신이시어니와 낭아, 아랑아 두 분이 아니고는 상아의 힘이 아니 생기는 것이다. 그러므로 '가' 한 분의 힘이 나, 라, 사 세 가지로 작용되어서 천하를 가나라시니(거느리시니) 이것이 다 가신, 즉 일신의 하시는 일요, 은혜시다. 강아라당은 원효에게 일신의 여유를 이렇게 설명하였다.

원효는 강아라사(바라라고도 한다. 지금 말로 꽹과리)를 들어서 네 번 울렸다.

원효는 우선 강아마행을 하여야 한다. 며칠이고 몸을 씻고는 볕을 쬐이고 생각하는 행이다. 비린 것을 먹어서는 아니 되고 잠을 자서는 아니 되고 음란한 생각을 하여서는 아니 된다. 먹는 것은 하루 두 번에 강아밥(죽) 네 보시기뿐이다. 이러한 설명을 듣고 원효는 반드시 그대로 지킬 것을 다짐 두었다. 다짐이라 함은 손에 먹을 묻혀서 백지에다가 눌러서 손 모양을 박는 것이었다. 다짐이란 다다마가 줄어든 말이다.

원효는 강아라마지를 끝내고 옷을 벗고 개천에 나아가 바위 하나를 골랐다. 그리고는 바위 위에 강아앉음으로 앉았다. 두 무릎을 세우고 몸을 앞으로 약간 숙여서 두 팔을 짚어서 버티고 등에 볕을 받는 것이다. 개가 앉은 자세로 앉는 것이니 이 경우에 등이 강알, 즉 거울이 되는 것이다.

등은 지지는 듯 뜨겁고, 땀은 구슬같이 전신에 흘렀다. 원효는 굳은 결심을 하였다. 설사 등이 데어 벗어지더라도 꼼짝 아니하자는 것이다. 다만 앞에 물에 비치는 제 그림자 돌아가는 것을 보아서 몸의 방향을 바꾸어서 해가 정면으로 등에 비추이도록 할 뿐이었다.

감독하는 강아당이는 때때로 회초리를 들고 돌아다니면서 자세가 바르지 아니한 사람의 볼기짝을 후려갈겼다. 원효는 조금도 자세를 건들지 아니하였건마는 두 번이나 후려갈김을 받았다. 딱 소리와 함께 눈물이 쏟아지도록 아팠다. 아플 때마다 정신이 쇄락하였다.

가끔 물에 들어가기를 허하였다. 맑은 물에 몸을 잠그고는 모래로 몸을 닦는 것이다. 이것도 머시기라고 한다.

해가 서산에 걸리면 강아리 쇠가 울고 바가(북)가 운다. 그제야 수련하는 강아들은 배와 사타구니만을 가리우는 짧은 배두렁이를 입는다. 이것을 반다라라고도 하고 반다시라고 하여 '필必' 자를 쓴다. 그 입은 모양이 '必'자와 같단 말이다. 그러고는 당과 마당과 개천어염을 말끔하게 쓸고 닦고, 그리고 나서는 강아밥이라는 것을 먹는다. 이것은 쌀과 개암이나 도토리를 넣고 함께 끓인 죽이다. 개암이란 강아밤 또는 바사밤이라고 한다. 바사는 해라는 신라말로 개암의 모양이 해와 같기 때문에 이것을 강아신께 사나바(새나밤, 풋밤―천신)로 바치는 것이다.

죽바다(버치)에 죽을 담는 것은 먼저 강아신 앞에 놓았다가 여럿이 해 모양으로 둥글게 돌아앉아서 보시기에 받아서 머리 위에 이었다가 먹는 것이다. 먹는 젓가락은 바사라고 하여 보삽

나무 가지로 만든 것이다. 보삽나무는 잎이 둥글한 나무이니 싸리도 바사라라고 한다.

술가라(술그릇—숟가락)는 물이나 국물을 먹는 것이다.

강아신, 즉 방아신, 바상아신께 바치는 음식은 바사나무를 때어서 끓인다. 사바, 즉 섶으로도 대용하고 바사라, 즉 싸리로도 대용한다. 싸리의 싸자는 된시옷이 아니라 된비읍이다.

죽을 다 먹고 물을 마신다. 이 경우에는 물을 술이라고 한다. 그리고 보시기와 바사라와 숟가락을 깨끗이 부시어서 제가끔 제자리에 간수한다. 그러고는 한참 동안 가나라사(거닐어서)를 한다. 가나라는 것은 당을 싸고 빙빙 도는 것이다. 돌면서 입으로 '가나라사'를 부른다.

'가나라사 가나라사.'

하고 외우며 당을 싸고도는 것이다. 대개는 백 번을 돈다.

신관神官이 앞을 선다. 앞을 서는 것을 가사라(구실)라고 한다. 신관이 '가나라(하나라)' 하고 먹이면 일동은 '가나라사' 하고 부르며 뒤를 따르는 것이다. 해가 넘어가고 어두움이 오니 해를 부르는 것이다. 가나라사는 해다. 어서 해가 떠올라 오시라는 뜻이요, 어서 세상을 밝히라는 뜻이다.

"이어라사."

하고 구실이 부르는 것은 열 번째 돌아온 때다. 그러면 일동도,

"이어라사."

하고 받는다. 이어라사라는 것은 아아라사로 나고 나라, 즉 생생生生이란 뜻이다. 아는 웅아로 난단 말이요, 대代란 말이다. 이어라사는 끊임없이 나고 나라는 축수다.

"사마라."

하고 구실이 먹이는 것은 스무 째 도는 때다. 이때에는 소리를 내지 아니하고 발자국소리도 내지 아니한다. 입을 다물고 숨으라는 뜻이다. 어두움의 신을 피하는 뜻이다.

"사랑아."

이것은 서른이다. 여기서 둘씩 짝을 지어서 춤을 춘다.

"마가라."

마흔이다. 일동은 팔을 벌리고 달음질을 한다. 떠오르시는 해를 마중하라는 뜻이다. 해의 밝음을 사모함이 더욱 간절함을 표함이다.

"사아나."

쉰이요, 쉬란 말이다. 사람들은 일제히 주저앉는다. 사는 서라, 아나는 낮추라는 뜻이니 사아나는 앉았다. 가는 사람들이 쉰다는 뜻도 되지마는 해가 어디로 다른 세상으로 가지 말고 언제까지 이 세상에 계시라는 뜻도 된다.

"아아사나."

예순이다. 아아는 언제까지라는 말이요, 사나는 상쾌하단 말이다. 사나사나는 아름답고 생기 있고 힘 있단 말이다.

"나라가나(일흔)."

"아아다나(여든)."

"아가나라(아흔)."

가 지나가고 점점 걸음이 빠르고 소리가 빠르다가 구실이,

"마마라."

하고 소리를 지르면 일동도,

"마마라."

하고 화하는 것이다. 머물라는 뜻이요, 백이라는 뜻이다.

원효도 숨이 차고 땀이 흘렀다. 사람들은 아뜩아뜩하리만큼 기운이 진하였다. 그러나 그렇다고 휴식이 있는 것이 아니다.

사람들은 개천에 내려가서 몸을 물에 담그고,

"아하바라바다라, 아하바라바다라."

하고 소리를 지른다. 몸이 바래워지라 함이다. 바래운다 함은 더러운 것을 다 씻어서 깨끗하게 희게 한다는 말이다. 그리고 물에서 올라오면 당마당에 큰 강아라불을 피워놓고, 그것을 등을 지고 둘러앉는다. 앉는 모양은 아까 해를 등지고 앉는 모양과 같다.

"강아라, 강아라, 강강 상아라."

"방아라, 방아라, 방방 방아라."

를 목청껏 부른다. 가와 바는 다같이 해란 말이다. 가는 옛날 말이요, 바는 신라말이었다.

"개어라, 개어라. 개어개어 새어라."

"바가라, 바가라. 바가바가 바가라."

라는 것으로 다 해가 나라는 뜻이다.

개인다는 것이나 새인다는 것이나 다 해 뜨라는 뜻이요, 바가라는 오늘날 말로 밝아라다.

사람들은 소리를 지르는 동안에 졸리게 된다. 구실은 연해 몽둥이를 들고 돌면서 볼기를 때리고, 그러다가는 또 물에 들어가고 또 불을 쬐고 또 망아마(맴)를 돌고 이것을 한없이 반복하는 동안에 달이 지고 별이 숨고 바나가사(해 뜨는 곳이라는 뜻)가 불그레하게 된다.

새벽바람은 산산하다.

"강아라 방아라."

를 백 번 천 번 부를 때마다 구실이,

"마마라."

"다다라."

하고 소리를 지른다. 그러면 구실이 다시 '가나라사' 하고 시작할
때까지 잠깐 쉬어서 천지가 고요하여진다.

이렇게 잠잠할 때면 산에 우는 새와 짐승의 소리도 들리고 여
흘여흘 흘러가는 물소리도 들린다. 또 여기서 조금 떨어져서 개
천 상류에 진을 친 여자들이 가나라사를 부르는 소리가 청승스
럽게 들려온다.

해가 올라오면 일제히 해를 향하여서 절을 한다. 절하는 법은
두 무릎을 세우고 무릎 사이를 벌리고, 두 주먹으로 땅을 짚고 네
번 몸을 숙이는 것이다.

이러고 나면 또 쓸고 닦고 강아라불을 치우고는 강아밥을 먹
고 그러고는 또 거닐고, 또 볕을 쬐고 이것을 쉬임 없이 하는 것
이다.

그 모양으로 나나, 즉 넷넷, 즉 일곱 날 계속하는 것이다. 그동
안을 못 참는 자는 내어쫓는 것이다. 한 이레를 무사히 치르면 나
흘을 쉬는 것이다. 그동안은 날마다 해가 져서부터 해가 뜰 때까
지 자는 것이다. 원효는 무론 한 이레를 잘 견디었다. 그러나 몽
둥이로 볼기를 맞은 자리가 굳은살이 박일 만하였다.

쉰 지 넷째 날 저녁에 수련하는 사람들은 머리 정수리를 동그
랗게 밀고 주홍칠을 한다. 이것을 방아 또는 바고라고 한다. 해를

인다는 뜻이다.

거기서 오 리나 되는 가상아당으로 올라갈 자격을 얻는다.

강아당 수련이 끝나고 배코를 친 남자들은 이마에 곤지(가나다)를 찍은 여자 수행자와 함께 섞일 자격을 얻는다. 여자들은 배코를 치는 대신에 곤지를 찍는다. 남자가 '가나라사'를 부르는 대신에 여자는 '가나다'를 부른다. 곤지란 가나다란 말이요, 가나다는 해가 있는 데란 말이요, 또 하늘에 있는 달이란 말이다. 여자가 곧 해이기 때문에 여자는 달을 부르는 것이다. 그러므로 신라말로는 여자나 어머니를 '바' 또는 '바바'라고 하고 남자나 아버지를 '다' 또는 '다다'라고 한다. 달[月]이란 말이다.

원효는 이레 수련에 살이 쭉 빠진 것과 같이 모든 잡념이 소멸된 것 같았다.

석양 길을 남녀 이십여 명이 어우러져서 걸어가건마는 아무도 이성이 옆에 있다는 감각을 가지는 것 같지 아니하였다. 다들 길만 보고 걸었다. 이레 동안을 벙어리 생활을 하였으므로 말을 할 생각이 없었다. 마치 말을 온통 잊어버린 것 같았다. 그렇지마는 앞에 뒤에 함께 가는 남녀들이 다같이 정다웠다. 모두 형제와 같았다.

가상아당은 강아당보다 작으나 더 깊숙하고 엄숙하였다. 둥근 지추, 둥근 기둥에 모두 둥근 재목을 썼다. 해의 둥글음을 보인 것이다. 당아 앞에는 홍살문이 있었다. 두 기둥을 높이 세우고 긴 도리[月]를 얹고 그 위에 궁형弓形의 널쪽을 붙이고, 그 널쪽에서 방사상放射狀으로 여덟 개 살을 뻗게 하였다. 그리고 이것을 통틀어 붉은 칠을 하였다. 뜨는 해를 상징하는 것이었다. 달이 해를

인 것이다.

궁형으로 된 것을 바(해)라고 하고 바에서 뻗친 살을 '바가라'라고도 하고, '사가라'라고도 한다. 사가라는 상아라로서 광선이란 뜻이다. 집을 지을 때에 도리를 걸고 서까래를 거는 것도 이것이다. 이것은 일월신을 함께 상징한 것이어서 달이 해를 인 것을 표한 것이었다.

원효의 일행을 거느리고 온 강아당 가사라(구실)는 일행을 다랑아(홍살문) 밖에 머무르게 하고 자기만 손과 발과 입을 씻고 당아 안으로 들어갔다. 이 사람들의 명부를 바치고 문에 들어갈 허락을 청함이었다.

그동안에 원효의 일행을 홍살문 앞에 강아앉음으로 앉아서 처분을 기다리고 있었다. 벌써 해가 산을 넘어서 골짜기에는 안개가 돌고 산머리에만 자줏빛 노을이 섰다.

이윽고 자주 방아라에 누런 방아마를 입고 상아머리한 가상아 둘이 나와,

"아라."

하고 고운 소리로 부른다. 오르라는 말이다. 다 열칠팔 세의 어여쁜 가상아다.

방아마라는 것은 신라사람의 아랫도리옷으로 치마다. 여자는 자주나 다홍을 쓰고 남자는 누렁이나 퍼렁을 쓴다. 마란 옷이란 말이요, 방아는 해의 자손이란 말이다.

백제에서는 당아마 당오리라고 한다. 이것이 됴마 됴고리, 즉 치마 저고리의 어원이다.

상아머리는 일광이 흐르는 것 모양으로 착착 빗어내린 머리

다. 머리를 해로 보고 흘러내린 머리카락을 광선으로 보는 것이다.

가사아당에는 스승을 제하고는 모든 것을 가상아라는 여자들이 하고 있었다.

원효 일행은 두 가상아의 인도로 당아에 들어갔다. 마당에는 황토와 자갈을 깔았다. 자갈은 해도 되고 달도 되는 것이다. 해로 볼 때에 공아(공기)가 되고 달로 볼 때에 동아(조아)가 되는 것이다. 황토는 햇빛이다.

원효 일행은 신전에서 처음 들어온 의식을 행하고 마아마를 먹었다. 이것은 멀건 미역 국물에 끓인 아바미음이었다. 바는 벼요, 아바는 조다. 조는 백제말이니 다음에 온 것이다. 미음을 먹는 잡들이는 죽을 먹는 잡들이와 다름이 없었다.

식후에 거니는 것도 같았다. 가상아당을 싸고 백 번 도는 것이나 '강강 상아라'를 천 번씩 부르고 천 번이 열이 되면 '자라'라 하고 '자라'가 열이 되면 '가라'라 하고 '가라'가 열이 뇌년 '아아'라고 하여서 한 나흘에 억 번을 부르기를 목표로 하는 것이다.

여기서 강아당과 다른 것은 남녀가 다 눈을 봉하는 것이다. 이것을 상아강아라고 한다. 남녀 다 눈을 봉하고 가상아들의 음악에 맞추어서 노래를 부르고 춤을 추는 것이다. 원효도 눈을 감고 그것을 촛밀로 봉하였다. 이 소경의 무리를 인도하는 것은 가상아들의 손이었다. 무론 말은 없었다. 오직 손을 잡아서 끄는 것이었다. 잠시도 쉬는 동안은 없었다. 졸기도 허하지 아니하였다.

원효의 손을 끄는 손은 언제나 같은 손인 것 같았다. 그 손은 싸늘하였으나 무척 작고 부드러웠다. 원효는 상아사사마의 누이 아사가가 아닌가 하였다.

첫 나흘이 지나는 새벽에 일동은 더욱 기운을 내어서 거닐고
소리하고 춤을 추었다. 바라, 바가(북), 방알(방울)소리가 온 산
을 흔들었다. 원효는 정신이 황홀함을 깨달았다. 여기가 어딘지
제가 지금 무엇을 하고 있는지 잊을 지경이었다.

고래고래 소리를 지르는 자도 있었다. 이때에 눈이 열린다는
것이다.

"아아사가."

하고 소리가 나자 일동은,

"아아사가."

하고 힘껏 소리를 지르고 머물렀다. 억이 찬 것이었다. 억 년 창
성하라는 축원도 된다. 아아는 이야도 되고 이요도 된다. 사가는
'서서가'라는 뜻으로 흥왕하라는 말이다. 성하다는 뜻이다.

일동은 눈을 봉한 밀을 떼고 개천에 들어가서 미역을 감았다.
미역을 감고 올라와서 옷을 입고 아침 해가 오르기를 기다렸다.

동천에 붉은 해가 솟았다. 일동은 강아앉음을 앉아서 네 번 절
하였다. 나흘 만에 뜬 눈으로 바라보는 해는 마치 평생에 처음 보
는 것인 듯하였다. 그렇게도 크고 그렇게도 선명하고 그렇게도
고마웠다. 과연 모든 생명의 원천인 것 같았다. 이날 아침에 비로
소 스승이 여러 사람을 보았다. 스승은 백발노인이었다. 낯은 불
그레하고 눈이 빛나고 눈썹과 귀털이 길게 뻗었다. 어느 모로 보
나 정기 있는 사람이었다.

스승은 눈을 들어 사람들을 둘러보았다. 눈찌를 보아서 그들
의 마음이 수련된 정도를 판단하는 것이다. 그 안광이 심히 밝고
날카로워서 마주치면 눈이 부시고 무서웠다. 원효도 과연 스승이

라고 생각하였다.

"사상아."

하고 한탄하는 것이다. 사상아는 스승이란 말이다.

스승은 한 사람 한 사람 불러서 뜻을 물었다.

"가가바사가."

하고 스승이 부른 것은 열여덟 살이나 되어 보이는 소년이었다. 눈초리가 위로 올랐고 코가 우뚝하고 입이 한일자로 꽉 맺히고 얼굴이 검푸렀다.

"바아."

하고 그 소년이 일어났다. '바아'라 함은 보입니다로 '예' 하는 뜻이다.

"고구려를 멸하여 나라와 아버지의 원수를 갚으려 하오."

가가바사가는 이렇게 대답하였다.

"가가마나바."

스승은 다음 사람을 불렀다. 마나바라는 사람은 삼십이나 되었을 수척한 사람이었다. 그는 이렇게 대답하였다.

"앞일을 내다보고 병 고치는 힘을 얻으려 하오."

다음은 바가가나가라는 소녀였다. 장히 아름다운 용모를 가진이다. 그는 이렇게 대답하였다.

"노래와 거문고 명인이 되려 하오."

이 모양으로 그들은 스승 앞에서 각각 소원을 말하였다. 혹은 점을 배우겠다는 사람, 혹은 의술을 배우겠다는 사람, 혹은 제 병을 고쳐서 수명 장수하겠다는 사람, 혹은 아들이 없으니 귀한 아들을 낳고 싶다는 여자, 혹은 큰 부자가 소원이라는 사람, 혹은 축지술을 배워서 걸음을 잘 걷기를 바란다는 사람, 혹은 칼을 썩잘 써서 큰 장수가 되겠다는 사람, 혹은 구름과 바람을 마음대로 일으키고 싶다는 사람, 혹은 재주가 둔하니 총명하고 싶다는 사람, 혹은 부모의 원수를 갚겠다는 사람, 실로 가지각색이었다.

그중에 한 사람은 나이 사십이나 넘고 머리가 희끗희끗한 사람으로서,

"이 몸은 한 나라를 편안하게는 못하여도 내 사는 동네 하나라도 편안하게 할까 하오."

이러한 대답을 하였다. 이 대답에 스승은 자리에서 일어서 부채를 한 번 들었다.

다른 사람들도 그 사람에게로 고개를 돌렸다. 매우 준수하고 점잖은 사람이었다. 이름은 가나사가라라는 사람이었다. 스승은 매우 만족한 모양으로,

"너는 장차 나라를 크게 돕는 사람이 되리라. 한 분 밑이요, 만 사람 위이 되리라."

이렇게 예언하였다. 주위에 둘러선 가상아들은 소리를 길게 뽑아,

"여바라 여바라

이야라사 이야라사

디아디아 디아디아

디오다 디오다."

하고 찬송하였다. 지와자 지와자로 천년 만년 살라는 뜻이다.

마침내 원효의 차례에 왔다.

"사당아앙아[曙幢完曉]."

스승은 이렇게 원효를 불렀다.

"바아."

원효는 대답하고 일어났다.

"보아하니 사문인가 싶거든 어인 일로 가상아당에를 왔노?"

스승은 이렇게 물었다.

"보시는 바같이 이 몸은 사문이거니와 파계하고 죄를 소멸할까 하고 왔소."

원효는 이렇게 대답하였다.

"소원은 성취하였나?"

스승이 이렇게 묻는 말에 원효는 잠깐 말이 막혔다가,

"한 이레 더 하려요."

이렇게 대답하였다. 원효의 대답에 대하여는 스승은 아무 관심도 없는 듯이 지나쳐버렸다.

끝으로 불린 이는 상아아사가였다.

그는 이미 가상아로 있건마는 역시 이번 수련에도 참가한 것이었다.

"아사가."

하고 스승이 부르매 아사가는 두 손을 들어 방아라식 합장을 하고 또렷또렷한 소리로 이렇게 대답하였다.

"젓사오대 아사가는 이 앙아(아앙아) 수련을 마치고 급제하는 남자와 배필이 되어서 우리나라에 기둥이 될 아들을 낳고 싶소."

불과 십육칠 세 되는 계집아이가 이런 소리를 하여도 이 좌석에서는 조금도 어색하지 아니하였다. 왜 그런고 하면 강아당 수련과 가상아당 수련을 마친 그들은 벌써 세상 사람들은 아니었다. 이제 세상에 내려가면 다시 세상 사람으로 돌아갈 사람들도 있겠지마는 당장에는 모든 물욕을 잊은 사람들이었다. 옆에 젊은 이성이 있어도 거기 대하여 무슨 욕심이 일어나든가 그런 일은 드물었다. 만일 이러한 거룩한 자리에서 더러운 마음을 발한다면 큰 버력이 내리는 것이다. 벌을 주기 위하여서는 범도 있고 뱀도 있고 무서운 귀신도 있다.

그러나 이러한 벌이 무서워서가 아니라, 여러 날 죽과 미음을 먹고 또 소리를 지르고 춤을 춘 그들은 벌써 육체를 쓴 사람은 아니요, 일종의 신이었다. 그러하기 때문에 과년한 처녀가 이런 소원을 말하는 것도 극히 자연스러웠다. 부끄러움이라든가, 미안 이라든가, 그런 것은 이 자리에는 합당치 아니하였다. 신의 앞에 벌거숭이 아들이요, 딸이었다.

원효도 이때에 비로소 조상 적부터의 수련이 무엇인지를 안 것 같았다.

이 일은 있은 뒤 한 나흘은 음악의 날이었다. 악기를 타기도 하고 노래를 부르기도 하였다. 북을 치는 이는 북을 치고 바라를 치는 자는 바라를 쳤다. 방울을 흔드는 것도 음악이요 바가지를 긁는 것도 음악이었다. 원효는 크고 작은 뒤웅박을 두드려서 가 락을 맞추었다. 합주도 하고 독주도 하였다. 그리고 춤도 추었다. 스승은 때때로 나와서 이것을 들었다. 누구 하나를 불러내어서 시켜보기도 하였다.

"마음이 들떴어."

이러한 책망을 하는 수도 있었다. 그것은 악기 울리는 소리를 듣고 그 사람의 마음을 책망하는 것이었다. 마음이 들떴다, 흩어졌다. 무엇을 생각하고 있느냐 하는 것이 스승의 책망이었다. 스승은 사람의 마음속을 꿰뚫어 보는 것 같았다. 말이 적으나 한 마디라도 하는 날이면 사람의 폐부를 찌르는 말이었다.

"지금 무엇을 듣고 있었느냐."

하고 스승이 문득 제자들에게 묻는 일이 있었다. 그러면 대답이 가지각색이었다. 혹은 바람이 소나무에 우는 소리를 들었노라 하고 혹은 물소리를, 혹은 새소리를 들었노라 하고 혹은 아무것도 들은 것이 없노라고 대답하였다. 저마다 이렇게 대답을 하면 스승은 들을 뿐이요, 더 말이 없었다.

스승은 원효더러 무엇을 들었느냐고 물었다. 원효는,

"내 숨소리를 들었소."

하고 대답하였다.

스승은 잠깐 눈을 크게 떴다가 두어 번 고개를 끄덕끄덕하였다. 상아아사가는,

"내 가슴이 뛰는 소리를 듣고 있었소."

하였다.

스승은 이러한 말로 각 사람의 경계를 알아보는 동시에 각 사람에게 반성의 기회를 주었다.

한 나흘이 끝나는 날 스승은 원효와 아사가와 가나사가 세 사람에게 앙아당에 올라갈 것을 허하고 다른 사람들은 각각 집으로 돌아가서 소원대로 하라 하였다.

강아당에서 열여섯 사람이던 것이 이제 세 사람만 남은 것이었다.

원효 일행은 곧 스승께 하직하고 가상아당을 떠났다. 앙아당

은 여기서도 이십 리나 올라가서 바가산 상상봉에 있었다.

미음만 먹은 몸이언마는 산을 오르기에 조금도 힘이 들지 아니하였다. 두 남자와 한 여자의 일행이다. 안내하는 사람도 없고 짐을 나르는 사람도 없었다. 길이라고 있는 듯 만 듯. 시냇물도 끊어지고 키 작은 향나무들이 땅에 길 뿐이었다. 새도 없었다. 있는 것은 구름과 바람뿐이었다.

산 상봉에 조그마한 돌성이 있었다. 둥그스름하게 둘러쌓았는데 터진목은 서로 어긋먹어서 구부러져 들어가면 밖이 보이지 아니하고 오직 하늘만 보이게 되었다. 주위가 이십 보나 될까 이른바 멍에담이다. 어느 성문도 이러한 것이다. 용의 발톱을 모상한 것이었다.

원효와 아사가와 가나사가와 세 사람은 우선 물 있는 데를 찾았다. 성에서 북쪽으로 이십여 보나 내려가서 바위 밑에 조그마한 샘이 있고 나무바가지가 있었다.

원효는 샘물을 떠서 손발을 씻고 양추를 하여서 몸을 가아말았다. 다른 두 사람도 그러하였다. 그러고는 몸에 지니고 온 바가지에 물을 한 그릇씩 떠 가지고 올라와서 성에 들어왔다. 이 성을 시로라 하고 시로가 있는 봉을 시로봉이라고 한다. 시로부리라고도 한다. 그런데 이 시로는 앙아신을 아라가마하는 곳이기 때문에 앙아시로, 또는 이야시로라고도 부른다.

세 사람은 제단 위에 물그릇을 올려놓았다. 이 물을 상아사(정화수)라고도 하고 상아나사라고도 한다.

앙아신은 허공신이요 창조신이기 때문에 아무 형상이 없다. 시로 정면에 우뚝 선 둥그스름한 바윗돌이 신주다. 이 바위는 사나바위(선바위)라고 한다.

세 사람은 이 바위 앞에 엉금엉금 기어가서 엉거주춤하게 앉아서,

"앙아라, 앙아라."

하고 부르는 것이다. 이것을 한없이 부르는 동안에 해가 지고 밤이 가고 또 해가 뜬다.

여기서는 하루 세 번 물밖에는 먹는 것이 없다. 물 세 모금으로 사는 것이다.

밤이 되면 바람이 불어서 모래를 날려다가 성을 때렸다. 그 소리가 우닥딱 뚝딱 심히 요란하였다. 밤이 깊어갈수록 높은 산의 바람은 추웠다. 새벽이 되면 몸이 떨리고 입이 얼어서 소리가 아니 나올 지경이었다.

원효와 아사가는 용히 견디었으나 가나사가는 심히 어려운 모양이었다. 그는 이러한 고생이 처음인 모양이었다.

처음 이틀 동안은 무척 허기가 져서 원효도 몸을 가누기가 어려웠다. 가나사가는 사흘째 되는 아침에 배고픔을 이기지 못하여서 먼저 내려가고 시로에는 원효와 아사가와 두 사람만 남았다.

'죽든지 앙아신을 뵈옵든지' 하는 것이 이 수련의 목표다.

세 사람이던 것이 단둘이만 되니 더욱 고요하였다. 캄캄한 밤에 불기운도 없는 데서 부르는 주문소리가 모깃소리와 같이 가늘었다. 제가 부르는 소리가 제 소리인지 누구의 소리인지 몰랐다.

그러나 나흘째 새벽에 원효는 목 속에서 새로운 기운이 발함을 느꼈다. 음성이 커지고 몸이 바로 서고 눈이 밝아짐을 느꼈다. 원효는 소리를 높여서 주문을 외웠다.

'心身客塵從此永滅 便能內發寂靜輕安.'[1]

원효는 《원각경圓覺經》을 생각하였다. 원효는 더 주문을 외울 필요가 없음을 느꼈다. 그리고 언제까지나 그대로 가만히 있고 싶었다. 그러나 곁에 있는 아사가는 심히 고통하는 모양이었다. 그는 지금이 고작으로 허기가 지고 기운이 빠지는 모양이어서 꼬박꼬박 졸리는 것을 억지로 참고 있었다.

원효는 아사가를 도와주는 길이 그와 함께 주문을 외우는 것이라고 생각하고 큰 소리로 다시 주문을 외우기 시작하였다. 원효의 소리에 아사가는 저으기 기운을 얻는 모양이었다.

마지막 밤이 왔다. 이 밤을 지나면 나흘이 차는 것이었다. 무사히 나흘을 채우면 어디선지 모르게 앙아신이 나타나서 무슨 글을 주고 밥을 주신다는 것이다. 그러나 만일 앙아신의 벌을 받으면 당장에 큰일이 난다는 것이다.

이날 밤에는 뇌성벽력을 하였다. 귀청이 찢어지도록 우레가 울고는 눈이 부시게 번개가 번쩍거렸다.

이러기를 한참이나 한 뒤에 비가 쏟아지기 시작하였다. 성안에 쏟아진 빗물이 미처 빠지지 아니하여서 두 사람의 몸이 허리까지 잠길 때도 있었다. 그래도 아사가는 까딱도 아니하였다.

폭풍우는 지나가고 씻은 듯이 구름이 걷히고 유월 보름달이 까만 하늘에 뚜렷이 걸렸다.

어디서 호랑이소리가 들렸다. 그것이 점점 가까이 오는 것 같았다. 그러나 원효는 평생에 처음 느끼는 상쾌함을 맛보았다. 자

---

1 움직이는 모든 번뇌 망상이 이를 따라 영원히 멸하므로, 문득 저 안에서 고요한 마음이 일어나네.

기의 마음은 모든 속박과 제한을 벗어나서 자유자재로 허공에 떠 노니는 것 같았다.

원효는 옆에서 부덩부덩 애를 쓰는 아사가를 불쌍하게 생각하였다. 그래서 목소리를 높여서 그를 도와주었다.

새벽이 되었다. 동천에 붉은 기운이 돌던 지새는 달이 빛을 잃었다.

이때에 아사가는 비로소 새 힘을 얻는 모양이어서 목소리가 살아났다. 원효는 기뻤다.

해가 돋았다. 천지가 환하여졌다. 상아사 물에도 햇빛이 들고 아사가의 맑은 얼굴에도 아침볕이 비치었다. 아사가라는 것은 아침에 난 아이라는 말이어니와 오늘 아침의 아사가야말로 아침의 아기였다. 그의 눈과 얼굴에서 금빛을 발하고 그의 젖은 몸에서는 하늘의 향기를 발하는 것 같았다. 이때에,

"어마디야다(암, 좋다)."

하는 소리가 나며 센 수염 길게 늘이고, 소매 넓은 흙 베옷을 입은 노인이 어여쁜 도령 둘에게 무엇을 들리고 시로로 들어왔다.

원효와 아사가는 황망히 일어나사 합장하고 허리를 굽혔다.

"디아라, 디아라."

하고 동자 둘이 네 번 불렀다.

스승은 바위에 걸터앉으며,

"아마 장하다. 사십 년 만에 처음이다."

하고 늙은 스승은 대안과 유신이 앙아당 수련을 마친 뒤에 한 사람도 성공한 이가 없으매, 신라의 국운이 진하고 이 도통道統이 끊어질 줄 알았더니, 이제 너희 둘이 이 수련을 마치었으니 이에

신라의 국운이 흥왕할 것이요, 또 이 도통이 후세에 길이 전할 것이라 하여 무수히 치사하고 칭찬하였다.

"자, 이제는 먹으라."

하고 동자에게 들리고 온 그릇을 두 사람의 앞에 놓았다. 그것은 뽀얀 가루를 물에 탄 것이었다.

원효와 아사가는,

"고마우셔라, 고마우셔라."

하고 두 번 절하고 미음 그릇을 들어서 한 입을 마셨다.

"그 맛, 그 맛!"

나흘을 굶은 끝이요, 또 아마 칡뿌리와 가얌² 가루인가 싶어 달콤하고 향기가 있어 그 맛이 비길 데가 없었다.

"이제 밥맛을 알았나?"

하고 스승이 웃었다.

"비로소 밥맛을 알았소."

원효는 이렇게 대답하였다.

"바른 도道를 모르고 바른 맛을 알 리가 있나. 세상 사람은 밥맛을 모르고 물맛을 모르고 모든 맛을 모르고 살아가는 거야. 이제 두 사람이 새로 났으니 천지가 새로 배판하는 것이야. 두 사람이 아들딸을 많이 낳으라고. 앞으로 우리나라에 일이 많으니 사람을 많이 기다려. 이 늙은이는 마음 놓고 가네."

하고 스승이 일어났다.

원효는 황망히,

2 개암의 방언.

"무슨 가르침을 나리시겨오."

하였다.

"원효대사여든 이 몸이 무엇을 가르치리. 《화엄경》 팔십 권이
나 《팔만대장경》이 모두 'ㅇ'자 하나에서 나온 것이야."

하였다. 이때에 아사가가,

"이 몸은 어찌하올지."

하고 스승에게 가르침을 청하매 스승은,

"지어미는 지아비를 따르는 것이야."

"이 몸은 아직 시집가지 아니하여 지아비가 없소."

"하늘에서 정한 연분이니 틀릴 줄이 있으리."

"이 몸의 지아비가 누구오니까."

"그대 마음에 먹은 사람."

스승은 두 사람에게 'ㅇ'자를 주필로 쓴 종잇조각 하나씩과 미
음 그릇을 주고 가버리고 말았다. 미음 그릇은 소나무 혹을 판 것
이었다.

원효와 아사가는 스승이 가신 곳을 향하여서 무수히 절하고
시로 안팎을 깨끗이 쓸고 씻고, 샘을 깨끗이 하고 마지막으로 사
나바위 앞에 앉아서 'ㅇ' 신께 예배를 드렸다.

예배를 드리고 시로를 나서서 비로소 두 사람은 말을 하였다.

"아사가."

"원효대사."

이것이 두 사람의 첫 말이었다.

밤이 그렇게 좋던 것 모양으로 원효에게는 여자의 얼굴과 몸
과 소리가 이대도록 아름답던가 하고 놀래었다. 아사가도 마찬가

지였다. 원효는 세상에서 처음 보는 남자인 것 같았다. 그렇게 서로 이성이 아름답고 그리웠다.

원효와 아사가는 바위에 걸터앉아서 마주 보고 있었다.

하늘과 땅이 모두 새로운 것 같고 구름도 바람도 모두 새로운 것 같았다.

수없는 산봉우리들이 발아래 있고 먼 산들은 파란 기운에 싸여 있었다. 여기저기 희뜩희뜩 강굽이도 보였다. 더구나 어젯밤 비에 산천초목이 일층 생기를 띠었다.

멀리 남쪽으로는 지금도 비가 오는 것 같았다. 오랜 가뭄으로 민정이 오오하던 때다. 흠씬 비가 와서 오곡이 소생하였으면 하고 원효는 마음속으로 빌었다.

구름 한 점 없이 갠 하늘과 같은 마음으로 원효는 산천과 아사가를 바라보고 앉아 있었다. 인제 젖었던 옷도 다 말랐다. 따가우리만큼 볕이 내리쬐는 것도 유쾌하였다.

그동안에 더위도 추위도 배고프고 졸리던 것도 다 잊어버렸다. 먹은 것이 없으니 대소변조차 잊어버리고 있었다. 몸은 마치 마른 나뭇개비나 바윗돌과 같이 된 것 같았으되 오직 마음속에 한 덩어리 불이 밝은 빛과 기운을 발하고 있었다. 이 불은 영원히 꺼지지 않고 또 꺼질 수 없는 불이었다. 때를 따라서 그 불기운이 욕심과 번뇌에 가리워 빛을 잃는 일은 있어도 천 겁 흑암지옥에 묻어두어도 꺼질 수는 없는 불이었다.

이 불은 저 해에서 온 불이요, 저 해와 한불이었다. 신라사람들은 저 별들이 모두 해와 한불로 알고, 또 모든 생명이 다 한불이라고 생각하여서 해를 '바'라고 하고, 불도 '바'라고 하고, 사람의 혼도 '바'라고 하고, 머리도, 눈도 '바'라고 하고, 곡식과 과일도 '바'라고 하고, 산과 별도 '바'라고 하고, 생각하는 것도 '바'라고 한다. 모두 같은 불이요 같은 빛이라는 뜻이다. 바자에, 가나다라마바사아 등 소리를 붙여서 구별하는 것이다. 특별히 어진 사람 귀한 남자를 '바가'라고 하거니와 바가는 곧 빛의 움직임이란 말이니 잡된 것이 섞이지 아니한 움직임, 즉 밝은 사나이라는 말이다. 어진 여자는 바바라고도 하고 바마라고 하니 밝은 빛이 있는 곳이라는 뜻이다. 신라에서는 해가 여성이다. 그러므로 여자야말로 빛이다.

이제 원효는 바가요 아사가는 바마다. 수련할 수 있는 수련을 다 겪은 것이다.

원효는 아사가의 눈을 통하여서 그 속에 있는 불을 볼 수 있었다. 때 아니 묻은 숫처녀의 불이다. 이 세상에 있는 불 중에 가장 맹렬한 세력을 가진 불이다. 이 불은 한 불세계佛世界를 지을 수도 있고, 또 살라버릴 수도 있는 불인 동시에 또 사랑의 불도 되고 질투의 불도 될 수 있는 것이다. 이 불 속에서 모든 중생이 탄생한 것이다.

불과 힘, 이것이 세계다. 태초에 허공이 있고 허공에 불이 있고 불이 움직이매 힘이 생기니, 이에 비로소 남자가 생긴 것이다. 불과 힘의 끊임없는 움직임으로 천지만물이 생기고 나고 죽고 또 나는 것이다. 이것이 신라사람의 우주관, 인생관이다.

생기는 것은 좋은 일이요, 아름다운 일이다. 사는 것, 나는 것, 있는 것은 다 기쁜 일이요, 아름다운 일이요, 찬송할 일이다. 그러므로 꽃은 찬송할 것이요, 처녀는 찬송할 것이요, 젊은이는 찬송할 것이다. 혼인은 인생에 가장 찬송할 것이라고 생각한다. 그러므로 신라사람은 청년 남녀의 사랑에 대하여서 극히 관대하다. 사랑은 신이다.

그들은 생을 찬미하기 때문에 죽는 것을 더욱 미워하고 슬퍼하였다. 사랑하는 이가 죽으면 그들은 머리를 풀고 웃통을 벗고 소리를 높여서,

"앙아, 앙아(아이고, 아이고)."

하고 앙아신을 부르는 것이다.

가져가는 사랑하는 이의 불을 도로 내어놓으라는 것이다. 그 컴컴한 허공은 만물의 어머니였으나 또한 만물을 도로 삼키는 입이었다. 그들은 앙아신이 낳기만 하고 죽이지 아니하기를 빌지마는 앙아신은 들어주지 아니한다. 이리하여서 그들은 점점 앙아신을 미워하였다. 그리고 모든 것을 살려주시는 '바'신을 그리워한 것이었다. 하늘에 해, 땅에서는 박덩굴, 박덩굴은 어디까지든지 뿌리를 박고 어디까지든지 뻗어 올랐다. 그리고 밤마다 꽃이 피어서 어두움을 비추고 주렁주렁 열매를 달았다. 열매는 많고 크고 해와 같이 둥글었다. 그리고 그 속에는 씨가 많았다. 그 열매는 그릇이 되고 악기가 되고 장식이 되었다. 박은 신라사람에게는 생명의 풀이었다.

박씨를 땅에 심거서 싹이 나서 점점 뻗어서 하늘까지 올려 닿고 거기 마디마디 박꽃이 피고 주렁주렁 박이 달리는 것이 그들의 소원이다.

박을 타면 두 쪽으로 갈린다. 남자요, 여자다. 그 속에서는 옥과 같은 씨가 수없이 쏟아진다. 이것이 부부의 소원이요 인생의

소원이다.

그들은 박뿐 아니라, 넌출 지고 열매 많이 달리는 것은 다 사랑하였다. 머루, 다래 이런 것은 다 그들이 사랑하는 바요, 사람의 손으로 만든 것으로는 바, 노, 실을 사랑하고 그러한 뒤에는 짷은 것 낳은 것(방직)을 사랑하였다. 끊임없이 긴 것을 사랑한 것이다.

삼을 삼아서 기나긴 실을 만드는 것, 짚을 꼬아서 기나긴 동아줄을 만드는 것은 젊은 남녀의 감정에 가장 맞는 일이었다. 그리고 술을 먹고 바라를 치며 소리를 하고 춤을 추는 것은 그들의 가장 좋아하는 것이어서 이 좋은 것은 모두 신께 바쳤다.

그러나 사람은 죽는다. 모든 생물은 다 죽는다. '망글어진' 것은 다 망가진다. 낳은 것은 다 가고 만다. 그들에게 죽는다는 말이 없고 진다고 한다. 죽는 것은 미워하기 때문에 사람 죽은 집을 불살라버렸다. 나중에는 무당이 와서 가심[3]을 하고 죽은 자의 의복과 물건을 불살라버렸다. 집을 가신 것이다.

사람이 죽어도 자식이 있고, 늙어서 죽는 것은 괜찮다고 본다. 박덩굴이 죽어도 박씨가 수두룩이 남으면 안 죽는 것과 같다. 자식 없는 사람은 큰 죄를 지은 사람이라고 생각되고 자식을 못 기르는 어미는 큰 죄가 있는 사람이라고 본다.

그러므로 여자의 몸을 소중히 여겨서 남자는 여자를 욕하거나 때리지 못하고, 여자에게는 낮은 말을 아니 쓴다. 여자는 집에서 신을 제사하는 제관인 동시에 아들딸을 낳아 길러서 씨를 번식

---

3 깨끗하지 않은 것을 물 따위로 씻는 일.

하는 때문이다. 여자는 힘드는 일을 아니 시키고 때 묻은 옷을 입히지 아니한다.

안방은 거룩한 방이어서 바깥사람과 부정한 사람이 들어오지 못하고 여자가 해산을 하면 대문에 금줄을 늘여서 아무도 출입을 못한다.

젊은 여자만이 그런 것이 아니라 늙은 여자라도 지극한 존경을 받는다. 집안에서 마을에 제사를 드리는 이는 할미다. 할미에게는 무서운 힘이 있는 것으로 안다. 모두가 나고 사는 것을 중심으로 된 인생관이요, 윤리다.

원효는 아사가를 앞에 놓고 조상들의 인생관을 생각하였다.

"바마사."

하고 원효가 아사가를 불렀다. 바마사는 아가씨라는 말이다.

"바아."

아사가는 이렇게 대답한다. '보았소' 하는 말이니 '네'다.

"소원이 무엇이오?"

원효는 이렇게 물었다. 여러 날 말을 아니하고 지나니 말이 잘 나오지를 아니할뿐더러, 하려는 말이 다 쓸데없는 말인 것 같았다. 말에는 혼이 있어서 말 한 마디마다 다 하는 사람에게 복이 되고 화가 된다고 한다. 복상스럽고 방정맞은 것이 모두 말에 있다고 한다. 말이 족히 저와 남을 죽이고 살릴 힘이 있다고 한다. 그래서 '다마라'라고 한다. 입을 다물라는 말이다. 특별히 사람 죽은 집 같은 데서는 입을 다물라 한다. 무슨 수련에서나 '다마라'가 가장 큰 계가 되는 것이다.

원효는 평소에 말이 많은 사람이었다. 농담도 잘하고 설명도 잘하였다. 그러나 강아당에 들어온 지 세이레[4]에 완전한 다마라 생활을 한 원효는 입을 열어서 말 한 마디 하기가 무척 조심스러웠다. '머시기', '거시기' 소리를 말허두에 먼저 하는 조상들의 심사를 알 수가 있었다. 머시기, 거시기는 목욕재계다. '목욕재계하고'라는 이 말이니 허물없으라, 바라는 뜻이다.

아사가의 눈은 원효의 눈으로 향하였다. 맑고 아무 거리낌이 없는 눈이다.

"아사가, 소원이 무엇이오?"

원효는 또 한 번 이렇게 물었다.

"가상아당에서 말한 대로."

아사가는 분명히 대답하였다.

"좋은 남편과 만나 좋은 아들딸 낳는 것?"

"그러하오."

"마음에 눈 사나이가 있소?"

"있소. 원효사마요."

아사가의 이 말에 원효는 놀랐다.

"원효? 나?"

하고 원효는 놀라는 빛을 보였다.

"하늘이 정하신 배필이라고 아까 스승님이 말씀하셨소."

아사가는 의외인 듯한 표정을 짓는다.

"나는 사문인데."

원효는 이렇게 말하였다.

---

4 스무하루 동안.

"요석공주 남편이신 줄도 아오."

아사가의 이 말에 원효는 또 한 번 놀랐다.

"한 번은 파계를 하였지마는 두 번이야 파계를 하겠소?"

원효는 이렇게 말하였다.

"원효사마가 무엇이라고 하셔도 이 몸이 한 번 정한 뜻은 바꿀 길이 없소. 지어미는 지아비를 따르라 하셨으니 하라시는 대로 하겠으나 떠나가라고만 말으시오."

아사가는 이렇게 말하였다.

"사문의 행색은 뜬구름, 흐르는 물과 같아서 정처가 없으니 어찌 함께할 수가 있겠소? 그러니 나를 생각하시는 마음을 고쳐서 달리 좋은 선비(사나바)를 구하여 유자생녀하고 백년해로하시오."

원효는 이렇게 끊어서 말하였다.

아사가는 원효의 말을 듣더니 말없이 빙그레 웃는다.

"왜 웃으시오?"

원효는 정색하고 물었다.

"원효대사만 한 이가 눈앞에 있는 아사가의 마음을 모르실 리가 없거늘 시험을 하시는 것이 우스워서 웃소."

원효는 말이 막혔다. 원효는 승만여왕, 삼모, 요석공주 등 신라에서 으뜸간다는 여자들을 접하였으나 아사가와 같은 여자는 처음 본다 하였다. 이것은 범상한 여자가 아니요, 관음화신이 아닌가 하였다.

원효는 얼마 동안인지 모르게 아사가를 바라보았다. 아사가도 원효의 눈을 피하지 아니하였다. 피할 까닭이 없었다. 제 마음에 조금도 거리낌이 없는 까닭이다. 지음이 없는 까닭이다. 마치 어린아이가 제가 보고 싶은 사람을 마음 놓고 바라보는 심리였다. 속에 사특한 생각이 없는 까닭이었다.

"한두 사람의 어머니가 되지 말고 한 불세계의 어머니가 되시오."

원효는 한참이나 있다가 이렇게 말하였다.

아사가는 그 말이 무슨 말인지 몰랐으나 많은 아들딸을 두라는 말로 알았다. 구태여 파 물을 필요도 없는 일이라고 생각하였다. 왜 그런고 하면 이 세상에서 제 몸을 의탁할 사람은 원효를 두고는 다시없다고 믿기 때문이다. 어디나 원효가 가는 데를 따라가고 원효가 하라는 대로만 하면 그만이라고 믿어서 큰 배를 탄 듯이 마음이 턱 놓이기 때문이었다.

해가 어지간히 높이 올라온 때에 가상아 둘이 원효와 아사가를 맞으러 올라왔다. 먹을 것과 갈아입을 옷도 가지고 왔다.

가상아들은 원효와 아사가에게 공손히 절하였다. 이로부터는 스승 대접이다.

원효와 아사가는 두 가상아의 마중을 받아 가상아당에 내려오니 스승까지도 나와서 맞았다. 두 사람이 중도에 폐지도 아니하고 호랑이한테 잡혀 먹히지도 아니하고 어젯밤 뇌성벽력에 벼락을 맞지도 아니하고 또 신인神人이 주신 바가지를 지닌 것은 그들이 앙아 수련을 끝낸 성인聖人인 증거가 되는 것이었다.

"얼씨고 좋을씨고 지화자 좋을씨고."

하고 가상아들은 두 사람을 싸고돌며 신을 찬양하였다.

원효는 가상아당을 떠났다. 스승은 원효와 아사가를 데리고 동구 밖에 있는 집으로 왔다. 그 집은 원효가 한 달 전에 하루 묵어 간 집이다. 사사마 소년이 원효를 접대하던 집이다.

이날 밤에 이 집에는 큰 자노자(잔치)가 벌어졌다. 큰 잔치라야 사람이 많이 모인 것이 아니나, 신도의 거두와 불교의 거두가 의지가 상합하여서 금후로 신불 양교가 어떻게 조화하여갈 것을 의논하는 자리였고 아울러 가상아당 대선생이 원효에게서 화엄의 대설법을 받아서 불문에 귀의하는 자리였다. 원효의 말에 의하면 고신도는 곧 고불古佛의 가르치심으로 석가세존이 성도하신 것도 고불의 가르치심을 받으심이니 고불은 곧 우리 조상이시요, 고불의 가르치심은 우리의 말 속에 있다고 하였다.

"참 옳은 말씀이오. 이제 환하게 알겠소."

하고 스승은 무릎을 치고 기뻐하였다.

저녁밥을 먹은 후에 원효와 상아선생은 도학과 나라 일에 대하여서 여러 가지로 토론하였다.

도학에 대하여서 상아선생은 풍류의 도가 점점 쇠하여서 하늘과 조상을 숭배하고 충효신용인의 도를 닦는 자가 줄어가는 것을 한탄하고 불도를 닦는 자가 세상살이를 귀찮게 여기고 나라를 돌아보지 않고 오직 저 한 몸의 극락왕생만을 바라는 것을 책망하였다.

이에 대하여 원효도 동감의 뜻을 표하였다. 그리고 불교가 결코 현세를 무시하고, 저 한 몸이 잘 되기를 바라는 교가 아닌 것을 말하였다.

"대승보살행이란 그런 것이 아니오. 중생을 위하여서는 제 몸이 지옥이나 축생도에 들어가도 꺼리지 아니하는 것이 대승보살행이오."

원효가 이렇게 역설하는 것을 듣고 상아선생은,

"좋다."

하고 무릎을 치며 찬탄하였다.

"그러면 그렇지."

하고 상아선생은 매우 기뻐하며 일어나서 붉은 보에 싼 책을 꺼
내었다. 그것은 《가마나 가라나 마다》라는 책으로 '《신지神志》'라
고도 하고 《신사神史》'라고도 하는 책이다. 가나다라마바사아 여
덟 권으로 나뉘어 오늘의 한글과 같으나 받침이 없는 글로 적은
것이다. 이 글을 가나다라라고도 하고 가나라고도 하니 가나라
함은 하늘이란 말도 되고 나라라는 뜻도 되는 말이다.

이 속에는 애초에 허공으로부터 천지가 배판하는 말이 적히고
다음에는 가, 나, 라, 사(해, 밝음, 어두움, 생명) 네 분신의 말씀이
적히고, 다음에는 마(미리, 용), 바(볏, 봉), 다(달), 아(허공) 등
신의 말이 적혔다.

그러고는 사람의 첫 조상이신 이사나미나미고도, 이사나기나
미고도의 사적이 적히고 이러한 신들의 당을 차리는 법과, 제사
하는 법과, 제사할 때에 부르는 축문과 차려놓은 제물과 또 남녀
가 목욕재계하고 수도하는 법과 인생 생활에 필요한 근본원리,
삼백예순 가지가 적혀 있었다. 이것이 최치원이가 지은 난랑비에,
'國有玄妙道 曰風流 …… 設教之源. 備詳神史'라고 한 그 《신사》다.

상아선생은 이 《신사》를 내어놓고 기운을 내어서 일변 읽으며
일변 설명하였다.

"임금을 충성으로 섬기고, 어버이를 효도로 봉양하고, 사람들

과 믿음으로 사귀이고, 전장에 나아가서는 물러감이 없고, 살생
을 하되 가리어 하라─아무리 불교기로 이 밖에 더 나갈 수가 없
지 아니하오? 만일 이대로만 하면 사후에 극락이 있으면 극락에
나고 천당이 있으면 천당에 날 것이 아니오? 도는 스스로 분명하
거늘 사람들이 제가 행하지 아니하고 무슨 신통한 것을 구하니
어리석지 아니하오?"

상아선생은 어성을 높였다.

"옳은 말씀이오."

하고 원효는 대답하였다.

"석가세존의 천언만어가 일언이폐지하면 비일공空자 하나니
공이라는 것은 나를 비이게 한단 말이라, 속에 내가 가뜩 차고야
충효를 어찌 행하며 신용인은 어찌 행하오. 한번 내가 공이라고
깨친 뒤에는 만행시삼매萬行是三昧라, 무엇을 하나 다 도에 맞아 저
절로 충효신용인이 되는 것이니, 내가 보건대 가상아 수련이나
앙아 수련이 무비 나를 비이게 하는 것인가 하오."

원효의 이 말에 상아선생은 부지불각에 일어나서 절하고,

"대사는 내 스승이시오."

하고 소리를 질렀다.

"옳소, 옳소, 좋다, 좋다. '나'라는 욕심을 두고 백 년 수련을 하
기로니 도가 통할 리가 있겠소. 아 크고 크다. 참 크다. 참도란 참
말 크다."

상아선생은 이렇게 찬탄하였다.

그러고는 손녀 아사가와 손자 사사마를 불러 새로 원효에게
절하게 하고,

"너희는 평생에 원효대사를 스승으로 모셔라."

하고 명하였다.

아사가와 사사마는 기뻐하였다. 아사가와 사사마는 스승께 대한 예로 원효에게 절하였다.

원효는 두 남매의 절을 막지 아니하였으나 마음에 심히 괴로웠다. 그것은 원효가 용신당 수련에서 깊이 저를 반성하면 반성할수록 자기는 아직 남의 스승이 될 수 없음을 느낀 까닭이었다.

"내가 무엇이 남보다 나아서 스승이 되겠소?"

원효가 이렇게 말하는 것을 듣는 사람들은 겸사로 알았으나 원효로서는 진정이었다.

"천만에 말씀이오. 대사로 말하면 이름이 천하에 진동하셨거든."

상아선생은 이렇게 말하였다.

"그것이 다 뜬 이름이오."

"그럴 리가 있소. 당나라에까지 이름이 높으시고, 진덕여왕께오서도 대사를 스승으로 존경하셨거든, 이 늙은 것이 눈이 어두워서 누구신지 몰라보았지마는."

상아선생은 더욱 원효를 칭송하였다.

"헛된 이름은 높을수록 부끄러운 것이오. 어떻게 하면 이 헛된 이름을 소멸할까 하고 떠난 길인데 이제 또 손자 손녀를 맡으라 하시니 진실로 어떻게 할 바를 모르겠소."

원효는 얼굴과 음성에 참괴한 빛을 띠었다.

"겸겸군자謙謙君子라, 좋다."

상아선생은 또 무릎을 쳤다.

"아니오."

하고 원효는 앉음앉음을 고치며,

"조금도 겸사가 아니오. 스승께 거짓말을 사뢸 리가 있으리까. 앞으로 몇 해 동안 바람같이 떠다니며 마음을 닦으려 하오. 만일 이 몸이 남의 스승이 될 만하게 되거든 따님과 아드님을 부르오리다. 그동안 글공부나 시키시오."

하고 원효는 이곳을 떠났다. 언제까지나 따라 나오는 두 소년 소녀를 산모퉁이에서,

"그만 들어가거라."

하고 명하였다.

"스승께서 부르실 때까지 저희들은 무엇을 하오리까."

아사가가 두 손으로 읍하고 이렇게 원효에게 물었다.

"할아버지 늙으시고 어머니 병드셨으니 지성으로 시봉하여라."

"도를 닦는 일은 어찌하오리까."

사사마가 이렇게 물었다.

"부모께 효도하는 것이 도니라."

이것이 원효의 대답이었다.

"효도의 길은 어떠하니이까."

아사가가 물었다.

"그때그때 네 스스로 생각하면 알리라. 마음속에 내가 없고 오직 부모만 있으면 효도니라."

원효는 이렇게 대답하였다.

"스승께서는 이제 어디로 가십니까."

사사마가 물었다.

"중생이 부르는 데로, 발이 가는 데로."

원효는 두 제자를 보고 빙그레 웃었다.

"언제 저희를 불러주십니까."

아사가의 눈에는 눈물이 어렸다.

"제비는 봄에 오고 기러기는 가을에 가느니라, 잘들 있거라. 때가 되면 내가 너희를 찾을 수도 있고 너희가 나를 찾을 수도 있을 것이다."

하고 원효는 아사가와 사사마의 머리와 등을 만지고는 뒤도 아니 돌아보고 걸어갔다. 바람결에 원효의 베장삼이 펄펄 날리는 것을 두 남매는 언제까지나 바라보고 서 있었다. 더구나 아사가는 원효가 떠나는 것이 견딜 수 없이 설웠다. 빈 산속에 단둘이 여러 날을 같이 지낸 것은 비록 젊은 이성이 아니라도 잊히지 못할 깊은 정이 들 것이다. 하물며 사모하는 이성이랴. 아사가 자신은 그것이 여자로서 남자에게 대한 사랑만이라고는 생각지 아니하여도, 그래도 그것은 아사가의 남성에 대한 첫 정임에 다름이 없었다.

"누나, 그만 들어가."

하고 소매를 끄는 사사마에게,

"나는 언제까지라도 여기 있고 싶다."

한 아사가의 대답은 솔직한 고백이었다.

사사마는 놀라는 눈으로 누이의 얼굴을 들여다보고 고개를 까닥까닥하여서 동정할 수가 있었다.

"여기 서 있으면 무엇하오?"

"그도 그렇지."

　두 사람은 원효가 사라진 방향을 향하여서 한 번 절하고 집 길로 돌아섰다.

방랑

가상아를 떠난 원효는 정처 없이 걸었다. 이른바 거랑방이 생활이다. 이른바 거랑방이란 '가라'라고도 하고 '가사'라고도 하여 바람이란 말에서 온 것이요, 방이란 곧 방아 또는 바가로 방아신을 섬기는 사람이란 뜻이다. 방이 또는 바가라면 선비라는 말과 비슷하여서 대접하는 말이다.

화랑들이 공부를 마치면 거랑방이가 되어서 명산대천으로 돌아다닌다. 이것은 좋은 스승과 벗을 찾는 뜻도 있고 인정풍속을 살피는 뜻도 있고 또 흉악한 사람이나 짐승을 만나서 담력과 무예를 닦는 뜻도 있고, 웅대하거나 아름다운 자연 풍경을 보아서 느낌을 기르는 뜻도 있고, 또 이름 있는 당에 가서 기도를 하는 뜻도 있다. 이것저것 합하여서 남아의 금도를 늘리고 또 파겁을 하자는 것이 목적이지마는 그 밖에도 청년 남아가 정처 없이 유랑하는 것은 모험욕과 호기심을 만족시키는 유쾌한 일이었다.

신라에 이름 있는 사람들은 대개 젊어서 거랑방이 생활을 한 것이었다.

그러나 거랑방이 중에는 이러한 목적 이외의 목적을 가진 자도 있었다. 혹은 먹을 것이 없어서 얻어먹으러 다니는 자도 있고, 혹은 고향에서 무슨 죄를 저지르고 피신하여 다니는 자도 있고, 혹은 부모의 원수를 갚으려고 원수의 종적을 찾아다니는 자도 있고, 혹은 도적들이 거랑방이 행색을 하고 다니는 자도 있었다.

좀 더 놀라운 거랑방이는 고구려와 백제의 염탐꾼들이었다. 그들은 거랑방이 모양을 하고 신라 각지로 돌아다니면서 신라의 지리와 방비와 민정을 염탐하였다. 이와 반대로 신라의 염탐꾼이 고구려와 백제로 가는 것도 물론이다. 춘추도 젊어서 고구려로 숨어 들어가다가 말 사투리로 신라사람인 것이 발각된 일이 있었다.

그러나 거랑방이면 본래는 수도하는 선비나 장수이기 때문에 신라사람들은 거랑방이를 우대하였다. 동네마다 세사가 넉넉한 집에서는 사랑문을 열어놓고 누가 오든지 한 번 수작을 붙여보아서 공부가 있는 사람이면 손님으로 대우하여서 먹이고 재우고 또 노자까지도 주어 보내었다. 이렇게 사랑문을 열어놓는 것을 집의 자랑으로 여겼다.

사랑이란 이렇게 손님을 위하여서 있는 것이었다. 손님이란 결코 제 친척이라든지 본래부터 아는 사람을 가리키는 것이 아니었다. 친척이나 아는 사람밖에 대접할 줄 모르는 것은 상놈으로 수치로 여겼다. 누구나 내 문전에 오는 이는 다 손님이었다.

이 모양으로 손님을 대접하는 편, 즉 주인으로 보면 손님을 대접하는 것은 인생의 낙인 동시에 큰 공부였다. 아무리 못난 나그네라도 한두 가지 배울 것과 들을 말은 가지고 왔다. 만일 몇십 명에 하나나 몇백 명에 하나라도 큰 인물을 만나면 이것은 일생에 큰 복이다. 그러한 사람 가운데는 도학이 높은 이도 있고, 학식이 많은 이도 있고, 또 장차 대신, 대장이 될 사람도 있는 것이다. 사랑에서 하룻밤을 잘 대접한 인연으로 장래에 무슨 큰 복이 돌아올지도 모르는 것이다.

주인은 사랑에 앉아서 앞길을 바라본다. 앞길과 사랑 사이에는 필시 수양버들이나 돌매나무가 차면[1] 모양으로 늘어섰을 것이다. 그 그늘로 하루 종일 사람이 지나다닌다. 말이나 가마를 탄 귀인도 지날 것이요, 짐을 지고 소바리[2]를 끄는 가난한 사람도 지날 것이다. 그러나 유시호[3] 큰 방갓을 쓰고 소매 넓은 방아라를 입고 봇짐을 넌지시 지고 지팡이를 끄는 거랑방이도 지나갈 것이다. 그러한 사람이 지나가면 사랑에 앉은 주인의 눈이 번쩍 뜨이는 것이다.

'필시 범상치 아니한 사람이다.'

하고 고개를 늘여서 그 사람의 행동을 살필 것이다.

그 나그네는 필시 나무 그늘에 서서 부채를 부치면서 동네를 들여다볼 것이다. 그가 정말 학식이 있는 방아라면 이 동네의 판국을 먼저 살필 것이다. 주룡이 어떻고 청룡, 백호가 어떻고 수구

---

1 집의 내부가 바깥으로 드러나지 않도록 앞을 가림, 또는 그런 물건이나 장치.
2 등에 짐을 실은 소, 또는 그 짐.
3 어떤 때에는.

水口가 어떻고 안산이 어떻고 향작이 어떻고, 이 모양으로 그 동네의 판국을 살펴서 이 동네에 인물이 날까 말까를 점칠 것이다. 산을 사랑하는 이 땅의 백성은 알 수 없는 옛날로부터 산과 물의 생김생김으로 땅의 운수를 보는 것이 발달된 것이었다.

길게 뻗친 산맥이 우뚝 솟고 뚝 끊치며 앞으로 큰 강이 휘임하게 돌고 큰 돌이 열리면 이것은 이른바 천부금탕으로 수백만 인이 수천 년 번창할 만큼 큰 터다. 만일 바다가 가까우면 더욱 좋고 흙빛이 검지 아니하면 더욱 좋다.

이러한 터로 말하면 한 나라에도 하나나 둘밖에 못 되지마는 한 동네가 될 만한 터도 규모는 작을지언정 배포는 마찬가지다. 좌향은 남향이 좋고, 서북이 막히고 동남이 터진 것이 좋고, 화강석花崗石 있는 데가 물이 좋고 곡식과 과일이 맛있고, 산이 험하면 못쓰고, 터전은 평탄해야 쓰고, 흙은 조강⁴하면서도 물은 있어야 쓰고, 물 나가는 데가 환히 보이면 못쓰고, 골짜기가 통일이 못 되고 어지러우면 인심이 침착하지 못하고 판국 밖의 산이 넘보면 사람들의 마음이 들뜨고, 동북방, 북방, 서북방은 신을 모시는 데요, 서남방을 더럽게 하면 못쓰고, 이런 것이 다 조상 적부터 내려오는 동네터, 집터를 보는 법이다.

나무 그늘에 선 나그네가 동네의 산세와 수세를 살핀 뒤에는 인기를 살핀다. 인기란 거기 사는 사람들의 기상이다.

길이 널찍하고 집들이 터전이 넓고 굵직굵직하면 인기가 힘이 있는 것이요, 비록 초가집이라도 게딱지 같으면 그 속에 사는 사

---

4 땅바닥이 보송보송함.

람은 보잘 것이 없다.

다음에는 개와 닭과 소와 말을 본다. 개, 도야지, 닭, 소, 말, 고양이, 이것은 이 땅 백성이 알지 못하는 옛날부터 같이 살아온 동무다. 아마 아세아 대륙의 훨씬 북쪽으로부터 남으로 남으로 옮아오는 동안에 언제나 데리고 온 동무다. 개는 강아지, 즉 해님의 것이라 하여, 도야지와 닭은 달님의 것이라 하여, 소는 수신의 것이라 하여, 말은 또다시 일신의 것이라 하여서 서로 정들게 서로 도우며 살아온 것이다.

도, 개, 걸, 윷, 모는 도야지, 개, 가라사, 즉 날짐승과 소와 말이다. 그러므로 이러한 짐승들이 번성하는 동네면 인기가 왕성한 동네. 이 밖에 동네에 같이 사는 동무로는 까마귀, 까치, 참새, 구렁이, 족제비, 고양이, 쥐가 있다. 아마 파리와 모기도 옛부터의 미움받이 동무일 것이다.

나그네가 드샐 곳을 찾는 때면 닭이 홰를 치며 저녁을 알릴 것이요, 까막까치도 닭의 소리에 그렇다고 고개를 끄덕일 것이다.

이때에 바가지를 동이에 넣어 옆에 끼고 우물로 물 길러 나오는 처녀나 아낙네가 인물이 단정하고 몸피가 좋고, 그 뒤를 따르는 벌거숭이 아기들이 눈이 어글어글하고 콧마루가 우뚝하고 울음소리가 우렁차면 이 동네는 필시 번성하는 동네다. 만일 살진 송아지와 망아지가 소리를 지르고 날뛰면 더할 수 없이 나그네의 발길을 멈추는 동네일 것이다.

이런 동네면 물도 맛있고 밥도 맛있고 장도 달 것이다. 필시 된장에는 구더기가 없고, 아궁이에는 불이 잘 들여 개묵이 타는 냄새가 아니 날 것이다. 술도 시지 아니하고 빛이 매 눈깔 같을 것이요, 누룩에는 황금빛 옷이 입혀질 것이다.

나그네는 어슬렁어슬렁 동네로 들어와 사랑문 열어놓은 집을 찾을 것이다.

그는 대문을 쓱 들어서며,

"여보아라."

하고 호기 있게 부를 것이다.

이때에 방아머리한 사내아이가 내달아 손님 앞에 무릎을 꿇고 두 손을 땅바닥에 짚고,

"어디서 오신 뉘시온지."

하고 물을 것이다.

"지나가던 나그넬러니 하룻밤 드새고나 가자고 댁 문전에 섰습니다고 사뢰어라."

"방이 누추하나 상관 아니하시거든 듭시사고 여쭤어라."

이리하여서 나그네는 사랑에 오르는 것이다.

세숫물과 발 씻을 물이 나오고, 나그네가 보에 쌌던 새 옷을 내어 입을 만한 때에 주인이 나와서 수인사를 하고 혹은 차가 나오고 혹은 술상이 나오고 이러하는 동안에 주객은 서로 저편의 인물을 살피는 것이다.

밤이 되면 이야기판이 벌어지고, 혹은 음악과 소리가 나오고, 만일 주객이 뜻이 맞으면 첫닭이 울 때까지 이야기가 끊어지지 아니하는 것이다.

거랑방이는 세상 소식을 많이 알고 재미있는 이야기를 많이 아는 까닭이었다.

사랑문을 열어놓고 손님을 대접하는 것은 이 백성이 가장 낙

으로 아는 일이었다. 잘산다는 것은 신을 잘 위하고 손님을 잘 대접하는 일이었다.

양식이고 과일이고 무엇이든지 반드시 세 가지 그릇에 갈라 담았다. 하나는 신께, 하나는 손님을 위하여, 그리고 하나는 식구들이 먹는 것이었다. 손님을 신의 다음가게 존중하였다.

내 집을 찾아오는 나그네는 다 신이시거나 그렇지 아니하면 신이 보내신 사자라고 그들은 생각하였다. 그러므로 그 나그네가 드는 때로부터 떠나는 때까지는 이 집에서는 제삿날이었다. 집 안에서는 새 옷을 갈아입고 모든 부정을 기하였다. 그리고 집에 있는 모든 맛난 것을 대접하고 집안사람들끼리 말도 조심하였다.

만일 손님에 대하여서 흉을 보거나 험구를 하면 큰 버력이 내릴 것으로 알았다.

아이들이 울다가도 '손님 오셨다' 하면 울음을 그쳤다.

홍역을 작은손님이라고 하고 마마를 큰손님이라고 하고 별성마마라고 한다. 이것도 눈에 아니 보이는 신이 찾아와서 머무는 것이라고 생각한다.

"고이 계시다가 고이 떠나소사."

이것이 식구들의 소원이었다. 식구는 몸과 마음을 깨끗이 하여서 티끌만 한 부정도 없으려고 애를 썼다. 부부는 동침을 아니 할뿐더러 그러한 생각만 먹어도 손님을 노여우시게 하는 것이라고 믿는다. 마치 찰찰 넘는 물그릇을 들고 걸음을 걷는 사람 모양으로 조심조심하였다.

금줄을 늘이고 대문을 지치는 모양으로 마음에다가도 금줄을 늘이고 대문을 지치는 것이었다. 솥에서 밥이 잦는 소리나 아궁이에서 불이 타는 모양도 무심히 지나칠 수가 없었다. 소중한 아들이나 딸에게 크나큰 손님이 찾아와서 머무시는 것이다. 마마뿐 아니라 무슨 병이나 그렇게 생각하였다.

까치소리, 까마귀소리는 더욱이나 유심하게 들어서 그 속에서 손님의 뜻을 찾아보려 하였다.

'닭이 서서 졸았다.'

'개가 대문지방에 턱을 걸고 짖었다.'

'족제비가 아슬랑아슬랑 마당으로 지나갔다.'

이런 것은 다 꿈자리와 아울러서 손님의 뜻을 알아보려는 재료가 되었다. 늙은 할머니는 많은 자식과 오랜 경험으로 그 속에서 길흉을 판단하여서 여러 가지 신사神事를 행하는 것이었다.

산 사람 손님께 대한 것도 그와 마찬가지였다. 손님 하나를 잘못 대접해 보내면 언제 무슨 동티가 날는지 모른다.

그러나 손님을 환영하는 것은 다만 이러한 두려움에서만은 아니었다. 그것은 그들의 천성이었다.

'손님, 나그네' 이것은 그들에게 심히 아름답고 반갑고 무한한 흥취를 주는 말이었다.

원효는 이러한 속에 거랑방이로 나선 것이었다. 그의 허리에는 여전히 호로 여덟을 차고 바가지 넷은 짐에 달고 뒤웅박 하나는 손에 들었다. 호로 여덟은 가나다라마바사아다. 이것은 여덟 신장의 이름인 동시에 이 백성이 살아온 역사다. 그리고 모든 음악의 기조다. 옥타브다. 악기를 건드린다는 것은 가나다라한다는 말이다. 건들거린다, 건들먹거린다는 것은 가나다라, 가나다라마 가락에 맞춘다는 것이다.

짐에 단 바가지 넷은 밥 그릇, 물 그릇, 반찬 그릇, 국 그릇이다. 큰 것, 작은 것, 더 작은 것, 제일 작은 것을 포개면 하나와 같이 된다. 손에 든 뒤웅박은 목탁 대신이다.

길을 가다가 끼니때가 되면 원효는 세존께서 탁발하시던 법을 본받아서 어느 동네에 들어가 큰 집이라고 고르지 아니하고 작은 집이라고 빼어놓지 아니하고 골고루 찾는다. 딱, 딱, 딱, 뒤웅박을 두드리며,

"나무아미타불."

하고 염불을 부른다. 열 마디를 불러도 주인이 나오지 아니하면 다음 집으로 가서 또 그와 같이 한다.

이 모양으로 원효는 여섯 집을 찾는다. 육바라밀六波羅密[5]을 생각하는 것이다. 여섯 집을 돌아서 얻어지는 것을 먹고 더 돌지는 아니한다. 만일 여섯 집을 돌아도 밥이 얻어지지 아니하면 그 끼는 굶을 작정이다.

원효는 애초에 목적한 대로 고향에 돌아가 예전에 살던 터(지금은 절이다)와 분묘를 돌아보았다. 십여 년 전에 떠난 뒤로는 처음 고향에 온 것이다. 원효는 아는 사람을 더러 만났으나 그들은 원효를 알아보지 못하였다. 원효가 천하에 소문이 나고 나라님의 스승이 되었다고 들은 그들은 이 거랑방이가 원효라고 생각할 리가 없었다. 더구나 수염이 자라는 대로 내버려두어서 일년 전에 보던 사람도 알아볼 수가 없을 지경이었다. 또 원효도 아는 사람들에게 자기의 행색을 드러내고 싶지 아니하여서 방갓을

5 생사의 고해를 건너 열반의 피안에 이르기 위해 닦아야 할 여섯 가지 실천 덕목.

깊이 쓰고 얼굴을 남에게 보이지 아니하였다.

그러나 아무리 모든 것을 파탈한 몸이라 하더라도 고향은 정다웠다. 자기가 자라난 집과 동네는 반가웠다. 자기를 낳고는 곧 돌아가셨다는 어머니의 산소 앞에서는 원효도 눈물을 아니 흘릴 수가 없었다.

새벽에 상아당에 다녀오던 길에 밤나무 밑에서 자기를 낳고는 몸에 지녔던 아버지의 옷으로 휘장을 쳤다는 것이 견딜 수 없이 원효로 하여금 그 어머니를 그렇게 하였다. 그 한 가지 사실에서 원효는 그 어머니의 아내로서의 마음, 어머니로서의 마음을 살필 수가 있었다.

그것은 픽도 깊은 인연이면서도 픽도 짧은 인연이었다. 원효는 첫아들인 동시에 외아들이었다. 그 어머니는 그렇게도 기다리던 아들 원효를 낳아놓고는 곧 세상을 떠나고 만 것이었다. 아들의 이름이 무엇인지도 모르고 아들에게 젖꼭지 한 번도 못 물려 보고 세상을 떠난 것이다.

원효는 사람의 이목에 띄일 것을 꺼려서 다 저문 뒤에 그 어머니의 산소를 찾았다. 그리고,

"바바!"

하고 불렀다. 어머니라는 신라말이다. 어머니는 아들에게 어머니라고 부르는 소리를 듣지 못한 것이 유한일 것이라고 원효가 생각한 것이었다.

원효는 수없이,

"바바, 바바!"

하고 불렀다. 실컷 어머니가 원하던 소리를 들리자는 것이다.

그러나 무덤에서는 아무 소리도 없었다. 벌써 삼십사 년이다. 사람이 죽어서 삼십사 년이면 해골도 남았을 둥 말 둥하다.

어머니에게는 벌써 아들 원효가 부르는 소리를 들을 귀가 없다.

'어머니는 지금 어디 계신가.'

원효는 어머니가 지금 있는 곳을 내다보려는 듯이 눈을 들어서 하늘을 바라보았다. 하늘에는 첫가을 별이 반짝거리고 있었다.

'바바, 지금 어디 계시오.'

원효는 애가 탐을 느꼈다.

어머니가 계신 곳을 알기 곧 할 양이면 그곳이 하늘 꼭대기나 땅 밑이라도 따라가고야 말 것 같았다.

원효의 나던 날이 어머니가 돌아가신 날이다. 그것은 무척 슬픈 이별이다. 모자간에 피차에 얼굴 모습도 모른다. 음성도 모른다. 그러나 영원한 시간 중에 어디서 만나더라도 필시 서로 알아볼 것 같았다. 알아보고말고. 그렇게 깊은 인연이요, 그렇게고 깊은 정이어든. 만나자 떠났기 때문에 그 은정이 더욱 깊은 것 같았다.

'어머니는 나를 낳으시려고 세상에 오셨다. 나를 낳으시매 곧 세상을 떠나셨다. 어머니는 당신의 목숨을 나를 낳으시기에 희생하셨다.'

이렇게 생각하면 더욱 어머니가 그리웠고 가엾기도 하였다.

"바바, 바바."

원효는 또 몇 번 소리를 높여서 불렀다.

원효는 한 번도 보지 못한 어머니의 모습을 상상할 길이 없었다. 아버지와 할아버지의 모습은 의희하게[6] 생각이 나지마는 어머니는 생각할 길이 없었다.

원효는 돌아가신 승만여왕을 뵈올 때에는 어머니의 모습이 그와 같으리라고 생각하는 버릇이 있었다. 이제 그 어머니의 산소 앞에서도 승만여왕을 생각하였다. 승만여왕과 어머니를 하나로 보고 원효는 한숨을 지었다.

세존께서도 나시는 날 그 어머니를 여의셨다.

'나도 성불하는 최후생에 이 어머니의 아들로 나리라.'

원효는 이렇게 생각하였다. 이 밖에 어머니의 은혜를 갚을 길이 없는 것 같았다.

어머니의 무덤 앞에 선 원효는 문득 요석공주를 생각하였다. 요석공주가 만일 아기를 배었으면 그의 운명이 또 원효의 어머니와 같지 아니할까 하였다.

원효는 중이 되면서부터 스스로 인생의 모든 인연을 끊은 것으로 생각하였다. 무시無始로부터 내려오는 윤회의 사슬을 완전히 끊어버린 것으로 생각하였고, 다시는 아무러한 인연도 짓지 아니할 것으로 생각하였다. 스스로 아무것에도 물들지도 아니하고[無染], 걸리지도 아니하는[無碍] 보살로 생각하였다. 선연善緣이나 악연惡緣이나 다시는 맺지 아니할 것으로 믿었다.

그러나 이제 생각하면 원효는 벌써 다생의 업보에 졌다. 요석공주와는 끊을 수 없는 인연이 된다. 원효는 얽히고설킨 인연의 동아줄이 자기를 끌어당김을 느꼈다.

'무애!'

6 희미하게.

원효는 스스로 코웃음을 하였다. 승만여왕이나, 지금은 어디가 있는지 모르는 심상이나 또 아사가나 다 지나가버린 바람결은 아니었다. 요석공주는 더구나 말할 것도 없다. 그들은 깊고 얕은 정도의 차는 있을지언정 원효의 마음에 뿌리를 박고 떨어지지 아니하였다. 다만 잊히지 않는다는 것만이 아니다. 원효의 피와 골수에 그 뿌리가 닿은 것이었다. 더구나 살을 마주 대인 요석공주는 원효가 어디를 가거나 원효를 따랐다. 마치 그림자와 같아서 떼려도 뗄 수가 없었다. 원효는 남녀의 연이란 것이 어떻게나 무서운 것임을 요석공주 사건에서 비로소 알았다.

'물에 있을 때에는 젖어도 나오면 그만이다' 하는 연꽃의 비유는 많이 듣고 많이 말한 것이지마는 원효는 제 마음이 결코 연꽃이 아님을 깨달았다. 한 번 물이 묻으면 좀처럼 마르지 아니하는 솜과 같은 마음임을 알았다.

요석궁 대문을 나설 때에 원효는 바람 지나간 자리라고 스스로 믿었으나 웬걸, 그렇지 아니하였다.

'아아, 무서운 것은 인연의 힘이다. 그중에도 남녀의 인연이다.'

원효는 앙아당 위에서 이렇게 자탄하였다. 며칠 절식을 하여서 모든 욕망과 모든 기억이 다 사라지는 자리에서도 요석공주의 일은 도리어 더 뚜렷이 살아나왔다. 원효는 이것이 자기를 아비지옥까지라 끌고 가고야 말 끊을 수 없는 쇠사슬이라고 한탄하였다.

만일 요석공주의 일에 데인 무서운 교훈이 없었던들 원효는 아사가의 사랑을 받아들였을지도 모른다. 아사가는 신선하고 순진하고 그리고 열정적이어서 그의 열정의 불길은 원효의 뼛속까지 파고들었다. 어떤 때에는 원효의 팔이 저절로 아사가를 향하여서 벌어지려고도 하였다.

원효는 저를 원망하고 제 마음이 단련되지 못하였음을 성화하였다. 원효는 스스로 이구離垢 행자라고 생각하였다. 아직 나는 자유자재한 자는 아니다. 억지로 저를 이기어 나가며 조금씩 조금씩 때를 벗으려는 행자에 불과하다고 생각하였다.

'이치로는 깨달은 듯하건마는 마음이 말을 아니 듣는다.'

원효는 이렇게 자탄하였다.

'젖지 아니하고 물들지 아니하는 원효.'

이것이 되려면 많은 수련이 필요한 것을 느낀 것이었다.

이렇게 생각하면 원효는 엄청난 자존심이 푹 줄어들어서 제가 몇 푼어치 아니 됨을 느꼈다.

원효는 어머니의 산소를 어두움 속에 다시 바라보았다.

'어머니, 이 자식은 아직 어머니를 제도해드릴 힘이 없습니다. 저를 제도하지 못하였으니 어떻게 남을 제도합니까. 어머니, 이 자식의 나이가 벌써 사십을 바라봅니다. 그러하건만 아직 저를 건지지 못하였습니다.'

원효는 턱에 자란 수염을 쓸어보았다.

'어머니, 세상이 이 자식을 원효대사라고 부릅니다. 그러나 이 자식은 남의 스승이 될 사람이 아직 못 되었습니다. 다시 어머니 산소를 찾을 때에는 반드시 정말 원효대사가 되겠습니다.'

원효는 어머니 앞에 선 어린 아들의 마음이 되었다.

원효는 어머니를 위하여서 염불 천 번을 부르고 산소에서 물러왔다.

원효는 자기가 이렇게 풀이 죽은 것이 파계 때문인 것을 알았다. 왕자와 같이 패기가 만만하던 자기가 한 번 요석궁 일이 있음으로부터 몸을 감출 곳이 없는 것 같았다.

'계를 깨뜨리는 것은 새가 날개를 잘리는 것과 같다.'

원효는 스스로 이렇게 한탄하였다.

계를 깨뜨리기 전에는 어디를 향하나 누구를 대하나 부끄러운 적이 없었다. 하늘을 향하여서도 고개를 높이 들 수가 있었고 별들을 향하여서도 그 속에 사는 무변중생이 다 자기를 우러러보고 자기에게서 구원의 가르침을 기다리는 것 같았다. 그때의 자기는 가슴을 떡 벌리고,

'오냐.'

할 수가 있었다. 그러나 이제는 별을 바라보기가 부끄러웠다. 별들은 이제는 모두 자기에게서 고개를 돌려버렸다.

'이제는 네게서는 바랄 것이 없어.'

하고 별들은 실망하였다.

모든 중생이 다 그러하다. 계행이 온전하였을 때에 원효의 몸에서는 빛을 발하여서 중생이 모두 그 빛 속에서 편안함을 얻었으나 계를 깨뜨린 원효는 벌써 빛이 아니요, 꺼먼 기왓장이다. 아무도 그것을 돌보는 이가 없었다.

원효는 그 어머니 산소 앞에 섰을 때에 그 산속에 있는 모든 귀신들이 자기에게 손가락질하고 비웃는 것을 느꼈다.

'파계승, 파계. 히히.'

하는 것이었다.

'우리와 무엇이 달라. 우리나 마찬가지다.'

귀신들이나 개나 뱀이나 버러지나 모두 원효를 저의 동류로 보았다.

'옳은 말이오. 당신네와 다를 것이 없어. 욕심으로 움직이는 다 같은 중생.'

원효도 이렇게 자백하고 면목이 없어서 고개를 숙이지 아니할 수 없다.

"지금까지 우리가 네게 바친 공양을 도로 내어놓아라."

한 중생은 원효에게 이렇게 요구하였다.

원효는 '원효대사'라 하여 여러 중생의 융숭한 대접을 많이 받았다. 그중에도 승만여왕, 심상, 요석공주, 아사가 같은 이들, 그밖에도 원효가 모르는 동안에 받은 여러 중생의 대접.

원효는 이 모든 중생의 공양을 헛받았다. 못 받을 공양을 받은 것이다. 보살인 줄 알고 그들은 원효를 공양한 것이었으나 무엇이냐, 원효는 한 파계승이 아니냐.

'아아. 나는 못 받을 대접을 받았다. 그것은 내가 중생의 복을 도적질한 것이다.'

원효는 가슴이 아팠다.

원효는 걸음을 멈추고 길바닥에 꿇어 엎드렸다.

"세존하, 세존하."

원효는 세존을 수없이 부르며 울었다. 얼굴을 땅바닥에 비비며 울었다.

기승[7]한 원효는 철난 이후로는 울어본 일이 없었다. 그는 소리

---

7 기운이나 힘 따위가 큼.

를 내어 걸걸하게 웃기를 잘하였으나 운 일은 없었다.

원효는 걷잡을 수 없이 눈물을 쏟았다.

원효가 고개를 들었을 때에는 새벽달이 올라오고 부엉이와 소쩍새가 울고 있었다. 가을 밤바람이 산들산들하였다. 산 그림자가 칠같이 검고 풀잎에는 이슬이 달빛에 반짝거렸다.

원효는 고향 사람을 만날 것이 두려워서 일어나 빨리빨리 걸었다. 가을벌레소리가 어디까지든지 원효를 따랐다.

달빛을 따라서 밤길을 떠난 기러기소리가 들렸다.

기러기는 가랑아다. 바람의 아들이다. 남북 몇만 리 떼를 지어 여름을 찾아다니며 제 날개로 날고 제 입으로 주워 먹는다. 남에게 의지하지 아니한다. 웅대한 그 행로, 걸걸한 그 기상, 원효는 기러기가 부러웠다.

기러기는 한 스승의 지도에 복종한다. 그 스승이 이끄는 대로 어디나 가고, 그 스승은 상하 사방을 살펴서 바른길을 찾고, 쉴 자리를 찾고, 떠날 시각을 정한다. 그의 끼룩하는 한 소리에 그의 제자요, 부하들은 먹던 것을 버리고 자던 잠을 깨어서 행렬을 지어서 나선다. 그들의 행색은 보살의 행색이었다.

원효는 제가 남을 거느리는 자도 못 되고 따르는 자도 못 된 것을 한탄하였다.

"세존하, 세존하."

원효는 다시금 세존을 불렀다.

원효는 일찍 두타행이란 것을 자기가 실행하리라고 생각한 일은 없었다. 그런 것은 대승보살행은 아니라고 생각하고 있었다. 무애행이야말로 자기에게 합당한 것이라고 생각하였다. 천지간에 어디를 가든지 무엇을 하든지 거칠 것이 없었다.

'내 평생에 어느 중생을 속인 일이 없고 해친 일이 없으니 아귀들 속에 가든지 범이나 뱀 속에를 가더라도 두려울 바가 없고, 내 나를 위하여 아무 욕심도 없으니 아무도 나를 시기하고 미워할 이가 없을 것이요, 내 모든 중생을 자비심으로 건지려 하니 아무나 나를 반가워하고 내게 의지할 것이다.'

원효는 이렇게 저를 생각하고 있었다. 그러므로 중생의 절과 공양을 받는 것은 중생의 복전福田이 되기 위한 것이라고 생각하였다.

그러나 지금의 원효는 그러한 원효가 아니었다. 아무쪼록 중생의 공양을 받아서는 아니 된다, 중생이 내어버리는 헝겊으로 몸을 가리우고 중생이 아까워 아니하는 것으로 배를 채워야 한다, 그리고 보시할 재財도, 법法도 가진 것이 없는 원효는 몸으로 힘으로 중생을 도울 길밖에 없는 것이다, 원효는 이렇게 생각하였다.

'두타행.'

원효는 두타행의 고마움을 절실히 느꼈다.

원효는 어느 동네에나 들어가는 대로 도와드릴 것이 없느냐고 물었다. 사람들은 원효를 수상한 거랑방이로 알아서 잘 믿지 아니하는 이가 많았으나 그중에는 곡식을 져 들여달라는 사람도 있고, 가랫줄을 당기어달라는 사람도 있었다. 그러고는 밥을 얻어먹었다. 그 밥은 대단히 맛이 있었다.

원효가 단샘이고개[甘泉峴]를 넘은 것은 구월도 거의 다 지내어서였다. 살랑살랑하던 날이 다시 더워져서 석양볕이 따가웠다.

원효는 고개를 넘어서 동네에 들어갔다. 그 동네는 외양으로
보기에도 무척 가난한 동네였다. 산골짜구니에 매어달리듯이 열
댓 집이나 드문드문 붙어 있었고, 영은 썩어서 지붕에 여기저기
흠이 생기고 박덩굴, 호박덩굴이 오른 집도 몇이 되지 아니하였
다. 길에는 풀이 나고 가을에 길닦이도 아니한 모양이어서 장마
에 무너진 곳이 그대로 있었다. 그렇게 음침한 동네였다.

원효는 어슬렁어슬렁 동네로 들어가나 닭, 개소리도 없었다.

'동네가 다 비었나?'

하고 걸음을 멈추고 살펴보니 그래도 몇 집에서는 연기가 올랐
다. 그리고 어디서 왔는지 배가 홀쭉하고 비리먹어 털이 다 빠진
개 한 마리가 꼬리를 늘이고 원효를 향하고 왔다. 그는 의외에 사
람을 만난 듯이 우뚝 걸음을 멈추었으나 짖으려고도 아니하였다.
그 비리먹은 개가 이 동네 정령인 것 같았다.

'어느 집이나 하나 찾아보아야.'

하고 원효는 첫 집 문전에 섰다.

원효는 뒤웅박 목탁을 딱딱딱딱 두들기고 염불을 하였다.

"듣그럽다."

하는 늙은이의 소리가 들렸다. 그 소리는 분명히 앓는 사람의 소
리였으나 소리에는 몸서리칠 만한 독기가 있었다. 그래도 원효는
여전히 염불을 불렀다.

"누구 저 중놈을 때려 쫓지 않느냐."

하는 늙은이의 소리가 떨었다. 웬 부인 하나가 달려 나오며,

"웬 거랑방이가 남 앓는 집에 와서 까마귀소리를 하고 있어."

하고 바가지에 들고 나온 쉬지근한 뜨물을 원효의 얼굴을 향하

여 끼얹었다.

원효는 피하려고도 아니하고 그 물을 맞았다.

"그래도 안 가. 아 그래도 안 가네. 그래도 안 가면 똥바가지 씌울걸."

하고 그 여편네가 서둘렀다.

원효는 다음 집 문전에 서서 또 목탁을 두드리고 염불을 하였다.

이번에는 어떤 늙은이가 지팡이를 짚고 체머리를 흔들면서 나왔다.

"당신이 잘못 들어왔소. 이 동네에는 염병이 들어서 집집이 송장이 썩어가는데 동냥을 줄 집이 어디 있소. 저기 저 고개를 넘어가면 단샘이라고 큰 동네가 있으니 거기나 가보오. 아이고 방아라, 방아라."

노인은 이렇게 말하고는 들어가버린다. 그래도 그 노인의 말은 부드러웠다.

원효는 여러 동네에서 푸대접도 많이 받았지마는 이런 동네는 처음이라고 생각하였다.

원효는 셋째 집에서도,

"듣그럽다. 사람이 지금 목숨을 모으고 있는 판에 동냥이 무슨 동냥이냐. 염병이나 묻혀 가거라."

하는 젊은 여인의 악담을 들었다.

넷째 집 문전에서는 아무리 목탁을 두드리고 염불을 하여도 도무지 인기척이 없었다. 굶은 개 한 마리가 마당에 누워서 짖을 기운도 없는 듯이 눈을 번히 떴다가는 도로 감을 뿐이었다.

원효는 이 집에서도 모두 앓아누웠거나 그렇지 아니하면 다 죽었는가 하고 마당으로 들어서서,

"이보아라."

하고 크게 불렀다.

"그 누구요?"

하는 소리가 모깃소리만큼 들렸다. 그것은 남자의 소리인지 여자의 소리인지도 구별할 수가 없었다.

원효는 기침을 하고 방문을 열고 고개를 디밀었다. 컴컴한 방에 아무것도 보이지는 아니하고 무슨 냄새만이 코를 받쳤다.

눈을 크게 뜨고 한참이나 들여다보고서야 비로소 그 방에 사람이 셋이 드러누워 있는 것을 알았다.

원효는 방 안에 들어섰다.

"여보시오."

하고 불러보았다. 어느 사람이 대답할 사람인지를 모르는 것이었다.

"거 누구요?"

하는 것은 맨 아랫목에 누운 사람이었다. 그는 분명히 남자였다.

"지나가던 사람이오마는 대관절 어찌된 일이오?"

원효는 이렇게 물었다.

"나도 모르겠소. 처음에는 내가 앓았는데 나는 아직도 이렇게 목숨이 붙어 있고, 그다음에는 아들이 앓았는데 죽었는지 살았는지 알 수 없소. 저 건넌방 문을 좀 열어보아주오. 며느리도 어젯저녁에 미음을 한 술 끓여다 주고는 소식이 없으니 죽었나 살았나 좀 보아주오. 이게 마누란데 아까까지 헛소리를 하더니 잠이

들었나 원. 그다음에 누운 게 딸이오. 죽었나 살았나 좀 보아주오."

그는 들릴락말락한 소리로 이렇게 원효를 보고 설명하였다.

원효는 마누라라는 사람의 머리를 만져보았다. 팔목을 만져보았다. 맥이 없다.

원효는 아무 말도 아니하고 그다음에 누운 딸이란 사람을 만져보았다. 머리가 불이었다. 분명히 살아 있는 것이었다.

원효는 주인이 말한 대로 건넌방에를 들어가 보았다. 젊은 사나이는 금방 숨이 넘어갈 듯이 톱질을 하고 있었고 만져보아도 알아보는 것 같지 아니하였다. 배설물을 그냥 치우지 아니하여서 악취가 코를 받쳤다. 그런데 기막힌 것은 그 곁에 젖먹이가 누워 있었다. 그는 살아 있으나 기진한 모양이어서 죽은 듯 가만히 있었다.

'그러기로 며느리는 어디 갔을까.'

원효는 방에서 나와서 휘둘러보았다. 달리는 방이 없었다.

원효는 부엌문을 열어보았다. 부엌 바닥에 허연 것이 있었다.

원효는 부엌에 들어가 그 허연 것을 만져보았다. 그것은 분명히 사람이었다. 몸이 더우니 죽지는 아니한 것이다. 필경 먹을 것을 끓이려고 부엌에 내려왔다가 쓰러져서 인사불성이 된 모양이었다.

원효는 며느리를 안아다가 남편 옆에 누이고 곧 솥에 물을 끓였다. 그래서 우선 살아 있는 사람들에게 먹였다. 숟가락으로 떠넣으면 입을 벌려서 받아먹었다. 젖먹이도 넙죽넙죽 받아먹었다. 그런데 금방 원효에게 설명을 하던 노인이 그동안에 정신을 잃어버려서 물을 입에 넣어도 주르르 흘릴 뿐이었다. 그는 다른 식구들 걱정으로 해서 정신을 잃지 아니하고 있다가 어떤 사람이 와서 돌아보는 것을 보고는 맥이 풀려버린 것이었다.

원효는 그 주인 노인이 지금 마지막 숨을 쉬고 있는 것을 알았다. 전신에서는 구슬땀이 흘렀다.

윗목에 누운 딸이 헛소리를 하고 건넌방에서는 젊은 사람이 영각을 하였다. 그러나 원효는 죽는 사람만을 지키고 있을 수가 없어서 산 사람을 위하여 미음을 끓이고 있었다.

그래도 쥐는 있었다. 어두운 부엌 구석에서 소리를 하고 돌아다니고 아궁이에서 오르는 불빛에 두 눈이 반짝하는 수도 있었다. 개는 부엌문에 턱을 걸고 있었다. 퍽으나 시장한 모양이었다. 원효도 배가 고팠으나 무엇을 먹을 생각은 없었다.

건넌방 젊은 사람은 지금 고비를 넘기는 모양이어서 연방 소리를 질렀다.

미음솥에서는 김이 오르고 끓는 소리가 났다.

딸과 며느리는 미음을 좀 먹었으나 젊은 사람은 '발치에 있는 화로를 치워라, 저기 선 저 도적놈을 쫓아내어라' 하고 호령만 하고 아무것도 먹으려들지 아니하였다.

그 밤에 영감도 운명하였다. 원효는 뒤꼍에 구덩이 둘을 파고 영감, 마누라를 내다 묻었다.

그러나 젊은 사람 셋은 살아났다. 꼭 죽을 줄 알았던 젊은 사내는 차차 돌려서 정신을 차렸고 며느리도 그리 중하게 앓지 아니하고 살아났다.

맨 먼저 일어난 것은 딸이었다. 그는 열여섯 살 된 처녀였다. 그러나 아직도 먹을 것을 끓이고 오줌똥을 받아내는 것은 원효였다.

아버지와 어머니가 자리에 없는 것을 보고 딸은 놀라는 모양이었으나 묻지도 아니하였다. 며느리도 일어났다. 미음을 먹고 목숨을 부지한 젖먹이는 마르기는 하였으나 그래도 죽지는 아니하였다.

딸과 며느리가 마당에 내려서는 것을 보고 원효는 슬며시 그 집을 떠났다. 열이틀 만에였다.

날씨가 살랑살랑 추워졌다. 원효의 옷은 더러워지고 또 추웠다. 여러 날 잘 먹지도 못하고 자지도 못한 원효는 몸이 제 몸 같지 아니하였다. 그러나 원효는 평생 처음으로 중생을 도와준 것이 기뻤다. 설사 그 무서운 병이 제게 옮아서 길가에 쓰러져 죽더라도 세상에 왔던 보람을 비로소 한 것 같았다.

이렇게 생각할수록 자기의 지나간 생활이 어떻게 공허한 것임을 깨달았다.

그 집 식구들은 병으로 정신 못 차리고 있을 때에 들어온 원효가 무엇인지 몰랐다. 그는 말없이 물과 미음을 끓여주고 먹여주고 더러운 것을 쳐주고 늘 자기네가 누운 자리가 깨끗하고 마르게 하여주었다. 그들이 차차 정신이 나게 되어서도 원효더러,

'당신이 누구시오?'

이렇게 묻는 일이 없었다. 그것은 그렇게 묻기가 어마어마하기 때문이었다.

언제 눈을 떠보아도 그는 옆에 있었고, 목이 마르다고 생각만 하여도 그는 숟가락으로 물을 떠 넣어주었다. 젖먹이를 안아 재우고 그를 먹여주었다.

그들은 이것이 사람일 수는 없다고 생각하였다. 필시 무슨 신장님이라고 생각하였다. 그러하기 때문에 감히 묻지 못하였다. 또 그러하기 때문에 마음 놓고 그의 구원을 받았다. 더구나 그가 온다간다 말도 없이 스러진 것을 볼 때에 더욱 그렇게 생각하였다.

그러나 원효는 이날에 이 동네를 떠난 것은 아니었다. 그는 시체를 묻어주고 병구완을 하여주고, 이 동네에 앓는 사람이 끊어지기를 기다려서 이 동네를 떠났다. 그가 이 동네를 떠나던 날은 첫눈이 내리던 날이요, 그가 마지막으로 도와준 집은 뜨물 벼락을 맞은 집이었다. 원효에게 뜨물을 뒤집어씌운 그 아낙네의 집의 식구가 온통 병들어 누워서 원효의 구완을 받은 것이었다.

원효가 동네를 떠나는 날에 건강을 회복한 사람들은 동구 밖까지 전송을 나왔다.

"이다음에는 동네 사람들끼리 서로 도와주라."
는 말을 남기고 훨훨 걸었다.

원효는 피골이 상접하도록 바짝 말랐다. 그러나 그의 얼굴과 눈에는 청수한 기운이 있었다. 그것은 모든 욕심을 떠난 보살의 빛이었다. 그러나 원효는 몸이 피곤함을 느꼈다. 어디서 잠시 쉬고 싶었다.

원효는 감천사라는 절을 찾아갔다. 감천사는 선덕여왕 적에 지은 절로 유명한 원광법사도 일시 주석(駐錫)한 일이 있는 절이다.

원효는 감천사에서 불목하니의 직분을 얻었다. 원효가 단샘이 동네에서 병구완하는 두 달에 밥 짓기, 미음, 죽 쑤기를 배운 것이 여기서 이용된 것이다. 원효는 말없이 밥을 짓고 마당을 쓸고 있었다. 이십여 명 중이 있었으나 아무도 그가 원효인 것을 아는 사람은 없었다. 쇠똥아, 쇠똥아 하고 원효를 불렀다.

원효는 밥을 잘 짓는다고 칭찬을 받았다.

원래 중의 집 생활에는 직분에 높고 낮은 것이 없는 것이다. 조실[8] 노스님과 제자의 계급은 있지마는 밥을 짓는 것이나 살림을 하는 것이나 다 평등한 직분이어서 서로 번을 갈아가면서 하는 것이다. 그러나 나라에서 중을 대접하게 되매 어느덧 절에도 계급이 생겨서 중의 지위가 정해지게 되었다. 밥 짓는 중은 언제나 밥 짓는 중이요, 심부름하는 중은 언제나 심부름하는 중이었다. 약간 공부가 있거나 절에 소임이나 지낸 중은 밥 짓기, 빨래하기, 소제하기, 짐 지기 같은 일은 제가 하지 아니하고 남을 시켰다.

그러므로 불목을 지키는 원효는 가장 천한 구실이었다. 아무도 원효의 얼굴을 바로 바라보는 이도 없었다. 원효를 옆에 두고도 중들은 체면 없는, 실없는 소리들을 하였다. 마치 원효 같은 것은 사람값에 치지 않는 것 같았다.

원효는 잘 쉴 수가 있었다. 밥도 잘 먹고 마음도 편안하였다. 설거지를 다 해치우고 판도방에 들어가 목침을 베고 누우면 잠이 달아났다.

판도방에는 지나가는 동냥중이나 거랑방이나 짐꾼들이 들어갔다. 그들에게는 끊임없는 이야기가 있고 사람이기 때문에 잃어버릴 체면이 없었다. 아무런 소리를 하여도 망신될 것이 없었다.

그들은 자다가 고린내 나는 발가락을 남의 입에 넣기도 하고

8 주지.

유시호 누더기를 훔쳐가지고 밤중에 달아나는 자도 있으나 한바탕 욕지거리를 하고 나면 또 쿨쿨 잠이 들었다. 발가락을 입에 넣거나 코에 대고 방귀를 뀌거나 심하면 손가락으로 똥구멍을 우벼서 입에 스쳐주더라도 그것이 그렇게 놀라운 일은 아니었다. 한 개 쥐어박고 와자지껄 한바탕 떠들고 나면 바람 지나간 자국과 같았다.

원효더러도 무슨 재주를 하라고 조를 때가 있었다. 그러면 원효는 뒤웅박을 놀렸다. 다들 잘한다고 웃고 떠들었다.

"보아 허니, 그렇지 않을 것 같은데 어떡하다가 불목하니가 되었소?"

원효에게 이렇게 묻는 사람도 있었다.

"어찌어찌하다가 그렇게 되었소."

원효는 이렇게 대답하였다.

원효는 감천사 부엌에서 편안히 한겨울을 날 수가 있었다. 부엌은 좀 우중충하였으나 넓었고 커다란 아궁이 불이 활활 타는 것을 들여다보고 앉았으면 정신이 황홀할 만큼 깨끗하고 편안하였다. 큰 가마솥에 밥이 잦을 때쯤 하면 고소한 향기가 부엌에 찼다.

두 팔을 부르걷고 큰 동이에 밥을 푸노라면 지팡이를 끌고 부엌으로 오는 노장이 있었다. 그는 누룽지를 좋아하여서 원효더러 누룽지를 달라고 오는 것이었다.

이 노장은 원광법사가 이 절에 있을 적부터 있노라고 하였다. 다른 중들은 이 노장이 누구인지 알려고도 아니하였다. 그렇게 이 노장은 있으나 없으나 한 노장이었다.

그는 부엌에 오면 밥을 푸는 동안에 여러 가지 이야기를 하였다. 그 이야기에 나오는 것을 주워 모아서 생각하면 이 노장은 젊어서 전쟁에도 나가보고, 또 이 절에 와서는 지금 원효가 하는 모양으로 밥도 짓고 허드렛일도 한 모양이었다. 그렇게 이 절에 오래 있으면서도 무슨 소임 하나도 지낸 일이 없었다. 누룽지에 맛을 붙인 것도 그가 불목하니를 할 때에 얻은 버릇인 듯하였다.

그래도 원효더러 스님이라고 하고 만나면 합장하고 허리를 굽히는 중이라고는 이 노장밖에 없었다. 이 노장을 방울스님이라고 어린 중들이 불렀다. 키가 작고 다니는 모양이 둥글둥글 굴러다니는 것 같다고 해서 별명이 된 모양이다. 목소리도 무척 여무져서 새벽에 그가 염불을 부르면 쇳소리 같았다. 그래서 방울스님이라는지도 모른다고 원효는 생각하였다. 방글방글 늘 웃는다고 해서 방울스님인지도 모른다.

"시님 내 방에 와 계시오."

방울스님은 가끔 원효에게 이렇게 말하였다. 비록 성명 없는 중이나 이 절에 오래 있는 늙은이라고 하여서 독성각獨聖閣[9] 지키는 방 하나를 이 늙은이에게 준 것이었다.

"소승이야 젊은 놈이 어디서 자면 어떕니까."

원효는 이렇게 번번이 사양하였다.

원효가 큼직한 누룽지를 한 장 떠주면 방울스님은 그것을 감추듯이 품에 넣고,

"관세음보살 관세음보살."

9 부처의 가르침에 기대지 않고 스스로 도를 깨달은 나반존자를 봉안한 전각.

하고 수없이 원효를 향하여서 절하고는 지척지척 제 처소로 갔다.

원효는 방울스님과 대안대사를 비교해보았다. 방울스님이 대안대사보다 한 반절 더 벗은 것같이 생각되었다. 대안대사에게는 아직도 짓는 것이 좀 남은 것 같은데 방울스님은 아무것도 짓는 것이 없는 것 같았다. 방울스님의 경계가 더 높고 깊은 것 같았다.

한번 원효는 저녁을 다 해치우고 나서 독성각에를 올라갔다. 이날은 방울스님이 누룽지를 얻으려 내려오지 아니한 것이 궁금하기도 하였다. 독성각에 불이 빤하게 켜 있고 그 속에서 방울스님이 염불하는 소리가 들렸다. 독성각은 큰 절에서도 비탈 하나를 올라서 동떨어져 있기 때문에 독성불공이나 하러 오는 사람이 아니고는 하루에 한 사람도 오는 사람이 없었다. 독성각, 칠성각, 산신당이 제일 외딴 곳이었다.

독성각에는 조그마한 소상이 있었다. 어깨가 꼬부라지고 한 무릎은 누이고 한 무릎은 세우고 한 손을 세워 무릎 위에 얹고 한 손으로는 땅을 짚고 빙그레 웃는 노승의 모양이다. 원효는 독성존자의 상이 방울스님 같다고 생각하였다. 그런데 방울스님은 그 앞에서 관세음보살을 부르고 있었다.

"시님 오셨소?"

저녁 불사를 마친 방울스님은 독성각에서 나오면서 원효를 보고 반가워하였다. 그러고는 원효를 자기 방으로 인도하였다. 방은 단칸방이었으나 관음상을 모신 불탑 앞에 천장에서 달린 옥등잔에 쌍심지 불이 구슬같이 빛나고 향내 났다.

방 한편에 징과 북이 있고 다른 한편 벽에는 붙박이 화로가 있어 새옹이 걸리고, 경상에는 《금강경》과 《금강삼매경》이 놓여 있었다.

　방울스님은 가사 장삼을 입은 채로 경상을 앞에 놓고 앉았다. 부엌에 누룽지를 얻으러 왔을 때와는 다른 위엄이 있었다.

　원효는 종이에 싸 가지고 온 누룽지를 내어서 방울스님 앞에 놓으며,

　"오늘 저녁에는 밥이 잘 눌었길래 긁어놓고 기다렸는데, 왜 아니 오셨어요?"

하였다.

　"이런 고마울 데가 있습니까."

하고 종이로 싼 것을 열어서 노르스름하게 눌은밥을 보고 눈과 얼굴이 온통 웃음이 된다.

　"이게면 또 내일 온종일 먹겠소. 이걸 마른입으로 먹어야 맛이 있을 텐데 원 이가 있어야지. 이가 이렇게 한 개도 아니 남았구려. 그러니 이렇게 끓여서 먹지요."

하고 방울스님은 화로에 놓인 새옹 뚜껑을 열어 보인다. 그 속에는 노르스름한 것이 죽 모양으로 보글보글 끓고 있었다.

　방울스님은 뚜껑을 다시 덮어놓으며,

　"이렇게 끓여도 고소해. 인중상공人中上供[10]이오. 이따금 마른입으로도 조금씩 입에 떼어넣고 우물우물해보지요. 그렇지만 이가 없으니까 고 노긋노긋한 진미야 모르지. 허허."

하고 한바탕 웃고 나서,

　"젊어서는 오후 불식不食도 하였건만 늙으니까 자다가도 헛헛

10 현재 자신을 괴롭히는 것을 가장 높게 여김.

증이 나요. 그래서 이렇게 새옹에 끓여놓고는 시장하면 한 숟갈씩 떠먹지요. 그래도 맛이 좋아. 고마운 일이지요."

방울스님은 이렇게 말하면서 원효가 가지고 온 누룽지를 한 조각 떼어서 입에 넣고 우물우물하며 맛있게 침을 껄떡껄떡 삼킨다. 그것이 마치 어린아이가 맛있는 것을 만난 것과 같았다.

"시님 약주도 잡수셔요?"

원효는 이런 소리를 물었다.

"술?"

하고 방울스님은 씹던 입을 쉬고 고개를 가로흔든 뒤에,

"술은 대안이 좋아하지."

하고 웃는다.

원효는 이이가 대안을 아는가 하고 놀랐다.

"시님. 대안대사를 아십니까."

"알구말구. 젊어서 같이 댕겼지요. 당나라에도 같이 댕겨오고."

방울스님은 이렇게 말하였다.

원효는 자기의 안식이 부족함이 부끄러웠다. 방울스님이 범상한 늙은이가 아니라고는 생각하였지마는 그가 《금강경》을 읽고 당나라에를 다녀오고 대안대사와 친구라고는 생각지 못하였던 것이다. 그저 천진난만 무식한 늙은이라고 알았던 것이다. 그러면 방울스님의 이 천진난만은 공부가 많이 든 천진난만이었던가.

"네, 그러셔요."

하고 원효는 자기가 신분을 숨기고 있는 것도 잊고,

"소승도 대안대사를 뵈온 적이 있습니다마는 대안대사가 본래 어떠한 사람인지 이름이 무엇인지도 들은 적이 없습니다."

하고 호기심이 그득한 눈으로 방울스님을 바라보았다.

"다 서로 아는 일을 말할 필요는 있나?"

방울스님은 이렇게 말하고 웃었다.

"다 서로 알다니요. 무엇을 안단 말씀입니까."

원효는 겸허한 마음으로 물었다.

"피차에 다 같은 행색 아니오? 어머니 배에서 나오고, 오줌똥 싸 뭉개고, 밥 먹으면 배부르고, 술 먹으면 취하고, 계집 보면 마음 동하고, 이러기를 몇천만 겁 해 내려온 중생들이니 서로 말 않기로 누가 누구인지 모를 것은 있나, 서로 다 아는 일이지. 하하하, 안 그렇소? 삼계 중생의 먹는 마음을 다 아시노라고 세존께서 말씀 아니하셨소? 세존께서도 전생다생에 다 지내보신 일이어든, 모든 중생의 마음 경계를. 다람쥐가 좋아하는 잣은 나도 좋아하고 내가 좋아하는 누룽지는 또 다람쥐도 좋아하고, 시님이야 화엄 강백講伯[11]이시니 나보다 잘 아시겠지요. 일체유심조라."

"소승이 화엄 강백이라구요?"

원효는 놀라는 빛을 보였다.

"응, 아마 원효대살걸."

"과연 소승은 원효입니다. 그런데 시님께서는 어떻게 소승이 원효인 줄을 아십니까."

"원효시님이 아직 도력이 부족하여서 내 눈을 가리울 힘이 없는 게지. 그렇지만 감천사 수십 명 중의 눈을 가리운 것만 해도 시님의 도력이 어지간하시지. 그렇지만 시님이 아직 신장의 눈은

---

11 강연하는 스승.

못 가려. 어, 내가 또 부질없는 말을 했군."

"귀신의 눈에 안 뜨이는 법이 어떠합니까?"

원효는 이렇게 물었다.

"내 마음이 비면 아무의 눈에도 아니 뜨이지."

방울스님은 이렇게 대답하였다.

"내 마음이 비이자면?"

"나를 없이 해야지. 시님께 오욕이야 남았겠소마는 아직도 아만我慢[12]이 남았는가 보아. 오욕을 떼셨으니 잡귀야 범절을 못 하지마는 아만이 남았으니 신장의 눈에 띄어. 시님이 아주 아만까지 버리시면 화엄신장도 시님의 종적을 못 찾소이다. 아만—내가 이만한데, 내가 중생을 건질 텐데 하는 마음이 아만야. 이것을 깨뜨리자고 세존께서 수보리[13]에게 《금강경》을 설하신 것이오. 무주상보시無住相布施, 응무소주이생기심應無所住以生其心[14]이라는 거요."

원효는 일어나서 방울스님께 절하였다. 방울스님은 앉은 대로 원효의 절을 받았다.

원효는 이로부터 밤마다 방울스님에게 《금강경》과 《금강삼매경》을 듣고 또 선禪을 배웠다.

원효는 자기가 언제 귀신의 눈에 띄었는지 역력히 알 수가 있었다. 그 전은 말할 것도 없고 단샘이 동네를 떠날 때에,

'내가 좋은 일을 하였다.'

---

12 스스로를 높여 잘난 체하고, 남을 업신여기는 마음.
13 석가의 십대 제자 중 한 사람.
14 베푼다는 생각 없이 베풂, 응당 머무름이 없이 마음을 내다.

한 때에 분명히 귀신들은 자기를 보았을 것이다.

그다음에는 감천사에 들어온 뒤에 지위 높은 중들을 밥주머니, 욕심꾸러기라고 보고 자기를 장하게 생각할 때에 감천사에 있는 귀신들이 분명히 자기를 보고 웃었을 것이다. 그 밖에도 반성하면 반성할수록 귀신의 눈에 띄운 기회가 많이 있었다.

'법도 오히려 버려야 하거든 하물며 비법이랴[法尙應捨 何況非法].'

모든 것을 버리되 나까지 버려야 한다. 나의 뿌리를 남겨두면 비만 맞으면 다시 오욕의 움이 돋아나올 것이다.

원효는 방울스님의 몸뚱이 밑에 나의 뿌리를 파고 나의 씨를 불사르기를 힘썼다.

"시님 어렵습니다."

하루는 원효는 방울스님 앞에 이렇게 한탄하였다.

"어렵소?"

방울스님은 이렇게 빙그레 웃었다.

"소승은 평생에 어렵다는 말을 한 일이 없습니다마는 이것만은 참으로 어렵습니다. 죽기보다 어렵습니다."

원효는 이렇게 고백하였다.

"그야 죽기보다 어렵지. 이 몸뚱이 하나 죽이기야 쉽지마는 영겁의 윤회를 끊는 것은 불보살의 가지 없이는 어려운 일이지요."

방울스님은 이런 말을 하였다.

사실 나의 뿌리를 뽑는 행은 앙아라당이의 절식 고행에도 비길 바가 아니었다.

나의 뿌리를 찾아 들어가면 진실로 끝 간 데를 몰랐다. 원효는 어려서 놀 때에 진솔이라는 모래판에 나는 풀뿌리를 찾던 것을 생각하였다. 그 모래를 파고 들어가면 들어갈수록 그 머리카락 같은 뿌리가 점점 더 많이 가지를 채워서 열 가닥이 되고 백 가닥이 되어서 한량이 없었다.

그때에 어떤 아이가,

"진솔 뿌리는 염라대왕 머리에 박힌 것이라더라."

라는 말을 하였다.

원효는 나의 뿌리의 깊고 넌출진 것이 이러하다고 생각하였다. 그런데 그중에서 실뿌리 하나만 남겨놓아도 또 새로운 내가 생겨서 끝없는 윤회를 거듭하는 것이었다.

하루는 원효가 이런 말을 방울스님께 하였다. 나의 뿌리가 이렇게 빼기 어렵다는 말을 하였다.

그때에 방울스님은,

"나의 뿌리가 그렇게 깊다고 보는 그 마음을 떼어버리지. 그것이 허망의 근본이 아닐까."

이런 말을 하였다. 원효는 이 말에 눈이 열림을 깨달았다.

원효는 마치 잊어버렸던 것을 생각해내는 모양으로 무릎을 치고 《화엄경》〈노사나불품盧舍那佛品〉의 보현보살의 게를 외웠다.

"저 부처나라 꼭대기의 헤아릴 수 없는 세계는 지워지기도 하고 무너지기도 하지마는 생하는 것도 아니요, 멸하는 것도 아니라. 비컨댄 모든 나무에 꽃과 잎이 피고 지듯이 이같이 모든 부처나라의 지고 헒음도 그러하니라. 가지가지 나무에 가지가지 열매 열 듯이 가지가지 나라에 가지가지 중생이 있어라. 씨가 다른지라 열매 같지 아니하도다. 행업行業이 가지가지매 나라도 가지가지러라. 마치 여의보주가 마음대로 무슨 빛이나 내임과도 같아

라. 모든 망상을 버리면 청정한 나라만을 보리라. 마치 공중에 구름이 용왕의 힘으로 나타나듯이 부처님 원력으로 모든 불찰佛刹이 일도다. 마치 재주 있는 요술쟁이가 여러 가지 재주를 부리듯이 이같이 중생의 업으로 불찰이 헤아릴 수 없도다. 그림의 상을 보고 화공의 조작인 줄 알 듯이 부처나라를 보면 마음이란 화공의 그림인 줄 알라. 중생의 마음이 같지 아니하매 가지가지 망상을 일으키나니 이같이 모든 불찰도 모두 다 허깨비 같으니라."

원효는 자기가 보는 세계가 자기의 행업으로 나타남이란 것을 새삼스럽게 깨달았다. 그러나 나의 뿌리가 깊고 깊어 끊기 어렵다는 것도 결국인 내 심행心行에서 오는 망상이다.

모든 망상을 끊는 원효의 앞에 나타난 세계는 정히,

'或有七寶刹 平正住莊嚴
清淨業力起 微妙善安穩
彼佛刹土中 唯有人天趣
功德果成就 常受諸快樂.'[15]

의 아름다운 나라였다.

원효는 기쁨에 넘쳐서 옆에 있는 북채로 둥둥 북을 두드리고 또 일어나서 춤을 추었다.

원효가 춤을 추는 동안 방울스님은 징, 북을 울렸다. 그러다가 방울스님도 일어나서 춤을 추었다.

한바탕 두 사람이 어우러져 춤을 춘 뒤에 방울스님은,

'猶如千日出 虛空靡不照

15 편안하고 아름다운 부처님 나라를 묘사한 글.

離垢坐道場 光明亦如是.'[16]

의 게를 읊었다. 원효는 거기 화하여서,

'一一衆生故 苦行無量劫

不滅生死難 能爲大導師.'[17]

하고 일체공덕승수미산운불一切功德勝須彌山雲佛의 게를 읊었다.

방울스님은,

"좋다. 좋다."

하고 원효의 뜻을 칭찬하고 말을 이어,

"盡盧舍那 本願底故

普賢身相 猶如虛空

依於如如 不依佛國

現身無量 普應衆生."

이라고 불렀다. 노사나불의 본원을 밑까지 다 알고 행하였으니
보현보살의 몸 허공과 같아서 여여에 의지할지언정 불국에 의지
하지 아니하여 무량한 몸을 나타내어 널리 중생의 부름에 응한
다는 뜻이다. 이것은 방울스님이 원효를 격려하는 뜻이었다.

무량겁 해에 보살이 쉬임 없이 도를 닦는 것은 저를 위함이 아
니라 중생을 고에서 건지기 위함이다. 그러면서 나는 중생을 건
진다 하는 생각을 가져서는 아니 된다. 그것은 아상我相이요, 인상
人相이요, 중생상衆生相이요, 수자상壽者相이다. 이 모든 상을 떠나는
것이 부처라는 것이다.(離一切諸相 是名諸佛)

---

16 마치 천 개의 해가 떠오른 듯이 온 허공을 비추지 않음이 없네. 마니주(부처님)가 자리한 도
    량이니 광명도 그와 같네.
17 각 중생의 연고로 고행은 무량겁에 이르고 생사의 고통이 끝이 없으니 마땅히 세상의 도사
    가 되리라.

314

원효는 전과 같이 조석에 밥을 짓고 물을 길었다. 그리고 방울
스님은 지척지척 누룽지를 얻으러 지팡이를 끌고 내려왔다.

감천사에는 봄이 와서 진달래와 복숭아가 피었다.

"시님, 우스운 일이 있소."

하고 방울스님은 벙글벙글 웃었다. 넓은 부엌에는 다른 사람은
오지 아니하였다.

"무슨 일이오?"

원효는 주걱으로 솥에서 밥을 푸면서 물었다. 고소한 밥의 향
기가 진동하였다.

"지금 오다가 들으니, 여기 학인들이 시님의《대승기신론소》
를 배웁디다. 되긴 되었소. 원효시님이 지어주신 밥을 먹고 원효
시님이 지으신《대승기신론소》를 배우니 되기는 되지 않소?"

하고 방울스님은 유쾌하게 웃었다.

원효도 빙그레 웃었다. 그런데 이런 때에 또 귀신의 눈에 띄지
아니할까 하고 조심하였다.

원효는 한가한 틈을 타서 강당 앞에 가서 엿들었다.

《기신론》작가인 마명馬鳴보살 이야기 끝에 원효대사 평이 났다.

"원효대사도 보살 화생化生이야."

이런 말을 하는 이도 있었다.

"원효대사는 생이지지生而知之로 무사자통無師自通[18]한 이래."

이런 말을 하는 이도 있었다.

"원효대사가 보살 화신이면 요석공주 때문에 파계는 왜 해."

---

18 배우지 않아도 나면서 앎. 스승 없이 스스로 알아냄.

이렇게 원효를 공격하는 이도 있었다.

"그게 다 방편이겠지."

이렇게 원효를 변호하는 이도 있었다.

"미인과 같이 자는 방편이면 해롭지 아니한 방편인데."

하고 모두들 웃었다. 아마 학인들끼리만 모여 앉은 모양이었다.

원효는 쓴웃음을 웃었다. 그리고 엿듣던 자리에서 물러나려고 할 즈음에 한 학인이 문을 열고 나오다가 원효와 마주쳤다.

"왜 여기 섰어?"

그 학인은 원효를 노려보았다.

"시님네 토론하시는 것 좀 엿들었습니다."

하고 원효는 공손히 뜰에 내려섰다.

"그래 무슨 말을 엿들었어?"

그 학인은 원효를 기롱하려 들었다.

"원효 험구하시는 것을 엿들었습니다."

"하하, 그래 공양주가 원효대사를 아나?"

학인은 흥미가 동하는 모양이었다. 다른 학인들도 두 사람의 대화에 재미를 붙여서 툇마루에 부르르 나왔다.

"원효란 중이 요석공주하고 자서 아이를 낳았다는 소문은 들었지요."

원효는 이렇게 대답하였다.

"그래, 원효대사가 요석공주하고 잔 것이 잘한 일이냐 잘못한 일이냐 말야."

다른 학인이 이렇게 원효에게 물었다.

"글쎄요. 잘못했다고 생각하기로 원효대사도 중질 그만두고 거랑방이질 다니지요 그렇지만 시님네 같으면 어찌하시겠소?"

원효는 이렇게 말하고 웃었다. 학인들은 서로 돌아보았다.

"어, 그 맹랑한 손이로군."

한 학인이 이렇게 원효를 노려보고 방으로 들어갔다. 원효의 말이 이상한 무게로 학인들의 정수리를 때린 것이다. 봉변한 듯이 생각한 것이었다. 도인의 말은 무심코 하는 한마디에도 사람을 누르는 힘이 있는 것이다. 사람뿐 아니라 귀신도 도인의 일언일동에 눌리는 것이다. 그것은 제 욕심에서 나온 것이 아니요, 자비심에서 나오는 것이기 때문이다.

이월 십오일은 세존께서 사라쌍수 밑에서 열반하신 날이었다. 십이월 십오일이 성도하신 날이었다. 십이월 십오일의 성도하신 날과 같이 이날에 감천사에서는 열반재를 올리고《열반경》의 법문이 있었다.

학인들은 오늘로서 동안거冬安居가 해제가 된다고 기뻐하였으나 원효는 떡을 하느라고 무척 바빴다.

마을에서 선남선녀도 많이 모여 왔다.

청명을 앞으로 며칠 아니 남긴 날씨는 무척 온화하였고 하루건너 실비가 왔다.

열반재를 마치고 원효는 감천사를 떠나기로 하였다.

"덕분에 소승이 한겨울을 편안히 났습니다."

하고 원효는 사중에 골고루 다니면서 하직인사를 하였다.

"어디로 가나?"

이렇게 물어주는 이도 있었다.

"어디 정처 있습니까."

원효는 이렇게 대답하였다.

"갈 데 없으면 여기 더 있지."

이렇게 만류해주는 이도 있었다.

평상시에는 본체만체하던 사람들도 떠난다는 말을 듣고는 섭섭한 뜻을 표해주었다. 원효는 그것이 기뻤다.

"참 일을 잘했는데."

하고 원효의 공로를 칭찬해주는 이도 있었다.

원효는 누룽지를 많이 싸 가지고 독성각에 올라갔다.

방울스님은 북을 울리며 염불을 하고 있었다.

원효는 염불이 끝나기를 기다리고 있었다.

가사 장삼을 입고 징, 북을 울리고 앉았는 방울스님은 전혀 허공인 것 같았다. 그의 몸에서는 아무 냄새도 아니 날 것 같았다.

더구나 그 염불소리는 맑았다. 모든 욕심을 떠난 소리였다. 그 소리는 온 법계에 가득 찰 것 같았다. 오직 중생을 위하여 부르는 염불이었다. 고해화택에서 오욕번뇌의 불에 타며 허덕이는 중생이 이 소리를 들으면 당장 청량淸凉을 얻을 것 같았다.

아무 거드름도 변화도 없는 평담한 소리언마는 그 소리는 하늘 꼭대기까지 아비지옥 밑바닥까지 울려가서 그곳에 있는 중생의 괴로움을 식혀줄 소리였다.

원효 자신도 몸이 극락세계에 있는 것 같았다. 형용할 수 없는 안온함을 느꼈다.

둥, 꽹 하는 징, 북소리도 예사로운 소리가 아니었다. 원효 자신이 두들기면 그러한 소리가 날 것 같지 아니하였다. 북채로 북을 치는 것이 아니라, 방울스님의 법신法身으로 북을 치는 것이었다. 염불소리와 징, 북소리는 한데 어우러져서 둘이 아니었다. 그 것을 울리는 방울스님의 몸도 한데 어우러졌다. 원효는 자기가 이 동네, 저 동네로 돌아다니며 부르던 염불소리를 돌려 생각하여보았다. 그것은 원효가 목구멍으로 부른 소리요, 법신으로 부른 것은 아닌 것 같았다. 심지어 원효의 염불에는 거드럭거리는 장난 기운조차 있지 아니하였던가.

원효도 무론 장난으로 염불을 한 것은 아니요, 지성으로 하노라고는 한 것이었다. 그렇지마는 방울스님의 염불과 비길 때에 자기의 소리는 한 희롱이요, 취담이요, 아무 힘도 없는 것 같았다. 그 소리가 중생의 귀에 들어가서 듣는 이의 혼을 움직여 보리심을 발하게 할 힘이 있을 리가 없는 것 같았다.

원효는 한숨을 쉬었다.

'금과 흙이다!'

원효는 속으로 이렇게 한탄하였다. 자기는 흙으로 만든 그릇인 것 같았다.

대안대사의 염불에도 이러한 힘은 없는 것 같았다. 마음에 모든 때를 벗은 사람은 아름다운 것 중에 가장 아름다운 것이요, 높은 것 중에 가장 높은 것이다.

'猶如千日出 虛空靡不照
離垢坐道場 光明亦如是.'

원효는 비로소 부처를 보는 것 같았다. 그동안에 무궁한 세월이 흘러간 것과도 같았다.

염불소리와 북소리가 끊어지고 방울스님은 일어나서 절을 하였다.

"世尊我一心 歸命盡十方 無碍光如來 願生安樂國."[19]

하는 용수보살의 게를 읊으면서 절을 하였다. 두 팔을 높이 들어 공중에 원을 그렸다가 합장하고는 절하고, 이렇게 하기를 열 번이나 한 뒤에 고개를 돌려서 문밖에 섰는 원효를 보고 빙그레 웃었다.

"소승 지금 떠납니다."

원효는 다른 말은 없이 이렇게 말하였다. 그리고 누룽지 봉지를 방에 들여놓으며,

"시님께 누룽지를 공양하기도 이것이 마지막입니다. 이번에는 잘 눌어서 많이 가져왔습니다."

방울스님은 합장을 하여서 고맙다는 뜻을 표하였다.

원효는 감발을 한 몸이라 방에 올라가지는 아니하고 문밖에 선 채로 깊이 허리를 굽혔다.

방울스님은 뜰까지 나와서 원효와 작별하였으나 피차에 말은 없었다. 할 말이 없는 것이다. 말이 없어도 서로 마음이 통하는 것이다.

아마 이것이 이생에서는 마지막 작별일 것이다. 원효가 다시 감천사에 올 일도 없고, 방울스님이 감천사 밖에를 나올 일도 있을 것 같지 아니하였다. 그러나 이러한 작별을 이 두 사람 사이에도 몇억만 번 하였는지 모른다. 인연이 남으면 또 만나는 것이다. 수없는 반복이다. 요다음에는 아미타불의 안락국에서 만날지도 모른다. 끝없는 보살행 중에는 안락국에도 한 번은 갈 것이다. 그

---

19 세존이시여, 제가 일심으로 모든 방면에 달하는 무애광여래께 귀명하여 안락국에 태어나기를 원하나이다.

러나 '——衆生故 苦行無量劫 不滅生死難'하는 행자로는 이 신라 나라에도 금후 몇 번을 더 올는지도 모르고, 또 지옥과 아귀, 축생도에도 몇 번 갈는지 모른다. 그러한 길에 서로 만나고 또 서로 만날 것이다.

이 세상에 바늘 하나 세울 만한 것도 중생을 위하여서 목숨을 아니 버린 데가 없는 것이 보살의 행색이다. 보살의 눈에는 모든 중생은 다 평등이다. 어느 중생에 대하여서도 사랑하는 외아들의 심경을 가진다. 어느 중생 하나를 건지기 위하여서도 목숨을 아니 아낀다. 천 번이고 만 번이고 그 중생을 건질 때까지 죽고 또 죽는다. 이것이 보살의 대자비심이다. 이 모양으로 무변중생을 다 건지는 날이 보살의 행이 완성하는 날이다. 범부는 이런 말을 들을 때에는 입을 딱 벌린다. 그러나 보살은 이런 일에도 진력이 아니 나는 것이다.

원효는 터불터불 절 동구를 향하고 걸었다. 이때에,

"원효대사, 원효대사."

하고 뒤에서 부르는 소리가 났다. 원효는 고개를 돌렸다. 방울스님이 큰방 앞 축대 위에서 손을 혀기고 있었다. 원효는 빨리 걸어서 방울스님 곁으로 갔다.

"이 책을 드린다는 것을 잊었소."

하고 퍼렁 보에 싼 책을 원효에게 주었다.

"《금강삼매경》이오. 시님께 이 책을 전하는 것이 옳을 것 같아."

방울스님은 이렇게 말하였다.

"받자옵니다."

하고 원효는 그 책을 두 손을 받들어 수그린 머리 위에 높이 들었다.

원효대사라고 방울스님이 부른 소리에 학인들이 몰려나와서 얼빠진 사람들 모양으로 방울스님과 원효를 보고 있었다.

원효는 방울스님께 또 한 번 절하고, 곁에 둘러선 학인들과 다른 중들께도 또 한 번 하직인사를 하고 동구를 향하고 나갔다.

"노장님, 지금 원효대사라고 부르신 이가 누구오니까."

한 학인이 방울스님께 물었다.

"지금 저기 가는 저 사람이 원효대사요. 시님네들이 겨우내 원효대사가 지어주시는 공양을 잡수셨으니 다들 성불하시겠소."

하고 방울스님이 웃었다.

겨우내 부엌에서 밥 짓던 중이 원효대사란 말을 들은 중들은 놀랐다. 그중에도 강당문 밖에서 원효를 기롱한 두 중은 디욱 놀랍기도 하고 무안하기도 하였으나, 그보다도 천하에 이름이 높은 선지식을 옆에 두고 몰라본 것이 분하였다.

"노장님 정말이오?"

원효더러 '어, 그 맹랑한 손이로군' 하던 학인이 방울스님께 물었다. 그의 이름은 의명義明이었다.

"무엇이 정말이냐 말이오?"

"지금 그 시님이 분명 원효대사요?"

"그렇다니까. 시님네가 공부하시는 《대승기신론소》를 지으신 원효대사요."

방울스님은 이렇게 대답하고 웃었다.

"노장님은 그이가 원효대산 줄 어떻게 아셨소?"

"날 누룽지를 잘 주길래 원효대산 줄 알았소."

방울스님은 웃었다.

의명은 곧 짐을 꾸려 지고 원효의 뒤를 따라서 떠났다. 어디를 가느냐는 동무의 말에는,

"원효대사 따라가오."

하고 뒤도 아니 돌아보고 대답을 던졌다.

의명은 거기서 이십 리나 걸어서 강가에서 나룻배를 기다리고 있는 원효를 만났다.

의명은 봄철 축축한 강변 흙에 엎드려서 원효의 앞에 절하였다. 그러고는 고개를 숙인 채로,

"시님, 몰라뵈온 죄를 용서합시고 소승이 시님을 시봉하삽기를 허하십시오."

하고 애원하였다. 원효는 의명을 붙들어 일으키며,

"허, 방울시님이 실없는 말씀을 하신 게로군."

하였다.

"오늘부터 소승은 시님을 시봉하겠습니다."

하는 의명의 눈에 눈물까지 있었다.

"나를 시봉하다니, 밥 짓고 빨래하고 바느질할 줄 아오?"

원효는 농담삼아 물었다.

"그런 일을 해본 일은 없습니다."

의명은 정직하게 대답하였다.

"그러면 내가 시님을 시봉하게?"

원효는 이렇게 말하고 웃었다.

강가에는 풀이 파릇파릇하고 흐린 물이 소리 없이 흐르고 있

었다. 나룻배는 저편 언덕에 맨 채로 사공은 어디 가고 배만 물결을 따라 오르락내리락하고 있었다. 여기저기 봄보리 가는 농부가 있고 노고지리는 아직 소리를 아니하였다.

의명은 원효의 허락이 내리기를 기다리고 합장하고 서 있었다.

"정처 없이 또 구름같이 다니는 나를 따라오면 어찌하오. 그나 그뿐인가, 감천사 독성각에 계신 방울시님이야말로 지금 동방에 으뜸 되시는 대덕이시오. 나를 따라오느니보다 방울스님께 배우시오. 아마 그 시님께서 돌아가실 때까지 배우더라도 그 시님의 높은 도력을 다 배우지 못하리다."

원효는 이렇게 점잖게 의명을 개유하였다.

"소승이 감천사에 있기를 삼 년이나 하면서도 방울시님이 뉘신 줄을 몰랐습니다. 그저 무식한 노장님이거니 하고 업수이 녀겼습니다. 시님께서 한 겨울을 소승네 밥을 지으셔도 사중에 아무도 시님이 원효대사신 줄을 알아뵈온 이가 없습니다. 그리고 버릇없는 소리를 함부로 하였습니다. 아까 독성각 노장님께 시님이 원효대사란 말씀을 듣고 처음에는 믿어지지 아니하였습니다. 임금의 스승이 되시고 천하에 이름을 떨치신 원효대사가 소승네 밥을 지으시리라고는 꿈에도 생각하지 못하였습니다. 원효대사시면 귀인의 모양을 차리시고 걸어다니시지도 않으리라고 생각하였습니다. 그러다가 시님께서 정말 원효대사신 줄을 안 때에 소승은 전신에 피땀이 흐른 것 같았습니다. 그래서 이렇게 시님의 뒤를 따라왔습니다. 어디를 가시든지 죽기까지 시님의 뒤를 따르리라 하였습니다."

의명은 이렇게 말하여 원효를 따를 뜻이 굳은 것을 힘 있게 보였다.

의명은 자장율사의 배다른 아우로서 의안義安과 어머니 같은 형제였다. 의안은 장차 중으로서 효소왕孝昭王의 정승이 될 사람이었다.

"형님께서 자장율사라면 왜 형님께 아니 배우고 시골로 돌아다니오?"

원효가 이렇게 묻는 말에 의명은,

"소승은 자장율사가 마음에 싫습니다."

이렇게 대답하였다.

원효는 의명을 데리고 물을 따라서 내려갔다. 태백산에서 근원을 발한 물줄기를 따라서 내려가면 점점 낙동강 분류로 합하는 데로 가게 된다. 봄날은 길 걷기에 가장 좋은 때였다. 아직 물 것도 아니 생겨서 잠자리도 편하였다. 산골에서 벌판으로 내려갈수록 봄은 더욱 깊었다.

원효는 풀뿌리와 풀잎도 먹고 한데에서도 자고 하였으나 의명은 싫어하지 아니하고 원효가 하는 대로 하였다. 원효는 의명의 뜻이 어지간히 굳은 것을 보았다.

마침내 두 사람은 일선주 지경을 접어들어 냉산 도리사에 다다랐다.

도리사는 모례毛禮의 집터다. 모례는 신라사람 중에 첫번 불교 신자였다. 눌지왕訥祇王 때에 묵호자墨胡子라는 중이 처음으로 신라에 들어와서 모례의 집에 머물렀다고 한다.

묵호자란 무론 그 중의 이름은 아닐 것이다. 검은 되놈이라고 신라사람이 그를 부른 별명인 것이다. 검은 되라면 무론 서역 사

람일 것이다. 이때에는 중국에는 벌써 불교가 들어온 지 이백여
년 뒤라 하니 아마 중국에 왔던 서역 중이 신라로 왔던 것이다.
옛날 기록을 보면 묵호자는 고구려로부터서 왔다고 하였다. 아무
려나 그는 도를 펴기 위하여서 만리 타국에 홀로 온 것이다.

기록을 보면 묵호자가 고구려로부터서 신라의 일선군에 이르
니 그 고을 사람 모례가 땅을 파고 방을 만들어서 숨겨주었다. 그
때에 마침 양나라에서 신라에 사신을 보내었는데 그가 가지고
온 예물 중에 향내 나는 물건이 있었다. 이때에 신라 조정에서는
그 향이 무엇인지도 모르고 무엇에 쓰는 것인지도 몰라서 중사
를 보내어 이것이 무엇인지를 알아 올리라고 사방에 물었다. 그
때에 묵호자가 이것을 보고,

"이것은 향이라는 것이오. 이것을 태우면 향기가 나는 것이니
정성을 신명께 달하게 하는 것이오. 신명이라 함은 삼보三寶밖에
없으니 일왈 불타佛陀요, 이왈 달마達摩요, 삼왈 승가僧伽시라. 만일
이 향을 피우고 발원하면 반드시 영험이 있는 것이오."

이렇게 대답하였다.

이때에 마침 공주가 병이 중하였다. 왕은 묵호자를 청하여 분
향 기도하게 하였더니 공주의 병이 나았다. 왕이 크게 기뻐하셔
서 묵호자에게 상사를 대단히 후하게 하셨다.

묵호자는 모례의 집에 돌아와서 왕께서 받은 물건을 다 모례
에게 주어 그동안에 진 신세를 갚고,

"나는 갈 데가 있으니 그만 떠나오."

하고는 간 바를 몰랐다. 이것이 묵호자에 관한 기록 전부다.

아마 얼굴이 검고 코와 눈이 다른 인도 사람으로서 혼자 타국

에 숨어들어 오느라고 그 고생이 여간하지 아니하였을 것이다. 모례가 움을 파고 그 속에 묵호자를 숨겨준 것을 보더라도 묵호자의 신변이 대단히 위험하던 것을 짐작할 수가 있다.

신라는(고구려와 백제도 그러하지마는) 신을 숭상하는 나라다. 가장 높으신 아, 가, 나, 다, 라, 마, 바, 사, 팔 신을 위시하여 이 팔 신에서 나온 여러 신을 숭배하던 나라다. 임금의 일이란 신을 섬기고 백성으로 하여금 신을 잘 섬기게 하는 일이었다. 정치, 산업, 문화가 모두 이 신을 섬기는 것을 중심으로 또는 목표로 되어 있었다. 이러한 신라에 중국 사상이 들어오매 다소간 신에 대한 순일 무잡한 생각이 어지러워졌다 하더라도, 또 일면으로는 외래 사상에 대하여서 조상 적부터의 유신사상唯神思想을 옹호하려는 배타적 감정이 강하게 일어났다. 신라가 불교에 대하여서 한 여러 가지 일이 이것이었다.

묵호자가 다녀간 뒤에 아도阿道라는 이가 또 신라에 들어왔다. 아도가 신라에 들어온 데 대하여서는 이러한 기록이 남아 있다.

'비처왕毗處王 때에 아도화상이라는 이가 사자 세 사람으로 더불어 와서 머물러 경과 율을 외우니 왕왕 신수 봉행하는 자가 있었다.'

또 고기古記에는 아도화상이 신라에 온 일을 이렇게 썼다.

양나라 대통 원년 삼월 십일일에 아도가 일선군에 이르니 천지가 진동하였다. 아도대사는 왼손에 금고리 단 석장을 들고, 오른손에는 옥으로 만든 바리때를 들고, 몸에는 안개 장삼을 입고, 입으로는 화전花詮을 부르며 신자 모례의 집에 왔다.

모례가 나가 보고 깜짝 놀라며,

"접때에 고구려 중 정방正方이 우리나라에 들어왔을 때에 임금님과 신하들이 상서롭지 못한 것이 왔다고 하여서 죽였고, 또 멸구자滅坵呲라는 중이 고구려에서 왔을 때에도 전같이 죽였는데 대사는 무엇하러 오셨소? 어서 문안에 들어서오. 이웃사람 보리다."

이렇게 말하고 아도를 맞아들여 외딴방에 두고 정성으로 공양하였다.

때마침 오나라 사신이 신라에 와서 내물왕께 다섯 가지 향을 드리되 왕이 그것이 무엇에 쓰는 것인지 모르는지라 사자를 보내어 널리 전국 중에 물었다. 사자가 법사(아도)에게 물으매 법사는 말하되 불에 태워 부처님께 공양하는 것이니라 하였다. 사자가 법사와 함께 서울에 오매 왕이 법사로 하여금 사신(오나라에서 온)을 만나게 하였더니 사신이 법사에게 예배하고 말하되,

"이 먼 나라에 높으신 대사께서 어떻게 오셨습니까."

하였다.

이것을 보고 왕은 불승을 공경할 것임을 아시고 조칙을 내려 반행頒行[20]하기를 허하셨다.

이렇게 고기에 적혀 있다. 이것으로 보면 아도는 순순히 사명을 달한 것 같지마는 《고득상시사高得相時史》에는 아도화상도 목베임을 당하였으나 신통력으로 모례의 집에 와서 숨었다 하였고, 또 다른 책에는 아도는 본래 고구려사람으로서 위나라에 들어가 현창玄彰의 문하에서 십구 년 동안 공부하여가지고 돌아와 그 어머니 고도녕高道寧의 명으로 신라에 와서 대궐 서쪽 동네에 살며

20 널리 세상에 배포함.

미추왕味鄒王께 불교를 행하기를 청하였으나 전에 없는 괴상한 일이라 하여 아도를 죽이려 하므로 속촌모록屬村毛祿의 집에 물러와 숨으니 지금 선주라. 삼 년 동안 해를 피하여 숨어 있는 중에 성국공주成國公主가 병이 낫지 아니하여 사방에 사람을 놓아 공주의 병 고칠 자를 구할 새 아도대사가 거기 응하여 대궐에 들어가 그 병을 고쳤다. 왕이 크게 기뻐하여 대사에게 소원을 물으니 대사는 천경리에 절을 지어주시면 내 원이 족하다 하매 왕이 허하셨다. 그러나 세론과 백성이 완고하여 말을 듣지 아니하므로 예삿집 한 채로 절을 삼았으나 그 후 칠 년을 지나서야 비로소 중 되려는 사람이 생겨서 와서 법을 받았고 모록의 누이 사시史侍도 중이 되어 삼천기에 절을 세우니 영흥사다. 미추왕이 붕하시매 다음 왕이 믿지 아니하여 불교를 폐하려 하므로 대사는 다시 속촌으로 돌아와 제 손으로 무덤을 만들고 그 속에 들어가 문을 닫고 죽으니 이리하여서 불교가 신라에 행하지 못하였다가 궐 후 이백여 년 만에야 원종原宗이 불교를 일으켰다.

이렇게 말하였다.

이때는 고구려에는 소수림왕小獸林王 때에 순도順道가 들어오고, 백제에는 침류왕枕流王 때에 마라난타摩羅難陀가 서역으로부터 들어와서 두 나라가 다 불교를 행하게 된 때다. 아도화상도 고구려에 있을 때에는 나라에서 흥복사라는 큰 절을 지어 대사로 하여금 거처하게 하였다 한다. 그러나 아도의 원하는 것은 편안하고 대접 받는 일이 아니요, 세상에 빛을 전하는 일이기 때문에 편한 것을 버리고 어려운 것을 취한 것이었다.

아도는 진승秦僧이라고도 하고, 혹은 천축사람이라고도 하고,

혹은 고구려사람으로 위에 들어갔다가 신라에 돌아온 사람이라고도 하고, 또 혹은 대사의 어머니는 고구려사람이나 아버지는 위나라 사신으로 고구려에 왔던 굴마堀摩라고도 한다. 어느 것이 옳은지 알 수 없으나 풍신이 특이하고 신변을 잘 부리고 평생을 도 펴기에 바쳤으며 그가 설법을 할 때에는 하늘로서 꽃비가 내렸다고 한다. 아무려나 아도는 내가 신라에 불도를 펴고야 만다 하고 몸을 바치고 맹세한 사람인 것에는 틀림이 없다.

아도가 간 뒤에 열한 임금, 이백 년이나 지나서 법흥왕(원종) 때에 비로소 국가로서 불교를 허하게 되었거니와 그때에도 이차돈이 목숨을 버리고야 비로소 된 것이었다. 그러고 보면 신라에 불도를 펴기 위하여서 순교한 이가 고구려 중 정방, 멸구자, 아도 세 사람과 이차돈과 아울러 네 사람이다.

원효가 도리사로 온 것은 이러한 선인들이 도를 위하여서 몸을 버린 자취를 돌아보아 첫째로는 자기의 뜻을 굳게 하고, 둘째로는 의명과 아사가, 사사마의 뜻을 크고 굳게 하여주려 함이었다.

도리사에서도 원효는 본명을 말하지 아니하였다. 의명더러도 원효가 누구인 것을 발설 말라고 신칙하였다. 그것은 구태여 숨으려 함이거나 또는 이름난 사람의 귀찮음을 피하려 함이 아니요, 대중에게 공경과 공양을 받음으로 뜻이 교만하여지고 몸의 안일을 탐하게 될 것을 겁냄이었다.

원효는 도리사에서 며칠을 묵어 대중과 낯을 익힌 뒤에 절에서 허가를 얻어가지고 냉산 한 골짜구니에 조그마한 암자를 짓기로 하였다.

원효는 톱과 도끼와 지게를 준비하여서 의명과 단둘이서 날마다 집터를 치고 재목을 찍어 나르고 돌과 흙을 져 날랐다. 그러하는 동안에 하루에 한 번씩 마을에 밥을 빌러 내려가고 또 큰 절에 재가 들면 거기서 얻은 음식으로 하루나 이틀 양식을 삼았다.

"시님, 이렇게 풀과 나무를 자르고 또 벌레를 죽이는 것은 살생이 아닙니까."

한 번은 역사를 하다가 쉬는 동안에 의명이 이런 말을 물었다. 집 한 채를 지으려면 나무도 많이 찍어야 하고, 풀뿌리도 많이 파야 하고, 그러노라면 나무와 풀에 의지하여서 살던 새와 버러지도 많이 의지를 잃게 될뿐더러 직접 죽는 일도 많았다. 의명은 이것이 애처로웠던 것이다.

"왜 살생이 아니야."

원효는 이렇게 대답하였다.

"그런데 사문이 살생을 해도 좋습니까."

의명은 이렇게 물었다.

"사바세계가 살생 아니하고 살아갈 수 있는 세곈가."

원효는 이렇게 대답하였다.

"그러면 사문과 속인과 다를 것이 무엇입니까."

"범부는 저를 위해서 남을 죽이고 보살은 중생을 건지기 위하여서 남을 죽이나니라. 석가세존의 발에 밟혀서 죽은 중생은 얼마나 되는지 아는가. 석가세존이 열반하시기 전에 도야지 고기를 잡수시지 않았나. 그러나 석가세존은 일찍 한 번도 살생하신 일이 없나니라."

원효는 이렇게 대답하였다.

"어찌해서 그것이 살생이 안 됩니까?"

"세존은 당신을 위하여서 사신 일이 없으시니."

원효의 이 말에 의명은,

"알았습니다."

하고 절하였다.

"그러면 살생유택이란 무엇입니까."

의명은 다시 물었다.

"그것은 세속 사람이 지킬 것이니라."

"보살은 살생이 없습니까."

"그렇다. 보살은 삼계 중생을 다 죽여도 살생이 아니니라. 자비니라."

"알았습니다."

하고 의명은 또 한 번 절을 하였다.

또 어느 때의 의명은 원효에게,

"선이란 무엇입니까."

하고 물었다.

달마존자가 중국에 온 것이 양무제梁武帝 때이니 이때로부터 오륙십 년 전이라 백제와 신라에도 달마선법이 들어오기 시작한 때였다. 지금까지는 진언과 율이 가장 성하였고 일부 학승 간에 화엄법화가 숭상되었으나 달마선법은 세상 일반에서는 아직 소문뿐이었다. 그래서 의명도 이것을 원효에게 물은 것이다.

원효는 발 앞에 흐르는 냇물을 가리키며,

"선이 이런 것이니라."

하였다.

산 시내는 지형을 따라서, 혹은 빠르게 혹은 더디게 혹은 소리를 내며 혹은 소리도 없이, 바위가 있으면 바위를 비추이고 구름이 오면 구름을 비추이며 아무 조작도 없이 성급함도 없고 쉬임도 없이 흐르고 있었다. 의명은 원효의 말뜻을 알려고 언제까지나 물을 들여다보고 있었다.

역사를 시작한 지 한 달 남짓하여서 원효의 암자가 낙성이 되었다. 방이 삼 칸, 가운데 마루는 크고 좌우 방은 작았다. 그리고 부엌 한 칸이 붙어 있었다. 마당도 반듯이 다듬고 우물도 하나 얻었다.

집 옆으로는 꽤 큰 시내가 흘러서 비가 온 뒤면 방에서도 물소리가 들리고 비가 아니 와도 가까이 가면 물소리가 들렸다. 냇가 벼랑 위에는 정자도 하나 지어놓았다. 여기 앉으면 달 떠오르는 것이 보였다. 암자에서 서쪽으로 높은 언덕에 올라가면 먼 산과 먼 벌판이 바라보였다. 도리사 큰 절이 보이지는 아니하나 아침저녁에 종소리는 울려왔다.

집이 다될 때쯤 하여서는 원효나 의명이나 목수의 솜씨가 많이 늘었다. 흙을 바르는 솜씨도 늘었다.

이 근방에 칡뿌리가 많은 것이 다행하여서 대안스님께 배운 대로 원효는 칡뿌리를 먹었다. 그것을 그냥 씹어 먹기도 하고 또 갈거나 으깨어서 먹기도 하였다.

단오 전 풀은 아무것을 먹어도 독이 없다고 한다. 산에는 먹을 풀이 많았다. 그러나 원효나 의명이 먹을 풀과 먹지 못하는 풀을 구별할 줄을 몰랐다.

한번은 지나가던 늙은 중 하나가 큰 절에서 소식을 들었는지 원효의 암자를 찾아왔다. 그 노승은 먹는 풀과 먹는 뿌리를 잘 알았고, 또 그것을 맛있게 조리하는 법도 알았다. 칡뿌리로 녹말 만드는 법도 가르쳐주었다.

원효와 의명은 사흘 동안이나 이 노장을 따라서 산으로 다니면서 봄철에 먹는 풀과 나무순과 뿌리를 배우고 또 많이 뜯어왔다.

여름에는 여름에 먹을 것이 있고, 가을에는 가을과 겨우내 먹을 것이 있다고 노장은 설명하였다. 도라지, 삽주,[21] 더덕, 칡뿌리를 네 가지 뿌리라 하고 도토리, 밤, 잣, 개암을 네 가지 열매라하고 송기(소나무 껍질), 누루지(느릅나무 껍질)를 두 가지 껍질이라고 한다는 말도 가르쳐주었다. 또 꿀을 따는 것도 가르쳐주었다. 여름에 병이 나서 고기를 먹어야 하겠거든 뱀을 잡아서 구워 먹고, 겨울이면 토끼를 먹으란 말도 하였다.

"세존께서도 병난 사람은 고기를 먹여도 좋다고 하셨소."

노승은 이러한 말도 하였다.

이 노승은 평거에 늘 입을 우물우물하고 있었다. 진언을 염하거나 염불을 모시는 모양이었다.

이 노승이 다녀간 뒤로 원효의 암자 살림은 무척 풍성하였다. 먹을 것이 많아진 것이다. 그중에 물푸레나무 백랍으로 초를 잡는 법을 가르쳐준 것은 더구나 고마운 일이었다.

물푸레나무에는 껍질에 뽀얀 가루 반죽 같은 것이 붙는다. 이것을 긁어 모아서 초를 만드는 것이었다.

---

21 국화과의 여러해살이 풀.

"낮에는 해가 있고 밤에는 달과 별이 있지마는 이런 것을 쓸데도 있습니다."

노장은 백랍을 빚어서 초를 만들면서 이렇게 말하고 웃었다.

또 밥을 빌어 온 것이 쉬었거든 물에 여러 번 씻어서 냄새가 없어진 뒤에 쑥을 두고 끓여 먹으면 좋다는 법도 가르쳤다. 또 나으리뿌리[22]와 산약뿌리는 먹어도 좋지마는 남성南星과 반하半夏는 먹으면 목이 붓는다는 말도 하였다.

이름을 물으면 노승은 번히 눈만 떠 보이고, 가는 곳을 물으면 그는 발을 한 번 굴렀다. 부득이한 것 외에는 말을 아니하였다.

"시님. 그 노장님이 고구려사람이 아닙니까. 사투리가 고구려사람 같습니다."

그 노승이 골짜기로 스러진 뒤에 의명은 원효에게 이렇게 물었다.

"그런지도 모르지."

원효는 이렇게 대답하였다. 그러나 원효는 그 노승의 국적보다도 그의 수행한 정도와 심경을 생각하고 있었다. 원효는 대안대사에서, 다음에는 방울스님에서, 또 이번에는 이름 없는 노승에서 불도의 한량없이 넓고 깊음을 느끼고 아울러 제 도력이 아직 어떻게나 유치한 것을 한탄하였다.

"의명아."

원효는 문득 이렇게 의명을 불렀다.

"예."

---

22 백합과의 여러해살이 풀.

"너는 그 노장을 어떻게 생각하는고?"

"고구려사람이라고 생각하오."

원효는 벼락같은 소리로,

"가라!"

하고 의명에게 일갈하였다. '가라'는 정신 차리라는 말이다.

의명은 송구하였다. 원효에게서 이런 큰소리를 들은 것은 처음이었다. 평소에는 웃고 농담도 하고 친구 같았다. 그러나 이번 일갈은 무서웠다.

의명이 합장하고 고개를 숙이고 섰는 것을 보고 원효는,

"알았느냐."

하고 또 한 번 소리를 질렀다.

"무슨 뜻이온지."

의명은 알아듣지 못하였다.

"가서 나무 한 짐 해 오너라."

원효는 이렇게 명하였다.

의명은 지게를 지고 낫을 들고 산으로 올라갔다. 그 노장이 고구려사람이란 것이 무엇이 잘못일까 하였다.

저녁에 산으로부터 돌아와서 의명은 원효에게 절하였다.

"알았느냐."

원효의 말은 부드러웠다.

"예."

"어디 말해보아라."

"소승은 아직 중이 못 되었습니다."

원효는 고개를 끄덕끄덕하였다.

사월 파일에 원효는 이 암자에 무애암이라는 현판을 써 달았다. 그리고 제 손으로 향나무 부처 한 분을 새겨서 불탑에 모셨다.

원효는 의명을 데리고 이 암자에서 한 해를 났다. 의명은 더욱 원효를 공경하였다. 얼른 보기에 허랑한 듯한 원효대사의 속에 있는 큰 빛을 본 것이다.

맨 처음 원효를 냉산 무애암으로 찾아온 것은 사사마였다. 그것은 유월 어느 비 쏟아지는 날이었다. 사사마는 비를 쪼르르 맞고 무애암에를 와서 원효의 앞에 절하였다.

원효도 놀라면서,

"네 어찌 찾아왔느냐."

하고 반가워하였다. 사사마의 말은 이러하였다.

원효가 가상아를 떠난 뒤에 일 년이 지나도 소식이 없으매 사사마와 아사가는 기다리다 못하여서 그 조부에게 어찌할까를 물으니 할아버지는,

"대사가 떠나실 때에 너희더러 무에라고 하시더냐."

하고 물었다.

"아직 집에서 늙으신 조부님과 어머님을 시봉하여라. 그것이 불도니라, 이렇게 말씀하셨습니다."

하고 사사마가 대답한즉 조부는 또,

"언제 만난다는 기약은 말씀 아니하시더냐."

하고 손자와 손녀를 돌아보며 물었다.

"때가 오면 만나지, 이렇게 말씀하셨습니다."

"때가 오면."

하고 사상아 노인은 한참 침음하더니,

"그것은 너희더러 찾아오란 뜻이다."

하였다. 이때에는 벌써 앓던 어머니는 돌아가셨다.

그 이튿날 사사마의 조부는 사사마를 불러,

"네 오늘 길을 떠나거라. 어디를 가든지 네 스승을 찾아라."

이렇게 명하였다. 그래서 사사마는 길을 떠났다.

"시님 계신 데를 찾거든 곧 돌아와. 나도 가게."

누이 아사가는 이렇게 사사마에게 부탁하였다.

사사마는 처음에는 원효의 모습을 말하고 이러이러한 사람을 못 보았느냐고 물었다. 원효대사라고 찾지 아니한 까닭은 원효가 행색을 숨겼으리라고 생각한 까닭이었다.

"단샘에서 웬 사람을 만나서 물었더니 알겠지요. 그런 양반이면 우리 동네에서 두 달이나 계시면서 죽을 사람을 많이 살려주시고 가셨느니라고. 그런데 그 어른이 누구신지 성명도 아니 일러주시더라고. 대체 그 어른이 누구시냐고 되려 묻겠지요. 그래서 그 어른이 원효대사니라고 제가 말하였습니다."

사사마는 그때의 기쁨을 다시 일으키는 듯이 눈이 빛났다.

사사마는 말을 계속하였다.

"그러고는 감천사에를 들러서 자세한 말씀을 들었습니다."

하는 사사마의 말에 원효는,

"거기서 방울시님이란 노장님 뵈었느냐."

하고 물었다. 원효는 이 말을 물을 때에 몸을 바르고 합장하여서 스승에게 대한 예를 보였다.

"네. 큰 절에서 어떤 시님이 원효대사 일을 알려거든 저 독성각에 가서 방울시님을 만나 뵈어라 하기로 가 뵈었습니다. 그리고 그날 밤을 그 노시님 곁에서 잤습니다."

사사마는 이렇게 말하였다.

"그 노시님이 누룽지 잡수시더냐."

원효는 이렇게 물었다.

"누룽지 잡수시는 것은 못 뵈었습니다."

사사마는 누룽지가 무슨 뜻인가 하면서 이렇게 대답하였다.

의명도 사사마에게 감천사 이야기를 여러 가지로 물었다.

사사마는 이삼 일 유숙한 뒤에 집으로 갔다. 조부께 원효대사의 거처를 찾았다는 말을 보고하려 함이었다.

사사마는 조부에게 크게 칭찬을 받았다. 반년 동안에 혼자 정처 없는 스승의 자취를 찾아서 만난 것이 장한 일이라고 대단히 기뻐하였다.

아사가와 사사마가 집을 떠나는 날 사상아 노인은 예복을 입어서 위의를 갖추고 신전에서 손자를 이 나라를 건지기 위하여서 큰 스승에게 보낸다는 봉고제를 하였다.

아사가도 상아머리를 고쳐서 방어머리로 사내 모양으로 틀고 남복을 입었다.

누이와 오라비는 형제 모양으로 조부 앞에 무릎을 꿇고 앉아서 마지막 교훈을 기다리고 있었다.

조부는 늙었다. 오래 수도한 몸이라 별 같고 몸이 쇠 같지마는 그래도 주름과 백발은 숨길 수가 없었다. 더구나 아들은 전사하고 손자 손녀를 이제 또 정처 없이 내어놓는 것은 조부로서는 가슴 아픈 일이었다.

그러나 평생에 몸과 집을 생각한 일이 없는 사상아였다. 오직 신라의 젊은 사람들을 훈련하여서 이 나라를 힘 있게 하자 하는 생각밖에 없는 그였다. 칠십 평생에 그는 가상아당의 스승으로 수천 명 청년 남녀를 가르쳤다. 그중에는 용감하게 나라를 위하여서 싸워 죽은 자도 수백 명 되었고 지금도 살아서 혹은 군인으로 혹은 관리로 혹은 스승으로 나라를 위하여서 힘쓰고 있는 자도 있었다. 그러나 그의 생각에 자기의 힘은 홍로점설紅爐點雪[23]과 같은 것 같았다. 정말 저를 잇는 큰 인물이 좀처럼 가르쳐지지를 아니하였다. 대개는 조그마한 도력을 얻어가지고는 제 한 몸의 부귀공명을 도모하는 무리가 되고 말았다.

그는 아들 형제를 두었다. 큰아들은 뜻이 갸륵하여서 장래를 기대하였으나 한산 싸움에 전사하고 작은아들은 지금도 살아 있으나 한 집을 지켜갈 만한 재목도 못 되었다.

그가 만년에 희망을 붙인 것은 손녀 아사가와 손자 사사마였다. 아사가는 여자나 극히 총명하고 또 뜻이 높았다.

그래서 몸소 곁에 두고 여러 가지 고생을 시켜서 가르쳤다. 그는 열다섯 살에 벌써 가상아의 가시라(구실―두목)가 되어서 남을 지도할 힘이 있었다.

그보다 두 살 적은 사사마도 총명하고 도량이 큰 듯하였다. 그래서 내 집을 빛내고 나라에 큰 힘이 될 자는 이 남매라고 믿고 지극히 사랑하고 소망을 붙여온 것이었다.

조부는 이윽고 두 소년 소녀를 바라보다가 입을 열었다.

"너희 이제 떠나면 언제 집에 돌아오려느냐."

---

23 크나큰 일에 작은 힘이 조금도 보람이 없음을 가리키는 말.

하는 것이 조부의 첫말이었다.

"일 년에 한 번씩은 귀성할까 합니다."

사사마가 이렇게 아뢰었다. 아사가는 여자의 도리를 찾아서 대답은 오라비에게 미루는 것이었다.

"안 돼!"

조부의 어성에는 노기조차 띠었다.

"안 되지. 십 년이고 이십 년이고 도가 차기 전에는 집에 돌아올 생각은 말아라. 설사 내가 죽었다는 소문을 듣더라도 돌아올 것은 없어. 너희는 할아비도 잊고 도를 이루어 나라에 큰 빛이 되는 것이 죽은 네 아비에게나 어미에게나 이 할아비에게나 효도인 줄 알렷다. 알아들었느냐."

이 말에 두 오누이는 눈물이 북받쳐 대답을 할 수가 없었다. 그렇다고 손을 들어서 눈물을 씻을 수도 없고 또 외면할 수도 없어서 눈물이 쏟아져서 두 무릎에 빗방울같이 떨어지는 대로 내 버려두었다.

조부도 한참 동안은 말없이 앉아 있었다. 그는 눈이 쓰라림을 느꼈다.

"이제 그만 눈물 거두어라."

얼마 있다가 조부는 이렇게 명하였다.

이 경우에 그들이 눈물 흘리는 것을 조부는 자연한 정이라고 용인한 것이었다.

허락을 얻어서 아사가와 사사마는 소매를 들어 눈물을 씻었다. 그러나 씻으면 씻을수록 새로운 눈물이 북받쳐 올랐다.

할아버지는 그들에게는 가장 그리운 이였다. 평소에 근엄하여

좀체로 웃는 모양도 아니 보이는 할아버지언마는 그러한 속에도 깊은 사랑이 있는 것을 어릴 적부터도 알고 있었다. 일 년에 한 번도 못 돌아오리라 하면 그들은 생전에 다시 그리운 할아버지의 얼굴을 대할 수 없을 것 같았다.

눈물을 씻는 소매가 젖으면 그 젖은 소매가 더욱 설었다.

"사람이 세상에 태어났으면 났던 보람을 해야 한다. 해는 빛을 주시고 용은 비를 주시고 검님들도 다 직분이 있으셔. 너희들은 그만한 총명과 지조를 타고났으니 필시 무슨 큰일을 하랍시는 방아신의 분부셔. 앞으로 우리나라에 크고 어려울 일이 많을 것이다. 백제, 고구려와 싸움도 할 것이고 싸움이 오래 끌면 사람도 많이 죽으려니와 흉년도 질병도 올 것이요, 그리되면 백성들이 마음이 어지러워지기가 쉬워 까딱하면 나라에 큰일 날 지도 몰라. 그러한 때에 나라를 붙들고 백성들의 마음을 바로잡는 것이 도인의 직책이야. 그러한 큰 직책을 감당하자면 큰 스승의 매를 맞으며 큰 공부가 있어야 해. 벼락이 머리에 떨어져도 까딱없고 부귀가 오더라도 심상할 만한 공부가 있어야 해. 그런데 나는 그만한 스승이 못 되어. 내가 보매는 원효대사야말로 능히 너희를 두들겨서 금과 같은 사람을 만들 큰 스승인 듯싶으니 너희들은 그 어른께 몸을 맡겨버려라. 스승을 섬기는 법이 임금을 섬기는 법과 같아. 그러므로 임금과 스승과 어버이는 일체라는 것이다. 그중에도 스승은 임금과 어버이 섬기는 법을 가르치시는 이니 그러므로 스승은 임금도 공경하시는 바이다. 대개 임금을 섬기는 법이 목숨을 임금께 바쳐버리는 것이어니와 스승을 섬기는 법도 그와 같아서 스승에게다가 목숨을 바쳐버리는 것이다. 무슨 어려운 일을 시키시더라도 그대로 좇아가는 것이야. 그러니 일심으로 정성으로 스승이 시키시는 대로 하는 것이야. 일심이란 딴 생각을 아니한단 말이요, 정성을 들인다는 것은 거짓이 없고 기임이 없이 언제까지나 힘쓴단 말이야. 알아들었니?"

"네."

두 오누이는 일제히 대답하였다.

"장하다, 그래야지."

하고 조부는 일어나 칼 함에서 도롱이 둘을 내어 아사가와 사사마에게 주었다. 칼의 길이는 두어 자밖에 아니 되나 오동집에 금으로 반달을 놓고, 은으로 한 칼에는 멍에다물(오리온)을, 한 칼에는 칠성을 놓고 숙녹피[24]로 끈을 한 것이었다. 숙녹피는 오랜 세월에 빛이 변하였다. 조부는,

"네 그 칼을 빼어보아라."

하고 명하였다.

아사가와 사사마는 칼을 빼었다. 푸르스름한 몸에 가무스름한 날이었다. 그러나 한 번 공중에 들으매 푸른 무지개가 뻗치는 듯하였다.

조부는 입을 열었다.

"이 칼은 조부 서랑장군께서 장군 이사부를 따라, 한 번은 우산국을 칠 때에, 또 한 번은 금관국을 칠 때에 세운 전공으로 나라님께서 상사로 받자 오신 것이다. 서랑장군께서 모두 세 번 전공을 세우셔서 칼 셋을 상 받으시고 넷째 번에는 한산주 싸움에

---

24 부드럽게 만든 사슴의 가죽.

전사하셨거니와 단잠성 싸움에 상사 받으신 칼은 네 아비가 지니고 출정하여 한산주에서 전사하여 그 칼이 간 데를 모르거니와, 너희가 만일 고구려를 쳐서 멸하면 네 아비의 칼을 찾을 수도 있을 것이다. 그 칼은 금으로 반달과 용을 아로새긴 것으로 진흥대왕께서 차시던 보검이라고 한다."

여기까지 말한 뒤에 조부는 잠시 말을 끊었다가 다시 말을 이어,

"네 아비 장춘랑長春郎은 그 동지 파랑罷郎과 함께 단둘이 밤에 적진 중에 숨어들어 가서 적의 장수를 베어서 위태한 우리 군사를 건졌나니라. 네 아비는 충성 있는 장수더니라. 적도 그 충용에 감복하여서 장춘랑, 파랑의 무덤을 만들어놓고 물러갔나니라."

이렇게 장춘랑의 말을 하였다.

장춘랑, 파랑은 한산 싸움에 신라군이 백제군의 포위를 당하여서 전멸의 위기에 있는 것을 단신으로 적진 중에 들어가 적장을 죽이고 전군을 구원한 사람으로 나중에 태종무열왕이 그 공을 보아 두 사람을 위하여서 장의사를 지어서 그들의 명복을 빌었다(장의사는 세검정에서 동북으로 고개 하나 넘어가서 지금도 그 절터가 있다).

아버지 이야기를 들은 아사가와 사사마는 한번 몸을 떨었다.

조부는 다시 말을 이었다.

"아마 네 아비가 적장의 목을 베인 것이 그 칼일 것이다. 그 용을 아로새긴 칼일 것이다. 한번 쾌하게 그 칼을 썼으니 여한이 없을 것이다. 네 아비가 칼을 잘 썼나니라. 몸을 솟아서 나는 참새를 베었더니라. 네 증조부님이 칼을 잘 쓰시기로 이름이 높으셨

거니와 항상 이렇게 말씀하시더라. 칼 쓰는 공부는 베고 싶은 것을 무엇이나 베게 되어야 한다고 하셨어. 공중에 나는 티끌을 쪼갤 만하여야 비로소 검객이라고 하셨어. 또 이런 말씀도 하시더니라. 칼을 쓰는 사람은 먼저 제 욕심을 베기를 공부해야 한다고. 능히 제 목을 쌍둥 자를 만하면 아무러한 적이라도 그 칼을 면치 못한다고 하셨어. 저를 먼저 베고야 적을 베느니라고. 저는 살고 적만 죽이려 하면 적은 살고 저는 죽나니라고. 너희들은 아직 이 말을 못 알아들을 것이다마는 이제 공부를 하노라면 알게 될 것이다. 들으니까 원효대사가 검술에도 명인이라더라. 나의 뿌리를 뺀 사람이 무엇을 하면 명인이 아니겠느냐. 능히 만인을 죽이고 능히 만인을 살리는 재주를 배워 이루거든 할아비를 찾아오너라. 할아비가 그전에 죽더라도 눈만은 뜨고 너희들이 어떻게 되나 보고 있을 것이다."

조부는 잠시 말을 끊었다가,

"네 그 칼에 새긴 반달과 별을 보느냐. 네 마음이 참된 때에는 달님 별님이 네 칼에 힘을 주시되 네 마음이 거짓될 때에는 정기를 아니 빌리시는 것이야. 유신장군이 나라의 원수를 갚는다고 칼을 단에 놓고 빌 때에 별빛이 칼날까지 뻗었다는 것이야. 신의 도움이 없으면 아무리 좋은 칼도 쇳조각과 다름이 없어. 재주로 칼을 쓰는 것이 아니라 신명이 주시는 힘으로 칼을 쓰는 것이야. 신명은 맑고 깨끗한 마음을 즐겨 하시나니라. 네 마음이 청정할 때에 신명이 네 마음에 계시니라. 원효대사가 작히나 잘 가르치시랴마는 할아비의 마지막 훈계로 알고 마음에 새겨두어라."

하고 입을 다물었다.

아사가와 사사마는 조부의 말을 한 마디 한 마디 간에 새겼다. 그 말속에 풍긴 어버이의 애정이 더욱 힘 있게 두 어린 사람의 혼을 흔들었다.

"이제 가거라."

하고 조부의 명령에 아사가와 사사마가 일어나 조부의 앞에 절하였다.

그때에 새로운 눈물이 쏟아졌다.

아사가와 사사마는 화랑으로 차렸다. 조부께 받은 칼을 차고 바랑을 지고 나섰다. 조부는 대문 밖에 나와서 둘이 걸어가는 것을 보고 있더니 곧 들어가고 말았다. 아사가와 사사마는 조부가 들어가고 아니 보인 데를 향하여 울고 절하였다.

이 모퉁이만 돌아서면 다시는 집이 아니 보일 굽이에 가서 아사가와 사사마는 뒤를 돌아보았다.

"불이야!"

아사가는 놀라는 소리를 질렀다. 집에서 불이 타오르고 있었다.

"할아버지!"

두 어린이는 땅에 엎드려서 울었다. 오누이는 조부의 뜻을 안 것이다. 인제 집이 없으니 집 생각을 말라는 뜻이다.

두 사람은 다시 집으로 달려가고 싶은 것을 참고 조부의 정성을 존중하여서 뒤도 아니 돌아보고 훨훨 걸었다.

"누나."

하고 얼마를 가다가 사사마가 누이를 불렀다.

"응."

"할아버지도 안 돌아가셨을까."

"안 돌아가실 것이다."

"어떻게 아오?"

"가상아당이는 어떡허고."

"그래. 할아버지는 가상아당으로 가실 거야. 거기서 돌아가시는 날까지 사람을 가르치실 거야."

사사마는 마음이 놓였다.

날은 흐리건마는 찌는 듯 더웠다. 언제 큰 소나기가 쏟아질는지 모른다.

재회

요석공주가 아들 설총薛聰을 데리고 원효가 사는 무애암을 찾
아온 것은 칠월칠석 날 해질 무렵이었다. 큰비 뒤끝이 아직도 개
운치 아니하여서 개었다 흐렸다 비가 오락가락하였다.

공주는 계집종 반야와 시녀 하나와 요석궁 대사와 원효의 상
좌 심상을 데리고 가마를 타고 와서 가마는 도리사에서 돌려보
내고 무애암까지는 걸어 올라온 것이었다.

무애암에는 아사가가 혼자 있었다. 요석공주는 듣던 바와 같
다 하고 마주 나오는 아사가를 뚫어지게 보았다.

초어스름이라 하기에는 아직 밝은 산간 암자 앞에 섰는 아사
가는 마치 갓 벌어진 도라지꽃이나 박꽃 모양으로 아담하였다.
두 귀밑에 반달 모양으로 늘어진 귓머리쪽, 발목까지 내려 덮은
자주 치마, 노란 윗옷. 이러한 차림차림은 항용 일이지마는 아사

가의 경우에는 특별하게 아름다웠다.

요석공주는 초면인 것도 원효에 관한 말을 묻는 것도 잊고 얼빠진 듯이 아사가를 보고 있었다.

아사가도 이것이 요석공주인 줄을 본능적으로 알았다. 공주의 눈이 자기를 뚫어지게 보는 것이 아플 지경이었다.

"들어오시지요, 빗방울이 떨어집니다."

아사가는 공주의 시선을 피하여서 계집종에게 업힌 아기를 보았다. 그는 업혀서 오는 동안에 자다가 잠을 깨어서 눈을 뒤룩뒤룩하고 있었다. 아사가는,

'저 아기가 원효대사 아들인가.'

하고 어린 얼굴에서 원효 닮은 곳을 찾으려 하였다. 아사가는 가슴이 울렁거리고 제 몸이 있을 자리를 얻지 못함을 느꼈다. 아기는 원효대사를 닮은 듯도 하고 아니 닮은 듯도 하였다.

"원효대사는 어디 계시오?"

공주는 얼마 후에야 이렇게 입을 열었다. 그러나 그 소리는 차고도 떨렸다.

"노시님께서는 물난리 만난 사람 구제하러 가신 지 벌써 닷새가 되어도 아니 돌아오셨습니다."

아사가는 이렇게 대답하였다.

이번 물난리에 이 고을 일선주에서만 삼백여 명 사람이 죽었고 집이 무너진 것이 천여 호, 논밭이 떠나가서 못 먹게 된 것이 얼마인지 알 수 없었다.

"대사 혼자 가셨소?"

공주는 다시 물었다. 이 암자에 단둘이 사는가, 또는 둘밖에

다른 사람이 있는가 넌지시 알려는 수였다.

"상좌 한 분하고 이 몸의 오랍동생 데리시고 가셨습니다."

아사가의 이 대답에 공주는 저으기 숨을 돌리는 듯하여서 자기의 속을 아사가에게 송두리째 뽑히지나 아니하였나 하여 부끄러운 생각이 났다. 공주가 보기에 아사가는 딸과 같이 어린 계집 애지마는 그 별 같은 눈이 족히 사람의 속을 꿰뚫어 볼 것 같아서 몸이 움츠러드는 듯하였다.

"대사 계신 자리가 어디요?"

공주는 파랗게 질린 듯하던 얼굴에 홍훈이 돌고 방그레 미소를 띠면서 한 걸음 아사가에게로 가까이 갔다.

"여깁니다."

하고 아사가도 평생에 처음 경험하는 질투를 삼키면서 공주를 원효의 방으로 인도하였다.

방에는 경상 하나가 놓이고 경상 위에는 《금강경》이 놓여 있고, 줄로 결은 방아사가(방석) 하나가 있을 뿐이었다. 공주로서는 평생에 처음 보는 질소한 생활이었다.

공주는 먼저 불탑에 절하였다. 마음으로 부왕 모후의 만세를 빌고 나서는 원효가 물난리에 무사하기를 빌고 다음에는 설총의 수명장수를 빌었다.

그런 뒤에 공주는 계집종을 불러 아기를 들여오라 하였다.

공주는 설총을 경상 앞에 앉히고,

"악아. 이것이 네 아버님의 자리다. 절하여라."

이렇게 이르고는 몸소 원효의 자리를 향하여서 절하였다.

설총도 엄마 모양으로 두 팔을 짚고 절하는 모양을 하였다. 원효의 옷을 향하여서 날마다 절하게 한 것이 버릇이 된 것이었다.

아사가는 공주가 원효의 자리를 향하여서 이렇게 하는 것이 아름답기도 하고 슬프기도 하였다.

공주는 횃대에 걸린 원효의 가사와 장삼을 만져도 보고 방석을 쓸어도 보았다. 서로 번개같이 만났다가 떠난 지 삼 년, 공주는 깊은 궁중에서 밤낮으로 원효를 그리워하고 있었다. 이 방에서는 원효의 살냄새가 나는 듯도 하나 아사가의 향기가 더 높은 것도 같아서 고개를 돌려 곁에 읍하고 서 있는 아사가를 다시금 돌아보았다.

어차피 한데 모여서 살 수 없는 남편인 줄은 본디부터 알았던 일이지만 사람의 마음은 마음대로 아니 되는 것이었다. 보고 싶고 그리운 마음을 공주의 힘으로는 어찌할 수 없었다.

배 속에 든 아이가 점점 자라서 꼼틀꼼틀 놀 때면 남편이 더욱 그리웠다. 아기를 낳으려고 배가 아플 때에는 더욱 못 견디게 남편이 그리웠다. 차차 배 아픈 것이 재우쳐서 가끔 정신이 아뜩아뜩할 때면 공주는 두 팔을 허공에 내어둘러서 원효의 힘 있는 손을 찾았다. 그 손을 한번 거머쥐이기만 하면 금시에 아기가 나올 것만 같았다.

이월 기나긴 밤을 이렇게 허전한 속에서 새었다.

'앙앙.'

하고 소리를 지르고 싶었다. 손에 닿는 것이면 무엇이나 할퀴고 찢고, 입에 닿는 것이면 무엇이나 물어뜯고 싶었다. 그렇게도 약약하게 그렇게 못 견디게 아팠다.

진통이 잠시 뜸할 때면 못 견디게 졸렸다. 늙은 시녀는,

"졸면 안 되오."

하고 공주를 흔들었다.

　그러노라면 또 배가 아파오고 진땀이 부쩍부쩍 났다.

"내가 죽는 것이 아니오?"

　마침내 공주는 이런 소리를 하였다.

"그런 말씀 하시는 것 아니오. 삼신님이 지금 이 방에 계시니 그런 부정한 말씀 하시는 것 아니오. 지금 아기께서 시각을 찾으시느라고 그러니 제 시각만 되면 언제 낳으시는지 모르게 아기께서 나오시오."

　인생 고락에 모르는 것이 없는 늙은 시녀는 이렇게 말하여서 공주를 훈계하였다.

　늙은 시녀는 또 이런 말도 하였다.

"아기를 낳는 것이 큰일이오. 아낙네가 아기 하나를 낳으면 전에 지은 모든 죄가 소멸된다 하오. 그렇게 힘들고 아픈 것을 참고 새 사람을 낳았으니 마마요, 바바(어머니)라는 것이오. 아낙네가 아기를 낳음으로 신이 되는 것이오."

　만물을 낳으신 이가 어머니시다. 어머니는 힘들고 아프게 우리를 낳으신 것이다. 그리고 힘들고 아프게 우리를 기르신 것이다.

　천지가 온통 으스러지고 캄캄해지는 듯한 지독한 아픔이 오자 공주는 언제 낳는지 모르게 아기를 낳았다.

　아픈 것은 씻은 듯 부신 듯하였다.

　공주는 '으아, 으아' 하는 아기의 첫울음소리를 들을 때에 평생에 처음인 기쁨을 느꼈다. 진실로 무엇이라고 형언할 수 없는 기쁨이었다. 이것은 오직 어머니만이 아는 기쁨이다.

"공주마마. 백자 천손을 담은 커다란 불알이 분명하오."

늙은 시녀는 이렇게 말하고 세 번 손뼉을 치고 비벼 우선 삼신님께 빈 뒤에 삼을 가르고 아기를 향물에 목욕을 시켰다. 아기는 웅장한 소리로 울었다.

"내가 낳기가 힘들고 아픈 것같이 제가 나기도 힘들고 아팠을 것이다."

공주는 이렇게 혼잣말을 하였다.

"힘들고 아프지 않고 되는 일이 어디 있소."

늙은 시녀는 이렇게 말하였다.

태는 살라서 삼신께 도로 바치고 달님께 젖을 빌었다.

아기가 났다는 기별을 들으시고 왕과 왕후는 요석궁에 거동하셨다. 유신각간의 부인이 된 공주의 동생 지조공주도 왔다. 지조공주의 배에는 벌써 아기가 들어 있었다.

"어, 잘생겼다. 여러 천년 제사 받을 놈이다."

왕이 아기를 보시고 이렇게 기뻐하셨다.

"아바마마, 이놈의 이름을 무엇이라 하올지."

공주는 왕이 기뻐하심이 마음에 흡족하여서 이렇게 왕께 여쭈었다.

"이름이라, 그래 이름을 지어야지."

하시며 이윽히 눈을 감으시고 궁리하신 뒤에,

"사라사가라고 하자. 사라는 별님이 계시다, 오래 산다는 뜻도 되고 우리나라 이름도 되고, 사가는 별님의 아들이란 말도 되고 어질고 지혜롭다는 말도 되고 번영한다는 말도 되고, 사라사가, 사라사가 어떻소."

왕은 문명부인을 돌아보신다.

"좋은가 하오. 천세 만세 퍼지라고 다가(당아)를 하나 더 붙이시면 어떠하올지."

왕후는 이렇게 대답하셨다.

"됐어. 제 아비 이름도 사가다가[曙幢]라 하니 사라사가다가."

왕은 이렇게 단정하셨다.

'사라사가다가'에 한자를 붙여서 '설총'이라고 하였다.

세이레에 당에 빌고 네이레에 당에 빌고, 이레 만에 당에 빌고 백 날에 분황사 부처님께 빌고, 백스무 날에 방아당에 첫 길을 다녀서 아기를 신전에 바치고 당아상아(당아에서 내리신다는 말이니 지금 말로 동정, 동정은 당에서 내리시는 종이쪽이다)를 받잡고 첫돌에 당아바(당기—당에서 내리시는 바, 즉 헝겊)를 받자왔다.

공주는 얼마나 이날을 기다렸던고. 이제는 동정도 받잡고 당기도 받자왔으니 아기를 데리고 남편을 찾아 떠나도 좋은 것이었다.

공주는 이 뜻을 상감께 여쭈었다.

"원효대사가 지금 어디 있는지 소문을 들었느냐."

왕은 이렇게 물으셨다.

"어디 있는 데는 모르나 찾아 떠나면 못 찾을 줄 있사오리까."

공주는 굳은 결심을 보였다. 공주의 마음에는 설총을 단 한 번만 원효에게 보이기만 하여도 원이 풀릴 것 같았다.

"그러면 각 고을에 영을 내려서 원효대사 있는 데를 찾아보지."

왕은 이렇게 말씀하셨다.

"그러하오실 것 없는 줄 아오. 요석 모자가 몸소 찾으려 하오."

공주는 이렇게 아뢰었다.

"그러기로 있는 곳도 모르는 사람을 무턱대고 찾아 떠난단 말이냐. 이 더운 여름날에 젖먹이 어린것을 데리고."

왕은 아버지로서의 근심을 보이셨다.

"그러하오나 그것이 지어미가 지아비를 찾는 도리인가 하오."

공주의 이 말에 왕은 고개를 끄덕이시고 다시 말리시지 아니하셨다. 다만 속으로 공주 일행을 위하여 차비를 잘하여주고 수령 방백에게 공주 일행을 잘 도우라고 분부하실 것을 생각하셨다. 그러면 임금의 딸로서 받을 만한 대접을 받아서 어디를 가든지 고생은 아니 되리라고 생각하셨다. 그러나 그러한 말을 공주에게는 아니하셨다.

공주가 서울을 떠난 것은 유월 유두를 지난 어느 날이었다. 이 여름이 가물어서 농사가 말이 아니요, 산에 초목도 탈 지경이었다. 날이 잔뜩 흐려서 굵은 빗방울이 뚝뚝 떨어지다가는 곧 개어버리기를 여러 번 하여서 사람들의 목마름을 더욱 못 견디게 하였다.

요석공주의 가마가 서울 거리로 지나갈 때에 백성들은,

'아들 낳아가지고 남편을 찾아가는 요석공주.'

라고 수군거렸다.

공주는 지향 없이 갔다.

"어디로 모시오리까."

하고 모시는 무리가 갈래 길 같은 데서 물으면 공주는,

"아무 데로나 원효대사 계실 만한 대로."

이렇게 대답하고 좌우의 산천을 바라보았다. 원효대사가 있는 데면 무슨 환한 빛이라도 있을 것 같았다. 그러고는 혹은 좌로 혹은 우로 길을 잡아서 갔다.

"원효대사 어디 계신지 모르시오?"

공주를 모시는 대사는 만나는 사람마다 물었다.

"몰라요."

"뒤웅박을 놀리고 염불하고 다니는 거랑방이 시님 어디 있단 말 못 들었소?"

이렇게도 물었다.

"하고많은 거랑방이에 누가 누군 줄 아오?"

이러한 대답이었다.

공주의 일행은 모자산, 보현산을 거쳐서 소문국 경내에 다다랐다. 소문국은 대발병大發兵 삼십인三十八하였다는 작은 오랜 나라로서 신라에 합병이 된 나라다. 그래도 궁궐터도 있고 임금이 쓰시던 어정이라는 우물도 있다.

허어리원이라는 곳에 이르러서 점심을 먹으며 동네 사람에게 원효대사의 거처를 물었더니 거사로 차린 사람 하나가 이렇게 말하였다.

"그런 도승이 이름을 말하오? 세상에서 숨어서 다니지. 내가 빙산원을 지나노라니까 빙산사 빙혈 속에 이상한 시님이 한 분 와 계시다고 합니다. 중인지 거사인지도 분명치 않고 마을에 밥을 얻으러 내려와서는 노래를 부르고 춤을 추고 그런답디다. 노래를 썩 잘 부른다구요. 그런데 고기를 주면 고기를 먹고, 술을 주면 술을 먹는다는 것을 보니까 중은 아닌지도 모르지요."

이 말을 듣고 공주는 기뻤다. 그것이 필시 원효인 것 같았다.

공주는 차비를 급히 몰아서 빙산으로 갔다.

빙산사에서 물으니 과연 빙혈에 웬 사람이 들어 있다고 하였다. 중들 말에는 그는 필시 미친 사람이라고 하였다.

"왜 미친 사람이라고 하오?"

이렇게 물었더니 중들의 대답이,

"얼음이 땅땅 얼어붙은 추운 구멍에 들어가서 밥도 며칠에 한 번씩 먹는지 마는지 하고 이따금 나와서는 노래를 부르고 춤을 추고 돌아다니니 미친 사람이 아니고 무엇이오?"

이러하였다.

공주는 대사와 종을 데리고 빙혈을 찾아갔다.

"저기 커다란 바위가 있지 않소. 그 바위 밑에 찬바람이 씽씽 불어나오는 큰 굴이 있습니다. 그것이 풍혈風穴이라는 것이고 또 그 밑에 작은 구멍 하나가 있습니다. 그 속은 얼마나 깊은지 아는 사람이 없소. 말인즉슨 저승까지 닿았다고도 하고 서방세계 극락 정토까지 닿았다고도 하지요."

이러한 설명을 들었다.

과연 높이 석 자, 너비 대 자쯤 되는 굴이 있는데 서늘한 바람이 훅훅 내어 불어서 땀에 젖은 몸이 소름이 끼칠 듯하였다.

공주는 그 굴에 들어가 보았으나 아무것도 없었고 박쥐가 푸덕거릴 뿐이었다.

공주는 빙혈이라는 것을 찾았다. 겨우 몸이 들어갈락말락한 구멍이다. 거기서는 풍혈에서보다 더 찬 기운이 훅훅 내어 뿜었다.

공주는 치마를 가뜬히 졸라매고 그 구멍으로 들어가려 하였다.

대사가 깜짝 놀라,

"안 됩니다. 소인이 먼저 들어가보고 나오겠습니다. 속에 무엇이 있는지도 모르고, 이런 데 흔히 긴 짐승이 들어 있습니다."
하고 공주의 앞을 막아섰다.

"이 몸은 남편을 찾아서 위태한 데를 들어가거니와 이녁을 까닭없이 사지에 보내랴. 아무리 무지한 짐승이기로 남편 찾는 아내의 뜻을 몰라주랴. 너는 아기나 잘 보호하라."
하고 공주는 굴속으로 몸을 감추었다.

공주는 캄캄한 굴속으로 더듬더듬 기어들어갔다. 이리 꼬불 저리 꼬불 몇 굽인지 알 수 없는 어떤 굽이에서는 밑으로 뚝 떨어졌다.

'밑 없는 허공에 빠져서 이 몸이 아비지옥 불구덩에 떨어지더라도.'
하고 공주는 허공에 몸을 던지기도 몇 번 하였다.

점점 추워졌다. 길을 더듬는 손끝이 얼었다. 머리 위에서 뚝뚝 떨어지던 물방울도 아니 떨어졌다. 다 얼음이 된 것이었다.

얼마나 들어갔는지 모른다. 공주는 전신이 꽁꽁 어는 듯하였다. 발이 가끔 미끌어지는 곳은 얼음판이었다.

굴이 넓어졌다. 허리를 펴고 팔을 둘러도 거칠 것이 없었다.

공주는 한 번 소리를 쳐서 불러보았다.

"아바아(여보오)."

굴속이 웅 하고 울렸다. 울리는 소리가 마치 큰 쇠북 마지막 소리 모양으로 길게 꼬리를 끌다가 스러졌다.

그리고는 아무 소리도 없었다. 공주는 낙심하는 생각이 났다.

'그래도 끝까지 가보아야.'

하고 공주는 걸어 들어갔다.

어디서 불빛이 번쩍하였다. 공주는 우뚝 섰다. 소름이 쭉 끼쳤다. 캄캄한 속에 있던 눈이라 불빛에 눈을 뜰 수가 없었다.

얼마 후에 다시 눈을 뜨니 분명히 솔광불이었다. 그러고는 그 불 곁에 웬 사람 하나가 앉아 있었다. 수염이 많이 나고 눈이 빛났다.

공주는 원효대사인가 하고 달려 들어갔다. 그러나 그 사람은 아무 반응이 없었다. 공주는 우뚝 서며 두 손을 젖가슴에 대었다. 그리고 그 사람의 얼굴을 들여다보았다.

"놀라지 마시오. 나도 사람이오."

그 그림자 같은 사람은 이렇게 말하였다. 분명히 사람의 음성이었다. 어떻게 청아한 음성인지.

공주는 두 무릎을 꿇었다. 그러나 말은 나오지 아니하였다. 가슴이 울렁거리고 몸이 사시나무 떨리듯이 떨렸다. 놀람인가, 무서움인가, 안심함인가, 공주 자신도 잘 분간할 수가 없었다.

공주가 정신을 진정하기를 기다려 그 사람은 또 이렇게 말하였다.

"공주가 원효대사를 찾아오신 모양이오마는 원효대사는 벌써 다른 여자에게 마음을 옮겼으니 애써 찾을 것도 없지 아니하오."

이 말에 진정되려던 공주의 마음은 더욱 산란하였다.

"누구신지 모르오나 부질없는 말씀으로 이 몸을 놀리는가 하오. 원효대사는 계집에 마음이 흔들릴 어른이 아닌가 하오."

하고 공주는 그 사람에 대하여 분함을 느꼈다.

"하핫하핫."

하고 그 사람은 배를 흔들고 어깨를 흔들며 웃고 나서,

"계집에 마음이 흔들리지 아니하는 사람이 어떻게 요석궁 오월 밤에 공주의 방에서 운우지락이 낭자하여서 아들을 다 낳았겠소? 하하하하, 우스운 말 다 듣겠네."

하고 또 어깨를 흔들고 웃었다.

"아니오."

하고 공주는 소리를 높여서,

"그날 밤에는 이 몸이 궤계로 대사를 궁중에 모셔다가."

하는 말이 끝나기도 전에 그는,

"궁중에는 끌어가더라도 싫어하는 말 물이야 먹일까."

하고 공주를 노려보았다.

여기서는 공주도 말이 막혔다. 공주의 눈앞에는 높은 도승인 원효 대신에 계집을 어르는 사내인 원효가 나타났기 때문이다.

공주는 그 사람의 노리는 눈이 범상치 아니한 눈이라고 생각하였다. 껄껄대고 웃던 눈과는 딴판이었다. 대관절 이 사람이 어떻게 자기가 요석공주인 줄을 알며, 어떻게 요석궁 오월 밤이란 것을 그렇게도 잘 알까.

이 사람이 필시 원효와 친구로서 서로 마음을 허하는 사람인가 하여서 의지하고 싶은 생각이 났다.

"누구신지 몰라뵈었사오나 원효대사를 잘 아시는 듯하시니 원효대사 계신 곳을 일러주시오. 젖먹이 어린 아들에게 아비의 얼굴을 보이려고 지향 없이 떠난 몸이니 어여삐 여기시오."

공주는 이렇게 애원하는 말을 하였다.

"허허. 안 될 말. 왜 애매한 어린 아기를 팔까."

그 사람은 이렇게 말하고 또 눈을 흘겼다. 그 눈흘김이 사람이 기절할 만큼 무서웠다.

"어찌한 말씀이온지?"

공주는 영문을 몰라서 물었다.

"사내 생각이 나서 원효를 찾아간단 말을 아니하고 왜 어린 애를 팔아? 으응. 젖먹이가 아비를 보고 싶다 할까."

공주는 큰 방망이로 정수리를 꽝 하고 얻어맞은 것 같았다. 저도 제 마음이 그렇다고 생각한 일은 없건마는 말을 듣고 보면 그 말이 옳은 것 같았다. 그렇지마는 자기가 임금의 딸인 줄 알고 하는 말버릇일까 하고 공주는 노여웠다.

"아내가 남편이 그립기로 허물 되오리까."

공주의 음성은 떨렸다.

"암캐가 수캐를 따르기는 허물 될 것은 없지. 거짓이 허물이란 말요. 그는 그렇다 하고 아까 말한 대로 원효는 벌써 반한 계집이 있어. 나이는 열일곱, 이슬 먹은 꽃송아리 같은 계집이오. 아마 공주도 아사가 곁에 가면 무색하오리다. 새 정에 미친 사람이 옛 계집을 보면 죽일 마음을 내는지 몰라. 원효가 그 기운에 한 번 주먹으로 치면 공주는 으스러져서 고기반죽이 되고 말리다."

"설마 원효대사만 한 이가 그러하오리까."

공주는 그 사람의 무지한 말이 원망스러웠다.

"원효대사야 안 그럴 테지. 원효대사는 안 그럴 테지마는 원효라는 사내는 그렇단 말이오. 대사 원효를 찾아가겠거든 가보오마는 사내 원효를 찾아가겠거든 차라리 여기서 나하고 하루 자고 가시오. 나도 오래 홀아비살림으로 계집을 보니 생각이 나오."

공주는 전신의 피가 온통 머리로 끓어오르는 듯 분하였다.

"아무리 무엇하기로 말씀이 너무 무례하지 아니하오? 이 몸을 어떠한 계집으로 보고 그런 버릇없는 말을 하시오? 아무리 아무도 보는 이가 없는 굴속이기로 여기도 불보살과 신명은 조림[1]하시려든."

하고 공주는 벌떡 일어나며 아드득하고 이를 갈았다.

"일어나기로 내가 놓쳐 보낼라고. 여기를 들어오기는 마음대로 들어왔어도 나가기는 마음대로 못할 것을."

하고 그 사람이 싱글싱글 웃었다.

공주는 이 사람과 목숨을 내어걸고 싸울 결심을 하였다. 그리고 손을 품에 넣어 몸에 지니는 칼자루를 더듬어 쥐었다. 그리고 목을 가다듬어 소리를 질렀다.

"계집의 한 마음이 어떻게 무서운 줄 알고, 이 몸에 손가락 하나만 건드려보아라. 할퀴고 물어뜯고 늘어 잔뼈 하나 안 남겨놓을 터이니."

공주는 이렇게 말하면서 뒷걸음으로 슬슬 물러나왔다. 그러면서 그 사람의 눈에서 눈을 떼지 아니하였다. 그 사람의 모양이 차차 작아질 때, 문득 그 사람이 벌떡 일어섰다. 공주는 전신에 찬물을 끼얹는 듯함을 느꼈다.

그러나 다음 순간 무서운 모양이 아니요, 관세음보살이 이러할까 하도록 온화하고 자비한 모양을 보였다. 그 사람은 공주 편

---

1 신불이 세상을 굽어봄.

으로 걸어왔다.

공주는 주춤하고 섰다. 그 사람의 손에는 손광불이 들렸다.

"지금 들어오던 길로는 나가시기 어려울 것이니 내 뒤를 따르시오."

하고 그 사람은 공주의 앞을 섰다. 공주는 그 사람의 뒤를 따랐다.

"일선주 도리사로 가시면 원효대사를 만나리다. 그러나 큰 비가 올 듯하니 사흘 안에 강을 건너시오. 그리고 원효대사가 아직도 전세의 업장이 남아 있어서 계집 때문에 도를 못 이룰 근심이 있으니 잘 도우시오. 원효대사에게는 인연 있는 여자가 많아. 이생이 많이 따라와 있소. 그 인연을 모두 이기고 끊기가 장히 어려울 거요. 첫째로 공주한테 졌고, 다음에 위태한 것은 아사가야. 아사가와의 인연은 공주 이상으로 깊소. 그 밖에 여러 여자가 있어. 나같이 얼음 구덩이에 앉아 있어도 번뇌의 불이 좀체로 식지 아니하거든. 하하하하. 원효대사는 성질이 호탕하여서 이길 심이 부족해. 부디 공주는 더 원효대사를 유혹하지 마시고, 또 아사가 아가씨와 보기 흉한 시앗 새암은 마시오. 하하하하. 아사가도 장차 큰 스승이 될 사람이야."

그 사람은 이런 말을 하였다. 뒤도 돌아보지 아니하고 말하는 것이었다. 솔광불 빛에 그의 장삼 자락과 소매 그림자가 여러 가지 형용을 그렸다. 공주는 그 그림자가 제 몸에 닿지 않도록 조심하면서 뒤를 따랐다.

굴 밖에 나섰다. '쏘아' 하고 물 흐르는 소리가 들리고 눈이 부시었다. 한참 뒤에 비로소 발 앞에 산 개울과 산의 푸른 모양이 보였다. 후끈하고 한증 속에 들어온 것 같았다.

공주는 그 사람의 앞에 공손히 합장하고,

"누구신지 몰라뵈옵고 버릇없는 말씀 많이 아뢰어서 죄송하오. 화식 먹는 몸이 눈이 무디어서 그리하였사오니 허물 말아주시오."

하고 사죄하였다.

"버릇없는 말은 이 몸이 더 많이 한걸, 하하하하."

그 사람은 개천에 엎드려서 물을 마시고 있었다. 장삼과 가사가 물이 묻는 것도 모르고. 공주는 그 옷자락을 걷어 잡아주려 하였으나 아내의 도리에 그리할 수 없다 하여서 굽어지는 몸을 억지로 바로잡았다.

그러나 다음 순간에 공주는 놀랐다. 그 사람이 물을 다 먹고 일어설 때에는 가사와 장삼은 조금도 젖지 아니하였다. 공주는 눈을 크게 뜨고 보았으나 그의 옷에 물 한 방울도 묻지 아니하였다. 공주는 갑자기 무서운 마음이 나서 합장하고 무릎을 꿇었다.

"이 몸 앞에 서신 어른이 누구시온지."

하고 물었다.

"이름 없는 중이오. 마을 사람들은 미치광이 거랑방이라 하지요. 원효대사는 알리다."

하고 굴속으로 들어가버리고 말았다.

공주는 굴을 향하여서 수없이 절하였다.

나중에 원효에게 이 말을 하였더니 원효가 웃으며,

"응. 월명이 그런 장난을 하였군."

하였다. 월명月明은 나중에 유명한 〈도솔가兜率歌〉를 남긴 사람이다.

공주는 월명대사의 말에서 여러 가지 교훈을 자아내면서 도리사를 찾아온 것이다.

월명대사의 말대로 공주 일행이 낙동강을 막 건너자 위로서 큰물이 내려와서 여러 날 길이 막히고 인축이 많이 빠져 죽었다.

아사가는 멧나물에 보리 약간 섞인 죽을 끓여서 공주의 일행을 대접하였다. 아사가는 보리를 한 줌 볶아서 돌로 갈아서 아기 위한 죽을 따로 한 그릇 쑤기를 잊지 아니하였다.

'아기가 이걸 잡수실까.'

하고 볶은 보리죽을 공주의 앞에 놓을 때에 공주는 아사가의 호의를 눈물이 나도록 고맙게 생각하였다.

설총은 그 죽을 맛나게 먹었다. 더 달라고 떼를 쓰도록 맛있는 모양이었다.

그날 밤에 공주는 아사가를 곁에 누이고 잤다. 몸은 피곤하건마는 잠은 들지 아니하였다. 공주의 마음을 어지럽게 하는 것은 아사가에게 대한 질투였다.

아사가는 가상아당에서 원효대사가 누군 줄도 모르고 함께 수련한 것이며, 앙아당에서 단둘이 사흘 동안이나 묵은 것이며, 저는 기어이 이 사람의 아내가 되리라고 생각하였단 말이며, 제가 그 소원을 원효대사에게 말하였을 때에 원효대사가,

'일불국토중생의 어머니가 되시오.'

하고 거절하였단 말, 제 조부가 저희 남매를 원효대사의 제자로 맡겼단 말, 이런 말을 공주에게 다 말하였다.

공주는 더 파서 묻고 싶은 것도 있으면서 체면을 보아서 너무 깊이 묻지는 아니하였다.

공주는 아사가가 다만 아름다운 용모를 가졌을 뿐 아니라 비

범한 지혜를 가진 여자인 것도 알았다. 그 말하는 것이 도저히 열일곱 살 먹은 계집애라고는 생각되지 아니하였다. 월명대사의 말이 다시금 생각났다.

'내가 사내라도 이만한 계집이면 반하겠다.'

공주는 이렇게 생각하였다.

그러나 그것은 그것이요, 이것은 이것이다. 아사가를 찬탄하는 것은 아사가를 새우는 마음을 소멸은 못하였다. 도리어 아사가가 비범한 계집이기 때문에 질투의 감정이 더욱 강렬하였다.

공주는 뛰어난 여성을 많이 보았다. 첫째로 선덕여왕이었다. 선덕여왕은 진평왕의 맏따님 덕만공주요, 여자로서는 첫 임금이시다. 자장과 유신을 쓰서서 일변 불교를 확립하고 일변 고구려와 백제를 처서 많이 영토를 넓히신 것도 이 임금이어서 백성들은 성조황고聖祖皇姑라고 존칭한 이시다.

다음에는 진덕여왕이시다. 그리고 공주의 어머니 문명부인도 얼굴로나 지혜로나 뛰어난 여성이시다.

남편 품석을 따라 백제에 잡혀가서 옥사한 친형 고조다도 미인이요, 정절 있기로 유명한 이요, 지금은 유신의 부인이 된 친아우 지조공주도 뛰어난 여성이다. 그리고 공주 자신도 결코 남에게 지지 아니하는 여성으로 자처하는 바다. 그러나 아사가는 공주로는 당할 수 없는 여성인 것 같았다. 게다가 나이 어리지 아니하냐. 공주와 비기면 어미와 딸의 차이가 아니냐. 설사 원효와 아사가와 아무 관계가 없다고 하더라도, 지나가다가 노상에 만났더라도 질투하지 아니하고는 못 배길 아사가인 것 같았다.

아름다운 얼굴이라 하더라도 무슨 흠이 있는 법이다. 요사스러움이 있다든지, 천착스러움이 있다든지, 어성이나 손발이나 걸음걸이에 어디 구석이 비인 데가 있다든지, 무엇이나 한 군데 흠은 있는 법이다. 그런데 공주가 보기에 아사가에게는 하나도 흠잡을 곳이 없었다.

공주는 아사가가 잠이 들었나 하고 고개를 들고 손으로 아사가의 몸을 더듬었다. 손에 만져진 것은 굵은 베옷이다. 아사가는 굵은 베옷을 입고 있었다.

공주는 아사가의 손을 잡았다. 비단 주머니를 만지는 것 같았다. 가슴을 쓸었다. 볼록한 젖이 옷 속으로 만져졌다. 아사가는 깜짝 놀라는 듯이 일어났다.

"잠이 안 드십니까."

아사가는 공주가 무안할 것이 두려워서 이렇게 물었다. 아사가도 잠이 들지 못하고 있었다.

"아니. 아기가 하도 어여뻐서 만져보았어."

공주는 이렇게 대답하였다. 사실상 공주는 아사가에게 대하여서 그러한 감정을 가지고 싶었다.

'귀여운 아름다운 처녀.'

이렇게 생각하고 싶었다.

그래도 공주의 마음은 공주의 말을 잘 듣지 아니하였다. 어느 구석에서라도 아사가의 흠을 집어내고 싶었다.

'시골구석에서 배운 것 없이 본 것 없이 자란 천한 계집앤데.'

공주는 이러한 생각으로 아사가의 흠을 찾으려들었다.

그러나 아사가는 공주의 독한 눈에 대하여서 한번도 기회를 주지 아니하였다. 마치 칼 쓰는 사람이 적에게 빈 구석을 아니 보이는 것과 같았다.

도리어 궁중 생활 사오 년에 방자하게 된 공주 자신의 흠이 눈에 뜨일 뿐이었다. 요만한 것도 남을 시키고, 무슨 일이나 잘못된 것은 다 아랫사람에게 미루고, 호강에 겨워서 모든 것이 다 뜻에 맞지 아니하여서 항상 약간의 원망과 노여움이 있고—.

이런 것은 다 궁중의 호사한 생활에서 묻은 때였다. 아버지가 일개 장군으로 있을 때에 가규는 무척 엄하여서 공주는 빗자루 하나를 타고 넘어도 걱정을 듣고 방석 하나를 밟고도 꾸지람을 받았다. 물 한 방울을 함부로 흘려도 어른의 큰소리를 들었다. 앉음앉음, 걸음걸이, 모든 것에 다 법도가 있었고 말소리와 웃음 웃는 것도 소리가 커도 못쓰고 작아도 안 되었다. 말이나 웃음소리가 크면 방자하고 작으면 간사하거나 음란하다는 것이다. 눈을 치떠보거나 곁눈으로 본다고 종아리를 맞았고 감을 살을 남기고 버렸다고 다시 씻어서 먹고 신명께 '잘못했습니다'를 아뢰이게 하였다.

그렇게 엄하게 길린 공주였다. 그러나 요석궁에 있게 됨으로부터는 부지불식간에 여러 가지 방자한 버릇이 생겼다. 공주는 아사가의 행동거지를 보매 그것이 낱낱이 저를 책망하는 듯하여서 괴로웠다.

공주가 무애암에 와서 사오일이 되어도 아사가의 몸가짐은 언제나 한 모양이었다. 그가 소세하거나 머리 빗는 양을 본 일이 없고 옷을 갈아입는 양을 본 일이 없으나 언제나 몸매는 늘 새롭고 깨끗하였다.

'남에게 누운 양 잠자는 양을 보이지 마라.'

'남에게 자고 난 낯을 보이지 마라.'

'남에게 우는 양 웃는 양 성난 양을 보이지 마라.'

하는 것이 진골, 성골의 가문의 여자의 가르침이었다. 아사가는 바로 이 세 가지를 그대로 하는 것이었다.

공주는 한끝 아사가가 숫처녀가 아니기도 바랐다. 아사가가 원효에게 한 번 지르밟혔으면 그것이 한 가지 흠일 것도 같았다.

그러나 아사가의 입에서는 비록 잠꼬대로라도 거짓말이 나올 수는 없는 것 같았다. 그 맑은 눈매에 음란이나 간사가 숨을 데가 없는 모양으로 그 불그스레하고 한일자로 단정하게 다물은 입술로 거짓이나 남을 해칠 말이 나올 수가 없을 것 같았다.

"지금도 원효대사의 아내가 되고 싶어?"

한번은 공주가 아사가에게 이렇게 물었다. 무슨 대답이 나오나 듣고 싶은 것이었다.

"네."

아사가는 이렇게 대답하였다.

"지금도?"

공주는 그 대답이 하도 의외인데 놀란 것이었다.

"네. 공부한 지가 며칠 되나요."

아사가는 이렇게 말하였다.

"그건 무슨 말이야?"

공주는 아사가의 말뜻을 모르는 것이었다.

"공부를 하노라면 그 마음이 없어진다고 하셔요."

"원효대사가?"

"네."

공주는 눈을 크게 떠서 아사가를 바라보았다. 그 대답이 참되기도 하고 놀랍기도 한 것이었다.

"내가 이렇게 찾아온 것을 아기는 어떻게 생각하나?"

공주는 더욱 아사가가 대답하기 어려운 말인 줄 알면서 물었다.

"처음 오실 때에는 가슴이 울렁거리고 미운 생각이 났습니다."

아사가는 이 말에는 고개를 숙이고 낯을 붉혔다.

"왜, 샘이 나서? 질투가 나서 말이지?"

공주의 표정은 긴장하였다.

"글쎄요, 그것이 샘이란 것인지 질투란 것인지 처음이 되어서 이름은 모릅니다."

아사가의 이 대답에 공주는 긴장하였던 표정이 갑자기 풀리며 웃었다.

"아무리 하여도 미워할 수 없는 사람."

하고 공주는 열정적으로 아사가를 꽉 안고 울었다.

원효는 강가에 앉아서 강물을 바라보고 있었다. 비는 더욱더욱 퍼부었다. 몇 해 동안 올 비가 하루 이틀에 다 와버리려는 것 같았다. 태백산 쪽에서 내려오는 물, 소백산에서 내려오는 물, 축산, 희양산 쪽에서 내려오는 물들이 모두 합수가 되어서 금오산 쪽을 향하고 달려가는 것이다. 아무리 흘러도 미처 빠질 수 없이 위로서는 자꾸자꾸 물이 내리밀려서는 벌판과 촌락을 하나씩 하나씩 집어삼키고 있었다. 뻘건 흙탕물이다. 물결을 치고 소리를 치고 거품을 뿜으며 몰렸다.

"저기 또 하나 떠옵니다."

사사마가 눈빨리 보았다.

노드리는 듯한 빗발 때문에 지척도 잘 보이지 아니하였다. 빗
방울이 굵어서 뺨과 목덜미를 때리면 사뭇 아팠다.

과연 떠내려온다. 지붕이다. 지붕 하나가 둥둥 떠내려온다. 그
위에는 사람 넷이 타고 있다. 분명히 내외와 아들딸이다.

지붕은 거의 다 잠겼다. 그것이 물살을 따라서 뜰락잠길락하
며 이쪽을 향하고 내려오고 있다.

원효와 의명은 배에 올랐다. 이 물결에 배를 저을 수는 없는
것이다. 강 좌우 언덕에 섰는 버드나무에 줄을 건너 매고 그것을
붙들고 배를 끄는 것이다. 그러나 그 버드나무들도 점점 물에 잠
기고 있어서 얼마 안 지나면 그 줄도 쓰기가 어려웠다.

지붕은 더욱 가까이 왔다. 원효와 의명은 줄을 당기어서 물목
을 지켰다. 지붕과 배가 마주치면 큰일이다.

지붕에 탄 사람들은 그제야 원효와 의명의 배를 본 모양이어서,

"사람 살리오, 사람 살리오!"

하고 소리를 쳤다.

아이들은 갑자기 겁이 난 듯이 울었다.

원효는 손에 들었던 바를 지붕을 향하고 던졌다.

"이것을 붙들고 물에 뛰어들어라."

하고 소리를 쳤다.

"뛰어들면 살고 지붕에 붙어 있으면 죽는다."

의명도 소리를 질렀다.

원효의 바는 세 번 만에 지붕에 미쳤다. 남녀는 그 바오락지를
거머쥐었다. 그리고 아이를 하나씩 꼈다. 그러나 물에 뛰어들려
고는 아니하였다.

"어서 뛰어들어라."

"뛰어들지 아니하면 이 줄을 놓아버릴 테다."

"뛰어들면 산다."

이렇게 외쳤다.

지붕은 거의 배를 끄는 줄 가까이 왔다.

"이놈아, 얼른 물에 뛰어들어!"

"이놈아, 이 줄을 놓을 테다."

하고 위협을 하였다.

그래도 두 남녀는 울기만 하고 뛰어들지를 아니하였다 지붕이 줄 아래로 지나만 가면 이 배까지 끌려가게 되니 줄을 놓아버릴 수밖에 없는 것이다.

원효는 힘껏 줄을 낚아채었다.

두 남녀는 그 바람에 물에 굴러 내려왔다. 잠시 깜박하고 사람들은 물속에 들어가고 지붕은 껑충 뛰는 듯이 들려서는 쏜살같이 흘러내려간다.

마침내 네 사람을 건져서 배에 실었다.

언덕에 내어놓았을 때에는 어른들은 모두 정신을 잃었다. 그러나 옆구리에 꽉 낀 아이는 팔을 비틀기 전에는 놓지 아니하였다. 아이들은 떨기만 하고 울지도 못하였다.

배를 물이 안 올라온 데까지 끌어내다 놓고 어른 아이 네 사람을 인가로 업어 날랐다. 인가라야 나룻배 부리던 늙은이 내외가 사는 집이다.

조그마한 집에 벌써 이 모양으로 건져온 사람이 이십여 명이었다. 영감은 먹을 것을 구하러 마을로 가고 마누라가 혼자서 시중을 하고 있었다.

원효와 의명과 사사마는 또 강가로 달려나왔다.

이 모양으로 하기가 사흘이다. 그동안에는 별의별 사람을 다 건졌다. 한 가족으로 온통으로 건진 것은 지금 말한 네 사람뿐이요, 그 밖에는 혹은 남편만을, 혹은 아내만을, 혹은 어미만을, 혹은 자식만을 건졌다. 구렁이도 여러 마리 떠내려가고 집도 수없이 떠내려갔다. 시체가 떠내려간 것은 이루 세일 수가 없었다.

어떤 지붕에는 사람과 닭과 개와 구렁이가 함께 탄 것도 있었다.

나흘째 되던 날부터 비가 개이고 강물이 줄기 시작하였다.

원효의 일행이 모두 사람을 건진 것이 일백이십여 명이었다. 그러나 건져다 놓은 뒤에 죽은 것이 십여 명이나 되고, 정신 잃고 앓고 있는 것도 십여 명이었다.

원효는 일변 사람을 건질라, 일변 병구완을 할라, 일변 송장을 칠라 오륙일 동안은 잠은커녕 누울 새도 없었다.

"손이 천이 있어도 부족하지 아니한가."

원효는 강가에서 의명과 사사마를 보고 이렇게 한탄하였다.

"천수천안관자재보살千手千眼觀自在菩薩."[2]

하고 의명은 합장하였다.

사사마는 평생에 처음 보는 비참한 광경을 본 것이었다. 건진 사람이 백스물이면 못 건진 사람은 그보다도 많았다. 더구나 잊을 수 없는 것은 나뭇개비에 매달려서,

---

2 천 개의 손과 눈을 가진 관세음보살.

"사람 살려주우, 사람 살려주우."

하고 한 손을 허우적거리는 것을 이편에서 손이 미처 돌아가지 아니하여서 그냥 떠내려보낸 것이었다.

또 건짐을 받은 사람들도 정신이 들어서 보면 어딘지 모르는 곳, 누군지 모르는 사람들 속에 저만 혼자 있고 사랑하는 처자가 어디 있는지도 모를 때에는 목을 놓아서 울었다. 나도 함께 죽는 다고 강으로 뛰어나가려는 어머니도 있었다.

그러나 산 사람은 살 수밖에 없었다. 영감이 얻어 나르는 양식 으로 백여 명 식구를 먹여 대일 수가 없었다. 건짐 받은 사람 중 에서 행보할 수 있는 사람을 총출동을 시켜서 일변 먹을 것도 동 냥해 오고, 일변 먹을 만한 나물과 풀뿌리도 캐어 들였다.

그래도 비가 개이고 볕이 나니 살 것 같았다. 강물도 내가 언 제 성났더냐 하는 듯이 제 길만을 찾아서 소리 없이 흘렀다.

또 몇 사람이 죽었다. 이번에는 같은 이재민끼리 눈물을 흘리 면서 염불을 잡수면서 장례를 지내어주었다.

"자, 이제는 다들 고향으로 돌아가시오."

하루는 원효가 쌀을 져다가 밥 한 끼를 잘해 먹이고 여러 사람 들을 향하여서 이렇게 말하였다.

일어나 길을 떠나려는 사람도 있었다. 그러나 그중에는,

"집도 없고 식구도 다 죽고 내가 가면 어디를 가오?"

하는 사람도 있었다.

원효는 홀아비와 과부 여덟 쌍을 혼인을 시켜주었다.

그리고 남은 것이 아이가 십여 명, 늙은 여자 셋이었다. 아이 는 그중 나이 많은 것이 열다섯, 그중 어린것이 젖먹이 하나였다.

이것은 그 어머니가 물 밖에 나와서 며칠 앓다가 죽어버린 고아였다. 그 나머지는 오륙 세, 칠팔 세, 제 고향과 성명도 잘 모르는 것들이었다.

원효는 새로 부부 된 사람들에게 아이 하나씩을 맡으라고 응권하였다. 그들은 다 기쁘게 승낙하였다. 원효가 하라는 일이면 물불도 헤기지 아니하려 하였다.

나룻배 주인 늙은 내외가 열다섯 살 된 아이 하나를 달라고 하였다. 그것을 아들을 삼아서 당장 부려 먹고 장래에 의탁하자는 것이다.

원효는 상동이라는 그 열다섯 살 먹은 아이의 의사를 물었으나 그는 원효를 따라간다고 버티었다.

"자, 이것도 모두 인연이오. 이제 다들 다시 살아났으니 지난 일은 다 잊고 새로들 잘들 살아보시오. 사람이란 언제나 한 번은 죽는 것이니 악한 일 말고 적선들 하면서 살아가시오. 자 다들 잘 가시오."

하고 그들과 작별하였다. 그중에는 원효의 앞에 꿇어 엎디어서 우는 이도 있고 죽을 것을 살려주신 은인이시니 누구신지 이름이나 알려달라고 애원하는 이도 있었다.

원효는 목소리를 높여서,

"나무아미타불, 나무관세음보살마하살."

"여러분을 건지신 이가 이 두 분이니 밤낮으로 이 두 분 명호를 부르시오. 자 우린 떠나는 길이니 한 번 같이 부릅시다."

하고 염불을 하였다. 일동도 원효를 따라서 불렀다.

강가에 비 온 뒤 칠월 볕이 찌는 듯 더웠다.

원효 일행은 도리사를 향하고 오는 길에도 강변에 넘어진 시체를 보면 산으로 옮겨다가 파묻기를 여러 번 하였다.

반쯤 무너지고 반만 남은 집에 병들고 굶주린 사람들이 누워 있는 것을 보면 또 먹을 것을 구하여다가 병구완을 하였다.

이러하기 때문에 오 리를 가다가는 하루를 묵고 십 리를 가다가는 사흘을 묵었다.

패어 나간 논밭 자취만 남은 촌락의 모양은 차마 볼 수가 없었다. 그래도 살아남은 사람들은 풀뿌리를 캐고 나무껍질을 벗겨서 살려고 애를 썼고 또 조나 피나 수수도 뿌리만 붙은 것이면 더운 볕을 받아서 살려고 힘을 다하였다.

개구리가 뛰고 맹꽁이가 울었다. 웅덩이에 갇힌 잔고기들이 갈 길을 잃고서 물이 마르는 대로 오글오글하였다. 율모기들이 먹을 것을 찾아 슬슬 풀 속으로 기었다. 왜가리 따오기 해오리들이 시세를 만나서 훨훨 날다가는 내려앉았다.

의명은 원효의 뒤를 따라 걸으면서 보고 이렇게 말하였다.

"이러다가는 언제 절에 돌아가는지 모르겠습니다. 어디 끝이 있습니까."

"왜. 지리하냐, 벌써."

원효는 의명을 돌아보았다.

"지리도 합니다마는―."

의명은 무엇이라고 말할 바를 몰랐다.

"아직 한 달도 못 되었는데 지리해. 그러한 근기로 무변중생을 어떻게 건질꼬?"

원효는 사사마를 보았다. 사사마는 빛나는 어린 눈으로 원효의 눈을 마주 보았다.

"사사마 너는 어떠냐. 너도 지리하냐."

이렇게 묻는 원효의 말에 사사마는,

"지리한 줄은 몰라도 몸이 곤하고 졸립니다."

하고 주먹으로 눈을 비볐다.

"잘 먹지도 못하고 잠을 편히 못 자서 그렇구나."

하고 원효는 사사마와 의명의 얼굴을 번갈아보았다. 모두 살이 빠지고 눈이 들어갔다.

그도 그럴 일이었다. 며칠 동안은 물과 싸우고 그 뒤에는 날마다 보는 것이 앓는 사람과 죽은 사람이었다. 썩는 송장 곁에서 모기 벼룩에게 뜯기며 밤을 새우고, 낮에는 그러한 틈도 없거니와 설사 누워서 눈을 붙이려 하기로니 파리와 개미가 성화를 하였다.

앓는 사람의 오줌똥을 받아내고 송장을 떡 주무르듯 하는 것도 이제는 익었다. 처음에는 의명이나 사사마나 그것이 모두 다 더럽고 귀찮고 또 무서웠다. 그러나 원효가 손수 그런 궂은일을 하는 것을 보고는 가만있을 수가 없어서 억지로 억지로 따라하던 것이 이제는 오줌똥 만지고 송장 주무르는 것이 아무렇지도 아니하리만큼 되었다.

"보살행이란 중생의 오줌똥과 송장 쳐주는 것이다."

원효는 이렇게 두 사람에게 가르쳤다.

"배불리 먹고 서늘한 다락에 앉았는 것은 중의 일이 아니다."

이러한 훈계도 하였다.

이러한 원효의 말과 행은 의명에게 깊은 감동을 주었다. 그때에 신라 중들은 나라와 백성들에게 융숭한 대접을 받으면서 호화로운 생활까지 하는 이도 있었고, 그까지는 못하더라도 청한한[3] 생활을 탐내인 것이었다. 원효와 같은 행을 하는 중은 의명에게는 처음 보는 모본이었다.

원효와 의명과 사사마가 고아 둘을 데리고 무애암에 돌아온 것은 칠월 백중 전날이었다. 비록 그동안이 보름밖에 안 되지마는 의명에게는 석 달은 된 것 같았다. 여러 가지 사건이 많은 것도 그 까닭이겠지마는 평생에 상상도 못하던 여러 가지 비참한 일을 본 것이 더욱 세월이 오랜 것 같게 한 것이었다.

그러나 의명의 속에는 또 한 가지 세월을 길게 보인 것이 있었다. 그것은 아사가였다. 어디를 가나 무엇을 하나 아사가가 눈에 밟혔다. 그가 외딴 산속에 혼자 있을 것이 위태하기도 하고 애처롭기도 하다고 걱정한다는 핑계로 의명은 무시로 아사가를 생각하였고 그 생각은 날이 갈수록 그리움으로 변하였다.

'나도 십 년 수도한 중이다!'

의명은 혼자 뽐내어보았으나 쓸데없었다.

다 저녁때였다. 요석공주는 불공 드릴 쌀을 고르고 있었다. 원효와 설총을 위하여서 한 알 한 알 성한 쌀을 고르고 있었다. 상감의 분부로 태수로부터 쌀과 참기름과 미역과 잣과 꿀과 이러한 물건이 왔다. 그러나 원효가 오기 전이라 하여 하나도 건드리지 아니하였다. 요석공주는 쌀을 골라서 백중불공을 하려 하였다. 백중 전에 원효가 돌아오기를 고대고대하였다.

쌀 한 알 한 알에 요석공주는 남편과 아들을 생각하였다. 몸

---

3 맑고 깨끗하고 한가한.

성하고 오래 살고 복 많기를 빌었다. 쌀에 조그마한 흠이 있어도
골라버렸다.

무애암에 온 지 반달이나 된 요석공주의 마음에는 하루의 편
안함이 없었다. 아사가의 아름다움이 그 주된 원인이었지마는 그
것만이 아니었다. 외따른 산속 생활에 날마다 보는 것이 구름과
산이요, 듣는 것이 물소리와 새소리와 수풀에 부는 바람소리와,
지금까지 살아오던 인생과는 동떨어진 세상이어서 모든 것이 불
안하였다. 더구나 해가 지고 밤이 암자를 싸고 듣지 못하던 밤새
소리가 울어오거나 소나기가 바람에 몰려서 우수수 재우쳐 올
때면 무서움조차 생겨서 자꾸 설총을 꼭 껴안았다.

한 번은 밤중에 우레와 번개가 일고 바둑돌을 뿌리듯이 비가
쏟아질 때에 요석공주는 잠을 깨어서 어찌할 바를 몰랐다. 우레
소리가 귀청이 찢어질 듯, 금방 가슴 위에 벼락이 떨어지는 듯하
여서 공주는 설총을 꼭 껴안았다. 천지가 온통 불이 되는 모양으
로 번개가 연거푸 번쩍거릴 때에는 공주는 금방 천지가 번복이
되지나 않는가 하였다. 서울서 보던 것과 이 산속에서 당하는 것
과는 우레와 번개가 딴판이었다.

공주는 결코 겁이 많은 여자는 아니었다. 비록 경험은 없지마
는 전쟁에를 나가더라도 화살이 비 오듯 하고 창검이 별 같다 하
더라도 눈도 깜짝하지 아니하고 칼을 두르며 적진 중으로 들어
갈 용기가 있다고 자신하는 여자다. 냉산 빙혈 속에도 혼자 들어
가지 아니하였느냐. 그러하거늘 지금은 왜 이렇게 마음이 약하여
졌을까. 공주는 어렴풋하게 그 까닭을 알았다.

남편을 그리워하고 아들을 생각하고 아사가를 샘하고 이러하

기 때문이다. 탐심이 있으니 잃을까 겁이 나고, 진심이 있으니 해 받을까 무섭고, 이리하여서 어리석은 겁이 나는 것이었다.

번개가 더욱 재우쳐서 방 안이 어른어른하고 바로 옆에 벼락 이라도 떨어질 듯이 우레가 서두를 때면 공주는 팔을 뻗어서 아 사가를 끌어당기었다. 그러면 아사가는 반가운 듯이 두 손으로 공주의 손을 꼭 쥐었다. 그제야 공주의 무서움은 풀렸다.

'사람은 사랑하기도 어려운 일이지만 사람을 미워하기는 더욱 어려운 일이로구나.'

공주는 속으로 이렇게 한탄하였다.

"아기 자?"

공주는 이렇게 아사가에게 묻는다.

"아뇨. 깨어 있어요."

아사가의 음성을 들으면 공주의 무서움은 더욱 스러지고 사지 가 긴장하던 것이 풀리고 숨이 순하게 되었다.

"번개가 대단하지. 비가 많이 퍼붓는 모양야."

공주는 이런 말을 한 번 더 하여본다. 아사가의 음성을 한 번 더 듣고 싶은 것이다.

"네에, 대단한데요."

아사가는 이렇게 대답한다.

이러한 뒤에야 공주는 다시 잠이 든다.

'내가 죄 있는 사람이로구나.'

이러한 생각을 하면서 공주는 길게 한숨을 쉬는 것이다.

공주는 아사가에게 향한 질투심을 다 씻어버리고 잠이 들지마 는 이튿날 아침에 눈을 뜨면 아사가는 여전히 적국이었다. 그는 젊고 아름답고, 그리고 원효를 사랑하느냐고 물으면 언제나 그렇다고 대답하였다.

공주는 쌀을 고르면서도 이 악심을 극복하여지라고 빌었다.

'아사가는 내게 아무러한 생각도 아니 두는 모양인데 왜 이럴까. 암만해도 죄 많은 계집이다.'

공주는 입술을 문다.

설총이 와서 매어달리면 공주는 비로소 거리낌 없는 웃음을 웃는다.

"어미로서는 보살이요 아내로서는 야차다."

공주는 이렇게 중얼거렸다.

공주는 쌀을 고르는 동안이라도 무념무상이 되어보려고 애를 썼으나 마음 바다의 물결은 아무리 하여도 자지 아니하였다. 일찍 한 번도 원효와 단둘이 설총을 데리고 부부생활의 웃고슨(고소한) 맛을 보리라고 생각한 적은 없건마는 그래도 곁에 아사가를 놓고 보면, 이 재미를 못 보는 것이 다 아사가 때문인 것 같아서 원망스러웠다.

"공주마마."

하고 아사가가 쌀을 고르고 있는 공주의 곁으로 달려왔다.

"왜?"

공주는 아사가를 원망하던 생각을 감추느라고 웃었다.

"저기 노시님이 오셔요."

하고 아사가는 손으로 동구를 가리켰다.

"어디?"

하고 공주는 벌떡 일어섰다. 다음에 공주는 어린 계집애 모양으로 가슴이 울렁거렸다. 반가운 것도 같고 무서운 것도 같았다. 그러나 한 시각이라도 빨리 보고 싶은 것은 마찬가지였다.

그러나 다음 순간에 공주는 아사가의 눈을 들여다보았다. 아사가는 공주가 매무새를 고치고 신발을 신기를 기다리고 있었다.

아사가의 눈은 여전하였으나 빛이 더한 것 같았다. 만일 아사가가 원효를 반가워하는 마음이 공주 자신과 같이 간절하다고 하면 공주는 당장에 아사가를 물어뜯고 싶었다.

아사가는 공주의 눈에서 이상한 빛을 보고 몸에 소름이 끼쳤다. 그것은 공주의 눈에 가끔 보는 빛이었다. 파르스름한 독기였다. 아사가는 그 독기가 제게 향한 것임을 알았다.

"어디?"

하고 공주는 신발을 신고 뜰에 내려서면서 새로운 웃음을 짓고 물으며 아사가의 손을 잡았다. 아사가의 손은 얼음과 같이 싸늘하였다.

"저기요."

아사가는 공주를 끌고 마당 끝에 나가서 동구를 가리켰다.

"지금 저 외소나무 밭모퉁이에 가리워서 안 보입니다. 시님하고 사사마하고, 그리고 어린아이 둘하고 또 웬 사람 하나하고 모두 다섯이야요."

아사가는 이렇게 설명하였다. 그러고는 암자로 뛰어 들어왔다.

"아기 이리 데리고 오너라."

하는 공주의 소리가 아사가의 귀에 울려왔다. 어린 아들에게 한 시각이라도 바쁘게 아비의 얼굴을 보이려는 어미의 정을 아사가는 느끼면서 밥솥에 불을 살랐다.

장마 잎나무는 잘 붙지 아니하였다. 아사가는 그중 잘 마르고 보드라운 것을 골라서 불끼아리를 만들어 불씨를 싸가지고 후후 불었다. 노르스름한 연기가 모락모락 아사가의 입김을 따라서 흔들렸다.

아사가는 냇내[4]를 먹어서 눈물이 흘렀다. 눈물이 흐르니 슬픔이 생겼다. 실컷 울고 싶은 생각이 났다.

'나는 공주의 미움을 받고 있다. 시님이 오시면 더욱 미워할 것이다.'

이러한 생각을 하면 무척 외로웠다. 공주가 오기 전에는 원효는 아사가 혼자만이 생각하고 사모할 사람이었으나 이제는 저는 공주에게 밀려난 것 같았다. 이런 생각은 아사가에게는 지금이 처음이었다.

이러한 생각이 옳지 아니한 생각인 것 같아서 아사가는 더 힘껏 불을 붙였다. 불끼아리에서 불이 일어났다. 날름날름 불길이 일다가는 꺼지고 일다가는 꺼졌다.

"후우후우."

아사가는 더욱 기운을 내어서 불었다.

'확' 하고 정말 큰 불길이 일어났다. 아사가는 불끼아리를 아궁이에 미리 넣어놓은 새[5] 밑에 불을 넣었다. '우지끈 우지끈' 하고 불이 옮아 붙었다.

아사가는 부지깽이를 들고 아궁이에 붙는 불을 물끄러미 들여다보고 있었다. 바깥은 조용하였다.

4 연기의 냄새.
5 '땔나무'의 사투리.

"아마 다들 마중을 나갔나 보다."

하고 아사가는 솥을 가지고 쌀을 안치고 밥물을 붓고 손을 담가 보았다. 싸늘한 밥물이 아사가의 손등에 찰랑찰랑하였다.

아사가는 아궁이에 나무를 한 아궁이 지피고 얼른 개천으로 나가서 우려놓았던 도라지와 고비[6]를 들고 들어왔다. 이것은 모두 아사가가 손수 캐고 뜯어 온 것이다.

요석공주에게는 원효밖에 설총이 있었으나 아사가에게는 오직 원효가 있을 뿐이었다. 도라지를 캐거나 나물을 뜯거나 그것은 오직 원효 한 사람을 생각하고 함이었다. 아무리 깊은 산골에 들어가더라도 이것이 다 원효를 위함이라 하면 힘들지도 아니하고 무섭지도 아니하였다. 살진 도라지나 연한 나물을 만날 때마다 아사가의 앞에는 원효가 서 있었다.

원효는 일찍 아사가에 웃는 모양을 보이는 일이 없었다. 의명과 사사마를 향하여서는 가끔 농담을 하였으나, 아사가에게 대하여서는 언제나 아버지의 위엄을 가지고 있었다. 그래도 그것이 좋고 그리웠다.

'아버지와 스승과 남편을 한데 모은 것.'

이것이 아사가가 원효에게 대한 감정이었다. 원효의 일이면 옷에 묻은 때까지도 그리웠다. 그의 뚜벅뚜벅 걷는 걸음걸이라든지 웅장한 목소리라든지 불전에 절할 때에 그 위엄이라든지 모두 아사가에게는 신기로운 것이었다. 원효가 밥을 먹은 뒤에 밥그릇을 손수 부시어서 두 손으로 물그릇을 높이 들고 죽 들이키

6 고빗과의 여러해살이풀.

는 양이 하도 좋아서 아사가는 대번에 그것을 배웠고, 불전에 절할 때에도 두 손을 높이 들어서 큰 원을 그리며 가슴 앞에 합장하고 무릎을 꿇고 이마를 땅에 대고 두 손길을 귀 위로 꾸부려 올리는 양을 한 번 보고 그냥 배울 수가 있었다.

원효의 말이면 마디마디 아사가의 귀에 폭폭 박히고 원효의 행동이면 무엇이나 아사가의 눈에 젖어들어서 빠지지를 아니하였다. 그래서 아사가는,

'내가 시님 곁에만 있으면 시님의 가지신 도력을 다 배우고야만다.'

이렇게 생각하게 된 것이었다.

아사가가 도라지와 나물에 기름을 많이 두고 무치고 있을 때에 바깥에서 두런두런하는 소리가 들렸다.

'시님이 오셨다.'

아사가는 가슴이 울렁거리고 낯이 화끈하였다. 아사가는 기름 묻은 손을 얼른 뜨물에 씻고 부엌에서 나왔다. 아사가의 눈에 크게 띄는 것은 후주군하게 된 굵은 베옷에 바랑을 지고 커단 방갓을 쓴 원효의 모양이었다. 얼굴은 꺼멓게 타고 수염은 너슬너슬하였다. 두 볼이 들어갔다. 보기에 퍽 초췌하였으나 눈의 영채는 여전하였다.

원효의 위엄 있는 눈이 아사가로 향하매 아사가는 합장하고 절하였다.

아사가는 원효에게 절하고 난 뒤에야 오라비와 의명과 다른 사람들을 보았다. 공주는 손수 설총을 안고 원효의 뒤를 따르고 사사마는 반가운 듯이 누이를 보고 웃었다.

의명은 아사가를 안 보는 체하였다.

계집애 사내 두 고아는 보지 않던 집과 사람의 모양을 두리번 거리며 보고 있었다. 사내는 머리털이 눈썹과 마주 붙어 흉악할 것 같고 계집애는 눈이 조그맣고 턱이 뾰족한 것이 퍽 이악스러울 것 같았다. 모두 무척 박복하고 마음이 곱지 못할 상이었다.

아사가는 원효의 갓과 바랑짐을 받고 싶었으나 참았다. 사사마가 재빠르게 제 짐을 벗어놓고 원효의 갓을 받고 의명이 그 짐을 받았다. 스승의 갓이요, 스승의 짐이매 두 손으로 받들어서 방에 들여다가 제자리에 두었다.

공주는 아기를 안은 대로 서성서성하면서 원효의 하는 양을 보고 있었다. 원효가 설총을 보고도 덥석 안아주지도 아니하고 말도 아니하는 것이 불만이었다. 공주는 이 한 사실에서 여러 가지로 뜻을 찾으려고 여자다운 추측을 하였다.

대사로서의 체면을 차리느라고 그런가, 마음에 아무 번뇌도 없어서 모든 중생을 평등으로 보아서 그런가. 그러나 공주의 마음을 꼭 붙들고 놓지 아니하는 대답은,

'아사가에게 반하여서 우리 모자에게서는 정이 떠났다.'

하는 것이었다.

이러한 생각이 나매 공주는 다리가 떨려서 몇 번이나 발을 헛짚어서 쓰러질 뻔하였다. 그것은 보통 여자의 감정이었으나 보통 여자로서는 견딜 수 없는 감정이었다.

'두 연놈을 칼로 푹 찔러 죽여버릴까. 두고두고 원망하여서 두 연놈을 말라 죽게 하고 사후엘랑 머리카락을 오리오리로 두 연놈을 동여서 아비지옥으로 끌어내리고야 말까. 두고 보자.'

공주의 마음에는 이런 생각이 번개같이 지나가서 다음 순간에 그는 제 생각이 무서워서 몸을 떨었다.

요석공주는 평생에 이런 무서운 생각을 염두에 두어본 일이 없었다. 그의 마음에는 부드러운 것, 인자한 것, 슬픈 것, 이러한 것밖에는 깃들일 곳이 없었다. 더구나 공주가 관음을 신앙하매 자기의 마음은 관음과 같다고 여기고 있었다.

공주는 성을 내어서 큰소리를 한 일도 없었다. 그의 환경에 그의 뜻을 어그리는 일이 없었던 것이다. 중생들 중에는 음욕과 질투와 그런 것을 가진 자도 있어서 서로 때리고 죽이는 일도 있단 말을 말로만 들었다. 그러나 그러한 마음이 내게도 있지 아니하냐 할 때에 공주는 몸서리를 아니 칠 수가 없었다.

그렇게 알고 보면 삼십여 년 살아온 뒷일이 모두 거짓이요, 허깨비였다.

'요석공주도 한 계집이다.'

공주는 갑자기 자기 몸에서 빛이 스러지고 향기가 가시어버리는 것 같았다.

'원효대사는 어떨까. 정말 모든 음욕과 질투를 벗어났을까.'

이렇게 생각하고 공주는 원효를 바라보았다.

"가서 미역 감고 오자. 미역 감고 예불해야지."

원효는 이렇게 말하고 개천 께를 향하고 걸어갔다.

원효는 요석공주가 와 있는 것을 보고 놀랐다. 반갑기도 하였으나 그 눈에 질투의 불이 비친 것을 원효는 아니 볼 수 없었다. 그것을 보니 원효의 마음은 무거워졌다.

'사흘 밤의 향락의 업보가 온다.'

이러한 생각이 아니 날 수가 없었다.

'음욕은 자비의 탈을 쓴다.'

과연 옳은 말이었다. 원효는 요석궁 사흘을 음욕 때문이라고
는 생각하지 아니하였다. 요석이라는 한 여성의 소원을 들어주는
자비라고 생각하였고, 또는 일체무애인의 무애행이라고 생각하
였다. 더구나 대안대사가 삼모의 집에 끌고 간 것이 원효에게 그
러한 건방진 생각을 준 것이라고 원효는 생각하였다.

'무애라니 안 될 말이다. 모두가 무애의 탈을 쓴 탐욕행이다.'

원효는 물속에 들어앉아서 몸을 씻으며 이렇게 생각하였다.

'동네에 밥을 빌러 가더라도 반드시 사미 하나를 데리고 가라.'

'과부와 젊은 계집을 가까이 마라.'

'어린 상좌도 두지 마라.'

이러한 석가여래의 훈계의 뜻이 새삼스러운 힘을 가지고 원효
를 때렸다.

사내라는 몸을 쓰고 있는 동안 계집에 대하여서 무심하기 어
려운 것이다. 사내나 계집이나 아름다운 이나 미운 이나 귀한 이
나 천한 이가 모두 평등으로 보이고 거기 미워하고 고와하는 차
별이 없는 것은 법운지法雲地[7]의 보살에게도 어려운 일이다. 하물
며 일체중생을 '외아들'로 보는 경계랴. 이것을 오직 여래만이 능
하신 것이다.

원효는 요석궁의 기억이 차마 볼 수 없는 추한 기억이라고 보
여짐을 어찌할 수 없었다.

---

7 십지의 마지막 단계. 불법으로 모든 사람에게 이익이 되는 일을 행하는 경지를 일컬음.

요석공주가 여기 나타난 것은 거의 다 아물었던 원효의 파계의 상처를 또 긁어놓는 것이었다. 그것은 결국 영겁에 아물지 못할 상처였다. 하물며 설총이라는 분명한 증거가 있지 아니하냐.

원효는 씻은 몸을 또 씻고 또 씻었다. 세모래를 집어서는 껍질이 벗겨져라 하고 전신을 문질렀다. 이를 닦고 양치질도 하였다. 손톱눈에 끼인 때도 파내었다. 발가락 사이도 우볐다. 머리를 씻고 또 씻었다. 곁에서 보는 의명이 웬일인가 하고 의아하도록 원효는 몸을 씻고 또 씻었다. 이러해서나 몸의 더러움을 조금이라도 면하려 하였다. 한참 씻고 나니 좀 시원하였다. 뼛속까지 깨끗하여진 것도 같았다.

원효는 몸을 말리우면서 사사마의 소년다운 몸을 보았다. 아직 더러워지지 아니한 몸이다. 적어도 음욕이란 것만은 모르는 몸이다. 그것은 지극히 청정한 몸이었다.

그렇지마는 사사마도 앞으로 며칠이 안 되어서 사람이 걷는 모든 길을 걷게 될 것이다. 그의 깨끗한 듯한 몸에도 속에서는 모든 번뇌의 싹이 트고 있는 것이다. 그것들이 잎이 피고 꽃이 피어서 또 한바탕 삼악도를 나토는 것이다.

"탐진애만貪瞋愛慢 첨곡질투諂曲嫉妬 대경불생對境不生."

하고 원효는 소리를 내어서 중얼거렸다.

원효가 미역을 감고 돌아오니 새 옷이 한 벌 놓여 있었다. 이십오 승 가는 베는 궁중이 아니면 못 쓰는 것이다. 원효는 그 옷이 무엇을 의미하는지 알았다. 요석공주가 손수 삼아서, 손수 낳아서 손수 지은 옷이다. 오리마다 실밥마다 정을 담은 것이다.

원효는 새 옷을 갈아입고 저녁 예불을 치르고 나서 일동을 한

방에 모아놓고 저녁을 먹었다.

저마다 제 생각을 하고 있었다.

공주는 원효의 마음을 여러 가지로 상상하였다. 원효와 아사가의 관계를 이 모양으로 저 모양으로 꾸며보는 것이었다. 밥을 숟가락에 뜰 때와 입에 넣을 때와 벌써 생각이 달랐다. 그러나 원효가 태연히 앉아서 밥을 먹고 있는 양을 보면 마음이 놓이기도 하였다.

의명은 오래간만에 보는 아사가가 더욱 아름다움을 느꼈다. 그러나 아사가는 자기에게 대하여 아무러한 생각이 없는 것이 분명하였다. 아사가의 눈과 마음은 언제나 원효에게 있었다. 그 눈은 원효를 보지 않는 듯 보는 것이었다.

의명은 자기가 원효에 비겨서 성명없는 한낱 중임을 잘 안다. 원효를 사모하던 아사가의 마음이 의명에게 돌아올 까닭이 없는 줄도 잘 안다. 또 수도하는 중으로서 젊은 계집에게 마음을 붙이는 것이 옳지 아니한 줄도 잘 안다. 사실상 의명은 음욕에서는 완전히 벗어난 것으로 자신하고 장담도 하고 있었다. 그러나 아사가에게 대하여서는 저항할 수 없었다. 의명이 보기에 요석공주도 미인이었다. 더구나 그에게는 중년의 자리 잡히고 푹 익은 아름다움이 있었다. 그렇지마는 아사가에게 비기면 요석공주는 빛을 잃는 것 같았다.

'원효시님의 마음은 어떠할꼬?'

의명은 무심코 밥을 먹는 체하면서도 원효대사의 심중을 촌탁[8]하여보았다. 한 손에 요석공주를, 다른 손에 아사가를 든 원효가 부럽기도 하거니와 지금 원효대사의 마음이 어디로 쏠릴까 하는 것이 흥미 있기도 하였다.

'대관절 오늘밤에 어찌할 작정인가.'

의명은 이러한 생각을 한다.

요석공주는 위로서 허하신 원효의 부인이다. 일 년 반이나 지나서 부인과 서로 만났으니 어찌하려는고. 한방에서 자려는가, 따로따로 자려는가.

의명은 이런 생각을 하면서 원효와 공주를 바라보았다.

이런 생각을 하는 것은 의명만이 아니었다. 어린 설총을 제하고는 다 오늘밤의 원효의 태도를 추측한 것이었다.

'백중날이니까.'

이런 생각을 맨 먼저 한 이는 설총의 유모였다.

설총은 낯선 사람들의 앞이라 얌전하였다. 엄마와 시녀의 무릎으로 오락가락하였다.

식후에 간소하나마 백중 차비를 하였다.

아사가가 혼자서 싸리로 만든 등에 불도 켜 달고 원효가 진덕여왕이며 원효의 부모며 요석공주의 전남편 거진 부자의 위패며 기타 굶어죽은 이, 전쟁에 죽은 이, 물에 빠져 죽은 이 등 무주고혼을 부르는 법사를 행하였다. 원효는 제 눈으로 본 여러 사람의 혼도 생각하였다. 단샘이에서 염병으로 죽은 이들, 이번 물에 송장으로 떠내려온 이들이며 건진 뒤에 앓다가 죽은 이들. 그리고 뚜렷이 생각나는 이는 진덕여왕이었다.

불탑에 차려놓은 것은 밥과 채소였다. 채소는 아사가가 캐어

---

8 남의 마음을 미루어서 헤아림.

오고 뜯어 온 것이었다. 그리고 꽃병에는 도라지꽃이 꽂혀 있었다. 등잔에는 참기름 불이요, 황초 한 쌍을 켜놓고 향을 피우고 맑은 물을 떠놓았다.

원효는 불전에서 한참 동안 선정에 들어 있었다.

의명과 사사마, 아사가도 원효 모양으로 선정에 들었다. 공주도 아기를 재우고 와서 앉았다. 요석궁 대사도 앉았다. 두 고아는 마루에 쓰러져서 자고 있었다.

고요하였다. 달이 흰 구름 점 틈으로 달리고 있었다. 물소리, 솔밭에 바람소리, 그리고 벌레소리.

수없이 혼령은 밥을 얻어먹고 이고득락離苦得樂할 법문을 들어보려고 모여드는 것이다.

의명은 밥 먹을 때에 하던 공상을 잊었다. 원효가 앉은 모양은 의명의 마음에서 그러한 잡념을 허하지 아니하는 힘이 있는 듯하였다.

"배고픈 이는 밥을 먹고 목마른 이는 물을 마시라. 그리고 내 설하는 법을 들어 영겁에 끊임없는 탐욕의 불을 끄고 아미타불의 극락세계에 서늘한 안식을 얻을지어다."

하고 원효는 산 사람과 죽은 사람을 통틀어 앞에 놓고 법을 설하였다.

"삼천대천세계에 겨자씨만 한 곳도 석가세존 인위시因位時에 중생을 위하시와 신명을 아니 버리신 곳이 없다 하였으니 괴로워하는 중생은 소망을 가지고 참고 기다릴지어다. 지금도 수없는 보살은 중생을 괴로움에서 건져서 즐거운 데로 인도하려고 쉬지 아니하고 신명을 버리시나니라. 오직 중생이 탐욕에 눈이 어두위 이것을 보지 못하고 고해화택으로 더욱더욱 깊이 들어가나니라."

"들으라. 중생이 먹는 밥 한 술이 관세음보살의 살 아님이 어디 있으며, 목마를 때에 마시는 물 한 모금이 관세음보살의 피 아닌 것이 어디 있으랴. 보살의 자비의 손이 바로 그대의 앞에 번뜩이도다. 보라, 오직 눈을 떠서 보라."

"깨달으면 부처요 아득하면 범부니 깨달은 사람에게는 이미 나고 죽음이 없으려든 하물며 괴로움과 즐거움이랴. 마치 무서운 꿈을 깸과 같으니 한 번 깨면 다시 꿈이 없나니라."

"삼계에 헤매는 중생아. 오는 해 백중에도 내 밥과 물을 놓고 중생을 불러서 법을 설하려니와 원컨대 그때까지 아득하지 말지어다. 이제 곧 무생법인無生法忍을 얻을지어다."

원효는 이렇게 정령들에게 법을 설한 뒤에 의명 등에게로 향하여 법을 설하였다.

"의명아."

"예."

"아사가."

"예."

"사사마."

"예."

원효는 이렇게 세 사람을 불렀다. 세 사람은 황송한 마음이 생겼다.

원효는 입을 열었다.

"여기는 아도화상의 유적이 있는 데다. 아도화상은 평생에 무슨 일을 하셨나? 오직 중생에게 불도를 전하려고 하셨다. 그는 장가를 든 일도 없고 세력을 구한 일도 없고 제 몸이 편하기를 구한 일도 없었다."

"아사다나[異次頓]('아침의'라는 뜻)는 어찌하였나. 그는 임금도 될 수 있는 몸이요, 공주를 아내로 삼을 수도 있는 몸이었다. 그러나 불도를 위하여서 길거리에서 목이 잘렸다. 우리네 신라사람이 오늘날 불법을 듣게 된 것은 아도화상과 아사다나와 이 두 분의 덕이다. 이 두 분은 다 보살화상이시다."

"너희도 보살화상이다. 너희도 짐짓 청정업보를 버리고 사람의 몸을 쓰고 나온 것은 불도로 중생을 건지자는 본원本願 때문이야. 인생의 몸을 쓰기 위하여서 인생의 탐욕을 나톤 것이다. 그러나 부루나富樓那[9] 모양으로 이 세상에 오는 길에 또 온 뒤에 그 본원을 잊어버리고 있었어."

"전생 다생에 너희는 나와 함께 석가세존의 처소에서 법을 배웠더니라. 그러한 인연이 있길래로 너희가 불법을 찾아서 나를 따라온 것이야."

"너희는 보살이요 범부가 아니다. 중생을 건지자는 본원으로 범부의 탈을 쓰고 나온 것이야."

"보살이 무슨 탐욕이 있으리. 오욕을 다 벗어났건마는 아직 습기習氣[10]가 남았구나. 그 습기에 지지 말아라."

원효의 말은 이것뿐이었다. 의명과 요석공주를 비롯하여서 여러 사람의 마음은 마치 아프던 생채기에 기름을 바른 것처럼 유

---

9 석가모니의 십대 제자 중 한 사람. 설법을 잘하기로 이름났으며 음성이 맑고 아름다웠다.
10 번뇌로 인한 버릇.

하게 되었다. 일종의 비애를 띤 편안함이 여러 사람을 쌌다.

"자."

하고 원효는 목탁을 들었다.

"우리 역대 국왕과 다생 부모 유연 권속과 삼계 무주고혼을 위하여서 정성으로 염불을 부르자."

하고,

"나무아미타불."

하고 먼저 불렀다. 모두 따라서 불렀다.

아사가와 사사마는 염불이 처음이언마는 목을 놓아서 불렀다.

밤이 깊어가도록 염불소리가 끊기지 아니하였다. 딱딱딱딱 하는 목탁소리로 장단을 맞추어서 남자의 우렁찬 소리, 여자의 날카로운 소리가 어울려서 들렸다. 산에 초목과 벌레와 짐승과 하늘에 달과 별과 삼계육도의 중생들이 모두 이 염불소리를 듣고 있었다.

이튿날은 칠월 보름 백중날이었다. 무애암에서는 하루 종일 염불소리가 들렸다.

한량없는 괴로움을 받고 있던 넋들이 일 년에 한 차례, 백중날 하루 동안 놓여 나와서 그립던 가족들을 만나는 것이다. 만나기는 만나지마는 살아 있는 가족들과 죽은 넋과는 서로 말이 통하지 못하고 얼굴도 보이지 아니한다. 그래도 서로 곁에 가까이 있거니 하고 애절한 그리움을 푸는 것이다.

산 사람들은 밥과 떡과 기타 맛있고 정갈한 음식을 만든다. 사랑하던 부모, 처자의 혼령을 대접하자는 정성이다.

지옥도에 빠진 넋은 슬프고 원통하고 밉고 성나고 한 시각도 마음이 편하지를 못하고 지글지글 끓는 것이다. 유황불에 타고 기름 가마에 끓는 것이다. 그러나 이 유황불과 기름 가마는 다 제가 제 업으로 만들어놓는 것이다. 생전에 탐하던 다섯 가지 욕심이 불이 되고 물이 되고 얼음이 되어서 여러 겁을 두고 본인을 괴롭게 하는 것이다. 그림자와 같이 따라서 아무리 떼려도 뗄 수 없고 도망하려도 도망할 수 없는 업보다. 머리카락마다 털구멍마다 퍼런 불길이 뿜어 숨이 막히고 죽게 아프고 괴로우나 마음대로 죽어지지도 아니하는 것이다. 치를 것을 다 치른 뒤에야 이곳을 벗어나거니와 겨우 지옥을 벗어난 박복한 중생은 그날부터 다시 지옥업을 닦는 것이다.

지옥이란 무행처無幸處라고 한다. 도무지 좋은 일이 없는 곳이라는 말이다.

사바, 즉 이 세상은 인토忍土, 즉 참을 만한 곳이라는 것이다. 세석천이나 도솔천에는 오직 낙이 있을 뿐이요, 불행이 없고 수명이 무척 길다 하니 사바보다 나은 데지마는 거기도 쇠하고 죽음이 있다. 오직 오욕을 떠난 부처님의 세계만이 영원불변하는 청정한 세계다.

만일 아귀도에 떨어진 중생이 있다 하면 그는 주리고 목마르고 깊은 괴로움 속에 있는 것이다. 배는 바다와 같이 큰데 목은 바늘과 같이 가늘어서 아무리 마셔도 목마른 것이 그치지 아니하고 아무리 먹어도 배가 부르지 아니한다는 것이다. 한량없는 탐욕의 업이 이러한 몸을 나튼 것이다.

아귀도에 빠진 자는 마시고 먹는 것이 모두 불이 된다고 한다. 그는 시원한 물 한 모금을 갈구하나 그것이 목구멍에 닿으면 곧 시뻘겋게 녹은 쇳물이 된다. 그때에 그는 세계를 다 주고라도 시원한 물 한 방울을 얻으려 하나 몇천 겁 동안에 치를 것을 다 치르기 전에는 물 한 방울이 제 맛을 가진 채로 그의 목구멍에 들어올 수는 없는 것이다.

축생도에 빠지면 날짐승 길짐승이 된다. 잠시도 마음을 놓을 새가 없이 늘 겁을 집어먹고 늘 경동하고 있다. 그는 남의 피를 흘려서 먹을 것을 찾거니와 배부를 만하면 이번은 제가 남에게 잡혀 먹힌다. 삼악도의 치를 것을 다 치르고 나서 설사 사람의 몸을 받아 세상에 나오더라도 아직도 소멸 못한 악업이 남아서 병어리, 귀머거리, 갖은 병신이 되거나 정신이 둔탁하여서 옳고 그른 것, 좋고 궂은 것을 가릴 줄 몰라 평생에 애쓰고 힘들여 하는 일이 모두 제게 해로운 일이 되거나, 또 설사 얼굴이 잘나고 총명하더라도 세상이 믿어주지 아니하여 가령 의원이 되어서 병자에게 약을 쓰더라도 병이 낫지 아니하고 만일 제가 병이 들어 약을 먹더라도 좋은 약이 도리어 해가 되고 부처는 불화하고 자녀는 말을 일려서 평생을 근심 걱정 속에 보내게 되는 것이다.

우리 아버지는 지금 어떤 곳에 계신가, 우리 어머니는? 만일 참척을 보았으면 우리 아들딸은? 아내는, 남편은? 또 내게 은혜를 주던 그이는 지금 어떤 곳에 태어나 있나.

언제나 이러한 생각이 부릴 날이 없겠지마는 칠월 보름 우란분盂蘭盆[11]에는 세상에서는 종과 머슴도 하루는 놓아주어 제 조상의 무덤과 일가친척을 찾게 하고 지옥에서도 이날 하루는 넋을

---

11 아귀도에 떨어진 망령을 위하여 여는 불사佛事. 음력 칠월 보름을 앞뒤로 사흘간 음식을 만들어 조상이나 부처에게 공양한다.

놓아 보내어 분묘와 집을 찾게 한다는 날이라 이날에는 부모, 권속의 넋을 집에 맞아서 하룻밤을 묵으며 먹을 것과 맡을 것과 볼 것을 공양하는 동시에 덕 있는 스승을 청하여서 이고득락하는 도를 설하게 하는 것이다. 목련존자目連尊者가 그 어머니를 지옥에서 건져내던 일을 본받아서 내 부모와 권속을 건져나 보자는, 살아 있는 자의 지극한 정성이다.

오욕을 떠난 자의 염불 한마디는 능히 지옥의 불을 끈다고 한다. 청정한 법사의 손으로 주는 밥과 물이라야 비로소 아귀의 기갈을 멈추는 것이다.

원효의 눈에는 진덕여왕과 어머니와 할아버지와 또 요석의 전 남편 거진과 이러한 얼굴들이 보인다.

임금은 보살의 화생이니 십악을 다 끊으시고 십선을 다 닦으시와 수원 수생하시는 몸이시어니와 자기를 낳고 곧 돌아간 어머니에 대한 갈앙이 원효에게는 가장 간절하였다. 원효는 지난번 그 어머니 산소에서 좀 더 많이 염불을 못 부른 것이 한이 되어서 이날은 그 어머니를 위하여서 만념萬念을 올렸다. 일만 번 염불을 그 어머니께 회향한 것이다.

다음에 잊히지 못하는 것은 거진이었다. 그 어린 몸이 용맹 있게 싸워서 죽어 넘어진 것을 원효가 적진 중에 들어가서 시체를 안아 왔다. 그때에 원효의 옷은 거진의 피로 젖었다.

요석공주도 거진을 생각하였다. 삼 일을 겨우 치르듯 마듯 사별한 남편이라 기억에 남은 재료가 적었으나 그래도 애틋한 무엇이 있었다.

아사가와 사사마도 그 부모를 생각하였다. 칼 잘 쓰고 얼굴 잘

낳던 아버지의 모습이 아사가에게는 분명히 기억되었으나, 사사마에게는 희미한 기억이었다.

오래 앓고 누웠던 어머니의 기억이 간절하였다. 어머니 돌아간 뒤, 첫 우란분이었으니 더욱 그러하였다.

이날 원효는 《목련경》을 설하여서 백중날, 즉 우란분의 연기를 설명하였다. 목련이 그 어머니를 위하여서 슬퍼하고 애쓰는 대목에 이르러서는 모두들 울었다. 그리고 아무리 하여서라도 나도 내 사랑하는 이를 건지겠다는 결심을 하였다.

"맑은 마음이 부르는 염불 한 소리."

이것이 결코 쉬운 일이 아니라고 원효는 말하였다. 오욕번뇌에 젖은 우리들 범부의 마음에는 일생에 한 번도 욕심을 떠난 맑은 순간이 있기 어려웠다. 아침에 눈만 뜨면 벌써 오욕의 구름이 일어난다.

"범부의 마음은 장마 하늘과 같다."

구름이 벗겨질 때가 없고 잠깐 푸른 하늘이 보이는가 하면, 곧 검은 구름이 덮였다.

"자손 된 자의 맑은 염불 한마디 없어서 다생 부모처자는 영겁의 고에서 헤어나지를 못한다."

원효는 이런 말도 하였다.

"욕심을 떠난 마음은 마니보주와 같다. 흐린 물이라도 이 구슬을 담그면 곧 맑아지듯이 오탁악세五濁惡世도 이러한 마음으로 맑아진다. 내 마음 하나가 맑아서 보리菩提를 얻으면 온 신라의 중생이 보살이 되고 온 신라의 천지가 극락정토가 되리라, 뉘 이런 뜻을 품었느냐."

원효가 이렇게 소리를 높였다. 원효의 이 말은 이 자리에 앉은 사람과 수없는 혼령에게 하는 것인 동시에 저 자신에게 하는 외침이었다.

'나도.'

'나도.'

하고 공주도 의명도 속으로 맹세하였다. 아사가와 사사마는 주먹을 불끈 쥐었다. 발분하는 것이었다.

이날에 밥을 먹는 동안에도 부모를 생각하였다. 부모의 넋이 굶주리지나 아니하시나. 만일 어디 가 태어나셨다면 복 좋게 사시나. 또는 아직도 갈 바를 모르고 헤매시나. 내가 먹는 밥이 알알이 다 법력이 되어서 부모 계신 데를 보고지고, 악도에 떨어지셨을진댄 건지고지고.

뜰을 거닐 때에도 부모 생각을 놓지 아니하려 하였다. 다른 집념이 들지 못하도록 막아내었다.

'맑은 염불 한마디'의 공양이 그렇게 어려운 줄을 알 때에 제 마음이 천창만공인 것을 더욱 느꼈다.

해가 지고 밤이 왔다. 소나기 지나간 뒤 하늘은 파랗게 맑고 달이 떴다.

자시가 되기 전에 넋들은 제자리로 돌아가야만 한다. 시각이 바짝바짝 다가온다.

넋들이 떠나기 전에 한 번 더 맛난 것을 공양하고 법을 들리자. 새로운 밥과 시루떡과 물을 올린다. 그리고 더욱 정신을 가다듬어서 염불을 부른다.

"나─무─아─미─타─불."

이 소리가 제발 맑은 한 염불이 되어서 내 다생 부모 권속이 괴로운 땅을 떠나 극락에 왕생하게 하소서, 하고 비는 마음은 밤이 깊을수록 더욱 간절하였다.

딱딱 목탁소리가 밤 삼경에 울리고 보름달은 차차 올라왔다.

무주고혼을 불러서 먹을 밥과 들을 법을 고양할 이는 중밖에 없었다. 나라에서는 일 년에 봄가을 두 번 산천 지신과 무주고혼을 불러서 제사하고, 또 우란분에는 명승을 청하여서 백중재를 베풀고 《목련경》을 설하여서 죽은 자와 산 자를 제도하는 큰일을 하거니와, 무릇 중이란 중은 다 일체 중생을 건지는 것이 원이기 때문에 그에게 있어서는 친소가 없고 오직 평등이다. 이른바 은친평등恩親平等이다. 누구를 더 위하고 누구를 덜 위함이 없는 것이다.

악도에서 우는 모든 중생은 중에게는 꼭 같은 부모요, 권속인 것이다. 그중에 하나라도 못 건져진 자가 있는 동안 그는 결코 성불하지 아니한다는 것이다. 일체 중생을 건지는 것이 보살의 원이어니와, 한 중생을 위하여서 여러 천생을 나고 죽기를 아끼지 아니하는 것이 또한 보살행이다.

그렇지마는 속인은 그럴 수가 없다. 남보다도 제 가족을 위하여서 빌 수밖에 없다. 부모는 자식을 먹여 살리기 위하여서 하루에도 백 가지 죄를 짓는다 하거니와 그럴 수밖에 없는 것이다. 그 역시 저를 위함이 아니요 남을 위하는 것이매 죄는 죄라 하여도 용서 받을 죄다. 오직 최소한도의 죄를 지으라 함이 속인에게 구할 도다.

일부일부는 최소한도의 음욕이요, 살아나가기에 필요한 물건을 취하고, 또 생명을 살해하는 것은 최소한도의 탐욕이다. 이렇게 한 집을 이루고 최소한도의 죄를 지으면서 최대한도의 공덕 쌓는 것이 인생의 가정생활이다. 이 정도를 지나칠 때에 그것은 지옥업이 되는 것이다.

어저께 과식하였으면 오늘은 배탈이 나서 밥을 굶어야 하듯이 금생에 빈궁한 사람은 모두 전생에 호화로운 탐욕생활을 하던 사람들이다. 금생에 살생을 많이 하면 내생에 병약한 몸을 타고난다. 내가 음란한 값은 나 자신에게도 오거니와 내 자녀에게 영원히 따르는 것은 내 업보다. 피하려도 피할 수 없는 내 업보다. 업보는 눈에 보이지 않는 실 모양으로 내 발뒤꿈치에 매어서 어디까지든지 나를 따른다. 무덤까지도 지옥까지도, 또 극락세계까지도 따른다. 그 기록은 세밀하여서 일호의 차착이 없고 또 그 계산은 엄정하여서 탕감이 없다. 이 빚을 깡그리 다 벗는 날은 오직 성불하는 날이 있을 뿐이다.

원효는 본다. 주위에 모여 앉은 사람들—요석공주, 설총 등 모두 다 그 발꿈치에는 업보의 줄이 달렸다. 우란분회에 모인 넋들은 그러하다. 삼계육도의 중생이 모두 그러하다.

악업의 보는 그들의 눈을 가리워서 업보의 줄을 못 보게 한다. 그래서 대언장담하여 가로되,

"업보란 어디 있느냐. 전생 내생이 어디 있느냐. 다 허망한 소리다. 그저 살아생전에 제멋대로 살면 고만이다."

이렇게 뽐내면서 그들은 더욱더욱 지옥업을 짓는다. 죽어서는 나고 죽어서는 나고 하는 동안에 그들은 점점 더 낮은 데로 떨어져 간다. 수명은 점점 짧아지고 병은 많아지고 정신은 둔탁하여

지고 얼굴은 점점 박복한 궁상, 흉상을 띠게 되어서 이러한 사람이 많아지는 대로 나라는 점점 쇠하여지고 세상은 점점 살기가 어렵게 된다. 그러한 중생들은 가는 데마다 지옥을 조성하는 것이다. 제 집을 지옥을 만들고 제 마을, 제 나라를 지옥을 만들고, 이리하여서 이 세계를 지옥을 만든다. 그러하되 그들의 정신이 욕심으로 둔탁하여져서 이 모든 지옥고가 다 제 손으로 지은 것인 줄을 깨닫지 못한다.

"중생, 중생아, 인과의 법에 깰지어다."

원효는 목탁이 부셔져라 하고 두들기며 외쳤다.

"네 고락은 네가 짓는 것이다. 오늘의 고락은 어제까지에 네가 지은 것이요, 명일의 고락은 오늘까지에 네가 지은 것이다. 네가 지어온 악업을 쌓아놓을진댄 수미산이 오히려 낮을 것이다. 만일 제불보살의 대자비력, 대위신력이 아니었더면 벌써 인형을 쓴 중생이 자취를 끊었으렷다. 중생, 중생아, 그래도 깰 줄을 모르느냐. 언제까지 제 한 몸을 위하는 욕심에 매어달리려느냐."

원효는 또 한 번 목탁을 크게 치고 소리를 높이 외쳤다.

자정이 가까워졌다.

이제는 넋들을 돌려보내어야 한다. 잠시 벗었던 목과 쇠사슬을 쓰고 춥고 어두운 머나먼 길을 죄 많은 넋들은 다시 걸어야 한다. 그들은 다시 치르다 남은 괴로움을 치러야 한다―깨닫기 전까지는.

원효의 눈에서는 뜨거운 눈물이 흘러내려서 촛불 빛에 번뜩였다.

원효는 진언을 염하면서 지방들을 떼어서 살랐다.

일동은 죄 많은 넋들에게 한 소리라도 더 들려 보내려고 소리 높이 염불을 하였다. 그 넋들을 뒤따라가면서라도 그들의 이고득락을 위하여서 불법을 들려주고 싶었다. 그처럼 사람들의 마음은 저를 잊고 부모며 권속과 무주고혼들을 위하는 마음으로 꽉 찼다.

'저승 인정 무엇인고
신심 공덕 고작이라.'

이 몸이 살아 있는 동안에 권세와 재물이 힘을 쓰지마는 혼이 한 번 이 몸을 떠나면 남는 것은 업보뿐이다. 무섭고 지긋지긋한 모든 고초를 당할 적에 인정을 쓸 것이 무엇인고. 그것은 불법을 믿어서 적선하고 송경하고 염불한 공덕뿐이라는 것이다.

일동은 불공 퇴물을 나누어 먹었다. 모두 약간 피곤함을 느꼈다. 많은 손님을 치르고 난 집과 같아서 누구나 쓸쓸함을 느꼈다.

아사가는 정말 아버지와 어머니가 바로 얼마 전끼지 여기 와서 계시다가 나간 것 같아서 연해 문밖을 내다보았다. 아직도 신발을 신느라고 문밖에 서 있을 것 같았다. 그러나 바깥은 달빛뿐이었다. 아사가는 불현듯 아버지와 어머니 생각이 나서 슬픔이 북받쳐 올랐다.

'아버지. 어머니. 이리로 돌아오셔요.'

하고 초혼을 부르고 싶었다.

원효가 장삼을 벗은 때에 그 속에서 나오는 의복이 요석공주가 손수 지은 의복인 것을 볼 때에 더욱 울고 싶었다. 아사가는 제가 원효에게 쓸데없는 사람이 된 것같이 생각하여지는 것이 슬펐다.

'스승님이신데, 머. 남편이길래, 왜.'

아사가는 이렇게 저를 타일렀으나 그래도 그 슬픔은 가시지 아니하였다.

원효는 공주와 한방으로 자러 들어갔다. 아사가와 공주의 시녀와 원효가 데리고 온 계집애가 한방에 들고 큰방에서는 남자들이 잤다.

원효가 공주와 한방에서 자는 것은 당연한 일이지마는 아사가에게는 그것이 무슨 큰 변괴인 것 같았다.

'어쩌면 아까 그 법사가.'

하고 아사가는 원효에게 대하여서 강한 반감을 느꼈다.

아사가는 아무리 하여도 잠이 들지 아니하였다. 무엇을 잃은 것도 같고 발길에 얻어채인 것도 같았다. 처녀인 아사가는 남녀 관계를 모르지마는, 어찌하였으나 원효대사로서는 못할 일인 것만 같아서 분하였다.

'무엇이 큰 스승이야.'

아사가는 원효를 향하여서 침이라도 뱉어주고 싶은 충동을 누를 수가 없었다.

'그게 무엇이야. 한 번은 파계를 했기로소니. 앙아당이에서 날더러 무엇이라 했어. 파계를 한 번이나 하지 두 번 하겠느냐고. 날더러는 모든 중생의 어머니가 되라고 안 그랬어? 그런데, 그런데.'

아사가는 견디지 못하여서 문을 열고 뜰에 나섰다.

달은 서쪽으로 기울어지고 벌레소리만 더욱 요란한데 원효와 공주가 든 방의 창에는 반쯤 달빛이 비치어 있었다.

아사가는,

‘에 더러워!’

하는 듯이 고개를 원효의 창에서 돌렸다. 그리고 시냇가로 방향 없이 걸어갔다. 호랑이나 늑대가 나올는지도 모른다. 메밀꽃 일 이의 독한 뱀이 있을는지도 모른다. 그러나 그것이 다 무섭지 아 니하였다.

산골짜기의 시꺼먼 그늘이 지옥이 벌린 입과 같아서 아사가는 몸에 오싹 소름이 끼쳤다.

"그러기로 어때, 무섭긴 무엇이 무서워."

하고 아사가는 허둥지둥 그 어두운 그림자를 향하고 걸었다. 원 효를 생각하고 도라지와 더덕을 캐러 가는 걸음과는 다르다.

졸졸졸 물소리도 이제는 안 들린다. 이따금 흉물스러운 부엉 이 소리가 들릴 뿐이다.

"부헝, 부헝."

할 때면 그래도 아사가는 머리가 쭈뼛하여서 멈칫 섰다. 그러나 그는 암자로 돌아오려 아니하고 점점 더 골짜기로 올라갔다.

달이 아주 봉우리에 가리웠다. 갑자기 캄캄해졌다.

아사가는 또 한 번 머리가 쭈뼛하고 몸에 소름이 끼쳤다.

아사가는 반은 미친 듯이,

"어머니, 어머니."

하고 소리를 질렀다. 산에서도,

"어머니, 어머니."

하고 산울림이 대답하였다.

아사가의 소리에 소낙비소리 같은 벌레소리가 뚝 그쳤다. 그 것은 참으로 무서운 고요함이었다. 그러나 얼마 아니하여서 벌레들이 다시 울기를 시작하였다. 벌레소리가 다시 나니 전과 같은 세상인 것 같았다.

아사가는 어딘지 모르고 더 들어갔다. 풀잎에 맺힌 이슬이 아사가의 뜨거운 몸에 스치는 것이 얼음과 같이 찼다.

얼마를 가니 수풀이었다. 나무와 풀이 엉키어서 향방을 잡을 수가 없을뿐더러 이리 향하여도 나무와 마주치고 저리 향하여도 나무와 마주쳤다. 진펄인 듯하여서 풀도 길이 넘게 자랐다. 칠통 같이 어두웠다. 나뭇가지 사이로 별빛이 보이는 것이 더욱 어둡게 하는 것 같았다.

반딧불이 날고 접동새가 울었다. 멀리서는 여전히 부엉이소리가 들렸다.

아사가는 본능적으로 이 어두운 숲속에서 벗어나려고 애를 썼다. 지금 오던 길로 돌아만 가면 될 것 같으나 그것이 어느 방향인지 알 수 없었다.

아사가는 벗어나려는 모든 노력이 헛됨을 느낄 때에 옆에 있는 나무에 몸을 기대고 두 손을 깍지를 껴서 가슴에 대이고,

"어머니, 어머니. 나를 데려가오."

하고 소리껏 외쳤다. 그러나 웬일인지 소리도 잘 나오지 아니하고 산울림도 없었다.

아사가는 모기가 앙앙거리며 덤비는 것을 알았으나 그것을 쫓아버릴 기력도 없었다. 그러고는 저도 모르게 그 자리에 쓰러져버리고 말았다.

"내가 왜 이래? 내가 왜 이래? 내가 어디를 왔어? 이거 어디야?"

하고 중얼거리는 것도 무의식이었다.

공주의 시녀는 아사가가 나가는 것을 알았다. 그러고는 무심히 잠이 들었다가 다시 깨어났을 때에도 옆에 아사가가 없는 것을 보고는 소스라쳐 놀랐다. 여자의 제육감이라 할까, 시녀는 아사가의 마음을 아는 것 같았다.

'어디 갔을까.'

시녀는 이렇게 생각하다가 벌떡 일어났다. 그때에는 창에는 벌써 달빛이 없었다.

'죽지나 아니하였을까.'

시녀는 이런 생각을 하였다. 그도 나이는 삼십이 가까웠으나 궁중에 숨어서 자란 처녀라 남녀의 정은 몰라도, 모르는 대신에 도리어 여러 가지로 상상을 하는 것이었다. 공주가 원효대사를 사모하는 모양을 곁에서 보고는 그는 그것이 부러웠다. 원효가 요석궁에 처음 들어오던 날 그를 욕실로 인도한 것이나 그에게 새 옷을 입힌 것이나, 또 원효와 공주를 위하여서 잠자리를 깔고 개키는 것이나 요석궁 사흘 동안에 원효의 곁에서 수종을 든 것이 그였다.

그러매 시녀는 아사가의 마음을 제 마음에 비겨서 동정할 수가 있었다. 아사가의 아름다움을 공주가 시기하듯이 저도 시기하면서도 그는 무한히 아사가에 대한 애착을 느꼈다.

여자가 천이라도 마음은 하나다. 여자의 마음은 여자가 안다. 사랑하고, 미워하고, 시기하고, 질투하고―이것이다. 지혜와 지위가 다르다 하더라도 근본 마음은 하나다. 하필 여자뿐이랴. 남자도 마찬가지다. 남자와 남자는 서로 뜻을 안다. 평생에 처음 본

사람이라도 금시에 한자리에서 자다가 나온 것과 같이 남자는 남자의 뜻을 안다.

그러므로 시녀는 공주와 아사가의 뜻을 알고 의명은 원효의 뜻을 안다. 나이 어린 사사마도 원효의 뜻을 짐작한다.

어찌 사람의 마음뿐이랴. 짐승도 벌레도 귀신도 마음은 하나 요, 뜻은 하나다. 밤 버러지 우는 소리가 잠 못 이루는 사람의 마음에 통하지 아니하느냐. 하고 싶고도 못하는 괴로움, 싫은 일 아니하지 못하는 괴로움, 그리운 이 못 만나고, 만나도 떠나는 설움, 둘이서 한 물건을 앞에 놓고 서로 제 것을 만들려고 하는 괴로움, 사람의 괴로움이나, 새 짐승 버러지의 괴로움이나 다 같다. 한마음 한뜻에서 나온 것이나 천만 겁 전이나 후이나 중생의 마음은 다 하나다.

그러므로 공주와 같이 귀한 이가 잘난 남자를 그리워하면 시녀와 같이 천한 이도 그러한 것이다.

이때에 한 생각이 달라서 만 가지 모양이 생기는 것이다.

'只因差一念

現出萬般形.'[12]

사람들은 원효가 다른 중생과 같지 아니하기를 바라기는 바라면서 미덥지는 못한 것이었다.

시녀는 원효가 법력이 높은 선지식인 것을 믿는다. 그러나 원효도 입이 있으니 먹고 이빨이 있으니 물 것이라고 생각한다. 시녀의 생각은 맞았다. 설총을 낳지 아니하였느냐. 그렇다면 이번

---

12 다만 한 생각이 어긋나 만 가지 형상이 나타나네.

에 또 둘째 설총이 나지 말란 법이 어디 있나. 아사가인들 설총을 낳지 말란 법이 어디 있으며 젠들 설총을 못 낳으란 법은 어디 있나. 시녀는 이렇게 생각한다. 그렇게 생각하면 다 같은 사내지 별다른 사람이 아닌 것도 같았다.

시녀가 생각하기에 한 가지 이상한 것은 남들은 다 남편을 가져서 아기를 낳는데 저만은 언제까지나 남편이 없는 것이었다. 남편과 한집에 사는 것은 더할 수 없는 낙일 것 같았다. 시녀도 무척 그러고 싶었으나 이렁그렁 삼십이 다 되었다.

아사가에게도 남편을 하나 주고 시녀 자기에게도 남편을 하나 주고, 원효는 공주의 남편으로 영영 같이 살고 이 모양으로 되었으면 천하태평일 것 같았다. 그런데 세상은 그렇지 못하였다. 요석궁 중에도 시녀와 같은 남편 없는 여자가 십여 명이나 있었고 대궐 안에는 수백 명 되었다. 모두 웬일일까, 왜들 그럴까 하고 시녀는 그것을 기막힌 의문으로 생각한다.

"역시 그랬군. 그러길래 아사가가 오늘밤에 달아났지."

시녀는 이렇게 속으로 중얼거리면서 문을 열었다.

벌써 달은 지고 훤하게 먼동이 텄다. 시녀는 신발을 신고 뜰에 내려섰다. 시녀의 눈은 뜰에서 거니는 의명을 보았다. 그는 곁에 사람이 있는 줄도 모르는 듯이 어두움 속에서 발자국을 세는 것 모양으로 오락가락하고 있었다.

"아바요. 시님."

하고 시녀는 의명의 곁으로 가까이 갔다.

"아바요."

하고 의명이 우뚝 섰다.

시녀는 의명이 필시 아사가를 생각하고 이렇게 거니는 것이라고 생각하였다. 의명은 벌써 가사 장삼을 입고 있었다.

혹시 뒤숭숭한 생각으로 잠을 못 이루어서 가사 장삼으로 위의를 갖춘 것인지도 모른다고 시녀는 생각하였다. 시녀는 의명의 속을 빤히 들여다보는 것 같다고 믿는다. 원효도 제 마음과 다름이 없을진대 의명 따위야 하고 이렇게 생각한다. 그렇게 생각하면 의명은 스스러운 중이 아니요, 오랫동안 한지붕 밑에서 자라난 동무와 같아서 스스러움이 없었다.

"아사가 아가씨 어디 가신지 아셔요?"

시녀는 이렇게 물었다.

"아사가 아가씨?"

하는 의명의 음성은 분명히 놀란 음성이었다.

"네. 아사가 아가씨가 어디 가시고 안 계셔요."

시녀는 근심으로 한숨을 쉬었다.

"언제요? 아사가 아가씨가 언제 어디를 갔어요?"

의명은 몹시 놀랐다. 의명도 시녀 모양으로 아사가의 마음을 상상 못한 것은 아니었다.

"글쎄 파재하고 불 끈 지 얼마 안 되어서 문을 열고 나가시길래 소피를 보러 가시는 것으로만 알고 잠이 들었는데 깨어보니깐 아직도 안 돌아오셨어요. 그래서 어떡하면 좋은가 하고 일어나 나왔습니다마는."

"허어, 이거 큰일 났군요."

하고 의명은 원효가 자는 방을 바라본다. 고요하였다.

"어디 가셨을까요?"

시녀는 어두움 속에 의명을 쳐다본다. 의명의 몸이 자리를 못 잡은 듯이 움직였다.

의명은 원효의 침실 밖으로 갔다.

"시님. 노시님."

의명은 이렇게 부르고 귀를 기울였다. 방문 밖에는 원효의 커다란 피 껍질 신과 공주의 조그마한 꽃당혜가 가지런히 놓여 있었다.

"왜?"

원효의 크고 무거운 음성이 들렸다.

"아사가가 어디 가고 없습니다."

의명은 한 걸음 더 방문 밖에 다가섰다.

"아사가가?"

다시 원효의 소리가 나왔다.

"예. 파재 후에 불 끄고 누웠다가 나갔는데 아직도 아니 돌아왔다고 시녀 아가씨가 그럽니다."

하고 의명은 길게 한숨을 쉬었다.

원효가 앞을 서고 의명과 사사마가 뒤를 따라서 아사가를 찾아 나섰다. 바로 달이 넘어간 뒤라 하늘은 새벽빛으로 훤하건마는 땅은 칠통같이 어두웠다.

원효는 잠깐 발을 멈추고 생각하다가는 가고 또 멈추고 생각하다가는 갔다. 주위를 바라보고는 그때의 아사가의 심경을 생각하는 것이었다.

아사가를 찾는 원효의 일행은 점점 골짜구니로 깊이 들어갔다. 이제는 밤새소리도 벌레소리도 드물고 한 소나기 내린 듯이 풀에는 이슬이 흠씬 내려서 원효의 장삼자락을 후줄근하게 적셨다.

아닌 밤중에 이 외딴 골짜구니로 혼자 올라갔을 아사가의 심경을 생각하면 원효나 의명이나 가슴이 아팠다.

"시님. 아사가가 아래로 내려갔으면 어찌합니까."

의명은 이렇게 물었다.

"아니, 이리로 올라갔을 것이다."

원효는 이렇게 대답하였다.

원효는 아사가가 세상으로 내려갔을 것을 믿지 아니하였다. 원효에 대하여 실망하였으니 세상에 내려가서 다른 사람을 찾겠다―이러할 아사가가 아닌 줄을 원효는 믿는다. 아사가가 원효에게 실망하였으면 그가 할 유일한 일은 산으로 높이높이 올라가는 것뿐일 것이라고 원효는 믿는다. 올라가다가 죽어버리는 것이 아사가가 취할 유일한 길인 것을 원효는 믿는다.

불그레한 빛이 동천에 비치었다.

원효는 해가 뜨리라고 생각되는 붉은 하늘 쪽을 향하여서 합장하였다.

'아, 아, 암, 악.'

'아, 비, 라, 흠.'

하는 대일여래大日如來의 주문을 염하였다. 그 뜻은 처음 것은,

'諸法本不生

萬行卽三昧

大空卽菩提

淨除卽涅槃.'[13]

이요, 둘째 것은,

'諸法本不生(地),

本牲離言說(水),

淸淨無染垢(火),

因業等虛空(風)'[14]

이라는 뜻이다.

원효는 스승 없이 배운 사람이라 모두 경에서 보고 자기가 정한 법이었다.

해는 고대 신앙에서도 중심이 되거니와 불교에서 대일여래라는 어른은 분명 해를 표상하는 것이어서 신라사람에게 그 뜻이 얼른 알아졌다.

원효도 해를 숭배하였다. 모든 빛의 근원, 열의 근원, 생명의 근원이신 해라, 모든 것을 낳고 기르시건마는 그러시는 체 없으시니 이것이 무위無爲라고 원효는 생각한다. 해는 빛을 주신다. 빛이 없으면 생명이 없을 것이어니와 빛 없는 생명이 있다고 하면 그것은 얼마나 슬픈 생명일까.

그러나 우리는 그 빛의 밝음을 견디지 못하는 수가 있다. 너무 밝아서 우리의 눈이 부시어 보는 힘을 잃어버리는 수가 있다.

만일 해가 그의 빛을 온통으로 우리에게 쏟아주신다면 우리는 다 타버리고 말 것이다. 우리 몸은 너무 큰 빛을 감당하지 못한다. 그래서 해는 우리를 위하시와 조금밖에 빛을 아니 보내어주

---

13 모든 법은 본래 생기지도 않았고 모든 행동이 곧 맑고 고요한 상태라 크게 비어 있는 것이 보리요, 버려 깨끗하게 함이 곧 열반이다.

14 모든 법은 본래 생기지도 않았고 본성은 말로 설명하는 것을 떠났으며 청정하여 때에 더럽혀지지 않았고 인과업보는 공허한 것이다.

신다. 멀리 높이 물러서 계셔서 우리가 받을 만한 정도의 빛을 보내신다. 마치 어린애에게는 밥을 많이 아니 주시고 암죽을 조고만치 먹이시는 어머니 모양으로.

그러나 그 빛이 현재의 우리에게는 부족하지는 아니하다. 그 빛으로 우리 생명이 유지되고 우리가 먹고살 풀과 기타 우리가 보고 즐길 생물의 꽃을 피우고 알을 낳을 만하다.

해는 어머니시다. '바바'는 어머니시다. 해는 영원히 우리, 이 세계 중생의 어머니시다.

해의 덕을 대표하는 이가 인생에 있어서는 어머니요, 아내요, 딸이요, 누이다. 그중에도 아름답고 마음 착한 여성은 가장 많이 해의 덕을 가진 이다. 그에게 다분으로 신성이 있다.

남자는 여자를 사모하는 것으로 일생의 일을 삼는다. 어머니로, 누이로, 사랑하는 이로, 아내로, 딸로 온 평생에 여성을 사모하고 있다.

남자는 어머니의 사랑의 품에서 자라서 아내의 사랑의 품을 사모한다. 그러므로 그가 아내를 구하는 열정은 그가 발하는 열정 중에 가장 큰 열정이다. 그는 능히 제 열정으로 제 목숨을 태워버린다.

여성은 남성의 앞에 연약한 모양을 나톤다. 아름다운 모양을 나톤다. 어머니는 젖먹이에게도 휘둘리는 양을 보인다. 눈물은 여성의 본성이다. 성을 내일 때에 그는 남성을 본받는 것이다.

해가 만물의 생명력의 원천이 되는 모양으로 여성은 인생을 낳는 어머니인 동시에 그에게 힘드는 일, 어려운 일을 이루게 하는 활동력을 준다. 이러기 때문에 신라인은 여성숭배자였다. 원효에게도 이 피가 흘렀다.

여성이 남성을 멸망케 하는 독이요, 적의 모양을 나토는 때가
있다. 그것은 남자가 여자를 모독하는 생각을 가지는 때다. 마치
물이 고마운 것이지마는 우리가 물을 적으로 생각하고 덤빌 때
에 물은 우리를 적으로 삼아서 삼켜버리는 것과 같은 것이다.

그보다도 신을 사랑하는 자에게 신은 복을 주되 신을 모독하
는 자에게 신은 무서운 복수자가 되는 것과 같다.

신라인은 여성을 안방에 모신다. 안방은 앙아방이로 최고신을
모신 데다. 어머니와 아내는 최고신을 모시는 제관이다. 그러므
로 아무리 힘 있는 남자라도 여자와 다투지 못한다. 아무리 젊고
낮은 여자라도 남자는 그에게 하대하는 말을 아니한다.

신라의 제관은 대개가 여자였다. 가상아(지금 말로 기생)가
여자인 것은 말할 것도 없거니와, 사당아를 제하고는 대개 여자
가 신관이었다. 신라가 여성을 천히 여긴 것은 당나라의 풍이 들
어온 뒤였다. 여성을 희롱하고 천히 여기게 되자 신라는 망한 것
이었다.

"아사가. 아사가."

동방을 향하여서 합장하고 난 원효는 아사가를 불렀다. 그 우
렁찬 소리는 새벽 산골짜기를 울렸다.

"아사가. 아사가."

하고 산울림도 아사가를 불렀다. 아사가라는 것은 아침이 있는
곳, 즉 아침의 정기를 받은 사람이란 뜻이다. 여기서 아사가를 부
르는 것은 천지의 새 빛을 부르는 것과 같았다.

원효의 소리도 스러지고 산울림의 화답도 스러졌다. 원효는

이윽히 귀를 기울였으나 아무 대답도 없었다. 원효는 또다시,

"아사가. 아―사―가."

하고 아까보다 더 큰 소리로 불렀다. 이번에는 산울림도 더 큰 소리로,

"아사가. 아―사―가."

하고 화답하였으나 아사가의 대답은 없었다.

동편 하늘의 붉음이 마치 아사가를 대신하여서 대답하는 모양으로 더 환히 하늘을 물들였다.

지다 남은 별들이 반짝거렸다.

원효의 마음속에 아사가를 그리워하는 마음이 아침 볕 모양으로 북받쳐올랐다. 만일 아사가가 이 앞에 나타난다면 두 팔을 벌려서 안아 쳐들 것 같았다.

"누나. 누나."

사사마도 소년다운 고운 소리로 아사가를 불렀다.

원효는 사방을 돌아보다가 한 방향으로 자신 있는 듯이 빨리 걸었다. 원효는 그 방향에서 아사가의 빛이 발하고 향기가 풍겨오는 것을 느꼈다.

아직 탐욕으로 더럽혀지지 아니한 깨끗한 처녀의 몸에서 빛이 아니 발할 리가 없고 향기가 아니 동할 리가 없다. 무변허공에 뜬 해와 달의 빛이 원효의 눈에 보인다 하면 아사가의 빛이 아니 보일 리가 없을 것이다.

이 산중에 정녕 아사가가 있는 곳이 있을 양이면 그 향기가 산 어느 곳에도 아니 날 리가 없다. 그러나 신의 빛의 빛과 향기는 오직 맑은 마음을 가진 자에게 알려지는 것이다. 우리는 평생에

신의 빛 가운데 있으면서 그 빛을 보지 못하니 우리의 악업의 보가 눈을 가리워서 소경이 되게 한 것이요, 신의 향기를 맡지 못하는 것은 비린내에 코가 무딘 것이다.

원효는 아사가의 마음을 만일에 질투가 흔들었기를 두려워한다. 그렇다 하면 그 깨끗함이 더러워진 것이다. 천지간에 완전히 순결한 여성을 한 사람만은 보존하고 싶었다. 그 한 사람의 빛과 향기가 모든 중생의 질투로 끓는 마음을 식혀줄 수는 있는 것이다. 원효는 아사가의 순결을 끝까지 보호하고 싶었다. 앙아당에서 말한 바와 같이 아사가는 한두 사람의 어머니가 되지 말고, 한 불세계 중의 큰 어머니가 되기를 바랐다.

아사가의 순결을 지키기 위하여서는 원효는 무슨 일을 하여도 좋을 것 같았다. 칼을 들어서 살생을 하는 것도 꺼리지 아니하려 하였다.

오래간만에 한 번 꽃이 피는 우담발라 꽃도 싹은 나가지고야 볼 일이다. 쑥대와 같은 잡초와 잡목은 한없이 나도 우담발라는 좀체로 나지 아니한다. 하물며 죄로 더럽혀진 국토에서랴. 청정 국토가 아니고는 아니 나는 꽃이다.

모처럼 난 우담발라 싹을 밟아버리면 어이하리, 말려버리면 어이하리, 무심한 버러지의 밥이 되게 하면 어이하리. 아사가는 신라의 우담발라라고 원효는 믿는다. 이 어린 싹을 지키는 농부로 원효는 자처한다. 아무 데 혼자 내어놓더라도 아무것도 범접 못하도록 길러야 한다고 원효는 믿는다. 그런데 아사가는 어찌 되었다.

원효는 이슬에 젖은 풀을 헤쳐서 옷을 적시면서 수풀을 향하고 걸었다.

비를 맞은 나뭇잎 모양으로 나뭇잎에서도 이슬방울이 떨어졌다. 졸리는 벌레소리가 끊이락 이으락 하였다.

마침내 원효는 아사가의 발자국을 보았다. 그것은 사람의 발에 밟힌 듯한 누운 풀이었다. 죽기보다 더 쓰린 슬픔을 품은 사람이 아니면 뉘라서 밤에 여기를 지나리, 낮엔들 여기를 오리, 꺾인 풀은 시들지 아니하였다.

원효는 그 발자국을 이윽히 들여다보고 말이 없었다. 반갑고 억하기도 하거니와 또 이슬에 젖어서 쓰러진 아사가를 보는 것 같아서 슬프기도 하였다.

원효가 한 발을 내어딛고 한 발은 발뒤꿈치를 든 채로 걸음을 멈추고 땅바닥을 들여다보고 섰는 모양이 의명과 사사마의 마음을 찔렀다. 그들도 한 걸음씩 다가와서 발에 밟혀서 부러진 풀을 들여다보았다.

세 사람은 그 발자국이 계속한 데를 찾으려고 둘러보았으나 아직 어두웠다.

원효는 주위의 산 형세를 바라보고 아사가의 깊이, 높이 가자는 마음이 향하였으리라고 생각되는 방향으로 다시 걷기를 시작하였다. 진펄이어서 풀은 더욱 깊고 나무숲이었다. 나무가 무성하여서 앞을 바라보기가 힘들었다.

원효는 의명과 사사마에게 명하여서 세 줄에 갈려서 이 숲속을 톺기로 하였다. 그리고 한 번 더,

"아사가. 아사가."

하고 불러보았다.

그러나 대답은 없었다.

원효의 마음에는 실망의 그림자가 내렸다. 이 숲속에 아사가
가 있기는 있을 것 같으나 벌써 생명은 없을 것 같았다. 아무리
불러도 대답 없을 시체로 아사가가 눈앞에 나설 것 같았다.

원효는 벌레소리에 귀를 기울이면서 눈에 정신을 모아서 한
걸음 한 걸음 수풀 속으로 들어갔다.

"아사가!"

원효는 눈앞에 희끄무레한 모양을 보았다. 가로누운 사람인
것 같기도 하고 웅크리고 앉은 모양 같기도 하였다.

"아사가!"

하고 원효는 수풀을 뚫고 달리는 범의 형세로 그 부유스름한 곳
을 향하여서 돌진하였다. 원효가 돌진하는 몸에 걸려서 나뭇가지
가 흔들리고 꺾이느라고 우지끈 소리를 내었다.

"아사가!"

아사가다. 아사가는 한 팔에 낯을 대고 몸을 꾸부린 채로 쓰러
져 있었다.

"아사가!"

하고 원효는 몸을 굽혀서 아사가를 안아 치어들었다. 목과 사지
가 기운 없이 축 늘어졌으나 코에는 숨이 있었다.

"아사가. 아사가."

하고 원효는 잠든 아기를 깨우듯이 안은 채로 흔들었다.

이 소리에 의명과 사사마가,

"어—이."

하고 군호를 하였다.

"아사가 찾았으니 아까 오던 길로 나오너라."

원효는 크게 소리쳤다.

아사가의 몸은 흠씬 젖고 시체 모양으로 찼다.

그래도 수풀의 어두움 속에서 원효는 아사가를 찾았다. 다시는 아사가를 잃어버릴 리가 없다 하고 원효는 수풀 밖에 나와서 아침빛에 비치인 아사가의 자는 얼굴을 들여다보았다.

"아사가. 아사가."

하고 요석공주는 가끔 아사가의 귀에 입술이 닿으리만치 가까이 입을 대고 불렀다. 그러나 아직도 아사가는 정신이 들지 아니하였다.

공주의 행리에서 약을 내어서 공주는 정성스럽게 아사가에게 약을 먹였다. 향을 갈아서 공주의 젖을 짜서 개어서 먹였다. 그리고 아사가의 입술에 흘러내린 약을 공주는 가만히 애정을 가지고 훔치어주었다.

아사가의 이번 일이 질투라 하여도 공주의 생각에는 아름답고 귀여웠다. 입에 내어서 말은커녕 원효에게 대한 사모하는 정을 낯색에도 아니 내이면서도 제 몸을 죽여버리고 싶도록 간절히 생각하는 아사가의 참되고 뜨거운 정이 공주를 울린 것이었다.

여자의 마음은 여자가 안다. 공주는 아사가의 정곡을 속속들이 알아줄 것 같았다.

"아사가. 아사가."

공주는 설총에게 대한 것과 다름없는 애정으로 아사가의 등을 만지고 머리를 만졌다. 공주는 원효가 안아 온 아사가를 받아서 손수 자기의 옷을 내어 갈아입히고는 더운물에 손발을 씻기고 하는 것이 모두 자연하게 흘러나오는 정이었다.

아사가의 자는 얼굴에는 미움이나 원망의 티는 없었다. 편안히 자는 어린아기의 표정이었다.

'이런 얼굴 속에 티끌만 한 악인들 숨을 자리가 있으랴.'

공주는 이렇게 생각하였다.

공주는 아사가의 원효에게 대한 사랑에서 남녀의 정을 초월한 무엇을 보는 것 같았다. 저는 사나이로 원효를 보건마는 아사가는 보살로 원효를 사모하는 것이 아닌가.

원효가 아사가를 두 팔에 안고 산에서 내려오는 것을 볼 때에 공주의 마음에는 일시 놀이 일어났으나 원효가 공주의 앞에 지척에 왔을 때에 공주는 원효의 몸에서 전에 못 보던 것을 보았다. 그것은 빛이었다. 원효의 몸에서 전에 못 보던 빛을 발하는 것이었다. 이 빛이 공주의 가슴에 일어나던 질투의 불을 꺼버린 것이었다.

아사가의 입술에 붉은빛이 돌고 해쓱하던 두 볼에도 홍훈이 돌았다. 공주가 정성으로 갈아 먹인 반혼향이 힘을 발한 것이라고 생각하였다. 공주는 얼른 아사가의 입에 제 입을 대고 침을 흘려 넣었다. 이것이 세 번째다. 만일 세 번 침을 흘려 넣어서 살아나지 아니하면 손가락을 끊어서 피를 흘려 넣는 것이다. 내 생명을 네게 갈라준다는 뜻이다.

공주의 입에 닿는 아사가의 입은 이번에는 따뜻하였다. 아사가의 입술이 움직였다.

"아사가. 아사가."

공주는 아사가의 두 볼에 손을 대어 가만히 흔들면서 낮은 소리로 불렀다.

아사가는 눈을 떴다. 그것은 자다가 깨는 어린애의 눈이었다.

"아사가, 살아났구면."

하고 공주는 아사가의 볼에 제 볼을 부비며 울었다. 아사가는 공주의 눈물이 뜨거움을 살에 느꼈다.

아사가도 두 팔을 들어서 공주의 몸을 안았다.

"아사가."

"공주마마."

이렇게 두 사람은 주고받았다. 그 밖에는 말이 없었다.

바로 이날이다. 다 석양에 무애암—나중에는 고선사라고 부르게 되었다—에 이상한 사람 하나가 왔다. 그는 수없이 뚫어진 누더기를 입은 거지였다.

그는 뜰에 섰는 의명을 보고,

"원효 있나!"

하고 반말로 물었다. 얼굴에는 때가 묻어 젊었는지 늙었는지 분별할 수 없을 지경이었다.

"예. 계시오. 누구시오니까."

의명은 원효대사를 아이 이름 부르듯하는 이 거지가 대체 무엇인가 하면서 공손하게 대답하였다.

"이리 좀 나오라고 일러라."

하는 그 거지의 음성에는 위엄이 있었다.

의명의 말을 듣고 원효가 방에서 나왔다.

원효는 신을 신고 그 거지의 곁으로 와서 합장하고 배례하였으나 그 거지는 답례를 아니하였다.

"우리 경 신고 오던 암소가 죽었어. 자네 같이 가서 장사하지 아니하려나."

거지는 원효를 보고 이렇게 말하였다.

원효가 무슨 뜻인지 몰라 주저하는 것을 보고 그 거지는 웃으며,

"자네는 귀인과 미색과 그만치 가까이 했으니 이제는 빈천하고 누추한 것을 볼 때도 되었지. 또 여기서 할 일은 벌써 다 끝나지 않았나."

이렇게 말하였다.

원효는 곧 돌아와서 행장을 차렸다.

"어디로 가시는데, 언제 오십니까."

하는 공주의 말에 원효는,

"가는 데도 모르고 올 날도 모르오."

하고 그 거지를 따라서 암자를 나섰다.

"이렇게 날이 저물었는데 저녁이라도 잡숫고."

하고 의명이 따라 나왔다.

"해가 지면 달이 뜨지 않나."

그 거지는 이렇게 대답하였다.

"언제 돌아오십니까."

의명은 염려되는 듯이 물었다.

"허어, 무거무래역무주無去無來亦無住도 몰라. 가는 것도 없거니 돌아오는 것이 어디 있으리."

역시 거지가 대답하였다.

"소승도 모시고 가겠습니다."

하는 의명의 말에 거지는,

"다리가 아파서 못 따라올걸."

하고 원효에게는 말할 새도 주지 아니하였다.

그러고는 거지와 원효는 나는 듯이 산을 내려갔다. 의명은 얼마를 따라가 보았으나 과연 따를 수가 없었다.

원효는 그 거지를 따라서 밤새도록 걸었다. 원효도 자기 걸음이 평소보다 몇 갑절 빨라짐을 깨달았으나 그 거지를 따르기는 힘이 들었다.

새벽에 원효는 서울에 다다른 것을 깨달았다.

만선북리라는 동네 조그마한 집으로 원효는 끌려 들어갔다. 거기는 거지가 사오 인 모여 있었다. 그 거지들은 하나도 성한 사람이 없었다. 어떤 이는 눈이 애꾸요, 어떤 이는 팔이 병신이요, 그렇지 아니하면 꼽추나 앉은뱅이였다. 늙은이도 있고 젊은이도 있었다.

원효는 손을 들어 합장하여서 여러 거지들께 예를 하였으나 거지들은 빙그레 웃거나 고개를 끄덕할 뿐이요, 답례하는 이가 없었다.

"자 이리 들어오라구. 우리 어머니 시신이 여기 있으니 들어와서 수계授戒[15]나 하고 송경이나 하여달라구."

거지는 이렇게 말하였다.

이 거지는 바마보고[蛇福]가 이름이다. 빨리 부르면 뱀복이가 된다. '보고'는 바가와 같은 말로 바의 아들, 즉 남자를 아름답게

---

15 부처의 가르침을 받드는 사람에게 계율을 줌.

높여서 부르는 말이다. (신라에서는 남자의 이름에 '사가'도 붙인다. '사' 신의 아들이라는 뜻이다. 지금 '석'이라는 말이다.)

전설에 의하면 뱀복이는 과부의 몸에 난 아들로서 열두 살이 되도록 일어나지도 못하고 말도 못하여서 뱀복이라고 부르게 되었다고 한다.

뱀복이를 낳은 과부는 오래 병으로 누워서 낫지도 아니하고 죽지도 아니하고 뱀복이도 그렇게 몸을 쓰지 못하는 것을 거지들이 모여들어서 먹여 살리다가 뱀복이가 어른이 되매 어느덧에 거지 두목이 되어서 뱀을 잡아서 파는 것으로 업을 삼았으니 후세에 땅꾼의 조상이 된 것이었다.

천여 년이나 내려오는 상아강아[辰韓]로부터의 사로[斯盧]인 신라 서울에는 뱀과 구렁이가 성하여서 가끔 사람을 해하는 일이 있었다.

그뿐 아니라 뱀을 혹은 사라신이라 하고, 혹은 바마신이라 하여서 그것을 건드리면 큰 벌이 내리고 잘 위하면 복을 받는다고 하는 미신이 있으므로 백성들은 감히 이것을 건드리지 못하였다. 이 때문에 뱀이 성할 대로 성한 것이었다.

뱀복이는 부하 땅꾼을 데리고 서울에 끓는 뱀을 잡아서 먹기도 하고 보약으로 팔기도 한 것이었다.

뱀이 난동하는 집에서는 뱀복이를 청하였다. 그러면 뱀복이는 그 집에 가서 피리를 불었다. 뱀복이의 피리소리를 들으면 뱀들이 있는 대로 나와서 뱀복이가 주는 술을 양껏 먹고 취하여 넘어졌다. 그러면 뱀복이는 이 뱀들을 허리에 감고 어깨에 메고 두 손에 들고 집으로 돌아왔다. 뱀복이가 뱀을 잡기 시작한 뒤로는 서울에 뱀이 줄었다.

　전하는 말에는 뱀복이를 보면 뱀이 고개를 들어 뱀복이가 손을 내밀어서 제 모가지를 잡기를 기다린다고 한다. 사람들은 뱀복이가 당아신을 모시기 때문에 뱀이 범접을 못한다고 하였다.

　원효가 방에 들어가서 놀란 것은 방바닥에 깔아놓은 자리가 온통 뱀의 껍질로 엮어놓은 것이었다. 원효는 그것을 밟기가 무시무시하였으나 뱀복이는 태연하였다. 금시에 여기저기서 뱀들이 입을 벌리고 덤비어들 것만 같았다.

　"죽은 뱀도 무서운가."

　뱀복이는 원효를 보고 눈을 흘겼다. 그 눈에도 뱀의 눈과 같은 빛이 있는 것 같았다.

　원효는 제 마음속에 아직도 무서움이 남은 것을 깨달았다. 아직 멀었구나 하고 속으로 한탄하였다.

　시체에는 그래도 베 홑이불이 덮여 있었다. 파리가 웅웅 하고 시체에서 일어났다.

　뱀복은 무릎을 꿇고 시체를 향하여서,

　"어머니. 원효대사가 오셨소."

하고 산 사람에게 말하듯이 말한 뒤에 원효를 향하여서,

　"이이가 내 어머니야. 옛날 우리 둘이 경을 가져올 때에 그 경을 싣고 오던 암소야. 검은 암소 아닌가. 경을 실은 공덕으로 사람의 몸은 타고났으나 닦은 복도 덕도 없으니 평생에 빈궁하고 하천하여서 매 맞고 굶어죽을 팔자라 내 잠시 그의 아들로 온 것이야. 그런데 임종에 원효대사의 계를 받으면 자기가 제도를 받겠노라고 그러기에 자네를 청해온 걸세. 아마 임명 종시에 혜두

가 열려서 희미하게나마 숙명이 보인 모양이야. 그렇지마는 생전에 수계할 복은 없어서 이제 겨우 사후 수계를 하는 것일세."

이렇게 말하였다. 실로 거지로서 원효대사에게 계를 받는다는 것은 생각하기 어려운 일이었다.

"그럽시다."

하고 원효는 수계하는 법문을 한 뒤에 시체를 향하여,

"나를 마를진저, 죽기 괴로워라[莫生兮 其死也苦].

죽지 마를진저, 나기 괴로워라[莫死兮 其生也苦]."

라고 노래를 불렀다.

뱀복이 듣고 있다가,

"응, 웬 말이 그리 많어. 죽고 나기 괴로워라면 고만이지."

하고 원효의 노래를 타박하여 그쳤다.

법문이 끝나자 밖에 모였던 거지들은 모조리 허리에서 굵은 뱀 한 마리씩을 꺼내어서, 꿈틀꿈틀하는 것을 껍질을 벗기고 회를 쳐서 접시에 담아 소반에 받쳐서 시체 앞에 놓고 그중에 늙은 앉은뱅이 거지가 무르팍걸음으로 시체 앞에 와서 질병을 들어서 술 한 잔을 듬뿍 부어놓고 노래를 불렀다. (노래란 원래 신께 아뢰는 말씀이라는 뜻이다.)

"잡수시오 잡수시오.

마지막 잡수시오.

멀고 먼 저승길을

배고프고 어이 가리.

칠십 평생 치른 고생

깨고 나니 꿈일러라.

꿈이야 꿈이라마는

괴롭기도 괴로운지고.

나고 죽기 그만하고

극락이나 구경 가오.

아야. 아미타불님

이 넋 맞아 가소서.”

그 말하며 소리하며 어느 대사의 법문보다 낫다고 원효는 감탄하였다.

“자. 내 뒷채를 잡을 테니 대사가 앞채를 잡으소. 인로왕보살引路王菩薩이 되소.”

뱀복은 명령조였다. 원효는 그가 하라는 대로 아니할 수 없었다.

맞들이 것에 시체를 담아서 원효가 앞채를 들고 뱀복이가 뒷채를 들고 거리로 나섰다. 하나둘 거지가 따라서고 구경꾼 아이들이 따라서고 아이들을 따르는 개가 따르고, 이 모양으로 장례가 진행할수록 사람이 늘었다.

“원효대사다. 원효대사다.”

하고 원효를 알아보는 이가 있어서 짜아 하고 소문이 났다.

원효대사가 땅꾼 어미 행상에 앞채를 들었다는 것은 일반 사람에게도 놀라운 일이었으나 더욱 승려 간에는 큰 비난거리가 되었다. 이것은 승려의 체면을 더럽히는 것이라고 하여서 원효를 더럽게 비방하였다. 이 비방을 듣고 달려온 것은 원효의 옛날 제자 심상이었다.

심상은 활리산 기슭에서 행상을 만났다.

심상은 땀을 흘리며 따라왔다. 어떻게나 이상한 행상이던고. 시체는 베 홑이불 하나에 싸서 맞드는 것에 담고 원효대사와 뱀복이가 맞들고 병신, 거지, 땅꾼패 수백 명이 호송하는 것이다. 신라가 생긴 이래에 일찍 이러한 장례를 보지를 못한 것이었다.

"시님."

하고 심상은 상여 옆을 지나서 원효 곁으로 갔다.

원효는 심상에게 고개를 돌렸다.

"오. 너 어째 왔느냐?"

"시님. 큰일 났습니다."

심상은 다른 거지들이 듣기를 꺼리는 듯 말을 낮추었다.

"무슨 큰일?"

"분황사에 대중이 들고일어나서 이번에는 시님을 가만두지 아니한다고 황룡사에랑, 흥륜사에랑 징안 큰 절이란 큰 절에 모두 통문을 돌렸소. 파계승 원효를 없애버린다고. 게다가 땅꾼이 되어서 살생을 일삼아서 교문을 더럽힌다고, 무엇을 못해서 땅쟁이 어미 상두꾼까지 된다고. 이번에는 가만둘 수 없다고 아마 이리로 몰려올 것입니다."

"어, 다들 오래라."

"오면 어찌하오?"

"저희 어미 장례에 안 오겠느냐. 와서 흙 한 가래라도 담아 부어야지."

"저희 어미가 누구오니까."

"지금 이 장례가 너희 어머니 장례란 말이다."

원효의 이 말에 심상은 깜짝 놀랐다. 그리고 석가여래께서 길가에 구르는 해골을 보고 전생 부모의 해골이라고 절하셨다는 말을 생각하였다.

그러나 심상의 분한 마음은 가라앉았지마는 장차 몰려올 젊은 중들의 행패를 어떻게 막아낼까 걱정이었다. 그러나 원효의 눈치를 보니 태연자약하였다. 이마에서 구슬땀이 흐르고 땀이 가사에까지 내어배었다.

"시님, 가사 장삼은 벗으시지요."

심상이 딱하여서 한 채를 손으로 받쳤다.

"부처님 행상에 착가사 장삼을 아니할까."

심상은 더 할 말이 없었다.

"여기야 여기."

뱀복이가 우뚝 섰다. 원효도 섰다.

시체를 내려놓았다. 거지들은 메고 들고 온 가래로 광정을 팠다.

"두 사람 들어가게 파라."

뱀복은 이렇게 명하였다.

"둘이라니?"

한 거지가 놀랐다.

"우리 어머니가 평생에 나를 떠나기를 싫어하셨으니 내가 모시고 가야."

뱀복이는 태연하게 이렇게 말하면서 홑이불귀를 들어서 어머니의 얼굴을 들여다보았다.

거지들은 명한 대로 두 구덩이를 팠다.

구덩이가 다 되어서 장차 하관을 하려 할 때에, 아니나 다를

까, 수백 명이나 되는 중들이 저마다 몽둥이를 들고 몰려오는 것이 보였다.

"잠깐 기다려라. 저 제관들이 다 오거든 하관을 하자."

원효가 이렇게 말하였다. 중떼들은 물밀듯 달려왔다.

원효가 두 손을 들어서 합장하매 중들도 일제히 몽둥이를 던지고 합장하였다.

그러나 다음 순간에 중들은 분한 생각이 나서 모두 몽둥이를 집어들었다. 그중에 한 중이 썩 나서며,

"원효대사. 아니 파계승 원효시님."

하고 원효의 앞에 다가서는 것을 또 한 중이 가로막으며,

"원효대사는 다 무엇이고, 원효시님은 다 무엇이냐. 이미 요석 공주와 행음을 하였으니 물음계勿淫戒를 범하였고, 또 뱀을 죽였으니 물살계勿殺戒를 범하였고, 이제 또 가사 장삼을 입고 땅꾼의 어미 상여를……."

이렇게 말할 때에 거지 하나가 썩 나서며,

"무엇이? 지금 하던 말 또 한 번 해보아라."

하고 대들었다.

"오, 네가 천한 거지로서 감히 사문을 욕하느냐."

"사문? 사문이면 자비심이 있고 만심慢心이 없으려든. 듣거라, 너희야말로 중생을 미워하고 나보다 나은 자를 시기하니 살생계를 범하였고, 닦으라는 도는 닦지 아니하고 높은 집에 누워서 중생의 수고로 된 밥과 옷을 값없이 먹으니 이는 도적이라 투도계偸盜戒를 범하였고, 겉은 가사 장삼으로 썼으나 속에는 음욕이 가득하여 지나가는 여인을 보면 마음으로 무소불위하니 사음계邪

淫戒를 범하였고, 뒷구멍으로는 속인이 하는 일을 다 하면서 가장 사문인 체하니, 이는 세상을 속이는 것이라 망어계妄語戒를 범하였고, 이미 인과를 잊고 탐진치貪瞋癡로 업을 삼으니 음주계飮酒戒를 범한 놈들이라, 대목에 때려죽여 마땅한 악당이어든 사문이 무슨 사문이란 말이냐. 너희가 우리를 거지라 하고 땅꾼이라 하거니와, 우리는 남이 버리는 것을 먹고 싫어하는 뱀을 잡아 생활하는 사람들이라 너희보다 떳떳하게 정명正命, 정업正業을 지키는 사람들이다. 너희 소위가 괘씸한 것으로 보면 당장에, 당장에 박살할 것이로되 이제 불사가 있으니 용서하는 것이라, 조용히 하고 합장 염불이나 하여라."

이 말에도 중들이 말이 막히려니와, 모인 거지들의 살기가 등등한 눈치를 보고는 모두들 주춤하였다. 더구나 버러지같이 생각하였던 거지의 입으로 이러한 설법을 들은 것은 아니 놀랄 수가 없었다.

성난 중들이 주춤하는 틈을 타서 뱀복이는,

"자, 때가 되었소 다들 잘 있으오. 이생에 여러 동무들께 신세도 많이 졌소 미륵회상에서 다시 만납시다."

하고 거지들께 작별인사를 한 뒤에 몸을 돌려 중들을 향하고,

"여러 시님네들, 내 어머니 장례에 이렇게 모여주신 것도 다 묵은 인연이오. 옛날 가섭불회상에서 우리 모두 동문수학하였으니, 그때에도 내가 먼저 죽고 원효대사가 뒤에 남아 여러 시님네를 가르치셨거니와, 이제 또 석가모니불회상에 우리 이렇게 다시 만났소. 사람의 몸을 타고나기 어렵고 부처님 법을 만나기 어려워라. 인생 백 년이 부싯불 같아서 보이는 듯 스러지니 불자불자

佛子弗子야, 바쁘지고 바쁘지고. 시각이 바쁘지고. 이러쿵저러쿵 남의 시비하고 싸울 사이 있던가."

하고 뱀복이는 한층 소리를 높여,

"불자야, 모두 제 발부리를 보앗!"

하고 호령하였다.

이 소리에 중들이 소스라쳐 놀라서 저마다 제 발부리를 보니 난데없는 독사가 대가리를 바짝 들고 혀를 날름거리며 한 사람에 한 마리씩 대들었다.

"이크!"

하고 일제히 놀라고 무서운 소리를 지르며 뒤로 물러섰다.

이 광경을 보고 뱀복이가 껄껄 웃으며.

"업보의 그대들을 따름이 저 독사와 같도다. 깨어 있을진저."

하고 나니 사람들 앞에 있던 뱀들이 스러지고 말았다.

뱀복이는 어머니의 시체 앞에 서서 대중을 바라보고 게를 읊었다.

"往昔釋迦牟尼佛 婆羅樹間入涅槃 于今亦有如彼者 慾入蓮花藏界寬. 옛날 석가모니불은 사라나무 두 나무 사이에서 열반에 드셨거니와 이제도 그와 같은 사람이 있어 연화장 넓은 세계에 들어가려 하노라."

하고는 어머니의 시체를 두루쳐 업고 광 속으로 들어가버렸다.

이에 대하여 《삼국유사》에는, '言訖 拔茅莖 下有世界 晃朗淸虛 七寶欄楯 樓閣莊嚴 殆非人間世 福負尸共入 其地奄然而合 曉乃還'이라고 적혀 있다. 이 말대로 하면 광을 판 것이 아니라 뱀복이가 잔디 한 포기를 잡아 빼니 그 밑에 훌륭한 세계가 있고 좋은 집이 있어서 시체를 지고 그리로 들어간 것이요, 뱀복이를 위하여서 훗사람들이 지은 도량사에서 매년 삼월 십사일에 점찰회占察會를 행하였다 하나 삼월 십오일은 뱀복이에 관계된 날이 아니라 진표眞表대사의 득도일인 때문이다.《점찰경》은 진표가 변산 부사의방不思議房에서 미륵보살께서 받은 것이다.

장례가 끝난 뒤에 거지들은 원효대사의 발 앞에 꿇어앉았다. 그중에 늙은 거지 하나가 일어나서,

"제발 우리에게 법을 설하여주옵소서. 우리 무리도 또한 죽을 날이 멀지 아니하오니 어찌하오면 악도에 빠지지 아니하올지, 또 남은 세상을 어떻게 살아가올지 가르쳐주시옵소서. 우리 무리는 뱀복이를 따라서 지금까지 살아왔사오나 뱀복이 일찍 우리에게 법을 설한 일이 없사옵고, 오늘 이곳에서 일어난 여러 가지 미증유한 일을 보오니, 한끝 두렵고 한끝 놀라움을 금치 못하나이다. 원하옵나니 자비심을 발하시와 참도를 밝히 일러주시옵소서."
하고 돌멩이를 들어 제 머리를 때리니 다른 거지들도 따라서 그대로 하여서 머리에서 피가 흘러 땅에 떨어졌다.

원효는 일찍 이렇게 간절한 정성으로 도를 구하는 자를 보지 못하였다.

돌로 머리를 깨뜨리고 높은 데서 떨어져 팔다리를 분질러서 구악을 참회하는 법을 원효는 말로 듣고 책에서 보았으나 이렇게 목도하기는 처음이다.

피와 눈물을 흘리는 거지의 무리를 보던 중들도 무슨 힘에 어깨를 덮어 눌리는 듯 무릎을 꿇었다.

도량

원효는 불보살의 위신력이 이 자리에 도량을 나토신 것을 깨달았다.

첫가을 산 옆 들국화 핀 곳, 맑은 바람 불고 저녁 햇빛 비치었으니 청정한 도량이요, 사백여 명 대중의 피와 눈물을 흘리고 무릎을 꿇었으니 정히 법을 설할 때다.

원효는 허공을 향하여 합장하고 제불보살을 염하여 큰 힘을 가피하시기를 빌었다.

원효는 뱀복의 무덤 앞에 앉아 입을 열었다.

"보살이 이미 몸으로써 법을 설하시고 가셨으니 내 또 무엇을 설하랴. 다들 잡념 망상을 끊고 가만히 제 마음을 들여다보면 만법이 다 갖추어 있어서 배울 것도 없고 얻을 것도 없음을 알 것이다. 그러나 제불보살도 중생이 청할 때에는 법을 설하셨으니 이 몸도 한 노래를 불러서 여러 불자제의 마음을 깨우리라."

이렇게 허두하고 원효는 노래를 불렀다.

"산하 대지와 사생고락이 내 마음의 조작이라
콩 심거 콩이 되고 팥 뿌려 팥 거두니
인과응보가 내 뒤 따르는 양
몸 가는 데 그림자요 소리에 울림이라
업보의 끄는 힘이 황소두곤 데 세어라
눈 깜박하는 결에 마음에 이는 생각
아뿔싸 천만 겁에 사생고락 씨가 되니
어허 두려운지고 인과응보 두려워라.

그러나 인과일래 범부도 성인 되네
천지가 넓다 해도 선을 위해 있사오매
터럭같이 작은 선도 잃어짐이 없을러라
방울방울 물이 모여 큰 바다를 이루듯이
날마다 작은 공덕 쌓아 큰 공덕 되니
하잘것없는 몸이 무상보리 이루는 법
여덟 가지 바른길을 밟아 적선함이로다
어허 고마운지고 인과응보 고마워라.

석가여래 아니시면 이 좋은 법 어이 알리
삼천대천세계 바늘끝만 한 빈 데 없이
목숨을 버리시며 겪으신 난행고행
나를 위하심일세

악도에 떨어질 몸 무궁락을 얻는 법을
정녕히 설하시니 팔만사천 법문이라
문 따라 들어가면
백무일실百無一失하게 도피 안 하오리라
어허 무량할손 부처님의 은혜셔라.

《팔만대장경》이 모두 다 불법이라
경중이 있을쏘냐 어느 경 하나라도
수지 독송하는 중생 반드시 악취惡趣 떠나
불지佛地에 들어가리.
일념수희一念隨喜한 공덕도 만 겁 적악 깨뜨리고
사구게四句偈를 믿는 신심 삼계에 대법사라
경권 있는 곳이 부처님 계신 데요
경을 읽는 중생 부처님의 사자로다.
어허 중생들아 경을 받아 읽었으라.

절이 없을진댄 불법 어디 머무르며
남녀승 아니런들 뉘 있어 법 전하리.
그러매로 절을 짓고 성중聖衆 공양하였으라."
원효는 한 절마다 소리를 높여서 끝 두 귀를 세 번 부리고, 잠
시 쉬고는 또 계속한다.
"헐벗고 배고픈 이, 옷과 밥을 주었으라.
앓는 이 구완하고 약한 이 도와주니
모두 보시행이로다.

재물이 없다 한들 몸조차 없을건가

이 몸 타고나기 도 닦자는 본원이니

도 위해 쓰고 버림 진정 소원이 아닌가

제불인위시諸佛因爲時에 국성처자國城妻子 보시하니

이 몸의 두목頭目 신체 보시 않고 어이하리.

신명을 바칠진댄 더 큰 보시 있을쏘냐.

물살도음勿殺盜淫하는 일을 지계持戒일러 있고

남 미워 아니함을 인욕忍辱이라 불렀으며

정업정명 근행함을 정진이라 하시옵고

마음 굳게 잡아 잡념 망상 다 떼이고

가을 하늘 맑은 듯이 무애삼매三昧 닦는 법을

선정禪定이라 하거니와 모두가 마하반야바라밀摩詞般若波羅密의
길이로다.

만행萬行 어느 것이 육도六度 아님 있으리만

제 힘에 믿는 행을 힘 다하여 닦았으라.

팔만사천 법문 어느 문 아니리

신심 굳게 가는 중생 구경 성불하오리라.

어버이 크신 은혜 모르는 이 있으리만

스승의 고마우심 아는 이 그 뉘런고.

부처님이 본사本師[1]시고 보살님네 대사로다

한 가지를 배웠어도 스승 공경하였으라.

1 '석가모니불'을 일컫는 말.

나라님 아니시면 어느 땅에 발 붙이리
효도인들 어이하며 불법인들 닦을쏘냐
그러매로 군사부는 일체라고 일렀도다.
임금께 충성할 제 목숨을 아낄쏘냐.
효도를 하는 길에 도 닦음 으뜸이라
아들딸이 쌓은 공덕 다생 부모 제도하네

먹고 입고 쓰는 것이 모두 중생 수고로다.
입에 드는 밥 한 알을 절하고 먹었으라
사중은四重恩 못 갚으면 극락을 바랄쏘냐
군사부 중생은을 수유나 잊을세라
한 숨 두 숨 쉬는 숨이 은혜 갚는 맹세로다.

성인은 그 누구며 범부는 그 누구냐
유정 무정이 개유불성皆有佛性이라.
한마음으로 나톤 중생 불佛 아닌 이 어디 있나
미迷할 제 범부러니 깨달으니 불이로다.
지옥 천당에 내 마음의 지은 바라.
삼독三毒 오욕 벗어나서 무상보리 닦을진댄
생사윤회 끊었거니 악도를 두릴쏘냐.
세상에 박복한 이 누구 두고 이름인가
불법을 못 듣는 이 그를 두고 이름이라.
다생 악업장障이 되어 이 목을 가리우니
불법 속에 살면서도 못 보고 못 듣는다.

업장을 떼는 법이 예불 참회 고작이라
섭률의攝律儀 섭선법攝善法이 업장을 녹이더라.
철통같은 묵은 업장 일조에 터지는 날
광명일월 넓은 법계 자유자재 내로구나."
듣는 사람은 고요하다. 원효의 음성은 더욱 높아진다.
"불도를 닦는 사람 무엇으로 알아내노.
얼굴에 빛이 나고 몸에서 향내 나네.
마디마디 기쁨 주고 걸음걸음 꽃피어라.
자비심을 품었으니 노염 미움 있을쏘냐.
청정행을 닦았으니 거짓을 끊었어라.
오욕 번뇌 멸한 사람 제천諸天이 공경커든
요마한 악귀 무리 거들떠나 볼 것이냐.
송경 염불하는 중생 선신이 옹호하니
물에 들어 안 빠지고 불에도 아니 탄다.
한 중생 초발심初發心에 법계가 진동하고
은밀한 작은 행도 하늘에 적히도다.
불법을 닦는 집이 그 모양이 어떠한고
큰소리 성난 모양 꿈엔들 보일건가.
신명이 도우시고 불보살이 지키시니
자손 창성하고 부귀공명하오리라.
불법을 닦는 나라 그 모양이 어떠한고.
백성은 다 충성이요 아들딸은 효자로다.
악귀가 물러가고 선신이 모여드니
우순풍조하고 국태민안하다.

선업 닦은 중생들 이 나라에 원생願生하니
제상선인諸上善人이 구회일처俱會一處²라.
산 모양 들 모양도 얼굴을 변하고
날짐승 길버러지 악심을 떼었으니
현세 즉 극락이라 이 아니 보국報國이냐.
어허 기쁜지고 지화자 좋을씨고.
법고 둥둥 울려 한바탕 춤을 추자.”

노래를 끝내고 원효가 춤을 추니 사백 명 대중도 모두 일어나
춤을 추었다.

“니누나누 닐리리.”

하고 입장단을 치는 이도 있었다.

신라사람은 춤을 좋아한다. 한바탕 춤이 끝난 뒤에 원효는,

“자 이제 다들 갑시다. 오늘 뱀복이 모자 장례가 기연이 되어
서 이곳에 한바탕 도량이 나타났으니 모두 불보살의 대원력이요,
대위신력이라. 이제 불은을 보답하는 뜻으로 우리 소리를 모아서
염불을 부르며 행진합시다.”

하고 먼저,

“나무아미타불.”

하고 앞을 섰다. 거지들이 먼저 원효의 뒤를 따르며,

“나무아미타불.”

하고 화답하였다. 중들도 거지의 뒤를 따랐다.

원효는 서울 성중으로 대중을 끌고 들어섰다. 사백 명 대중이

---

2 모든 중생이 마침내 극락정토에서 모두 함께 만난다.

나무아미타불을 합창하는 소리가 성중을 흔들었다. 원효는 대중을 끌고 홍륜사 분황사 같은 큰 절과 호구 즐비한 시가로 순회하였다. 사람들은 이 희한한 광경을 보려고 모두들 길가에 나섰다.

어떤 사람은 같이 염불을 하며 행렬에 들기도 하였으나 어떤 사람은 원효가 불교를 더럽히는 것이라고 하였다. 사람을 만나는 대로 원효를 악담하였다. 그러하기 때문에 중들 중에는 슬몃슬몃이 행렬에서 빠져가는 자도 있었다.

사로 팔백여든 절에서 저녁 쇠북이 울기 시작하였다. 하루 동안 고달프던 중생이 편안히 쉬이라는 쇠북이다.

원효가 뱀복의 집에 머무른 지가 벌써 반년이 넘어 가을과 겨울이 지나고 봄이 돌아왔다. 뱀복이가 죽으매 원효가 거지의 두목이 되었다. 거지들은 뱀복의 말을 듣던 모양으로 원효의 말을 잘 들었다. 거지로서는 죽기 다음에 어려운 일까지도 원효가 정하여주는 일이면 하였다.

거지의 근본 되는 병은 일하기 싫음이었다. 즉 게으름이었다.

거지의 중에도 여러 가지로 층 등이 있거니와 그중에도 머렁이라는 거지는 몸을 곰짝하기를 싫어하였다. 그는 머리가 누르스름하고 키가 늘씬하고 팔다리가 제가끔 노는 것이 얼른 보아도 게으름뱅이로 생겼거니와 정신작용에는 결코 부족함이 없었다. 부족함이 없을뿐더러 그의 말에는 조리가 있고 또 슬기도 있어서 이따금 비범한 생각도 하였다. 그러나 그는 더할 수 없이 게을러서 누가 발길로 차기 전에는 언제까지나 누워 자고 얼굴에 파리나 모기가 붙어도 날릴 생각을 아니하였다.

그는 본래는 집도 있고 처자도 있고 문벌도 낮은 사람은 아니었으나 게으름이 병이 되어서 집을 헤치고 거지가 된 것이었다.

"밥 얻으러 가기는 싫지 않어?"

하고 물으면 그는 빙그레 웃었다. 말도 하기 싫은 모양이어서 여간해서는 입을 벌리지 아니하였다.

기분이 좋은 때 같으면 머렁이는,

"턱 밑에 놓은 밥도 먹기가 싫은데 주기 싫다는 밥 빌러가기가 어찌 좋담."

이렇게 대답할 것이다. 그러나 그는 글자를 배운 것이 있어서 뱀복이 문하에서는 적개질을 맡아 하고 평생 집을 보고 있었다. 혹시 동냥을 나가면 한 끼 먹을 것을 얻으면 돌아왔다. 욕심이 없는 것이 아니라 얻으러 다니기가 싫은 것이었다.

원효는 이런 게으름뱅이를 처음 보았다.

"너, 그 게으름을 깨뜨리지 아니하면 내생에는 사람의 몸을 잃을 근심이 있다."

하고 훈계할 때에 머렁이는 큰 구렁이나 큰 바위를 생각하고 빙그레 웃었다.

원효는 머렁이에게 방과 뜰을 쓸리고 하루에 천 번 관세음보살을 부르게 하였다.

머렁이는 시키는 대로 하였으나 그것이 무척 힘이 드는 모양이요, 한 번 쓸어도 안 쓸려서 두 번 손이 갈 것이면 그대로 두었다. 원효는 아무 말 없이 손수 그것을 다시 쓸었다. 그러면 머렁이는 심히 미안한 모양을 보였다. 방과 마당 쓸기보다도 염불 천 번이 어려운 모양이었다. 열흘이면 천 번을 채우기는 하루나 이틀이 될락말락하였다.

"그걸 못 채워?"

하고 원효가 소리를 지르면,

"똑바로 앉았기가 어렵소와서."

하고 빙그레 웃었다.

"누워서라도 천 번을 채워."

원효는 이렇게 명하였다.

그러나 누워서 염불을 하기는 미안한 모양이어서 비비꼬면서도 똑바로 앉아서 천 번을 채우게 된 것이 한 달이 넘어서였다.

이렇게 되면서부터 머렁이는 느린 것이 줄었다. 아침이면 일어나고 제가 할 일을 하게 되었다. 방이나 마당을 쓰는 것도 차차 재미를 붙여서 점점 깨끗하게 문 밖까지도 쓸게 되었다.

원효는 모든 거지에게 게으른 버릇이 있음을 발견하였거니와 게으름만이 사람이 거지가 되는 원인이 아닌 것도 알았다. 거기는 두 가지 중요한 원인이 있었다. 하나는 일할 거리가 없는 것이요, 둘은 일을 한다고 잘 살아지지 않고 도리어 세상에는 일 아니하고 넉넉히 사는 사람이 있다는 생각이었다.

'농사를 하자니 바탕이 있어야지요.'

하는 것은 첫째 원인이요,

'그까짓 거 뼈가 휘도록 일을 해도 배고프기는 마찬가진 걸요.'

하는 것은 둘째 원인이었다.

이러한 동기로 한번 거지 노릇을 시작하면 염치심을 잃어버려서 그대로 평생을 보내는 것이었다.

다부지라는 거지는 몸도 단단히 생겼거니와 기운이 있고 또 무슨 일이나 하려들면 잘하였다.

"그깐 놈 거, 힘드는 일을 왜 해요. 우리 아버지는 평생에 쉴 새 없이 일을 하고도 죽을 때에는 거적송장밖에 안 되는걸."

다부지는 이런 철학을 가지고 있었다.

다부지는 밥을 빌어먹을지언정 우는 소리로 남의 동정을 구할 줄은 몰랐다. 거지의 무기가 사람들의 자비심을 움직임에 있는 줄을 다부지도 모르는 바가 아니었으나 그는 이런 일은 더럽다고 생각하였다. 그래서 그는 누구 집 문전에 가면 집이 떠나가라 하듯이 큰 소리로,

"거지 밥 얻으러 왔소."

하고 마치 호령조였다.

"이놈. 사지가 멀쩡한 놈이 일을 아니하고 거지 노릇을 다녀?"

하고 어떤 주인이 나무랄 양이면 그는 눈을 홉뜨고,

"여보. 왜 악담을 하오? 사지가 멀쩡하길래 밥을 얻으러 다니지 않소? 그러면 누워 뭉개는 병신이 되란 말요. 여보, 거지 조상 안 둔 부자 없다 하오. 당신 집 자손이 거지 되고 내 자손이 부자가 되어서 당신 집 자손이 내 문전에 걸식을 올 때에 내 자손이 만일 그런 악담을 한다면 내가 귀신이 되어서라도 다릿마댕이를 분질러주겠소."

이렇게 대들어서 기어이 밥을 얻고야 말았다. 만일 그래도 밥을 안 주면 퍼더버리고 문전에 앉거나 누워서 하루 종일이라도 큰 소리를 지르고 있었다. 그러므로 다부지를 아는 집에서는 그 다부진 음성이 들리기만 하면 진저리를 내어서 얼른 밥을 내다 주었다.

원효는 다부지에게 아이 둘을 맡겼다. 그 둘을 벌어먹이란 것

이었다. 다부지는 신이 나서 밥을 얻어다가는 아이들을 먹이고 또 누더기를 얻어다가 제 손으로 꿰매어서 두 아이를 입혔다.

다음에는 나비라는 거지가 있었다. 이 사람은 얼굴이 멀끔하고 얼른 보면 점잖은 집 서방님 같았다. 그는 거짓말이 난당이어서 참말은 한마디도 아니하려 드는 것 같았다. 거짓말을 하여서 사람이 속는 것을 보고는 기뻐하였다. 원효에게 대하여서도 번번이 거짓말을 하였다. 한 번은 나비가 멀쩡한 거짓말을 하는 기회를 타서 원효는 막대기로 나비의 정수리를 갈겼다.

"아야!"

하고 나비가 소리를 지르고 손을 머리에 대었다.

"아프냐?"

"에헤헤."

하고 나비는 얼른 머리를 만지던 손을 치우며,

"누구를 떠보려고 그러시우? 아프기는 그까짓 게 무엇이 아프오."

하고 능청을 부렸다. 원효는 그 말이 채 끝나기 전에 번개같이 또 한 개를 갈겼다.

"아야아야."

이번에는 나비의 눈에 불이 번쩍 난 모양이었다.

"인제 아프냐."

원효는 성난 얼굴로 물었다.

"아이구."

하고 나비는 원효를 흘겨보았다. 그래도 아프단 말은 아니하였다.

나비라는 이름은 그가 흉내를 잘 내는 데서 왔다. 그는 어떤 날은 애꾸 행세를 하고 어떤 데서는 절뚝발이 모양을 하고 또 어떤 경우에는 벙어리가 되었다. 그래서는 저편의 자비심을 움직여서 물건을 얻어내는 것이었다. 그 흉내를 내는 모양이 하도 천연스러워서 아무도 그가 지어 한다고 생각할 수가 없었고 그뿐 아니라, 그가 한바탕 신세타령을 하게 되면 눈물을 아니 흘릴 수가 없었다. 그가 신세타령을 하는 어조도 어떤 때에는 어눌한 사람 모양을 하고 어떤 때에는 순박하고 못난 모양을 하고, 또 어떤 때에는 아주 도 닦는 방아 모양을 하여 언변이 썩 좋았다.

그는 무엇을 하더라도 밥벌이를 할 만하건마는 거짓말이 병이 될뿐더러 거지로 돌아다니면서 사람을 속이는 것을 무척 재미있어 하는 모양이었다.

동무들 간에도 아무도 그의 말을 믿는 이가 없었다. 한번은 무엇을 먹고 관격이 되어서 배가 아프다고 대굴대굴 구는 것을 한방에 있는 동무들이 이놈 또 익살이라 하고 모르는 체하여서 온종일 곯은 일이 있었다. 그래도 그것쯤으로 거짓을 뗄 위인이 아니었다.

원효는 번번이 나비에게 속았다. 나비가 하는 말을 그대로 믿었다. 처음에는 나비는 원효가 연해 속는 것을 재미있게 알았으나, 차차 원효가 속는 것이 어리석어서 속는 것이 아니라 자기의 말을 그대로 믿어서 속는 것인 줄을 알고는 슬그머니 미안한 생각이 나기 시작하였다. 그래서 원효에게 무슨 거짓말을 하고 나서는 얼른 뒤를 이어서,

"아니야요, 시님. 지금 제가 한 말은 거짓말이야요."
하게 되었다.

다음에는 수리라고 부르는 사람이 있었다. 이 사람은 몸이 가날프고 살이 희고 손이 붓 끝 같아서 마치 귀인 같았다. 그를 수리라고 부르는 까닭은 남이 가진 것을 수리가 병아리를 채는 것 모양으로 번개같이 채고 시치미를 떼면 아무도 그가 훔친 줄을 모르기 때문이다.

그는 사람이 많이 나오는 구경터 같은 데로 슬슬 돌면서 여자의 머릿장식이며 패물이며 남자의 몸에 지닌 것이며 가게에 벌여놓은 물건이며 이런 것을 훔쳤다. 그러나 그렇다고 그는 재물에 욕심이 있는 것 같지도 아니하여서 훔친 것은 제가 몸에 지니는 것 외에는 누구를 주었다. 동무들의 말을 듣건대 그는 계집을 준다고 하였고 또 가난한 사람을 준다고 하였다.

그가 뱀을 잘 잡는 것도 눈치와 솜씨가 빠르기 때문이었다. 그의 손이 번뜻하면 벌써 뱀의 모가지는 그의 손에 잡혀 있는 것이었다.

수리는 제 부하가 많았다. 아이들, 여편네. 수리가 어떤 골목에 나서면 끄나불들이 그를 옹위하였다.

그 밖에도 거지 중에는 여러 가지 재주를 가진 자가 많았다. 가령 코풍류라는 이름을 가진 자는 콧소리로 갖은 풍류를 다하여서 사람을 웃겼고, 꼽추는 꼽추춤으로 이름이 나고, 어떤 놈은 코와 눈과 입과 귀까지도 실룩거려서 흉물을 부려서 사람을 웃기고, 어떤 이는 휘파람을 썩 잘 불고, 어떤 이는 근두박질 재주 넘기를 잘하고, 또 어떤 놈은 맴을 잘 돌아서 구경꾼이 어지러워 떨릴 지경이었다.

이런 것은 다 공부 들인 재주여니와 생기기를 익살스럽게 생겨서 그것을 밑천으로 거지 노릇하는 이도 있었다. 가령 나이는 사십이 넘어 수염까지 났으면서도 키는 댓 살 먹은 아이밖에 안 되는 사내라든지, 코가 없는 계집이라든지, 팔이 둘이 다 떨어지고 다리만 있어서 발에 붓을 들고 그림을 그리는 것이라든지, 앞 뒤 곱사등이라든지, 대가리가 장구통이요, 눈이 바늘로 꼭 찍은 듯한 얼굴이라든지, 걸음을 걸으려면 사지를 덜덜 흔들어 떠는 것이라든지, 목이 비뚤어져서 길을 가자면 모로 걷는 이라든지, 수염 난 여편네라든지, 가지각색 흉물이 많았다.

이런 사람들은 특별한 재주가 없어도 물건을 얻을 수가 있었다.

아무려나 원효의 부하가 된 이백여 명 식구들은 다 한구석 특별한 데가 있는 사람들이었다. 이러한 무리는 한 사람씩 떼어놓고 보면 흉물스럽지마는 여러 십 명이 한데 모여서 떠들거나 할 경우에는 원효도 웃음을 참기가 어려웠다. 게다가 아침에 동냥을 떠날 때에는 모두 진흙과 검정으로 낯바닥에 아웅을 그려서 저마다 사람의 주의를 끌도록 화장을 하였고, 또 집을 떠나기 전에는 오늘 부릴 재주를 연습을 하였다. 그러고는 서로 비평도 하고 웃기도 하였다.

그들이 이 모양으로 차리고 잠시 양지쪽에 멀거니 앉았는 것은 오늘 어디로 갈까, 무슨 재주를 피울까를 생각하는 것이었다. 그러다가 어슬렁어슬렁 시가로 향하고 나갈 때에는 그래도 제각기 무슨 희망을 가진 양 싶어서 걸음이 가뿐가뿐하였다.

거지들이 다 떠나면 원효는 머렁이를 집에 두고 비 한 자루, 걸레 하나를 들고 바리때를 바랑에 넣어 지고 집을 나선다. 원효는 지저분한 집을 찾아서는 우선 문전을 쓸고 기둥을 닦고 그러

고는,

"마당 쓸어드리러 왔소. 수챗구멍. 똥둑간, 무엇이나 깨끗이 치워드리오리다."

하고 외친다.

처음에는 이것이 무슨 사람인가 하고 경계하는 이도 있었으나 차차 안심하여 안마당으로 불러들이게 된다. 그러면 원효는 장삼을 벗어놓고 쓸고 훔치고 하여 집 안을 깨끗이 한 뒤에 물을 얻어 손발을 씻고는 바랑을 지고 합장하여 주인께 인사하고 나온다.

이것이 시작이 되어서 원효의 밑에 있는 거지들도 차차 원효를 배우게 되었다.

"모든 궂은일은 다 해드립니다."

거지들은 사로 성중에 이렇게 광고를 하였다. 그러면 사람을 원효에게 보내어서 어디어디를 어떻게 치워달라는 주문을 하는 이도 생겼다. 일을 하고 나면 밥도 주고 쌀도 주었다.

일이 없는 날은 원효는 거지들을 거느리고 개천이며 시가를 깨끗이 하고, 혹은 길 무너진 데를 고치고 혹은 눈을 치우는 일도 하였다.

원효는 늙은 거지, 병신 거지, 아이 거지, 여편네 거지는 밖에 나가지 않게 하고 집에 머물러 있게 하였다. 그러고는 성한 사람들이 벌어다가 이들을 먹이게 하였다. 헝겊이나 누더기를 주워 오면 그것을 빨아서 모아서 옷을 만들고 기타 집에 앉아서 할 일을 마련해주었다.

오래 묵은 게으른 습관은 좀체로 떨어지지 아니하였으나 자기들을 편안히 앉혀두고 남들이 벌어다가 먹여준다는 것에 감동이 되어서 맡은 일을 하게 되었다.

궂은일을 맡아 하게 된 뒤로부터 세상 사람이 거지에게 대한 대접이 높아졌다. 제 편에서 청한 사람이기 때문이다. 오라지 않은 데 가던 거지가 청하는 곳에 가게 된다는 것은 큰 변화였다.

어떤 때는 큰 집을 짓는 사람들이 터를 쳐달라고 청하기도 하였다. 원효는 북을 매달고 치며 염불을 먹이며 달구를 다지게 하였다. 다음에는 이런 일에는 나비가 선소리꾼이 되었다. 그는 갖은 덕담으로 집주인을 기쁘게 하였다.

원효는 나비와 함께 이런 때에 쓰는 덕담을 지었다. 재미있는 중에도 진리를 풍겨서 듣는 자에게 교훈이 되게 하자는 것이었다.

원효가 서울에 머무르게 된 뒤에 대안대사가 가끔 원효를 찾은 것은 말할 것도 없었다.

"시님. 삼모헌테 한 번 더 안 가려오?"

대안대사는 이런 농담도 하였다. 그런 때면 원효는 요석공주와 관계가 두고두고 마음에 못이 되는 것을 말하였다.

"허. 걸음 걸으면 다리 아픈 게지."

대안은 이렇게 말하였다. 향락을 하면 그 벌을 받는다는 뜻이다.

원효는 요석공주가 자기를 찾아온 것을 내버리고 왔다는 말과 또 아사가의 말도 하였다.

"그래 보고 싶지 않소?"

대안은 싱글벙글 웃었다.

"보고 싶으니 걱정이 아니오."

원효도 이렇게 대답하고 웃었다.

"그렇거든 성불을 몇 겁 연기하시오그려. 보고 싶으면 실컷 보고 몇 생사 더 하시오그려."

대안은 원효를 놀렸다.

거지들도 대안대사를 모르는 이는 없었다. 그들은 대안을 익살맞은 늙은 중이요, 자기네와 같은 거지라고 생각하는 것이었다. 어떤 때에는 대안대사가 원효를 찾아오면,

"소병소뇌小病小惱하시고 교화나 잘 되시오."

이렇게 불보살에 대한 예로 인사를 하는 것이었다.

대안대사는 가끔 거지들과 함께 자고 함께 돌아다녔다. 거지들은 대안대사를 크게 환영하여서 저희가 얻어온 밥과 반찬을 대사에게 주었다. 어떤 때에는 대안이 술을 좋아한다 하여 술지게미를 얻어다 주기도 하였다. 그러면 대안은 술지게미를 손으로 집어먹으며 맛이 좋다고 흥에 겨워하였다. 그러고는,

"허허. 이 늙은이는 거지 위에 거지가 아닌가."

하고 소리를 내어서 웃었다.

대안은 밥 얻어먹은 값을 하여야 한다 하여 여러 거지들이 떼를 지어서 하는 일터에 가서는 방울을 흔들며 덩실덩실 춤을 추고, 혹은 그 우렁찬 소리로 염불을 불렀다. 대안대사의 염불소리는 어느 구석에서 부르더라도 어느 구석까지도 들린다고 소문이 났다.

그것은 대안대사의 목소리가 우렁차다는 뜻도 되거니와 대사가 아침이나 저녁이나 정처 없이 돌아다니면서 염불을 하는 까닭도 된다. 대안대사는 지척지척 걸어가다 어디서든지 흥이 나면

한바탕씩 염불을 하였다. 게다가 원효의 거지떼가 염불을 하고
돌아다니기 때문에 사로 성중은 염불소리 아니 들리는 날이 없
어서 어른이나 아이나 염불을 불렀다. 장난삼아 흉내로 부르더라
도 염불을 아니하는 이가 없었다.

'一稱南無弗 皆已成佛道.'

한 번 염불을 부른 사람도 다 불도를 이루었다 하는 것이다.

이 때문에 큰 절들에서 점잖게 있는 중들이 대안과 원효에게
대하여서 시기와 불평을 가지게 된 것은 말할 것도 없었다. 더구
나 원효가 거지의 두목이 되었다는 것은 승려 간에는 큰 문제가
되어서 왕이 시왕경법회를 크게 행할 때에 중들은 결속하여서
원효가 강사 되는 것을 반대할 지경이었다.

왕이 황룡사에 시왕경법회, 금광명경법회를 베푼 것도 모두
백제, 고구려를 정복하기 위함이었다. 첫째로 불보살의 가호를
빌고, 둘째로 국내의 선신을 안위하고, 셋째로 전몰 장졸들의 명
복을 빌고, 아울러 국민의 애국심을 분기시키려는 것이었다.

이때에 법회를 하면 반드시 전몰 장졸의 명복을 비는 것이었다.

왕의 희망으로는 시왕경이나 금광명경의 설법을 원효에게 청
하고 싶었으나, 자장을 비롯하여 혜통 등 모든 높은 중들이 일제
히 원효를 반대하여서 왕도 우기지를 못하였다. 그들은 왕의 앞
에서 감히 원효를 파계승이라고는 못하였으나 땅꾼의 두목이 되
어서 살생으로 업을 삼는다는 것과 젊은 중들과 일반 민심이 원
효를 즐겨 하지 아니한다는 말로 원효가 법사 되기를 반대하였
고, 또 어떤 이는 원효는 이미 중이 아니요, 한 속인이니 절에서
사부중을 향하여서 법을 설할 수가 없다는 것이었다. 사실 강원

에서도 원효의 저서를 배척한 데도 있었다.

원효가 시골에 숨어 있을 때에는 좀 덜하더니 그가 성중에 들어와서 날마다 거지떼를 데리고 장안 대로상으로 활보하는 것을 보니 본래 원효를 시기하던 승려들의 비위에 더욱 거슬렸다. 그러나 원효는 그들이 지르밟아버리기에는 너무나 큰 힘이었다. 장안 거지가 모두 원효의 부하라는 것이 무섭기도 하였다. 세상에서는 그 거지떼 중에는 별별 사람이 다 있는 줄 생각하고 있었다.

나중에는 원효가 도적떼의 두목이 되었다는 소문이 났다. 그런데 그것은 결코 근거 없는 소문이 아니었다. 근래에 장안에는 괴상한 도적이 횡행하였다. 큰 집에 들어가서 물건을 훔치고는,

'欲知我誰 問於曉師(내 뉘 줄 알려거든 효사께 물으라).'

이러한 글귀를 벽에 쓰고 가는 것이었다.

이런 일이 한두 번이 아니었다. 그러나 관가에서는 공주 부마인 원효대사를 건드릴 수는 없었고, 다만 상사에 이런 뜻을 보고만 하였다.

이 말이 마침내 대각간 유신의 귀에 들어가서 유신은 이 말을 왕께 고하였으나 왕은,

"원효대사를 해치려는 자의 소위겠지."

하고 웃으시고 말았다.

하루는 대안대사가 원효를 찾아와서 이 말을 전하였다.

"시님은 또 도적의 두목이 되었다."

하고 웃었다. 원효도 나비와 기타 부하로부터 이런 말은 듣고 있었다.

"이것이 필시 무슨 까닭이 있나 보오?"

대안도 원효에게 이렇게 말하였다.

"그 도적들을 한번 만나보았으면 좋겠소. 그중에는 인물다운 인물이 있을는지도 몰라."

원효는 대안에게 이렇게 대답하였다.

이 도적들이 들어간 집은 대개 백성의 원망을 받는 집이었다. 관원이 되어서 토색을 하였다든가, 장사를 하되 고객을 속여서 부정하게 돈을 모았다든가, 인심이 박하여서 동네에서 인심을 잃었다든가, 이러한 부잣집이 도적을 맞는 것이었다.

원효도 제 이름을 팔고 돌아다니는 도적을 궁금하게 생각하고 있는 때에 의명이 원효를 찾아왔다.

의명의 말에 의하건댄 요석공주와 아사가 남매가 원효가 돌아오기를 고대하다가 가을이 지나고 겨울이 지나도 소식이 없으므로 무애암을 떠나서 서울로 오던 길에 도적의 떼에게 붙들려 갔디는 것이었다.

"어디서 붙들렸나?"

"무애암 동구에 나오다가 붙들렸소."

"시위하는 사람은 없었느냐."

"요석궁 대사가 군사 둘을 데리고 시위하다가 싸워 죽었소."

"무엇으로 싸워?"

"칼로."

원효는 요석궁 대사의 검술을 아는 터이라 그를 죽일 만하면 비범한 솜씨라고 생각하였다.

"몇 명이나?"

"이십 명이나 되었소."

"너는 어째 안 잡혀갔느냐."

"처음에는 소승도 결박을 지웠으나 도적 두목이 소승의 결박을 끄르며 빨리 너는 가서 원효대사에게 바람복이가 공주와 아기와 아사가 남매를 잡아가더라고 일러라 그랬소."

원효는 의명에게 도적 두목이란 사람의 모습을 물었다. 나이 육십이나 되고 수염이 많이 나고 얼굴이 희고 키는 자그마하고 푸른 방아라를 입고 풀잎으로 결은 방갓을 써서 점잖은 방아도사 같더라고 의명이 설명하였다.

"그런데 칼은 잘 쓴단 말이지?"

원효는 이렇게 물었다.

"처음에는 자기는 뒤에 서고 젊은 부하들이 대사와 싸우더니 대사의 칼에 부하들이 죽고 다른 사람들이 밀리는 것을 보더니, 그리 길지도 아니한 칼을 빼어들고 적을 놀리는 듯 슬적슬적 싸우는 것이 사뭇 날던 걸요. '이제 고만 항복하여라, 내 칼에 네 피를 바르기가 싫다' 그 두목이 칼을 거두고 이렇게 말하는 것을 대사가 아니 듣고 싸움을 돋우다가 어느 틈에 맞았는지 대사는 바른편 어깨에서 왼편 옆구리까지 엇비슷하게 두 동강이 나고 말았소."

의명은 그때 상황을 추억하고 얼굴을 씰룩씰룩하였다.

"그래 너는 떨구 있었구나."

하는 원효의 말에 의명은 무안한 듯이 고개를 숙였다.

"내려가서 뜰이나 쓸어라."

원효의 명을 받고 의명은 가사 장삼을 벗어 걸고 비를 들고 뜰에 내려갔다.

원효는 사람을 시켜서 산 뱀 한 마리를 의명의 발 앞에 던지게 하였다. 뱀은 의명을 향하여 고개를 번쩍 들었다. 의명은 비를 던지고 악 소리를 치며 뒤로 물러섰다.

"대가리를 잡아라."

원효는 이렇게 소리를 쳤다.

의명은 죽어라 하고 손을 내어밀고 뱀을 따라갔다. 구석에 몰린 뱀은 의명을 향하여 덤비어들었다. 의명은 뱀의 목을 잡았다. 뱀은 의명의 팔에 어느덧 감겨버렸다. 뱀의 꼬리가 소리를 내고 떨었다.

마침내 뱀은 숨이 막혀서 축 늘어지고 말았다. 원효는 웃고 고개를 끄덕끄덕하였다. 의명은 원효의 앞에 절하고 울었다.

"무엇을 보았느냐."

원효는 의명에게 이렇게 물었다.

"시님 은혜가 수미산 같소."

의명의 눈에서는 눈물이 흘렀다. 저는 무엇을 무서워하였는가. 대체 무엇을 아껴서 무서워하였는가. 의명은 몸을 결박하였던 쇠줄이 끊어진 듯함을 느꼈다. 세상에 무서운 것이 하나도 없었다. 자유자재인 것 같았다. 원효는 의명에게 보은사를 맡기고 바람복이를 찾아 떠났다.

바람복이는 바람이라고 통칭하여서 전국에 유명한 도적이었다. 태백산 이하로 모든 큰 산이 다 그의 소굴이어서 그의 거처를 아는 자가 없었다.

바람의 끄나불은 사로 성중에도 많이 있는 모양이나, 바깥사람에게는 누가 누구인지 알 수 없었다.

원효는 무턱대고 떠난 것이다. 그러나 원효에게는 이러한 자신이 있었다. 바람이가 공주 일행을 잡아가면서 의명을 놓아 보내어 원효에게 말을 전한 것은 필시 원효를 만나려 하는 것이라고. 그렇다 하면 원효가 돌아다니노라면 필시 바람의 끄나불을 만나리라고.

원효는 예전 방랑할 때 모양으로 허리에 뒤웅박을 주룽주룽 달고 이번에는 소성거사小性居士라고 칭하고 발 가는 대로 걸었다.

바람이가 공주 일행을 잡아가지고 가면 멀리는 아니 갔으리라고 생각하였다. 그래서 원효는 일선주 쪽을 향하고 걷는 것이었다.

원효는 봄바람에 봄 새소리를 들으며 아비야[阿火屋] 고을 지경에 다다라 옥미원에서 주막에 들었다. 원효는 서울을 떠나서부터 날마다 한두 사람 동행을 만났다. 그들은 다 원효 모양으로 차린 거랑방이로서 봄철을 타서 산천 구경을 다니는 사람이었다. 다들 풍류도 알고 글도 알아서 경치 좋은 곳을 만나면 소리도 하고 시도 짓고 춤도 추었다. 그러다가 하루 만에도 갈리고 이틀 만에도 갈렸다.

원효가 옥미원에 드는 날도 거랑방이 하나와 동행하였다. 그는 버들잎 피리를 썩 잘 불어서 버들잎 하나로 능히 칠십여 곡을 불었다. 원효는 그 가락에 맞추어서 노래도 부르고 춤도 추었다. 그동안 원효가 만나던 중에 가장 재미있는 사람이었다. 그는 과연 비범한 풍류객이었다.

이 사람은 나이도 원효와 상적하여서 하루 동안에 허물없는 친구가 되었다. 그러나 무론 원효는 제 이름을 말하지 아니하였고 그 사람도 마찬가지요, 또 서로 이름을 묻지도 아니하였다.

옥미원에 자기를 청한 것과, 또 이 집을 숙소로 정한 것도 그 피리쟁이였다.

주막에 들어서 두 사람은 술을 먹고 늦도록 놀았다. 주인집에 있는 저[笛]를 빌려서 피리쟁이는 저를 불고 원효는 거문고를 타고 늘어지게 놀았다.

"이것이 다 인생의 성사가 아닌가."

피리쟁이가 저를 놓으면서 이렇게 말하였다.

"그렇고말고."

원효는 피리쟁이에게 일종의 압력을 느끼면서 이렇게 대답하였다.

"자, 우리 먼저 잠드는 사람 밥값 내기라고. 인제 그만 자세."

피리쟁이는 이런 소리를 하였다.

"나중 잠드는 사람이 먼저 잠드는 사람의 짐을 지고 가기라고."

원효는 이렇게 말하였다. 피리쟁이는 눈이 한 번 번쩍 빛나더니 하하하고 소리를 내고 웃었다.

원효는 목침을 당기어서 베고 누웠다. 원효가 취한 김에 한잠을 잘 자고 깨어보니 피리쟁이도 없고 원효의 짐도 없었다.

원효는 웃었다. 밝은 뒤에 보니 창에 글자가 씌어 있었다.

'欲矢我誰 問於曉師 一聲草笛 鳳龍來儀.'[3]

원효는 조반을 얻어먹고 옥미원을 떠났다. 비봉산 용천사로 향하는 것이었다.

---

3 내가 누구인 줄 알려거든 원효에게 물어라. 풀피리 한 가락에 봉황과 용이 날아드네.

원효가 용천사 동구에 들어선 때는 벌써 석양이어서 수풀 속으로부터 저녁 종소리가 은은히 울려왔다.

머리에 수건을 질끈 동이고 쌀인가 싶은 짐을 진 사람들이 절을 향하고 올라가는 이도 있고 빈 지게를 지고 내려오는 이도 있었다. 얼른 보아도 이 절이 큰 절이요, 대중이 많은 것을 알 수 있었다.

원효는 시냇가에 앉아 세수하고 발을 씻고 시내를 따라 올라갔다.

판도방 밖에는 짚세기가 스무남은 켤레나 놓여 있고 사방에 저녁 공양의 쇳소리가 들렸다.

원효는 우선 판도방을 쓱 들여다보았다. 모두 광대뼈가 나오고 이마가 좁고 눈망울 톡톡 불거진 무리가 둘러앉아서 윷을 놀고 있었다. 원효가 들여다보는 것을 보고 모두 눈을 원효 쪽으로 향하였다. 원효는 그 눈들이 불량한 것이 곧 도적의 떼라고 생각하였다.

"누구를 찾으시오."

그중에 늙수그레한 자가 물었다. 다른 자들은 또 윷놀이를 계속하였다.

"구경 다니는 거랑방이가 찾을 사람이 어디 있소. 날이 저물고 시장도 하니 밥이나 한술 얻어먹고 드새고나 가볼까 하고 그러오."

원효는 이렇게 대답하고 궁둥이를 방으로 들여대고 문지방에 걸터앉아서 신을 끌렀다.

원효가 신을 벗고 방으로 들어가려 할 때에 엉덩이를 문으로 향하여 원효가 못 들어오도록 막는 자가 있었다. 원효는 그것을 못 보는 듯이 무릎으로 그 사람을 밀고 들어갔다. 그 사람은 원효의 무릎에 채어서 앞으로 고꾸라졌다.

"왜 사람을 차노?"

하고 그놈이 벌떡 일어나 원효에게 대들었다.

"왜 내 앞을 막았노?"

원효는 이렇게 대구하였다. 그 사람은 원효를 때리려고 팔을 둘러매었으나 원효는 내려오는 그 팔목을 붙들어서 그 사람의 따귀를 붙였다.

"왜 사람을 때리노?"

그 사람은 또 대들었다.

"내가 때렸나. 제 손으로 저를 때리지 않았나? 만좌중이 다 보시지 않았나?"

원효의 눈에서는 불이 번쩍 났다. 모두 욱 일어났다.

"다들 앉으소. 일어나면 어찌할라노? 윷이나 노세."

원효는 혼자 앉아서 윷판을 옆으로 당기어놓고 윷가락을 들어서 천장에 닿도록 던지고 벌떡 일어나 두 무릎을 턱 치며,

"윷이냐, 모냐."

하고 벼락같이 소리를 질렀다. 다들 원효의 기운에 눌려버려서 멀거니 보고 있었다.

원효는 혼자서 서너 번 윷가락을 던지더니 뺨 맞은 작자의 팔목을 끌어 앉히며,

"아따, 앉아라. 윷이나 놀자. 사내가 무얼 그만 일로 그러노."

그 사람을 앉히고 원효는 윷가락 둘을 그에게 주며,

"자, 놀아라. 쟁두하자."

그 사람은 반항할 수 없는 듯이 윷가락을 던졌다. 도다. 원효
가 던진 것은 윷이다.

"내가 먼저 논다."

하고 원효는 기운차게 윷가락을 던졌다. 천장에 올랐던 가락이
방바닥에 있던 가락을 때려서 큰 소리를 내고 모가 되었다. 다음
은 개다.

"모개 넣어라."

뺨 맞은 친구는 비로소 기운이 난 듯이 윷가락을 던졌다.

"모야."

하고 일동이 소리를 질렀다. 분명히 일동은 원효를 적으로 하는
것이었다.

원효가 던진 것이 모가 진 것을 걷어치우면서 한 친구가 나앉
았다. 그중에 몹시 광대뼈가 내밀고 눈이 여덟팔자를 뒤집어놓은
듯이 눈초리가 위로 올라가서 매우 간판이 사나운 자였다.

"여보, 이 친구."

하고 그 광대뼈는 윷가락을 걷어 쥐인 채로 원효의 앞으로 바싹
다가앉으며,

"기왕 윷을 놀 바에는 내기를 합시다."

하였다.

"무슨 내기를 하자오?"

원효는 이렇게 물었다.

"당신이 이기면 저녁밥을 먹고, 지면 당신이 저녁밥을 굶기로
합시다."

광대뼈의 이 말에 일동은,

"그거 좋다."

하고 응하였다. 그리고 원효의 입에서 무슨 말이 나오나 하고 쭈 그리고들 앉아서 들었다.

"그거 안 될 말요."

원효는 딱 잡아떼었다.

"왜 안 된단 말요."

광대뼈가 눈을 부라렸다.

"내기란 피차에 같아야 하는 게지. 지금 말대로 하면 나만 앵하지 않소. 그럼 이렇게 합시다. 내가 지면 내가 오늘 저녁밥을 굶고 당신네가 지면 당신네가 굶기로, 어떻소."

원효의 제의에 여러 사람은 서로 돌아보았다.

"아따. 그럽시다."

하고 이번에는 새까만 땅딸보가 나앉았다. 그는 옆에 사람들보고는 눈을 끔적하였다. 원효가 지면 원효를 밥을 굶기고 저희들이 지더라도 밥은 먹자는 뜻이었다.

"그래라."

일동이 승낙하였다.

땅딸보는 윷판을 들어서 윷말을 다 떨어버리고 광대뼈의 손에서 윷가락을 빼앗아서 두 짝을 원효에게 주었다.

"말은 내가 쓴다."

하고 말라깽이가 광대뼈를 밀고 나앉았다. 이 말라깽이는 살은 없을망정 뼈가 온통 쇠로 된 듯이 단단해보였다. 병신이 아니면 흐미중이 느림보만 보던 원효에게 비록 약한 빛은 있을망정 기운찬 이 무리들이 마음에 들었다. 그래서 속으로 은근히 유쾌하였다.

원효가 먼저 놀아서 도에 붙였다. 땅딸보가 걸에 붙였다.

원효가 모개를 쳐서 땅딸보의 것을 잡아가지고 연거푸 네 모걸을 쳐서 석 동문이를 구어 빼고 막동을 꽂을 걸에 보내었다. 말라깽이는 말판 쓰는 데 농간을 하려 하였으나 농간할 새가 없었다.

땅딸보는 이를 악물고 쭈그리고 앉아서 윷가락을 모아 들고 잔뜩 꼬났다.

"다섯 모 한 걸은 없느냐."

누가 뒤에서 이렇게 응원을 하였다. 땅딸보는 악 소리를 치며 윷가락을 던졌다.

"모야!"

하는 함성이 났다. 또 던졌다.

"모야!"

사람들은 모두 씨근씨근하였다.

그러나 다음 것은 도였다. 땅딸보는 기가 막히는 듯이 윷가락을 내어던졌다. 두 모로 속모로 가서 원효의 말을 돌아오는 것을 지키게 하고 한 도를 달아서 뒤로 따를 근거를 만들었다.

원효의 막동사니는 두 모 개면 나는 것이다. 윷가락은 원효의 손에 들렸다.

다소의 파란은 있었으나 결국 윷은 원효가 이겼다. 일동은 이를 악물고 원효를 노려보았다.

"삼 판 양승이다. 두 번 더 놀아라."

하고 광대뼈가 윷가락을 걷어잡으며 나앉았다.

"아니다. 대장부가 일구이언하겠느냐, 내가 졌다."

하고 땅딸보가 물러앉았다.

밥이 들어왔다. 큰 함지박에 김이 무럭무럭 나는 흰밥이 그뜩 차고 또 시꺼먼 질버치에는 국이 아직도 설설 끓는 소리를 내고 있었다. 방 안에는 밥과 국의 향기가 그뜩 찼다.

사람들은 자동적으로 선반에서 제 바리때를 꺼내어서 앞에 놓았다. 처음에는 큰 물동이가 돌면서 사람마다 물을 한 그릇씩 받았다. 다음에는 큰 주걱을 든 사람이 밥함지를 들고 돌면서 밥을 펐다. 큰 나무주걱으로 밥을 이모 재고 저모 재어서 한 주걱 떠서 바리에 담으면 새로 밥 향기가 코를 찔렀다. 또 다음 사람의 바리때에 담았다.

국도 그러하였다. 커다란 나무국자로 듬뿍 국을 떠서는 국그릇에 붓는 것이었다. 그러면 나물국 향기가 물씬하고 코를 받치는 것이다.

원효의 앞에는 바리때가 없었다. 원효의 것은 어젯밤에 풀피리가 훔쳐간 것이었다.

"바리때도 없소?"

밥을 돌리는 중은 이렇게 말하였다.

"내 바리때는 내 상좌가 지고 벌써 용천사에를 왔는걸."

원효는 천연스럽게 이렇게 대답하였다.

"아무리 거랑방이기로 밥그릇도 아니 가지고 다닌단 말요? 체!"

하고 원효를 훑어보더니,

"그 허리에 주렁주렁 단 뒤웅박이라도 내놓오. 아무리 거랑방이라도 밥은 먹어야 살지 않소?"

하고 밥 푸는 사람은 손을 내밀었다.

"이녁 먹을 것이나 푸고는 그 밥함지와 국 버치를 내 앞에 놓
오. 물동이도 내 앞에 놓고."

원효는 이렇게 말하였다. 밥 돌리던 사람은 눈이 둥그래지며,

"그것은 왜요?"

하고 들고 가려던 밥함지를 원효의 앞에 놓았다. 그는 중이었다.

"내가 아까 이 사람들과 밥 굶기 내기 윷을 놀았소. 이기는 사
람만 먹고 지는 사람은 안 먹기로. 그런데 내가 이기고 이 사람들
이 졌단 말요. 그러니까 밥 먹을 사람은 나 하나밖에 없고, 저 친
구들은 냄새나 맡고 물이나 마시게 되었소. 보아 허니, 이 양반들
은 다 천하에 호걸들이신 모양인데, 대장부 일구이언을 할 리가
없겠지. 여보 그 국그릇도 여기 놓으시오. 물동이는 여기 놓고."

하고 원효는 손으로 놓을 자리를 가리켰다.

국그릇을 가진 중은 원효가 놓으라는 자리에 국그릇을 놓았
다. 그러나 물동이 든 중은 놓을까 말까 하는 모양으로 좌중을 돌
아보았다. 좌중에서는 눈만 부라리고 말이 없었다.

"왜, 안 놓소? 어서 놓으라면 놓아."

하고 원효는 호령하였다. 조용하던 방이 쩡쩡 울리도록 큰소리였
다. 그 중은 얼결에 물동이를 내려놓았다. 원효는 밥함지를 머리
에 떠받들고,

"삼보께 공양하나이다."

"중생아 다 배부를지어다."

하는 두 마디를 외우고 나서 혼잣말 모양으로,

"어허, 내가 오늘 무슨 공덕을 쌓았길래 이 밥을 받나. 부처님께서는 중생을 위하시와 무량겁의 근고를 하셨건마는, 하루 한때밖에 밥을 안 자셨거늘 나는 무엇을 했길래로 아침 낮에 밥을 배불리 먹나. 어허 두려운지고. 이 쌀 한 알이 밥이 되어 내 입에 들어오기까지 중생의 수고는 얼마나 하며 하늘과 땅의 수고는 얼마나 한가. 일 아니하고 밥을 먹는 것은 중생의 피를 빨아먹는 것과 같다. 도적이다. 도적이다. 나는 도적이다. 밀 한 이삭 주인 모르게 먹은 죄로 소가 되어 그 빚을 갚았다 하거든. 이 밥 한 그릇 값없이 먹은 죄는 얼마나 할까. 아 무서워라. 무서워라."

원효는 눈앞에 무서운 것이 보이는 듯이 몸을 떨었다.

좌중은 멀거니 원효의 하는 양만 보고 있었다. 앞에 밥그릇에서 김이 오르고 밥의 향기가 나는 것도 잊은 것 같았다.

원효는 잠시 말이 없다가 다시 입을 열어 창을 한다.

"이룬 공 없이 중생의 수고를 먹어
천 겁에 중생의 몸을 받느니보다
차라리 굶어 이 몸이 죽으리라."

이렇게 두 번을 불렀다. 그 창에 좌중은 황홀하였다.

그들은 평생에 이러한 소리를 들은 일이 없었고 또 그런 것을 생각한 일도 없었다. 욕심은 많고 일하기는 싫으니 힘 아니 들고 욕심을 채울 욕심으로 도적이 된 것이었다.

원효가 혼자 중얼거리는 소리는 마디마디 일동의 폐간을 찔렀다.

원효는 다시 혼잣말을 계속하였다.

"내가 밥을 받아먹을 아무 공덕도 없는 것을 생각하니 이 구수한 밥내를 맡는 것도 가슴을 에는 것 같구나. 작년 흉년으로 쉴 새 없이 일하는 농부들도 풀뿌리를 삶아서 연명을 하고 있는 터에 이 하얀 밥이 황송하다."

하고 원효는 밥함지를 번쩍 들고 문 밖으로 내어 대고,

"굶주리는 중생들아 밥내라도 맡으소."

하였다. 밥그릇의 김은 굶주리는 중생을 향하여 떠나는 듯이 모락모락 공중으로 올랐다.

원효는 밥함지를 놓고 다음에 국그릇을 번쩍 들고서,

"자, 국내도 맡으소. 금년엘랑 오곡이 풍등하여 배불리들 먹으소."

하고 도로 제자리에 놓은 뒤에 손으로 밥 한 주먹을 움켜 들고,

"좌중에 말하오. 마음 같아서는 이 밥을 아니 먹고 굶어 죽고 싶소마는 목숨이 모질어서 이 밥을 먹소. 내가 온종일 먼 길을 와서 몹시 시장해. 그러나 여러분께 맹세하오. 이 밥이 내 배 속에 들어가서 삭는 동안에 나는 내 마음속에 있는 모든 악심을 삭여 버리고 내일 아침 해 뜰 때부터는 중생을 위해서 무슨 일이나 하는 사람이 되려 하오. 만일 이 말이 거짓말이 되어서 이 밥을 먹고도 또 중생의 것을 훔쳐 먹는 사람이 된다면 내 먹는 밥이 알알이 송곳이 되어 영겁에 내 몸을 꼭꼭 찌르고 꺼지지 않는 불길이 되어서 무간지옥에서 이 몸을 태울 것이오. 내 맹세를 제불보살과 천지신명과, 또 이 자리에 계신 여러 호걸들이 증명하시오."

하고 주먹에 든 밥을 입에 넣고 맛있게 우물우물 먹었다. 주먹으로 밥을 쥐어 먹고는 국 버치를 번쩍 들어서 국을 마시고 이렇게 몇 차례 한 뒤에,

"고마와라. 배가 불룩하니 새 기운이 나오."

하고 이번에는 물동이를 들어서 벌컥벌컥 들이켰다. 그러고는 원효는 만족한 듯이 입맛을 쩍쩍 다시었다.

그제야 사람들은 제정신이 들어서 제 밥그릇을 내려다보았다.

원래 몸집이 큰 광대뼈는 원효의 곁에 앉아서 침만 삼키고, 말라깽이는 무슨 궁리를 하는지 눈을 깜작깜작하고 있으나 땅딸보만은 까딱 아니하고 입을 꼭 다물고 있었다. 그는 대장부의 일언을 지킨다는 결심이다.

다른 사람들은 서로 눈을 힐끗힐끗 다른 사람들의 눈치만 보고 있었다. 누구든지 먼저 먹는 사람만 있으면 저도 따라 먹자는 것이다.

밥과 국을 돌리던 중들은 이 야릇한 광경을 물끄러미 보고만 있었다.

이 구석 저 구석에도 침 삼키는 소리가 더욱 커지고 더욱 잦아졌다. 배들은 고프고 구미는 동하고 입에서 침이 쉴 새 없이 흘러나왔다.

사람들의 눈은 또 원효에게로 모이기 시작하였다. 침을 꿀꺽 삼키고는 원효를 바라보았다. 그 입에서 무슨 말이 떨어져야만 이 문제가 해결될 것같이 생각된 까닭이었다.

방 한복판에는 아직도 윷가락이 자빠지고 원효의 막동사니를 두 길로 따라가다가 만 말 둘이 아직도 말판에 놓여 있었다. 하나는 날개요, 하나는 속윷이었다.

원효는 짐짓 여러 사람들의 시선을 못 보는 체하고 두 손을 무릎 위에 놓고 한가로이 몸을 흔들고 있었다.

'이 밥 먹고는 악심을 안 내고 일을 잘하겠노라고 맹세를 하고 먹을까.'

광대뼈는 이런 생각을 하였으나 그 말이 입 밖에 나오지를 아니하였다.

원효는 의외로 생각하였다. 이 사람들이 이만큼 한 번 한 말을 지키는가 하고 놀랍기도 하고 기쁘기도 하였다. 마음 같아서는,

'자 어서들 자시오.'

하고 싶었으나 그들이 대체 얼마나 한 자제력이 있고 통제력이 있는가, 나중에 그들은 어떻게 이 문제를 해결하는가 보고 싶었다.

혹은 그들이 원효에게 대하여서 폭행이나 아니할까 염려도 하였으나 만일 그리 된다면 거기서 또한 그들의 본심을 알 수도 있고 그들에게 도를 깨닫는 기틀을 줄 수도 있는 것 같았다.

그들이 침을 삼키는 소리가 더욱 커졌다. 목젖이 불쑥하고 오르내리는 것이 보였다. 비인 입을 우물우물하였다. 눈을 내리깔아서 밥을 보고는 또 눈으로 허공을 보았다. 마치 마아밥을 볼 수 없어 하는 것 같았다.

광대뼈의 배에서 꼬르륵 소리가 났다. 광대뼈는 눈을 꽉 감고 침을 한 번 삼켰다. 땅딸보는 좌선하는 중 모양으로 눈을 모아서 허공을 바라보고 가만히 앉아 있었다.

원효는 더 참을 수가 없었다. 이 광경을 더 오래 계속하는 것은 자비심에 어그러지는 것 같았다. 배가 고픈 것도 어려운 일이어니와 먹을 것을 앞에 놓고도 못 먹는 것은 더욱 어려운 일이라고 생각했다.

말라깽이는 몇 번 목젖을 불룩불룩하더니 이쪽저쪽으로 눈을

꿈적꿈적하였다. 그러나 하나도 그의 군호에 응하는 사람이 없었다. 땅딸보는 도리어 말라깽이를 향하여서 눈을 흘겼다.

원효는 그것이 더욱 고마웠다.

"여러분께 한 말씀 여쭈오."

하고 원효는 공손히 이마를 땅에 대이고 말하였다.

"여러분은 과연 의리가 있는 이들이오. 장난삼아 한 번 하신 말씀을 그대도록 정성으로 지키시니, 필시 전생에 많이 도를 닦고 이생에서는 좋은 일 많이 하시려는 원으로 태어나신 이들일시 분명하오. 이제 이 사람이 한 가지 여러분께 간청할 말씀이 있소. 그것은 무엇인고 하니 비록 저녁을 굶으시기로 마음을 작정하셨더라도 그만하시고 잡수시오. 지금 잡수시더라도 약속을 어긴 것은 아니라고 생각하오. 한 가지 더 청할 것은 이 밥이 여러 중생의 피와 땀으로 되었다는 것은 고맙게 생각하시고, 이 밥을 잡수시고 몸이 튼튼하시고 기운이 많으시와, 중생을 많이 도우시와서 위로는 사중은四重恩―君, 父, 衆生, 師을 갚으시고, 아래로는 삼도고三途苦―地獄, 畜生, 餓鬼를 건지시는 갸륵하신 어른네가 되소서 함이오."

하고 잠깐 고개를 들어서 일동을 둘러보고,

"한자리에 앉는 것도 천 겁의 인연이라 하였사오니, 여러분네는 이 사람의 사뢰는 말씀을 들어주시옵소서."

하고 한 번 더 머리를 방바닥에 대고는 바로 앉았다. 사람들의 얼굴에는 살아났다 하는 빛이 돌았다.

"자 먹세."

이것은 광대뼈였다.

472

"그럼 먹습니다."

이것은 땅딸보였다.

"당신도 좀 더 잡수시지."

이것은 말라깽이였다.

손들이 분주히 밥에서 입으로 오락가락하였다. 쩍쩍 밥 씹는 소리, 국 마시는 소리가 났다. 모두 씨근씨근 숨이 찼다.

이때에 먹는 밥은 특별히 맛이 있었다. 배고프고 먹고 싶은 것을 참다가 참다가 먹는 밥이라 입에 들어가는 대로 꿀이 되고 배에 들어가는 대로 피가 되었다.

원효는 가만히 그들이 먹는 양을 바라보고 있었다. 거기는 아무 잡념이 없었다. 마음 전체가 입으로 몰렸다. 몸이 온통 입이 된 것이었다. 살려는 본능이 얼마나 강한가를 목도하였다고 원효는 생각하였다. 더구나 기운찬 젊은 사람들이요, 탐욕이 남달리 많은 사람들임을 볼 수가 있었다. 저마다 밥과 국을 남보다 먼저 더 먹으려고 눈이 뻘갰다. 순식간에 밥 한 알, 국 한 방울 없이 다 먹어치웠다. 동이에 물 한 방울도 남지 아니하였다.

좀 더 먹었으면 하는 듯이 군입을 다시면서 제 밥그릇을 부시어 혀로 핥듯이 다 먹어버렸다.

말라깽이가 과식을 하여서 끄륵끄륵 트림을 하고 있었다.

밤이 되어도 풀피리는 보이지 아니하였다. 원효는 궁금하게는 생각하나, 그렇다고 그들에게 묻기도 안 되었고, 또 무턱대고 찾아 떠날 수도 없었다.

'일성초적 봉용래의'는 저를 비봉산 용천사에서 찾으라는 풀피리의 말이라고 원효는 해석한 것이었다. 더구나 용천사 판도방에 모여 있는 무리의 행색을 보니, 도적의 졸개들일시 분명하였다. 그럴진댄 반드시 피리를 만날 길이 있을 것이요, 그리되면 공주와 아사가 남매의 일을 알리라 하고 여러 사람들과 함께 목침을 베고 드러누워 있었다.

그들은 있는 소리, 없는 이야기로 계집과 놀던 소리를 하고 있었다. 하나도 제 처자는 없는 모양이었다. 아마 그들은 이야기를 만들어가지고 그것을 남에게 들리는 것을 만족으로 삼는 모양이었다.

"그년, 암만해도 말을 안 듣길래 모가지를 꼭 졸라매고."

이런 소리를 하는 자도 있었다. 듣고 보면 모두 사람깨나 죽인 사람들일는지도 모른다고 원효는 생각하였다.

거지들은 대개 탐욕은 있어도 그것을 실행할 기운이 부족하였다. 그러므로 그들은 마음에 드는 것을 보면 바라보고 부러워할 뿐이었으나, 이 사람들은 탐나는 것을 보면 곧 칼이나 몽둥이를 가지고라도 그것을 제 것을 만들고야 마는 것이었다.

사람 안 보는 데서 남의 물건을 몰래 집어 가는 일도 노상 아니하는 것은 아니지마는, 이 사람들은 어떤 저항을 배제하고 목적물을 빼앗아야 비로소 만족하는 것이었다.

그러므로 이들이 가장 천히 여기는 것은 좀도적이어서, 만일 좀도적이 눈에 뜨이기만 하면 가만두지 아니하였다. 저희는 범이라 하고 좀도적은 고양이라 하였다.

큰 저항을 배제하여야 목적을 달하기 때문에 그들은 한 두목 밑에 굳은 단결을 지었다. 그들은 윗사람의 명령에 복종하고 또 동무의 원수를 갚을 의리가 있었다.

원효도 도적 나라의 이야기를 많이 들었다. 신라에 한 분만이 계시는 임금 모양으로 신라 도적에도 대두목이 하나가 있었다. 세상에서 알기는 그가 바람복이었다.

대두목 밑에는 여러 층으로 소두목이 있어서 마치 나라의 조직과 같았다.

원효는 이번 기회에 이 도적 나라의 내정을 알아보고 싶었다.

듣는 바에 의하면 고구려에도 그런 도적의 나라가 있어서 나라로서는 도적 중에서 쓸 만한 자를 뽑아서 장수를 삼는 일도 있어 그러한 장수들이 용감하게 싸운다고 하고, 또 고구려에서는 거지를 이용하여서 신라와 백제에 들여보내어 염탐꾼이 되게 한다고 한다. 그러나 신라와 같은 작은 나라에서는 그런 것을 이용하였단 말을 못 들었다.

원효는 저 거지의 떼와 이 도적의 떼를 나라 일에 이용할 수는 없을까 이런 생각도 하고, 또 저 땅딸보 같은 자가 불도에 들어올 양이면 필시 힘 있는 중이 되어서 큰일을 하지 아니할까, 이러한 생각도 하고 있었다.

사람들의 음담패설도 차차 적어지고 코를 고는 사람이 하나씩 둘씩 늘었다.

밤새 소리가 들렸다. 코도 힘 있게 골았다.

다들 잠이 들었다. 말라깽이도 오줌을 누러 나가는 모양이더니 들어오는 길로 잠이 들었다. 어두워서 사람들의 얼굴은 보이지 아니하고 숨소리와 코 고는 소리만 들렸다.

"이놈, 이놈."

하고 잠꼬대를 하는 자도 있었다.

수도생활을 하는 자도 전생 기억으로 무서운 꿈을 꾸려든 살인 강도하는 자의 꿈이 편안할 리가 없어서 그들의 잠든 모양은 화평하지를 아니하였다. 꺽꺽하고 숨이 막히는 소리를 하는 자도 있었다.

"응, 응."

하고 무서운 것에 쫓기는 소리를 하는 자도 있었다.

원효는 가만히 일어나 앉아서 관세음보살을 염하였다.

"이들의 마음의 어두움을 당신의 빛으로 밝히시고, 이들의 괴로워하는 넋을 당신의 손으로 만져 편안하게 하시옵소서."

하고 원효는 비는 것이었다.

원효가 이렇게 관세음보살을 염할 때에 문득 피리소리가 들렸다. 그것은 분명히 옥미원에서 듣던 곡조였다. 원효는 방 안에 누운 무리를 제도할 것을 굳게 맹세한 뒤에 밖에 나섰다. 캄캄하였다. 봄의 어두움이란 원래 심한 법인데다가 수풀 속이라 과연 칠통과 같았다. 게다가 먼 데가 뿌연 것을 보면 안개가 있는 모양이었다. 원효는 피리소리 나는 데로 걸음을 옮겼다.

얼마쯤 가서 원효는 옥미원에서 부르던 노래를 피리에 맞추어서 불렀다.

피리소리가 잠깐 그쳤다.

원효도 우뚝 섰다.

얼마 후에 다시 피리소리가 났다. 원효는 또 그 가락에 맞추어 노래를 불렀다. 이번에는 피리소리가 그치지 아니하고 더욱 힘차게 계속되었다.

원효는 바위를 돌고 나무를 피하여서 걸었다. 소리는 가까운 듯하면서 암만 걸어도 그만하였다.

　원효는 어떤 등성이에 올라섰다. 거기서 소리 한 마디를 길게 뽑았다.

　그때에 원효가 바라보고 있는 편에서 불이 번쩍하였다. 피리 소리가 끊이더니 불이 움직이기를 시작하였다.

　원효도 불을 향하고 마주 갔다. 절에서 십 리는 온 것 같았다.

　마침내 불이 원효의 앞에 와 섰다.

　"내가 피리요."

하고 피리는 등을 들어 제 얼굴과 원효의 얼굴이 비치도록 하였다.

　"나는 소리요."

　원효는 이렇게 대답하였다.

　"하하하하."

　피리가 먼저 웃었다. 그는 장삼을 입고 거사로 차리고 있었다.

　"하하하하."

　원효도 웃었다.

　"나도 대사께서 오늘이야 웬걸 오시랴. 아마 내일이나 모레쯤 오실 줄 생각하고 있었소."

하고 그는 등을 들고 앞을 섰다.

　원효는 뒤를 따랐다.

　피리는 걸으면서 원효에게 용천사 말을 물었다. 원효는 내기 윷 놀던 말과 밥 먹던 말을 하였더니 피리는 원효를 돌아보고 소리를 내어서 웃었다.

　그러나 그들이 다 네 부하냐, 이런 말을 묻지 아니하였다.

골짜기를 몇 건너자 길에 나서서는 차차 낮은 데로 내려갔다. 달이 떴다.

원효가 인도 받은 곳은 큰 촌락이었다. 마을 앞에는 꽤 큰 개천이 흘러 달빛이 번쩍거리고 촌락에는 기와집이 즐비하였다.

"누추한 곳이오."

하고 피리는 한 대문을 두드렸다.

삐걱하고 대문이 열리고 개가 내달았다. 개는 원효를 한 번 쳐다보고는 피리를 보고 꼬리를 치고 앞을 섰다.

사랑으로 들어갔다. 으리으리한 차림차림이었다. 거기는 원효의 바랑과 바가지들이 놓여 있었다. 예가 끝나고 좌정한 뒤에 피리는 웃으며,

"저 짐을 먼저 날라온 것이 손님 대접이오. 하하하."

하고 나서,

"공주와 아기와 아사가 남매 다 편안하시니 내일 아침에 만나시기로 하고 오늘 저녁은 편히 쉬시오."

하고는 찬란한 잠자리를 깔아놓고 들어가 버린다.

원효는 잘 자고 잠이 깨었다. 창이 훤하고 참새들이 지저귀었다.

원효는 용천사 판도방 패가 잠이 깨어서 원효가 간데없는 것을 보고 문제가 되었으리라 생각하니 우스웠다.

세숫물이 나오고 아침상이 나올 때에 피리는 장삼이 아니요, 속인의 옷을 입고 나왔다. 모두 옥색 명주였다. 그렇게 차리니 귀인 같았다. 그는 장삼을 입으면 거사와 같고 방갓을 쓰고 방아라를 걸치면 또 방아 같았다. 무엇을 입어도 어울리고 무엇을 차려

도 그럴듯하였다. 옥같이 흰 얼굴에 까만 구레나룻이 제비날개 모양으로 나고 눈에 인정스러운 광채가 있었다.

아직 통성명도 아니하였건마는 벌써 친하였다.

원효의 상은 특별히 소찬이요, 피리의 상은 육찬이었다.

두 사람이 처음에는 말없이 밥을 먹고 있었다.

피리는 무슨 말을 할 듯 할 듯 원효를 힐끗힐끗 보았다. 원효도 공주 일행의 말을 묻고 싶었으나 계제를 만나지 못하였다.

"원효대사."

하고 피리가 먼저 입을 열어서 물었다.

"나는 원효대사가 아니라 소성거사요."

원효는 이렇게 대답하였다.

"글쎄. 그야 대사시거나 거사시거나 사람은 한 사람 아니오."

피리는 숟가락을 멈추고 이렇게 말하였다.

"그는 그렇소. 본래는 원효대살러니 이제는 소성거사요."

원효는 이렇게 대답하면서 훌훌 국을 마셨다. 산나물국이었다.

"그러실는지 모르겠지마는 나는 소성거사라고 부르기는 싫소 그려. 원효대사 한 분을 잃어버리기가 싫단 말이오. 그는 그렇다 하고 내가 어떤 사람이요, 여기가 어딘지는 벌써 짐작하시겠지요?"

피리는 싱긋 웃는다.

"당신은 피리를 잘 부시니 나는 당신을 피리라고 이름을 지었고, 이 동네는 아마 당신네 같은 이들이 사는 소굴인가 생각하오."

원효의 이 말에 피리는 발연히 변색하고 숟가락을 상에 던지면서,

"아니, 어�쩐 말씀이오. 소굴이라니? 대사가 망녕이시오그려."
하고 원효를 노려본다.

"소굴이란 말을 모르시오. 날짐승이 사는 데를 소라 하고 길짐승이 사는 데를 굴이라 하여, 무릇 짐승들이 모여 사는 데를 굴이라 하거니와 도적을 짐승으로 보는지라 도적이 모여 사는 곳을 소굴이라 하는 것이오. 사람들이 모여 사는 데를 마을이라 하고, 신들이 모여 사는 데를 시로라 하고, 중들이 모여 사는 데를 절이라 하는 것과 마찬가지 아니오? 내가 바른대로 말하였거든 댁이 노열 것이 없지 않소. 그럼 무엇이라고 불렀으면 좋겠소."

원효는 빙그레 웃었다.

피리는 노한 빛을 약간 거두며,

"대관절 대사가 어찌하여 이곳에 오신지 아시오?"
하고 몸을 바로 하여 위엄을 갖추었다.

"내가 온 일을 내가 모를 리가 있소. 도적의 떼에 잡혀간 내 가솔과 제자들을 찾으러 왔소."

"찾으러 왔다? 대사 마음대로 찾아갈 것 같소."
피리는 '안 되리라'는 듯이 입을 다문다.

"내 처자와 내 제자를 내가 데려갈 것을 누가 못하게 할까."
원효의 어성도 컸다.

"원효대사가 도력이 크고 이름이 높아서 천하를 횡행하여도 거칠 것이 없을는지 모르겠소마는, 도적의 소굴에 잡혀 왔다가는 호락호락하게 놓여 나가기 어려우리다."

"하하하하. 요석공주가 나를 사흘 동안 요석궁에 잡아 가둔 일은 있소마는 광대무변한 이 법계에는 아무도 원효를 막을 자가 다시는 없을걸. 하하하하."

하고 원효는 한바탕 실컷 웃고 난 뒤에 흥에 겨운 듯이 젓가락으로 밥상을 두들려 장단을 맞추면서,

"一切無碍人이 一道出生死를."

하고 길게 뽑았다.

그러는 동안 피리는 전신이 화석이 된 듯이 눈알도 움직이지 아니하였다.

원효는 마음껏 소리를 뽑고 나서는 밥그릇에 물을 부어서 숟가락에 듬뿍듬뿍 퍼서 입에 넣었다.

피리는 원효의 이 방약무인한 모양에 견딜 수 없는 모욕을 느꼈다.

"내가 원효를 죽이더라도. 원효를 죽이고 살리는 것이 내 손에 달렸거든."

이렇게 피리는 얼렀다. 그러나 그 소리는 쭉 펴지를 못하였다.

원효는 잠시 물끄러미 피리를 바라보더니,

"하핫하핫."

하고 크게 웃는 바람에 입에 물었던 밥이 튀어나와서, 반찬 씹힌 것과 아울러 피리의 얼굴과 전신을 수없이 때리고, 더러는 그냥 붙어 있고 더러는 방바닥에 떨어졌다.

피리는 맴을 돌린 사람 모양으로 정신을 진정할 수가 없었다.

산전수전 다하고 몸과 마음이 닦일 대로 다 닦인 줄로 자신하고 있던 피리도 이러한 경우는 처음 당하고 이러한 사람은 처음 보는 것이었다.

원효는 한참 웃고 난 뒤에,

"어, 그 밥풀이 모두 얼굴에 붙어서 안되었소."

하고 팔을 쑥 내밀어서 피리의 얼굴을 이마에서 턱까지 쓸어주었다.

피리는 원효의 팔을 부러져라 하고 홱 갈겼으나 원효의 팔은 어느새에 제자리에 돌아오고 피리의 팔이 제 밥상을 쳐 국그릇을 둘러엎어서 무르팍이 젖고 쇠고기 비린내가 방에 찼다. 피리는 더욱 원효에게 밟힘을 느꼈다.

"거, 어디 그 솜씨 가지고야 원효를 죽이겠소. 원효를 친다는 것이 제 국그릇을 쳤으니 남이 안 보았으니망정이지 큰 망신하실 뻔했소그려. 자, 어서 국 한 그릇을 더 가져오래서 밥이나 자시오. 국만 아니라 한 상을 다시 차려오라시오. 어, 그 반찬 그릇에 모두 내 입의 밥이 튀었군."

하고 원효는 먹던 밥을 다시 먹는다.

"그래. 살아서 이 동네를 벗어날 것 같소?"

피리는 겨우 정신을 차린 듯이 원효를 향하여 활을 당기는 것이었다.

"어, 또 그런 어리석은 소리를 하는구려. 그러니까 웃음이 터지지 않소. 내가 살아 나가고 싶으면 살아 나가고 죽어 가고 싶으면 죽어 나가는 것이지, 누가 나를 죽이고 살리고 한단 말요? 화불능소火不能燒, 수불능표水不能漂란 말도 못 들었소 하늘도 나를 어찌하지 못하려든 탐진치를 가진 범부가 천만 명 덤비기로 나를 어찌한단 말요. 당신은 도적 부하 몇 천 명, 몇 만 명 되는지 모르지만 내게는 천지에 모든 선신이 따르고 있고, 무변법계에 제불보살이 다 내 편이니 내가 도를 잃는 날이면 모르되 내가 정정당당하게 불도로 나가는 동안에는 천지가 모두 합하기로 나를 어찌한단 말이오. 피리, 노형이 만일 눈이 바로 뜨였다면 내 옆에 저 무서운 방망이를 든 금강역사가 옹위하고 섰는 것을 보리다."

원효의 이 말에 피리는 몸에 소름이 끼침을 깨달았다. 아까부터도 무엇인지 제 몸을 누르고 때리는 듯하여서 원효에게 저항하기 어려움을 느꼈던 것이다. 피리도 지금 원효가 한 말과 같은 말을 못 들은 것은 아니었다. 그러나 그런 소리는 다 허황한 소리라고 생각하였다. 사람에게 낙을 가져오는 것은 재물과 술과 계집이요, 사람을 죽이는 것은 칼이라고 믿고 있었다.

피리도 귀신을 무서워한다. 산에 가면 산신령이 계시고 물에 가면 물신령이 계시고 집에 오면 집에 모시는 여러 신령이 계시다고 믿는다. 그래서 큰 도적질을 떠날 때에도 송아지 드릴 데는 송아지, 도야지 드릴 데는 도야지, 닭 잡아 제사할 데는 닭, 소로 할 데, 시루떡으로 할 데, 다 가려서 제사를 드린다. 그들은 신령도 이렇게 재물을 바치기만 하면 다 말을 들어주실 것으로 믿는다. 그러나 도적의 제사를 받는 귀신은 도적 귀신이요 결코 선신이 아니실 것은 생각하지 아니한다. 선하신 신명이 받으실 제사는 마음 착한 이가 바치는 제사인 줄을 모른다.

원효의 말 중에 가장 피리에게 무섭게 들린 것은 천지의 모든 선신이 다 제 편이라는 말이었다. 과연 그렇다 하면 그것은 큰일인 것 같았다.

원효가 밥을 다 먹고 상을 물릴 때에 피리는,

"대사도 도적의 밥을 자시지 아니하였소?"

하고 웃었다.

"내가 도적의 밥을 먹었을 리가 있소. 선한 중생의 공양을 받았소."

원효는 이렇게 대답하였다.

"어쩐 말씀이오? 금방 내 집에서 지은 밥을 자시고서도 아니라 하시오?"

피리는 이렇게 역습하였다.

"도적의 손에 쌀 한 알이 지어질 리가 있소? 다 선한 중생이 임금의 땅에 땀을 흘리며 천지신명의 쌀이 되게 하신 것이지."

원효는 이렇게 대답하고 잠깐 멈추었다가,

"도적의 입에 밥 한 알이 들어갈 리가 있소? 오늘이나 오늘이나 하고 도적들이 바른길로 들어오기를 기다리고 밥을 먹여 살리는 것이지. 만일 기다릴 만치 기다려도 회과천선을 아니하면 나라에서는 법의 칼이 움직이고 저 생에서는 지옥의 불이 노형을 태우려고 마련될 것이오. 그런데 아마 오늘이 그 한 날인 것 같아."

이렇게 말하고 원효는 피리를 뚫어지게 보았다.

피리가 분명히 무엇인지를 아는 이가 없다. 세상에서는 그를 번개라고도 부르고 또 원효가 부르는 모양으로 피리라고도 부른다. 그를 번개라 하는 까닭은 그가 동에 번쩍 서에 번쩍 나타나되 번쩍할 뿐이요 자취를 찾을 수 없단 말이다. 세상에서는 그가 둔갑장신을 한다고 믿고 있고, 어떤 이는 그가 사람과 귀신과의 사이에 난 아들이기 때문에 어떤 때에는 사람의 모양을 나토아서 눈에 띄고, 또 어떤 때에는 귀신이 되어서 사람이 보지 못하게 다닌다고까지 한다.

피리는 대두목 바람의 책사다. 이를테면 제갈량이다. 전 신라 수만 명 도적의 떼를 지위하는 두령이 곧 바람과 번개다.

바람은 벌써 육십이 가까운 늙은 사람이지마는 아무도 그의 모양을 본 이가 없다. 그의 하는 일은 뚜렷이 보이는데 몸은 보이지 아니하는 것이 바람과 같다고 하여서 바람이라고 불려지는 것이다.

피리는 젊은 사람도 되고 늙은 사람도 되고 여러 가지로 변형을 하였고, 목소리까지도 변하는 재주가 있었다. 게다가 몸이 날래기 제비와 같다는 것이다. 몸만 그러한 것이 아니라 꾀로도 일찍 누구에게 져본 일이 없다는 것이다.

큰 고을을 습격하거나 하는 일은 다 피리의 꾀에서 나온 것이요, 이번에 원효를 유인해 온 것도 피리의 꾀였다. 수없이 관군의 토벌을 당하였으되 언제나 꾀로 관군을 이기어 감쪽같이 면하는 것이었다.

그러하던 피리가 오늘 밤 먹는 동안에 원효의 손에 공기 놀듯이 놀리운 것이다. 꾀를 내려도 베풀 곳이 없고, 일어나 싸우려도 원효는 그러한 틈을 주지 아니하였다. 원효는 마치 발붙일 수 없는 석벽인 것 같았다. 원효가 하도 만만하게 끌려온다 생각하였기 때문에 피리의 타격은 더욱 큰 것이었다.

'과연 거물이로구나.'

피리는 속으로 원효를 탄복하였다. 그러나 아무리 원효기로니 이 소굴에 잡혀온 뒤에야 제 무슨 재주로 빠져나가랴, 이러한 생각도 있었다.

이때에 밖에서,

"군사 안전에 아뢰오."

하는 소리가 있었다.

원효는 군사란 말에 빙긋 웃었다.

"오오. 무슨 일이냐."

피리는 창을 열며 점잖은 소리로 대답하였다.

"장군마마께옵서 손님 인도하시고 듭시라 하옵시오."

붉은 방아라에 벙거지를 쓴 자는 이렇게 아뢰었다.

원효는 이 무리가 영작자문을 만들어가지고 관에서 하는 모양

대로 흉내 내는 것을 알았다.

"오오. 지금 곧 갑니다라고 아뢰어라."

피리는 이렇게 말하여서 사자를 돌려보내고 원효에게,

"자, 일어나시오."

하고 재촉하였다.

"어디로 가는 게요?"

원효는 이렇게 물었다.

"우리 장군 계신 데로 가는 거요."

피리는 위엄을 보이려 한다.

"당신네 장군이라니 바람이란 이요?"

"그렇소. 세상에서 바람이라고 일컫는 이요. 천하에 아니 가는

데가 없으되, 흔들리는 나뭇가지는 보여도 바람의 몸은 아니 보

이듯이 우리 장군으로 말하면 자취는 보여도 몸은 못 본다 하여

서 천하가 바람이라고 일컫소."

원효는 피리를 따라서 나섰다. 그 동네에서 나와서 작은 시내

를 끼고 얼마를 올라가면 조그마한 고개가 있고 그 고개를 넘으면 늙은 소나무와 새로 나불나불 잎이 피는 느티나무, 들매나무, 홰나무들이 있는 커다란 집이 있었다. 얼른 보기에도 여러 백 년 된 고가인 것 같았다.

"저 집이오."

하고 피리가 원효에게 말하였다.

"어, 대단히 고가로군."

원효는 고개턱에서 걸음을 멈추었다.

"고가고말고. 우리 신라 나라보다 더 오랜 집이오. 상아강아[辰韓] 적부터 있는 집이니까."

피리는 자랑하는 듯이 이렇게 말하였다.

"상아강아 적부터?"

원효는 놀랐다.

"그렇소. 도적 나라의 내력을 말할 테니 들어보시오."

피리는 바위 하나를 골라서 원효더러 앉으라 하였다.

도적 나라의 내력이란 말에 원효는 빙그레 웃었다.

피리는 설명을 시작한다.

"세상에 도적이 있는 것이 마치 세상에 중이 있는 것과 같습니다."

이것이 첫말이었다.

"그건 또 웬 소리요?"

원효는 정말 놀래어서 물었다.

"원효대사도 그까지는 모르시는군."

피리는 한 번 이기었다 하는 듯이 웃는다.

"도적과 중과 같다?"

원효는 한 번 더 외워본다.

"들어보실라오. 세상 사람이란 중간이 많은 거야. 도적도 싫고, 중도 싫고, 그러나 유시호 도적질할 생각도 내보고, 중노릇할 생각도 내보고, 그러면서도 중도 못 되고 도적도 못 되고 일생을 보내는 것이 중간치기란 말요. 세상이란 그러한 중간치기들로 되어 있습니다."

피리는 원효가 찬성하나 반대하나 눈치를 본다.

"그렇지. 당신 말이 옳소."

원효는 찬성하는 뜻을 표하였다.

"그런데 어쩌다가 도적질을 먼저 하면 도적이 되고, 중질을 먼저 하면 중이 되는 것이야. 한 번 도적질을 하면 생전 도적이 된단 말요. 도적질을 하니 죄인이 되어, 죄인이 되니 달아나, 달아나니 도적질을 할 수밖에. 중도 그렇지 않소? 원효대사도 요석공주한테 장가를 드시고는 거사 행세를 하나 봅디다마는 세상이야 어디 그런가, 여전히 원효대사지. 그러니까 도적과 중이 마찬가지란 말요. 하하하하 안 그렇소. 대사?"

여기 대하여서는 원효는 찬성하는 뜻은 표하지 아니하였다. 그래서 화두를 돌렸다.

"그런데 도적 나라의 역사가 신라 나라보다 오래다는 것은 무슨 소리요?"

"아따, 그것도 모르시오. 벌에도 도적 벌이 있고, 개미에도 도적 개미가 있지 아니합디까. 이 세상에 사람이 살기 시작할 때부터 도적도 있기 시작했단 말요. 마한, 진한, 변한이 생길 때에 벌써 도적의 나라가 생겼단 말요. 우리 신라 나라에 도적의 첫 두목으로 말하면 망난이란 사람이오. 전하는 말에 의하면 시조 박혁거세와 같은 선생 밑에서 공부를 하였답디다. 그러다가 박혁거세가 임금이 되니, 망난이는 산으로 들어가서 도적의 두목이 되고 만 것이오. 시조께서 나와서 나라를 다스리자 하시니까 망난이가 대답하기를 그대는 착한 백성이나 다스리소, 나는 악한 백성을 다스림세, 하고 아니 나갔다 하오. 딴은 그렇기도 하단 말요. 그 많은 도적을 다스리는 사람이 없으면 나라이 서 갈 수가 있나. 안 그렇소, 대사?"

피리는 또 말을 끊고 원효의 눈치를 본다.

"도적을 다스리다니 어떻게 다스린단 말요? 도적에게도 법이 있고 도가 있소?"

"허, 원효대사만 한 이가 그런 말을 해서 쓰겠소? 당신네 중들도 왕법의 다스림은 안 받더라도 불법의 다스림은 받지 않소? 도적도 마찬가지요. 도적에도 도적의 도가 있고, 도적의 법이 있길래로 무고한 백성이 살아가고 또 도적의 나라가 천추만세에 누려가는 것이 아니오?"

하고 피리는 뽐낸다.

"어디 그 도적의 도라는 것을 좀 들어봅시다."

원효는 재미있는 듯이 눈썹을 쭝긋하였다.

"도적의 도를 내 말할게 들어보시오. 첫째로 가난한 사람의 것을 빼앗지 말지어다."

"그래서."

원효는 유심히 듣느라고 눈을 감는다.

"둘째로는 나라 것을 건드리지 말지어다."

"옳지, 충이렷다."

원효는 눈을 감은 채로 대꾸를 한다.

"셋째로 바른 사람의 재물을 빼앗지 말지어다."

"홍, 의렷다."

"넷째로 잠든 사람의 것을 빼앗지 말지어다."

"그건 또 무엇인가."

원효는 눈을 떴다.

"잠든 짐승을 죽이지 말라고 안 했소."

"홍, 살생유택이라."

"그렇지. 당신네 중들이 이른바 자비심도 되겠지마는 우리네
는 그것을 좀도적이라고 아주 천하게 여기는 거요."

피리는 정말 좀도적을 멸시하는 정을 낯에 보인다.

"또."

하고 원효는 다음을 재촉한다.

"다섯째는 혼자서 지고 가는 짐을 빼앗지 말 것."

"또."

"유부녀를 겁탈하지 말 것. 수절과부를 겁탈하지 말 것."

"그렇게 여섯 가지만이오?"

원효는 눈을 떴다. 노송 가지에서 까치가 지저귄다.

"어떻소? 우리 도적 나라의 법이 어지간하지요 이것이 몇 천
년 내려온 법이오."

피리는 이렇게 말하고 수염을 내려쓴다.

"그러면 어떤 물건을 빼앗아 오오?"

원효는 피리의 눈을 본다. 대단히 빛나는 눈이다.

"백성의 원망을 듣는 관원, 백성의 원망을 듣는 부자. 그리고 원체 많이 가져서 좀 떼어내어도 괜찮을 사람의 것, 우리는 이런 것을 노리지요. 한 번 우리가 노린 다음에는 면하지 못하지요."

피리는 위엄을 보인다.

"인명도 살해하오?"

"우리가 한 번 하려고 한 일을 방해하는 자면 기어코 죽이고야 말지요. 그러나 무고한 인명은 살해하는 일이 없고 도리어 가난한 자와 불쌍한 자는 구제하는 일도 많지요."

"도적질해다가 구제한다?"

원효가 웃는다.

"그렇지요. 우리는 부자가 되자는 것이 아니니까. 있는 자의 것을 갖다가 없는 자를 먹여 살리자는 것이니까."

나비 한 마리가 날아와서 피리의 갓에 앉는다.

"법을 어기는 자는 어떻게 하오."

원효는 이런 말을 묻는다.

"경하면 책망하고, 중하면 볼기를 때리고 더 중하면 내어쫓고 사발통문을 돌려서 아무 데도 접촉을 못하게 하고, 대단히 중하면 죽여버리고—이를테면 나라의 법과 같지요. 만일 우리 속을 관에 밀고하는 놈이 있으면 그놈의 집안을 온통 도륙을 해버리지요. 그러나 관에 잡혀가서도 불지를 아니하고 저 혼자만 벌을 받으면 우리는 그 처자를 살리지요. 그러니까 원효대사도 한 번 여기를 다녀 나가면 우리 편이 되어야망정이지 그렇지 아니하면 어디를 따라가서라도 기어이 복수를 하고야 말지요. 장군령이 한 번 내리면 면할 길은 없습니다."

피리는 위협하는 눈으로 원효를 노려본다.

"글쎄. 도적의 무리가 다 들러붙기로 원효의 장삼 소매 하나를 건드릴 수가 있을까. 하핫하핫."

원효는 커다랗게 소리를 내어서 웃는다.

원효의 이 말에 피리의 낯색이 변한다. 그의 입술이 푸르르 떨린다.

"큰소리하지 마오. 원효의 명성이 천하에 진동한답디다마는 우리 눈에는 거랑방이 중 한 마리로밖에 아니 보이지. 제발 살려 줍소사고 빈다면 몰라도 까딱 잘못하면 이 고개를 살아서는 못 넘으리다. 칼로 선뜻 목을 자르는 것쯤은 경한 벌이오. 산 채로 땅에 묻어버릴 수도 있고, 산 채로 껍질을 벗기고 각을 뜰 수도 있고, 대사의 몸이 큼직하고 살이 많으니 통으로 장작불에 구워서 술안주를 할 수도 있고, 그보다 심하면 당신의 처자를 당신의 눈앞에서ㅡ."

하다가 피리는 말을 뚝 끊는다.

피리가 이런 소리를 하는 동안에 원효는 물끄러미 피리의 얼굴을 들여다보고 있더니 피리가 말을 끊으매 원효는 어이없는 듯이 웃으며,

"글쎄 그렇게 만만히 될까."

하고 손을 들어서 피리의 옆구리를 꾹 찌른다.

피리는 흠칫 놀라서 몸을 비틀며 원효를 노려본다.

"왜 사람을 찌르오."

"하도 어린애 같은 소리를 하길래 귀여워서 그러오."

하고 원효는 이번에는 피리의 턱주가리를 손바닥으로 쳐든다. 피리는 원효의 손을 따라서 고개를 뒤로 젖힌다. 피리는 원효의 손의 힘을 저항할 수 없음을 느낄 때에 일종 공포심이 일어났다. 무엇인지 모르게 갈수록 제 몸은 졸아들고 원효의 몸은 커져서 그 하늘에 닿은 듯한 큰 몸이 저를 덮어 누르는 듯한 압박감을 어찌할 수 없었다.

그러나 피리는 호락호락하게 원효에게 항복하기는 싫었다. 어떻게 해서든지 톡톡히 원효를 골리고 싶은 충동이 무럭무럭 일어났다.

피리는 원효의 손을 턱에서 물리치려 하였으나 원효의 팔은 쇠뭉치와 같아서 피리의 힘으로는 어찌할 수가 없었다.

"으응. 점잖지 못하게."
하고 피리는 원효를 노려보았다.

"도적질을 그만두라고. 세상에 할 일이 태산 같은데 자네만 한 위인이 왜 도적놈의 졸도 노릇을 한담. 지금이라도 도적질을 그만둔다면 내가 대접을 해주지. 그렇지만 여전히 고치지 아니하면 이번에는 크게 경을 치고야 말걸."

이렇게 말하고 원효는 피리를 바로 앉혀주었다.

피리는 겨우 원효의 손에서 벗어나서 위엄을 갖추고 수염을 내리쓸면서,

"그 큰소리 말어. 여기까지 와서야 생사가 내 손에 달렸지. 제가 어찌할 테야. 지금 무엇이 원효를 기다리고 있는지 알어? 그 중에 하나만 보아도 벌벌 떨 걸 웬 큰소리야."

피리는 이렇게 뽐낸다.

"무엇이 나를 기다리고 있나, 어디 말 좀 하게."

원효는 싱글싱글 웃는다.

"첫째는 창검이 별 겻듯한 위의고."

"또."

"그다음에는 볼기 때리고 형문 치고 주리 트는 형틀이고."

"또 그다음에는?"

"지네와 뱀이 우글우글하는 토굴이고."

"허허, 거참 별것이 있군. 또 없나."

"물이 펄펄 끓는 큰 가마."

"옳지, 사람을 삶는 거라."

"그 가마에 건방진 중이 몇 놈이 삶겼는지 모르지."

"그러렷다. 그담엔 또 무엇이 있나?"

"원효대사는 이름 높은 중이니까 장작더미에 올려앉힐걸."

"그건 또 무슨 소리야?"

"중들은 불에 타기를 좋아하지 않나. 원효대사는 도가 높으니까 화장을 하면 사리가 많이 나올 거야."

"옳지 나를 태우고는 내 사리를 도적질한다. 하하하하."

원효가 배를 그러안고 웃는다.

"웃긴 왜 웃어? 제 아무리 원효기로 장작더미에 올려놓고 불을 지르면 타지 별수 있나?"

피리는 원통한 듯이 입맛을 다신다.

"글쎄. 누가 탈는지 보아야 알지. 하늘이 늙었으면 원효가 탈 것이고, 하늘이 아직도 제정신대로 있으면 도적의 무리가 경을 칠 것이고. 어쨌으나 가세. 자네네 두목을 만나서 말을 해야지,

자네 따위 졸도와 아무리 승강이를 하기로 쓸데 있나."

하고 원효가 먼저 일어나서 두목의 집을 향하고 고개를 내려간다.

피리는 싱거운 듯이 뒤를 따른다.

"체. 대체 세상에 뱃심 좋은 놈 다 보겠네."

하고 피리는 원효의 귀에 들려라 하고 중얼거린다. 물소리와 새소리가 요란하다.

"이 좋은 경치 속에서 그래 도적질할 궁리들을 하고 있담. 도를 닦을 생각은 못하고."

원효는 피리를 돌아보고 큰소리로 외쳤다.

큰 우물이 있었다. 우물을 쌓은 돌에는 돌옷이 곱게 입혀서 여러 백 년 된 우물임을 보였다.

"어 고약한 샘이로군. 도적의 마음이 나게 하는 샘이람."

하고 원효가 지팡이로 우물 둑을 두들겼다.

우물 속에서 웅웅 하는 소리가 일어나며 우물이 끓어올랐다.

"이 물을 먹은 중생이 마음을 고쳐서 불도에 들기까지 다시 샘을 내지 말아라."

하고 원효가 또 한 번 지팡이 끝으로 물을 치니 불꽃이 번쩍 일고는 우물이 말라버리고 말았다.

피리는 어안이 벙벙하여서 이 광경을 보고 있었다.

"멀거니 섰지 말고 먼저 들어가서 내가 왔다고 거래를 하오."

원효는 불이 펄펄 붙는 지팡이로 피리를 가리켰다.

피리는 그 지팡이를 두려워하는 듯 몇 걸음 뒤로 물러섰다.

우물을 지나니 수십 필 준마를 매어놓은 마구가 있고, 그러고는 높다란 대문이 있었다. 이 대문을 활짝 열어놓지 못한 것은 도적의 집인 때문이라고 원효는 생각하였다. 집은 무척 오랜 집이어서 어떤 기둥은 그루가 썩은 것도 있었다.

피리가 들어간 지 얼마 아니하여서 협문이 열렸다.

"이리 들어오시오."

하는 것은 피리가 아니요 처음 보는 작자였다. 푸른 옷을 입은 것이 통인 따위인 모양이었다.

원효는 푸른 옷을 보고 호령하였다.

"손을 협문으로 맞는 법이 있느냐. 대문을 열라 하여라."

하는 소리가 온 동천을 쩡쩡 울렸다.

후원 별당에 감금되어 있는 요석공주와 아사가가 원효의 음성을 들었다.

"공주마마, 시님이시오!"

아사가는 이렇게 외쳤다.

"그렇구나. 시님이시로구나."

공주와 아사가는 서로 껴안고 울었다. 수상한 이 모양에 설총이 으아 하고 울었다. 설총이 우는 소리가 원효의 귀에도 들렸다. 아사가의 오라비도 달려와서,

"시님이 오셨소."

하고 외쳤다.

"오시기는 오셨지마는 이 도적의 소굴에서 시님 혼자서 어떻게 벗어나실까."

공주는 일변 반가우면서도 염려가 되었다.

"공주마마. 염려 마셔요. 시님은 비범하신 어른이시니 반드시 이기시리라고 믿습니다."

아사가는 눈물을 씻으며 이렇게 공주를 위로하였다.

"그야 대사께서는 비범하신 어른이시지마는 너와 나를 내놓으라고 해서 시님이 거절하시면 필시 그놈들이 시님을 해할 것 아니냐. 지금 장작더미를 만들어놓고 기름 가마를 끓이고 토굴에는 독사를 잡아다 넣고 그런다는데."

공주는 이런 말을 하였다.

"그래도 시님은 하늘이 아시는 어른이시오, 불보살이 옹호하시는 어른이신데."

아사가는 이런 말로 공주보다도 자기를 위로하려 하였다.

"만일 우리 두 사람 때문에 시님이 해를 받으시게 되면 아사가는 어쩌할래?"

공주는 이런 소리를 물었다.

"결단코 시님이 이기십니다."

아사가는 자신 있는 듯이 고개를 흔들었다.

"어떻게 그렇게 믿나?"

공주는 마음 놓이지 못하는 양을 보였다.

아사가는 수삽한 듯이 잠깐 고개를 숙이더니,

"사람이 가장 이기기 어려운 것이 남녀의 정이라 하옵는데, 앙아당에서 세 날 세 밤 시님과 저와 단둘이 있었건마는 시님은 터럭끝만치도 마음이 아니 움직이셨고, 마지막으로는 이 몸이—이 몸이 시님께 매어달려서 아들을 하나 낳게 해달라고 하였건마는 까딱없으시고, 너는 이 불세계의 어머니가 되어라 하셨으니 이러한 어른이야말로 불에도 아니 타고 물에도 아니 빠지실 어른이 아니십니까."

하고 또 부끄러운 듯이 고개를 숙인다.

"정말야? 아사가, 그랬어?"

공주는 비로소 모든 의혹이 풀리는 듯이 웃는 낯으로 아사가를 보았다.

까치와 까마귀가 몹시 지저귀었다.

대문이 열리고 원효는 대문으로 들어갔다.

과연 넓은 뜰에서 수십 명 군사가 창검을 빼어 들고 늘어섰다.

원효는 지팡이를 끌고 군사들의 창검 틈으로 뚜벅뚜벅 걸었다. 지팡이 끝에서는 아직도 불길이 펄펄 불고 연기가 났다. 그 연기에 군사들은 눈을 감았다.

바람이 남전복 도홍 띠, 금파 갓끈에 호피로 싼 칼을 넌지시 차고 계하에 내려와 원효를 맞았다. 허연 수염을 늘이고 불그스레한 얼굴에는 웃음을 띠어서 아주 점잖은 장군이었다. 다만 두 눈에 붉은 기운이 있었다. 살기다. 결코 우락부락한 무장의 모습은 아니요 귀인다웠다.

'이 사람은 무엇에 쓸데가 있을까 보자.'

원효는 이렇게 속으로 생각하였다. 피리는 바람의 곁에 세우니 빛이 없었다.

"대사께서 원로에 이런 누추한 벽지에 왕림하시니 산천이 다 빛을 발하오."

바람은 이렇게 첫인사를 하였다.

원효는 바람을 바라보며,

"이 좋은 산천이 도인의 도량이 되지 못하고 도적의 소굴이 된 것을 유감으로 여겼더니, 이제 장군을 대하니 저 좋은 풍신이

나라에 충성된 명장이 되지 못하고 도적의 두목이 된 것이 더 가
여운 일이오."

이렇게 대답하였다.

바람은 마루에 한 발을 올려 짚었다가 다시 내려놓으며,

"여보시오. 그러기로 초면에 남의 집에 와서 그런 말씀이 어디
있단 말이오?"

하고 원효를 노려본다.

원효도 마루에 올려놓은 발을 다시 내려놓으며,

"내 스승 석가여래께서는 도적질 마라, 거짓말 마라 하고 가르
치셨기로 내 입이 거짓말할 줄을 잊었소."

하고 정색하였다.

"그래도 예라는 것이 있지 않소?"

바람은 한 번 더 항의하였다.

"직심시불直心是佛이라 곧은 것이 예요."

원효는 대답하였다.

바람은 곧 웃는 낯을 지으며,

"대사는 과연 도인이시오. 직심시불이라, 직심시불이라."

하고 탄복하는 빛을 보인다.

그러나 그의 떨리는 입술은 그의 분한 마음을 감추지 못하였
다. 바람은 평생에 이렇게 귀에 거슬리는 소리를 들어본 일이 없
었다. 그러면서도 웃는 낯을 짓고 주인의 체면을 보전하는 것이
그의 오래 닦여서 능함이었다.

대청에는 정면에 거울이 놓이고 동서로 주객의 자리가 베풀어
있었다.

"대사 앉으시오."

하고 바람은 비단방석을 가리켰다. 국법에 서민은 비단옷도 못 입는 것이다. 하물며 비단방석이랴. 도적의 무리는 국법 밖에 섰는 것이다. 그들은 도리어 국법을 반항하고 살고 있는 것이다.

"중이 어디 비단방석을 까오?"

하고 원효가 방석을 밀어놓고 마룻바닥에 앉는다.

"미인의 무릎은 깔면서 비단방석은 못 깔 것 무어 있소?"

바람은 웃었다.

"맞았소."

하고 원효는 무안한 듯이 고개를 숙였다.

"그러매로 파계승이 된 것이오."

하좌에 앉았던 피리는 모든 원수를 다 갚았다는 듯이 빙그레 웃으며,

"원효대사도 항복할 때가 있구려."

하고 빈정대었다.

"불이인폐언不以人廢言이라 비록 도적의 말이라도 옳은 말에야 항복 아니할 수 있소?"

원효는 이렇게 대답하였다. 그리고 한 번 지은 허물이 몸에 그림자 모양으로 어디까지나 따라서 몸의 빛을 가리우고 힘을 줄인다는 것을 새삼스럽게 느꼈다.

이윽고 차가 나왔다. 자주 옷을 입은 어여쁜 계집 하인 둘이 주선하고 있었다.

찻종은 푸른빛 나는 금오산 옥이었다.

원효는 권하는 대로 차를 마셨다. 향기가 은근하였다.

"대단히 좋은 차요."

원효는 찻종을 놓으면서 치사하였다.

건시와 생률이 놓여 있었다. 계집 하인이 집어 권하는 대로 원효는 하나씩 받아먹었다.

바람이 문득 이런 소리를 물었다.

"예가 도적의 소굴인 줄 아시는 바에 우리가 대접하는 음식을 그렇게 마음 놓고 자시오?"

원효는 손에 묻은 시설⁴을 혀로 핥아 먹으면서,

"불제자를 한 번 공양하는 공덕으로 지옥고를 면한다 하오. 죄 많은 중생이 모처럼 받드는 공양을 물리칠 수가 있소?"

하고 입술에 묻는 시설까지 혀로 핥았다.

"그러다가 독약이 들었으면 어찌하오?"

바람의 얼굴에서는 빈정거리는 빛이 스러졌다.

"보살이 중생을 대할 때에 최애일자지最愛一子地로 하는 것이오. 사랑하는 외아들이 받드는 공양을 의심할 줄이 있겠소."

"내가 대사를 이곳으로 유인한 것은 대사를 죽이고 대사의 처첩을 빼앗으려 하는 것이어든 그래도 마음을 놓고 무슨 음식이나 자시겠소?"

바람은 시치미 떼고 이런 소리를 하였다.

"보살은 중생을 의심하지 아니하거니와 설사 중생이 독약을 받들더라도 그 독이 보살을 상하지 못하오."

원효는 이렇게 대답하였다.

---

4 곶감 표면의 하얀 가루.

바람은 계집 하인에게,

"네 그 항아리 내오너라."

하고 명하였다.

두 계집 하인이 각각 항아리 하나씩을 들고 나왔다.

"네 그 항아리를 열어라."

하고 바람이 명하였다.

계집 하인들은 유지로 봉한 것을 끄르고 뚜껑을 열었다. 비린 냄새가 나왔다.

"대사 이 항아리를 보시오."

하고 바람은 젓가락으로 그 항아리 속에서 사람의 귀 하나를 집어서 원효에게 보였다.

"이것은 이르는 말 아니 듣는 놈들의 귀요. 이중에는 중의 귀도 여럿이 있소. 아마 원효대사도 내 말을 아니 들으시면 그 큼직한 귀는 이 항아리에 담겨야겠소."

이렇게 말하고 웃었다. 피리가 옆에서 좋아라 하고 웃었다.

원효는 바람과 피리의 귀를 둘러보더니,

"보살의 옳은 가르침을 아니 듣는 귀는 어찌할까. 귓바퀴를 베어서 젓을 담그는 것쯤은 경한 일일걸. 세세생생에 귀 없는 귀신이 되고, 귀 없는 짐승이 되다가 아승지겁고를 치르고 나서 사람의 몸을 타고 나더라도 귀 없는 사람이 될걸."

하고 쩟쩟 혀를 찼다.

바람과 피리는 깜짝 놀라는 듯이 눈을 둥글게 뜨고 귀를 쭝긋하였다. 바람의 손에 들었던 귀가 항아리에 도로 떨어진다.

"글쎄, 그건 지내보아야 하겠고."

하고 바람은 되살아나면서 둘째 항아리에서 사람의 입술을 도려낸 것을 젓가락으로 집어 들고,

"이것이 무엇인지 아시오? 이것은 거짓말하거나 우리 일을 관가에 일러바친 자들의 입이오. 아마 원효대사의 입도 이 항아리에 들어갈는지 모를걸. 염라대왕은 피할 수 있어도 우리 손은 피할 수 없을 것이오. 천리만리를 가더라도 그 입은 찾고야 말 거야. 이중에는 허황한 소리를 하여서 혹세무민하는 중의 입도 많이 있소. 이것은 어떻게 생각하시오."

하고 젓가락을 원효의 눈앞에 내어댄다.

원효는 빙그레 웃으며,

"입으로 짓는 죄가 네 가지라 하오. 망어妄語, 양설兩舌, 악구惡口, 기어綺語요. 입으로 지은 죄가 경하면 입술이 검푸르고 이빨이 가지런치 못하고 입에서 구린내가 나지마는, 좀 더 중하면 어음이 분명치 못하고 음식 맛을 몰라 아무리 좋은 것을 먹어도 입맛이 없고, 만일 더 중하면 벙어리가 되고, 더 중하면 지옥, 아귀, 축생보를 받거니와 입으로 짓는 죄 중에 가장 중하고 무서운 것은 인과를 없다 하고 불도를 훼방하는 것이오. 그러한 입을 도려내어서 젓이나 담그는 것은 참으로 경한 일이오. 당신네 입도 똥을 먹는 개 입이 되었더면 다행이었을 것을 하고 원통하게 뉘우칠 날이 아니 오게 하시오."

바람은 원효의 이 말에 낯빛이 파랗게 질리고 손이 떨려서 들었던 젓가락을 떨어뜨리고 말았다.

피리는 일어나 벽에 걸린 검을 내려서 서리 같은 날을 빼어 들었다. 바람의 명령만 있으면 원효를 치자는 것이었다.

"아서, 아서."

하고 바람은 다시 태연한 태도로 변하며 손을 들어서 피리를 말렸다. 피리는 원효를 한 번 노려보고 칼을 집에 도로 꽂으며,

"원효의 모가지에는 칼이 안 들어갈까."

하고 뽐내었다.

"그 칼로 원효의 목이 베어질까."

하고 원효는 우스운 듯이 웃었다.

피리는 반쯤 칼집에 꽂았던 칼을 다시 빼어들더니 원효를 향하여 칼을 내리쳤다. 그러나 어느덧 피리의 팔목이 원효의 손에 잡히고 칼은 벌써 원효의 손에 들렸다.

원효는 피리의 팔목을 놓으며,

"맨손으로 앉은 사람을 그렇게 불의에 치는 법이 있나."

하고 칼을 피리에게 도로 주었다.

"응, 사내답지 못하게."

하고 바람이 피리를 책망한다.

"칼을 도로 걸라니까."

피리는 원효에게서 칼을 받아 들고 쩔쩔매었다. 또 한 번 원효를 친댔자 또 한 번 망신할 뿐인 것 같았다. 그는 분함과 부끄러움으로 벌벌 떨었다.

원효는 바람의 눈치를 보았으나 바람은 태연하였다. 원효는 피리에게 칼을 들리면서 슬쩍 바람을 겨누어보았으나 바람은 눈도 깜짝하지 아니하였다. 바람은 피리에 비길 인물은 아니라고 원효는 생각하였다.

피리는 칼을 집에 꽂아서 벽에 걸었다. 피리도 스스로 칼 쓰기

로는 누구에게도 지지 않는다고 자신하였던 것이다. 그러기로 그
다지도 만만하게 원효에게 패할 줄이 있으랴 하고 원통하였다.
정말 원효의 곁에는 눈에 안 보이는 금강역사가 호위하고 있는
것인가, 이렇게도 생각되었다.

천년도 더 묵었다는 우물이 담박에 끓어오르고 불길이 나고
말라버리는 것도 놀라웠으나, 그것은 요술이라고도 생각할 수가
있었다. 그러나 피리가 전심력을 다하여서 내리치는 칼을 원효가
맨손으로 막아내는 것은—막아낼 뿐 아니라 언제 빼앗긴지 모르
게 제 손에 들렸던 칼이 원효의 손에 옮아간 것은 사람의 일 같
지 아니하였다. 칼이 원효의 손에 건너가 있음을 볼 때에 피리는
정신이 아뜩하여서 두 손으로 제 목을 가리웠다. 원효의 손에 들
린 칼이 반드시 제 목에 떨어질 것 같았기 때문이었다. 그러나 원
효가 잡았던 팔목을 놓고, 또 칼을 도로 줄 때에는 피리는 목이
떨어지는 것보다도 더 무서웠다. 어찌하면 그렇게 태연할 수가
있을까. 그러한 뱃심이 어찌하면 생길까. 피리는 어리둥절하였다.

바람은 다시 차를 나외라고 명하였다.

뜻밖의 큰 풍파에 한편 구석에 떨고 섰던 계집 하인들이 비로
소 살아난 듯이 다시 김 오르는 차를 나외었다. 이번에는 차안주
로 깨다식, 송화다식을 나외었다. 더욱 독약인가 의심하게 하자
는 것이었다. 그뿐 아니라 바람은 손수 봉지 하나를 펴서 원효의
차에 하얀 가루를 탔다. 그러고는,

"비상가루요. 먹고 죽지만 아니하면 보약이 된다 하오."

이런 소리를 하였다.

원효는 여전히 심상하게 그 차를 들이마셨다.

바람은 그것을 보고 한 번 길게 한숨을 쉬었다. 그는 중도 여러 사람 시험하였으나, 이렇게 태연한 사람은 처음 보았다. 바람은 속으로 은근히 원효를 존경하는 생각이 났다.

'나로는 못 당할 사람이다.'

이러한 생각이 일어날 때에 바람은 얼른 그 생각을 쓸어버렸다. 그것은 너무나 저를 지르밟는 것 같았다. 스스로 왕과 같은 자존심을 가지고 육십 평생을 살아온 그다. 벽력이 머리에 떨어져도 까딱 아니한다고 자신할 만한 수련도 하였다. 백 번 천 번 연단한 그 몸과 마음은 무엇에나 동하지 아니할 만한 자신도 있었다. 그러한 자신을 일조에 버리기는 어려운 일이었다. 하물며 바람에게는 큰 목적이 있다. 그것은 요석공주와 아사가를 제 것을 만드는 일이었다.

'유부녀를 범하지 마라.'

하는 도적 나라의 법을 바람 자신이 범할 수는 없었다.

비록 도적들이지마는 그들에게도 신앙하는 신이 있었다. 그것은 아신, 또는 앙아신이었다. 아신은 천지창조 전의 허공신이다. 아신은 어두움의 신이다. 허공이언마는 그 속에서는 만물이 다 나올 수가 있는 것이다. 아신의 성격이 도적의 욕심에 맞는 것이었다.

도적이 앙아신을 신앙하는 것을 그 밖에도 이유가 있었다. 그것은 허공이기 때문에 칼로 베일 수도 없고 불로 태울 수도 없다는 것이었다. 도적들이 칼에도 안 상하고 불에도 아니 타기를 바라는 것이다.

옛날에 어떤 방아 도인이 도적에게 앙아신의 계명을 준 것이다. 만일 이 계명을 범하면 반드시 앙아신의 큰 벌역이 내려서 앙아신의 사자인 범에게 먹힌다 하는 것이다. 피리가 원효에게 설명한 것이 이 법이다.

그러므로 요석공주와 아사가를 제 것을 만들려면 원효가 허락을 하거나 그렇지 아니하면 원효가 죽어서 요석공주와 아사가가 과부가 되어야 할 것이다. 그들은 아사가가 원효의 애첩으로 아는 것이었다. 그러므로 원효의 허락─처첩을 바람에게 준다는 허락을 받거나, 그렇지 아니하면 원효를 죽여버려야만 하는 것이다.

이것이 큰일이었다.

바람이 요석공주를 처음 본 것은 공주가 원효를 찾아오는 길에 낙동강 나루를 건널 적이었다. 평생의 대부분을 산속에 있어서 귀한 집 여자를 대할 길이 적던 사람, 나이 이미 육십이 되어서 앞날이 얼마 남지 아니하였다는 적막감이 있는 바람에게는 요석공주의 아름다움이 견딜 수 없는 매력이었다. 공주는 이미 삼십이 넘었건마는 그 필 대로 핀 모양이 더욱 바람의 마음을 끌었다.

'아무렇게 하여서라도 저 여자를 내 것을 만들리라.'

낙동강의 흐르는 물을 보고 바람은 이렇게 맹세하였다.

그가 공주인 것과 원효의 아내인 것은 곧 알 수가 있었다.

그때에도 바람은 피리와 동행이었다.

"여보. 내가 마음을 진정할 수 없소."

하고 바람은 피리에게 말하였다.

기실은 피리도 공주에게 반한 것이었다. 어느 남자나 요석공주의 아름다움을 보면 정히 황홀하지마는 생활력이 왕성하기가 맹수와 같고 또 제가 하고자 하는 일이면 목숨을 내걸고라도 하고야 마는 생활을 하여온 그들에게는 마음에 일어나는 욕심을 억제하여본 일이 없었다. 그들에게는 사람을 죽이거나 남의 것을 도적하는 것은 항다반이다.

"공주요."

피리는 바람에게 이렇게 말하였다.

"공주면 안 될 것 있나. 공주니까 더 탐이 나는구려."

바람은 이런 소리를 하였다. 상긋한 여름옷을 입은 공주의 모양이 눈에 박혀서 떨어지지를 않는 것이었다.

"그럼 어떡허실라오?"

피리는 이렇게 물었다.

"어떻게 계교를 내어보시오. 아무렇게 하여서라도 공주가 내 집 안방에 들어올 계교를 써주시오."

바람은 이렇게 피리에게 명하였다.

피리에게 이것은 괴로운 일이었다. 왜 그런고 하면, 피리는 제 마음에 드는 여자를 바람의 것을 만들기 위하여서 애를 써야만 하게 되었다. 싱겁고도 기막힌 일이었다. 그러나 바람의 신하가 된 피리로서는 어찌할 수 없는 일이었다.

"글쎄요. 이 일에는 두 가지 어려움이 있소."

하고 피리는 바람에게 말하였다.

"무얼."

"첫째로는 공주를 건드리면 관군의 토벌을 받을 것이오."

"또 한 가지는?"

"둘째로는 요석공주가 원효의 아내니까 유부녀를 건드리면 천벌을 받을 것이오."

하고 피리는 바람을 바라보았다. 될 수 있으면 그가 단념하여주기를 원하는 것이었다.

바람도 고개를 끄덕끄덕하였다. 피리는 이 기회를 타서 단념을 시키려고 더욱 어려운 까닭을 말하였다.

"관군은 피할 수가 있다 하더라도 천벌이야 피할 수가 있소?"

바람은 또 고개를 끄덕끄덕하였다. 바람도 본래부터 도적은 아니었다. 그야말로 진평왕의 외아들이었다. 진평왕이 늙으시도록 아들이 없으셨고 오직 따님(선덕여왕)뿐이었다. 그런데 바람은 진평왕과 농부 가람의 딸 나나와의 사이에 난 아들이었다. 그 연유는 이러하다.

진평왕이 신하 몇을 거느리시고 토함산 동쪽 기슭에서 사냥을 하셨다. 때는 첫가을. 왕은 백마를 타시고 흰 수염을 바람에 나부끼면서 사슴 한 쌍을 따라서 달리셨다.

사슴은 살과 창에 몰려서 바다 쪽을 향하고 달렸다.

왕의 말이 어떤 시냇가에 다다랐을 때에 삼을 벗겨서 물에 씻고 있는 처녀를 발견하였다. 그는 굵은 베옷을 입고 발을 벗은 마을 처녀였으나 그 얼굴과 몸의 아름다움이 왕의 마음을 끌었다.

나나는 왕이 가까이 오시는 것을 보고 걷었던 소매를 내리고 땅바닥에 왼편 무릎을 꿇고 고개를 고부슴하게 숙였다.

왕은 배종하는 신하를 명하시와 그 처녀의 집이 어딘가를 묻고, 그 집으로 인도하라는 말씀을 전하게 하셨다.

이 말씀을 들은 나나는 잠깐 눈을 들어서 왕을 우러러보았다.

'저 눈!'

하고 왕은 속으로 결심하셨다. 슬픈 듯, 부끄러운 듯한 그 눈이 왕의 마음을 뒤흔든 것이었다.

왕은 열정 가시지마는 나나를 사랑하신 것은 열정만으로는 아니었다. 아드님이 없으심을 한탄하여서, 혹시나 이런 청정한 처녀의 몸에서 아드님이 나지 아니할까 하는 희망도 가지셨다.

처녀는 물에 씻던 삼을 천천히 짜고 있었다.

"상감마마 분부신데 언제 그런 일을 하고 있느냐. 내버려두고 앞서라."

하고 사신이 재촉하는 말에 처녀는 서슴지 않고,

"바사마[日新] 주신 삼 나라님께 바칠 삼이온데."

하고 다 짜서 함지박에 담아 머리에 이고 앞을 섰다.

왕은 나나의 하는 말을 듣고 하는 양을 보시고 더욱 그리운 마음을 누르실 수 없었다.

처녀의 집은 묏 기슭 시냇가에 있었다.

왕의 오심을 보고 나나의 아버지 가람은 황망하여 그 아내와 아들들로 더불어 뜰을 쓸고 방을 치우고 새 옷을 갈아입었다.

"상감마마 듭실 자리가 못 되어 황송하오."

하고 가람은 말 앞에 무릎을 꿇었다.

왕은 그날 밤을 가람의 집에서 주무셨다.

나나는 몸을 씻고 머리를 감고 새 옷을 입고 왕의 자리에 모셨다. 그러나 나나의 얼굴에는 수심 기운이 있고 기쁜 빛이 없었다. 왕은 그것이 슬펐다.

"나나야."

"예."

"나는 너를 만나서 이렇게 기쁜데 너는 어찌하여 기뻐하지 아니하느냐."

"황송하오."

하고 나나는 고개를 푹 수그렸다.

"네 마음에 정들인 다른 남자가 있느냐."

"산간에서 자라 외간 남자를 대한 일이 없사오니 어찌 정들인 남자가 있사오리까."

"그러면 이 몸이 늙어서 네가 기뻐하지 아니하느냐."

하시고 왕은 당신의 백발을 생각하시고 추연하셨다. 저런 젊은 처녀는 젊은 총각을 위하여 있는 것이니 늙은이가 꺾는 것은 죄스러운 일인 것같이 생각되셨다.

나나는 수그린 얼굴에서 눈물을 떨구었다. 그 눈물을 감추려고 나나는 얼른 소매로 낯을 가리웠다.

"나나야. 바로 말하여라. 두려워 말고 네 속에 있는 대로 말하여라. 이 몸이 임금이 되어서 죄 없는 한 백성의 뜻을 빼앗겠느냐. 나나야, 네 눈물을 보니 이 몸이 비감하다. 그러지 말고 네 속을 말하렷다."

왕의 말씀은 은근하였다. 나라의 주인이시면서도 한 계집애의 마음을 어찌할 수 없음을 느끼셨다.

"무엄하게 눈물을 보시게 하와 죽을죄로 잘못하였나이다. 천한 몸이 지존을 모시오니 한 시각을 우러러만 뵈와도 이만 황감한 일이 없사오려든, 하물며 그처럼 어여삐 여기시오니 하도 천은이 망극하와 몸둘 바를 모르겠나니다. 그러하오나 지존을 모시옵기도 이 밤뿐일 것을 생각하오니 자연 눈물이 솟나이다."

이러한 나나의 대답은 왕을 놀라시게 하였다. 산간 초부[5]의 딸이 이러할 수가 있을까. 과연 신라는 좋은 나라라고 생각하시고 법흥, 진흥, 두 분 선왕께옵서 나라를 잘 다스리시와 백성이 신명과 불보살을 신앙하고 글을 잘 배운 것이라고 생각하셨다. 진평왕이 즉위 이래로 선왕의 뜻을 이어 문화의 발달에 힘을 쓰신 보람도 되는 것이라고 내심에 만족하셨다.

그러나 '모시옵기도 이 밤뿐일 것을' 하는 나나의 말에는 왕도 마음이 찔리지 아니할 수 없었다. 옛날 같으면야 임금으로서는 후궁을 몇 사람 두어도 좋았으나, 법흥왕 아래로 불도를 숭상하여서 그러하기가 어려웠다. 나나를 사랑하더라도 궁중으로 불러들이기는 어려운 일이었다. 양심대로 말하면 왕은 나나의 방에서 나오는 것이 옳았으나 왕의 정욕은 그러하기를 허하지 아니하였다.

"하룻밤만이 될 리가 있느냐. 네가 아들을 낳으면 태자를 삼으리라."

이러한 약속을 나나에게 하셨다.

"황송하오나 무슨 표적을 주시옵소서."

왕은 선뜻 일어나시와 벽에 걸었던 검을 내리어 나나에게 주셨다. 오동집에 금으로 박꽃과 박을 아로새긴 보검이었다.

"이것은 이 몸이 평생에 사랑하여 몸에 지니던 보검이다. 이것을 신표로 주마."

---

5 나무꾼.

왕이 손수 주시는 검을 나나는 꿇어앉아 받아서 제 머리 위에 받들었다가 날을 빼어서 촛불에 비추어보았다. 거울과 같은 맑은 날! 나나는 칼날을 다시 꽂아서 벽에 걸고,

"상감마마. 이 몸이 세세생생에 상감마마를 모시오리다."

하고 몸을 허락하였다.

그날 밤 왕의 즐거움은 비길 데가 없었다. 나라의 절반을 떼어 주어도 아깝지 아니할 것 같았다.

첫가을 밤은 얼마 길지 아니하였다. 왕은 눈을 붙이실 사이도 없이 닭이 울었다.

이튿날 아침에 왕은 나나의 집을 떠나셨다. 어찌하여서라도 나나를 궁중에 맞아들이리라는 약속을 하신 것이었다.

이리하여서 바람이 난 것이다. 그는 분명 진평왕의 아들이다. 그러나 왕으로부터서는 다시 소식이 없었다. 나나는 혼자서 바람을 길렀다.

진평왕이 돌아가시고 선덕여왕이 즉위하셨다.

나나는 바람에게 일절 그가 임금의 아들이라는 말을 하지 아니하고, 네 아버지는 어떤 사냥꾼이었더니라고만 일러왔었다. 그러다가 진평왕이 승하하셨다는 소식을 들은 날 밤에 나나는 바람을 불러서 왕이 신표로 주신 칼을 보이고 사실을 말하였다.

그러고는 그날 밤에 나나는 왕의 칼로 목을 찌르고 죽었다.

'임이 주신 칼로
이 목숨을 끊어
생전에 못 모신 임을
혼이 되어 따르리이다.'

하는 노래를 적어 머리맡에 놓았다.

바람은 죽은 어머니를 장사하고 그 보검을 싸서 지고 서울로 올라갔다. 그때에는 벌써 선덕여왕이 등극하셨다.

바람은 평생에 아버지를 모르고 자랐다. 아버지가 누구인지 안 때에는 그 아버지는 벌써 이 세상 사람이 아닐뿐더러 어머니의 원수요, 자기의 원수인 것 같았다. 피를 받은 아버지를 원수라고 생각하지 아니치 못하는 바람의 슬픔은 비길 데가 없었다.

바람은 아버지를 원망하고 대궐을 저주하고, 그리고 도적의 굴로 들어간 것이었다. 그런 지가 벌써 삼십 년 가까이 되었다. 그동안 그는 신라의 왕이 될 몸으로서 도적 나라의 왕이 된 것이었다.

바람은 아직 한 번도 제 내력을 누구에게 말한 일이 없었다. 생전에 제 몸의 비밀을 들어줄 사람이 없으리라고 생각하고 있었다.

신라의 도적이 지금처럼 잘 통일이 된 것은 바람이 장군이 된 이후였다. 그는 왕자의 통어력을 가진 것이었다. 그는 불교 하나를 내어놓고 모든 수련을 다 해보았다. 칼 쓰기, 머시기 거시기 아니할 수련이 없었다. 그는 《도덕경》, 《남화경》을 좋아하였고 열자列子, 손자孫子도 애독하였다. 그는 양생술을 연구하여서 흡기吸氣, 조식調息, 취정取精[6] 등의 불로장생법도 하였다. 그의 낙은 몸을 건강히 하고 식색의 욕을 마음껏 채우고, 그러고는 미운 놈을 철저히 응징하고, 제가 하고 싶은 일을 끝까지 해보는 것이었다. 그

---

6 들이쉬는 숨. 호흡을 조정하고 고르는 일. 정신을 모아서 가다듬음.

에게 부귀공명욕도 없었다. 처음 얼마 동안은 제가 임금의 지위를 찾을까 하는 야심도 있었으나 차차 그것도 다 귀찮은 생각이 났다.

그는 늙은 것이 싫었다. 그러나 백발이 왔다. 그는 아버지 진평왕 모양으로 수염이 나고 또 조백[7]하였다. 아무리 양생법을 하여도 나이 오십 고개를 넘으면 모든 것이 쇠하는 것을 어찌할 수 없었다. 안정도 줄고 모든 기운이 줄었다. 오직 줄지 않고 갈수록 왕성한 것은 정욕이었다.

요석공주와 아사가가 이 눈에 뜨인 것이다. 아무리 하여서라도 이 두 계집은 제 품에 넣고 싶은 것이었다. 지나간 반년에 바람이 궁리한 것은 오직 이 일뿐이었다.

"관군은 피할 수가 있더라도 천벌이야 피할 수가 있소?"
하는 피리의 말은 바람을 괴롭게 하였다.

바람은 허공신을 믿고 일월신을 믿었다. 허공신은 바람이 되어서 언제나 제 몸을 살폈다. 숨이 되어 몸속으로 들락들락하여 배 속까지도 살폈다. 낮에는 해가 되고 밤에는 달과 별이 되어서 이 몸을 살폈다. 모기와 파리도 허공신의 사자요 화신이었다. 신의 눈이 안 비치는 데가 없고 그 손이 아니 가는 데가 없었다. 바람은 이것을 믿었다.

바람은 사람이 하는 일이면 모든 힘에 다 반항하고 싶었고, 또 반항할 수도 있을 것 같았으나 신의 힘에만은 반항할 수 없음을 갈수록 더욱 느꼈다.

7 늙기도 전에 머리가 셈.

그는 그의 머리와 수염에 센 터럭이 나고 모든 기력이 쇠하는 것을 볼 때에 허공신의 법이 어떻게 엄하고 힘 있어서 도저히 사람의 힘으로는 한 치 한 푼도 어기지 못하고 반항할 수 없음을 믿는다.

'내 마음에 하고 싶은 일은 못하는 것이 없어도 신의 뜻만은 거스릴 수 없다.'

이것이 바람의 슬픔이요 단념이요 또 신념이었다.

실상 바람에게는 하나도 어려운 일이 없는 것 같았다. 그의 부하들은 그를 신같이 알았다. 허공신이 산신과 용신을 보내어서 언제나 그를 옹호하기 때문에 그의 몸에는 살도 아니 들고 칼도 아니 든다고 믿었다. 그가 명령을 내려서 일찍 그대로 안 된 일이 없었다. 게다가 그는 부하에게 심히 엄한 대신에 심히 인정이 깊었다. 재물을 도적한 것도 저는 저 쓸 것 이외에 아니 가지고 다 부하를 나눠주고, 그리고 남는 것은 가난한 사람을 불쌍한 사람에게 주었다.

그가 누구를 구제할 때에는 구제 받는 자가 모르게 하였다. 누가 밥을 굶는다 하면 밤에 몰래 그 집에 양식을 던졌고, 어느 동네가 기근으로 곤경에 빠졌다면 그는 밤중에 몇십 석의 쌀을 동네 앞에 갖다놓고,

"골고루 나눠 먹어라. 앙웅."

하고 소리를 지르게 하였다. 앙웅이란 허공신의 아들이란 뜻이다.

그러나 사람들은 이것이 바람의 일인 줄을 안다.

질병이 많은 동네가 있으면 바람은 의원과 약을 보낸다. 지나가던 의원 모양으로 며칠이고 병 치료를 하고 떠난다. 만일 백성

의 원망을 듣는 자가 있으면 밤중에 꿩의 깃을 단 화살을 그 집에 들여 쏜다.

'푸르르.'

하고 화살이 날아 들어오면 그 집 식구는 벌벌 떤다.

그래도 그 사람이 속죄하는 일—가령 재물을 빼앗았으면 그 것을 돌려보내는 등—을 아니하면 또 살 한 개가 날아 들어온다. 살 두 개가 들어오면 대개는 속죄하는 일을 한다.

그러나 만일 그래도 아니 듣고 있으면 반드시 그 집에 불을 놓거나 죄의 경중을 따라서 식구 중에 하나, 혹은 둘이 언제 죽는지 모르게 죽는다. 이러한 경우에 그 집의 젊은 계집과 재물은 몽땅 빼앗아 온다. 이렇게 빼앗아 온 재물과 계집은 부하에게 나눈다.

만일 화살 둘을 받고 집을 떠나서 다른 데로 피한다 하더라도 그것은 부질없는 일이었다. 설사 서울 한복판에 들어가서 안팎을 군사로 지키더라도 바람의 벌을 면할 수는 없었다.

그네의 특색은 일을 저지른 자의 집에 혹은 벽에나, 혹은 문에나 먹으로 동그라미 하나를 그려놓는 것이었다. 이것이 허공신의 기호다.

'검은 동그라미.'

이것은 극히 무서운 것이었다.

'欲知我誰 問於曉師.'

라는 것도 검은 동그라미 속에 씌인 글발이었다.

그 동그라미 속에는 대개는 죄목을 적는 것이었다.

바람은 사람을 죽일 때에 잔인하게 죽이는 것을 꺼리지 아니하였다. 죽은 뒤에도 생명이 있는 것을 믿지 아니하는 바람은 제가 악인이라고 생각하는 사람을 벌할 때에는 그가 목숨이 끊어지기까지에 제가 남에게 준 것만 한 아픔과 괴로움을 당하게 하는 것이 공평하다고 믿었고, 또 그것이 다른 사람에게 경계가 되는 것이라고 믿었다.

그러기 위하여서는 산속으로 잡아 올리기도 하였다. 바람은 이것이 죄라고 생각지 아니하였다. 이리하는 것이 체천행도替天行道라고 믿었다. 이리함으로 그가 마땅히 되었어야 할 임금의 일을 하는 것이라고 생각하였다.

어떤 자는 잡혀 와서 바람에게 인의를 설하였다. 그러면 바람은 손가락으로 벽상을 가리켰다. 거기에는,

'不道不廢.'

라는 액이 붙어 있었다. 이것은 노자의 '大道廢而有仁義'[8]라는 말을 뒤집은 것이다.

"대도가 폐할 리가 있나. 너희가 말하는 인의는 너희게 편하게 만든 것이지 천지의 대도가 아니다."

하고 꾸짖었다.

중을 잡아오면 바람은,

"이놈들, 불경부직不耕不織하고 고루거각에서 호의호식하니 멀쩡한 도적놈이 아니냐."

하고 도리어 도적이라고 족쳤다.

선비나 중이나 무릇 놀고먹는 자를 잡아 오면 바람은 이 모양으로 시험을 하여서 별로 취할 점이 없으면,

---

8 큰 도가 없어지니 인의가 생겼다.

"이놈들, 세상에 하나 쓸데없는 놈들."

하고 힘드는 일을 시키거나 죽여버리거나 하였다.

"이놈들아, 마소는 짐을 나르고 개는 집을 보고 고양이는 쥐를 잡지. 도야지면 잡아먹기라도 하지. 너희 같은 놈들은 아무짝에 쓸데없고 양식과 옷감만 축을 내니 죽어 마땅하다."

고 판결하는 것이었다. 이 말에 능히 대답하는 중이나 선비가 드물었다.

한 번은 대안대사가 붙들려 온 일이 있었다.

바람은 의례로,

"이 멀쩡한 도적놈."

하고 을렀다.

"하핫하핫."

하고 대안대사는 웃었다.

"왜 웃어?"

바람은 분노하였다.

"내 무엇을 도적하겠노? 내어버리는 누더기를 입고 뜨물찌끼를 먹고 굴속에서 사니 내 무엇을 도적하겠노?"

대안대사의 이 대답에 바람은 일어나 절하였다.

대안대사는 바람의 절을 받고 거꾸로 서서 다리를 허공에 버둥버둥하였다.

"대사, 그것은 무어라는 것이오?"

하고 바람이 공손하게 물었다.

"값없이 받는 자네 절이 빚이 될까 보아서 도루 돌리는 것일세."

바람은 기가 막혀서 어안이 벙벙하였다.

"도란 무엇이오?"

바람은 대안에게 도로 물었다.

대안은 물끄러미 바람을 바라보더니,

"이크."

하고 두 손으로 머리를 싸고 달아나고 말았다. 부하가 그를 따르려 하는 것을 바람은 말렸다. 그리고,

"진개 도인이다."

하고 탄복하였다. 그러나 대안이 달아난 뜻이 무엇인지를 바람은 몰랐다. 또 그리 깊이 알려고도 아니하였다.

이번 원효를 유인해 올 때에도 바람은 일종의 호기심을 가지고 있었다. 원효 하나쯤 껍질을 벗기거나 사지를 자르거나 또 끓는 물에 튀기거나 힘드는 일이 아니었다. 거조를 내기 전에 원효를 이리저리 시험하여서 재미로운 소일거리를 삼자는 것이었다.

그런데 바람이 보기에 원효는 제가 다루기에는 숨이 벅차는 것 같았다. 바람은 이 때문에 약간 초조하였다. 바람은 원효에게 더 눌리기 전에 요석공주 일을 해결하여야 한다고 생각하였다.

"보아하니 대사는 선선한 대장부시니, 에, 둘러말할 것 없이 똑바로 말하겠소."

바람은 이렇게 화두를 돌렸다.

"무슨 말이오? 해보시오."

원효는 입술에 묻은 시설을 다 핥아 먹고 입맛을 다시었다. 그 감이 매우 달다고 생각하였다. 그래서,

"무슨 말이나 들어볼 테니 나를 감을 좀 더 주시오. 그 감이 장

히 맛이 좋소."

하고 원효는 침을 삼켰다.

"얘, 감 더 내다드려라."

바람은 이렇게 시녀에게 명하였다.

"그래 무슨 말이오?"

이번에는 원효가 재촉하였다. 바람이 한다는 말도 재미있을
것 같았다.

"말씀 아니해도 짐작하실 것 같소마는 요석공주와 아사가를
나를 주시오."

바람은 이렇게 말을 끊었다.

"거 못하겠는데."

원효는 서슴지 않고 거절하였다.

바람의 낯색이 별안간 변하였다.

"어째서 못한단 말요?"

얼마 후에야 바람이 입을 열었다.

"내가 금생을 최후생으로 하려다가 성불하기를 물리고까지
세세생생에 부부가 되자 하고 맺은 언약을 변할 수가 있나? 거
안 될 말이지. 그렇지 않소?"

"안 되요?"

"안 되지."

원효는 새로 내온 감을 집어서 맛나게 먹는다.

"대사가 죽으면 공주가 과부가 되지?"

바람은 이렇게 물었다.

"남편이 죽으면 과부지."

원효는 감씨를 뱉는다.

"그러면 내가 원효를 죽여볼까?"

바람은 싱그레 웃는다. 그 웃음에 무서운 의지력이 보였다. 전신이 한 번 비틀리는 것과 같았다. 바람의 속에 있던 살벌하고 잔인한 기운이 꿈틀거리는 것이었다.

"이녁이 나를 죽이더라도 공주와 아사가는 이녁의 것은 안 될 걸."

원효는 또 감 한 개를 들었다.

"어째서?"

바람은 눈을 홉떠서 원효를 노렸다.

"손이 안 닿으니까."

원효는 일변 감을 씹고, 일변 씨를 뱉어서 손에 모은다.

피리는 원효가 저 감씨로 또 무슨 무서운 조화를 부리지나 않나 하고 겁을 집어먹는다.

"손이 안 닿아?"

바람은 고개를 쑥 뽑고 몸을 뒤로 젖힌다.

"안 닿지."

"어째서?"

"한편은 너무 높고, 한편은 너무 낮으니까."

"누가 높고, 누가 낮단 말야?"

바람의 어성이 커진다.

"공주와 아사가는 하늘 위에 있고, 이녁은 저 지옥 밑에 있는 아귀니까. 공주나 아사가의 발 앞에 꿇어 엎디어 살려줍소사 하고 빌어야지. 필경은 그렇게 될 거야. 공주와 아사가의 무량한 자비심이 지금도 가련한 탐욕중생 바람을 불속에 뛰어들려는 어린 자식 모양으로 불쌍히 여길 터이니까. 옆에 저를 건져내려는 은인이 있는 줄을 모르고 되지도 아니할 악한 계략을 생각하고 있으니 가련한 일이지. 이녁은 나를 유인한 줄로 아는 모양이오마는 내가 이녁에게 유인 받을 사람인가. 지옥에 들어가는 도적의 무리를 건지러 온 불보살의 사자인 줄을 알아야 해.”

원효의 말이 끝나자 바람은,

“이봐라.”

하고 호령하였다.

“네 그 기름가마가 끓느냐. 이 허황한 소리 하는 중놈을 기름가마에 통으로 삶아라. 뼉다귀가 물씬물씬하도록 삶아라. 세상에 흰소리, 거짓말하는 놈이 많아서 백성이 정신을 차릴 수가 없어. 만일 끓는 기름가마에 들어가 앉아서도 여전히 허황한 소리를 하나 보자.”

이 말에 문 밖에 지켜 섰던 창검 군사들이 대들었다. 그러나 감히 원효에게 손을 대지 못하고 머뭇머뭇하였다.

“네 이 중놈을 기름가마로 끌어가지 못하느냐.”

하고 바람은 발을 구르며 호령하였다.

“어서 일어나!”

하고 한 군사가 덤벼들어서 원효의 팔을 잡아끌었다.

원효는 군사가 팔을 끄는 대로 끌려 일어나면서,

“관세음보살. 관세음보살.”

하고 소리 높이 불렀다. 그 우렁찬 소리가 사방에 울렸다.

“흥. 어디 네 관세음보살이 기름가마에 얼음을 얼리나 보자.

기름가마에서도 죽지 않고 살아 나오면 나도 네 제자가 되마."

하고 바람이 일어나 밖으로 나가며,

"이봐라. 네, 요석공주 불러라. 원효대사를 기름가마에 삶으니
나와 보라고 일러라. 그 평생에 잊지 못하는 원효대사가 기름가
마에 볶기는 냄새라도 실컷 맡으라고 일러라. 어디 부처가 이기
나 앙아사마가 이기나 한번 겨루어보자."

바람은 이렇게 말하며 후원에 있는 앙아당으로 갔다. 몸종 한
계집아이가 바람의 뒤를 따르고 한 계집아이는 요석공주 처소로
갔다.

바람은 앙아당 문을 열었다. 문에는 푸른 칠을 하고 기둥은 붉
고 서까래에는 물결무늬로 단청을 하고 벽과 천장에는 모두 그
림이 그려 있었다. 동편 벽에는 푸른 용(미리), 서편 벽에는 흰
범, 천장 북쪽에는 검은 거북, 남쪽에는 붉은 방아(새)를 그리고
북벽에는 물동이를 앞에 놓은 아름다운 여신의 탱이 걸렸다. 이
이가 아신, 즉 허공신이다. 신의 곁에는 맑은 샘이 솟는 우물이
있었다.

여신은 천지만물을 낳는다는 뜻이요, 샘은 여신의 덕을 상징
한 것으로 역시 끝없이 물이 나와서 만물을 먹여 살린다는 뜻이
요, 동이는 그 둥글한 것이 만물이 나기 전의 허공을 가리키고 그
속에 그득 담은 물은 신의 작용을 표한 것이다.

바람을 모시는 몸종은 소반에 정화수를 떠올렸다.

바람은 손수 물그릇을 신의 앞에 놓고 세 번 절하였다.

"이기게 하소서. 원효를 이기고 부처를 이기게 하소서. 이기고
나면 옹근 소를 잡아 통으로 제물로 바치오리다. 그러하오나 만

일 오늘 원효를 이기지 못하오면 신당을 불사르오리다."

이런 축원을 하면서 바람은 손바닥이 뜨겁도록 빌었다.

바람은 부시를 쳤다. 반달 모양으로 생긴 부시가 부싯돌에 맞아 날카로운 소리를 내이며 다홍빛 불꽃을 날렸다. 그러나 웬일인지 부싯깃에 불이 잘 댕기지를 아니하였다. 부싯깃은 깊은 산에 나는 수리치라는 풀잎을 말려서 비벼서 보드라운 솜 모양으로 만든 것에다가 수릿날 정오에 뜯은 약쑥 노란 연한 잎을 비벼서 섞은 것이다.

불꽃만 튀고 부싯깃에 불이 댕기지 아니하는 것을 바람은 초조하게 생각하였다. 부싯깃에 불이 잘 댕기고, 그 불이 기름에 결은 종이심지에 옮겨 붙고 다시 그 불이 닭 개소리 아니 듣고 늙은 소나무의 관솔에 옮겨 붙어서 불길이 활활 타오르는 것으로 소원이 성취되는 것을 점치는 것이다.

'부싯깃이 누구를 채었나.'

바람은 속으로 걱정하면서도 입으로 말을 하지 못하였다. 바람의 등골이 오싹오싹하였다. 머리카락이 소끗소끗하였다.

'웬일일까.'

하고 바람은 여신상을 바라보았다. 여신은 무엇을 깊이 생각하는 듯이 눈을 가느스름하게 뜨고 두 손을 읍하는 듯이 팔짱을 끼고 서 있었다.

머리에 칼이 입하더라도 눈도 깜짝하지 아니하던 바람이다. 사람을 파리 죽이듯 하던 바람이 아니냐. 미운 사람을 죽일 때에는 술을 마셔가며 이루 말할 수 없는 악형도 하던 바람이다. 그런데 어째서 오싹오싹 몸에 소름이 끼칠까.

요석공주와 아사가를 볼 때에도 바람은 이와 같은 경험을 하였다. 그것은 정욕에 못 이기어서 끼치던 소름이었다. 그러나 지금 것은 무서움의 소름이었다.

바람의 부시를 치는 손이 떨려서 말을 잘 듣지 아니하였다. 부시가 날카로운 뿌중다리에 잘 바로 맞지를 아니하였다.

"어, 이거 웬일일까."

바람은 정신을 가다듬었다.

바람의 눈앞에는 기름가마에 들어앉은 원효가 보였다. 원효는 끓는 기름 속에 태연히 앉아서,

'어, 이거 차서 쓰겠느냐. 어서 통장작을 더 집어넣어라.'

하고 호통을 치는 것 같았다.

'그럴 수야 있나. 제 아무리 도승이기로 기름가마에 들어가기면 하면야 담박에 데치는 낙지 모양으로 익어버리고야 말 것이다. 아니다, 기름가마 앞에 서면 항복을 하고야 말 것이다.'

바람은 이런 생각을 하면서 부시를 쳤다.

찍 하고 수없는 불꽃이 튀었다.

부싯깃에 불이 붙었다. 약쑥의 노란 연기가 향기와 함께 올랐다.

"됐다!"

바람의 얼굴에는 기쁨이 돌았다.

바람은 기름종이 심지를 부싯깃 불에 대고 불었다. 노르스름한 불이 일어났다. 바람은 관솔개비를 들어 심지의 불을 옮겼다. 관솔이 향기를 발하며 불이 댕겼다.

무엇에 갇혔다가 놓여난 나비 모양으로 관솔불이 춤을 추었다.

바람은 기뻤다.

그러나 불길한 일이 생겼다. 그것은 종이심지 불이 손에서 무릎에 떨어져서 바람의 옷이 타오른 것이다. 그것을 끄노라다가 한 손에 들었던 관솔불에 바람의 수염이 탔다.

누린내가 났다.

"웅, 웅."

하고 바람은 관솔불을 내던졌다. 불은 꺼지고 검은 연기가 모락모락 오르는 것이 무서웠다.

바람은 당에서 뛰어나왔다.

"틀렸다. 틀렸다."

하고 바람은 저도 모르게 소리를 쳤다.

시녀는 어쩔 줄을 모르고 펄썩 땅에 주저앉았다.

"왜 주저앉아?"

하고 바람은 시녀의 옆구리를 발길로 차서 거꾸러뜨렸다.

바람의 발길에 채인 시녀는 고꾸라져서 일어나지 못하였다. 바람은 개미 하나를 발로 밟은 것과 같이 그런 것은 거들떠보지도 아니하고 기름가마 있는 곳으로 걸었다.

바람의 마음은 폭풍우를 만난 바다와 같이 설레었다. 부싯불이 말을 안 듣던 것이나, 옷이 타고 수염이 탄 것이나 모두 불길하고 불쾌하였다. 앙아신이 저를 버린 것인가, 제 명수命數가 진한 것인가, 이러한 흉한 생각이 어두움 속에 번개 모양으로 번뜩번뜩 떠돌았다.

'그러기로 내가.'

하고 바람은 이를 갈아본다.

'신이 나를 버려? 버리겠거든 버려. 내가 내 힘으로 해볼걸. 내 힘으로 원효를 처치해버릴걸. 기름가마에서 아니 죽거든 독사 굴에 넣지. 독사에게 물려서 몸이 깍짓동같이 부어서 뒈지게. 독사 굴에서도 안 죽거든 불로 태워버리지. 장작더미에 올려 앉히고 불을 질러놓으면 그래도 안 죽을까. 그래도 안 죽거든 내 칼로, 한 칼로—.'

바람은 허둥지둥 걸으며 이런 생각을 한다. 그러한 생각이 모두 일순간이다.

날은 흐렸다. 늦은 봄 첫여름의 졸릴 듯한 날씨다.

늙은 홰나무에서 까마귀가 짖었다. 이 홰나무는 몇백 년이 묵은지 모르는 나무로 그 비인 속에는 큰 구렁이가 들어 있다고 한다. 나무에는 윈새끼를 늘이고 서리화(종이를 어석어석 베인 것)를 달고 신으로 위하는 나무다. 옛날에 이 나무가 벼락을 맞아서 한편은 부러지고 그 부러진 자국은 꺼멓게 탄 대로 있다.

이 홰나무에서 우는 까마귀는 거기 붙은 신의 사자라고 믿는다. 바람은 그 까마귀소리를 세어보았다.

"셋, 셋, 넷."

"넷, 셋, 넷."

바람은 늘 하던 모양으로 발을 잠깐 멈추고 까마귀소리 수효로 점을 쳐보았다. 그러나 정신이 산란하여서 괘가 잘 서지 아니하였다.

'하늘과 땅은 관곽이 되고, 해와 달은 등불이 되고, 까막까치는 조객이 되고, 파리와 구더기가 상두꾼이 되어—.'

바람은 《남화경》 말을 생각하였다.

'으응, 또 불길한 생각.'

하고 바람은 발을 구르며 걸었다. 이것도 일순간이었다.

이때에 요석공주와 아사가와 사사마와 세 사람이 시녀에게 끌려서 걸어오고 있었다.

"원효대사를 기름가마에 삶으니 와보라 하시오."

하는 시녀의 말을 들은 요석공주와 아사가는 처음에는 까무라칠 듯이 놀랐다. 그러나 사사마는,

"염려 마시오. 원효대사가 도적의 손에 죽을 어른이 아니오!"

하고 힘 있게 하는 말에 두 여자는 정신을 수습하여서 일이 어떻게 되나 하고 시녀를 따라나섰다.

"아기는 네게 맡긴다."

공주는 이렇게 설총을 유모에게 부탁하였다. 그는 다시 설총을 만나보지 못할 줄로 마음에 정한 것이었다.

요석공주는 만일 원효가 죽는 양을 보면 따라 죽을 것을 결심하였다. 칼은 다 빼앗기고 없으나 공주는 칼 없이 목숨을 끊는 법을 여러 가지로 생각하였다.

아사가는 아사가대로 만일 제 몸을 희생하여서 원효대사를 건질 길이 있으면 건지고 만일 그렇지 못하면 원효대사의 뒤를 따르리라고 결심하였다.

사사마도 또 사사마대로 원효를 건져내일 궁리를 하고 있었다. 손에 장기는 없으나 몸에 있는 힘을 재주를 다하여보고 그래도 원효를 못 건지면 바람을 죽여 원효의 원수를 갚으리라고 결심하였다.

이 모양으로 세 사람은 저마다 제 결심을 가지고 시녀의 뒤를 따르던 것이다.

"아, 요석공주."

바람은 요석공주의 앞을 막아섰다. 요석공주는 대답은 없이 정색하고 바람을 정면으로 바라보았다. 그 눈에는 불이 뿜는 것 같았다.

바람은 또 등줄기가 오싹함을 느꼈다. 바람은 억지로 태연한 태도를 수습하여서,

"흥, 오늘은 요석공주가 과부가 되는 날이오. 그 키 큰 중놈을 기름가마에 졸일 터이니 냄새나 맡으라고 불렀소."

하고 조롱하는 웃음을 소리를 내어서 웃었다.

요석공주는 바람의 독을 뿜는 눈에 몸서리를 쳤다.

"지내보아야 아오."

사사마가 공주와 아사가의 앞에 나서며 소리쳤다.

이 말에 걸음을 옮기던 바람이 우뚝 섰다.

"무엇을 지내보아야 알아?"

"악이 이기나 선이 이기나."

하고 사사마는 바람을 노려보았다. 사사마가 제가 아직 이 도적을 누를 힘이 없는 것이 슬프고 분하였다. 그러나 만일의 경우는 바람의 먹살을 물고 늘어져서라도 원효대사의 원수를 갚으리라, 하고 바람의 모가지를 바라보았다.

"어린놈이 어른을 몰라보고."

바람은 사사마를 향하여 눈을 흘기며 허리에 찬 칼자루에 손을 대었다.

"이놈. 한 마디만 더 버릇없는 주둥이를 놀려보아라. 한칼에 네놈을 두 쪽에 내일 터이니."

사사마는 바람의 위협에 굴하지 아니하였다.

"칼을 빼려거든 내 칼을 내게 주오. 커다란 어른이 칼을 가지고 맨주먹밖에 없는 어린아이와 싸운대서야 모양이 승업지 않소?"

"그래. 네 칼을 주면 나하고 겨루어볼 테냐."

바람은 빙그레 웃었다.

"내 칼을 주오. 내 칼은 충신의 칼이라 강한 적을 죽일지언정 한낱 도적의 더러운 피를 바르기는 아깝지마는 겨룰 테면 한 번 겨루어봅시다."

사사마의 침착하고도 담대한 이 말에 바람의 눈썹이 씰룩하고 위로 올랐다.

"허, 고놈 맹랑하다."

하고 바람은 걷기를 시작한다.

"왜 가오? 여보, 왜 가오?"

사사마는 바람을 불렀다.

그래도 바람은 못 들은 체하였다. 바람은 속으로는 사사마 같은 아이를 처음 본다고 하였다. 원효나 사사마나 다 세상에 드문 사람이라고 바람도 인정하지 아니할 수 없었다. 바람의 부하에도 천하호걸이 많이 있으나 원효나 사사마는 아사가까지도 그러한 호걸과는 유가 다른 사람들이라고 생각하였다.

바람은 제가 잘난 사람인 것을 자신한다. 왕의 아들이라는 자랑이 있을뿐더러 누구나 제 앞에 오면 다 심복하거나 그렇지 아니하면 무서워서 떨었다. 극히 담대한 자면 발악을 하였다. 그러나 원효의 무리는 심복도 아니하고 떨지도 아니하고, 또는 발악을 아니하고, 도리어 저를 낮추보고 불쌍히 여기는 것 같았다. 그

러한 태도가 바람을 못 견디게 하였다. 높은 데서 내려다보는 듯
한 그 눈들이 싫고 무섭기까지 하였다.

'내가 왕의 아들인데, 왕이 될 사람인데.'

하면 더욱 불쾌하였다.

그렇게 사사마의 눈이 무서웠다. 만일 사사마에게 그 칼을 주
고 겨룬다면 견디지 못할 것같이 바람은 압기가 됨을 느꼈다.

'그것이 무슨 힘일까. 어린 사사마까지도 계집애 아사가에게
까지 범치 못할 기품을 주는 것이 무슨 힘일까?'

바람은 그 힘이 무서웠다.

바람은 그 힘을 제 힘으로 눌러보려 하였으나 되지 아니하였
다. 요석공주를 잡아온 뒤로 여러 가지로 달래어도 보고 을러도
보고 하였으나 도무지 흔들림이 없었다. 원망이라도 하였으면 좋
았으나 원망조차 없었다. 그런 것이 바람을 한없이 초조하게 만
들었다. 바람으로 하여금 제 힘에 대한 자신을 잃게 한 것이었다.

'오늘은 끝장을 내는 날이다. 내가 지나 제가 지나 끝을 보는
날이다.'

바람은 이렇게 생각하면서 힘 있게 발을 옮겨놓았다.

이때에 피리가 마주 왔다.

"어찌 되었나?"

바람은 피리에게 물었다.

"원효가 아주 말을 잘 듣소."

피리는 이렇게 말하면서 뒤에 오는 요석공주 일행을 힐끗 보
았다. 아사가를 보매 피리는 가슴이 울렁거렸다.

"어떻게 말을 잘 들어? 항복을 한데?"

바람은 눈을 크게 떴다.

"항복이오? 원효가 누구에게 항복할 사람이오?"

피리는 바람의 불탄 옷과 한편 귀퉁이가 타 없어진 수염을 보고 흠칫 한 걸음 뒤로 물러섰다.

"저 수염이 웬일이시오?"

피리는 소리를 쳤다. 수염 한편이 이지러지니 얼굴이 온통 찌그러진 것 같았다.

"아, 또 저 옷도."

하고 피리는 구멍이 뚫어진 바람의 윗옷 앞자락을 보았다.

피리는 바람의 꼴이 창피함을 보고 슬펐다.

"아니, 항복이 아니면 무엇으로 원효가 말을 잘 듣는단 말인가?"

바람은 수염이나 옷을 생각할 여유가 없는 모양을 보였다.

"결박을 지라니까 결박을 지고요."

피리는 한숨을 쉬었다.

"결박을 지라? 아니, 달려들어서 결박을 지우지 못하고 본인에게 빌어서 결박을 지운단 말야?"

바람은 피리를 노려보았다.

피리는 기막힌 듯이 코를 울리며,

"말 맙시오. 제가 지려들지 아니하면 원효 결박 지울 사람이 어디 있는 줄 아시오? 군사들이 덤비어들다가 원효의 지팡이에서 불이 펄펄 일어나니까 다 뒤로 물러서고 말았소."

하고 웃는다.

요석공주 일행이 서너 걸음 뒤에 따른다.

"그놈의 지팡이를 못 분질러버려?"

바람은 숨이 씨근거린다.

"우물을 치면 물이 불이 되는 지팡이오. 누가 그 지팡이를 건드린단 말요?"

"허, 끝날야 끝날. 그래 원효가 지금 어디 있어?"

바람은 아무리 하여서라도 원효를 기름가마에 넣고야 말겠다는 결심을 더욱 굳게 하면서 주먹을 불끈 쥔다.

"기름가마 곁에 가 섰소."

"날치지 못하게 꼭 결박을 지웠지?"

"손발을 꼭 비끌어 매었소."

"사람들은 다 모았나?"

"두목들은 다 모았소."

바람은 고개를 돌려서 요석공주 일행을 한 번 힐끗 보고,

"냉큼 들어서 기름가마에 집어넣지. 제 아무리 원효기로 몸뚱이가 쇠나 돌이 아닌 연에 끓는 기름가마에 들어가면 죽지 별수 있나."

하고 빨리 걷는다.

"글쎄, 뜻대로 될지 모르겠소."

피리는 바람의 뒤를 따른다.

"무엇이 뜻대로 안 되어? 이 사람아."

바람이 피리를 돌아본다.

"하도 원효가 태연하니까 말씀이오. 나도 원효가 어떻게 하나 하고 바라보고 있다가 하도 원효가 까딱도 아니하니까 무시무시해서 나왔소."

"에익. 묶어놓은 사람이 무서워?"

"가보시오마는 모두들 무르팍 마디를 떡떡 마주치고 있소. 무슨 큰일이 생길 것만 같아서. 그 불붙는 지팡이가 공중으로 날아와서 무슨 큰 변괴를 내일 것만 같아서. 암만 불이 붙어도 제 몸은 타지 않고 고대로 있는 지팡이오."

하고 피리는 몸이 오싹하는 모양을 보인다.

바람도 그 말이 듣기가 싫었다. 부싯불이 안 일어나던 것, 옷과 수염이 탄 것, 홰나무 위에서 울던 까마귀—이런 것이 모두 바람의 마음을 어둡게 하였다. 그러나 바람은 한 번 이를 갈았다.

'제가 죽나 내가 죽나.'

속으로 이렇게 생각하면서 서쪽 일각문을 나간다.

기름가마가 있는 곳은 서편 수풀 속에 있는 큰 집이다. 창고와 방앗간을 겸하고 그 한편 끝에 큰 가마가 하나 걸려 있다. 이것은 소 한 마리를 잡아서 통으로 삶는 큰 가마다. 큰 아궁이에는 통장작이 활활 타서 침침한 속에 그림자가 어른어른하고 고소한 기름냄새가 코를 찔렀다.

오십 명 구실(두목)이 모두 칼을 차고 둘러서고 졸개들이 손발을 묶인 원효를 에워싸고 서 있었다.

바람이 오는 것을 보고 두목들은 일제히 칼을 빼어서 칼끝으로 땅을 가리켜 경의를 표한다.

바람은 칼끝으로 하늘을 가리켜서 이에 대답한다. 나는 너희를 다스린다는 뜻이다. 그러고는 바람의 눈은 기름가마에서 서너 걸음 떨어져서 손을 뒷짐을 지고 두 발목을 베 헝겊으로 얽매여서 군사 네 사람이 지키고 섰는 원효에게로 간다.

원효는 거의 무표정에 가까웁도록 침착하게 서 있다. 그 눈은 바람에게로 향하고 있었다.

바람은 원효의 눈을 감당하기가 어려웠다. 그 눈은 견딜 수 없는 힘으로 내려눌렀다. 바람은 그 눈에 지지 아니하려고 있는 힘을 다하였으나 눈은 서리 맞은 나뭇잎 모양으로 풀이 없었다.

바람은 그것을 감추려고 한 번 껄껄 웃었다. 그 웃음소리가 고요한 수풀 속에 울릴 때에 바람은 제 소리가 제 소리 같지 아니하여서 몸에 소름이 끼쳤다.

'까욱 까욱 까욱.'

하고 또 까마귀가 짖었다.

구름이 터지며 햇빛이 흘렀다. 모두 무시무시한 광경이었다.

"그래, 원효대사. 이래도 항복을 아니할 터이야?"

바람은 기운을 내려고 소리를 가다듬었다. 그의 한편 이지러진 수염이 움직였다.

원효의 얼굴에는 웃음이 뜨는 것 같았으나 그것도 곧 사라지고 말은 없었다.

"지금이라도 살려달라고만 하면 살려줄 테야. 요석공주와 아사가를 내게 준다고 다짐만 쓰면 살려줄 테야."

바람은 칼끝으로 원효를 가리켰다. 그래도 원효는 대답이 없었다.

이때에 요석공주와 아사가와 사사마가 왔다. 요석공주가 앞서고 다음에 아사가가 서고 사사마가 뒤를 따랐다. 사사마의 눈에는 정기가 가득하였다. 죽기를 결심한 눈이었다. 비록 이 자리에 번뜩이는 칼들이 모두 내 몸에 모여들더라도 반드시 스승의 원수를 갚고야 만다는 결심이었다.

　요석공주는 칼을 빼어들고 둘러선 사람들이 눈에 보이지도 아니하는 듯이 천천히 걸어오다가 원효의 모양이 보이는 곳에서 우뚝 섰다. 공주는 몸이 공중에 솟을 듯하다가 푹 쓰러질 듯하였다. 그러나 다음 순간에 곧 진정하여서 원효를 바라보았다.

　원효가 죽는 것을 보면 다음 순간에 저도 따라 죽는다고 생각하면 마음이 자리를 잡았다.

　아사가는 공주와 달라서 원효를 보자 곧 무릎을 꿇고 합장하였다. 그러고는 일어나기를 잊어버린 듯이 그대로 눈으로 원효를 바라보고 있었다.

　사사마도 아사가와 같이하였다. 사사마는 곧 뛰어가서 원효를 묶은 숙마바를 이빨로 물어 끊고 싶었으나 원효의 부드러운 눈이—빙그레 웃음까지 띤 눈이 제게 향한 것을 볼 때에는 사사마의 단단히 맺혔던 독한 마음이 스르르 풀리고,

　'가만히 스님을 따르오리라.'

하는 생각이 났다.

　"자, 마지막이야."

하고 바람은 원효와 요석공주를 돌아보며,

　"원효대사, 이것이 마지막이야. 항복을 하면 살고, 아니하면 죽는 거란 말이다. 신라왕의 말씀은 다시 거두어들일 법이 있더라도 내 말은 한 번 떨어지면 하늘의 힘으로도 돌릴 수 없단 말이다. 요석공주와 아사가를 내게 바치겠느냐 아니하겠느냐, 다짐을 쓰란 말이다. 이봐라, 네 지필묵 가져오고 원효대사 결박 끌러서 이리 끌어내어라."

하고 명령을 내렸다.

서안과 지필묵이 나왔다. 군사가 서안 위에 종이를 펴고 붓을 원효에게 주었다.

모든 사람의 눈은 원효의 손으로 옮았다. 공주와 아사가는 침을 삼키고 있었다.

원효는 붓을 들어서 벼루에 이리 굴려 저리 굴려 먹을 흠씬 먹였다.

원효는 붓을 들어 선 채로 종이에 임하다가 다시 붓을 놓으며,

"자리를 가져오너라."

하였다.

"자리를 가져오너라."

바람이 원효의 청대로 명하였다. 졸개가 돗자리를 갖다가 땅에 깔았다.

"방석을 가져오너라."

원효는 다시 명하였다. 원효의 명대로 방석을 가져왔다.

"양치물과 손 씻을 물을 올려라."

원효는 다시 명하였다. 명대로 물이 왔다. 원효는 양치하고 손을 씻었다.

양치하고 손을 씻은 후에 원효는 방석 위에 가부좌를 틀고 가만히 눈을 내리감았다.

바람과 일동은 원효가 하는 양을 가만히 보고 있었다. 원효는 다시 눈을 떴다.

"향과 향로를 올려라."

하고 원효는 뉘게 명하는지 모르게 명하였다.

말이 떨어지자 난데없는 청자 향로와 향합이 공중으로서 내려와 서안에 놓였다.

바람과 일동은 실색하여서 한 걸음 물러섰다.

"나무관세음보살."

하는 소리가 울렸다. 요석공주와 아사가가 감격하여서 부르는 것이었다. 그 소리가 차차 높아져서 골에 차고 온 공중에 차는 것 같았다.

원효는 손을 들어서 향합을 열고 말향을 집어 향로에 넣었다. 푸른 향연이 용 모양으로 올랐다.

원효는 입을 크게 벌려,

"아ㅡ."

하고 소리를 내었다. '제법본불생諸法本不生'의 '지地'자 진언이다. 마음에 있는 모든 번뇌를 뻗어버리는 진언이다. 나고 살고 죽는 것이 모두 허깨비요, 본래 있는 것이 아니라는 법문에 들어가는 진언이다. 다음에 원효는,

"비ㅡ."

하고 불렀다. 길게 불렀다. '수水'자 진언이다. '본성이언설本性離言說'이다. 땅에 있으면 물이 되어 샘이 되고 내가 되고 바다가 되고, 하늘에 오르면 안개가 되고 구름이 되고, 다시 그것이 이슬이 되고 비가 되고 서리와 눈과 우박이 되어 내리고, 더우면 눈에 안 보이는 김이 되고, 추우면 단단한 얼음이 되어 어느 것이 그 본성인지 알 수 없으니 사람도 그와 같아서 아침에 선인이 되고 저녁에 악인이 되고 금시에 기뻐하고 웃다가 또 금시에 슬퍼하고 울고, 중생의 목숨을 끊는 손이 곧 신명 앞에 분향하는 손이 되는

것이다. 같은 마음이 자비심이 되고 탐욕도 되고 사랑도 되고 미움도 된다는 것을 아는 법문에 드는 진언이다. 원효는 다음에,

"라—."

를 불렀다. 그 소리는 맑고도 힘이 있었다. 이것은 '화火'자 진언이다. '청정무렴구淸淨無染垢'의 진언이다. 천지는 본래 청정한 것이다. 중생의 마음도 본래 청정한 것이다. 불이 깨끗함과 같이 깨끗한 것이다. 본래 청정한 법계가 더러워짐은 중생의 무명無明의 때가 묻기 때문이다. 악업의 때다. 어리석어서 하는 망녕이다. 허망이란 것이다.

다음에 원효는 심히 우렁찬 소리로,

"훔."

을 불렀다. '풍風'자 진언이다. '인업등허공因業等虛空'이란 진언이다. 중생이 하는 모든 일이 다 허공에 그림을 그림과 같으나 그러면서도 인과응보는 어그러짐이 없다는 것을 아는 법문이다.

원효는 마음이 편안하였다. 땅과 같이 든든하고 물과 같이 자유자재하여 걸림이 없고, 불과 같이 깨끗하고 허공과 같이 거칠데가 없었다. 원효는 평생에 처음 경험하는 청정한 경지를 보았다.

'생사열반유여영몽生死涅槃猶如映夢'의 경지요, '해탈청정보전解脫淸淨寶殿'에 오른 경지다.

원효는 죽음을 앞에 놓고서야 비로소 이러한 경지를 경험한 것이다. 원효는 지금 자기가 어떠한 처지에 있는 것도 다 잊었다. 오직 법계에 가득한 불법을 볼 따름이었다. 원효는 저도 모르게,

"시방삼세일체제불十方三世一切諸佛, 제존보살마하살諸尊菩薩摩詞薩, 마하반야바라밀摩詞般若波羅蜜."

하고 합장하였다.

'모두 불언이다.'

원효는 부처님의 은혜를 뼛속까지 깊이깊이 느꼈다. 무상도의 고마움을 속속들이 맛보았다.

원효의 얼굴에는 회심의 미소가 떠올랐다. 법열法悅이다.

그러나 다음 순간 원효는 제불보살도 모두 공화空華⁹의 난기난멸難起難滅임을 보았다.

'공공적적空空寂寂이다. 적멸寂滅이다.'

공간과 시간이 일시에 다 타버리고 말았다. 오직 환할 뿐이다. 억지로 이름을 지으면 각원명覺圓明이다.

원효의 얼굴에는 다시 웃음이 떠돌았다. 적멸의 경계에서 다시 중생세계로 돌아 나오는 것이었다.

원효는 눈앞에 바람과 여러 도적들과 요석공주와 아사가와 나무들과 이런 것을 보았다. 그것들이 모두 갓난아기와 같이 불완전하면서도 귀여움을 느꼈다. 최애일자지의 자비심이다.

원효는 청정보전에서 나와서 중생 속에 들어가 중생과 같이 고생하고 슬퍼하고 기뻐할 충동을 느낀다. 모든 중생을 위로하고 그들과 동무가 되고 그들의 의지가 되고 그들의 빛이 되고 길이 되어야 할 것을 느낀다. 모든 중생을 다 건져서 하나도 남김이 없이 되기 전에는 성불 아니하리라던 법장비구의 맹세의 심경을 맛본다.

원효는 붓을 들었다.

---

9 번뇌가 있는 사람에게 나타나는 여러 가지 망상.

'菩薩變化 示現世間 非愛爲本 但以慈悲 令彼捨愛 假諸貪慾 而入生
死.'

보살이 사람의 몸을 가지고 세상에 나타나는 것은 애욕으로
그러하는 것이 아니라, 오직 자비심으로 중생으로 하여금 애욕을
버리게 하려고 모든 탐욕의 모양을 빌어 나고 죽는 중생이 됨이
니라.

이렇게 쓰고 원효가 붓을 던질 때에 향합에 남은 향이 저절로
타서 향기가 법계에 차고 원효의 몸에서는 환하게 빛을 발하였다.

바람은 눈을 스르르 감고 고개를 점점 숙이더니 원효의 앞에
무릎을 꿇고 엎드려서 느껴 운다.

다른 도적들도 일제히 칼을 던지고 무릎을 꿇는다.

요석공주도 이마를 땅에 대고 엎드려 울었다. 아사가도 사사
마도 그러하였다.

오직 피리만이 영문을 모르는 듯이 눈을 휘휘 두르고 서 있
었다.

이럭저럭 타던 기름가마의 불이 꺼지고 고붓이 나며 끓던 기
름가마가 조용하였다.

그로부터 며칠을 지나서였다. 신라 서울에는 원효대사가 도적
의 두목 바람을 제자로 만들어가지고 들어온다는 소문이 났다.

마침 사월 파일, 온 장안이 관불회로 집집에 등을 달고 아이
어른이 모두 새 옷을 입고 거리에 가득 찬 날, 원효가 서울 거리
에 나타났다. 바람과 오십 명 도적 두목과 요석공주, 아사가, 사
사마 등을 데리고 오는 것이다.

원효가 요석공주와 유모에게 업힌 설총과 아사가를 데리고 앞

을 서고 사사마가 칼을 차고 바람 이하 오십 명 도적의 두목을 숙마바로 손과 허리를 묶어서 그 끈을 사사마가 잡고 끌었다.

수백 명 거지떼가 의명의 인솔을 받아서 원효를 맞아 모두 절하고 뒤를 따랐다.

대각간 유신이 부인 지조공주와 함께 나와 원효를 맞고 수없는 백성들이 이 광경을 보려고 길가에 도열하였다.

유신은 원효의 앞에 와서 말을 내리고 지조공주도 가마에서 내려서 형 요석공주와 만났다.

원효는 길에 무릎을 꿇은 바람과 오십 명 도적 두목을 가리켜,

"이 사람들이 전날 죄를 뉘우치고 나라 법대로 벌을 받는다고 자진하여 결박을 지고 왔소."

하고 또 사사마와 아사가가 충신 장춘랑의 후손인 것을 말하였다.

유신은 바람과 오십 명 두목을 향하여,

"너의 죄 만 번 죽어 마땅하거니와 원효대사의 제도를 받았다는 뜻 들으시고 상감마마 분부하시기를 이로부터 나라에 충성하기를 맹세할진댄 모든 죄를 용서하실뿐더러 각각 재주 따라 나라 일에 쏩신다 하셨으니 그리 알아라."

하고 어명을 전달하였다.

바람과 일동은 머리를 조아렸다.

바람은 왕자의 대우를 받아 서당장군이 되고 다른 두목들도 각각 군직을 받게 되었다. 이로부터 몇 해 뒤에 신라가 백제를 칠 때에 황산 싸움에 용감히 싸운 장수들이 이들이요, 또 죽기를 무릅쓰고 백제와 고구려의 국정을 염탐한 것이 거지떼들이었다.

원효는 산간에 숨어서 도를 닦고 제자들을 가르치고 요석공주

와 아사가는 평생에 원효를 따르는 비구니가 되었다.

이광수 연보

1892년   평안북도 정주군 갈산면에서 이종원과 삼취三娶 부인 충주 김씨 사이에서 전주 이씨 문중 5대 장손으로 출생.

1905년   일진회가 만든 학교에 들어가 일진회의 유학생 9명 중에 선발되어 일본으로 건너감. 일본에서 손병희를 만남. 동해의숙에서 일어를 배움.

1906년   대성중학교 1학년에 입학. 홍명희를 만남. 일진회 내분으로 학비가 중단되어 귀국.

1907년   유학비를 국비에서 해결해주어 다시 일본으로 감. 백산학사를 거쳐 메이지 학원 보통부 3학년에 편입.

1908년   메이지 학원의 급우 권유로 톨스토이에 심취. 홍명희의 소개로 최남선을 만남.

1909년   홍명희의 영향으로 자연주의 문예사조에 휩쓸림. 아호를 고주孤舟로 지음.

1910년   일본 메이지 학원 보통부 중학 5학년을 졸업. 정주의 오산학교 교주 이승훈의 초청으로 오산학교 교원이 됨. 7월 백혜순과 결혼.

1911년   105인 사건으로 이승훈이 구속되자 오산학교 학감으로 취임.

1912년   톨스토이와 생물진화론을 강의하여 신앙심을 타락케 한다는 이유로 교회와 대립.

1913년	오산교회의 로버트 목사에게 배척을 받음. 오산을 떠나 만주를 거쳐 상해로 감. 상해에서 홍명희, 문일평, 조소앙 등과 동거.
1914년	샌프란시스코에서 발행하는 신한민보의 주필로 가기로 하고 블라디보스토크에 갔다가 제1차 세계대전이 일어나 귀국. 최남선 주재로 창간된 〈청춘〉에 참여.
1915년	인촌 김성수의 도움으로 다시 일본으로 감. 와세다 대학 고등예과에 편입.
1916년	고등예과를 수료한 뒤 와세다 대학 문학부 철학과에 입학. 〈매일신보〉의 요청으로 〈동경잡신〉을 씀.
1917년	〈매일신보〉에 소설《무정》을 연재하기 시작. 재동경 조선유학생학우회의 기관지인 〈학지광〉의 편집위원이 됨. 〈매일신보〉에 두 번째 장편《개척자》를 연재.
1919년	'2·8 독립선언문' 수정에 참여. 임시정부의 기관지 독립신문의 사장 겸 편집국장에 취임. 안창호의 흥사단 이념에 감명을 받음.
1920년	흥사단에 입단. 상해에서 시와 평론을 집필하여 국내에 보냄.
1921년	허영숙과 정식으로 결혼. 동아일보사, 조선일보사 등에서 언론 활동. 〈개벽〉에 〈민족개조론〉을 발표하여 큰 물의를 일으킴.
1922년	'수양동맹회' 발기.
1923년	동아일보 입사.
1924년	〈동아일보〉에 〈민족적 경륜〉을 써 물의를 일으키고 퇴사. 김동인·김소월·김안서·주요한 등과 '영대' 동인이 됨.
1925년	안창호의 지시로 평양의 동우구락부와 수양동맹회와 교섭하여 합동을 교섭.
1926년	수양동우회 발족. 5월 동우회 기관지 〈동광〉을 창간하여 주요한과 함께 편집에 진력. 동아일보 편집국장 취임.
1927년	동아일보 편집국장 사직.
1928년	〈동아일보〉에《단종애사》연재.
1929년	《3인 시가집》(춘원·주요한·김동환)을 삼천리사에서 간행.
1931년	《무명씨전》을 〈동광〉에 연재.
1932년	〈동아일보〉에《흙》연재.
1933년	조선일보 부사장에 취임. 장편《유정》을 〈조선일보〉에 연재.
1934년	조선일보 사직.
1935년	〈조선일보〉에《이차돈의 사》를 연재.

1937년   동우회 사건으로 종로서에 피검. 서대문형무소에 수감됨.

1938년   단편 〈무명〉과 장편《사랑》 집필에 착수함.

1939년   《세종대왕》 집필 착수. 김동인·박영희 등의 소위 '북지황군위문'에
         협력함으로써 친일을 하기 시작함. 친일문학단체인 조선문인협회의
         회장이 됨.

1940년   가야마 미쓰로香山光郞라고 창씨개명. 총독부로부터 저작 재검열을
         받아《흙》,《무정》등 십수 편이 판매금지처분을 받음.

1941년   동우회 사건, 경성고법 상고심에서 전원 무죄를 선고받음. 태평양전
         쟁이 발발하자 각지를 순회하며 친일 연설을 함.

1942년   장편《원효대사》를 〈매일신보〉에 연재. 제1회 대동아문학자대회(동
         경)에 유진오, 박영희 등과 함께 참석.

1943년   조선문인보국회 이사 역임. 〈징병제도의 감격과 용의〉, 〈학도여〉 등
         을 써서 학도병 지원을 권장. 이성근, 최남선 등과 함께 학병 권유차
         동경에 다녀옴.

1944년   대동아문학자대회(중국 남경)에 다녀옴. 한글로 쓴 그의 저작은 모
         두 판매금지처분.

1946년   재산을 보호하기 위해 허영숙과 위장 합의이혼.

1947년   흥사단 요청으로 전기《도산 안창호》 집필.

1949년   반민특위에 체포되어 최남선과 서대문형무소에 수감.《사랑의 동명
         왕》 집필 시작.《나의 고백》 집필.

1950년   유작《운명》 집필. 6·25 전쟁 때 서울에서 인민군에 체포. 납북되어
         10월 25일 자강도에서 폐결핵으로 사망.

25

이광수 장편소설

원효대사

초판 1쇄 발행 2014년 11월 28일
초판 2쇄 발행 2022년 9월 20일

지은이 이광수
펴낸이 이범상
펴낸곳 (주)비전비엔피 · 애플북스

기획 편집 이경원 차재호 김승희 김연희 고연경 박성아 최유진 김태은 박승연
디자인 최원영 한우리
마케팅 이성호 이병준
전자책 김성화 김희정
관리 이다정

주소 우)04034 서울시 마포구 잔다리로7길 12 (서교동)
전화 02)338-2411 | **팩스** 02)338-2413
홈페이지 www.visionbp.co.kr
인스타그램 www.instagram.com/visionbnp
포스트 post.naver.com/visioncorea
이메일 visioncorea@naver.com
원고투고 editor@visionbp.co.kr

등록번호 제313-2007-000012호

ISBN 978-89-94353-71-5 04810

· 값은 뒤표지에 있습니다.
· 잘못된 책은 구입하신 서점에서 바꿔드립니다.

도서에 대한 소식과 콘텐츠를
받아보고 싶으신가요?